동화의 재인식

어른을 위한 어린이책이야기 17

동화의 재인식

2018년 10월 31일 1판 1쇄 발행 / 2019년 7월 31일 1판 3쇄 발행

지은이 조태봉 / 펴낸이 임은주
펴낸곳 도서출판 청동거울 / 출판등록 1998년 5월 14일 제406-2002-000128호
주소 (10881) 경기도 파주시 문발로 115 (파주출판도시) 세종출판벤처타운 201호
전화 031) 955-1816(관리부) 031) 955-1817(편집부) / 팩스 070-7614-2303
전자우편 cheong1998@hanmail.net / 네이버블로그 청동거울출판사

ISBN 978-89-5749-208-6 (03800)

이 도서의 국립중앙도서관 출판시도서목록(CIP)은 서지정보유통지원시스템 홈페이지
(http://seoji.nl.go.kr)와 국가자료공동목록시스템(http://www.nl.go.kr/kolisnet)에서
이용하실 수 있습니다. (CIP제어번호: CIP2018034974)

어른을 위한 어린이책이야기 17

동화의 재인식

조태봉 평론집

청동거울

동화의 문학적 재인식을 위하여

아동문학평론에 손을 댄 지 어느새 10여 년이 되었다. 그동안 써온 글을 추려보니 제법 되었다. 어지간히도 많은 말들을 쏟아냈구나 싶으면서도 또 한편으로는 문학하는 행위에 흉내나마 부지런히 거들었구나 하는 생각에 위안을 삼기도 한다. 나름으로는 열심히 공부하면서 글을 썼고, 그 공부에도 당근과 채찍이 필요한지라 스스로 나의 수고에 대한 보답을 핑계 삼아 한 권의 책으로 묶기에 이르렀다. 서평이나 연구논문까지 모두 넣기에는 분량이 넘쳐 현장비평이 될 만한 평론 중심으로 추렸는데도 제법 묵직한 평론집이 되었다. 이로써 지난 10여 년 공부의 매듭 하나를 짓는 셈이다.

잠시 대학 강단에서 동화 창작을 강의한 적이 있다. 기성 작가의 동화를 찾아 읽고 토론하면서 직접 창작하는 수업이었는데, 학생들은 동화의 여러 유형들 앞에서 몹시 난감해했다. 실지로 동화로 일컬어지는 것들의 면면을 살피면 다양하기 그지없다. 전래동화(옛이야기)와 의인화동화, 환상동화와 생활동화가 있고 여기에 판타지 장르와 아동소설이 끼어들 때도 있다. 이들이 그저 하나의 분류에 그친다면 상관없지만 저마다의 장르적 특성에 따라 변별적 자질이 농후하다면 얘기가 달라진다. 동화라는 용어는 흔히 장르적 의미로 굳어져 있지만 실은 '아동서사'라는 양식적 개념에 더 가깝다. 서로 다른 변별적 자질을 지닌 하위 장르를 두루 아우르는 개념이기 때문이다. 따라서 동화라는 말로 뭉뚱그리지 않고 하위 장르별로 특성을 가려내 창작법을 소개하면 학생들의 이해도가 훨씬 높아지고 창작도 곧잘 해내는 걸 볼 수 있었다. 그러다 보니 나는 아동문학의 장르론에 관심이 많다. 내가 쓴 글들은 종종 동화와 하위 장르, 혹은 인접 장르에 대한 장르적 특성과 장르간의 시시비비(是是非非)를 가리는 데 힘을 쏟곤 한다.

여전히 동화는 장르적으로 애매모호하고, 그래서 다양한 서사적 변용이 일어나는지는 모르겠지만, 때로는 이 때문에 쉽게 무력해지기도 한다. 어쩌면 동화가 함축하고 있는 '아이들을 위한 이야기'라는 인식으로부터 초래된 문제인지도 모르겠다. 아이들을 위한다는 전제에서 출발하는 어른의 시각은 한때 교훈주의와 동심천사주의의 폐해를 낳기도 했지만, 반대로 아이들의 요구와 취향을 절대시하는 태도를 묵인함으로써 통속적 읽을거리(독물)로 전락하기도 한다. 아이들의 삶을 둘러싼 세상에 대해 어떤 문제의식을 던지기보다는 소소한 일상 이야기의 재미에 몰두함으로써 동화의 문학적 가치마저도 무색해진 것이 아닌가 하는 의구심은 결코 어제오늘의 일이 아니다. 더욱이 최근 아동서사에 등장하고 있는 무협, 역사판타지, 히어로물, 로맨스 등 대중 장르서사는 동화의 문학성에 위협적일 뿐 아니라, 그 문학적 의의조차 퇴색시키고 마는 경우가 빈번해 그저 아연실색할 수밖에 없다.

세상이 변해가는 것은 당연한 이치이기에 문학 역시 변화할 수밖에 없다. 그러나 이 변화의 양상을 그냥 손 놓고 따라가는 것만이 올바른 자세는 아닐성싶다. 세상 모든 일에는 긍부정이 따르기 마련이듯 동화가 보이고 있는 현재의 모습 또한 그러할 것이고, 이에 대한 평가와 판단은 온전히 비평의 몫이다. 이 변화의 시대, 가벼움과 쾌락만이 난무하는 자본의 시대에 문학으로서의 동화의 길을 모색하는 것, 이것이 곧 현 단계 아동문학 비평의 길이라 하겠다. 이 책에 실린 글들은 그러한 문제의식에서 출발한다. 『동화의 재인식』이라는 책 제목은 그 출발선으로써 의미가 있다. 그 첫걸음에서 시작해 결국에는 가닿아야 할 인식의 지평에 대한 함축이자 상상이다.

이 책은 전체 4부로 구성했다. 마지막에 묶인 청소년소설론을 제외하면 모두가 동화에 관련된 글들이다.

먼저 1부 〈동화의 운명〉은 최근 동화의 양상을 짚어본 글들이다. 한동안 논란이 되었던 '동화의 소설화 경향'은 최근 동화의 흐름을 한마디로 축약해 보여준다. 고전적 동화의 낭만성은 이제 옛말이 되었음을 실감한다. 그만큼 동화는 소설적 산문정신으로 재무장하고 있음을 암시한다. 그렇다고 해서 물활론적 은유의 세계가 폐기되는 것은 아니다. 「유년동화의 정체」는 새로이 자리매김하고 있는 유년동화를 통해 동화적 낭만성의 가능성을 짚어본 글이다. 반면에 「동화의 운명」은 지난 15년간 동화의 변모 양상이 소설과의 부단한 교섭 과정이었으며, 이 장르 혼합적 경향이 앞으로 동화의 정체성을 규정하게 될 것으로 추정해본 글이다. 이러한 과정 속에서 특히 대중성 문제는 계속 논란이 되리라 본다. 「아동문학의 타자성과 주체의 딜레마, 그리고 대중성의 문제」는 최근 제기되고 있는 대중성의 문제를 아동문학의 타자성이라는 속성을 근거로 점검해 보았다. 생산주체와 향유주체가 분리된 아동문학의 특성상 아동문학은 타자의 문학이고, 아이들의 기호와 동일시하는 대중성조차 아이들을 타자화하고 있다는 것이다. 「선한 웃음, 악한 웃음」은 아동서사에서 종종 등장하는 웃음코드의 의미를 상업적 측면과 문학의 본질적 측면에서 논구해 보았다.

2부 〈동화와 판타지〉는 동화의 환상성과 판타지 장르의 변별적 자질을 통해 장르적 경계를 확정함과 동시에 아동서사에서 보이는 환상의 새로운 경향을 드러내기 위해 모은 글들이다. 여기서「현실과 환상, 또 하나의 페르소나」를 제외한 나머지 글들은 모두 비평을 시작하던 초기에 쓴 것들이다. 당시 나의 모든 관심사가 판타지에 몰두해 있던 2~3년 동안 쓴 글이다 보니 분석 대상 작품이 겹치고 논의 역시 중복되는 지점이 많아 성에 차지 않는다. 이 책에 수록하는 것조차 망설였으나 그럼에도 이들을 통해 판타지 장르의 특성을 어느 정도 드러낼 수 있으리란 생각에 모두 모았다. 어쩌면 무리인지도 모르겠으나 미흡하나마 이 역시 나의 성과이자 한계이고 내 사유의 과정이란 점에서 순순히 인정하기로 했다. 얼마 전에 쓴「현실과 환상, 또 하나의 페르소나」는 나의 환상 논의를 일단락 짓는 결론격의 글이 되었다. 앞에서 살핀 동화의 환상성과 판타지 장르의 패턴화된 환상기제가 하나의 문학적 충동으로 출몰하는 새로운 양상을 환상적 사실주의적 시각에서 논의한 것이다.

　3부 〈동화의 사회적 상상력〉은 동화 역시 사회적 생산물이라는 점에서 현실의 다기한 문제의식을 분출할 수밖에 없다. 때로는 이데올로기적이고 정치적인 사안이 충돌할 수밖에 없으나 이 역시 동화가 감당해야 할 본질적인 문제임에는 틀림없다.「열려진 세계의 존재들」은 변신이야기가 담고 있는 몸의 상상력을 통해 자본주의 소비사회의 물신성을 살핀 글이고,「차별과 혼돈의 벽을 넘어」는 다문화동화를 혼종성의 관점에서 살핀 글이다.「아동문학과 제노사이드」는 아동문학에 나타난 제주4·3의 형상화를 국가폭력의 관점에서 살폈으며,「핵과 평화, 그 인간적 비참함에 관한 서곡」은 최근 화두가 되고 있는 핵무기/핵발전소 문제를 다루었다. 히로시마 원폭과 핵전쟁, 핵폭발 등 극단의 상상력을 보여주는 작품을 통해 진정한 평화의 의미를 짚어보았다. 끝으로「아동문학에 담긴 현실적 가치들」에서는 권정생의『몽실언니』를 중심으로 현실주의 동화의 흐름을 짚어 보았다.

4부 〈청소년과 소설 사이〉는 말 그대로 청소년소설의 양상을 살핀 것들이다. 이 역시 초기에 쓴 것이 대부분이라 최근의 작품들이 반영되지는 않았다. 그렇다 하더라도 이 글들에 담긴 문제의식은 여전히 유효하리라 본다. 청소년소설은 '지금 여기'의 청소년이라는 당대성에 치중하다 보니 청소년 이야기를 통해 삶의 본질에 가닿기보다는 그들의 일상에 치중하거나 성장서사로서의 면모에 지나치게 함몰되어 있는 듯하다. 여기에 덧붙여 소재주의와 가벼운 대중 코드의 유행 역시 문제가 많다는 것은 거듭 강조해도 부족하지 않다.

이렇듯 이 책은 다소 무거운 주제를 담고 있다. 하지만 아동문학평론도 비평일진대 문학적 본질에 대한 탐색은 비평이 지녀야 할 기본자세에 불과하다. 문제는 얼마나 의미 있는 담론을 개진하느냐는 것일 테다. 솔직히 이에 대해선 자신 없지만, 그래도 동화가 지닌 문학적 의미에 대해 다시 한 번 생각해 볼 수 있는 계기는 되지 않을까 싶다. 앞으로 더욱 정치하고 심도 깊은 사유가 내 안에서 우러나오길 기대할 뿐이다.

첫 평론집인 만큼 그동안 도움을 주신 분들에게 감사를 드리는 게 도리일 듯하다. 이 분들이 없었다면 이만큼 글을 쓰지도 못했을 것이다. 가장 먼저 떠오르는 얼굴이 있다. 36년 전 무언의 눈빛만으로도 문학인의 길을 일깨워 주신 분이다. 숭문고 국어선생님이셨던 정희성 시인께 감사드린다. 선생님을 만나지 못했다면 나는 아마 문학은 생각지도 못했을 것이다. 또한 부족한 제자의 박사논문을 아직도 걱정하고 계신, 대학원 지도교수인 김수복 시인께 감사드린다. 그리고 대학원에서 아동문학을 가르쳐 주신 신현득, 강정규, 박상재, 선안나 선생님들과 인생살이의 여러 가지를 도와주는 소설가 박덕규 교수님과 김용희 선생님께도 감사드리고, 평론을 계속 쓰도록 격려해 주시는 원종찬 선생님도 너무 감사하다. 또 이제는 고인이 되신, 그 큰 목청으로 평론을 하라고 다그쳤던 이재철 교수님과 내가 파주로 들어왔을 때 자주 불러내 밥을 사주며 격려해 주셨던 김이구 선생님께도 머리 숙여 감사드린다. 그동안 힘든 여건에서도 불구하고 함께 『어린이책이야기』를 만들며 고생하는 편집동인들과 원고를 읽고 조언을 아끼지 않은 제자 김우주에게도 감사드린다. 그리고 힘겨운 나날을 변함없이 함께 해주는 아내 임은주와 늘 바쁜 아빠를 기다리며 무럭무럭 튼실하게 자라준 동희에게도 고맙기만 하다.

길이 끝난 곳에서 다시 새로운 이야기가 시작되듯이
이제 또 다른 길을 나서며
잠시 걸어온 길을 되돌아본다.

2018년 10월 1일
조태봉

| 차례 |

제1부

동화의 운명

유년동화의 정체

1. 왜 유년동화인가?

　최근 유치원 과정에서 초등학교 1학년까지의 어린이를 대상으로 한 창작 동화집 출간이 줄을 잇고 있다. 이미 오래전부터 1학년을 타깃으로 한 동화와 읽기책이 간간이 등장해 좋은 반응을 보이기도 했다. 이제는 아예 대상 폭을 6~7세까지 하향 조정하면서 하나의 트렌드로 자리 잡아 가는 듯하다. 아마도 박효미의『학교 가는 길을 개척할 거야』, 유은실의『난 편식할 거야』등에 대한 호평과 독자 반응도 한몫했으리라 짐작된다. 이를 계기로 유년기 아이들을 대상으로 한 동화가 더욱 관심을 받기 시작한 건 분명한 사실이다. 나아가 유치원에서 초등학교 1학년까지를 "그림책에서 읽기책으로 넘어가는 단계"로 설정하고, 그들에게 적합한 동화 작품을 특화시키려는 움직임까지 보이고 있다.

　이미 사계절 출판사는 7~8세용 동화 시리즈〈사계절 웃는 코끼리〉를 2010년부터 꾸준히 발행해왔고, 해와나무 출판사의〈노랑잎〉시리즈 역시 '혼자 힘으로 책읽기를 시작하는 어린이'를 독자층으로 설정해두고 있다. 비룡소의〈난 책읽기가 좋아〉시리즈의 1단계도 그러한 취지에서 시작했는데, 그동안 외국 작가의 작품에 치중하다가 최근에는 국내 창작물을 포함시키는 모양새다. 2014년에는 창비에서도 〈첫 읽기책〉 시리즈를 내놓기 시작하면서 바야흐로 '유년동화'라는 새로운 장르로 확산되는 추세다. 대상을 한 살 더 낮추어 6~8세를 겨냥하고 있는 〈첫 읽기책〉은 공모전 당선작을 첫 책으로 내놓아 독자의 시선을 집중시키는 한편, 이 시리즈에 방정환·주요섭·조지훈 등의 동화를 '근대 유년동화 선집'이라는 범주로 포함시킴으로써 '유년동화'의 역사적 근거로 제시하기 때문이다. 즉, 과거에 존재했던 '유년동화'가 오늘날에는 유치원 과정의 연령층에 적합한 '첫 읽기책'과 다를 바 없다는 것을 강조함으로써 장르적 연속성과 정당성을 환기시키는 것이다.

그렇다면 왜 유년동화인가? 이는 그동안의 동화 장르가 학령기 이전의 아이들을 포괄하지 못하고 있었다는 문제의식에서 비롯된 것으로 보인다. 유년동화를 특화시킴으로써 동화의 대상층을 확대하려는 시도인 것이다. 이러한 발상은 우리 동화가 오랜 동안 유지해온 분류법에 기초하고 있음도 부인할 수 없다. 우리 동화는 그동안 독자 대상의 연령에 따라 '저학년동화' '고학년동화'로 분류해왔다. 여기에 6~8세 아이들을 대상으로 하는 '유년동화'를 하나 더 얹어놓는 산술인지도 모른다. 저학년동화와 고학년동화의 장르적 변별점에 대한 규명조차 불분명한 상태에서 단순히 학령에 따른 분류가 성행하고 있기 때문이다. 유년동화 역시 그러할 공산이 크다.

그럼에도 불구하고 유년동화의 등장은 주목할 만한 일이다. 동화라고 일컬어지는 아동 서사문학 장의 변화가 감지되기 때문이다. 사실 유년동화에 대한 관심이 근래에 전혀 없었던 것은 아니다. 한 예로《평화신문》이 2006년부터 2012년까지 신춘문예 공모에서 유아동화 부문[1]을 신

---

1 명칭은 유아동화지만 당선작의 면모를 살펴보면 현재의 유년동화에 부합한다고 볼 수 있다.

설한 적이 있다. 최근에는 《동아일보》 신춘문예도 응모 동화의 분량을 20매 내외로 엄격히 제한하면서 좀더 단순 명료한 동화, 즉 유년을 대상으로 한 작품이 유리해질 전망이다. 실제로 2014년에는 유치원 단계의 주인공을 내세운 작품이 당선되었고, 다른 신문사의 신춘문예에서도 유년의 사고에 적합한 의인동화가 등장한 바 있다.[2] 이렇듯 동화의 연령대가 낮아지는 것은 이제 일반적인 추세가 되리라 본다. '유년동화 시리즈'의 등장은 이러한 현상과 무관하지 않으며, 앞으로 유년동화의 귀추가 주목되는 이유다.

이에 최근 대두된 유년동화에 대한 논의와 함께 몇몇 작품을 살펴보려 한다. 이를 통해 유년동화로 대변되는 동화 장의 변화 요인을 짚어볼 것이다. 아울러 유년동화가 기존의 동화와 변별되는 자질을 지니고 있는지, 있다면 무엇인지를 밝혀나가는 과정을 통해 유년동화가 동화의 확장인지, 아니면 단순히 연령대에 따른 분류인지도 드러나리라 본다. 이러한 의문은 결국 지금 이 시대에 동화는 무엇인가라는 궁극적인 물음에 가닿을 수밖에 없다. 끝없이 회의하는 것만이 이 복잡한 시대에 동화의 본질 언저리에라도 이를 수 있지 않을까 하는 생각에서다.

2. 이미지에서 이야기로

'유년'이라는 말은 오랜 세월을 거치면서 여러 의미로 변화되어 왔다. 애초에 유년이라 함은 '어린 시절'을 통틀어 지칭하는 말이었다. 그후 유년이 초등학교 저학년까지로 한정해 사용되었던 모양이다. 이재철의 1996년판(초판 1983년) 『아동문학개론』을 보면 '유년동화'를 별도의 장으

---

2 《동아일보》 당선작 「사과에 구멍이 있어요!」(공문정), 《한국일보》 「딱 좋은 날」(정신)이 그러한 예다.

로 분류해 설명하고 있는데, 여기서 유년동화를 "국민학교 2학년 아래 정도의 아동을 대상으로 지어진 창작동화"(153쪽)로 규정한다. 또한 "유년기의 아동은 고학년 아동과는 생활 장면을 해석하는 방법이나 대인간 관계가 다르다"(153~154쪽)고 적시해놓았듯이 유년기를 과거보다는 좁게, 현재보다는 조금 넓게 설정하고 있음을 알 수 있다.

요즘 유년이라는 말은 대체로 유치원을 다닐 시기의 아이들을 지칭한다. 좀더 폭을 넓히면 초등학교 1학년까지를 포함해 대략 6~8세의 아이들을 말한다. 이들이 바로 유년동화의 독자층이다. 그런데 그동안 이 시기의 아이들은 그림책 장르의 주 소비층이었다. 물론 그림책 장르의 폭은 생각보다 넓다. 외국 작가의 그림책에서부터 국내 작가의 그림책은 물론, 창작그림책에서 지식그림책에 이르기까지 하루에 한 권씩 읽어도 유년기 동안 다 읽을 수 없을 정도로 넘쳐난다(물론 이걸 다 읽을 필요야 절대로 없지만). 이렇게 많은 그림책의 유형 또한 다양하다. 무엇보다도 그림책의 서사 방식을 좌우하는 글과 그림의 상호관계와 비중만을 염두에 두더라도 그림책의 유형은 여러 가지로 나뉘어진다.

우선 데이비드 위즈너의 『이상한 화요일』이나 레이먼드 브리그스의 『눈사람 아저씨』처럼 글자 한 자 없이 그림으로만 서사를 진행해가는 형태에서 모리스 샌닥의 『괴물들이 사는 나라』처럼 글과 그림이 상호작용을 하며 함께 서사를 이어가는 형태로 구분할 수 있다. 이들은 그림책의 대표적인 유형에 속한다. 이야기의 진행이 상당 부분 그림에 의지하고 있기 때문에 아직 글자를 깨치지 못한 4~5세의 어린이집에 나가기 시작하는 유아들도 충분히 즐길 수 있다. 이들이야말로 부모나 교사가 읽어주는 짧은 문장을 듣는 것과 동시에 스스로 그림을 보면서 상상과 함께 이야기를 이해한다. 점차 글자를 깨치면서부터는 서서히 '글밥'이 많은 그림책으로 옮겨가는 것이 보통이다. 글밥이 많은 그림책은 대개 그림보다는 글이 서사의 흐름을 주도한다. 이때 그림은 보조적인 위치에 머물기 때문에 아예 그림을 뺀다 해도 글만으로 서사가 완결될 수 있다. 우리가 말하는 유년기 아이들은 엄밀히 말해 글밥이 많은 그림책의 독자층이다. 이들은 이미지와 함께, 혹은 이미지와는 별개로 글 읽기를 통해 이야기를 이해하는 것으로 보인다. 이러한 글 읽기에 익숙해진 아이들은 서서히 본격적인 글 중심의 동화로 다가서기 마련이다.

사정이 이렇다면, 유년동화 시리즈가 내세우고 있는 "그림책에서 읽기책으로 나아가는(넘어가는) 단계", 혹은 "첫 읽기책"이라는 설정은 과연 타당한 것인지 의구심이 든다. 글 중심의 그림책만으로는 성에 안 찬 어른들의 조급증이거나 출판 자본의 상업적 의도로 오해받을 소지가 다분하다. 앞서 말한 바와 같이, 그림책→글 중심의 그림책→동화의 수순을 밟아도 무리가 없을 터인데 '글 중심의 그림책'과 '동화' 사이에 '유년동화'를 끼워넣고 읽기를 강권하는 꼴이기 때문이다. 여기서 그동안 유년동화의 필요성을 제기해온 박숙경의 논의를 살펴볼 필요가 있다.

박숙경은 아이들에게 "'보는 것'에서 (이야기) '읽는 것'으로 옮겨가는 것이 실로 엄청난 의미의 전환"[3]이라고 말한다. 이에는 전적으로 공감하지만, 그 '의미의 전환'이 왜 기존의 글 중심의 그림책이 아니고 유독 '유년동화'를 새로이 만들어내 이루어져야 하는지에 대해서는 명확히 이해되지 않는다. "친근한 어른의 품에서 그림책을 보는 것 또는 글자를 깨쳐서 자기 혼자 책장을 넘기기 시작하는 것과는 엄연히 다른, 저 너머 세계까지 스스로 날아갈 수 있는 날갯짓을 익혀야 하는 때가 유년의 어느 지점에 있다"[4]고 애매하게 진술하고 있기 때문이다. 그렇기 때문에 "그냥 보는 것과는 달리, 스스로 읽고 이야기를 상상하고 즐기는 방법을 친근하고도 즐겁게 안내해줄 유년문학이 꼭 필요하다"[5]는 주장이 설득력

3 박숙경, 「유년문학, 대세를 거스르자」, 『창비어린이』 32호, 창비, 2011년 봄호, 70쪽.
4 위의 글, 같은 쪽.
5 위의 글, 같은 쪽.

있게 다가오지 않는다. 이는 그의 문제의식이 다른 무엇보다도 요즘 아이들의 학습 수준을 고려하지 않은 탓에 빚어진 문제인 듯하다. 혹은 "'유년문학'의 중심축을 5·6세로 잡고 반경을 4세"[6]까지 낮추면서 유년동화의 대상을 너무 넓게 잡은 탓인지도 모른다. 그는 유년기 아이들의 독서 방식이 이미지에 의존해 약간의 상상을 보탤 뿐 글자로 된 문장을 읽으며 이야기를 쫓아가는 게 아니라고 하거나 어른의 품에 안겨 들려주는 이야기를 즐기는 것처럼 말하고 있지만, 이는 4~5세라면 모를까 6~7세, 하물며 초등학교 1학년인 8세 아동의 모습은 아닌 것이다. 이에 그의 논지를 따라가다 보면 유년동화의 정체성이 명확히 드러나지 않는다.

앞서 논의한 것처럼 6~8세의 유년기 아이들은 이미지 중심의 그림책보다는 글 중심의 그림책에 더 친숙하다. 이미 혼자서 책을 읽을 나이라는 것이다. 실제로 요즘 아이들은 대부분 유치원에 들어가기 전부터 한글을 깨치게 된다. 물론 그렇지 않은 아이들도 많겠지만 4세만 되면 어린이집에 들어가는 게 보편화된 지 오래고, 한글 교육은 이미 어린이집에서부터 이루어지기 시작한다. 한글 학습지 같은 사교육의 영향도 크다. 해서 유치원 단계 아이들은 웬만해서는 짧은 문장 정도는 쉽게 읽을 줄 안다. 한마디로 요즘 아이들은 초등학생은 물론이고 유년기 아이들도 학습 수준이 높다는 것이다. 이러한 현실 요건이 유년동화의 가능성과 필요성을 제기하는 지점이 되리라 본다. 이미지와 함께 제시되는 짧은 글이 아이들에게 성에 안 찰 수도 있고, 보다 풍부한 글로 된 이야기가 아이들의 만족감을 채워주고 상상의 세계를 풍요롭게 해줄 수 있을 것이기 때문이다. 또한 유년동화 시리즈 독자층의 상당수는 상위 연령인 8세에 해당하는 초등학교 1학년이 될 터인데, 이들 역시 그들만의 이

---

6 위의 글, 67쪽. 여기서 상위 연령을 초등학교 2학년까지 잡고 있어 저학년동화와의 혼란도 불가피해 보인다. 같은 지면에 실린 김지은의 글 「유년동화에 담긴 말과 마음」 역시 유년동화와 저학년동화의 경계가 애매하다.

야기가 필요할 것이다. 아직은 유년의 티를 벗지 못한 탓도 있겠지만, 이제 막 학교생활에 적응해야 할 시기에 있는 과도기성이 1학년을 독특한 성장단계의 한 시기로 규정해준다. 따라서 기존의 동화(저학년동화)는 1학년 아이들이 공감하기 어려운 부분을 지니고 있기도 하다. 요즘은 저학년동화도 현실 이야기가 다수를 차지하게 되면서 주로 2학년 이상 아이들의 일상을 다루고 있기 때문이다. 그래서 그들에게 '1학년 동화'가 인기를 끌기도 하는 모양이다.

이러한 현실에서 유년동화의 제기는 동화의 새로운 활로를 모색하는 계기로도 작용할 수 있으리라 본다. 유년동화를 단순히 독자 연령에 따른 분류로 보기보다는 동화의 영역을 넓히는 기회로 삼아야 한다는 것이다.

3. 유년동화, 동화의 새로운 출구인가

언제부턴가 우리 동화에서 '동화'는 거의 자취를 감추고 말았다. 이제 동화는 '아이들의 현실 이야기'에 다름 아니게 되었다. 동화의 전통적인 특성 중 하나인 비현실성 혹은 물활론성·이상성·낙천성 대신에 아이들이 가정과 학교에서 겪어야 하는 현실 문제가 서사의 중심을 이루고 있다. 요즘 동화의 대부분이 아이들의 일상에 천착해 있고, 현실 문제로 인해 고민하고 갈등하는 아이들 이야기가 대세를 이루기 때문이다. 아이들의 연령을 고려해 현실 문제의 강도를 약화시켰을 뿐 소설이라고 해도 무방할 정도다. 그만큼 동화와 아동소설의 경계가 흐려지고 있으며, 동화가 소설로 급속히 침식되어 가는 중이다.

물론 과거에도 동화가 비현실적인 물활론적 상상의 세계만을 다루어 온 것은 아니다. 오히려 생활동화와 같이 아이들의 일상을 다룬 현실 이야기가 양적으로는 다수를 차지해온 것도 사실이다. 그러나 이때의 현실 이야기는 동화의 문법과 인식으로 재구성된 세계다. 그렇기 때문에 아동기의 물활론적 상상의 세계가 또 다른 하나의 범주로서 양립할 수 있었다. 동화의 한 축이 의인화동화와 같은 상상의 세계라면, 다른 한 축은 아이들이 겪어내야 할 현실의 여러 가지 양태를 '자아와 세계의 조화와 통합'[7]이라는 동화적 인식으로 그려낸 세계였던 셈이다. 하지만 요즘의 동화는 '조화와 통합'보다는 현실 속에 내재된 '대립과 갈등'에 더욱 초점이 맞춰진 듯하다. 이는 소설적 인식의 영향이라고 할 수 있다. 동화에서 갈등의 부각은 동화의 특성인 내적 리얼리티보다 현실 법칙을 중시하는 현실적 리얼리티를 요구하게 되고, 이는 소설의 세계를 지향하게 된다. 물론 대부분의 작품이 결말에 이르러 갈등의 해소를 보여주지만, 여기서의 해소는 동화적 통합의 세계관과는 다른 측면으로 보아야 한다. 즉, 성인소설과 대비되는 아동소설의 특성인 것이다. 자아와 세계가 대립과 갈등을 보이지만 극단으로 치닫지 않게 함으로써 아동 독자를 배려하는 교육적 측면이기 때문이다.

이러한 소설적 인식의 확장은 전통적인 동화 양식의 축소와 소외를 불러올 수밖에 없다. 권정생의 「강아지똥」과 같은 작품은 이제 전통적인 동화를 지칭하는 하나의 전범(典範)일 뿐 현재 동화의 지향점은 아니다. 어쩌면 동화의 비현실적인 물활론의 세계는 머지않아 소멸의 길이 예정되어 있는지도 모를 일이다.

그렇다고 해서 이러한 추세를 무조건 거부하는 것도 능사는 아니다. 시대와 사회적 여건의 변화에 따라 다기한 부침을 보이는 것이 장르의 특성이고 보면 동화와 소설의 교섭은 당연한 일일 것이다. 더욱이 이 시대의 지배적인 서사 양식이 소설인 바에야 동화가 소설의 영향으로 변화

---

7 선안나, 「동화와 아동소설의 장르 고찰」, 『천의 얼굴을 가진 아동문학』, 청동거울, 2007, 24쪽 참조.

해가는 것은 그다지 이상한 일도 아니다. 단지 그러한 변화를 추동해내는 요인을 짚어보고 발전적인 방향을 모색해가는 것이 필요할 따름이다.

최근 동화의 중심축이 현실 이야기로 옮겨지는 반면 의인화동화는 급격히 감소 추세에 있다. 이러한 장르 변화는 향유층의 변동에서 비롯된 문제일 것이다. 흔히 아이들은 어른들처럼 현실 감각이 굳어지기 전까지 자유롭고 상상적인 물활론의 세계관을 지니고 있는 것으로 알려져 있다. 김지은은 비고츠끼(L. Vygotsky)의 이론을 인용해서 아이들의 의식이 '비현실적 기능'과 '현실적 기능'이 지그재그로 발달하는 변증법적 과정을 거친다고 분석한 바 있다.[8] 이러한 성장 과정을 통해 자라면서 아이들은 점차 현실적 기능이 강화될 것으로 보인다. 그래서 나이가 어릴수록 비현실적 의식이 강하게 나타나는 것이고, 그런 정신적 특성을 반영한 것이 전통적인 동화, 특히 의인화동화였다. 이들 동화의 축소는 달리 말하자면 요즘 아이들이 변화하고 있다는 뜻으로 해석된다. 즉, 과거보다도 훨씬 이른 나이에 아이들의 현실 의식이 비현실적 의식보다 강해지고 있다는 의미일 것이다. 실제로 고학년동화의 대부분은 아동소설에 훨씬 가깝다는 사실이 이를 반증해주고 있다. 이들 중에는 환상을 매개로 한 비현실적인 이야기도 상당수 포함되어 있지만, 이때의 비현실은 물활론적인 세계가 아니라 현실의 법칙에 위배되지 않는 환상세계라는 점에서 현실적 리얼리티가 중요하게 작용한다. 반면에 동화적 세계는 저학년동화에서나 그나마 명맥을 유지할 수 있었다. 물론 동화의 세계를 잘 구현하고 있는 『떡갈나무 목욕탕』(선안나), 『만복이네 떡집』(김리리), 『떡 하나 주면 안 잡아먹지』(임어진) 등 수작으로 꼽을 만한 작품이 다수 포진해 있긴 하지만, 이제 저학년동화 역시도 현실 이야기의 강세에서 벗어날 수는 없게 되었다. 이미 저학년만 되어도 현실적 사고가 비

---

8 김지은, 앞의 글, 『창비어린이』 32호, 창비, 2011년 봄호, 80~81쪽.

현실적 의식을 앞지르고 있기 때문이다.

이러한 변화는 한마디로 아이들을 둘러싸고 있는 환경이 예전과 다르다는 것을 의미한다. 이는 비단 인터넷, 스마트폰, 방송 등 대중 미디어의 홍수 속에서 너무 일찍 현실의 눈을 뜰 수밖에 없는 생활문화의 변화 탓만은 아니다. 오히려 아이들에게 강요되고 있는 교육 환경의 기형적 행태가 더 큰 문제다. 요즘 아이들은 갓 태어나자마자 영어 CD를 반복해 들어야 하는 스트레스에 시달려야 하고, 제 발로 걷기 시작하면서부터는 온갖 학원에 입문해 부모가 요구하는 영재 코스를 밟아야 한다. 이런 지경이니 저학년만 되어도 학교와 학원을 맴돌며 하루 종일 공부만하는 지식경쟁의 소용돌이에 휘말려 있는 것이 요즘 아이들 모습일 수밖에 없다. 한마디로 태어나면서부터 20년 후의 대학입시를 준비하는 꼴이다. 상황이 이렇다 보니 아이들은 어른 뺨칠 정도로 아는 게 많고, 덩달아 현실의식도 빠르게 발달한다. 반면에 상상력의 토대가 될 비현실적 의식은 너무 이르게 사라져버린다. 앞서 인용한 비고츠끼의 변증법이 허용되지 않는 것이다. 어쩌면 이 시대 어른들이 아이들을 감성은 없고 이성만이 비대해진 괴물로 만들어가고 있는 건 아닌지 심히 우려가 된다.

동화는 이러한 왜곡된 시대 흐름에 밀려 아이들로부터 소외되었지만, 시대를 거슬러 제동을 걸 수 있는 잠재력 또한 지니고 있다. 동화의 비현실적 세계관이야말로 이성과 지식 중심 시대의 역행이기 때문이다. 그렇다면 이 역행은 어디에서 어떻게 시작될 수 있을까? 새로이 등장하고 있는 유년동화에 주목하는 까닭이 바로 이 지점에 있다. 비현실과 현실의 변증법적 사고를 지니고 있는 유년기 아이들의 정신세계가 동화적 상상력의 세계와 상통하기 때문이다. 이러한 취지에서 최근 출간되고 있는 유년동화 류의 작품 속에 담겨 있는 동화적 세계관에 주목할 수밖에 없다.

우선 임선영의 『내 모자야』(창비, 2014)는 학령기 아이들을 위한 동화에서는 수용될 수 없는 이야기의 단순성과 낙천성이 유년동화의 화법을 상기한다는 점에서 의미가 있다. 이 작품집에 실린 네 편의 동화는 주인공이 토끼-호랑이-아기 곰-호랑이로 이어지는 연작동화 형식을 보인다. 동물을 의인화해서 고만고만한 이야깃거리를 풀어가고 있지만, 유년기 아이들이 지니고 있는 사고의 단순성과 상상력을 담아내고 있어 그만한 또래 아이들의 흥미를 불러일으킬 만하다. 이 작품집에 실린 「내 모자야」의 경우, 길에서 반바지를 주운 토끼가 "이건 모자야, 토끼 모자!" 하면서 머리에 뒤집어쓰고는 기뻐한다. 그동안 어떤 모자도 '기다란 왼쪽 귀가 왼쪽 구멍에, 길쭉한 오른쪽 귀가 오른쪽 구멍에 아주 쏙 들어가'는 건 없었기 때문이다. 토끼는 동물 친구들을 찾아다니며 모자를 자랑한다. "모자가 정말 멋있구나!" 하는 칭찬을 듣고 싶어서다. 하지만 그 누구도 토끼의 모자를 제대로 알아보지 못한다. 오히려 멧돼지는 "이건 바지야, 바지! 여기 이 작은 구멍 두 군데에 다리를 집어넣는 거라고!"라며 토끼를 조롱한다. 이에 실망한 토끼는 의기소침해하지만, 토끼의 마음을 헤아릴 줄 아는 호랑이는 "이건 바지가 아니라 바지를 닮은 모자야!"라며 토끼를 위로한다.

이 작품은 바지를 모자로 전환시켜 이야기를 풀어낸 발상이 참신하게 느껴진다. 현실적 의미를 뒤집어 자기 나름의 새로운 의미를 부여함으로써 저마다 지니고 있는 개성의 중요성을 강조하고 있다는 점에서 현실 전복적이다. 어른들이 요구하는 규율과 규격화된 교육제도 속에서 아이들이 주체성을 잃고 몰개성화되어 가고 있는 현실에 대한 경종으로 읽히는 것이다. 이처럼 의인화 동화 특유의 은유적 화법은 비현실을 통해 현실의식을 제고하고 자아를 고양시키는 강력한 힘이 있다.

이은정의 『목기린 씨, 타세요!』(창비, 2014)도 유년동화의 가능성을 보여주는 작품이다. 화목 마을에 이사 온 목기린 씨는 버스를 탈 수 없어 힘들게 걸어 다닌다. 천장이 낮은 버스를 타기에는 기린의 목이 너무 길었기 때문이다. 목기린 씨는 마을회관 고슴도치 관장에게 버스를 탈 수 있게 해달라고 매일매일 수도 없이 편지를 보낸다. 마을버스는 바로 고슴도치 관장이 선거 공약대로 "마을의 1번지에서 10번지까지 주민들을 하나하나 살피면서" 만든 것이니까. 즉, 버스를 탈 수 없는 목기린 씨만 마을에서 소외된 것이다. 화목 마을이라는 이름답게 주민들과 관장은 회의를 거듭하면서 목기린 씨가 버스를 탈 수 있게 할 방안을 궁리한다. 결국 버스를 개조한 고슴도치 관장은 버스 창문에 '목기린 씨, 타세요!' 라는 안내판을 붙이게 되고, 나중에는 목기린 씨의 제안을 받아들여 새로운 버스를 만들 계획을 세운다. 그리고 목기린 씨는 관장으로부터 한 통의 편지를 받는다.

목기린 씨의 설계도와 마을 주민들의 의견을 바탕으로 버스를 새롭게 고쳤습니다.

목기린 씨, 이제부터는 마음껏 버스를 타세요!

추신: 앞으로도 마을버스는 계속 고쳐 나갈 겁니다.

화목 마을 주민이라면 모두가 안전하게 탈 수 있도록! (55쪽)

이렇듯 이 작품은 사회 구성원 개개인이 지니고 있는 다른 점이 차별의 요소가 되어서는 안 되며, 서로의 차이를 이해하고 받아들임으로써 건전한 공동체를 만들어 갈 수 있다는 사실을 은유적으로 간단명료하게 표현하고 있다. 나아가 이 작품은 우리 정치 현실의 풍자로도 읽힌다. 선거 때면 입에 발린 공약을 앞다투어 내놓던 정치인들이 당선만 되면 나 몰라라 하는 식으로 안면몰수하는 행태를 고슴도치 관장을 통해 꼬집고 있는 것이다. 그래서 이 동화는 아주 정치적이다.

이 밖에도 『깜빡해도 괜찮아』(사계절, 2011)를 필두로 한 강정연의 〈꼬마 다람쥐 두리〉 연작(1~5), 김미애의 『새콤달콤 비밀 약속』(사계절, 2014) 등 도 동화적 상상력을 한껏 보여주는 작품들이다. 이들 작품의 면모를 살 피다 보면, 예전 동화가 지니고 있었던 미학적 가치들이 유년동화라는 이름으로 새로이 탈바꿈하고 있음을 느끼게 한다. 어쩌면 동화적 상상 력은 이제 자신에게 가장 잘 어울리는 주인을 찾은 건지도 모르겠다. 동 화는 유년이라는 새로운 독자층의 독특한 문학적 기호를 찾아 바삐 움 직이고 있으며, 유년에 부합하는 동화 양식으로 부단히 적응해나갈 것 이다. 따라서 유년동화의 등장은 단순한 연령 구분이 아니라 동화 본질 로의 회기이며, 동화 영역의 새로운 확장으로 보아야 한다. 이것이 바로 앞으로 유년동화의 행보에 주목하는 이유다.

4. 어른의 동화, 유년의 동화

6~8세용 동화를 표방하고 있는 시리즈의 작품들 가운데는 아이들의 소소한 일상을 다루고 있는 작품들도 여러 편 눈에 띈다. 이 시기 아이 들 역시 유치원, 혹은 막 입학한 학교에서의 생활과 아이들 간의 관계가 중요할 수밖에 없다. 가정이나 어린이집의 좁은 울타리에서 벗어나 좀 더 넓은 세상으로 나와 사회적 관계 맺기의 첫 관문을 통과하는 중이기 때문이다. 그러다 보니 유년기 아이들이 현실에서 부대끼는 이야기가 더욱 폭넓은 공감대를 형성할 수도 있고, 현실에서 흔히 경험할 수 있는 이야기의 친연성이 강한 호소력을 불러일으킬 수도 있다. 이러한 이야 기 역시 필요한 건 사실이다. 그러나 아이들의 일상을 그저 하나의 소재 로서 표면적으로 다룰 때는 문제가 된다. 문학이라면 적어도 이 시대 유 년기 아이들의 생활이 지니고 있는 사회적 의미, 혹은 일상의 단면을 통

해 그 또래 아이들 나름의 삶의 의미를 깊이 성찰해낼 때라야 문학으로서의 존재 의의를 지닐 수 있기 때문이다. 단지 현실 관계의 직접적인 서술만으로는 오히려 유년기 아이들을 좁은 현실의 테두리에 가두어버리는 건 아닌지 되묻게 된다. 이는 아이들을 풍부한 상상의 세계로 이끌기는커녕 동화 장르 자체의 문학적 의미마저도 협소화시킬 소지가 다분하기 때문이다. 가령 김리라의 『너랑 절대로 친구 안 해!』(사계절, 2014) 같은 경우 이러한 우려를 자아내기에 충분하다.

이 작품은 유치원에 처음 나가기 시작한 주인공 나조아가 같은 반이 된 금동희와 함께 말썽꾸러기인 오기찬의 괴롭힘에 맞서나가는 이야기다. 나조아는 오기찬이 때릴 때를 대비해 아빠에게 피하는 법을 배우기도 하고, 군대에서 휴가 나온 외삼촌에게 권투를 배우기도 한다. 하루는 오기찬에게 겁을 줄 생각으로 외삼촌의 빨간 권투장갑을 들고 유치원에 갔다가 금동희의 고자질로 선생님에게 들켜 교실 뒤쪽으로 나가 벌을 서게 되었다. 마침 말썽을 부리다가 오기찬도 교실 뒤로 쫓겨나 함께 벌을 서는데, 오기찬이 자꾸 "나조아~" 하고 부르는 거였다. 그런데 나조아는 그게 "나 좋아?" 하고 묻는 걸로 들린 거였다. 그때 갑자기 나조아는 외삼촌이 소라 이모와 결혼한다는 이야기가 떠올랐다. 외삼촌이 유치원 때부터 맨날 소라 이모를 괴롭혔는데 그게 좋아서 그런 거였다고 엄마에게 들은 것이다. 순간 나조아는 저도 모르게 "안~돼! 나 오기찬이랑 절대 결혼 안 해!"(61쪽)라고 큰 소리로 외치는 바람에 아이들의 웃음거리가 되고 마는 것으로 이야기를 마친다. 한마디로 학령기 아이들을 대상으로 한 생활동화의 일상성, 혹은 폐단이 다시 되풀이되는 느낌이다. 유치원에서 벌어진 일을 그리고 있지만, 사실 이 이야기를 그대로 초등학교로 바꿔 놓아도 상관없을 정도다. 그만큼 유년기 아이들만의 독특한 특성을 살려내지 못했을 뿐더러 문학적 울림 또한 느껴지지 않는다. 이는 유치원에서 겪는 친구 간의 갈등이 보편적 형상을 넘어 개성적인 차원으로 심화되지 못한 탓이다. 가령 오기찬이 조손가정 아이라는 점과 금동희의 고자질이 지니고 있는 심리적 차원이 이야기의 특수성을 심화시킬 수 있는 소재임에도 불구하고 하나의 에피소드로 제시될 뿐 서사 속에서 유기적으로 엮이지 못한 채 두루뭉술하게 넘어가고 만다. 이 탓에 이 작품은 언제 어디에서나 늘 있을 법한 흔한 이야기의 일상적 틀에 갇히게 되고, 그러한 평범한 시각으로는 그 또래 아이들의 구체적인 삶을 형상화할 수 없다는 당연한 이치를 새삼 느끼게 한다. 결국 이 작품은 나조아의 우스꽝스런 해프닝으로 결말지을 수밖에 없었을 터이다.

이러한 한계는 비단 이 작품만의 문제는 아니다. 생활동화로 지칭되는 대다수의 작품이 수도 없이 되풀이해왔던 것이고, 동화 장르에 대한 문학으로서의 존재 의의마저도 회의적이게 하며 은연중에 가치 절하의 요인으로 작용할 수밖에 없었다. 이런 류의 동화가 현실적 리얼리티조차 확보하지 못한 채 보여주는 아이들 삶의 피상성, 삶에 대한 깊이 있고 성숙된 통찰력의 부재가 동화의 문학적 의의를 훼손하기 때문이다. 그렇다면 이러한 문제는 왜 발생하는가? 성숙되지 못한 작가의식이 문제인가, 동화 장르 자체의 한계인가, 동화가 생산되고 소비되는 아동문학 시스템의 문제인가? 무엇보다도 이 시대의 동화, 특히 이 자리에서는 유년동화가 지니고 의미에 대해 되짚어볼 필요가 있다.

사실 동화는 그동안 시대 변화에 조응하면서 여러 의미로 변용되어 왔다. '어린이를 위한 설화'에서 시작해 한때는 물활론적 환상성의 대표적인 장르로 인식되기도 하였다. 현재도 그러한 의미를 다소 지니고 있긴 하지만, 그보다는 '아이들 이야기'로서의 동화로 현저히 기울고 있는 상황이다. 곧 동화가 사실주의 동화를 의미하게 된 것이다. 앞에서도 언급한 바 있지만, 이는 소설의 시대에서 동화가 살아남는 유일한 방법인지도 모른다. 소설의 영향력을 떨쳐버릴 수 없는 상황이라면 부단히 교섭하면서 스스로 갱신의 길을 갈 수밖에 없기 때문이다. 동화에서 현실 이야기가 지배적인 서사로 자리 잡게 되는 것은 이러한 이유에서다. 그러나 문제는 바로 여기에 있다. 과연 동화라는 그릇(더군다나 유년동화의 틀)이 현실 이야기를 담아내기에 얼마나 적합한가 하는 것이다. 동화는 어린 독자층의 특성상 압축과 생략, 과장을 서사적 자질로 지닌다. 그러나 현실 이야기는 너무도 구체적이다. 이 양극단의 차이는 리얼리티의 문제를 불러일으킨다. 즉, 동화적 자질과 현실 이야기의 소설성이 충돌하는 지점에 생활동화, 혹은 사실주의 동화의 한계점이 위치해 있는 것이다. 동화적 자질로 기울다 보면 현실적 리얼리티가 훼손되고, 현실 이야기의 리얼리티를 강화하다 보면 아동소설에 가까워지는 문제에 봉착한다.

그럼에도 불구하고 현재의 동화는 현실 이야기를 지향하고 있다. 아마도 이는 아동문학의 유통과정이 안고 있는 특수성 또한 한몫하고 있기 때문이라 본다. 동화는 아이들을 위한 문학이지만, 생산과 소비의 전 과정에서 아이들은 철저히 소외될 수밖에 없다. 처음부터 끝까지 어른의 취향과 기호에 따라 창작되고 추천되고 소비될 뿐이다. 마리아 니콜라예바는 아동문학의 특수성을 '두 가지 코드'로 정의한 바 있지만, 유통과정에서는 '아이의 코드'보다는 '어른의 코드'가 앞서는 것을 제어할 수가 없다는 게 문제다. 동화에서 현실 이야기의 선호가 두드러지는 것 역시 이미 소설의 세계에 친숙한 어른의 코드가 아이의 코드를 압도하면서 빚어진 결과다. 물론 요즘 아이들의 현실의식이 빠르게 발달하고 있다는 면에서 두 코드가 일치점을 향해가고 있다고 볼 수도 있지만, 동화가 이를 더욱 부채질할 필요는 없기 때문에 아동문학 유통 과정에서 주도권을 쥐고 있는 어른들의 성찰이 보다 필요한 시점이라 여겨진다. 작가, 편집자, 비평가, 독서운동가, 교사, 사서 등 아동문학을 둘러싸고 있는 오피니언 리더들은 어린 독자들의 의식적 특성과 기호보다는 자신들의 취향에 따라 '아이들을 위한 문학'을 '어른의 코드'로 변질시켜 온 것은 아닌지 자문해보아야 한다. 현실 이야기는 그에 적합한 양식인 아동소설의 영역으로 남겨두고, 동화는 현실 이야기만으로는 풀어낼 수 없는 아동기의 독특한 정신세계를 추구했다면 어땠을까. 이 모두가 어른들의 책임이라는 것만큼은 자명해 보인다.

『너랑 절대로 친구 안 해!』가 보이는 문제점 또한 동화에 스며들어 있는 어른의 취향이 유년동화에서도 되풀이된 것과 다를 바 없다. 현실에서 눈앞에 보이는 아이들의 아기자기하고 귀여운 모습을 동화 속으로 끌고 들어왔지만, 그 이상의 문학적 미덕은 찾아볼 수 없는 것이다. 아이들 이야기지만 정작 이야기 속에 진짜 아이들은 없고, 어른들이 생각하고 원하는 아이들의 모습만 남아 있는 건 아닌지 되짚어볼 필요가 있다. 어른들의 자기 만족적인 동화는 아이들의 동화라기보다는 어른들의 로망이 만들어낸 서투른 '어른의 동화'일 뿐이다.

반면에 같은 일상적인 이야기지만, 유은실의 『나도 편식할 거야』(사계절, 2011), 『나도 예민할 거야』(사계절, 2013)는 보다 색다른 경향을 보이고 있다. 이 작품들에서 눈여겨볼 것은 반어법과 아이러니다. 이미 여러 작품에서 독특한 서사적 화법을 구사해온 유은실은 유년동화에서도 자신의 장기를 유감없이 발휘해 일상성의 한계를 넘어서고 있다. 이 작품들은 편식을 하고, 또 너무도 예민해서 엄마 아빠의 속을 태우는 오빠와는 달리 너무도 잘 먹고 아무 데서나 잘 자는 여동생 정이 이야기다. 그러나 오빠는 편식을 하기 때문에 엄마가 오빠한테만 신경 써 맛있는 반찬을 해주고 보약도 지어주고 정이한테는 아무거나 잘 먹는다고 아무거나 대충 준다. 또 오빠는 예민해서 잘 못 잔다고 침대를 사주려 하고 정이는 아무 데서나 잘 잔다고 침대를 안 사주려 한다. 그래서 정이는 사랑받지 못한다고 느낀다. 사랑받기 위해 편식을 하고 예민해지려고 한다. 이러한 반어적인 아이러니가 이 작품을 읽는 재미를 주고, 아이들의 심리를 새로운 각도에서 들춰내 보여준다. 더군다나 서사를 이끌어가는 화법 또한 유년기 아이들의 단선적이고 직설적인 사고를 드러내고 있어

인물의 실감을 더해주고 있다. 가령 고모할머니가 온다는 말에 "뭘 사올까?" 궁금해하다가 "아이스크림이면 좋겠다. 아이스크림은 맛있다. 엄마는 안 사 준다. 살찐다고 안 사 준다."(『나도 예민할 거야』, 8쪽)라고 하는 것처럼 정이의 내면을 드러내는 방식이 그러하다. 이러한 화법은 생략과 과장을 통해 서사를 단순명료하게 드러내주는 이점이 있으며, 동화적 색채를 한층 더 짙게 풍기도록 이끌어간다. 즉, 일상적 소재를 다루고 있음에도 독특한 동화적 화법으로 재구성함으로써 아이들 일상의 단면을 한층 새롭게 형상화해낼 수 있는 것이다.

이처럼 동화의 화법은 아이들의 일상적 소재를 직접적으로 드러내기보다 일정한 거리를 둠으로써 문학적 성취를 거두게 된다. 특히 의인화 동화가 그러하다. 이들 동화에서 다루고 있는 소재 역시 아이들이 일상에서 겪는 일에 다름 아니다. 이를 동물이나 무생물로 타자화시킴으로써 비일상적인 거리가 확보되면서 현실을 은유할 수 있게 되는 것이다. 이러한 세계는 유년기 아이들이 갖고 있는 비현실적인 물활론적 세계관 때문에 가능하고, 그들에게는 직접적인 현실 모사 못지않게 강력하고 명료한 현실 인식 방법이 된다. 이는 강정연의 〈꼬마 다람쥐 두리〉 연작(1~5)만 보아도 쉽게 드러난다. 이중에서 첫 번째 이야기인 『깜빡해도 괜찮아』를 살펴보면, 이 작품은 큰꼬리 다람쥐를 의인화해서 모성의 힘을 상기시키고 있다. 주인공 두리는 엄마가 못마땅하다. '깜빡이 아줌마'로 불릴 정도로 자주 깜빡깜빡 까먹기 때문이다. 맛있는 도토리 과자를 굽고 있다가 깜빡해서 새까맣게 태우기 일쑤이고, 심지어 두리가 학교에서 돌아온 걸 깜빡 잊고 두리를 찾아온 친구들에게 두리가 집에 없다고 말할 정도다. 학교 준비물이 뭔지, 두리의 파란 멜빵바지가 어디에 있는지도 모르는 엄마가 두리는 짜증스럽기만 하다. 더군다나 엄마 때문에 친구들에게 놀림까지 받은 두리는 '뭐든 깜빡하는 엄마가 정말 맘에 안 들어'서 집을 나가 숲속으로 간다. "지금은 엄마를 보고 싶지 않"은 두리

는 은빛 강가에 있는 "뚱뚱한 밤나무 위로 올라가 커다란 구멍 속"에서
놀다가 돌아올 생각이었는데 그만 깜빡하고 잠이 들고 만다. 해가 지고
나서야 잠이 깬 두리는 어둠 속에 묻힌 숲길을 찾지 못해 두려움에 떨게
되는데, 그런 두리에게 놀라운 일이 벌어진다. 늘 깜빡깜빡해서 두리가
어디에 있는지도 모르는 엄마가 어두운 숲길을 달려 두리를 찾아온 것
이다. 신기하기만 한 두리가 엄마에게 묻는다. "어떻게 날 찾았어요?"라
고. 그러자 엄마가 이렇게 대답한다.

> "엄마만이 갖고 있는 특별한 능력이 있지."
> [⋯중략⋯]
> "너만의 냄새, 엄마는 다른 건 다 잊어도 너만의 냄새는 절대로 잊지 않아."
> (53쪽)

엄마는 자신이 갖고 있는 이 "놀라운 능력"에 대해 "널 무지무지 사랑
하니까 그런 특별한 능력이 생기더"(56쪽)라고 말한다. 물론 이 작품은
과거의 의인화동화에서 흔히 보아온 소재를 되풀이하고 있는 듯한 느낌
이 들 정도로 너무 평범하다는 게 문제이긴 하다. 그러나 만약 이 이야
기가 의인화를 통해 거리를 두고 재구성되지 않았다면, 그나마도 일상
의 틀에 갇혀 뻔하고 촌스런 이야기로 전락하고 말았을 것이다. 우리 주
위에서 흔히 볼 수 있는 일상적인 소재를 취하고 있지만 일상적 한계는
넘어서고 있는 것이다. 이처럼 동화적 세계로 각색된 일상은 새로운 의
미로 재현될 수 있으며, 이 동화의 세계야말로 유년기 아이들이 지니고
있는, 혹은 지녀야 할 세계이자 언어임에 틀림없다.

5. 유년동화가 추구해야 할 것들

　지금까지 최근 등장하기 시작한 유년동화를 중심으로 현단계 동화가 보이는 몇 가지 양상을 살펴보았다. 논의가 다소 번잡해 보일지 몰라도 유년동화 자체가 기존의 동화와 아동소설의 연장선상에 놓여 있기 때문에 함께 두루두루 짚어볼 수밖에 없었다. 요점은 유년동화야말로 상상 가득한 동화적 세계를 잃지 말자는 것이다. 현실 이야기라고 해서 아이들의 상상력과 무관한 것은 아니지만, 기왕이면 유년기 아이들의 활달한 사고방식, 즉 현실과 비현실을 자유자재로 넘나드는 물활론적 세계를 토대로 좀더 여유 있고 폭넓게 세상을 바라보게 하는 동화가 절실히 필요한 시점이라고 본다. 너무 일찍 현실 개념을 터득하게 되는 요즘 아이들에게 이것보다 더 시급한 것은 없을 듯하다. 그렇잖아도 학교와 학원을 떠돌며 복잡한 인간관계 속에서 너무도 일찍 조숙해지고 지쳐버린 아이들에게 그동안 동화는 무엇을 건네주었는가? 현실의 다기한 양상을 통해 삶의 의미를 깨닫게 하는 것도 중요하지만 현실로부터 거리를 두고 관망하는 은유적 상상력으로 현실을 뒤집어 들여다보는 전복적 상상력 또한 필요할 것이다. 모름지기 문학이라면 아이들에게 숨통을 틔워주고 뒤를 돌아보게 하는 것이어야 한다. 그러나 우리 동화는 현실 이야기의 대세 속에서 너무도 얄팍한 현실의 재현만이 난무하고, '인성동화'니 뭐니 해서 아이들에게 현실의 처세를 일깨우는 값싼 상업주의와 교육주의가 문학인양 행세를 해오지는 않았는지 돌아보아야 한다. 또한 새로이 시작하는 유년동화 역시 문학성이 담보되지 않는다면 하나의 또 다른 상업적 기획물로 전락하고 말 것이란 건 불을 보듯 뻔한 이치다.

　유년기의 물활론성은 하나의 세계관이다. 비현실을 통해 현실 속에 감추어진 진실을 바라본다는 뜻이다. 유년동화라고 해서 귀엽고 예쁜 동물들이 알콩달콩 이야기를 풀어가는 것만으로는 문학이 될 수 없다. 설익은 현실 이야기와 마찬가지로 그저 유치한 아이들 이야기일 뿐이라는 오명을 넘어서지 못할 것이다. 가령 동물 이야기는 곧 사람의 이야기다. 인간 세상의 이러저러한 이야기를 유년의 눈으로 그려내기 위해 아이들에게 친숙한 동물을 빌려왔을 뿐이다. 해서 이때에도 현실을 관통하는 삶의 철학이 밑바탕에 녹아들어 있어야 깊은 문학적 울림을 줄 수 있고 감동을 주게 된다. 앞서 얘기한 임선영의 『내 모자야』는 이런 면에서 다소 아쉬운 작품이다. 특히 표제작인 「내 모자야」는 동화적 화법을 잘 구사하고 있지만 문학적 울림은 그다지 크게 느껴지지 않는다. 이는 결말에 이르러 작가가 지니고 있는 삶의 철학을 충분히 살려내지 못해서일 듯싶다.

> 호랑이가 고개를 절레절레 흔들며 단호하게 말했어요.
> "내가 보기엔, 이건 바지가 아니라 바지를 닮은 모자야!" (24쪽)

위 부분은 이 작품에서 절정에 해당한다. 모두가 토끼의 모자를 알아보지 못하거나 모자가 아니라 바지라고 비웃었는데 호랑이가 유일하게 처음으로 모자라는 것을 인정해주었기 때문이다. 그 말에 토끼는 비로소 안도하며 기뻐한다. 그런데 호랑이의 말에는 뭔가 석연치 않은 부분이 있다. 다들 바지라고 하는데 왜 호랑이는 모자라고 했을까? 토끼를 달래주려고 선의의 거짓말을 한 걸까, 아니면 정말 모자라고 착각을 한 것일까? 사실 이 대목에 이르렀을 때 그동안 유지해온 긴장감이 느슨하게 풀어지고 만다. 이는 이야기의 긴장감이 "바지를 닮은 모자"로 간단히 해소될 뿐 그 이상의 의미로 증폭되지 않기 때문이다. 이보다는 '이건 바지지만 너에겐 모자야'라고 했다면 어땠을까? 굳이 호랑이에게 선의일지언정 거짓말을 시킬 필요도 없이 바지는 토끼에게, 그리고 독자에게 새로운 의미로 다가왔을 것이다. 남의 이목을 중시하느라 자신의 개성을 잃고 살아가는 요즘 우리에게 '남들과 다른 나만의 의미'가 소중하다는 것을 느끼게 하지 않았을까 싶다. 그랬다면 뒤이어 바지 주머니를 "뭘 버리는 주머니"라고 하면서 "네가 버린 게 아니야. 이 모자가 버린 거지."라고 행위의 주객이 전도된 책임 방기의 역설을 풀어놓지 않아도 되었을 것이다.

또한 이 작품에서 '아이답다'는 것의 의미도 다시 되짚어볼 필요가 있다. 결말에서 토끼와 호랑이는 '어떤 장난을 하며 하루를 보낼까' 궁리하는데 '쇠똥구리의 똥을 네모나게 만들어 버리거나 노루네 집 문고리에 흙 반죽을 마구 문질러 놓자고' 한다. 장난꾸러기 아이들 모습답다. 그러나 악동 짓이 아이답다고 해서 정당한 것은 아니다. 이는 동화가 도덕적이어야 한다는 말이 아니다. 어린 시절의 장난이 아름답고 추억이 되는 건 어른이 되어 과거를 회고하는 시각이다. 즉, 이 작품은 어른의 시각에서 '아이답다'는 것을 너무 쉽게 끌고 들어온 것은 아닌지 의심스럽다. 무엇보다 문학은 '나'를 '타자'화해서 바라봐야 하고, 타자와의 관계 속에서 삶의 의미를 찾아내야 한다. 그래서 삶의 철학이 필요한 것이다. 만일 그랬다면 여기서처럼 타인을 골탕먹이는 장난질을 아무렇지 않게 놀잇감으로 삼으려 하지는 않았을 것이다. 더군다나 이 대목은 거의 사족에 가깝고 이야기의 초점이 흐려져 완결성을 떨어뜨리는 문제도 더불어 지니고 있다.

이처럼 우리의 유년동화는 더욱 단련될 필요가 있다. 단순히 '이미지에서 이야기로' 넘어가는 디딤돌로서의 읽기책이라기보다는 생애 처음으로 맛보는 이야기문학의 정수가 되어야 한다. 이 시기의 문학적 감동이야말로 평생의 삶을 좌우할 밑거름이 될 것이기 때문이다.

동화의 운명

지난 15년간 동화 장르의 흐름과 전망

1. 동화는 황금알을 낳는 거위인가?

지난 15년만큼 동화에 관심이 집중되고 시끌벅적했던 시기가 또 있었을까 싶다. 90년대 중반 이후 불어닥친 어린이책의 활황은 곽재구의 『아기 참새 찌꾸』(국민서관, 1992), 송재찬의 『돌아온 진돗개 백구』(대교출판, 2000)의 성공을 이끌어냈고, 황선미의 『마당을 나온 암탉』(사계절, 2000)과 『나쁜 어린이표』(웅진주니어, 1999), 원유순의 『까막눈 삼디기』(웅진주니어, 2000)가 출간 몇 년 만에 100쇄를 돌파하는 등 동화가 본격적으로 호황을 누리게 되었다. 물론 아동문학 100년의 역사 속에 이만한 작가와 작품이 없었겠는가. 방정환에서부터 마해송, 현덕, 강소천, 이원수, 권정생 등에 이르기까지 굵직한 작가들의 작품들이 세대를 넘어 향유되고 있을 뿐만 아니라 한국 아동문학의 전통이자 유산으로 면면히 이어져오고 있다. 그러나 지난 15년 간 동화가 보여온 면모는 이전 시기와 확연히 달라진 모양새다. 2000년대의 동화는 폭넓은 독자층을 확보하게 되었고 다수의 관심과 지지를 받는 장르로 급성장하였다. 1차 독자는 아동이지만, 어른을 2차 독자층으로 하는 아동문학의 특성상 학부모, 교사, 독서

지도사, 사서 등 어른 독자층이 다른 어느 때보다도 넓고 두텁게 형성되면서 양적으로나 질적으로 새로운 국면을 맞이했다고 볼 수 있다.

이러한 변화는 물론 아동문학 스스로의 내적인 성장에 의해서라기보다는 90년대 중반 이후 형성된 외부적 요인들, 가령 '어린이도서연구회'와 같은 독서운동단체의 역할과 한껏 달아오른 교육열 등의 영향이 크게 작용한 탓이기도 하다. 더군다나 일반문학의 침체로 새로운 시장에 눈을 돌린 유력 출판사들이 대거 어린이책 출판에 뛰어든 것도 동화의 성장에 한몫한 것도 사실이다. 이들 출판사들이 내건 '문학상 공모전'이라는 상업전략은 경쟁력 있는 신진 작가층을 형성함으로써 동화의 내적 성장 기반을 마련하는 효과뿐만 아니라 외적으로는 동화 시장의 확장과 창작의 활성화에 기여한 바가 크다고 하겠다. 이에 힘입어 동화는 한때 출판계의 블루오션으로 여겨지기도 했다. 심지어 아동문학을 등한시하던 과거의 출판 관행과는 달리 일반문학 전문 출판사치고 동화책이나 (좀 더 폭넓게는) 어린이책을 내지 않는 곳이 없다고 할 정도가 되었고, 어린이책 출판을 표방하는 신생 출판사 또한 급속하게 증가하였다. 출판 관련 통계만 보더라도 어린이책의 발행 종수와 부수는 해마다 증가 추세고, 현재도 다른 분야에 비해 상당히 높은 수위를 차지하고 있다.

그러나 이런 형태의 양적 성장이 반드시 좋은 것만은 아니다. 동화의 시장성 증대는 역으로 상업주의의 함정 또한 지니고 있기 마련이다. 출판사의 동화 공모전 당선작에 장편동화가 다수를 차지하는 것만 봐도 알 수 있듯이 동화가 상업성이 좋은 장편물에 치중하는 불균형을 초래하게 되었다. 게다가 시장성에 의한 동화의 재단은 소재주의의 문제를 유발할 수밖에 없다. 실지로 특이하고 기발한 소재를 개발(?)하지 않고서는 동화 시장에 문도 못 두드릴 형편인 것이 작금의 문제다. 물론 문학 작품에서 참신한 소재가 지니는 중요성이야 두말 할 나위 없다. 그러나 문학적 완성도보다 아이디어를 우선시하는 소재주의 풍토는 결국 대중적 관심은 쉽게 얻을 수 있지만 문학으로서의 질적인 성장은 기대하기 어렵게 된다.

경제적 가치가 문학적 가치를 압도했을 때 발생하는 문제는 이것만이 아니다. 아동출판 시장에서 큰 부분을 차지하고 있는 것이 기획동화 분야인데, 흔히 '인성동화'라고 하는 것들이 여기에 속한다. 이들은 동화라는 명칭을 달고 있지만 엄밀히 말해 문학으로서의 동화라고 하기에는 역부족인 면이 많다. 유괴, 학교폭력 등의 사회적 이슈나 배려, 우정, 학교 문제, 이성 관계, 공부 등 어린이들이 일상생활에서 겪을 만한 일들을 소재로 교육적이고 교훈적인 메시지 전달에 주력하기 때문이다. 여기에서 동화는 문학 장르로 인식되기보다 그저 유익한 이야기, 즉 독물(讀物)로 전락하고 만다. 그렇다고 해서 이런 류의 이야기책이 불필요하다는 것은 아니다. 어린이들에게 생활의 지혜를 알려주고 성장에 필요한 정보를 제공한다는 면에서 유익한 책도 많다. 단지 이들은 문학적 울림보다는 실용적 가치가 앞서기 때문에 문학의 영역이 아니라는 것이다. 따라서 동화라는 용어의 남용은 자칫 아동문학의 가치를 흐리거나 동화를 상업적 매체로 오인되게 할 수도 있다. 그야말로 동화가 황금알 낳는 거위 정도로나 취급되고 있는 건 아닌지 우려스럽다.

이렇듯 지난 15년을 돌이켜볼 때, 동화는 문학적 진정성보다는 시장성이 더욱 주목받고 강화되어 온 것은 아닌지 자문하게 된다. 더욱이 동화로 지칭되는 아동서사의 대다수가 동화의 장르적 규범에서 벗어난 소설의 유형을 보이는 것도 그러한 이유에서다. 지난 시기 일일이 열거하기도 힘들 만큼 굵직한 작품들이 속속 배출되었고, 하위갈래 역시 SF, 추리, 판타지, 역사 등으로 폭넓게 확대되었지만, 이 역시 소설의 확장에 다름 아니다. 이러한 장르 혼란은 동화의 정체성을 애매하게 만들었고, 급기야는 장르 논쟁을 불러오는 요인이 되었다. 장르는 문학적 자의식이다. 해서 2009년 시작된 장르 논의는 동화의 본질을 재인식하게 했고,

또한 문학적 성숙을 다지는 계기로 작용했으리라 본다. 이 글은 이러한 장르 인식을 토대로 지난 시기 동화의 성과와 흐름을 대략적으로 살피기로 한다.

2. 동화의 정체

동화는 아동서사의 대표적인 장르명이지만 이것만큼 의미가 모호한 채 두루뭉술하게 사용되고 있는 용어도 없을 것이다. 동화로 지칭되는 작품들을 조금만 눈여겨봐도 매우 이질적인 양식이 혼재해 있다는 걸 금세 느낄 수 있다. 물활론적 환상에 토대를 둔 초현실적 요소를 통해 현실을 은유적으로 드러내는 낭만주의적 경향과 어린이가 경험할 만한 현실의 문제를 직접적으로 표출하는 현실주의 경향이 그것이다. 전자는 일반적으로 말하는 동화에 해당하고, 후자는 리얼리즘 동화운동의 일환으로 제기된 생활동화(사실동화)로서 70년대부터 동화의 한 영역이 되었다. 그런데 문제는 이들의 장르적 특질이 서로 상이하다는 것이다. 방정환이 동화를 "아동의 설화 또는 아동을 위한 설화"[1]라고 했듯이 설화적 전통에도 뿌리를 두고 있는 동화는 축약과 비약, 이야기 조(調)의 단순성을 토대로 갈등이 해소된 합일의 세계를 지향한다. 해서 방정환 시대부터 현실 문제는 소년소설의 영역으로 남겨두었고, 60년대 강소천, 이원수도 동화와 소설을 구분함으로써 장르적 특질이 희석화되는 것을 경계하였다. 그럼에도 소설적 이야기를 동화로 풀어낸 생활동화는 많은 문제점을 야기할 수밖에 없었다. 치밀하게 직조해내야 할 현실 이야기가 동화식의 축약과 비약으로 인해 리얼리티를 상실하기도 하고, 현실 문

---

[1] 방정환, 「새로 개척되는 동화에 관하야」, 『개벽』, 1923.

제를 드러내는 방식은 소설인데 동화식의 갈등 해소로 마무리하고 마는 경우도 허다하다. 더욱이 일상적 이야기에 머무는 경우도 많아 문학적 위상조차도 위태로울 지경이었다.

동화의 장르 논의는 이러한 사태에 대한 문제의식에서 비롯된 것이다. 원종찬은 이원수의 장르 구분을 토대로 아동서사를 낮은 연령대를 위한 '동화'와 높은 연령대를 위한 '소년소설(아동소설)'로 양분할 것을 제기했고,[2] 이에 대해 선안나는 연령에 따른 장르 구분의 문제를 지적하며 동화와 아동소설을 아동서사의 '본질적 갈래'로 인정해야 한다고 주장했다.[3] 반면에 김상욱은 '동화'를 아동서사의 총칭으로 일원화할 것을 주장하면서 동화의 하위갈래로 '현실주의 동화'와 '판타지 동화'를 제시함으로써 본질적으로는 기존의 장르 인식을 고수하는 격이 되었다.[4] 이러한 논의가 쉽사리 합의점을 도출해낼 수 있는 문제는 아니지만, 이를 통해 동화의 장르 문제를 상기시켰다는 점에서는 상당히 의미가 크다. 또한 양측의 해법이 차이를 보이지만, 현재 동화 장르에 통합되어 있는 이질적 서사방식에 대한 인식은 서로 공감하고 있는 듯 보인다. 더욱이 최근의 동화에서 현실 이야기는 더욱 소설적 자질을 보이고 있어 생활동화의 범주로부터도 훨씬 벗어난 듯하다.

이렇게 장르를 재정립해야 할 정도로 동화는 장르적 혼용으로 인해 정체가 불분명한 상황이었다. 기표는 동화인데 내용은 소설이라 할 정도로 소설이 동화를 대신해온 것이다. 이러한 왜곡 속에서 전통적인 동화는 자연 축소될 수밖에 없었다. 초현실적 환상의 세계를 지향하는 것이 동화 장르의 본질적 자질로 인식되어 왔지만, 실상은 동화로 지칭되는 작품의 대다수는 의인화 동화에 해당하는 것이 그러한 이유에서다. 생활

---

2 원종찬, 「해방 이후 아동문학 서사 장르 용어에 대한 고찰」, 『한국아동청소년문학 장르론』, 청동거울, 2013.
3 선안나, 「지난 10여 년간 동화·아동소설의 흐름과 장르 문제」, 위의 책.
4 김상욱, 「아동문학의 장르와 용어」, 위의 책.

동화로 일컬어지는 현실주의의 영향으로 동화의 환상성이 제대로 발전할 수 없었고, 과거의 형태인 의인화 기법이 살아남아 동화의 전형으로 유지되어 온 것이다. 그나마 최근 들어 의인화 기법을 넘어선 초현실적이고 마법적인 환상 이야기가 등장하고 있는 것은 다행이라 하겠다. 또한 낮은 연령대의 어린이를 대상으로 한 현실 이야기 역시 동화의 문법으로 수용되면서 동화의 외연을 넓히고 있는 점 또한 주목할 만하다.

우선 의인화동화는 아동의 물활론적 사고에 바탕을 두고 동물·식물·무생물 등의 자연적 존재에 생명을 불어넣어 인간화시킴으로써 현실의 문제를 은유적으로 표현한다. 비교적 손쉽게 다룰 수 있어서인지 다수의 작품이 양산되었지만, 동화의 근원이라 할 수 있는 인간 본질의 문제를 드러내고 있는 문제작은 드문 편이다. 황선미의 『마당을 나온 암탉』이 이런 류의 대표작이라 할 수 있다. 자신의 주체적인 삶을 되찾기 위해 양계장을 나온 암탉 '잎싹'이 청둥오리의 알을 품어 엄마가 되고 다 자란 청둥오리를 떠나보내기까지의 이야기는 우리에게 삶과 죽음에 대한 근본적인 질문을 던진다. 최근에 나온 의인화동화로는 임선영의 『내 모자야』(창비, 2014)와 이은정의 『목기린 씨, 타세요!』(창비, 2014)가 있고, 강정연 역시 『건방진 도도군』(비룡소, 2007) 외에도 꾸준하게 의인화동화를 내놓고 있다. 특히 『목기린 씨, 타세요』는 목이 길어 버스를 타지 못하는 목기린 씨를 위해 온 마을이 힘을 모아 문제를 해결하는 모습을 통해 우리 사회의 차별 문제와 바람직한 공동체의 이상을 환기시킨다.

이렇게 인간 삶의 본질이나 인간과 자연의 본성과 근원에 대해 천착하는 것은 의인화동화뿐만 아니라 일반적으로 동화가 추구하는 본질적인 세계관이다. 선안나의 단편동화 「떡갈나무 목욕탕」(『떡갈나무 목욕탕』, 파랑새어린이, 2001)은 그러한 세계관의 전형적인 사례가 될 것이다. 숲속의 목욕탕 주인이 사냥꾼에게 쫓기는 상처 입은 너구리를 숨겨 구해주었는데, 나중에 너구리가 동물 친구들을 몰고 와 목욕을 하고 목욕비로 향기

나는 잎사귀를 내고 갔다는 단순한 서사는 각박한 현실을 사는 우리에게 인간 본성을 깨우치는 훈훈한 미담으로 다가온다. 최근에 나온 천효정의 『삼백이의 칠일장』(문학동네, 2014)도 주목할 만하다. 옛이야기의 화법을 차용한 이 작품은 삼백 년을 산 삼백이의 장례식을 치르는 여섯 동물 귀신이 차례로 돌아가며 삼백이와 얽힌 이야기를 풀어놓는데, 이는 곧 우리의 삶은 저도 알 수 없는 무수한 생명과 인연을 맺고 있다는 것이며, 이를 통해 인간은 어떻게 살아야 하는가에 대한 사유를 이끌어내고 있다.

동화 장르의 한 영역에는 아이들의 일상과 관련된 환상적 사유도 큰 몫을 차지하고 있다. 김리리의 『검정연필 선생님』(창비, 2006)과 『만복이네 떡집』(비룡소, 2010) 같은 작품이 그러한 경우다. 어찌 보면 생활동화로 보일지도 모르지만, 생활의 영역으로 파고들어온 환상성은 동화적 문체와 함께 일반 생활동화나 아동소설과는 다른 차원의 서사를 풀어내고 있다. 『만복이네 떡집』처럼 말과 행동이 험한 만복이 앞에 이상한 떡집이 나타나고, 떡을 먹기 위해 착한 일을 하다 보니 나쁜 버릇을 고쳤다는 이야기는 다분히 교훈성을 지니고 있지만 환상적 요소가 만들어내는 풍부한 상상력과 재미는 전혀 색다른 매력을 지니게 한다. 김기정의 『금두껍의 첫 수업』(창비, 2010)에 실린 단편동화들도 일상적인 소재를 다루고 있지만, 작품의 곳곳에 배치된 환상적 요소가 동화를 더욱 새롭게 하고 있다.

최근에는 '유년동화'에 대한 관심이 부쩍 늘면서 유년을 대상으로 하는 동화가 속속 등장하고 있다. 앞서 언급한 『내 모자야』와 『목기린 씨, 타세요』도 유년 대상으로 출간된 것이다. 고학년 대상의 동화가 아동소설화된 반면에 전통적 동화는 주 독자층을 낮은 연령대로 선회하고 있는 듯싶다. 이들 중에는 의인화동화처럼 동화적 요소가 강한 작품이 대세를 이루지만, 유은실의 『편식할 거야』(사계절, 2011) 같은 생활 이야기도 좋은 반응을 얻고 있다. 이런 걸 보면 동화의 경계를 굳이 과거와 같이 환상성만으로 좁게 잡을 필요는 없어 보인다. 환상적 요소는 없더라도 동화적 문체로 합일의 세계관을 보여준다면 동화의 영역으로 포함해도 무방할 듯하다.

3. 생활동화에서 아동소설로

지난 시기 동안 동화가 보인 가장 큰 특징은 장르의 분화다. 앞서 언급한 장르 논쟁에서 보듯이 70년대 이래 동화 속에 묶여 있던 현실주의 서사가 소설적 본성에 따라 새로운 장르로 자리매김하기 시작했다. 이러한 '동화와 소설의 장르 분화'의 조짐은 이미 장르 논쟁 이전인 2006년까지로 거슬러 올라간다. 당시 신진 작가들이 펴낸 일련의 작품집이 이러한 징후를 보이기 시작한 것이다. 김남중의 『자존심』(창비, 2006), 박관희의 『힘을, 보여 주마』(창비, 2006), 유은실의 『만국기 소년』(창비, 2007), 임태희의 『내 꿈은 토끼』(바람의아이들, 2006), 이현의 『자장면 불어요』(창비, 2006) 등의 동화집이 바로 그것들이다. 이들 작품은 아동문단에 신선한 충격을 던져주었고, 어른 독자들로부터 많은 공감을 불러일으키기도 했다. 유은실의 「내 이름은 백석」, 「만국기 소년」 등은 아이들의 현실 문제를 아이러니 기법을 동원해 극대화시키고 있고, 이현은 「3일간」에서 다중시점을 채택하는 등 현대소설의 기법을 자유자재로 끌고 들어온다. 그렇다고 해서 이들의 작품이 전반적으로 호응을 얻은 것은 아니다. 특히 김남중의 「자존심」은 왜곡된 병영문화를 다루고 있어 아동서사로서의 적합성 문제가 시비되었고, 박관희의 작품들 역시 아동서사의 한계점을 넘어서고 있다는 점에서 비슷한 논란을 불러일으켰다. 가령 「문간방 갈래 머리」의 경우 성폭행 당하는 친구를 지켜보는 어린 주인공들의 비애를 그리고 있는데 현실을 보여주기만 할 뿐 긍정적 계기가 없다는 비판에 직면했다. 이러한 비판은 '동화의 소설화 경향'으로 집약되었다. 여을환은 이들 작품의 소설화 경향이 '어린이의 관심과 요구와 감정'에서 벗어나 있으며 아동문학의 요건에 부합하지 않음을 밝혔다.[5] 이에 반해 박숙경은 기존의 아동문학이 "회피하는 동시대의 문학적 요구"에 적절히 반응한 결과로써 이들 작품을 긍정적으로 평가한다.[6] 조은숙은 '동화의 현실 재현 방식을 수정해나가는 몇몇의 징후'로 이들 작품을 읽고 있다.[7]

이 '낯선 징후'는 바로 생활동화의 소설화에 다름 아니다. 사실 여을환은 이들 소설화 경향을 띠는 작품을 분석하면서 일반소설에 대비되는 아동문학의 범주를 적용하고 있지만 이는 엄밀히 말해 생활동화의 관점을 폭넓게 적용한 것과 다름없다. 그가 김남중이나 박관희의 작품과는 달리 "어린이문학답다"고 보는「내 꿈은 토끼」만 보더라도 동화보다는 소설적 자질이 우세한 작품이다. 그가 거론하지는 않았지만 최나미의 『걱정쟁이 열세 살』(사계절, 2006), 임사라의 『내 생각은 누가 해줘』(비룡소, 2006) 등의 성공작 역시 소설적 경향의 작품이고, 이런 류의 작품이 다수 포진해 있을 정도로 소설적 경향이 대세였다. 그럼에도 그는 이러한 흐름을 폭넓게 바라보지 않고 일부 급진적으로 앞서 나간 몇몇 작품에 국한해 일반소설의 경향으로 치부함으로써 논의의 초점이 흐려질 수밖에 없었다. 반면에 이러한 경향을 아동서사의 새로운 '징후'로 보는 것은 적절해 보인다. 이는 바로 현실 이야기의 소설적 본질을 회복함으로써 동화의 규범에 구속되어 있던 생활동화의 한계를 극복해내는 것이며, 이를 '동화와 아동소설의 장르적 분화'라 이름 붙여도 무방하리라 본다.

---

5 여을환,「'어린이문학다움'에 대하여」,『창비어린이』 16호, 창비, 2007년 봄호.
6 박숙경,「어린이문학을 대하는 어른의 자세」,『창비어린이』 17호, 창비, 2007년 여름호.
7 조은숙,「낯선 징후들과 함께」,『창비어린이』 19호, 창비, 2007년 겨울호.

현실 이야기의 소설적 경향은 이전 시기에 비해 아동서사의 양상을 여러모로 변화시켰다. 물론 이전에도 박기범의『문제아』(창비, 1999)가 있었고, 2000년대 초두부터 김중미의『괭이부리말 아이들』(창비, 2000)이 선풍적인 인기를 끌었지만, 무엇보다 어린이들의 현실 문제를 다루는 데 있어 운신의 폭이 넓어졌다는 것이다. 기존의 동화 방식이 안고 있던 제약에서 벗어남으로써 좀더 현실감 있는 어린이들의 모습이 다가오기 시작했다. 물론 당돌해 보일 정도로 되바라지고 위악적인 어린이들이 많이 등장하고, 이런 캐릭터에 지나치게 의존적인 작품이 양산되는 부작용도 있지만, 전체적으로는 기존 동화의 이상적이고 착한 아동상 대신 당당하고 주체적인 어린이들의 살아 있는 모습이 그려지고 있는 것은 바람직한 양상으로 보인다. 리얼리즘 동화운동의 의도가 동화가 아닌 아동소설에서 비로소 실현되는 것 아닌가 하는 아이러니한 상황이다.

　최근의 현실 이야기는 이제 아동소설이라 해도 무방할 정도로 장르의 소설적 자질이 안착된 느낌이다. 김남중의『동화 없는 동화책』(창비, 2011)은 제목에서부터 암시하고 있듯이 아동소설의 전형을 구사하고 있는 듯하다. 동화에서는 다루기 힘든 용산 철거민 참사, 태안 앞바다 기름 유출, 어린이 유기, 실업에 따른 생활난 등 고통스런 사회 현실을 직시하고 있다. 한윤섭의『봉주르 뚜르』(문학동네, 2010)는 프랑스에서 만난 탈북 소년을 통해 분단의 고통을 이야기한 독특한 작품이다. 이외에도 유머 코드를 활용해 재래시장과 대형 마트의 대립을 그린 진형민의『기호 3번 안석뿅』(창비, 2013), 떠돌이 개 '악당'의 죽음을 통해 악의적인 인간의 본질을 그린 이현의『악당의 무게』(휴먼어린이, 2014)도 이 시기 주목할 만한 아동소설이라 하겠다.

4. 소재와 장르의 확대

지난 시기 동화(아동서사)가 보인 또 다른 변화는 대중서사의 수용이다.
2000대 중반 이후 대거 등장하기 시작한 역사, 판타지, 추리, SF는 아동
문학 장을 더욱 풍성히 하는 계기가 되었다. 이러한 요인은 물론 출판사
공모전의 역할이 크게 작용했다. 공모전에서 발굴된 작품이 독자들의
호응을 얻으면서 새로운 창작을 견인해낸 것으로 보인다. 아무튼 지난
시기는 대중서사의 활황이었다고 봐도 무방할 터이다. 그런데 창작의 활
성화에 비해 이론적 갈무리는 미흡했던 것이 사실이다. 무엇보다 장르
용어의 혼란이 심각했다. 가령 역사동화, 역사소설 하는 식으로 장르명
에 '~동화'와 '~소설'을 혼용해 쓰는 터에 장르의 특성을 애매하게 만들
었다. 여기서 '동화'는 '어린이를 위한 이야기'의 의미로 장르적 명확성
이 없기 때문에 '소설'이라 하는 게 장르적 의미에 부합한다.

이들 장르 중에서 유독 용어의 혼란이 심한 것이 바로 판타지 장르다.
판타지는 환상성 때문에 동화와 깊은 친연성을 지닌 장르다. 그렇다 보
니 판타지와 동화를 동일시해 '판타지동화'로 칭하기도 한다. 그러나 이
는 잘못된 용어다. 동화는 하나의 세계에서 물활론적 세계관에 기초한
초현실적인 일이 벌어지고, 이에 대해 등장인물은 전혀 놀라워하지 않
으며 순순히 받아들인다. 반면에 판타지에서 마법적인 요소는 반드시
놀라움을 수반한다. 현실과 비현실의 경계가 분명하게 나뉘어져 있는
판타지에서 '망설임'과 함께 '통로' '이차적 시간' '시간의 뒤틀림' 등의
판타지소는 두 세계 간 경계에서 리얼리티를 구축하는 소설적 요소다.
이들 판타지소는 현실세계와 초현실세계의 경계에서 환상성을 강화하
는 요소이지만, 동시에 이차세계에 대한 신뢰성과 설득력을 불러와 현
실성을 불어넣는 요소로도 작용한다. 이러한 서사적 특성이 판타지와
동화를 장르적으로 서로 다른 지점에 놓이게 한다.

아동서사에서 판타지 장르는 대체로 두 세계 구조를 지니고 있다. 담 너머에 존재하는 이차세계 라온제나를 넘나드는 이야기인 공지희의 『영모가 사라졌다』(비룡소, 2003)를 필두로 해서 정설아의 『황금 깃털』(문학과지성사, 2012), 이병승의 『잊지 마, 살곳미로』(살림어린이, 2013), 안성훈의 『거꾸로 세계』(웅진주니어, 2013) 등이 여기에 속한다. 이러한 유형의 판타지에서는 현실에 닿아 있는 환상세계(이차세계)를 어떻게 현실감 있게 구축하느냐가 성패를 좌우한다. 즉, 두 세계 사이의 연결 통로를 기발하게 설정할 필요가 있다. 이외에 이차세계로만 이루어진 하이 판타지도 종종 나오곤 하는데, 최정금의 『마지막 아이들』(해와나무, 2014)이 그런 경우다. 또 과거의 시간을 오가는 이야기인 이준호의 『할아버지의 뒤주』(사계절, 2007)는 시간 판타지 유형에 속한다. 1950년대부터 서양에서는 판타지의 패턴에서 벗어나려는 시도가 시작되었다. 시공간의 구분 없이 현실의 틈을 비집고 초현실적 사건이 출몰하는 경향을 보이는 것이다. 이런 흐름이 국내 작품에서도 자주 나타났는데, 최근작인 이나영의 『시간 가게』(문학동네, 2013)가 그런 예에 속한다.

아동서사에서 역사소설은 전통적인 개념에서 다소 벗어나 보인다. 역사적 인물과 사건은 부수적인 요소일 뿐이고, 가상의 허구적 인물이 중심이 되어 서사를 이끌어간다. 이는 어린이가 서사의 주인공이 되어야하는 장르적 특성 때문이다. 어린이는 역사 속에서 주체일 수가 없으므로 어른의 역사에 대한 관찰자이자, 역사에 연루된 익명의 어린이로 처신한다. 해서 아동 역사소설은 다분히 팩션의 성격이 강하다. 주목할 만한 작품으로는 문영숙의 『무덤 속의 그림』(문학동네, 2005)과 『궁녀 학이』(문학동네, 2008), 하은경의 『백산의 책』(낮은산, 2010), 이영서의 『책과 노니는 집』(문학동네, 2009), 배유안의 『초정리 편지』(창비, 2006), 김소연의 『명혜』(창비, 2007) 등이 있다. 이 밖에 한국현대사를 어린이의 눈높이에서 조명한 작품도 나오고 있는데, 김남중의 『기찻길 옆 동네』(창비, 2004)와 『연이동 원령전』(상상의 힘, 2012), 김해원의 『오월의 달리기』(푸른숲주니어, 2013) 등은 광주민주항쟁을, 장성자의 『모르는 아이』(문학과지성사, 2015), 이규희의 『한라산의 눈물』(내인생의책, 2015) 등은 제주4·3을 다루고 있다. 또 나영의 『햇살 왕자』(청개구리, 2015)는 단종 이야기를 팩션으로 완전히 재구성한 작품으로 독특한 서사를 보인다.

추리소설은 아이들에게도 매우 인기 있는 장르다. 아동서사에서는 탐정소설류가 대세를 이루고 있는데, 탐정을 자처하는 아이들이 학교 안팎에서 벌어진 의문의 사건을 스스로 해결해가는 이야기는 어린 독자들의 흥미를 불러일으킬 만하다. 한정기의 『플루토 비밀 결사대』(비룡소, 2005)가 성공하면서 탐정 이야기가 인기를 얻기 시작하자, 다양한 작품이 속속 등장하고 있다. 정은숙의 『봉봉 초콜릿의 비밀』(푸른책들, 2008), 고재현의 『귀신 잡는 방구탐정』(창비, 2009), 허교범의 『스무고개 탐정과 마술사』(비룡소, 2013), 추필숙의 『방과후 탐정교실』(청개구리, 2015) 등이 있다. 이외에 추리 기법을 동화에 적용한 작품도 있다. 김선정의 『최기봉을 찾아라』(푸른책들, 2011), 성완의 『다락방 명탐정』(비룡소, 2013)이 그들이다.

SF소설은 아동서사의 오래된 장르다. 주요섭의 과학모험소설 『?』가 1930년 11월부터 1932년 1월까지 『아이생활』지에 연재되었고, 한낙원의 『금성탐험대』(소년세계사, 1957)도 있었다. 과학적 가설을 바탕으로 미래의 인간사회를 허구적으로 그리고 있는 SF는 아동서사에서도 과학의 발달이 몰고올 재앙 같은 첨예한 문제에 집중하고 있다. 유전자 변형, 환경 파괴에 따른 지구의 위기, 인간 복제, 인공지능 로봇 등이 인간에게 미칠 위험성을 경고하는 것이다. 따라서 SF는 디스토피아적 세계로 가득 차 있으며, 이러한 미래를 통해 현재의 문제를 상기시킨다. 주목할 만한 작품으로는 안미란의 『씨앗을 지키는 사람들』(창비, 2001), 문선이의 『지엠오 아이』(창비, 2005), 조성은의 『미래의 소년 미르』(비룡소, 2006), 최유성의 『다름이의 남다른 여행』(우리교육, 2007), 이은용의 『열세 번째 아이』(문학동네, 2012), 최양선의 『몬스터 바이러스 도시』(문학동네, 2012) 등이 있다. 특히 로봇을 다룬 작품으로 이현의 『로봇의 별』(푸른숲주니어, 2010), 김성진의 『엄마사용법』(창비, 2012)이 인상적이다.

이들 대중서사는 앞으로 더욱 활기를 띠며 성장할 것이다. 세밀한 묘사와 구체적 상황 설정이 요구되는 장르적 특성상 더욱 소설적 자질을 강화해갈 것으로 본다. 위의 목록에서만 봐도 동화적 문체와 구성을 보이는 것은 『최기봉을 찾아라』, 『다락방 명탐정』, 『엄마사용법』뿐이다. 아동소설과 마찬가지로 이들 장르에 붙어 다니는 '동화'라는 수식어가 장르적 의미이든 '어린이를 위한 이야기'이든 간에 소설적 자질이 우세한 것만은 분명하고, 이를 인정하고 받아들이는 것이 이들 장르의 발전을 위해서도 필요한 일이 아닐까 싶다.

5. 동화의 운명

지난 15년간 동화의 양상을 살펴보았을 때, 동화라는 기표의 속사정은 소설이라 해도 무방해 보인다. 그만큼 소설이 강세를 띠고 있다는 뜻이고, 한마디로 기표와 기의의 불일치가 아동서사의 장르 인식에 심각한 혼란을 초래하고 있다는 것이다. 이 혼란은 달리 말하자면 장르로서의 동화 역시 소멸하지 않고 소설적 자질과 부단히 충돌하고 있음을 의미한다.

과연 동화의 운명은 어떻게 흘러갈까? 세상에 존재하는 것치고 고정 불변하는 것이 없듯이 장르 역시 마찬가지다. 시대적 상황에 따라 생성과 소멸을 거듭하는 것이 장르의 생리다. 과거 생활동화라는 이름으로 변용을 수용할 수밖에 없었던 것은 정치적 상황이 강요한 시대적 요구였다면, 현재의 장르 혼란은 동화라는 통칭의 효용성을 지키고자 하는 상업적 요구도 한몫한다.[8] 반면에 동화와 아동소설의 장르 분화는 이러한 요구에 맞서 각자의 장르적 정체성을 되찾고자 하는 상생의 흐름으로도 읽힌다. 그러나 동화의 장르적 복원이 가능할지는 아무도 모른다. 소설의 시대에 낭만적 서사가 설자리는 그다지 녹록치 않을 것이기 때문이다. 끊임없이 소설의 도전을 받을 수밖에 없다.

유년동화 출판이 최근 활성화되면서 동화의 새로운 활로는 낮은 연령층으로 향하고 있음을 본다. 반면에 아동소설 역시 환상적 기제를 적극 수용하는 걸 보면 동화와 소설의 경쟁은 아직 끝나지 않았다. 여기에 판타지 장르 역시 시공간의 패턴에서 벗어나 일반소설화하는 경향은 장르 경쟁을 더욱 부채질할 것이다. 2000년대 중반 이후 김영혜의 「수선된 아이」와 방미진의 「금이 간 거울」이 동화와 소설, 그리고 판타지의 경계를 허물었듯이, 최근에는 송미경의 『어떤 아이가』(시공주니어, 2013)와 『돌 씹어 먹는 아이』(문학동네, 2014), 김태호의 『네모 돼지』(창비, 2015)가 그러한 양상을 보이고 있다. 송미경의 동화는 환상적임에도 불구하고 소설적 자질이 강하고, 김태호는 동화와 소설의 장르 혼합적 경향을 보이고 있다. 아직은 시작에 불과하지만 이들의 경향이 어떤 변화를 몰고올지는 예측하기 힘들다. 어쩌면 아동 환상소설이라는 새로운 장르가 탄생하지 않는다고 누가 장담하겠는가. 이는 분명 동화 장르에 새로운 도전이 될 테고, 동화가 어떤 국면에 처하게 될지 앞으로의 귀추가 주목된다.

---

8 어린이책의 실질적인 구매자인 부모나 교사들은 '아동소설'보다 '동화'라는 말을 더 선호한다고 한다(선안나, 앞의 글). 이에 작가나 출판사 역시 이런 기호를 무시할 수 없을 것이다.

아동문학의 타자성과 주체의 딜레마, 그리고 대중성의 문제

1. 대중성이라는 화두

문학은 독자와의 소통을 전제로 생산되고, 독자에 의해 소비됨으로써 그 존재 의의를 갖는다. 독자가 없다면, 또는 아무도 읽지 않는다면 문학이라는 양식은 이미 소멸되고 말았을 것이다. 그 수가 얼마이든 간에 누군가는 열심히 읽어주기에 또 누군가는 부지런히 글을 씀으로써 문학이라는 메커니즘이 유지되고 있다. 이는 과거는 물론이고 앞으로도 그럴 것이다. 단지 문학이 그 자체만으로는 소비되지 않고 출판이라는 매개체를 거쳐야 하는 자본주의적 유통의 특성상 출판 시장의 변동에 따라 많은 부침이 따르기 마련이다. 곧 독자와의 소통이 시장을 매개로 이루어지는 문학의 유통 메커니즘은 많은 모순점을 내포할 수밖에 없다. 문학의 본질적 가치와 시장성이라는 자본 가치는 서로 대립적이면서도 본질적으로는 상호의존적인 관계를 유지하게 된다. 이 메커니즘적 양면성은 어느 것이 우세하느냐에 따라 문학성을 한껏 고양시키기도 하지만, 반대로 시장 논리에 부합하는 대중적 지지가 우선하기도 한다. 과거 한때 문학이 시장을 압도하던 시절에는 문학성이 곧 시장성을 담보하기도 했지만, 시장이 문학을 조율하게 되면 이야기는 달라진다. 시장성이 문학성을 대신하는 것이다. 신경숙 사태에서 보듯이 시장의 논리는 단지 잘 팔린다는 이유로 표절도 무마하려 든다. 최근 아동문학계에서 제기된 대중성 논의도 이러한 시장 논리와 무관하지 않다고 본다.

문학에서 대중성이라는 문제가 화두로 제기되어온 것은 어제오늘의 일이 아니다. 카프 시절의 문예대중화 논쟁은 이미 먼 과거의 일이지만, 종종 독자와 괴리된 고급 문학(?)의 독선을 개선하고 독자 대중과의 소통을 모색하기 위한 방편으로 대중성이 제기되기도 했다. 이때만 해도 대중성은 시장 논리라기보다는 새로운 문학적 확산과 활로를 찾기 위한 시도로 의미가 있었다. 반면에 오랫동안 우리 문단을 지배해온 '본격문학/대중문학'이라는 이분법은 문학장 안에서의 시장 논리를 차단하려는 의도에 다름 아니다. 물론 그 이면에는 문단 이기주의가 배타적이고도 견고한 아성을 구축하면서 다양한 문학적 분출을 억압해온 것도 사실이다. 실지로 본격문학 종사자들이 엮은 〈세계문학전집〉만 보더라도 그들의 논리가 얼마나 빈약한지 알 수 있다. 우리 식으로 치면 대중문학, 혹은 장르문학으로 배척당했을 만한 작품들—판타지, SF, 추리소설, 공포소설—이 상당수 세계명작이라는 이름 안에 포함되어 있기 때문이다. 이러한 이율배반적인 잣대는 국내 문학의 다양한 발전에 걸림돌이 될 수밖에 없었다. 또한 문학에 대한 왜곡된 인식을 유포시킴으로써 특정 문학 양식을 저질화·음성화시키고 말았다. 외국문학에서 보듯이 대중서사 역시 문학적 본질을 추구할 수 있다는 사실을 간과함으로써 한국문학 자체를 왜소화시키고 만 것이다. 이런 측면에서 대중성 논의는 의미가 있다. 대중성이 곧 시장성은 아닌 것이다.

어떤 면에서 보면 아동문학은 다분히 대중적이다. 통속성은 한때 일반문학에서도 신문연재소설 등의 인기에 힘입어 유행처럼 번져가기도 했지만, 아동서사에서의 통속적인 이야기는 과거 못지않게 현재도 끊임없이 되풀이되고 있다. 이는 스토리 중심인 아동서사의 특성상 일상적이고도 통속적인 이야기에 부합하는 면이 많기 때문인지도 모른다. 유독 아동문학만이 성인문단에서 장르문학으로 치부하는 판타지, 추리, SF를 적극 수용하고 있는 것도 그런 이유로 보인다. 여기에 교훈주의와 소재주의, 그리고 무늬만 동화인 교육적 목적의 이야기책(기획동화)들이 범람하고 있는 실정까지 감안한다면 가히 아동문학은 상업주의 문학의 박람회를 방불케 한다. 최근 아동문학에서의 대중성 논의가 시장성을 합리화하고 논리화하는 경향으로 기울고 있는 것도 현 단계 아동문학장의 풍토에서는 그다지 놀라울 일도 아니다. 더군다나 이러한 논리의 이면에는 이를테면 '아동 본위의 주체론'과 같은 당위성이 놓여 있는 것도 주목할 대목이다.

단언컨대 문학에서의 대중성은 문학적 내면을 깊게 하는 동시에 외연을 확장하고자 하는 계기로 작용해야 한다. 단순히 대중성이라는 측면이 얼마나 많은 아이들이 읽었는지를 가늠하는 계량적 수치로 환원되는 것은 문제가 있다. 그 숫자의 어느 귀퉁이에도 문학이 붙어 있을 자리는 없기 때문이다. 더구나 이러한 데이터가 표본화되어 아이들의 요구, 취향, 본질로 대치되기도 하는 상황에서는 아동문학이 지닌 문학으로서의 정체성조차 심각하게 훼손되고 만다. 작금의 아동문학이 과연 정당한가 되묻게 되는 이유가 바로 거기에 있다. 마치 벌거벗긴 채 시장 한복판에 서 있는 듯한 아동문학. 그 위태로움의 근원을 추론해보고자 이 글을 시작한다.

2. 타자의 문학, 주체와 대상 사이에서

아동문학 역시 문학의 한 영역이라는 사실을 부인하는 사람은 아마도 없을 것이다. 적어도 아동문학인이라면 필시 그럴 것이다. 일반인이라 하더라도 굳이 나서서 부정하는 사람은 없다. 이는 아동문학이 어린이들을 위한 '문학'이라는 하나의 전제이기 때문이다. 그러나 개별 국면에서 아동문학이 처해 있는 실상은 그와 전혀 다르다. 작년에 발효된 〈문학진흥법〉만 보더라도 제2조 1항의 문학 장르 '정의'에 아동문학은 배제되어 있다. 전체 문학장에서 아동문학에 대한 눈길이 곱지 않다는 실상을 반증한다. 이는 아동문학의 문학적 정체성에 대해 제대로 인식하지 못해서이거나 아이들의 읽을거리 정도로 가볍게 여긴 탓일 수도 있다. 그렇다고 해서 그들을 비난하거나 아동문학도 문학이라고 강변하는 것만이 능사는 아니다. 오히려 아동문학 종사자들의 문학적 인식을 더욱 강화할 필요성이 제기된다. 그러한 잘못된 인식은 요구한다고 해서 바뀌는 것도 아니고, 그들이 아동문학의 요구를 수용해 들어준다고 해서 해결될 문제도 아니다. 이는 아동문학 스스로의 문제이기 때문이다. 아동문학에 대한 일반의 인식이 잘못되었다면 자신을 먼저 돌아봐야 한다. 과연 아동문학은 문학적으로 정당했는가? 문학적 정체성은 어떠한가? 본질적인 질문을 통해서만이 문학적 본질로 나아갈 수 있다.

오랜 동안 아동문학은 문학과 비문학, 본질과 비본질이 서로 뒤엉킨 채 혼재해왔다. 60~70년대의 이원수 역시 동화가 통속적인 이야기를 남발하면서 독물(讀物, 읽을거리)화되는 경향을 비판하고 경계한 바 있지만, 날이 갈수록 독물이 강세를 띠면서 문학과 비문학의 경계마저 흐릿해진 지 오래다. 혹자는 생활동화의 폐해를 지목하기도 하거니와 여기에 교훈주의가 가세하고 성장기 아이들의 소양에 필요한 교육적 주제가 기획동화라는 이름으로 동화의 형식을 빌리면서 독물이 전성기를 이루고 있다. 이러한 혼재는 아동문학의 정체성에 혼란을 불러일으킬 수밖에 없다. 일례로 어느 출판사에서 나오는 〈인성동화〉 시리즈를 보면 신춘문예 당선작도 인성동화로 둔갑시켜 펴내고 있을 정도다. 이러한 기획은 상업주의의 발로이겠지만, 문학작품의 상업적 호도를 허용하는 작가의 의식은 더욱 큰 문제가 아닐 수 없다. 곧 문학과 비문학적 독물을 구분하지 않는 작가의식의 빈곤, 혹은 부재는 아동문학의 문학적 정체성을 위태롭게 하는 것이다. 물론 작가의 수입도 중요한 문제이기 때문에 기획물 창작을 부정할 수는 없다. 단지 문학과 비문학의 경계를 구분해야 한다는 것이다. 그래야 기획물은 더 효과적인 정보책이 될 수 있고, 동화는 더욱 동화답게 문학성을 담지할 수 있다. 동화 같은 기획물, 기획물 같은 동화의 어정쩡한 공생은 누구에게도 득이 될 게 없다.

그렇다면 이러한 혼선은 어디에서 비롯되는 것인가. 아동문학, 또는 좀더 포괄적 개념인 어린이책의 장르적 특성과 무관하지 않다. 알다시피 아동문학은 창작 주체와 대상이 동일하지 않다. 아동문학의 수용자는 아이들이지만 정작 아이들의 삶을 이야기하는 주체는 어른들이다. 그야말로 아동문학은 타자의 문학인 것이다. 기획물과 같은 어린이책은 더더욱 타자성이 강할 수밖에 없다. 작가인 어른의 입장에서 아이들에게 전달하고 싶은 정보를 담아내기 때문이다. 여기서 작가와 독자 사이의 공감은 이루어질 수 없다. 있다면 아이의 눈높이에 맞게 정보를 각색하는 정도일 것이다. 작가와 독자는 서로 타자로서의 관계, 곧 타자성을 마지막까지 유지한다. 아무리 동화처럼 꾸몄다고 할지라도 정보 혹은 교양의 전달이라는 목적성에 가로막혀 있기 때문이다. 이러한 타자성은 어린이책 전반에 존재하는 것이고, 아동문학 작품 역시 주체와 대상 사이의 타자성으로부터 자유로울 수 없기에 비문학과 동일시되기 십상이다. 혼선은 여기에서 비롯된다. 그러나 아동문학의 타자성은 단순히 주체와 대상의 관계에 머물러 있지 않다는 점에서 비문학과 차별성을 갖는다. 또한 이러한 측면에서 어른들의 일반문학과도 다른 차원의 문학성을 구현하게 된다.

문학은 타자의 이야기다. '나'가 아닌 '너'의 이야기를 통해 '너'를 '나'와 동일시하게 되고 공감을 불러일으킨다. 타자는 곧 나인 것이다. 이를 엠마누엘 레비나스는 "타자는 공감에 의해, 또 다른 내 자신으로, 다른 자아(l'alter ego)로서 인식된다"[1]고 하였다. 이러한 타자의 상호주관적 작용이 가능한 것은 타자성이 비대칭성을 지니고 있기 때문이다. 타자는 나와 대칭적인 관계, 곧 동등하거나 대립적인 관계에 있지 않다. 그저 나와는 '다른 존재'라는 타자성을 지닐 뿐이고, 이러한 '다른'이라는 비대칭성은 주관적 교감을 가능케 한다. 문학은 나와의 "다름(타자성)"[2]을 받아들임으로써 타자를 자기화하는 것이다. 이때 타자성은 공감과 이해를 통해 소멸된다. 이것이 문학을 읽는 이유이다. 아동문학이 주는 감동 역시 이러한 공감에 기초해 있음은 두말할 나위 없다. 이는 또한 주체와 대상 사이의 한계를 초월해 이루어진다. 이에 어린이책에서의 문학과 비문학은 서로 다른 지점에 서 있는 것이고, 이들은 서로 다르게 인식되어야 하는 것이다.

반면에 일반문학과 아동문학은 동일하게 타자의 상호주관적 작용이 일어나지만 주체와 대상의 차이라는 변별점을 지니고 있다. 타자의 자기화는 곧 자기의 타자화에 다름 아니다. 타자를 인식하는 것은 자기이지만 타자 또한 자기를 타자로 바라보기 때문이다. 이를 폴 리쾨르는 "자기 자신의 자기성이 타자성을 매우 내밀한 단계에서 함축하고 있기 때문에 한쪽은 다른 한쪽 없이 생각되어지지 않으며, [···중략···] 한쪽이 다른 한쪽으로 오히려 이동한다"[3]고 표현했다. 곧 타자성은 "자기성의

---

1 엠마누엘 레비나스, 강영안 옮김, 『시간과 타자』, 문예출판사, 1996, 100쪽.
2 위의 책, 101쪽.
3 폴 리쾨르, 김웅권 옮김, 『타자로서의 자기 자신』, 동문선, 2006, 17쪽.

구조로서의 명령된-존재"[4]이기도 하다. 자기 또한 타자인 것이다. 문학 작품에서의 타자성은 이 양방향에서의 타자성이 동시에 공존하는 모양새다. 타자를 받아들여 자기화하는 것처럼 자기를 타자화해 인식할 뿐 아니라 보여주는 것이다. 여기서 아동문학은 주체와 대상의 문제가 발생한다. 일반문학과 달리 어른 작가와 어린이 독자라는 이원성은 아동문학이 지닌 시원적이고 본원적인 딜레마다. 물론 작가 자신의 내면에 존재하는 아동성의 흔적을 끌어올려 작품을 쓴다고 할지라도 어른의 타자화된 자기성이 아이라는 대상으로부터 공감을 얻기란 쉬운 일이 아니다. 아이들 역시 자기성에 근거해 타자를 인식하고 받아들이기 때문이다. 이러한 불일치는 아동문학에서 숙명적인 과제이고, 일반문학과는 다른 문학적 논리를 구축하게 한다.

마리아 니콜라예바가 주장하고 있는 '이중 코드'는 아동문학이 지닌 타자성의 불일치에 대한 하나의 대안으로 여겨진다. 그의 개념을 적용해본다면, 작품 속의 타자를 받아들이고 공감할 수 있는 아이 코드와 창작 주체의 자기성이 타자화되어 나타나는 어른 코드가 접점을 이루고 있는 것이 아동문학이라는 말과 다를 게 없다. 이러한 주체와 대상의 타자성이 균형을 이루지 못하게 된다면 문학으로서의 아동문학은 타당성을 잃게 된다. 바로 이것이 일반문학과 아동문학과의 차이점이며, 아동문학 작품에는 일반문학과는 다른 의미에서 다양한 층위가 존재하게 된다. 이런 측면에서 아동문학을 전적으로 아이들만의 문학이라고 할 수만은 없는 것이다. 물론 1차 독자인 어린이가 향유의 주체이자 핵심이기에 타자의 문학이지만, 창작 주체인 어른의 자기성이 작품의 세계 인식과 미학으로 작용할 수밖에 없기에 어른 역시 문학성을 담보하는 주체임을 부인할 수 없다. 단지 서로 다른 타자성이 조화를 이룰 때 '아동'과

---

4 위의 책, 466쪽.

'문학'이 공존을 이루리라 본다.

그러나 이 공존이 말처럼 쉬운 것만은 아니다. 아동문학 자체에 내재된 주체와 대상의 불일치는 어느 쪽으로 치우치느냐에 따라 각기 다른 목소리로 존재해왔다. 여기서 아이들은 어떤 식으로든 추상적 대상으로 타자화될 수밖에 없다. 그중 한 예가 교훈주의다. 교훈주의는 어른의 자기성이 과도하게 작용한 결과 드러나는 대표적 사례다. 어른과 아이, 주체와 대상이 함축하는 권위와 위계적 인식을 바탕으로 아이들을 가르치려들기 십상이라서 아이들의 이해와 공감을 얻기는커녕 훈육의 대상으로 아이들을 타자화할 뿐이다. 동심천사주의 역시 마찬가지다. 절대적이고도 이상적인 순수 존재로 상정된 아동상은 또 다른 타자화다. 이들은 현실을 초월해 있기에 현실의 아이들과 유리된 타자성으로 남게 된다. 어른 주체의 자기성이 아동 대상을 압도하는 것이다. 이때 문학성은 설 자리를 잃고 교육적 훈계의 매체로 전락할뿐더러 아이들은 그저 수동적인 대상에 머물고 만다. 이와는 좀 다른 측면이긴 하지만 일반문학의 기법을 과도하게 끌어오거나 난해한 문학적 실험을 보이는 경우 역시 어른의 과도한 자기성의 발현으로 아이들은 타자화된다.

아동문학임에도 불구하고 아이가, 아이의 삶이 부재한 경향은 오랜 동안 극복의 대상이었다. 2000년대 아동문학은 잃어버린 아동성을 되찾는 부단한 과정이었다고 해도 과언이 아니다. 작품의 창작 과정에서는 수동적인 대상이지만 아동문학이 아이들을 위한 문학이라는 당위성에서 보자면 향유 주체로서의 아동성은 마땅히 우선되어야 한다. 하지만 아동문학에서 아이들은 가상으로서의 주체일 뿐이다. 어디까지나 아동문학은 어른에 의해 창작되고, 어른에 의해 아이들에게 주어진다는 측면에서 그렇다. 따라서 어른의 자기성과 아동의 타자성이 합일을 이루지 못하는 논리도 경계할 필요가 있다. 향유 주체인 아이들을 지나치게 절대시함으로써 아동문학의 문학적 논리를 해체시킬 수도 있기 때문이다.

아이들의 소소한 일상을 문학적 여과 없이 담아내거나 통속적인 이야기들이 넘쳐나는 것은 아동 본위의 절대성에서 비롯되는 문제일 수도 있다. 이러한 경향은 문학적 포기와도 같다. 가령 박숙경의 평론에서 "아이들은 […중략…] 하위 장르 명칭은 알지도 못하고 설사 안다고 해도 큰 관심이 없다. 그들이 오로지 관심 있는 것은 형식이야 어떻건 자신들 나이에 이해할 수 있고, 빠져들 수 있는 이야기인 것이다"[5]라고 했을 때, 제대로 된 서사의 빈곤을 지적하는 말인 줄은 알지만, 이야기가 곧 장르임을 간과하고 있음을 알 수 있다. 이야기는 동화, 소설뿐만 아니라 영화, 드라마, 게임, 만화, 심지어 박물관, 문학관에도 존재한다. 그러나 이들이 다 같은 이야기는 아니다. 저마다 양식(혹은 장르)적 특성에 맞게 구성된 것이고, 그 형식에 적절히 부합했을 때라야 존재가치를 지니고 독자(관객)의 호응을 얻을 수 있다. 장르는 무질서한 이야기를 독자가 공감할 수 있도록 재구성하는 도구다. 아이들이 장르를 모른다는 것은 당연하다. 허나 이야기만을 읽는다는 이유로 장르가 불필요한 것도 아니다. 만약 그렇다면 아동문학도 성립될 수가 없다. 아이들은 문학을 의식하고 읽는 것이 아니기 때문이다.

이처럼 아동 본위의 사고 역시 자칫하면 균형을 잃고 문학적 정체성을 상실하는 모순을 초래하기도 한다. 아이들에 대한 소아병적인 집착일 수도 있고, 아이들의 기호(嗜好)에 부단히 부합하려는 노력이 도를 넘어 대중추수주의로 빠지기도 한다. 아이들을 절대시하는 동심천사주의의 또 다른 변형일 수도 있다. 2000년대 아동서사에서 빈번히 노출되는 통속적인 일상 이야기의 한계가 그러하고, 최근 활황을 타고 있는 대중서사와 그에 대한 대중성 논의에서 그러한 징후가 감지되기도 한다. 대중서사의 '성공'을 문학적 '성장'으로 상정하고 있는 김지은이 "어린이

---

5 박숙경, 「이야기 자체로 말하라」, 『보다, 읽다, 사귀다』, 창비, 2013, 18쪽.

를 더 믿어야 한다"[6]라고 하면서 "대중성과 문학성에 관한 판단"을 유보시킬 때 그 진위를 의심할 수밖에 없다. 과연 그가 믿는 대중성은 무엇인가? 문학으로서의 아동문학은 어디에 서 있는가? 자못 궁금해지는 순간이다.

3. 왜곡된 타자들, 혹은 대중성의 문제

'아동(어린이)'은 하나의 추상적 명사다. 현실에서 아동은 존재하지 않는다. 다만 개별 아이들이 존재할 뿐이다. 곧 아동이 아이들의 실체가 아니란 뜻이다. 아이들은 저마다의 개성이 있고, 생각도 다르고 성장 과정도 제각각이다. 이들을 뭉뚱그려 하나의 실체로 상정한다는 것 자체가 애초부터 한계가 있다. 해서 아동이 아이들에 대한 하나의 가상이라는 사실부터 인정할 수밖에 없다. 이 가상은 어른들이 아이들을 이해하고 인식하는 이데올로기이자, 지향점이라고 할 수 있다. 아이들은 이러할 것이다, 이런 생각을 할 것이다, 이런 걸 읽고 이런 생각을 해야 한다는 등의 추론을 통해 만들어진 가상이 아동상이라고 할 수 있다. 물론 이 가상은 늘 현실의 아이들이라는 개별 존재로부터 수정을 요구받는다. 그 과정을 통해 현실성을 얻고 전형성을 획득한다. 이처럼 어른들에게 아이들은 타자로 존재한다. 어른이 아이들에게 들려주는 문학인 아동문학은 자신의 아동상을 현실로부터 끊임없이 갱신함으로써만이 타자성을 극복해나갈 수 있다. 그렇다고 해서 늘 아이들의 공감을 얻고 지지를 받는 것도 아니다. 어른의 이데올로기와 현실의 아이들은 항상 거리가 있기 마련이다. 실지로 아동문학 작품과 아이들이 좋아하는 이야기 사

---

6 김지은, 「아동·청소년문학의 대중성」, 『어린이와문학』, 2016년 10월호, 31쪽. 이 글은 2016년 『어린이와문학』 여름 대토론회에서 발표된 발제문이다.

이에는 많은 괴리가 있는 게 사실이다.

독자반응비평을 제안하고 있는 이충일의 글만 봐도 그러한 실상을 느낄 수 있다.[7] 그가 짚어내듯이 아이들이 선호하는 책은 진지한 문학작품이 아닐 수도 있다. 도서관 인기 대출 순위를 〈윔피 키드〉 시리즈나 〈나무집〉 시리즈 같은 대중서적이 독차지하고, 다른 한편에서는 교과서 수록 동화, 혹은 감성을 자극하는 교훈동화가 많이 읽힌다고 한다. 그렇다고 해서 문학이 아이들에게 별 의미가 없는 것일까? 특히 〈윔피 키드〉 시리즈가 아무리 전 세계적으로 인기를 끌고 있다고 해서 이 책을 문학과 대등하게 비교할 일은 아니다. 오히려 이 책은 다매체적이다. 짧은 글과 만화가 결합되어 가독성이 높고 재미를 주 무기로 아이들을 공략한다. 짧은 글도 일기 형식이라 독자가 쉽게 공감할 수 있고, 곳곳에 메모식의 요점을 삽입해 서사의 약점을 보완한다. 일찍이 우리나라에서도 90년대에 대교출판에서 나온 〈엉뚱이의 만화일기〉 시리즈가 선풍적인 인기를 끌었던 적이 있다. 〈윔피 키드〉 시리즈는 이보다도 난삽하다. 그럼에도 인기를 끄는 것은 영상시대에 걸맞는 시각적 이야기 구성과 엉뚱하고도 코믹한 일상 이야기의 재미 탓인지도 모른다. 따라서 이러한 대중서적에 대한 독자의 반응을 문학에 곧바로 적용시키는 것은 무리한 처사다. 만약 출판비평이라면 이해할 수도 있겠지만, 아이들의 자발적 선택과 텍스트에 대한 새로운 발견을 강조하면서 "아이들이 원하는 바에 주목하"기 위해 "독자의 자발성이 발동되는 책들을 모아서 그 특징을 분석하는 일과 그러한 책에 대한 아이들의 반응을 분석하는 일"[8]이 선행되어야 한다는 주장은 문학적 측면에서 모호하기조차 하다. 문학/비문학(대중서적)의 경계에서 무엇을 선택해야 해야 한다는 말일까? 문학도 대중서적 집필하듯이 해야 한다는 것인가?

---

7 이충일, 「어린이 독자라는 비평적 과제」, 『창비어린이』 56호, 창비, 2017년 봄호.
8 위의 글, 144쪽.

자본주의는 대중문화의 부양에 최적화된 시대다. 자본은 문화를 낳고, 문화는 자본을 생산한다. 자본을 끌어오지 못하는 문화는 살아남을 수 없다. 자본에 침식된 문화는 끊임없이 대중의 말초적 감각을 자극하고 재미와 쾌락을 제공함으로써 이윤을 남긴다. 대중은 주린 배를 인스턴트로 채우듯이 대중문화 속에서 위안을 얻고, 어찌할 수 없는 삶의 공복을 마취시킨다. 이를 통해 자본은 대중을 지배한다. 게임이야말로 4차 산업혁명 시대의 전형적인 대중문화라 하겠다. 여기서 그람시의 문화 헤게모니(문화 패권)를 거론할 필요도 없이 현실에 대한 전복적 상상력이 없는 대중문화는 그야말로 아편과 같다. 아이들의 대중적 취향도 이와 다를 게 없다. 달콤한 재미와 스릴로 가득한 대중서사는 아이들을 매료시킨다. 이는 어른들도 마찬가지다. 무협, 로맨스는 물론이고 판타지, 공포물, 추리, 우주 활극(스페이스 오페라, Space opera) 등에 기반을 둔 상업적 장르문학은 마니아층을 형성할 정도로 호황을 누리고 있다. 이들이 진지한 문학의 독자로 전환될 가능성은 매우 희박해 보인다. 독자의 취향이 장르적 차별성에 갇혀 있기 때문이다. 곧 이들은 오락과 재미를 소비할 뿐이다. 따라서 이충일의 '자발적 선택'이란 것도 아이들의 기호에 따라 좌우될 수밖에 없다. 결국 자발성이 문학적 함의를 담보할 수 있을지 의문으로 남는 것이다. 이 또한 하나의 주체로 상정된 아이들을 절대시할 위험에 놓여 있을 뿐더러 그 이면에는 최근 대중서사에 대한 암묵적 동의가 깔려 있는 듯하다. 그의 논지가 김지은의 대중성 논의에 대한 변론의 성격을 띠고 있어 더더욱 그렇게 느껴진다.

　김지은이 대중성을 읽는 핵심 키워드는 '시장성'과 아이들의 '자발적 선택'으로 보인다. 소위 잘 팔리는 작가와 작품들을 '팬덤'과 '익숙함'과 '선택'으로 분류하고 있지만, 그 이면에는 시장성이라는 요소가 큰 비중을 차지하고 있음을 간과할 수 없다. 또 아이들이 책을 선택하는 자발적 기준에 이 시장성이 보이지 않는 손으로 작용하는 것도 무시할 수 없다.

그런데 그의 분류에는 대중서사뿐 아니라 『몽실 언니』, 『괭이부리말 아이들』, 『만복이네 떡집』, 『삼백이의 칠일장』 등 문학성이 높은 작품들까지도 해당된다. 곧 시장성이라는 단일한 요소가 적용되고 있어서 독자 대중의 호응 이면에 작용하는 대중적 취향과 문학적 성취에 대한 변별적 고려가 작용할 틈을 주지 않는다. 문학은 재미있는 이야기일 때 잘 팔리기도 하지만 문학적 의미에서 많이 읽히기도 한다는 사실을 무시하고 있는 것이다. 물론 후자는 어른에 의해 권장되는 경우가 많다. 아무리 "아동문학은 구매자의 지지가 반드시 내포 독자의 지지를 의미하"[9]지 않는다는 전제를 미리 제시하고 있고, 이에 대해 일정 정도 수긍하는 바이지만 문학성이 높은 작품까지 시장성이라는 동일 잣대로 대중의 호응도를 가늠하는 것은 잘 이해되지 않는다. 무엇보다 지금 이 시대 아동청소년문학에서 왜 대중성 문제를 논의해야 하는지, 대중성이 아동청소년 서사에서 어떤 문학적 기제로 작동하는지, 나아가 이를 어떻게 규정해야 하는지에 대한 성찰이 보이지 않기에 더욱 그러하다. 이렇다 보니 그의 논의는 아이들의 대중적 취향에 경도되어 있다. 곧 대중성의 함의를 문학의 한 측면에서 바라보는 것이 아니라 독자의 반응이라는 현상적 문제로 대치함으로써 자본주의적 대중문화 현상으로 귀착시키는 것이다. 여기서는 대중성과 문학성이 대립할 수밖에 없다.

더욱이 릴리언 H. 스미스의 말을 인용해 대중성의 당위성을 강조하는 대목은 곡해의 소지마저 있다. 곧 아이들이 "불후의 가치가 있는 책"에서만 성장의 요소를 찾을 수 있기에 자신에게 필요한 책은 놓지 않는다거나 "훌륭한 어린이책은 구구하지 않고 시원스럽다"[10]라는 스미스의 말은 대중성과 아무 연관이 없다. 이는 가치 있는 아동문학 작품에 대한 스미스의 보편적인 규정이다. 이를 "릴리언 스미스의 말은 대중성이 일

---

9 김지은, 앞의 글, 17쪽.
10 위의 글, 29쪽, 31쪽.

종의 속도감이나 통쾌함과 연결된 요소를 갖고 있으며 그런 측면에서 작품의 문학적 함량에도 기여한다는 것을 말해 준다"[11]라고 해석하는 것은 도저히 납득이 가지 않는 지점이다. 또 『스무고개 탐정』과 같은 대중서사를 포함해 대중성에 대해 논의하는 자리에 "불후의 가치가 있는 책"이라는 말을 던져놓음으로써 '대중성(시장성)=불후의 명작'이라는 착시 효과를 불러일으키게 된다. 물론 대중서사라고 해서 반드시 '불후의 명작'이 되지 말라는 법은 없다. 단지 여기서 이러한 인용이 적절한가에 대해 짚어봐야 한다는 것이고, 또한 왜곡의 소지가 있음을 지적하는 것이다. 이는 그의 대중성 논의가 최근 팬덤을 형성할 정도로 성공했다고 보는 『스무고개 탐정』 등의 대중서사에 주목하고 있기 때문이기도 하다.

장르문학도 문학인 것만은 틀림없다. 그러나 모두가 문학적 성취를 이루는 것은 아니다. 모름지기 문학이라면 인간의 삶에 대한 궁극적인 가치를 추구해야 하고 삶의 이면에 내재된 의미를 들추어내 새로운 눈으로 삶의 본질을 강구해가야 하지 않을까. 이것이 바로 시대정신이고, 문학의 존재 의미이자 나아갈 길이라 본다. 아동문학 역시 아이들의 삶을 통해 인간의 본질을 구현함으로써 문학적 의의를 갖는다. 장르문학은 특유의 장르적 정체성을 토대로 삶의 의미를 재해석하는 장르다. 곧 일반문학이 추구하는 바와 다를 바 없다. 여기서 장르문학을 단순히 재미와 오락으로만 이해하는 평단의 그릇된 인식을 지적할 수밖에 없다. 일찍이 아동문학은 대중(장르)서사를 적극 수용해왔다. 판타지, 추리, 역사, SF는 이미 아동문학의 주요 하위 장르로 굳건히 자리 잡았다. 그러나 이들이 단순히 오락물의 기능만을 수행하는 것은 아니다. 방정환의 『칠칠단의 비밀』에서부터 주요섭의 『웅철이의 모험』, 이원수의 『숲속 나라』, 그리고 공지희의 『영모가 사라졌다』, 이준호의 『할아버지의 뒤주』, 김진

---

11 위의 글, 31쪽.

경의 『고양이 학교』, 정소연의 『옆집의 영희 씨』 등의 현대작에 이르기까지 다수의 작품이 문학적 성취를 이루고 있음을 상기할 필요가 있다. 대중서사라고 해서 모두가 재미와 오락성만을 주 무기로 독자의 취향에 부합하는 것은 아니다. 오히려 재미와 오락이라는 한계를 극복하고 시대정신에 부합하고자 할 때 문학적 장르의 의미를 더욱 선명하게 부각시킬 수 있다. 이때 대중성은 문학성과 교집합을 이루게 된다. 그러나 대중서사의 의미를 단순히 팬덤과 같은 독자의 반응으로 환원할 때 대중성은 시장성, 곧 상업주의의 오명으로부터 자유로울 수 없게 된다. 재미를 담보로 한 대중서사는 독자 취향에 적격이지만, 오락적 재미는 문학성보다 시장성에 가깝기 때문이다. 김지은이 놓치고 있는 바가 바로 이것이고, 대중성과 문학성을 유보시킬 수밖에 없는 이유 또한 여기서 출발한다고 여겨진다.

　김지은은 『스무고개 탐정』 시리즈의 팬덤에 대한 사례를 소개하면서 "근작으로 오면서 완성도가 높아지고 있는데 [⋯중략⋯] 허교범 작가의 팬들은 이 시리즈를 열광적으로 응원하면서 작가와 함께 자신이 자라나고 있다는 만족감을 느끼는 것 같다"[12]고 말한다. 여기서 아이들이 작가와 함께 자란다는 것은 무슨 의미일까. 혹 외형적 의미의 성장은 아닐 것이다. 그렇다면 아이의 정신적 성숙과 작품의 문학적 성장을 의미하는 것일 테다. 아마도 그의 글의 마지막 장에서 제시한 '소설적 진실=어린이가 책에서 구하고자 하는 길'[13]과 일맥상통하는 의미로 추정된다. 곧 『스무고개 탐정』 시리즈가 이에 부합하는 작품이라는 의미로 받아들여도 무방할 것 같다. 그러나 이 시리즈는 첫 권인 『스무고개 탐정과 마술사』(비룡소, 2013)가 나왔을 때부터 추리서사로서의 함량 부족이 지적되곤 했는데, 최근작인 7권 『악당과 탐정』(2017.1. 이후 6월에 8권도 나왔다.) 역시

---

12 위의 글, 13쪽.
13 위의 글, 28쪽.

추리다운 추리를 제대로 보여주지 못하고 있다. 특히 악당이라고 하는 존재의 사회적 의미를 반추해내지 못했을 뿐더러(그럴 의지도 보이지 않는다) 서사의 긴장감을 자아내고 주인공 스무고개 탐정의 활약(정의감)을 부각시키는 상대 배역 정도에 머물러 있다. 그야말로 재미를 추구하는 대중서사의 한계를 여실히 느낄 수 있다. 이런 마당에 성장을 이야기한다는 것 자체가 어불성설로만 느껴진다.

  김지은이 말하는 '성장'은 그와는 다른 지점에 놓여 있는 듯하다. 문학적 의미라기보다는 시장성의 개념으로 받아들여야 하지 않을까 싶다. 곧 대중서사가 시장성 측면에서 팬덤을 형성할 정도로 작가도 아이들도 성장했다는 의미로 보이는 것이다. 그런 측면에서는 그렇게 볼 수도 있기에 딱히 부정할 생각은 없다. 그런데 문제는 그것이 '아이들이 원하고 추구하는 길'로 귀결되고 있는 것이다. 여기서 그가 말하는 팬덤의 의미를 되짚어보게 된다. 팬덤이 문학적 성장을 가늠하는 척도일지도 의문이지만, 자본주의 대중문화의 속성상 과연 순수한 지지자인지도 알 수 없다. 자본의 영업력이 개입한 대중 조작일 소지가 다분하기 때문이다. 팬덤이 형성되었다고 하는 『스무고개 탐정』은 어린이 장르문학을 표방하는 '스토리킹 공모전'(비룡소) 1회 당선작이다. 이때 어린이심사단 제도를 도입해 항간의 주목을 받기도 했다. 아동문학의 특성상 타자의 영역에 속하는 아이들의 욕구, 취향, 흥미를 어른들이 수용하기 쉽지 않은 상황에서 그들을 직접 심사에 관여시킴으로써 아이들의 요구를 반영하자는 취지로 알고 있다. 물론 문학성의 측면에서는 부적절하지만 타자성의 해소라는 측면에서는 긍정적일 수도 있다. 그러나 이것은 애초부터 상업적으로 변질될 여지가 충분하기에 더욱 신중했어야 할 문제다. 심사에 참여한 100명의 아이들은 그 순간부터 순수한 독자가 아니다. 적어도 그 작품에 찬성표를 던진 아이들은 책이 나오기도 전부터 지지자의 입장으로 전환되는 것이다. 심사 참여에 대한 애착으로 SNS에 글을 올리고 관심을 표명하고 다른 아이에게 책을 소개하는 등 자발적으로 홍보대사를 자처할 공산이 크다. 그러한 점에서 고단수의 마케팅 방식이라고도 하겠다. 여기에다 책을 선물 받는 등 물량공세도 이어질 터이니 '보상-지지'라는 틀에서 자유로울 수 없다. 그래서 대중문화식 팬덤은 매우 자본주의적이다.

과연 김지은이 말하는 팬덤이 여기에서 벗어날 확률이 얼마나 될까. 물론 이와는 달리 자발적이고 순수한 팬덤도 존재할 수 있다. 단지 여기서 강조하고 싶은 것은 팬덤이라는 것 자체를 마냥 순수하게만 볼 일도 아닐 뿐더러 대중문화의 존재방식의 하나로 이해해야 한다는 사실이다. 이런 팬덤에 문학적 의미를 과다하게 부여하는 것 자체가 과연 아동문학의 성장을 위해서, 또한 아이들에게 무슨 의미가 있겠느냐는 것이다. 오히려 문학의 상업화에 대한 합리화로 작용할 가능성이 크다. 이는 아동문학을 시장성이라는 상업주의로 재단하는 것이고, 아이들 역시 상업적 도구로 전락하게 되는 것은 불 보듯 뻔한 사실이다. 아이들은 재미라는 시장성의 볼모로 왜곡될 수밖에 없다.

4. 아동서사와 대중 코드의 불편한 공생

모든 문학 작품은 독자와의 소통을 전제로 한다는 점에서 대중성을 지니고 있다. 물론 작품에 따라 대중적 요소의 질과 양이 다르고, 대중적 지지도 역시 장르와 양식에 따라 많은 편차를 지니기 마련이다. 흔히 아주 예술적이거나 지적인 소설을 대중적이라고 하지 않듯이 대중성은 다분히 수용자의 측면에서 얼마나 많은 호응을 얻고 있는가를 나타내는 척도로 작용하기도 한다. 그러나 이는 어디까지나 문학 외적인 하나의 지표일 뿐이다. 이를 과도하게 받아들여 문학적 가치 판단의 기준으로 삼게 되면 문학은 실종되고 대중적 기호만이 부표처럼 떠돌게 될 것이다. 따라서 대중성 논의는 문학 작품에 대한 수요만으로 판단할 수 없고 문학 자체의 내적인 측면과 함께 검토되어야 한다. 곧 문학성과 대립되는 것이 아니라 문학성 구현의 한 방편일 수도 있다는 것이다. 한때 높은 판매고를 올렸던 귀여니의 인터넷소설(지금도 호황인 웹소설)을 대중문화의 한 현상으로 볼 수는 있어도 문학으로 보지 않는 것은 그런 이유에서다.

대중성은 문학의 내적인 문제다. 한 작가나 작품에 대한 인지도가 김지은이 말하는 "익숙함"의 차원에서 파생될 수는 있어도 이것이 대중성을 좌우하는 문제는 아니다. 매스컴에 오르거나 고정욱이나 박현숙처럼 다작을 하는 작가의 작품에 독자들이 익숙해져서, 혹은 학교나 도서관에 강연을 자주 다니는 등의 활동으로 대중적인 작가가 될 수는 있어도 그것만으로 대중성을 획득하는 것은 아니다. 대중적인 작가와 문학의 대중성은 별개의 문제다. 널리 알려진 작가의 작품이라고 해서 모두 대중성을 지니고 있지는 않기 때문이다. 대중성을 지나치게 외재적 요인으로 볼 때 이런 식의 인지도나 판매율로 단순화시키는 오류가 발생한다. 이충일이 아이들의 독서 반응을 해석하는 '기대 지평' 역시 대중성 문제와 관련해 생각해볼 만하다. 수용이론 중 하나인 기대 지평은 과거에 경험했던 작가의 작품이 동일 작가의 다른 작품에 대한 판단에 영향을 미친다는 것이다. 일면 타당한 얘기지만, 이것만으로 호불호가 좌우되지는 않는다. 가령 2000년대 초에 대중적인 성공을 누린 황선미의 『마당을 나온 암탉』(사계절, 2000)과 『나쁜 어린이표』(웅진주니어, 1999)만 봐도 그렇다. 기대 지평에 따르면 이후의 후속작들도 다 반응이 좋아야겠지만, 실상 그런 것만도 아닌 듯하다. 물론 어느 정도 호감을 갖게 하고 대중적인 반응에도 영향을 미쳤을 테다. 그러나 무조건적으로 작품에 대한 호불호로 작용하는 것 같지는 않다. 장르에 대한 선호도 역시 마찬가지다. 대중서사라고 해서 모두가 좋은 반응을 얻는 것도 아니다. 따라서 문제는 작품이고, 작품에 따라 독자 대중과의 관계가 달라진다. 이런 특성을 대중성이라 할 수 있겠다.

그렇다면 어떤 작품이 대중적이고, 혹은 대중성을 지녔다고 볼 것인가. 솔직히 이를 분별해내기란 쉽지 않다. 인터넷소설 같은 대중물은 예외로 하고, 흔히 대중적 요소를 지녔다고 보이는 것들도 정작 대중으로부터는 외면받기도 하고, 전혀 대중적이지 않은 작품이 대중의 지지를 받는 경우가 빈번하기 때문이다. 또한 대중적이라고 논의되는 지점도 사후약방문격으로 뒤늦게 인식된 경우가 태반이기도 하다. 하지만 전사(前史)를 통해서 대략 짐작은 할 수 있지 않을까. 이를테면 『나쁜 어린이표』 같은 경우가 좋은 예다. 이 동화의 선풍적인 인기 이면에는 2000년대라는 시대 상황이 자리 잡고 있다. 386세대 부모들의 교육에 대한 관심이 증폭된 시기였고, 교단에서의 체벌과 같은 비민주적이고 권위주의적인 교육 행태에 대한 비판이 일고 있었다. 여기에는 전교조의 참교육도 분명 영향을 미쳤을 텐데, 한마디로 민주적인 교육에 대한 열망의 분출과 더불어 교사와 학생의 관계가 새로이 정립되어 가고 있었다. 『나쁜 어린이표』는 이러한 사회적 요구에 대한 적절한 반영이었고, 어쩌면 이러한 열망의 표상으로 작용했는지도 모른다. 물론 교육현장에서 '나쁜 어린이표'가 체벌 대신 고안된 진화된 벌칙이긴 하지만 이 역시 불합리한 면을 지닐 수밖에 없고, 이에 대해 마냥 순종적이지 않은 아동상은 학부모에게든 아이에게든 강한 공감을 불러일으켰을 것이다.

이렇게 본다면 대중성은 그저 대중의 기호라는 차원을 넘어서 있다. 대중이 듣고 싶은 이야기, 대중의 열망을 대변해주는 이야기가 광범위한 호응을 불러온 게 아닐까 싶은 것이다. 이 열망은 바로 삶에 대한 갈망이기에 단순한 취향이나 호불호로 읽어낼 수 없다. 곧 문학이 얼마나 시대적 요구에 부합하고 있는가의 문제인 것이다. 따라서 대중성은 문학의 내적 동인으로 탐구되어야만 한다. 보통 재미만 있으면 아이들이 좋아할 거라 추측하고 유머스럽거나 엉뚱한 인물을 내세워 우스꽝스럽게 회화화해 재미를 유발하려는 경향이 있다. 그러나 이것만이 재미는 아니다. 아리스토텔레스가 모방적 예술의 가치를 설명하면서 "사람은 자기 이해력을 발휘하는 데에서 큰 즐거움을 느낀다"[14]라고 하였듯이 새로운 것을 알게 되는 호기심도 재미를 느끼게 한다. 재미에도 다양한 종류가 있고, 어떤 재미는 삶의 이면을 꿰뚫어보는 촌철살인 같은 웃음을 주기도 한다. 대중성의 요소 중 하나가 재미라고 한다면, 과연 문학이 취해야 할 재미는 어떤 것일까. 여기서 대중성을 대하는 문학의 태도는 신중해야 하고 본질적이어야 할 뿐 아니라 이에 접근하기 위한 다양한 시도 또한 수반되어야 한다. 최근 아동서사에서 수용하고 있는 대중 코드는 그러한 시도로서 의미가 있다. 그러나 이에 접근하는 방식이 문학적으로 타당했는지에 대해서는 좀더 고민해 볼 필요가 있겠다.

문학에서의 대중 코드는 상호텍스트적이다. 일반에 널리 알려진 대중문화에서 파생되기 때문이다. 흔히 성공했다고 하는 영화, 드라마, 예능 프로, 애니메이션, 만화, 게임 등 대중문화가 지닌 여러 요소는 일상의 삶을 지배한다. 그것은 팬덤으로 드러나기도 하고, 문화와 산업의 결합이라는 상품미학으로 포장되기도 하면서 대중의 일상문화와 삶 속으로 침투해 들어간다. 이때 대중문화가 지니고 있는 속성은 수신자와 발신자 간에 누구나 소통을 가능하게 하는 공통된 관습이자 규칙, 규범으로 코드화된다. 이러한 대중 코드는 다수의 사람들이 이미 경험을 통해 선호하고 있는 속성이기에 쉽게 소통할 수 있고, 그만큼 영향력이 클 뿐만 아니라 흡입력도 강하다. 문학에서의 대중 코드 역시 마찬가지다. 김지은이 말하는 '익숙함'은 오히려 여기서 더욱 효과를 발휘할 수 있고, '기

---

14 아리스토텔레스, 이상섭 옮김, 『시학』, 문학과지성사, 2005.

대 지평' 역시 상호텍스트적인 관계에서 더욱 명확하게 드러나리라 본다. 독자 대중이 이미 숙지하고 있는 '익숙한' 혹은 '기대'할 만한 대중문화의 어떤 속성들이 문학 작품 속에서 하나의 코드로 작용할 때 폭넓은 독자층과의 소통을 손쉽게 이루어낼 수 있는 방편이 될 수도 있다. 그야말로 대중 코드는 그 자체만으로도 대중성을 지니게 되는 요소인 셈이다. 차영아의 「쿵푸 아니고 똥푸」(『쿵푸 아니고 똥푸』, 문학동네, 2017)와 서진의 『아토믹스—지구를 지키는 소년』(비룡소, 2016)은 각각 애니메이션과 대중 액션 영화의 요소를 아동서사에 도입한 작품들이다. 이들에서 대중 코드가 어떤 방식으로 문학적 서사를 이루고 있는지 검토해볼 만하다.

「쿵푸 아니고 똥푸」는 제17회 문학동네어린이문학상 수상작으로 저학년용 단편동화다. 미국 애니메이션인 〈쿵푸 팬더〉(마크 오스본·존 스티븐슨 감독, 2008.6.5. 개봉)에 등장하는 주인공을 패러디해서 '똥푸맨'의 캐릭터를 만들어내고 있다. 코믹한 '쿵푸 팬더'의 변용이자, 아이들이 좋아하는 대중 코드의 차용이다. "우주 최고의 무술, 똥푸를 하는 똥이지. 쿵푸랑 헷갈리면 안 돼. 쿵푸가 아니고 똥푸라고."(13쪽) 주장하는 익살스런 똥 캐릭터는 아이들에게 그 자체만으로도 강한 흡인력을 지닐 듯하다. 더욱이 주인공 탄이가 아이들로부터 '까맣게 탔니?'라고 놀림을 받는 다문화가정 아이라는 설정은 똥이라는 제재를 통해 소심하고도 위축된 아이의 심리를 위로한다는 점에서 문학적 의의를 지니기도 한다.

"[…전략…] 어느 마을에 얼굴이 하얀 사람하고 검은 사람하고 노란 사람이 살고 있었어. 이 사람들이 싸는 똥은 무슨 색일까?"
탄이는 잠깐 생각하다가 대답했어요.
"똥이니까 똥색!"
"딩동! 그래. 얼굴이 무슨 색이건 누구나 똥 색은 다 똥색이라고."(16쪽)

탄이가 똥이 마려워도, 선생님한테 말하면 '아이들이 쳐다볼까 봐' 참고 있다가 바지에 똥을 싸버린 일을 두고 하는 대화다. 토종 아이들과는 다른 외모 탓에 아이들로부터 타자화되고 위축된 혼혈 아이의 자존감을 일깨우는 태도이자, 그러한 현실에 대한 반추에 다름 아니다. 이처럼 대중 코드는 단순한 차용의 문제에만 머물지 않는다. 비록 대중들에게 이미 익숙하고 많은 지지를 받을 정도로 검증된 대중문화에 기반해 있지만, 이를 다른 시각에서 재해석함으로써 새로운 의미를 도출해내기도 한다. 곧 대중 코드가 새로운 문학적 변용 과정을 거쳐 현실 존재에 대한 인식과 삶의 의미를 환기시킴으로써 문학적 의미를 지닌다 하겠다. 이 작품이 결말에 이르러 똥푸맨의 권법으로 딸기농사가 잘되고, 그 수확으로 엄마와 탄이가 "십 년 만에 처음으로" 엄마의 고향인 필리핀에 가도록 하는 것 역시 고단한 삶과 비합리적인 현실에 대한 각성이라 할 수 있다.

『아토믹스』 역시 슈퍼히어로 액션 영화인 〈아이언맨〉 시리즈(존 패브르 감독, 2008)를 모방하고 있다. 아이언맨은 미국의 만화출판사인 마블 코믹스의 캐릭터이고, 영화는 이 만화 캐릭터를 원작으로 하고 있다. 아토믹스는 최첨단 슈트를 입고 하늘을 날아다니며 괴수를 물리치는 영웅 캐릭터로서 아이언맨과 거의 흡사하다. 다른 것이 있다면 설정이 다를 뿐이다. 아토믹스는 원전 폭발 당시 피폭되면서 돌연변이를 일으켜 초능력을 지니게 된 아이들이고(이야기의 결말에서 초능력은 거짓이고 모든 게 슈트의 힘이었다는 것이 드러나지만), 역시 방사능 오염으로 괴수가 된 거대한 생명체들과 맞서 싸움으로써 지구를 지키는 슈퍼히어로다. 캐릭터뿐만 아니라 전체 서사구조는 아이언맨의 패턴을 모방하고 있지만, 4호 아토믹스인 주인공이 소모품화된 자신의 존재성에 대한 갈등을 보인다거나 원전 폭발로 피폐해진 마을의 실상을 보여주거나 환경운동가인 아빠가 괴수들도 피해자라는 인식을 보이면서 지구방위본부와 다른 의식을 보여준다는 점에서 문학적 주제를 일정 정도 가미하고 있는 것으로 보인다. 이 작품의 모험성과 오락적 대중 코드에 아이들이 반응하는 것은 당연하지만 어른들까지도 호감을 보이는 것은 이런 측면 때문으로 여겨진다. 아토믹스가 지닌 대중 코드는 아이들을, 원전의 폐해와 이에 따른 삶의 문제는 어른들을 지향하고 있다고 하겠다. 문제는 이러한 조합이 얼마만큼 설득력 있는 서사로 결합되어 문학적 효과를 발휘하느냐는 것이다.

영상매체에서는 공상조차도 현실이다. 눈앞에서 펼쳐지는 화면은 그 자체만으로도 내적 리얼리티를 지닌 언어이고, 하나의 세계이며, 그 속에서 움직이는 존재는 그 자체로 실존한다. 그러나 문자매체는 보여지는 이야기가 아니라 읽고 해독하는 과정을 거쳐야 이야기가 완성된다. 이는 다분히 논리적인 과정이고 아무리 공상적인 이야기일지라도 논리적 타당성이 있어야 현실성을 지니게 된다. 흔히 SF나 미래소설이 미래의 어느 시점을 지정하고 있는 것은 공상적 이야기에 현실성을 부여하기 위한 방편으로 보인다. 이에 반해 『아토믹스』는 지극히 공상적인 이야기임에도 그러한 서사적 배려는 보이지 않는다. 아이들의 생활 모습만 봐도 현재를 배경으로 하고 있음을 알 수 있고, 슈트 하나로 하늘을 자유자재로 날면서 초능력적인 힘을 발휘한다는 것 자체가 비현실적임에도 여기에 현실성을 부여하려는 설정은 나오지 않는다. 방사능 오염 때문에 괴수가 등장하는 설정 역시 비현실적인 공상일 뿐이고 슈퍼히어로의 모험과 영웅적 면모를 부각시키는 도구에 불과하다. 이 모두가 어차피 공상이기에 그 자체를 인정하면 그만이다. 그러나 이는 중심 서사인 원전 문제의 심각성까지 훼손할 우려가 있다. 이는 문제의식을 강화하는 것이 아니라 공상적 이야기의 흥밋거리로 해소시켜 버릴 가능성이 많다는 것이다. 더욱이 이러한 공상이 원전에 대한 대중의 불안 심리와 막연한 적대감에 기초해 있다는 측면에서 문제의 본질을 빗겨갈 공산 또한 크다고 하겠다.

이처럼 『아토믹스』와 「쿵푸 아니고 똥푸」는 전혀 다른 각도에서 대중 코드의 영향력을 보여준다. 하나는 공상에 기초한 오락성이 강한 반면, 다른 하나는 자기만의 상상을 통해 현실 문제를 환기시킨다는 것이다. 전자의 오락성은 원전 폭발도 흥미 있는 이야깃거리로 만들어 대중적 취향을 공략하는 문화산업시대 상품미학의 반영이라 할 수 있다. 그에 비해 후자는 대중 코드를 동화적 상상력에 접목시키고 있는 것으로 보인다. 그렇다고 해서 「쿵푸 아니고 똥푸」가 오락성으로부터 자유롭지도, 또한 서사적 완결성을 보이는 것도 아니다. 전반부에서는 똥푸맨 캐릭터에 대한 상상력이 서사의 중심을 이루는 반면 후반에 이르면 다소 약화되고 현실에 대한 작가의 인식이 도드라져 보인다. 그렇게 난리법석을 떨며 거창하게 '똥푸' 권법을 선보인 똥푸맨의 역할이 후반부에서 "또오오오오옹푸! 지렁이 똥 권법!"이라는 기합으로 지렁이를 불러 모아 똥을 싸게 하는 것으로 싱겁게 끝나고 마는 것은 그런 이유에서다. 현실 문제의 해소를 통해 행복한 결말에 이르고자 하는 강박관념이 압도한 결과라 할 수 있다. 곧 현실에 대한 인식이 똥푸맨이라는 상상력 속에 용해되지 못한 채 억지로 꿰맞춘 듯 급작스럽게 현실 문제를 해소시키고 있어서 공감되기보다는 억지스럽기만 하다. 똥푸맨의 익살스런 캐릭터와 현실 인식이 작위적으로 짜였다는 인상을 지울 수 없는 것이다. 한마디로 상상의 가벼움과 현실의 무게가 부조화를 이룬 느낌이라 하겠다.

앞에서 살폈듯이 이들 작품은 대중 코드와 현실 인식이라는 두 차원으로 이루어져 있다. 이는 곧 아이들을 겨냥한 재미성과 어른을 향한 주제성으로 대치된다. 이것이 어떻게 직조되느냐에 따라 작품의 결은 확연히 달라진다. 문제는 대중성이 아이들의 호응도, 혹은 판매지수로 환원되는 상황에서 아이들의 기호에 부합하고자 하는 재미성의 일환으로 시도되는 대중 코드의 수용은 상업주의의 그늘에서 벗어날 수가 없다는 것이다. 그러나 대중 코드의 수용이 아이들의 선호도뿐 아니라 문학적 변용으로서의 가치를 지닐 때, 이원수가 아주 오래전에 "대중(아동)을 문학 속에 흡수하고 예술의 경지로 이끌어 가려는 아동 문학 본래의 목적을 달성하기 위한 방법으로서의 대중적인 소설이 되어야 하겠다."[15]라고 한 대중성의 본질적 의미에 부합하게 될 것이다. 곧 대중 코드는 아이들을 이야기로 끌어들이는 미끼가 아니라 문학적 구성 요소로 작용해야 하고, 그럼으로써 오락물의 한계를 넘어서야 한다. 그럴 때만이 대중성이라는 '불편한 공생'의 늪에서 빠져나올 수 있으리라 보인다.

5. 자본의 논리를 넘어서

책은 책이고, 문학은 문학이다. 책은 상품이지만, 문학은 예술이다. 책은 자본 증식의 도구이지만, 문학은 의식의 발현이다. 이 자명한 사실이 언젠가부터 망각되곤 했다. 문학이 곧 책이고, 책이 없으면 문학도 존재할 수 없기 때문이다. 여기서 본말이 전도되어 책이 상품이듯이 문학도 상품이라는 논리가 파생된다. 특히나 아동문학은 자본의 논리에서 자유롭지 못했다. 태생부터 미성숙한 아동을 위한 교화의 도구였으며, 교육적 목적성과 독물로서의 효용성을 감당해내야 했다. 효용성은 실용적이고, 실용성은 자본 증식에 효과적이다. 90년대 아동문학 시장의 급속한 확장은 이를 더욱 공고히 하게 되었다. 어린이도서연구회를 주축으로 하는 독서운동의 확산에 힘입어 아동도서(아동문학)의 수요와 공급이 기하급수적으로 늘어났다. 이런 식의 시장 형성과 확대는 장단점이 따르기 마련이다. 특히 아동문학의 내적 성장에 기반을 둔 확장이 아닌 외적

---

15 이원수, 「아동 문학과 대중성」, 『이원수아동문학전집 28』, 웅진출판, 1984, 159~160쪽.

요인에 의해 요구된 확장은 아동문학의 기형적인 성장을 이끌었다. 시장성이 문학을 지배하는 것이다. 문학이 곧 책이라는 상업주의적 기획이 알게 모르게 내재될 수밖에 없다. 책과 문학을 하나로 인정하면서도 따로 구분하는 변증법적 사고가 필요한 시점이다.

더욱이 아동문학은 타자의 문학이다. 창작 주체와 독자 대상의 이원성은 태생적 딜레마다. 어른들과 아이들 사이에는 타자성이라는 벽이 놓여 있고, 이 벽은 아동문학의 문학적 정체성을 규정함과 동시에 불가해한, 혹은 다원적인 이해의 빌미를 제공하기도 한다. 향유 주체인 아이들을 어떻게 규정하느냐에 따라 문학적 향방이 달라지는 것이다. 따라서 아동문학의 타자성을 제기할 수밖에 없다. 아무리 아이들의 요구와 취향을 최우선에 놓는다 할지라도 이는 단지 아이들에 대한 고려일 뿐 아이들은 여전히 타자의 관계로 남게 된다. 그렇다고 해서 아이들이 창작의 주체가 될 수 있는 것도 아니다. 이것이 아동문학의 정체성이자 한계이다. '귀에 걸면 귀걸이, 코에 걸면 코걸이'식의 논리가 횡횡할 수밖에 없는 구조다. 온갖 교훈주의와 생활동화, 통속적 독물들, 대중서사의 범람 속에서 아동성은 왜곡될 뿐만 아니라 상업주의를 허용하는 빌미로 작용하고, 따라서 문학성은 실종될 수밖에 없다. 이에 아동문학의 타자성에 대한 인식이 요구된다. 아동문학은 창작 주체인 어른이 아이들에게 주는 문학이기에 문학성을 담지해야 하고, 동시에 독자 수용의 관점에서 향유 주체인 아동성을 반영함으로써 아이들의 타자성을 극복해나가야 한다. 문학성과 아동성의 균형은 아동문학의 정체성이자 존립의 근거일 수밖에 없다.

최근 대중성 논의에 대해 문제를 제기하는 것도 이러한 논리의 연장선상에 있다. 아이들의 취향과 선호도만을 우선시하는 논리 속에서 문학성은 위협을 받을 수밖에 없다. 이는 아동문학을 하나의 편향으로 몰아가는 것이자, 대중추수주의의 한계로 귀결시킬 것이다. 아이들의 욕망을 자극할 뿐 아이들은 여전히 타자로 남기 때문이다. 이러한 논리 속에 잠복해 있는 상업주의 또한 간과할 수 없다. 문학의 가치를 작품에 내재된 문학성이 아닌 독자 반응 정도의 수치로 환원시킴으로써 대중성을 시장성과 동일시하는 논리는 상업주의이자 자본의 논리를 대변하기 때문이다. 이때의 대중성은 자본의 논리에 대한 합리화이자 변호를 위한 포장에 불과하다. 문학은 그저 외장에 불과할 뿐이고, 자본의 논리가 문학의 논리를 압도하면서 문학성은 설 자리를 잃고 만다.

자본의 논리는 독자 대상인 아이들을 절대시하는 경향이 있다. 소비자의 기호를 우선시하는 마케팅 전략과 다를 바 없다. 자본의 상업 전략은 아동문학장을 출판사 공모전을 토대로 재편했으며, 이러한 구도 속에서 소재주의가 남발되는 것은 자연스런 현상이라 할 수 있다. 다수의 독자를 확보해야만 시장성이 보장되기에 아이들이 좋아할 만한 참신하고 신선한 소재의 개발이 권장되기 때문이다. 어린이 심사제도가 이러한 자본의 논리에 최적화된 상업주의로 보이는 것도 그러한 맥락에서다. 이 제도는 다른 출판사에서도 시행될 예정인 터라 소재주의와 상업주의는 더욱 강화될 전망이다. 이는 출판자본의 자본 증식이라는 입장에서 보면 당연한 귀결이다. 과거 한때 출판이 운동의 구심점(문학운동, 변혁운동)이었던 위상으로 본다면 결코 이해할 수 없지만, 현재로서는 자본의 원리가 우선하는 출판의 속성상 불가피할 수밖에 없는 일이다. 문제는 문학의 몫이다. 자신의 정체성을 지키지 못하고 자본의 논리에 편승해가는 작금의 사태에서 문학은 실종되고 시장에 최적화된 상품만이 난무하게 될 것이다.

따라서 문학은 시장으로부터 분리될 필요가 있다. 창작이나 비평이 자본의 요구에 순응하기보다는 스스로의 논리로 거스를 줄도 알아야 한다. 특히나 아동문학은 더욱 그렇다. 자본의 논리를 애써 포장하고 대변하는 대중성이 아니라 그러한 얄팍한 대중성을 경계할 때만이 아동문학은 문학다워질 수가 있고, 진정한 의미의 대중성도 지니게 될 것이다. 이제 아동문학은 책이라는 자본의 논리에서 벗어나 문학 본연의 자리로 돌아가야 하지 않을까. 책은 자본의 몫으로 돌려주고, 아동문학은 문학으로서의 자기 논리를 펴나가야 한다는 것이다. 이것이 바로 자본의 지배로부터 자유로운 문학의 진정한 길이자, 아동문학이 존재하는 이유가 아니겠는가.

선한 웃음, 악한 웃음

웃음은 여러 가지 장벽을 무너뜨리고
자유에 이르는 길을 열어준다.
—미하일 바흐친

1. 웃음의 의미

웃음은 인간이 지닌 생리적인 현상이다. 기분이 좋아서 웃고, 재미있
어서 웃고, 오랜 친구를 만나면 반가워서도 웃는다. 웃음이 없는 사람은
차갑고, 웃음이 넉넉한 사람은 인간성도 좋아 보인다. 그래서 '웃으면 복
이 온다', '웃는 얼굴에 침 못 뱉는다'는 식의 옛말이 지금도 회자되고
있다. 문학 역시 웃음과 불과분의 관계에 있다. 설화, 판소리, 사설시조,
민속극 등에서 보이는 해학은 전통적인 문학 양식의 근간이자 중요한
자질이었다. 현대문학도 코믹이나 유머, 아이러니, 풍자 등을 통해 웃음
의 요소를 다양한 형태로 구가하고 있다. 이는 웃음이 인간이 지닌 근본
적 속성이자, 인간의 삶을 구성하는 중요한 요소이기 때문이다. 또한 웃

음은 인간 존재를 이해하는 방편의 하나로 오랜 동안 철학적 주제로 탐구되어왔다. '인간은 왜 웃는가? 웃음의 의미는 무엇인가?'에서 시작된 의문은 웃음을 매개로 인간과 사회, 그리고 인간 삶의 의미를 해명하는 문학적·철학적 주제로 확대되어온 것이다.

웃음을 인간 본성으로 처음 인식한 철학자는 아리스토텔레스다. '인간은 웃을 수 있는 동물이다'라고 한 그는 역사상 웃음을 가장 높이 평가한 철학자로 남았다. 그는 웃음이 다른 동물과 인간을 구분하는 기준이자, 신이 인간에게 부여한 정신적 특권이라고 보았다. 심지어 어린아이가 태어나면 14일이 지나서부터 웃는다고 하면서, 이제야 비로소 인간이 된다고 할 정도였다. 웃을 수 없다면 인간이 아닌 것이다. 그의 웃음관은 웃음을 인간 본성의 한 측면으로 인식했다는 점에서 의미가 있을 뿐 아니라 여러 논자들에게 계승되면서 웃음이 '인간 고유의 특성'으로 주장되는 단서가 되었다. 그러나 인간만이 웃을 수 있다는 인식은 다윈에 이르러 전면 수정되었다. 다윈은 인간과 동물의 감정 표현 방식의 동일함을 원숭이나 침팬지를 통해 밝혀낸 바 있다. 그들도 간지럼을 느낄 때 킥킥거리며 웃음소리를 내고 인간이 웃는 것과 유사한 표정을 짓는다는 것이다. 또 어떤 이들은 강아지들도 자기가 좋아하는 사람을 보면 기분이 좋아서 입의 양 끝을 뒤로 끌어당기며 이빨을 드러내면서 웃는다고 한다. 어쩌면 웃음은 인간뿐만 아니라 다양한 생명체들이 지닌 특별한 감정 표현 방식인지도 모른다.

웃음은 아리스토텔레스의 주장처럼 인간 정신의 숭고함만을 담고 있지는 않다. 웃음에는 분명 긍정적인 측면이 다분하지만 조롱, 비웃음, 비꼼 등의 이면도 지니고 있다. 플라톤은 웃음을 '무지의 우스꽝스러움'이라고 규정했고, 17세기 토마스 홉스의 '우월이론', 보들레르의 악의적인 웃음 등 대표적인 사례만 열거해도 웃음에 대한 부정적 인식 또한 광범위하게 자리 잡고 있음을 알 수 있다. 반면에 18세기 제임스 비티의 '불일치론'이나 웃음을 기계적이고 경직된 사회에 대한 반항으로 보는 베르그송의 경우에는 웃음을 통해 인간과 사회의 관계를 반추하는 기제로 활용한다. 이처럼 웃음 이론은 오랜 역사를 거치는 동안 인간 본성과 인간관계에 대한 다양한 견해를 도출하게 되었다.

웃음에 대한 이론은 크게 두 가지 경향으로 대별된다. 하나는 생리적인 현상으로서의 원초적인 웃음의 근원을 따지는 것이고, 다른 하나는 의도적으로 만들어낸 웃음을 대상으로 미학적 의미를 추구하는 것이다. 흔히 전자를 '비미학적인 웃음'이라 하고, 후자를 '미학적인 웃음'이라 한다. 문학에서 논의하는 웃음은 바로 후자에 해당한다. 희극적인, 혹은 해학적인 요소가 어떻게 예술적으로 작용하는지를 규명하고자 하는 것이다. 웃음이 미학적 대상으로 등장한 것은 19세기에 이르러서다. 이때부터 "'코믹(die Komik, comic)'이라는 말이 '희극적인 것을 묘사하는 예술'의 의미로 사용되기 시작했고, 수사학이나 미학의 유사 개념으로 사용되었다."[1] 물론 현재에도 '코믹'이 우스꽝스럽거나 익살스러운 현상 일반을 지칭하는 '희극적인 것(das Komische)'과 동의어로 사용되기도 한다. 또 베르그송은 '희극적인 것'과 '웃음'을 동일시한다. 이처럼 일반적으로 '코믹'과 '희극적인 것'을 '웃음'과 유사한 개념으로 사용하고 있으며, 흔히 알려진 유머(해학 또는 골계), 위트, 풍자, 아이러니, 패러디, 난센스 등 웃음을 유발하는 기제를 하위 개념으로 규정한다. 이러한 웃음기제는 영화, 드라마, 개그 등의 대중문화에서뿐만 아니라 문학에서도 다양한 방식으로 재현되고 있다. 웃음이야말로 인간이 지닌 솔직한 심리적 반향이기에 삶에 기반을 둔 문학에서 웃음은 중요한 요소일 수밖에 없다. 내면에 쌓인 삶의 찌꺼기를 정화하고 현실적 한계를 넘어서는 그 언저리에 웃음이 자리하고 있는 것은 아닌지 새삼 되새기게 된다.

---

1 류종영, 『웃음의 미학』, 유로, 2013(5쇄), 16쪽.

웃음기제의 중요성은 아동문학에서도 마찬가지다. 오히려 아이들의 때 묻지 않은 천진함과 명랑성이 웃음과 깊은 친연성을 지니고 있기에 더욱 그렇다. 사소한 일에도 까르르 웃음을 터뜨리는 아이들에게 웃음은 생활 자체인지도 모른다. 요즘 아이들이 학업 경쟁과 사교육 등 현실 문제에 짓눌려 웃음을 잃었다 할지라도 말이다. 어쩌면 그러한 현실이기에 아동문학에서 웃음이 더욱 중요한 의미를 지니는 것은 아닐까. 아이들에게 웃음을 돌려주는 문학이 되어야 한다는 의미에서 그렇다. 사실 아동문학의 여러 장르에서 이미 다양한 방식으로 웃음기제를 활용하고 있기는 하다. 동화, 아동소설, 청소년소설에 등장하는 희화화된 인물이나 우스꽝스럽고 엉뚱한 사건을 통해 웃음을 자아내는 경우가 근래 들어 빈번하게 되풀이되고 있다. 또한 언어유희를 일삼는 동시·동화는 물론이고, 예전부터 창작되어 온 '수수께끼 동시'의 난센스도 웃음의 한 유형이라 할 수 있겠다. 과거 7~80년대에 선풍적인 인기를 끌었던 '명랑동화' 역시 부족하나마 웃음서사의 대표적인 경우에 해당한다. 최근 선보이고 있는 어떤 부류의 동화는 바로 이러한 전통을 계승하고 있는 것은 아닌지 의심스럽기도 하다. 또 한쪽에서는 아이러니와 풍자적 기법을 통해 우스꽝스러운 현실을 반추하고 있거니와 이들도 웃음의 한 유형에 포함시킬 수 있다.

이 글은 웃음을 키워드로 해서 몇몇 아동서사가 구현하고 있는 웃음의 양상을 살펴보려 한다. 프로이트는 "유머 감각이 인식적, 관습적, 논리적, 언어적, 도덕적 체계의 연결 고리로부터 우리를 자유롭게 한다"[2]고 했다. 이는 웃음기제를 활용하고 있는 아동서사에도 해당되는 말일 것이다. 어른들 못지않게 가정과 학교, 학원에서의 인습과 질곡에 허덕이고 있는 우리 시대의 아이들에게 웃음은 해방감과 자유의 기쁨일 테

---

2 이순욱, 『한국 현대시와 웃음시학』, 청동거울, 2004, 36쪽.

고, 아동서사의 웃음이 있어야 할 지점이 바로 그곳이기 때문이다.

2. 웃음을 위한 웃음과 악의성

'희극적인 것'은 재미를 불러일으킨다. 웃음이 우리를 즐겁게 하고 삶의 활력을 불어넣기 때문이다. 의도적으로 만들어진 웃음을 통해 일상의 무게에서 벗어나는 통쾌함을 맛보게 하는 것이다. 우스꽝스럽거나 엉뚱한 행동을 하는 인물의 이야기는 재미와 웃음을 주기에 부족할 나위 없다. 나아가 잘 만들어진 웃음서사는 웃음을 통해 살아가는 일의 고단함을 위무하기도 하고, 삶의 이면을 들추어내기도 한다. 일반문학뿐 아니라 아동문학에서도 부지기수의 작품들이 웃음의 요소를 지니고 있거니와 이러한 창작 태도가 재미를 유발하고자 하는 의도와 전혀 무관하다고 할 수만은 없다. 그러나 웃음이 주는 재미는 종종 문학성을 담보하지 못한 채 일상의 표피에 머물고 마는 경우도 허다하다. 엉뚱하거나 우스꽝스런 인물의 바보짓이 웃음을 유발하고 재미를 주지만, 문학적 감동에까지 이르기에는 역부족인 것이다. 이는 웃음이 재미를 불러일으키기 위한 도구로 전락했기 때문이다. 그야말로 웃음을 위한 웃음이라고 할 수 있다. 우스꽝스런 도구가 등장하고, 희화화된 인물에서 비롯된 웃음이 삶의 이면, 곧 웃음 너머의 삶의 비의를 끌어올리지 못했을 때 웃음은 하나의 촌극에 불과할 뿐이다.

비교적 최근에 출간된 심윤정의 『화산 폭발 생일 파티』(사계절, 2013)는 동화에서 웃음 요소가 어떻게 재미를 만들어내는지, 또 웃음의 용도에 대해 다시 되짚어보게 한다. 이 작품에서는 주인공의 엉뚱하고 천방지축인 행동이 우습기도 하지만 우스꽝스런 도구인 "화산 케이크"를 매개로 웃음은 극대화된다.

나는 재빨리 달려가 리모컨 버튼을 눌렀다.

그러자 케이크가 부릉부릉 하고 움직이더니 펑 하고 폭발했다. 색종이와 은박지가 부엌을 뒤덮었고 초콜릿 크림은 천장까지 튀어 올랐다.

[…중략…]

우리는 머리카락과 얼굴에 뒤집어쓴 초콜릿 크림을 핥아 먹으면서 재빨리 규태네 집에서 도망쳤다. (51~53쪽)

주인공 호찬이가 친구 규태의 생일 파티를 엉망으로 만드는 결정적인 장면이다. 이 바람에 호찬이 엄마는 규태네 집에 불려가 '천장을 닦는 등 네 시간이나 청소를 도와주'어야만 했다. 게다가 호찬이가 잡고 있다가 놓쳐버린 물뱀을 찾느라 "텔레비전도 옮기고 소파도 옮기고 책꽂이까지 옮겨서 겨우겨우 찾"느라 난리법석을 피웠다고 한다. 규태 엄마가 '과학 놀이 생일 파티'를 해주겠다고 "과학자 선생님"을 초청해 '말하는 앵무새, 산수 문제를 척척 알아맞히는 원숭이, 물뱀 체험'을 했는데, 호찬이가 일을 내는 바람에 생일 파티가 엉망이 된 것이다. 생일 파티를 이런 식으로 한다는 것도 우습지만, 물뱀 때문에 생일 파티의 주인공인 규태가 울음을 터뜨리고 바지에 오줌을 싸는 등 그야말로 난장판이 따로 없다. 여기에다 화산처럼 폭발하는 초콜릿 케이크까지 동원해 웃음을 유발하고 있다.

이러한 이야기가 우스운 것은 일상의 틀에서 벗어난 서사적 설정 때문이다. 현실적 규범에 상충되는 상황, 언행, 동작, 사건 등의 불일치는 웃음을 자아낸다. '과학 놀이'라는 이름과는 달리 엉뚱하게도 동물들의 장기를 늘어놓다가 엉망이 된 생일 파티, 화산처럼 폭발해 온 집안이 초콜릿으로 뒤범벅이 되는 생일 케이크. 이는 상상력의 소산이겠지만, 상식적으로는 말도 안 된다. 하지만 이런 상황과 현실과의 괴리 사이에 웃음이 존재하는 것일 터이다. 쇼펜하우어는 '하나의 개념(표상)과 실제적인 대상(객체)의 불일치를 인식했을 때 웃음이 생성되고, 이 개념과의 부적합성이 크면 클수록 이 모순에서 유래하는 우스꽝스러운 것의 효과는 더욱 강렬하다'고 했다. 그래서 모든 웃음은 역설적이라는 것이다.[3] 이는 베르그송의 '경직(raideur, 硬直)'과도 통하는 면이 있다. '메커니즘적인 경직'과 '방심한 사람'을 웃음의 원천으로 보는 그는 "경직이 바로 웃음거리이고, 웃음은 그 징벌"[4]이라고 했다. 여기서 경직은 어떤 대상이나 행위에 대한 사회적 규범과의 불일치라 할 수 있다. 이 불일치는 "유연한 것, 부단히 변화하는 것, 살아 있는 것에 반대되는 경직된 것, 상투적인 것, 기계적인 것, 주의에 반대되는 방심, 요컨대 자유 활동에 반대되는 자동현상"[5]에서 비롯되는 것이다. 이를 베르그송은 "교정을 촉구하는 개인적 또는 집단적인 불완전성"으로 보며, "웃음은 이 교정 그 자체이다"라고 하였다. 그래서 웃음이 "인간과 사건의 어떤 특수한 방심을 지적하고 저지하는 사회적 행동"[6]이라는 것이다. 곧 웃음은 경직되고 방심한 삶과 사회에서 비롯되고, 이를 통해 삶과 세계에 대한 인식을 재고하게 하는 역설적 기능을 지니게 된다.

　여기서 웃음기제로서의 "화산 케이크"의 의미를 짚어볼 필요가 있다. 우스꽝스런 생일 파티는 물론이고, 호찬이의 실수로 벌어지는 사건과 케이크를 폭발시키는 장난기 어린 행동은 시종일관 웃음을 자아낸다. 그러나 그 웃음이 단지 웃음으로 끝난다면 웃음의 역설은 사라지고 값싼 재미만이 남을 뿐이다. 웃음을 위한 웃음의 말로는 그런 것이다. 실지로 이 작품에 웃음은 있지만, 그리고 웃음이 서사를 이끌어가는 추동력이긴 하지만, 웃음을 통해 아이들의 삶을 재인식하는 성찰은 보이지 않는다. "화산 케이크"에서 폭발된 웃음이 결말에 이르러 단지 호찬이와

---

3 류종영, 앞의 책, 275~280쪽 참조.
4 앙리 베르그송, 이희영 옮김, 『웃음』, 동서문화사, 2008, 22쪽.
5 위의 책, 76쪽.
6 위의 책, 55쪽.

규태의 화해, 용서, 우정 등의 교훈으로 대치되고 있기 때문이다. 결국 이 웃음에 진짜 아이는 없고, 어른들이 원하고 만들어가는 관념적 아이만이 생경하게 부상할 뿐이다. 더욱이 이 웃음이 주로 아이들의 실수와 엉뚱함, 우스꽝스런 잘난 척 등 아이들에 대한 조롱을 토대로 만들어지고 있다는 점도 생각해볼 문제다.

최근 작품 중에서 유독 아이들을 우스꽝스럽게 희화시켜 웃음을 만들어내는 작품으로 정연철의 『만도슈퍼 불량만두』(휴먼어린이, 2016)를 꼽을 수 있다. 이 작품에서 웃음은 전적으로 주인공 구만도의 실수와 우스꽝스런 행동에 의지해 유발된다. 짓궂게 만도를 놀려대는 아이들도 우습지만 만도만큼은 아니다. 오히려 아이들의 놀림 때문에 만도는 더 우스워진다. 만도는 이름 때문에 '군만두'라는 별명을 얻었고, "때마침 터진 불량 만두 파동 때문"에 '슈퍼 불량 군만두', 줄여서 '불량 만두'로 불리며 놀림을 당한다. 게다가 같은 반 문제아 영배는 틈만 나면 만도를 괴롭히고 조롱한다. 여기서 영배는 악역이 분명하지만, 그다지 악의성이 드러나지는 않는다. 오히려 만도를 비웃고 괴롭히면서 웃음을 제조하는 데에만 충실하기 때문이다. 이처럼 만도는 웃기는 아이다. 아니, 웃기게 설정된 아이다. 자신에 대한 인식부터 그러하다.

> 인정하기 싫지만 나는 엄마하고 국화빵이다. 작은 키에 큰 얼굴뿐만 아니라 다혈질 성격도, 산만한 것도, 소심한 것도 다 닮았다. […중략…] 아빠한테는 큰 키와 울퉁불퉁한 근육 대신 나쁜 눈만 물려받았다. (17쪽)

만도가 자신에 대해 술회하고 있는 대목이다. 이 정도면 희화가 아니라 비하다. 곧 남들이 싫어한다는 것은 다 가진 인물이다. 이것만이 아니라 작품 곳곳에서 인물에 대한 비하가 종종 눈에 띈다. 엄마가 "안 그래도 나쁜 머리를 자꾸 쥐어박았다"라고 하거나 "나는 진짜 누굴 닮아서

이 지경일까? 돌연변이인가?" 하는 자학적인 내면을 내비친다. 이런 인물이기에 만도는 웃음의 중심에 서 있게 된다. 즉, 만도는 웃음을 위해 의도적으로 설정된 것이다. 그렇기 때문에 만도는 하는 일마다 실수투성이다. 교실 선풍기를 두 번이나 우스꽝스런 실수로 고장을 냈고, 벌을 서다 똥을 지리기도 한다. 그래서 똥 묻은 팬티를 벗어버렸는데 체육시간에 깜박 잊고 바지를 내려 노팬티의 알몸을 드러내 웃음을 터뜨리기도 한다. 이처럼 만도는 곳곳에서 몸 개그로 웃음을 자아낸다.

그렇다면 만도는 왜 이렇게 설정되었고, 이 웃음의 정체는 무엇인가. 앞에서 불일치한 것들의 웃음을 얘기했지만, 규범에 어긋나는 것을 보고 웃을 수 있는 것은 타자에 대한 우월의식에서 비롯되는 경우가 많다. 이를 토머스 홉스는 "갑작스런 영광"이라고 표현했다. 곧 웃음은 '다른 사람들의 결함과 비교해 우리 자신 내에서 그 어떤 우월함에 대한 갑작스런 착상에서 일어난다'는 것이다. 웃음의 근저에 우월의식이 깔려 있다는 우월론은 고대 플라톤에서 지금까지 웃음이론의 한 축을 이루고 있다. 혹자는 이런 웃음을 '잔혹한 웃음'이라고 한다. 이들은 약자의 무지에 대한 웃음(플라톤)이거나 신체적 장애를 비웃는 경우가 대부분이기 때문이다.[7] 그래서 보들레르는 "웃음은 악마적이며, 따라서 심오하게 인간적이다"라고 했다. 즉, 웃음은 "인간에 내재하는 자신의 우월함에 대한 의식의 결과"이고 "악마적인 착상"[8]이라는 것이다. 따라서 의도적으로 만들어진 웃음에서 이러한 우월의식을 (작중인물이든 독자든 간에) 배제하기란 쉽지 않다. 인물에 대한 비하는 그러한 면에서 효과가 있고, 만도라는 인물은 그 원리를 충실히 따르기 마련이다.

더욱이 이 작품에서 웃음은 외관상 비중은 커 보이지만 이야기의 핵심인 아빠의 사건에 비해 별다른 의미는 없는 듯하다. 작품의 대부분을

---

7 류종영, 앞의 책, 126~137쪽 참조.
8 위의 책, 307쪽.

할애해서 영배와 대립하며 자아낸 웃음이 아빠의 사건과 유기적으로 연결되지 못했기 때문이다. 여기서 아빠의 사건이란 불량 만두 사건을 비난한 아빠조차 중국산 곡물을 국산으로 속여 팔다가 들통이 나서 곤경에 처한 것을 말한다. 이를 자신이 선풍기를 고장 내고도 그 사실을 숨긴 것과 연결 지어 양심의 문제를 제기할 뿐, 여기에 웃음의 자리는 없다. 그래서 이 주제적 발화는 생뚱맞기조차 하다. 영배 또한 후반부에 들어 제 역할을 하지 못할 정도로 존재감마저 잃고 만다. 결국 이 작품에서 줄기차게 유발해온 웃음은 무엇인가라는 문제에 봉착할 수밖에 없다. 그저 재미를 주기 위해 웃으려고 한 것은 아닌지, 그러다 보니 애꿎은 만도만 비하시킨 것은 아닌지, 그래서 웃음의 악의성만 도드라져 보이지는 않는지 자문하게 된다. 어쩌면 웃음과의 불안한 동거였는지도 모를 일이다.

3. 풍자와 아이러니의 웃음 없는 웃음

현대문학에서 웃음은 소리 없는 반향인 듯하다. 겉으로 보기에는 우습기도 하지만, 실상은 현실의 모순을 비판하거나 비꼬는 서사전략이기에 마냥 웃을 수만은 없다. 웃음으로 친다면 쓴웃음 짓게 한다고나 할까. 풍자, 아이러니, 패러디 등은 그러한 웃음 요소를 지니고 있고, 현대문학에서 가장 폭넓게 활용되는 기법이라 할 수 있겠다. 이들은 인간, 특히 힘 있는 자의 위선과 악덕, 사회의 부조리를 폭로 비판하고 조롱함으로써 현실의 개선과 도덕적 이상을 추구한다. 이때 주체는 웃음의 대상보다 우월한 위치에서 대상을 조롱함으로써 항상 자기 자신은 풍자나 아이러니의 대상 바깥에 놓이게 된다. 이러한 속성을 부정적으로 바라본 바흐친은 풍자나 아이러니와 같은 '현대의 웃음'을 누구나 참여해 해방감을 만끽하는 '카니발의 웃음'과는 다른 "웃음 없는 웃음"[9]으로 격하시킨 바 있다. 그러나 이 웃음 역시 삶과 세계의 본질에 이르는 길이고, 현실 인식에 있어 전혀 다른 시각의 새로운 각성을 촉구한다는 정당성조차 부인할 수는 없다. 더욱이 풍자와 아이러니는 현대문학의 중요한 인자이자 특성으로 인식되고 있을 뿐만 아니라 오랜 문학적 변천 속에서 다양한 양상으로 확대되어 왔다.

그렇다면 아동문학에서의 사정은 어떠한가. 누구를 풍자하고, 어떻게 조롱하는가의 문제는 아동문학의 속성상 여러 제한점이 있기 마련이다. 분명 아이들 세계에서도 권력자는 존재하겠지만, 그 아이 역시 '아동'이기에 마냥 조롱할 수만은 없다. 또 아이들의 삶을 좌지우지하는 것은 어른들이므로 부모나 선생님 등 아이들 주위의 어른들은 권력자이고 웃음의 대상이 될 수도 있다. 그러나 이 역시 교육적 명분에서 자유로울 수만은 없다. 그럼에도 '현대의 웃음'은 아동문학에서의 재현을 마다하지 않는다. 이미 다양한 방식으로 뿌리를 내리고 있다. 그 지점에 김기정의 일련의 작품이 놓여 있고, 유은실은 아이러니, 패러디 등을 통해 아동문학의 새로운 면모를 구축해가는 것으로 보인다. 이외에도 여러 작가의 작품에서 그러한 요소를 찾아볼 수 있다. 과연 이 다양한 개체들 속에서 현대의 웃음은 어떤 표정을 짓고 있을까. 이들을 통해 풍자, 아이러니, 패러디가 아동서사와 어떤 방식으로 결합하는지 짚어볼 만하다.

김기정의 작품은 대개 해학성을 지니고 있다. 옛이야기의 전통에서 유발되었든 아이들의 현실에 대한 풍자이든 간에 웃음은 그의 작품 세계에서 빼놓을 수 없는 요소인 듯하다. 그중에서도 『바나나가 뭐예유?』(시공주니어, 2002)는 대표적인 웃음서사이고, 다분히 풍자적이다. 이 작품 역시 옛이야기의 해학성을 차용해 웃음을 유발하고 있다. "오래 전, 할아

---

9 김욱동, 『대화적 상상력』, 문학과지성사, 1988, 243쪽 참조.

버지들이 콧물을 흘리고 다닐 때 이야기예요."(9쪽)라는 서두에서 느낄 수 있듯이 옛이야기의 화법을 주된 서술 방식으로 채택하고 있고, 이러한 화법은 해학성을 지니기에 충분하다. 더욱이 우스꽝스런 인물들이 바나나를 앞에 두고서 펼쳐 보이는, 그야말로 무지(無知)에서 비롯된 엉뚱한 상상력은 웃음거리가 될 만하다. 여기에는 어른 아이가 따로 없다. 모두가 조롱의 대상이 되고 있다. 그럼에도 이 조롱이 악의적으로 느껴지지는 않는다. 바로 이들의 무지가 '순박함'을 상징하기 때문이다. 이들은 과장이긴 하지만 "집채만한 수박"과 "웬만한 아이 크기만한 (개똥) 참외"가 지천인 설화적 세계에 뿌리를 둔, 그래서 산 위에서 굴러 내려온 수박에 깔려 집이 무너져도 서로 도와 "뚝딱뚝딱 새집을 지었으니까" 아무 문제가 되지 않았던 순박한 사람들의 후예다. 지오 마을은 그런 사람들이 살고 있는 곳이기에 '낯선' 바나나를 대하는 그들의 무지는 순박한 웃음을 유발한다.

그렇다면 왜 바나나인가. 지오 마을 사람들이 바나나를 처음 알게 된 것은 "장사를 해 보겠다고 서울에 갔던 청년"이 지오에 내려와 서울 얘기를 하는 중에 바나나 맛을 극찬한 것에서 비롯되었다. 그후부터 마을 사람들은 바나나를 소망한다. 어떤 할머니는 숨을 거두는 순간의 마지막 말이 "바나나 한 입 먹어 봤으믄"일 정도다. 게다가 새로 개발된 고속도로가 지오 마을을 지나게 되면서 사람들은 문화적 충격에 빠지고, 그 와중에 '바나나 사건'이 벌어지게 된 것이다. 바나나를 싣고 가던 트럭이 사고를 내 뒤집어지면서 바나나 "상자들은 고속도로 주위 논에 여기저기 흩어"지게 되고, 이를 본 사람들은 바나나 상자를 모조리 집어가 버리고 만다. 뒤늦게 경찰에 불려가 조사를 받는 마을 사람들이 능청스럽게 부인하는 장면도 우습지만, 바나나를 어떻게 먹을지 몰라 이런 저런 궁리를 하는 대목도 우습기만 하다. 솥에 넣어 찌기도 하고, 두엄더미 속에 넣어 숙성시키기도 하는데, 이렇게 해서 먹어 본 바나나 맛을 한마디로 이렇게 결론을 낸다. "가마솥에 쪄 봤는디, 꼭 감자 맛이데. 맛도 읎어. 옛날 어른덜이 왜 맛있다고 혔는지 몰러."(103쪽) 결국 바나나를 둘러싼 우스꽝스런 해프닝은 '외국 것'이라면 덮어놓고 추종하는 세태를 비꼬는 풍자로 읽힌다. 그러나 이러한 표상의 근저에는 좀더 근본적인 의식이 깔려 있다. 곧 바나나를 통한 세태 풍자를 넘어 경제개발 논리를 다시 되짚어보게 함으로써 자본주의 물질문명에 대한 맹목적인 추구를 경계하는 것이다. '바나나 사건'이 일어나게 된 근본적 발단이 아래와 무관하지 않기 때문이다.

> 별 두 개짜리 장군이 하루 아침에 대통령이 되는, 그런 놀라운 일이 아무렇지도 않게 벌어졌지요. […중략…] 하지만 기어이 지오에도 큰 일이 벌어지고 말았답니다. 고속도로가 생긴 거예요. (31쪽)

사실 이 대목은 전체 이야기에서 삽화적 진술에 불과하고 사건이 발생되는 배경에 지나지 않을 수도 있다. 그러나 '고속도로'로 대변되는 군부독재의 경제개발 논리에는 득과 실이 공존한다. 물론 경제 발전의 정당성과 이득을 부인할 수 없지만 반대로 개발 논리에서 파생되는 부작용 역시 쉽게 용인할 수 없다. 여기서 바나나가 좀더 근본적인 의문을 던지는 것은 그러한 이유에서다. 지오 마을의 설화적 세계에 대한 훼손을 통해 개발과 물질문명의 추구가 지닌 문제점을 상기하는 것이다. 결국 "산등성이 수박밭에 수박이 잘 자라지 않는 거예요. 집채만하게 자라던 수박이 작게만 자랐답니다. 보통 수박과 똑같은 크기였어요. 강가 모래밭에 열리던 개똥참외도 마찬가지였지요."(34~35쪽)라고 하는 진술을 허투루 들을 수 없다. 고속도로는 설화적 공동체인 지오 마을마저 개발 논리 속에 단일화시켰고 '바나나 사건'은 그들의 순박한 욕망을 통해 그러한 물질문명의 허구성을 비꼬고 조롱해 웃음을 자아내는 것이다.

이처럼 풍자적 웃음은 현실에 밀착해 있다. 웃음을 통해 현실의 이면을 상기시키는 것이다. 이는 아이러니와 패러디 역시 마찬가지다. 흔히 풍자와 아이러니, 패러디를 서로 다른 장르 혹은 영역으로 구분해 인식하는 경우가 많다. 각자가 고유의 기법적 자질과 특이성을 지니고 발전해 왔기 때문이다. 그러나 풍자가 다양한 장르와 형식을 활용해왔기 때문에 풍자와 아이러니, 패러디를 구분하는 일이 쉽지만은 않다. "아이러니가 패러디에 사용되는 중요한 수사적 책략"[10]이 되기도 하며, 풍자 역시 아이러니와 패러디의 주된 요소일 정도로 서로 교차하며 혼용되고 있다. 이러한 까닭에 유은실의 작품에서 구사되는 아이러니는 김기정의 작품과는 결이 다른, 삶과 현실에 대한 풍자라고 할 수 있겠다.

아동문학에서 유은실만큼 모던한 작품을 쓰는 작가도 드물 것이다. 서사의 결말을 생략해버린 「손님」만 보더라도 리얼리즘의 총체성으로부터 일정 정도 거리를 두고 있는 듯하다. 더욱이 발랄한 언어유희와 함께 자주 구사하는 아이러니는 그의 작품을 새로운 경향으로 규정하는 데 한몫한다. 이제 유은실과 아이러니는 서로 떼어놓을 수 없을 정도로 긴밀한 관계에 있다. 그의 작품 대부분이 아이러니적이라 해도 무방할 테다. 할아버지의 죽음을 대하는 어른들의 이중적 태도에서 삶과 죽음의 아이러니를 풍자한 『마지막 이벤트』(바람의아이들, 2010), 아이러니적 상황을 연출하고 있는 「만국기 소년」「내 이름은 백석」(『만국기 소년』, 창비, 2007), 「멀쩡한 이유정」「할아버지 숙제」(『멀쩡한 이유정』, 푸른숲, 2008) 등 그의 작품에서 상당수가 아이러니의 영역에 속한다. 이에 대한 논의 역시 대체로 이를 인정하고 있는 터라 여기서 더 이야기할 필요는 없을 듯하다. 단지 그의 아이러니 중 독특한 유형인 「만국기 소년」은 잠시 언급할 필요가 있겠다.

---

10 린다 허천, 김상구·윤여복 옮김, 『패러디 이론』, 문예출판사, 1992, 43쪽.

"네가 외운 나라 중에서, 너는 어느 나라에 제일 가 보고 싶니?"

진수는 대답이 없다. 그 대신 진수 얼굴에 표정이라는 게 생겼다. 슬프고 겁에 질린 표정. (32쪽)

전학 온 첫날 '뭐든 잘하는 것을 해 보라'는 선생님 말에 진수는 "나라 이름과 수도"를 외우기 시작한다. 이 작품은 진수가 외우는 나라 이름과 화자인 '나'의 진수(그의 가족)에 대한 회상을 병렬적으로 전개시키고 있다. 이를 통해 진수가 며칠 전 "길모퉁이 한구석, 상자로 만든 집" 곧 "컨테이너 박스"집으로 이사 왔고, 책이 없어 아빠가 '작년에 얻어다 준 국기 책만 보면서 나라 이름이랑 수도 이름을 전부 외우게' 되었다는 사실이 밝혀진다. 따라서 그런 진수에게 위의 인용에서처럼 묻는 선생님의 말은 진수를 당황하게 하고, 아이러니적 상황이 연출되는 것이다. 진수로서는 다른 나라에 가 보고 싶은 생각을 못 했을 수도 있고, 그럴 처지도 아니기 때문이다. 여기서 주목할 것은 이 상황이 매우 그로테스크하다는 점이다. 곧 기의를 획득하지 못한 채 무표정한 얼굴로 기표만 외워대는 진수의 입은 바로 '인간의 신체가 극도로 과장된 형식으로 표현되는 그로테스크'[11]와 다를 바가 없다. 그로테스크하게 과장된 신체적 표현이 아이러니한 상황을 더욱 극적으로 만들 뿐 아니라 현실에 대한 진중한 인식을 갖게 한다. 그러한 인식의 배후에 무겁고 심각한, 혹은 어이없는 웃음이 깔려 있는 것이다.

유은실은 최근 패러디에 속하는 작품을 내놓기도 했다. 『드림 하우스』(문학과지성사, 2016)가 그것이다. 위의 김기정 작품에서도 산에서 수박이 굴러올 때 누군가 "수박, 굴러가유!" 하고 외치는 장면이 충청도 사람들의 느린 말을 흉내낸 '아버지, 돌 굴러가유!'의 패러디로 읽히기도 하지

---

11 김욱동, 앞의 책, 249쪽.

만, 본격적인 패러디는『드림 하우스』가 처음이 아닌가 한다. 이 작품은 가난한 사람들의 집을 선정해 리모델링해주는 방송 프로그램을 패러디한 것이다. 패러디는 원전을 재현함으로서 "풍자적 목적을 가장 효과적으로 창출하는 전략"[12]이다. 여기서는 등장인물을 인간 대신 곰으로 설정하고 있다. 이는 독자들에게(특히 어른들에게) 너무도 익숙한 방송이기에 '낯설게 하기'를 통한 거리감을 주는 전략으로 읽힌다. 이 때문에 실제 방송에서 방영된 내용을 그대로 재현한다 할지라도 상당 부분 객관적인 거리를 유지할 수 있다. 또한 그 자체만으로도 인간사회에 대한 풍자성을 지니게 된다.

해당 프로그램은 공익 방송으로서의 선의를 과시하면서 시청자들의 많은 호응을 얻었지만, 사실은 대중매체의 한계 또한 지닐 수밖에 없었다. 주인공인 보람이네처럼 열악한 주거 환경에서 곰팡이와 함께 지내는 사람들이 어디 한둘이겠는가. 이는 우리 사회의 빈부 격차가 해소되지 않는 한 개선의 여지가 없는 일이다. 그런 탓에 이런 선의는 환상에 불과하다. 또한 이런 프로그램조차도 시청률이라는 상업적 목적을 배제할 수 없다. 이 작품에서 PD와 구성작가 간에 촬영 방향을 놓고 잠시 다투는 것도 그런 이유에서이지만, 이러한 방송의 속성과 본질을 어떤 방식으로 독특하게 드러내느냐가 작품의 성패를 좌우한다. 여기서 패러디 기법의 효용성을 타진해볼 수 있다. 패러디는 원본에 대한 재해석이며, 이를 통해 새로운 의미를 창출해냄으로써 '창조성'을 지닌다. 여기에 과장과 풍자, 아이러니가 있고, 혹은 악의적 웃음이 개입되기도 하는데, 지바 벤-포라가 패러디는 "보통 코믹하다"[13]고 정의했듯이 웃음은 패러디에 있어 본질적 요소다. 즉, 이 작품에서도 원본이라 할 수 있는 프로그램의 허상을 비꼬고 풍자함으로써 세계의 본질을 드러낼 수 있다는 뜻

---

12 이순욱, 앞의 책, 30쪽.
13 린다 허천, 앞의 책, 82쪽.

이다.

하지만 『드림 하우스』는 웃음기 없는 패러디를 보여주고 있다. 그나마 인물 중에서 가장 희극적인 인물은 증조할머니가 고작이다. 그런 데다 증조할머니가 유발하는 웃음도 지극히 일상적인 수준에 머물러 있을 뿐이어서 미약하기 그지없다. 이러한 웃음의 부재는 패러디임에도 불구하고 패러디답지 못한 결과를 낳는다. 이와 더불어 방송 프로그램에 대한 사실적 모사도 눈여겨볼 대목이다. 일례로 실제 방송에서 나왔을 법한 자막이나 대화 내용을 많은 분량에 걸쳐 그대로 옮겨 놓고 있는데, 마치 사건일지 같은 르포르타주를 보는 듯한 느낌이다. 이러한 현실 재현 방식은 이미 방송에서 재연된 것들임에도 아무런 여과 없이 '다시 보기'를 강요하는 것과 다를 바 없다. 게다가 이런 사실적 재현 방식은 패러디의 속성과 불일치한다는 면에서 서사의 새로움을 반감시키는 요인으로 작용하고 있다. 풍자나 아이러니를 통해 현실을(원본을) 비틀고 허물어서 새로운 시각을 포착하는 패러디의 속성이 사실적 모사에 의해 거세되고 마는 것이다.

여기에다 서사 전반에서 인물들 간의 훈훈한 인간미가 강조되고 있는 것도 현실을 풍자하는 웃음이 발붙이지 못하는 요인이 된다. 〈드림 하우스〉의 선의에 당첨된 가족들의 옹색한 미담이 서사를 지배하게 되고, 보람이가 말하는 '곰의 품위' 역시 여기에서 비롯되고 있다. 물론 이러한 미담의 대척점에 세태의 실상, 즉 촬영 나온 피디로 대변되는 방송자본의 폭력성을 대립시킴으로써 대중매체의 속성을 드러내기도 한다. 또 결말에서 〈드림 하우스〉 작가인 진주 씨가 방송 일을 그만두고 '주거 복지 운동', 즉 방송에 "선정되지 않아도 모두가 곰팡이 피지 않은 방에서 잘 수 있는 세상을 만드는 일"을 하겠다고 말한다. 그러나 이러한 요소가 얼마만큼 설득력 있게 다가오는지는 미지수다. 이 작품은 패러디이고, 이러한 진지함이 실제 방송 프로그램인 '원본'의 흔적을 지우기에는 역부족이기 때문이다. 한마디로 외형은 패러디인데 내용은 사실주의적 모방으로 일관하는 데서 나타나는 불균형이 이러한 사태를 초래했다고 밖에 볼 수 없다. 이는 패러디가 현실을 비꼬고 조롱하는 풍자적 서사 전략 속에서 긴밀하게 엮이지 못한 탓이다. 그래서 보람이의 소망인 "품위 있는 어른 곰"도 사회적 약자들의 소박한 자존심이라기보다는 해결될 수 없는 현실 문제에 대한 궁색한 변명에 지나지 않는 것으로 읽힌다. 이처럼 웃음이 있어야 할 자리에 웃음이 없을 때 현실에 대한 발언마저도 공허한 메아리로 그치고 마는 건 아닌지 새삼 되짚어보게 된다.

4. 웃음의 유쾌한 진리

웃음 자체는 유쾌한 것이다. 현대의 웃음이 풍자, 아이러니를 통해 현실을 비꼬고 조롱하는 것도 하나의 관점으로서 유효하지만, 그와 다른 지점에서 본질적 웃음을 통해 현실의 비의를 드러내는 경우도 있다. 흔히 이러한 웃음을 경박하다거나 진지하지 못한 처사로 여기고 등한시하기도 한다. 허나 웃음을 위한 웃음이 아니라 삶과 현실의 궁극적 문제를 제기하는 웃음이라면 눈여겨볼 만하다. 바흐친은 이러한 웃음을 "세계를 바라보는 특수한 관점"이라고 했다. 바흐친은 웃음의 본질에 대해 다음과 같이 명쾌하게 규정하고 있다.

웃음을 통해서 우리는 세계를 새롭게, 진지한 관점에서 바라볼 때 못지않게 심오하게 (심지어는 그때보다도 더욱 심오하게) 바라볼 수 있다. 그러므로 웃음은 진지성과 마찬가지로 보편적인 문제를 제기하는 위대한 문학 속에 들어올 수 있다. 세계의 어떤 본질적인 면은 오로지 웃음을 통해서만 접근이 가능하다.[14]

바흐친은 민속 문화인 카니발의 웃음을 염두에 두고 한 말이겠지만, 현실의 문제를 재고하는 웃음 서사라면 "세계의 어떤 본질적인 면"에 접근하는 방식임을 유추해볼 수 있겠다. 카니발의 웃음이 보카치오, 세르반테스, 셰익스피어, 라블레 등의 작품으로 계승되었고, 바흐친의 카니발이론이 이들에 대한 논의(특히 라블레)에서 구체화되었다는 점도 이를 뒷받침한다. 이러한 웃음을 그는 "유쾌한 진리"로 부르기도 했다. 진지한 것만이 진리를 추구하는 것이 아니라 유쾌한 웃음도 진리에 이를 수 있다는 것이다.

이러한 웃음의 유쾌성은 아동서사와 부합하는 면이 많다. 아이들에게서 웃음은 떼어놓을 수 없을 정도로 본질적인 요소다. 아이들에게는 세상을 배우고 관계 맺는 것도 놀이의 연속이며, 놀이에는 으레 웃음이 떠나질 않는다. 물론 무한경쟁시대를 사는 요즘 아이들에게는 그렇지 못한 면도 많지만, 그렇기에 더더욱 웃음을 통해 세상의 본질을 알게 하는 문학이 필요한지도 모른다. 그러나 웃음을 차용한 아동서사는 앞에서 언급한 바와 같이 웃음을 위한 웃음이 태반이다. 웃음을 재미의 도구로 활용할 뿐 삶의 본질에 대한 고민은 보이지 않거나 극도로 소략할 뿐이다. 반면에 현대문학의 자질을 차용한 풍자와 아이러니의 웃음은 유쾌하지만은 않을뿐더러 본격적인 웃음 서사와는 거리를 두고 있다. 아이들의 유쾌한 웃음을 본질로 한 서사는 아닌 것이다. 하지만 이와는 전혀 다른 지점에서 유쾌한 웃음을 통해 삶과 현실에 대한 인식을 재고하는 작품들도 더러 있다. 그런 부류의 작품들 중에서는 단연 『기호 3번 안석뽕』이 대표적이다.

진형민의 『기호 3번 안석뽕』(창비, 2013)은 전교 회장 선거와 재래시장을 잠식하는 대형 마트 문제가 교차하면서 치밀하게 서사를 전개하고

---

14 김욱동, 앞의 책, 245쪽에서 재인용.

있다. 여기서 웃음은 서사를 이끌어가는 추동력이며, 아이들의 삶을 둘러싼 문제들을 유쾌한 방식으로 제기한다. 이야기의 시작에서부터 결말에 이르기까지 웃음은 사그라질 줄 모른다. 그렇다고 인물을 희화화하거나 조롱으로 억지웃음을 자아내지는 않는다. 여기서의 웃음은 인물(아이들) 본연의 성격이다. 시종일관 아이들다운 유머와 위트가 웃음을 유발하며, 웃음이 사건의 생동감을 부여한다.

> "어른이 곰곰이 생각을 하고 있으면 그런가 보다 하고 물러갈 일이지, 언다
> 대고 성질을 피워!"
> 푸흡, 곰곰 생각을 했다고? 그러니까 여태 곰 생각을 했다는 거야? 아니면 투
> 명 망토를 두른 곰 두 마리를 이쪽저쪽에 경호원처럼 세워 놓고 맘껏 생각을 했
> 다는 말인가? (54쪽)

이 작품 곳곳에서는 위와 같은 언어유희가 유머러스한 상황을 만들어낸다. '곰곰이 생각'한다는 말을 '곰 생각'으로 바꾼다든지, '복채' 있느냐는 물음에 "부채는 왜요? 부채 도사처럼 하는 건가요?"라고 우문으로 되묻는다거나, 누나가 버스만 타면 『잘근잘근 씹어 먹는 중학 영단어장』을 꺼내드는데 이를 "아는 사람을 만나도 공부합네 하면서 잘근잘근 인사를 씹으려는 수작"으로 생각하는 데에서 보듯이 음이 같거나 유사한 말을 전혀 다른 의미로 재해석하고 있다. 이러한 언어유희가 코믹한 아이들의 성격과 어우러지면서 아이들다운 엉뚱함과 상상력이 웃음을 자아낸다. 그럴 정도로 인물들은 희극적으로 설정되어 있다.

먼저 화자인 안석진은 별명이 안석뽕이다. 아빠가 시장에서 떡집을 하는 탓에 시장 골목 사람들이 자꾸 '떡집 석뽕이'라고 부르는 바람에 안석뽕이 된 것이다. 이를 화자는 "전부 다 한석봉 어머니 탓"으로 치부한다. 애초에 "떡과 석봉이 사이의 뗄 수 없는 관계를 처음 만"들었기 때문

이며, "하여간 지금이나 옛날이나 엄마들은 애들 공부시키려고 별짓을 다 한다"고 비꼬면서 별명에 대한 안 좋은 감정을 드러내기도 한다. 하지만 그렇게도 싫어하는 별명이 자신의 의사와는 무관하게 '기호 3번 안석뽕'이라는 선거 홍보용 타이틀로 사용됨으로써 이 작품의 희극성을 한껏 북돋는 웃음 요소로 작용한다. 게다가 안석뽕은 소심해 보이는 성격이지만, 화자로서 입담 넘치는 내레이션으로 이야기의 웃음을 주도한다. 여기에다 석뽕이와 시장통에서 함께 자란 기무라(김을하)와 조조(조지호)의 역할도 빼놓을 수 없다. 공부는 못하지만 아는 게 많은 조조는 무슨 건물인지 숨긴 채 시장 근처에 짓고 있는 신축 공사장을 보고 FBI 한국 지부가 들어올 거라고 주장하는 엉뚱한 상상력의 소유자다. 결국 대형 마트 건물이란 사실이 뒤늦게 밝혀지면서 두 친구로부터 놀림을 받기도 한다. 기무라는 엉뚱한 행동으로 일을 내는 인물이다. 한마디로 "배 째라 정신"으로 지칭될 정도로 배짱 두둑한 성격은 주도적이고 활동적으로 일을 벌이고 해결해나가는 인물에 안성맞춤이다. 해서 기무라는 사건의 중심에 서 있으며, 웃음을 유발하는 희극적인 요소를 두루 갖추고 있다.

안석뽕이 회장 선거에 나가게 된 것도 기무라 때문이다. 반장이자 회장 선거에 출마한 고경태에 맞서다 무턱대고 안석뽕도 출마할 거라고 선언해버린 것이다. 이후 안석뽕은 얼떨결에 회장 선거를 치러야 할 입장에 놓이게 된다. 여기서 안석뽕의 회장 선거 출마는 학교의 지배적인 질서체계를 뒤흔드는 일대 사건이다. 흔히 학교의 전체 회장이라고 한다면 고경태처럼 '공부 잘하고 집안이 부유해서 학교에 기부금도 내고 엄마가 수시로 학교 행사에 참여해 일을 거들 정도의 형편이 되어야 한다'는 게 일반적인 인식이자 보이지 않는 규칙이다. 안석뽕의 출마는 이러한 학교 현실의 규칙을 깨는 일이다. 공부도 그다지 잘하지 못하고, 집에 돈도 없고, 아빠와 함께 떡집을 하는 엄마는 학교일에 나설 수조차 없는 형편이기에 그렇다. 사실 학교에는 공부 잘하는 소수보다 못하는 아이들이 더 많은데, 이 다수는 늘 소수에 밀려나 있다. 학교의 관심 범위에서 배제되기 일쑤다. 일반적인 사회 현상과 마찬가지로 학교 역시 소수를 위해 다수가 불이익을 감수해야 하는 부조리가 되풀이되는 곳이라 말할 수 있다. 이에 안석뽕네가 '공부 못하는 아이들의 권익'을 옹호하는 것 역시 학교의 규칙에 반발하는 일이 된다. 이러한 역발상 자체가 웃음과 무관하지 않다. "일등만 좋아하는 학교, 너나 가지삼! 일등부터 꼴등까지 다 좋아하는 학교, 우리가 만드셈!"이라는 희극적인 선거 구호는 현실에 대한 풍자이자 문제제기이며 다수의 아이들에게 공감을 살 만하다.

"손 머리 위로, 안석뽕! 크게 소리 질러, 안석뽕!"
조조와 기무라가 꺼떡꺼떡 손을 흔들며 내 이름을 외치자 크크큭 웃던 아이들이 하나둘 따라서 손을 올렸다.
"안석뽕! 안석뽕!"
내 이름을 부르는 아이들 목소리와 손뼉 치는 소리가 점점 커져 갔다. (42쪽)

이러한 아이들의 호응은 회장 선거의 주변부에서 소외되어 있던 아이들이 안석뽕을 통해 자기 목소리를 내는 것과 다를 바 없다. 선거 결과에서 안석뽕이 2등을 할 정도로 많은 아이들의 지지를 받은 것이 이를 반증한다. 이는 안석뽕네의 희극성에서 유발된 것이지만, 웃음이 지닌 친화력이 현실 문제에 대한 공감을 더욱 강하게 불러일으킨 결과라 할 수 있다. 그래서 이들의 웃음은 바흐친의 카니발을 연상시키기도 한다.

노래가 군밤타령으로 넘어가는가 싶더니, 조조가 빨라진 장단에 맞춰 엉덩이를 흔들기 시작했다. 앞에 있던 애들이 그걸 보고 킬킬대자 다른 아이들이 "뭐야, 뭐야." 하며 몰려들었다. 더 신이 난 조조는 가래떡을 마이크처럼 잡고 흔들며 노래 부르는 시늉을 하다가, 치마를 말아 쥔 채로 옆차기와 뛰어돌려차기를 하다가, 나중엔 앞 구르기 뒤 구르기에 다리 찢기까지 자기가 할 줄 아는 건 모조리 다 했다. 그리고 그럴 때마다 와와, 아이들 웃음소리가 터져 나왔다. (41쪽)

이처럼 안석뽕네는 선거를 축제의 한마당으로 변형시키고 있다. 표를 달라고 구걸하는 것이 아니라 당당하게 신나는 축제를 벌임으로써 아이들과 소통하려 한다. '할머니 고무줄 치마를 추켜 입고 머릿수건까지 꼭꼭 여며 쓰고 입술에 빨간 립스틱을 바르고 양쪽 뺨에 연지 곤지 찍은' 조조, '기무라의 한복을 빌려 입은' 안석뽕은 학교를 현실 법칙에서 벗어난 희극적인 공간으로 탈바꿈시킨다. 여기에 아이들은 '안석뽕'을 외치며 웃음으로 화답한다. 이 축제에는 모두가 주인공이자 관객이다. 마치 카니발의 한 장면을 보는 듯하다. 바흐친의 말대로 "카니발의 웃음은 모든 사람들의 웃음"[15]이기 때문이다. 바흐친은 카니발이 관람하는 구경거리가 아니라고 했다. 모든 사람들은 카니발 속에서 함께 살며 그것에 참여하는데 카니발의 정신이 모든 사람들에게 해당되기 때문이다. 곧 자유와 평등이 카니발의 세계이며, 여기에서는 '유쾌한 상대성'의 지배를 받는다. 왕이 노예가 되고 거지가 부자가 되고 현자가 바보가 되는 카니발 특유의 논리는 모든 것을 뒤바꾸고 역전시킨다.[16] 1등만이 주목받고 회장 선거에 출마할 수 있다는 현실 논리가 여기에서는 우스꽝스럽게 몰락하고 만다. 해서 안석뽕은 '유쾌한 상대성'의 표상인 것이다.

여기서 카니발적 웃음의 파괴적인 요소와 생성적인 요소의 양면성을 확인할 수 있다. 즉, "현존하는 모든 제도의 모순과 한계성을 강조하는 카니발의 웃음은 확실한 것을 불확실한 것으로 안정된 것을 불안정한

---

15 김욱동, 위의 책, 243쪽.
16 위의 책, 240~242쪽 참조.

것으로 바꾸어놓는다. 그것은 모든 것을 긍정하고 부정하며 모든 것을 매장하고 소생시키는 힘을 소유하고 있다."[17] 안석뽕은 기존의 질서, 곧 불평등한 학교제도의 모순과 한계를 재확인하는 매개이며, 그러한 체제 속에서 안정적이고 확실했던 것들을 몰락시킨다. 물론 선거는 고경태의 당선으로 돌아가지만, 이를 완벽한 승리라고 보긴 어렵다. 그는 안석뽕 보다 우월하지만 모든 면에서 조롱의 대상이기 때문이다. 더욱이 허무 맹랑한 공약을 남발하며 당선되면 햄버거를 돌린다는 등의 면모는 다분히 어른들의 부패한 정치 현실을 빼닮은 패러디이기에 더욱 우스꽝스럽게 몰락하고 있다.

또 담임 선생님은 어떤가. 고경태와 안석뽕을 불러다 놓고 같은 반에서 후보가 둘이면 안 되니 후보 단일화를 하라고 요구한다. 실상은 안석뽕의 사퇴를 종용하는 것이다. 고경태가 유력한 후보이기에(혹은 다른 이유로) 그를 지원할 목적이다. 그러나 안석뽕은 선생님의 말을 잘못 오인해 웃음을 유발한다. 말끝마다 자기 이름을 부르면서 에둘러 사퇴를 권하는 말이 자신이 아닌 고경태한테 하는 말인 줄 안 것이다. '너무 눈에 띄게 나한테만 잘해 주면 고경태가 서운해 안 물러날 거'라는 식의 오해는 분명 안석뽕의 엉뚱한 해석인데도 오히려 담임 선생님에 대한 조롱이 강하게 느껴진다. 더욱이 담임은 안석뽕이 '마트 바퀴벌레 사건'에 연루된 것을 빌미로 후보 자격을 강제로 박탈하려고까지 한다. 그러나 교감 선생님이 "아이들의 자치 활동이라 교사들이 함부로 이래라저래라 할 수 없다"고 제동을 걸자, 담임은 "구겨진 종이쪽 같은 얼굴로" 조롱의 대상이 되고 만다. 이렇게 기존 질서는 웃음을 통해 붕괴되고 새로운 인식으로 재편된다. 여기서 더욱 주목할 것은 이러한 웃음이 학교 문제를 넘어 열악한 시장통의 상권을 접수한 대형 마트로 이어진다는 것이다.

---

17 위의 책, 244쪽.

소위 '마트 바퀴벌레 사건'은 거대 자본에 대한 아이들의 소박하고 우스꽝스런 대응이지만, 이를 통해 새로운 국면으로 전환되는 결정적 계기라는 점에서 의미가 크다. 또한 현실 모순에 대항하는 웃음을 유발하고 있기에 카니발적 웃음의 파괴적 요소와 연장선상에 있다고 하겠다. 대형 마트라는 폭력적인 자본 권력은 강고한 현실 모순이자 무소불위의 특권을 지니고 있다는 본질적 측면에서 학교제도의 구조적 모순과 대구를 이루며 더욱 확장된 현실 인식을 보여준다. 따라서 백발마녀(백보리)가 마트를 물리치기 위해 안석뽕의 도움을 얻어 식품매장에 바퀴벌레를 풀어놓는 행위의 우스꽝스러움은 이 작품 전반을 관통하는 카니발적 웃음에 힘입어 기존 질서에 대한 강력한 저항이 된다. 게다가 시장 골목에서 철학관을 운영하는 거봉 선생 역시 마트에다 "기운을 꾹꾹 눌러 밟는 부적" 아홉 장을 몰래 붙여 놓는 해프닝을 통해 저항에 동참한다. 이들은 현실의 지배 질서를 조롱하는 웃음 요소이자, 기존 질서의 우스꽝스러운 해체이며, 나아가 이를 통해 새로운 현실 인식을 생성하게 된다. 곧 그동안 대형 마트에 대해 소극적인 불평불만만 늘어놓던 시장 골목의 어른들이 새로운 각성을 하게 된 것이다. "시장 아줌마 아저씨들이 단체로 빨간 조끼를 맞춰 입고 피마트 앞으로" 나가 항의 시위를 하는 등 적극적인 행동을 하게 된다. "시끄럽게 하지 않으면 아무것도 달라지지 않"기 때문이다. 물론 그런다고 세상이 당장 바뀌지는 않겠지만 결말에 이르러 아이들이 보이는 자의식은 앞날에 대한 기대를 품어보기에 충분하지 않을까 한다.

거봉파 아이들이 움추린 다리를 어둠 속으로 곧게 뻗어 올렸다. 하늘은 여전히 꿈쩍도 안 했지만, 그런 건 하나도 신경 쓸 필요가 없다. 우리 거봉파에겐 시간이 아주 많고, 하늘을 찌르는 발차기는 앞으로도 쭈욱 계속될 테니까 말이다. (146쪽)

안석뽕을 필두로 한 아이들이 거봉 선생 문하에 들어 무술을 배우기 시작한다. 이런 자신들을 자칭 '거봉파'라 부른다. 무술이라고 했지만 사실은 평소 거봉 선생이 '하이야, 허이야' 하고 괴상한 기합 소리를 내며 해오던 체조인지 무술인지 아리송한 동작을 말한다. 아이들은 별거 아닌 이유로 그걸 매일 밤늦게까지 배운다. 하지만 이 우스꽝스런 행위는 세상을 향한 하나의 몸짓이라는 데에 의미가 있다. 그 이면에 옹골찬 현실 인식이 다져지고 있기 때문이다. 아이들이 자신들의 발차기에 "하늘은 여전히 꿈쩍도 안 했"다고 하듯이 한바탕 선거를 치르고 마트 바퀴벌레 사건을 벌여도 세상은 여전히 변한 게 없다. 하지만 아이들은 좌절하지 않는다. 오히려 "하늘을 찌르는 발차기는 앞으로 쭈욱 계속될" 거라는 의지를 다지고 있다. 그들의 몸짓은 장난스럽고 우습지만, 그 누구보다도 진지하게 세상을 응시하고 있는 것이다.

이처럼 웃음은 삶의 궁극적인 문제를 제기하고 새로운 인식에 이르게 한다. 아마 웃음이 없었다면 안석뽕은 (그리고 독자는) 이러한 진지한 사유에 이르지 못했을 것이다. 이에 웃음을 삶과 현실을 바라보는 또 하나의 거울이라 한다. 세상의 어떤 면은 그 거울을 통해서만이 일상에서는 볼 수 없는 삶의 진실을 들여다볼 수 있기 때문이다. 이것이 바로 웃음이 추구하는 유쾌한 진리다.

5. 웃음의 선과 악

어떤 웃음이 선하고, 또 어떤 웃음이 악한가. 이러한 구분이 간혹 지나치게 웃음을 이분법적으로 구분한다고 여길 수도 있을 것이다. 또한 선과 악이라는 개념을 웃음에 적용하기에는 너무도 모호해서 명확히 구분할 수 있을지조차 의문이다. 일상의 범주에서는 그다지 별 의미가 없을 수도 있다. 조롱을 당하는 사람의 정신 상태나 감정에 따라 악할 수도, 그렇지 않을 수도 있다. 그러나 이러한 프레임은 아동서사에 나타나는 웃음의 본질을 선명하게 부각시키는 이점도 분명 있다고 본다. 문학 텍스트에서의 웃음은 상황에 따라 전혀 다른 기능을 하고 있고, 어떤 경우에는 서사의 본질적 요소로 작용하기도 한다. 그 과정 속에서 웃음은 선한 기운을 발산하기도 하고, 혹은 악의적 면모를 과시하기도 한다. 이는 아동 독자의 반응을 염두에 둘 때 더욱 논란의 여지가 있다. 물론 일반 문학에서의 웃음은 대개가 비꼬고 조롱하고 조소하는 것일 정도로 악의성이 강하다. 그럼에도 대체로 묵인되는 것은 이미 성숙한 어른의 세계에서는 그러한 악의성 역시 세상을 보는 한 방편이기 때문이다. 해서 이는 아동문학에서나 의미 있는 주제인지도 모른다.

아동문학에서 웃음이라는 범주의 테두리 속에는 다양한 양상의 웃음 서사가 존재한다. 앞에서 몇 가지 경우를 호출해봤지만, 실상은 이보다 훨씬 많은 종류의 웃음이 있다. 작가에 따라, 기법에 따라, 소재에 따라 웃음 요소는 다양하게 변형될 수 있다. 문제는 이러한 웃음들이 어떠한 기능을 하는가다. 앞서 살핀 것처럼 웃음이 세계 인식의 거울이 되기도 하고, 현실에 대한 풍자와 조롱으로 악의성을 띠기도 한다. 또 단순히 재미를 위한 웃음도 있다. 그 어떤 웃음이든 간에 아동문학의 영역을 넓히고 더욱 풍성히 한다는 데는 이견이 있을 수 없다. 단지 그 어떤 웃음도 아이들을 배려하지 않으면 안 된다는 것이다. 아동문학에서의 웃음은 아이들에게 삶을 준비하고, 건강한 세계 인식의 확장에 조력자가 되어야 하는 탓이다. 악의적인 웃음의 개입은 그러한 한에서만 의미를 지니게 될 것이다.

과거 한때 아동문학계를 풍미했던 명랑동화는 우리에게 반면교사로서의 의미가 있다. 명랑동화는 대체로 삶의 표피를 자극하는 웃음을 위한 웃음인 경우가 많았고, 때로는 웃음을 자아내기 위해 아이들을 우스꽝스럽게 비하하고 조롱의 대상으로 삼기도 했다. 물론 여기에는 웃기면 재미있고, 재미있으면 잘 팔린다는 상업적 책략도 한몫했을 것이다. 이러한 유혹은 지금이라고 해서 다를 바가 없다. 최근 웃음서사의 일면은 그러한 우려를 자아내기도 한다. 그렇다고 해서 그러한 웃음들이 일말의 가치도 없다는 것은 아니다. 웃음을 위한 웃음의 유쾌함은 아이들에게 심리적 위안이 될 수도 있다. 단지 그러한 대중적 웃음 전략에 휘말리다가 저도 모르게 아이들을 악의적 웃음의 대상으로 전락시키는 것을 경계할 뿐이다.

그런 의미에서 웃음의 선과 악은 뚜렷하게 나눠진다. 아이들에게 삶과 세계에 대한 근본적인 문제의식을 제기하는 것과 그렇지 못한 것, 나아가 아이들을 조롱하며 악의적 웃음을 만들어내는 것과 그렇지 않은 것, 여기에 선과 악이 공존하고 있는 것이다. 이러한 인식은 아동서사에서 웃음이 어떻게 기능해야 할지를 고민하게 한다. 결국 아이들에게 어떤 웃음을 주어야 할지가 문제인 것이다.

조연도 아름답다

주인공과 주변인물들

모든 이야기에는 캐릭터가 있다. 본래 이야기라는 것이 사람이든 동물이든, 또는 다른 그 어떤 것이든 간에 그들 존재들의 관계 속에서 벌어지는 일을 담고 있기 때문이다. 따라서 캐릭터는 이야기의 기본 요소이자, 본질적인 요소다. 어떤 특정의 시공간 속에서, 어느 특정의 인물이 벌이는 일들, 혹은 겪은 일(사건)을 들려주는 형식이 바로 이야기라는 점에서 그렇다. 그런 탓에 인물의 성격, 즉 캐릭터는 이야기가 펼쳐지는 배경 속에 살아 있으며, 그 속에서 그가 벌이는 사건들을 통해 만들어진다. 그것이 '미친 존재감'까지는 아닐지라도 자신의 성격을 분명히 드러낼 때 이야기가 생동감 있게 다가오고 많은 공감을 불러일으킬 수 있다. 물론 캐릭터는 일차적으로 주인공의 몫이다. 개성적이고 호감을 불러일으키는 주인공의 성격은 이야기의 성패를 좌우한다. 이야기에 등장하는 인물이야 여럿이겠지만, 주변인물이라 할 수 있는 이들은 중심인물(주인공)과 대립적이거나 우호적인 위치에서 주인공의 성격을 더욱 부각시켜주는 역할을 한다. 이는 동화든 소설이든 영화든 드라마든 간에 모든 픽

션에 두루 통하는 얘기다. 그래서 우리는 주인공의 캐릭터에 주목한다.

이러한 통념에 비추어볼 때, 한윤섭의 『우리 동네 전설은』(창비, 2012)에 등장하는 주인공 준영이는 예외적인 캐릭터다. 범생이 스타일처럼 '소심하고 겁 많은' 성격이라서 주인공다운 개성이라고는 눈을 씻고 봐도 찾을 수 없는 인물이다. 주인공이라기보다는 주변인물에 가까운 캐릭터를 갖고 있다. 어쩌면 서울이라는 대도시 아이의 전형적인 모습인지도 모르겠다. 시골인 득산리로 가서 살자는 엄마 아빠 말에 "그럼 난 학원은 어떻게 다녀요?"라고 핑계를 될 정도로 학교와 학원이 일상의 전부인 아이 말이다. 이에 반해서 주변인물에 불과한 득산리 아이들이나 돼지할아버지는 강한 인상을 남길 정도로 독특한 캐릭터를 지니고 있다. 주인공보다도 더 이야기의 흡인력을 자아내는 힘을 보여준다.

요즘 영화나 드라마에서는 주인공 못지않게 '미친 존재감'으로 똘똘 뭉친 조연 배우들의 활약이 눈부시다. 약방의 감초 격으로 도저히 떼려야 뗄 수 없을 정도로 달달한 조연 캐릭터는 이야기에 재미와 흥미를 불러일으킨다. 그들은 개성적인 연기로 주인공을 보조하거나, 때로는 압도하면서 이야기를 이끌고 나가는 한 축을 담당하고 있다. 『우리 동네 전설은』의 인물들은 그러한 영상 매체의 캐릭터 구성과 많이 닮아 있다. 주인공인 준영이보다 주변인물인 시골 아이들이 더욱 부각되어 있다. 오히려 주인공 준영이의 캐릭터는 주변인물을 이야기판으로 이끌고 나오는 매개자의 위치처럼 왜소해 보이기도 한다. 이런 이유로 이 글은 주연보다는 조연들의 캐릭터에 더 많은 관심을 갖고 있다.

조연 1: 작은 아이

『우리 동네 전설은』은 엄마 아빠의 갑작스런 귀향 결정에 따라 서울에서 득산리라는 시골 마을로 이사를 온 준영이가 낯선 환경에 적응해가면서 삶의 새로운 가치를 깨닫는 이야기다. 누구든 환경이 바뀌게 되면 어느 정도 거리를 두면서 탐색 기간을 거치기 마련이다. 준영은 서울 "학교처럼 아이들을 기다리던 어른들과 학원 차들은 보이지 않"는 시골 학교가 "낯설기는 했지만 나쁘지는 않"다는 생각을 한다. "여기가 이제 우리 학교구나. 난 시골 아이고"라는 현실 인식에 이르기는 하지만, 이 모든 게 "당분간"일 뿐이라고 스스로를 달랜다. "분명 엄마 아빠 모두 얼마 안 가 다시 서울로" 갈 거라고 믿기 때문이다. 이는 준영이 익숙한 과거 환경으로 돌아가고 싶은 심리에서 비롯된 것이다. 이 때문에 준영은 반 친구들과도 거리를 두려 한다. "얼마가 됐든 한동안 다닐 학교이기에 아이들에게 나쁜 인상을 주고 싶지는 않"지만 "아이들과 너무 빨리 친해지고 싶지"도 않은 심리적 갈등을 느끼는 것이다. 그래서 함께 집에 가자는 득산리 아이들의 제안을 극구 거부하려 애를 쓴다. "아직 친하지도 않은 아이들과 함께 집에 가는 것이 부담스"럽기 때문이다. 이렇게 소심하면서도 소극적인 준영이를 새로운 환경에 적응시키고, 득산리 아이들의 일원으로 동화시키는 인물이 바로 세 명의 득산리 아이들이다.

득산리에 살면서, 준영이 전학 온 학교에 다니는 세 아이(작은 아이 '덕수'와 중간 큰 아이 '상문', 그리고 제일 큰 아이 '우성')는 '득산리 초등학생의 규칙'을 내세우며, 준영의 '득산리 초등학생 되기'를 종용한다. 득산리 마을에서 전해 내려오는 "오래된 규칙"은 "학교에서 득산리로 가는 길을 중학생이 되기 전에는 절대로 혼자 갈 수 없다"는 것이다. 세 아이는 "혼자서 집에 가는" 건 "너무 위험"하기 때문에 자기들 무리와 함께 가야 한다는 것을 강조한다. 하지만 준영은 아이들의 말에 순순히 따르려 하지 않는다. 자신이 '전학생이라고 아이들이 텃세'를 부리는 거라고 여긴다. 하지만 아이들에게 "득산리의 비밀" 이야기를 듣고는 "혼자서 집에 갈 자신"

을 잃고 만다. "싫건 좋건 하루도 빠짐없이 아이들과 함께 다녀야 한다는 사실을 인정"할 수밖에 없게 된 것이다.

'득산리의 비밀'은 아이들 사이에서 흔히 있을 법한 괴담류의 이야기다. 도시든 시골이든 학교나 동네에 얽힌 괴이하고 공포스런 이야기는 아이들 사이에서 흥미진진한 이야깃거리다. 이러한 괴담은 오래전부터 전해 내려왔든 즉흥적으로 그 자리에서 지어냈든 간에 아이들에게는 이미 친숙한 '오래된 현재의 이야기'다. 그럼에도 불구하고 듣는 아이들이 "모두 믿을 수도 없고, 그렇다고 모두 그냥 흘려버릴 수도 없"게 되는 것은 바로 이야기를 전하는 화자의 힘이다. 준영이 어쩔 수 없이 '득산리 초등학생 되기'를 받아들이게 만든 '득산리의 비밀'의 힘은 사실 그 이야기를 들려준 세 아이에게 있다. 그중에서도 특히 작은 아이 덕수의 입담은 가히 이야기꾼다운 기질을 유감없이 보여주고 있다.

작은 아이 덕수는 주변인물 중에서 가장 매력적인 인물이다. 세 아이들 중에서 가장 주도적인 인물일 뿐만 아니라 유려한 입담으로 '득산리의 비밀' 이야기를 풀어낼 때는 능청스럽기까지 한 캐릭터다. 아이들의 간을 빼먹는다는 방앗간 집 할머니, 뱀산의 아기 무덤과 귀신이 된 아기 엄마 이야기, 아카시아 꽃이 한창 필 때면 찾아온다는 일본 헌병한테 고문당해 죽은 남자, 상엿집과 염꾼 돼지할아버지에게 얽힌 스산하고 괴이한 이야기를 감칠맛 나는 입담으로 술술 풀어내 준영을 당혹스럽게 한다. 점점 이야기에 빨려들면서도 "난 그런 거 믿지 않아"라고 항변하는 준영을 태연스럽게 들었다 놨다 하면서 이야기 속으로 몰아간다.

"당연히 믿기 어렵지. 그러니까 믿고 안 믿고는 네 마음이야. 우리가 너한테 믿으라고 강요한다고 해서 믿어지는 건 아니잖아. 나도 솔직히 네가 믿지 않았으면 좋겠어. 그래야 우리처럼 겁먹지 않을 테니까."

그 말이 준영을 더 당황스럽게 만들었다. (24쪽)

"이건 옛날이야기나 전설이 아니라, 그냥 있었던 사실이야."

"내가 전학 왔다고 장난하는 거지?"

"그럼 네가 방앗간에 가서 물어 봐. 아니면 뱀산에 가서 삼십 분만 앉아 있든지."

"아니야, 난 관심 없어. 집에 갈래."

[…중략…]

준영은 일어섰지만 발걸음을 떼지 못했다.

"하던 얘기 계속할게."

작은 아이는 준영이 혼자 가지 못한다는 것을 확신하는 투로 말했다. (28~29쪽)

이렇게 준영은 속수무책으로 당할 수밖에 없었다. 아니 작은 아이의 입담에 슬슬 빨려들어 갔다. 작은 아이가 이야기를 하면서 나뭇가지로 "운동장 바닥에 보잘것없는 선을 그리고 길이라고 하면 정말 길처럼 보였고, 동그라미를 그리고 과수원이라고 하면 정말 과수원처럼 느껴"지는 게 신기할 정도였다. 이렇듯 작은 아이는 능청스런 입담으로 시종일관 준영을 압도하면서 이야기를 끌고나간다. 준영이 "작은 아이의 실제 나이가 일흔 살일지 모른다는 생각마저 들" 정도로 작은 아이는 주도적이고 애어른 같은 캐릭터다. 돼지할아버지네 밤나무 밭을 서리할 때도 도둑질이 아니라 '돼지할아버지는 나이가 많고 혼자 사니까 별일 없는지 안부를 확인하려는 거'라고 둘러댈 줄도 안다. 이에 비하면 준영은 한참 어리고 너무 순진해서 어수룩하게 보이기까지 한다. 이러한 주인공의 면모는 작은 아이의 캐릭터에 묻혀 제대로 부각되지 않는다. 오히려 주변인물인 작은 아이의 캐릭터가 서사의 흐름을 주도적으로 이끌고 나가는 원동력이 되고 있다. 잘 그려진 조연의 활약이 이야기의 생동감과 재미를 불어넣고 있는 것이다.

조연 2: 돼지할아버지

『우리 동네 전설은』에서 또 하나의 인상 깊은 캐릭터는 돼지할아버지다. 그는 집 밖으로는 일체 나서는 일이 없는 독거노인이다. 전직이 염꾼인 데다 오래전 어린 세 아이를 병으로 잃었고, 몇 년 전 아내와 사별한 후로는 세상과 담을 쌓고 지내는 인물이다. 이런 인물이야말로 괴담의 주인공이 될 만하다. 아이들은 '돼지할아버지가 정신이 이상해져서 어린아이만 보면 잡아가두고 죽은 아이의 이름을 붙여주며 자신을 아빠라고 부르게 한다'고 믿고 있다. 게다가 오래전에 염꾼을 그만두었지만 지금까지도 몸에 귀신이 붙어서 같이 살고 있다는 것이다. 요즘도 잠이 안 오면 상엿집에 가서 자는데, "기분 좋은 날은 꽃상여 안에서 자고, 기분 나쁜 날에는 흰 상여 안에서 자"는 걸 본 사람도 있다는 소문까지 있으니, 두려운 존재일 수밖에 없다.

그런 돼지할아버지를 아이들이 집 밖으로 불러낸다. 가을이 오고 밤나무에 아람 불 때가 되면 밤서리를 하는 것이다. 돼지할아버지 집 뒤에 있는 밤나무 밭으로 철조망을 넘어 들어가 밤을 줍는 아이들을 준영은 조마조마한 마음으로 지켜본다. "어떤 형은 몇 년 전에 밤 밭에서 도망치다 넘어져 잡혔는데, 돼지할아버지가 밤나무에다 하루 종일 묶어 놓았"다고 말하면서도 아이들은 곧잘 철조망을 넘는다. 그러고는 돼지할아버지가 "이런 도둑놈들이 또 왔어!"라며 무서운 고함 소리를 내며 달려올 때까지 밤을 줍다가 아슬아슬하게 철조망을 넘어 도망을 친다. 아이들은 모험을 즐기는 것이다. "역시 밤은 돼지할아버지네 밤이 맛있어. 다른 집 밤하고는 맛이 다르"다며 스릴 넘치는 모험을 반복한다.

돼지할아버지 역시 아이들과 놀이를 하는 듯하다. 어느 순간 나타나 소리를 지르며 달려오지만 마치 "게임"을 하듯이 철조망까지만 쫓아온다. 아이들도 돼지할아버지가 '철조망까지 달려와 겁만' 줄 뿐이라는 걸

알기 때문에 밤을 줍다가 들켜 혼비백산 도망을 칠지라도 철조망만 무사히 넘어오면 되는 것이다. 준영이 걱정하는 것처럼 마을을 뒤져 범인을 찾아내거나 경찰에 신고하는 일은 하지 않는다. 그런데 돼지할아버지가 규칙을 깨는 일이 생겼다. 돼지할아버지가 철조망을 넘어 쫓아온 것이다. 겁에 질린 준영은 다른 아이들이 모두 달아나도록 어쩔 줄 몰라 하다가 돼지할아버지와 딱 맞닥뜨리고 만다. 그런데 여기서 돼지할아버지와 준영 사이의 교감이 일어난다. 이번에는 가만두지 않겠다는 듯이 아이들을 쫓아 마을로 가려는 돼지할아버지에게 준영은 간신히 용서를 빌면서 "애들은 밤도 좋아하지만 할아버지가 잘 계신지 궁금해서 온다고 했"다는 말을 전한다. 그제야 발길을 멈춘 돼지할아버지는 "너도 그런 거야?"라고 묻는다. 그러고는 닫힌 마음의 문을 연다. 무뚝뚝하긴 하지만 따뜻한 속내를 드러내는 것이다. 그는 준영에게 "너 밤 하나도 못 주웠지?" "너 여기 한 번도 들어온 적 없지?"라고 묻는다. 도둑질에 대한 죄책감과 두려움에 철조망 밖에서만 맴돌던 준영에 대해서 이미 알고 있었던 것이다. 돼지할아버지는 준영에게 다음날 아침 일찍 "혼자서만" 오라고 말한다.

준영은 돼지할아버지가 자신을 해칠지도 모른다는 두려움에 밤새 갈등하면서 망설이다가 마음을 굳게 다지고는 돼지할아버지네 집으로 간다. 돼지할아버지는 준영을 큰 밤나무 아래로 데려가 "말없이 평상에 앉"더니 준영에게도 "앉으라는 손짓"을 한다. 준영은 눈을 감고 앉은 돼지할아버지 옆에서 놀라운 경험을 한다.

'툭, 툭, 툭.'

다시 소리가 들려왔다. 마치 사람이 다가가면 울음을 멈추는 풀벌레들처럼, 밤 떨어지는 소리는 준영이 눈을 감았을 때만 들렸다. 태어나서 처음 들어보는 신기한 소리였다. 적당한 무게의 밤알이 낙엽이 쌓인 흙에 부딪쳐 나는 소리,

그 소리는 정말 새로운 느낌이었다. 밤들은 수없이 쏟아져 내렸다. 최고로 아름다운 음악이 밤밭에 흐르고 있었다. […중략…] 문득 준영은 깨달았다. 가을이 되면 돼지할아버지는 매일 새벽 혼자서 이 아름다운 소리를 듣고 있었다는 것을. 그리고 이 소리를 누군가에게 들려주고 싶었다는 사실을.

가히 명장면이라 이름붙일 만한 대목이다. 여기에는 돼지할아버지의 고독과 아픈 인생살이의 회환이 고스란히 담겨 있다. 돼지할아버지는 새벽어둠 속에서 밤 떨어지는 소리를 들으며 무슨 사념에 잠겨 있었을까? 득산리 아이들에게 무서운 존재로 각인된 것은 사실 그의 지독한 외로움 탓이었을 것이다. 애잔하고도 쓸쓸한 인생의 황혼이 가슴 찡한 울림을 준다. 무수히 지나간 새벽 내내 혼자 눈을 감고 평상에 앉아 있었을 돼지할아버지. 그의 잔상이 오래도록 눈에 밟히리만큼 강한 인상을 준다. 이제는 그 소리를 함께 들을 수 있는 누군가가 곁에 있어 줄 것이다. 돼지할아버지는 준영에게 "오늘만이 아니라 다른 날 와도 돼. 하지만 철조망을 넘어 오지는 마. 잘못하다가는 다치니까"라며 마음을 열고 손을 내민다.

캐릭터는 이야기가 만드는 것이다

일반적으로 어떤 이야기든지 주인공의 역할은 중요하다. 조연, 즉 주변인물이 아무리 뛰어난 캐릭터로 종횡무진 활약하면서 재미와 생동감을 불러일으킨다 해도 주인공의 개성이 십분 발휘되지 않으면 이야기의 생동감이 살아나지 않고 감동을 줄 수 없을 것이다. 주변인물의 캐릭터가 주인공을 압도한다 할지라도, 그것은 서사의 한 축일 뿐이며, 다른 한 축은 주인공에게 달려 있기 때문이다. 그러나 앞에서 언급한 바와 같이,

준영은 주인공 캐릭터로서는 주변인물에 비해 그다지 개성적인 인물은 아니다. 그럼에도 불구하고 『우리 동네 전설은』은 높은 서정성을 바탕으로 근래 보기 드문 감동을 자아내고 있다. 이 감동은 어디에서 오는 걸까? 흔히 다수의 주변인물들이 주인공보다 더 강한 개성을 발휘할 때 이야기는 자칫 중심을 잃고 산만해지기 십상이다. 그렇다고 해서 주인공이 더 개성적이어야 하는 것만도 아니다. 문제는 이야기의 성격에 달려 있다. 캐릭터는 이야기가 만들어내는 것이기 때문이다.

『우리 동네 전설은』에서 준영은 소심하고 겁 많은 성격으로 두각을 드러내지 못하지만, 득산리라는 낯선 곳으로 이사 온 아이로서는 당연한 건지도 모른다. 득산리에 대해 잘 모르기 때문에 토박이 아이들의 주도하에 이끌려 다닐 수밖에 없다. 준영은 '득산리에 오기 전까지 스스로 용기 있는 아이라고 자부했는데 득산리에 와서는 학교와 집을 혼자서 다니지도 못하는 데다 나이 많은 할아버지에게 잡혀서 눈물이나 짜고, 이제는 밤을 주우러 오라는데도 우왕좌왕하는 겁쟁이'가 되었다고 자책한다. 그러나 돼지할아버지 집에 가서 밤 떨어지는 소리를 들으면서 "용기를 내어 밤밭에 온 자신이 무척이나 자랑스러워"진다. 그후 돼지할아버지나 방앗간 노부부에 대한 괴담의 허상을 벗어내고, 점차 득산리 아이로 성장해간다.

이런 이야기의 성격상 전반부는 작은 아이 덕수의 캐릭터가 강하게 드러나다가 서서히 주인공과 주변인물이 조화를 이루어가게 되는 것이다. 이렇게 본다면 준영이는 주인공으로써 개성적인 인물은 아니지만 그만큼의 역할은 한 셈이다. 물론 그의 주변에 빛나는 조연들이 있어 아름다운 이야기가 되었다. 그래서 조연도 아름답다.

제2부

동화와 판타지

환상서사의 세계 인식과 내적 리얼리티

공간 변형 모티프를 활용한 동화 창작

보이지 않는 세계의 시공간들

판타지 용어의 중의성과 장르적 혼란

판타지를 바라보는 장르론적 입장

현실과 환상 또 하나의 페르소나

환상서사의 세계 인식과 내적 리얼리티

아동서사에서의 환상 논의를 중심으로

1. 동화와 환상, 그리고 판타지

아동문학은 물론이고, 일반문학에서도 '환상'이 주된 관심사로 대두되고 있다. 몇몇 젊은 작가들이 내놓고 있는 환상소설은 고딕소설을 방불케 할 정도로 공포스럽고, 인간 삶의 이면을 섬뜩한 장면 묘사와 서술로 풀어내기도 한다. 일반문학에서의 환상은 이미 1990년대 이후 미메시스적 글쓰기의 해체와 함께 대두된 탈근대적 인식, 즉 "현실 관념에 대한 근본적인 회의라는 시대적 배경 속에서 문학의 고갈, 상상력의 위기를 돌파하려는 노력의 산물"[1]들 중 하나로 시도되어 왔다. 최근 소설들이 환상적 글쓰기에 집중하고 있는 것은 인터넷의 생활화에 따른 현실세계와 비현실세계 간의 경계가 느슨해지고, 사이버 공간에서의 활동 비중이 높아지면서 자유로이 현실 공간과 사이버 공간을 넘나드는 생활 방

---

* 이 글을 처음 발표할 당시 환상성을 지닌 아동서사(동화의 환상성, 판타지 장르 등)를 총칭해서 '환상동화'라고 하였으나 장르적 변별성이 모호해지는 단점이 있어서 환상동화라는 용어 대신 환상서사로 총칭하고 동화와 판타지 장르를 구분하는 것으로 수정하였음을 밝혀둔다.

1 황국명, 「90년대 소설의 환상성, 그 상상력의 모험」, 『외국문학』 52호, 열음사, 1997년 가을호, 36쪽.

식이 사람들의 사유 방식을 변화시켰기 때문이다. 또한 영상 매체의 발달에 힘입은 판타지영화의 대중적 인기와 〈해리포터〉 시리즈와 같은 대중적 판타지의 인기에 영향받은 탓도 있다.

아동문학에서의 '환상'에 대한 관심도 이러한 현실과 무관하지 않다. 〈해리포터〉 시리즈의 성공 이후 일부 출판사들에서 문학상 공모전을 통해 장편 환상서사를 잇달아 내놓으면서 환상에 대한 관심이 부쩍 높아진 게 사실이다. 그러나 이들은 '환상동화' '판타지동화' '판타지' 등으로 혼용되어 불리고 있고, 아직 장르적 특성도 명확하게 규명되지 않은 탓에 대중적 판타지소설과의 구분이 애매해서 혼란을 불러일으키기도 한다.[2] 물론 환상문학의 범위 자체가 워낙 광범위하고, 환상의 양태 또한 너무도 다양하게 나타나기 때문에 쉽사리 정의 내리기 힘들 뿐 아니라, 바라보는 입장에 따라 이견도 다양할 수밖에 없다.

일례로 판타지영화 〈판의 미로〉가 흥행에 실패해 어이없게 막을 내린 일은 '판타지'에 대한 인식의 차이가 얼마나 큰 벽이 될 수 있는지를 생각하게 한다. 〈판의 미로〉는 스페인 내전을 다룬 영화인데, 현실과 환상의 긴장관계를 통해 부조리하고 공포스러운 현실의 비극을 환상적으로 형상화한 판타지영화다. 물론 영화 〈반지의 제왕〉이나 〈해리포터〉 시리즈와는 격을 달리하는 예술 판타지임에도 불구하고, 대중적 판타지에 길들여진 국내 관객들에겐 입맛이 맞지 않은 모양이다. 일부 네티즌들의 '판타지가 아니다' '형편없다'라는 혹평에 시달리다가 조기에 막을 내리고 말았다. 이는 '판타지'라는 용어를 대중적 장르 의미가 지배하고 있음을 보여주는 단적인 예다.

일반문학에서는 소설에 환상적 요소를 가미하더라도 굳이 환상소설

---

2 동화와번역연구소에서 개최한 춘계학술발표대회 주제가 '아동문학과 판타지'였으나 외국의 환상이론을 소개하는 수준에 머물렀고, 아동 판타지와 대중적 판타지를 혼동하는 아쉬움을 남겼다(2007년 6월 9일). 이 글에서는 아동서사의 판타지 장르를 대중적 장르로서의 판타지와는 다른 개념으로 사용한다.

이니, 판타지소설이니 하는 독자적인 하위 장르로 구분하지 않는다. 소설에 만화, 영화, 무협지, 대중 판타지 등의 대중예술적 요소를 차용해와서 새로운 경향의 소설을 만들어낼 뿐이다. 또한 대중적 장르문학인 판타지소설과 엄격히 구분하고 있다. 유독 아동문학에서는 환상이 동화의 고유한 속성 중 하나임에도 불구하고 '판타지'를 강조한 하위 장르를 새로이 만들어내고 있다. 물론 환상의 다양한 서사적 구현에 따라 서로 다른 내적 자질을 지닌 서사들이 장르적 변별성을 지닌다면, 이에 따른 장르 구분은 불가피할 수밖에 없다. 그러나 최근 환상에 대한 관심은 문학적 요구와 의지의 충만에서 자연스럽게 발생했다기보다는 출판계의 상업적 요구에서 출발되었기 때문에 문제가 있다. 서사적 요구에 따른 적절한 합의점 없이 무분별하게 사용되는 장르 구분과 용어가 종종 혼란을 야기하는 것이다. 그러다 보니 동화와 판타지의 장르적 혼동이 빈번해지고 서로 다른 내적 구성 원리조차 변별성을 잃고 혼용되기 십상이다. 따라서 동화의 환상성, 장르로서의 판타지에 대한 논의가 좀더 구체적으로, 그리고 다각도로 이루어져야 할 필요가 있다.

환상문학의 내적 원리인 환상성은 새로운 각도에서 현실을 반추해내는 기제로써 문학적 의의를 지닌다. 현실 너머에 존재하는 또 하나의 현실로써 작용하는 환상은 현실과의 긴장 관계 속에서 부단히 세계 인식의 지평을 넓혀간다. 아동서사의 환상성 역시 현실의 기반 위에 작용하면서 현실의 결핍과 억압에 얽매인 아이들의 욕구를 풀어주고, 나아가 세계의 본질로 다가가게 해준다.

이에 본고는 환상에 대한 기존의 논의를 비판적으로 검토하면서 아동서사에서 환상이 현실과 맺고 있는 긴장 관계 속에서 어떻게 구현되고 있는지 살펴보고자 한다. 나아가 현재 환상을 규정짓고 있는 장르적 개념과 양식적 측면을 고찰하면서, 판타지의 전형적인 양식인 이차세계의 환상성이 구현해내는 내적 리얼리티의 양상을 구체적인 작품 분석을 통해 검토해볼 것이다. 이를 통해 환상서사의 세계 인식, 즉 환상성과 현실성의 상관관계를 도출해보고자 한다.

2. 동화의 환상성과 현실성에 대한 새로운 인식

1) 동화와 환상에 대한 오래된 편견들

환상은 동화에 내재해 있는 주요 속성 중 하나다. 우리 아동문학사에서 최초의 창작동화로 일컬어지는 마해송의 「바위나리와 아기별」[3]에서부터 김요섭의 환상동화, 강소천의 꿈을 모티프로 한 환상동화, 이원수의 『숲 속 나라』 등 일련의 작품에서 현실과 환상의 다양한 접목이 시도되어 왔다. 물론 동화적 상상력의 특성상 비현실적 상상의 세계가 보편적인 양상인 것은 사실이다. 낮은 연령대 어린이들의 물활론적 사고에 기반해 아무 망설임 없이 수용되는 우의적 세계나 민담 형식의 동화에 이르기까지 다양한 경향의 환상이 존재하는 셈이다. 이들 모두를 무차별적으로 판타지 장르에 포함시키기엔 부적절한 면도 있다. 그러나 사회 역사적 산물인 동화의 상상력 역시 현실의 토대 위에서 아이들의 삶과 아픔, 욕망을 수용할 수밖에 없다. 동화는 본래적 속성인 환상성을 통해 현실을 인식하고, 또한 극복해나가면서 환상서사의 전통을 형성해왔다. 하지만 그동안 아동문단의 일각에서는 환상에 대한 불신이 팽배했던 것이 사실이다. 이 불신은 편견과 왜곡이 되어 환상서사의 발전을 지연시키는 요인이 되었는데, 이는 바로 환상서사를 '현실 도피의 문학'으

---

3 박상재는 이 작품이 신화적 모티프로 짜여져 전승적 환상을 구현하고 있으며, 억압적인 봉건 사상과 권위적인 기성세대에 대한 저항의식을 담고 있다고 본다. 박상재, 『한국 창작동화의 환상성 연구』, 집문당, 1998, 47쪽.

로 바라보는 관점이다.

　원종찬은 환상이 "현실 도피라는 오해를 벗어버린 지 대략 십 년 정도" 지난 것 같다고 추정하면서, "우리 아동문학의 자리는 판타지의 불모지였다. 어쩌다 얼굴을 내민 것들은 금세 시들어 버리거나 기형적으로 자랄 수밖에 없었다"라고 진단한다. 1990년대 시민사회로 진입하기 이전에는 오늘날처럼 아이들에게 가족과 학교 자체가 억압과 고통의 근원이 되는 양상을 띠지 않았으며, 배고픔과 월사금 문제가 훨씬 보편적인 경험이었다면서 이러한 상황에서 "판타지가 오늘날처럼 절실하게 읽힐 수 있었으리라고 여긴다면 큰 착각일 것"이라고 단언한다.[4] 이를 바꾸어 말하면 경제적 빈곤과 현실 모순이 극심했던 시민사회 이전 단계에서는 "사실적인 경향이 주류를 이룬 건 당연했"[5]으며, 환상물은 사실주의 문학에 의해 밀려날 수밖에 없었다는 뜻이 된다. 이는 곧 환상서사를 현실 도피의 문학으로 보는 관점에서 기인하는 것이며, 동화의 비현실적 요소가 현실 모방으로서의 리얼리즘 문학과 대립해온 역사적 맥락이 담겨 있는 것이다.

　리얼리즘 아동문학에서 중심적인 역할을 했던 이오덕은 환상성을 지닌 작품에 대해 가차 없이 혹평을 했던 것으로 유명하다. 일례로 임정자의 동화집 『어두운 계단에서 도깨비가』[6]에 대한 비판을 살펴보면 그의 환상동화에 대한 시각이 어떠한지를 엿볼 수 있다.

　①만약에 이런 환상의 세계에서 잠시라도 위안을 느꼈다고 한다면(이런 거 짓스럽게 느껴지는 이야기에 속아 넘어갈 아이도 없겠지만), 그런 아이는 그 순간이 지나면 한층 더 어두운 자기의 현실로 돌아와 그만 가슴이 탁 막히고 말

4 원종찬, 「판타지 창작의 현재」, 『창비어린이』 19호, 2007년 겨울호, 창비, 61~62쪽.
5 위의 글, 61쪽.
6 임정자, 『어두운 계단에서 도깨비가』, 창작과비평사, 2003.

것이다. 이쯤 되면 문학이 아이들을 더욱 비참한 구렁텅이로 떨어뜨리는 노릇을 하는 것 아닌가 하는 생각을 떨칠 수 없다.[7]

②뜻은 참 좋다. 그러나 그 뜻이 이 동화로 이뤄졌겠는가? 내가 보기로는 조금도 이뤄지지 못했고, 이뤄질 수 없다. 우선 무엇보다도 오늘날 현대 건물 안에서 도깨비가 나타날 수 없다는 것은 아이들도 뻔히 알고 있다. [···중략···] 이런 얘기를 진짜로 받아들인다면 그런 아이는 어딘가 정신이 좀 이상해진 아이일 것이다. 그리고 또, 설령 이것이 진짜 이야기라 느낀다고 하더라도 그렇게 느껴서 이야기를 읽고 난 다음에 그 아이의 현실이 어떻게 달라질 수 있는가? 그 아이가 뛰어놀 수 있는 자리를 조금이라도 얻을 수 있게 되는가? 조금도 그렇게 되지는 않는다. 그래서 이런 아이들은 자기들이 놓여 있는 현실에 더욱 절망하는지 모른다. 동화에 나오는 이야기와는 아주 딴판인 현실을 더욱 원망하고 답답해할지 모른다. 아마도 그렇게 될 것이다.[8]

인용문 ①은 『어두운 계단에서 도깨비가』에 실린 「낙지가 보낸 선물」에 대해, ②는 「어두운 계단에서 도깨비가」에 대한 이오덕의 비판적 견해가 집약적으로 드러나 있는 대목이다. 「낙지가 보낸 선물」에는 때리기를 잘하는 엄마와 늘 맞는 아이 남수가 등장한다. 어느 날 전골 냄비에서 죽어가는 산 낙지를 '불쌍히' 여긴 남수가 낙지를 구해주려다가 엄마에게 들켜 매를 맞는다. 그후 남수에게 '먼 나라로 간 낙지'로부터 꾸러미가 배달되어 오는데, 그 속에는 작은 신발 한 켤레가 들어 있었다. 그 신발은 낙지처럼 바닥에 빨판이 다닥다닥 붙어 있어 벽이든 천장이든 마음대로 걸어 다닐 수 있는 특별한 신발이다. 이때부터 남수는 엄마가 회초리로 때리려 하면 그 신발을 신고 벽을 타고 올라가는 등 달아나곤

---

7 이오덕, 「허황하고 괴상한 이야기들」, 『어린이책 이야기』, 소년한길, 2002, 200쪽.
8 위의 글, 209쪽.

한다는 이야기이다. 「어두운 계단에서 도깨비가」는 25층 고층 아파트에 사는 수민이가 아파트 층계에서 도깨비들을 만나 신나게 노는 이야기다. 방 안이나 복도에서는 아래층 사람들의 항의 때문에 뛰어놀 수 없기 때문이다. 현대 생활문화의 한 단면인 아파트에 갇힌 아이들의 현실과 그로부터의 자유로운 해방을 도깨비를 통해 드러낸 작품이다. 물론 이 작품들이 환상적 기제를 통해 아이들의 현실 문제를 얼마나 설득력 있게, 또한 환상서사로서의 작품성을 얼마나 구현해내고 있는지에 대해서는 좀더 꼼꼼히 따져볼 일이다. 단지 여기에서는 이러한 동화에 대한 이오덕의 시각이 얼마나 타당성이 있는가에 대해 주목하고자 한다.

위 인용문에서 보듯이 이오덕의 환상동화에 대한 비판의 요지는 '허황되고 괴상한' 비현실적인 이야기로는 현실 문제에 아무런 영향도 미칠 수 없으며, 현실과는 아주 딴판인 이야기가 오히려 아이들에게 더욱 절망만을 안겨줄 뿐이라는 것이다. 이는 환상문학을 리얼리즘의 현실 반영과 대립적으로 바라보고 있음을 보여준다. 그러면서도 이오덕은 임정자의 작품에 대해 "이것은 팬터지 동화란 것을 흉내낸 것밖에 아무것도 아니다. 이런 것을 두고 팬터지 동화라고 생각하는 사람이 있다면 팬터지가 무엇인지 아주 모르는 사람이다"[9]라고 말한다. 즉, 판타지에 대한 나름의 기준을 가지고 있음을 보여주는 대목이라고 여겨진다. 과연 '허황하고 괴상한 이야기'인 임정자의 환상동화와 그가 진정한 판타지라고 생각하는 것 사이에는 어떠한 차이가 있는 것인가?

임정자 동화에 대한 이오덕의 비판적 논리에 대해 원종찬은 「'일하는 아이들'과 '유희정신'을 넘어서」에서 그가 주관 감정으로 작품을 해석하고 있음을 지적한다. 판타지를 하나의 장르로 보고 있는 원종찬은 이 글

---

9 이오덕, 위의 글, 200쪽. 이오덕의 이러한 시각은 채인선의 환상동화에 대해서도 동일하게 드러난다. 이오덕, 「'일하는 아이들'은 버려야 할 관념인가」, 『문학의 길 교육의 길』, 소년한길, 2002. 참조.

에서 동화와 아동소설에 대한 이원수와 이오덕의 장르 개념을 비교하면서 이오덕의 판타지에 대한 인식을 살펴보고 있다.

이원수는 아동문학의 산문을 '동화와 소년소설'로 구분했고, 이오덕은 소년소설을 포함하는 포괄적 개념으로서의 동화를 '공상동화와 생활동화'[10]로 나누었다. 이원수가 동화의 특질을 "공상적 초자연적 세계"라고 되풀이 강조하면서 소년소설과 구분할 것을 주장한 반면, 이오덕은 '공상동화'를 환상이나 상상력과 혼동하지 않는 '장르로서의 판타지'로 인식할 것을 요구했다. 그는 판타지를 초자연적 세계를 다루는 메르헨과 구분하는데, 메르헨에서 창작 메르헨으로, 그리고 거기에서 판타지가 발전해 나온 것으로 본다. 또한 메르헨이 초자연을 처음부터 당연한 것으로 얘기하는 반면, 현실과 비현실을 확실하게 나누어 현실에서 비현실로 넘어갈 때나 비현실에서 현실로 넘어올 때 반드시 필연성이 느껴지도록 리얼리즘에 입각해 구성한 장편이 판타지라고 설명한다. 따라서 이오덕이 말하는 공상동화는 독자 대상이 고학년에 해당되는 장편 판타지를 지칭하게 된다. 즉, 그의 동화 개념은 장편 판타지와 생활동화만을 포함하는 개념이 되는 것이다. 결국 이원수가 거듭 강조한 환상성에 기반한 동화는 이오덕의 범주에서 메르헨의 영역으로 국한되는 문제가 발생된다. 그런데 이오덕은 판타지와 공상동화를 동일하게 바라보는 반면 다른 글에서는 판타지를 장편 판타지에만 국한하기도 하고, 공상동화를 낮은 연령의 어린이에게 적합한 것으로 말하기도 하는 등 논리에 혼선을 빚고 있다.[11] 이는 이오덕의 판타지 탐구가 "'생활동화'(소년소설) 편에서 리얼리티가 결여된 '공상동화'(동화) 작품들을 비판하기 위한 준거로 행해진 것이었지, 실제 판타지에 해당하는 작품들이 나왔기"[12] 때문에

---

10 "창작동화를 팬터지, 곧 공상적 세계를 독창적인 상상력으로 전개해 보이는 공상동화와 아이들의 현실적인 생활 모습을 그려 보이는 생활동화의 두 가지로 나눌 수 있다." 이오덕, 「아동문학과 서민성」, 『시정신과 유희정신』, 창작과비평사, 1977, 134쪽.

11 원종찬, 「'일하는 아이들'과 '유희정신'을 넘어서」, 『동화와 어린이』, 창비, 2004, 29~30쪽 참조.

이루어진 것이 아니었다는 데서 기인한다. 1970년대 "민족문학론을 아동 문단에서 주도한 평론가로서 보수 문단과 날카롭게 대치선을 긋는 활동을 전개"한 그는 동심주의가 "동화에서 현실을 등진 막연한 공상"[13]으로 나타난다고 보았으며, 이에 대해 생활동화를 옹호하기 위한 방편으로 판타지를 거론한 것이다. 즉, 문학적 요구에서라기보다 현실 정치적 거대담론에서 파생된 결과라는 점에서 문제점을 지니고 있다. 따라서 이오덕의 판타지론은 매우 주관적이고 혼란스러울 수밖에 없다. 또한 동화의 환상성에 대한 부정적 관점, 즉 현실 도피적인 공상의 문학이라는 시각 때문에 환상을 제대로 바라보지 못하고 있다. 앞에서 살펴본 바와 같이 임정자의 동화에 대해 다소 억지스럽고 부당한 혹평을 할 수밖에 없는 것도 그러한 이유에서 비롯된 것이며, 7~80년대의 논리를 2000년대까지 그대로 지속시킨 결과이다.

임정자나 채인선의 동화처럼 현대의 동화는 갈수록 메르헨의 영역에서 벗어나 아이들이 도시적이고 문명화된 현실 속에서 받는 억눌림과 욕구를 환상을 통해 분출하곤 한다. 이때 작품의 성패는 작품 내적인 리얼리티가 얼마나 제대로 구현되었는가에 달려 있다. 이를 현실의 논리, 즉 리얼리즘적 시각에서 바라보면 동화는 '허황된 공상'으로밖에 비쳐지지 않는 것이다. 그러나 환상은 신화, 설화, 전설, 민담, 전래동화 등의 서사물에서 오래도록 향유되어 왔다. "비평적 용어로서의 '환상'은 사실적 재현을 우선으로 하지 않는 문학적 경향에 무차별적으로 적용되어 왔"으며, "'실재적인 것' 또는 '가능한 것'의 일반적 규정에 대한 완강한 거부"[14]로서의 환상은 낭만주의에 이르러 세계 인식의 도구로 받아들여졌다. 산업혁명 이후 계몽주의 사조의 합리주의와 이성 중심주의에 대

---

12 원종찬, 위의 글, 30쪽.
13 원종찬, 「동화와 판타지」, 위의 책, 95~96쪽.
14 로지 잭슨, 서강여성문학연구회 옮김, 『환상성─전복의 문학』, 문학동네, 2001, 24쪽.

한 반발로 나타난 낭만주의자들에게 환상은 인간 정신의 근원적 힘으로 간주되었으며, 이성세계에서 인식할 수 없는 본질적 세계를 인식하는 방편이 되었다. 이러한 낭만주의의 영향 아래 19세기 중반 영어권 아동문학에서 다수의 판타지가 나오게 된다. 당시 성인문학에서는 낭만주의가 쇠퇴하고 리얼리즘이 발생하는 중이었지만, 성인문학에서의 검증 과정을 거치고 난 후에야 수용되는 속성상 아동문학은 한 템포 늦게 낭만주의의 반이성주의적 상상력을 받아들여 판타지 아동문학의 전성기를 누리게 되었다.

이오덕이 "판타지가 19세기 후반의 리얼리즘의 영향을 받은 것임을 쉽게 짐작할 수 있다. 판타지는 공상 그 자체가 리얼리즘의 바탕 위에서 전개되며, 리얼한 수법으로 묘사되는 것이다."[15]라고 하면서 판타지를 리얼리즘 소설의 일종으로 해석하고 '판타지'를 '환상'으로 번역하는 것에 반대하는 것은 환상동화에 대한 자의적 해석이라고 여겨진다. 또한 환상을 '허황되고 괴상한' 공상으로 보고 현실적인 근거에 대해 비판하는 것은 의식 중심적인 이성주의에서 비롯된 것이다. 이는 눈에 보이는 것만이 현실이라고 간주하는 편협한 사유일 뿐이다. '눈에 보이지 않는 세계, 불가해한 세계의 탐구'에 기반을 둔 무의식의 작용을 통해 환상은 오히려 현실 인식을 강화해준다. 즉, 환상은 "환상 세계 자체가 독자적 원리를 가진 독립된 세계로 존재하기도 하고, 현실과 환상 세계가 상호 관계를 맺고 넘나들면서 자유로운 상상 공간으로 의미를 갖기도 한다. 이러면서 당대의 문화구조와 의식구조에 관련되어 역사성, 사회성을 함유하게 된다."[16]

최근 우리 문학 전반에서의 환상에 대한 많은 관심과 탐구는 탈근대적 인식에 토대를 두고 있다. 근대적 사유의 틀로는 다원화되고 탈중심

---

15 이오덕, 「판타지와 리얼리티」, 『어린이를 지키는 문학』, 소년한길, 1984, 106쪽.
16 차은정, 「영국 판타지 아동문학 연구」, 숙명여자대학교 대학원 박사학위논문, 2005, 69쪽.

화된 현대사회의 패러다임을 추동해낼 수 없기 때문이다. 그동안의 여러 편견에도 불구하고 환상은 탈근대의 시대 배경 속에서 상상력의 고갈과 문학의 위기를 극복해나갈 새로운 패러다임으로 제기되고 있다. 이는 세계 너머의 세계를 통해 현실의 사회적 의미를 도출해 재편성하는 환상의 전복적 의미에 대한 새로운 인식에 다름 아니다. 이러한 환상의 현실성에 대한 새로운 인식은 변화된 세계 인식으로서의 환상의 복귀이며, 문학으로서의 화려한 귀환이 될 것이다.

2) 동화에서의 환상성과 현실성

우리 아동문학에서의 환상은 그동안 리얼리즘 아동문학의 흐름 속에서 본의 아니게 많은 왜곡과 편견에 가려져 있었다. 이는 환상을 비(非)리얼리즘의 관점이 아니라 반(反)리얼리즘의 입장에서 바라보는 비판이 우세했기 때문이다. 이러한 견해 차이는 리얼리즘 진영 내부에서 논란을 불러일으키기도 했다. 그러나 환상이 현실성의 토대 위에서 내적 리얼리티를 갖추고 있는 한에는 반(反)리얼리즘은 물론 더 나아가 "비(非)리얼리즘이라고 규정하기보다, 역사의 층위를 달리해서 요구되는 리얼리즘의 갱신 또는 확장"[17]으로 바라볼 수도 있을 것이다. 원종찬은 1990년대 이후의 사회 현실의 변화뿐 아니라 동화의 특성에 대해 더욱 적실히 인식하려고 한다. 이는 환상의 유행이 범사회적이고 세계적인 추세이기 때문이며, "판타지에 쏠리는 사회문화적 현상은 영화, 만화, 애니메이션, 게임 등 표현 매체의 발달과 무관하지 않지만, 그 근저에는 이성 중심의 사고 체계에 대한 반성, 곧 근대 극복의 문제의식"과 "근대 사회와 한몸을 이루어온 리얼리즘은 과거와 같은 지위를 잃어버린 지 오래"[18]라는

---

17 원종찬, 「'일하는 아이들'과 '유희정신'을 넘어서」, 앞의 책, 17쪽.
18 원종찬, 「판타지 창작의 현재」, 앞의 책, 62쪽.

인식 때문이다. 그는 많은 부분에서 이오덕의 판타지론을 계승하면서, 판타지의 장르적 규정을 통해 리얼리즘의 연속선상에서 판타지를 바라보고 있다.

환상에 대한 논의에서 처음으로 체계적인 이론을 세우고 환상을 장르 개념에서 정의한 사람은 츠베탕 토도로프이다. 그는 환상을 문학의 특정 장르로 규정하고 텍스트가 제시하는 초자연적 세계 앞에서 독자와 주인공의 '망설임'을 강조했다. 망설임은 현실세계와 환상세계 사이에서 독자를 환상세계로 이끌어주는 요소인데, 여기서 망설임은 자연법칙 밖에 모르는 사람이 초자연적 양상을 가진 사건에 직면해서 체험하는 애매한 지각이다. 독자와 주인공이 망설이는 동안 환상은 계속되며, 작품의 결말에 이르러 그들은 자신이 지각하고 있는 세계가 현실인지 아닌지의 여부를 결정해야 한다. 이때 초자연적 세계가 합리적인 설명으로 마무리되면 '기괴'의 장르가 되고, 초자연적인 법칙을 인정해야 하는 결론에 이르면 '경이' 장르가 된다. 토도로프는 환상이 기괴와 경이의 연장선상에 위치한 장르라고 보았다. 즉, 기괴하거나 경이로운 초현실적 이야기가 마지막까지 망설임을 유발해야만 환상이 되는 것이다.[19]

그러나 토도로프의 환상 정의는 이후 여러 비평가들에 의해 지나치게 협소하다는 비판을 받게 되었다. 그가 환상의 필수 조건으로 '독자의 망설임'과 함께 제시한 "독자가 텍스트에 대해 특정 태도를 취하는 것이 중요하다. 시적 해석이나 우의적 해석을 거부해야 한다"는 기준이 특히 문제적인데, 이때 대부분의 작품이 환상문학에서 제외된다는 것이다. 이에 아나 바레네체아와 트리스틴 브룩-로스는 토도로프가 배제한 시와 알레고리를 환상문학 범주에 포함시키기도 한다.[20] 반면에 로지 잭슨은

---

19 츠베탕 토도로프, 이기우 옮김, 「환상문학 서설」, 『덧없는 행복─루소론/환상문학서설』, 한국문화사, 1996. 참조.
20 최기숙, 『환상』, 연세대학교 출판부, 2007, 21쪽 참조.

아예 토도로프의 장르 개념을 부정한다. 환상을 장르가 아닌 양식으로 보아야 한다는 것이다. 잭슨이 제시한 양식(mode)은 "서로 다른 시기에 씌어진 다양한 작품들 밑에 깔려 있는 공통의 구조적 특질"[21]을 의미한다. 환상은 로망스 문학, 경이문학, 환상문학 등 여러 관련 장르를 파생시키는 하나의 문학적 양식이라는 것이다. 그는 정치적 사회적 맥락에서 환상이 지닌 '전복성'을 강조하고 있다.

그렇다면 이들 이론을 아동문학에 적용한다면 동화의 환상성은 어떻게 정의될 수 있을까? 환상성이 동화에 내재해 있는 본질적인 속성 중 하나라는 것은 누구나 공감하는 바다. 박상재가 한국 창작동화에 나타난 환상을 전승적 환상, 몽환적 환상, 매직적 환상, 우의적 환상, 시적 환상, 심리적 환상의 여섯 가지로 유형화[22]한 것에서 볼 수 있듯이 동화 장르에서만도 다양한 갈래의 환상이 존재함을 알 수 있다. 그런데 이들 환상을 토도로프 식의 환상이론에 대입하면 상당 부분 어긋나는 것을 확인하게 된다. 즉 전래동화뿐 아니라 창작동화에서도 많이 나타나는 유형인 우의적 환상의 경우만 보더라도, 동물이 말을 하고 나무가 춤을 춘다 하더라도 독자가 전혀 의심 없이 그 세계를 받아들인다면 망설임이 끼여들 여지가 없다. 즉, 괴기와 경이 사이에서 독자를 망설이게 하지 않는다. 물활론적인 사고를 하는 아이들에게는 환상이 낯설지 않으며, 환상과 현실의 경계가 모호할 뿐 아니라 환상 자체를 현실의 일부로 받아들이는 경향이 있다. 따라서 토도로프의 환상 이론을 환상적 동화 작품에 전면적으로 적용하기에는 무리가 있고, 적용한다 하더라도 환상서사 내의 변별적 자질에 대한 세심한 고려가 필요해 보인다.

그럼에도 아동문학 비평에서는 환상서사를 '환상동화, 판타지동화, 판타지' 등으로 뭉뚱그려 명명하려는 경향이 있다. 그러나 엄밀히 말해 동

---

21 로지 잭슨, 앞의 책, 16쪽.
22 박상재, 앞의 책, 31~32쪽.

화와 판타지 장르는 서사를 구성하는 환상의 내적 자질이 판이하게 다르다는 데에서 장르 혼동의 문제점을 지니고 있다. 기존의 환상적인 동화와 최근 장편 판타지(즉, 장르로서의 판타지) 사이에 존재하는 장르적 차이에 대한 규명이 필요한 것이다. 1984년판 『옥스포드 아동문학 사전』은 판타지를 '특정 작가에 의해 씌어지며, 초자연적이거나 비현실적인 요소들을 포함하는, 보통 소설 길이의 픽션을 일컫는 용어'라고 장르적 정의[23]를 내리고 있긴 하지만, 무엇보다 아동서사에서 환상을 구현해내는 내적 질서와 환상의 유형에 대한 비평적 합의 역시 절실하다.

우리 아동문학에서 '판타지'를 하나의 장르를 지칭하는 명칭으로 처음 사용한 것은 이오덕이다. 그 이전까지만 해도 이오덕은 판타지와 공상동화를 동일한 개념으로 사용했는데, 「판타지와 리얼리티」에 이르러 현실세계와 초현실세계의 경계가 합리적으로 구분된 장편 판타지를 하나의 장르로 본다는 것을 앞에서 살펴본 바 있다. 이러한 논의의 연장선에서 원종찬은 동화와 소설의 구분에 따라 '공상동화와 판타지'를 각기 다른 장르로 구분하고 있다. 이는 리얼리즘 장르인 '사실동화(생활동화)와 아동소설'에 대응되는 개념이다. 이 4가지는 아동서사를 구성하는 하위 장르인데, 아동 독자의 연령(연령축)과 표현 방법(초현실축)의 차이에 따라 서로 구분된다.[24] 그러나 '판타지'를 현실세계와 초현실세계 간에 경계가 있는 장편 분량의 소설적인 작품이며, 높은 연령대의 아이를 대상으로 한다고 규정함에 따라 이러한 장르적 개념이 얼마나 현실적으로 부합할 수 있을지 의문이다. 가령 나탈리 배비트의 『트리갭의 샘물(TUCK EVERLASTING)』처럼 현실세계 속에 환상적 요소가 공존해 있는 경우는 위의 판타지 범주에 포함되기 힘들다. 아마도 이 훌륭한 환상동화는 분량의 문제에 따른 독자 대상의 차이 탓에 공상동화에도 포함될 수 없을지

---

23 차은정, 앞의 글, 71쪽.
24 원종찬, 「동화와 판타지」, 앞의 책, 100~103쪽 참조.

모른다. 이처럼 좁은 장르 개념은 환상의 특성상 다양하게 분출되는 환상의 여러 양태를 다 수용하기 힘들 뿐 아니라 환상 문학의 확장과 발전에도 걸림돌이 될 것이다. 또한 위의 판타지 범주에 포함되지 않는 기존의 환상적인 동화를 판타지와 구분해서 공상동화[25]로 보는 것도 적합해 보이지는 않는다. 환상과 공상의 의미를 좀더 깊이 있게 고찰해야 하고, 환상의 다양한 양식을 보다 풍부하게 수용해 환상서사의 외연을 확장할 필요가 있다.

반면에 환상을 하나의 양식으로 보는 로지 잭슨의 견해는 동화의 환상성 규명에 시사하는 바가 크다. 그는 '환상적인 것'을 장르로 규정하기보다 문학적 양식으로 규정하고, 그것을 '경이로운 것'과 '모방적인 것'의 상반되는 양식 사이에 위치시키고 있다. 여기에서 환상적인 것이 작용하는 방식은 이들 두 가지 서로 다른 양식의 요소들이 결합해 이루어지는 것으로 이해한다. 그런데 그는 '경이로운 것'의 양식에 로망스, 마술, 초자연주의 세계와 함께 '전래동화'[26][27]를 포함시키고 있다. 그림 형제, 안데르센, 톨킨이 쓴 이야기가 모두 이 양식에 속한다는 것인데, 따라서 전래동화는 '환상적인 것'이 아니라 경이에 속하게 되는 것이다. 그는 전래동화가 '옛날 옛적에……'와 같은 전통적인 공식 어법을 반복하면서 유사한 방식으로 작동한다고 하였다. 서술자는 권위적이고 전지

---

25 동화의 환상성을 공상과 구분하지 않은 채 '공상동화'라는 용어를 사용하는 것은 문제가 있다. 무엇보다도 공상동화라는 말이 현실적으로 적합한지에 대해 따져 보아야 한다. '공상'의 사전적 의미는 '헛된 상상'이다. 따라서 공상동화는 '헛된 상상으로 씌어진, 어린이를 위한 이야기'라는 말이고, 현재 수많은 동화작가들이 '쓸데없고 허황된' 걸 써서 아이들에게 읽히고 있다는 뜻이 된다. 이는 리얼리즘의 시각에서 환상을 낮추어 바라보는 것이며, '생활동화, 사실동화'에 비해 상대적으로 비하된 용어로 여겨진다.

26 한국어판에서는 이를 '동화'로 번역하고 있다. 그러나 이는 번역상의 오류로 보인다. 메르헨이나 요정담의 범주로서 우리식으로 표현하면 전래동화에 속하는 것으로 보아야 한다.

27 일반적으로 독일어 Märchen과 영어 fairy tale, fairy story를 우리말로 동화로 번역한다. 그러나 엄밀히 말하자면, Märchen은 전래동화(Folk fairy tale, Volksmärchen)를, fairy tale와 fairy story는 요정담을 의미한다. "17세기 말 프랑스에서는 이와 같은 이야기들을 요정담이라 했으며, 그것을 영어로 번역한 것이" fairy tale과 fairy story이다. 『옥스포드 아동문학 사전』, 차은정, 앞의 글, 36쪽에서 재인용.

적인 목소리로 사건들에 대한 확신과 확실성을 가진다. 이러한 이야기들은 일어난 일들의 확고한 '진짜' 판본을 재생산할 뿐이다. 공식적인 결말 또한 '그리하여 그들은 행복하게 잘살았다'이거나 이것의 변형일 정도로 독자들이 예상 가능한 패턴의 사건을 재연한다고 규정하고 있다.[28] 토도로프가 요정담을 경이의 장르로 본 것도 이와 유사한 입장이다. 그는 경이의 장르를 설명하면서 "요정 이야기란 경이의 한 별종에 지나지 않고, 거기서는 초자연적인 사건이 어떠한 놀라움도 야기하고 있지 않는다"[29]라고 지적한다.

사실 현대 동화 역시 모두 환상성을 지닌 것은 아니다. 동화의 여러 유형들은 '경이적인 것'과 '모방적인 것' 사이에 흩어져 있으며, 경이적인 요소들이 환상적 서사를 만들어낸다. 이들은 "현실 세계의 법칙에 구애받지 않"으며, 소설과 같은 "사실성이 아니라 작품 내적 진실성을 추구하며, 작품 구성 원리도 내적 질서의 지배를 받는다"[30]는 점에서 환상적이다. 그렇다고 해서 이들 동화의 세계가 현실을 배제하는 것은 아니다. 현실에 구애받지 않는 내적 질서의 추구를 통해 우주적 질서를 구현해냄으로써 현실을 반추하게 한다는 점에서 현실성 또한 중요한 요소가 된다. 현대 동화에 이르러서는 동화의 소설화 경향이 두드러지게 나타나면서 사회적 의미가 더욱 명백히 드러나기도 한다. 하지만 일반문학의 환상이 '초현실적인 것, 보이지 않는 것, 불확정적인 것'을 통해 현실을 해체하고, 비의미화의 영역으로 나아감으로써 전복적 기능을 한다는 로지 잭슨의 정치적, 현실적 맥락을 그대로 동화의 환상에 적용할 수는 없다. 동화의 현실성, 사회성은 아이들을 위한 문학이라는 특수성 속에서 이해되어야 하기 때문이다. 그러나 독자 대상인 아이들의 수용 가능한

---

28 로지 잭슨, 앞의 책, 48~50쪽 참조.
29 츠베탕 토도로프, 앞의 책, 159쪽.
30 선안나, 「동화와 아동소설의 장르 고찰」, 『천의 얼굴을 가진 아동문학』, 청동거울, 2007, 23쪽.

정도가 문제이겠지만, 무엇보다도 자신이 살아가야 할 세계와 삶의 원리를 터득해가고 있는 발달기의 아이들에게도 현실적인 여러 문제를 직시함으로써 세계 인식의 폭을 넓혀간다는 점에서 환상의 해체적, 전복적 기능은 나름의 의미를 지니고 있다. 물론 이러한 의미는 "자아와 세계가 서로 분리된 채 대결하며 상호 우위를 주장하는" 소설과 달리 "자아와 세계의 분리와 대결 정도가 약하고, 설령 대결을 하더라도 조화와 통합을 지향하는 속성을 지닌"[31] 문학이라는 동화의 특성과 긴장 관계를 이루며 현실성을 담보해 내게 된다. "환상세계가 우리의 현실을 예리하게 꿰뚫어 보고, 또 반영"할 뿐 아니라 "환상세계는 우리가 볼 수 없는, 혹은 외면해버리고 싶은 인간과 삶의 모순되고 절망적 측면을 드러내 보이기도, 또 그 모든 것이 치유되거나 회복된 이상적인 세계를 보여주기도 한다."[32]는 측면에서 동화가 지닌 환상성의 의미를 찾을 수 있다. 따라서 아동문학의 특수성이 현실과 맺는 관계는 환상성을 지닌 동화의 양식적 특성을 규정짓는 사회적 맥락으로 작용한다.

3. 환상, 억압과 결핍의 해소와 성장

1) 판타지의 유형과 이차세계

모든 환상서사를 일정한 규정에 맞추어 장르화한다는 것은 그리 쉬운 일이 아니다. 비평적 용어로서의 환상이 사실적 재현을 우선으로 하지 않는 문학적 경향에 무차별적으로 적용되어 왔다는 로지 잭슨의 말처럼 하나의 양태로 단정 지을 수 없는 것이 환상의 속성이기 때문이다. 또한

---

31 선안나, 위의 글, 24쪽.
32 차은정, 앞의 글, 68쪽.

"팬터지 형식은 작가가 말하고 싶어하는 어떤 것을 전달하는 데 쓰이는 문학적 장치에 지나지 않"는 탓에 환상 코드는 유동적이고 다양한 형식으로 변화해간다. 이는 "현대의 팬터지가 서로 다른 문화적 컨텍스트 안에서 창조"[33]되며, 현실성과의 상호관계 속에서 내적 질서를 형성해내기 때문이다. 즉, 환상 텍스트의 환상성과 현실성의 상호작용에 의해 환상 장르의 여러 양식이 파생되어 나오는 것이다.

원종찬의 장르 개념에 따라 '아동 판타지를 ①현실세계와 초현실세계의 경계가 있고 ②장편 판타지이고 ③높은 연령을 대상으로 하고 ④소설적인 경향의 작품'[34]으로 규정했을 때, 토도로프의 장르 개념처럼 환상의 폭이 협소해질 뿐 아니라, 현실과의 관계 속에서 새로운 형태로 변화해가는 환상의 다기한 경향을 개별 작품에 적절히 적용하기 힘들어진다. 가령 ①에 현실과 초현실이 혼합된 현대 판타지, ②에 단편으로 쓰여진 판타지, ④에 동화적인 경향의 판타지 등의 작품을 대응시킨다면 아무리 환상성을 지녔더라도 판타지 장르에 포함되기 힘들 것이다. 따라서 환상서사를 환상성과 현실성의 상호관계에 의해 구현되는 내적 질서에 따라 여러 양식이 공존하는 장르로 보는 게 좋을 듯하다. 이에 몇 가지 유형을 설정해 보면, 다음과 같이 분류할 수 있다.

①동화적 상상력에 기반한 환상
②현실세계와 초현실세계가 분리된 환상
③현실세계와 초현실세계가 혼합된 환상
④초현실세계만으로 된 환상[35]

---

33 마리아 니콜라예바, 김서정 옮김, 『용의 아이들』, 문학과지성사, 1998, 111~113쪽.
34 원종찬, 「동화와 판타지」, 앞의 책, 100~103쪽 참조.
35 김상욱은 판타지의 유형을 '①판타지세계 ②현실세계와 판타지세계의 분리 ③현실세계와 판타지세계의 공존 ④현실세계'의 네 가지로 나누고 있다. 기존의 동화적 상상력에 기반한 환상 동화 중에서 환상을 통해 소원을 성취하는 동화를 원종찬은 '공상동화'로서의 '소원 성취 판타

이중에서 ①은 전래동화를 제외한 기존의 환상성을 지닌 작품으로서, 마해송의 「바위나리와 아기별」, 김요섭의 동화 등 전통적인 동화를 말한다. ③의 유형은 ①의 유형과 유사하지만 보다 아이들의 현실 문제에 접근해 있는 유형이다. 세계 간의 구분 없이 현실과 환상이 일차적 세계에서 공존하는 유형은 이미 오래전부터 다양한 형태로 창작되어 왔다. 이들은 현실 속에 비집고 들어온 비현실적 요소를 통해 자연스럽게 환상세계를 구축해낸다. 이 유형은 동화의 기본적 속성인 환상성이 현실세계와 긴장 관계를 이루며 보다 확대된 형태로 나타난다. 채인선, 임정자 등 다수의 작품이 여기에 포함된다. 최근에는 김영혜의 「수선된 아이」, 방미진의 「금이 간 거울」처럼 소설적 경향이 짙은 작품에서 환상을 도입하고 있는데, 섬뜩하리만치 괴기스러운 환상이 환영처럼 현실 속에 출현하고 있다. 이들은 성인 코드에서 나타나는 환상이 아동 코드에서도 나타나고 있다는 점에서 새로운 변화의 조짐을 느끼게 한다. 서구에서도 『이상한 나라의 앨리스』의 출현 이후 두 세계가 분리된 형식의 판타지가 주로 창작되다가 점차 "마술적 세계나 이차적 시간과 현실 사이의 경계가 허물어지고 심리적 깊이를 갖추게 되는 경향이 일반적"[36]인 추세가 되고 있다. ④는 우리 창작 현실에서 아직은 생소한 유형이지만 이차세계(환상세계)만으로 이루어진 전통적인 판타지로서 서구에서 다양하게 창작되고 있다. 현실세계와 이차세계가 분리된 구조로 이루어진 유형인 ②는 비교적 안정적으로 환상서사를 구현해낸다. 그러나 환상과

지'라는 이중적 잣대로 분류한 반면(「판타지 창작의 현재」), 김상욱은 아예 제외시켜 버렸다. 그런데 판타지의 유형에 '④현실세계'를 설정한 것은 잘 납득이 가지 않는다. 그는 "④의 유형은 의당 현실주의적인 작품으로 현실의 법칙이 일관되게 작품 속에 구현되는 유형이다. 물론 이 현실성은 현실 너머, 저편의 희망을 역설적으로 표현한다는 점에서 판타지를 지향한다."라고 말하지만 구체적으로 어떤 작품을 염두에 두고 한 말인지, 또 이 유형이 ②, ③의 유형과 어떻게 다른 건지 해명되지 않고 있다. 김상욱, 「판타지, 탐구를 기다리는 장르」, 『어린이문학의 재발견』, 창비, 2006, 106쪽.
36 마리아 니콜라예바, 앞의 책, 188쪽.

현실이 서로 유기적으로 결합되지 못했을 때는 환상세계의 내적 리얼리티가 손상되어 현실성 구현에 부작용을 초래하게 된다. 그러나 이 유형이 서구에서는 『이상한 나라의 앨리스』 이후 가장 보편적인 환상 양식이 되었는데, 이는 이 유형이 지닌 안정적 서사 구성이 아동문학의 특수성에 잘 부합하기 때문이다.

문학에서의 환상은 현실에서 존재하지 않는 것, 보이지 않는 것을 통해 현실의 억압, 결핍을 극대화시켜 현실 인식을 강화하는 양식이다. "자본주의에 의해 생산된 세속문화 속에서 문학적인 환상 형식으로 나타난 현대의 환상물은 전복적인 문학이다. 그것은 '현실세계'의 곁에, 지배적인 문화의 중심축의 또다른 측면에 말없는 현존으로, 침묵하고 있는 상상적인 타자로 존재한다. 환상적인 것은 억압적이고 불충분한 것으로 경험된 질서를 구조적이고 의미론적으로 해체시키는 것을 목적으로 삼는다."[37] '비현실성'과 '불확실성'으로서의 환상은 성인문학에서 "신비적인 것, 암묵적인 것, 수많은 해석 가능성을 향"[38]해 자신을 열어놓음으로써, 문화적 충격과 현실 문화에 대한 전복성을 한층 고양시킨다. 이는 토도로프가 말한 초자연적 현상에 직면한 독자(혹은 주인공)의 '망설임'이 효과적으로 지속되는 것과 관련된다.

그러나 아동문학에서는 환상의 다의성, 나아가 환상의 전복적 성격이 매우 제한적이라는 것을 알 수 있다. 마리아 니콜라예바는 이를 교육주의와의 타협으로 보고 있다. 그에 의하면 서구의 "초기 팬터지에서는 대부분 환상적인 모험을 꿈으로 설명"하거나 마술사나 마술 도구(팔찌, 반지, 나는 양탄자)와 같은 "초자연적 사건의 가시적 도구"를 도입해 신뢰성의 문제를 해결했다. 또한 초기 환상동화에서 제시하는 두 세계, 즉 1차세계(현실세계)와 2차세계(환상세계)의 구분도 그러한 이유에서 비롯된 것이

---

37 로지 잭슨, 앞의 책, 237쪽.
38 마리아 니콜라예바, 앞의 책, 111쪽.

다. "확실한 경계선과 합리적 설명 같은 요소들은 의식적이건 무의식적이건, 당시 우세했던 교육적 시각과의 타협이었다. 어린 독자들을 불확실성 속에 남겨 놓는 것은 교육적으로 옳지 못하다는 것"[39]이다. 그러나 이러한 방식들은 일상과 비현실 사이에서 긴장을 자아내긴 하지만, 어린 독자들이 놀라운 사건에 대해 의아해하거나 망설일 여지없이 순순히 받아들이게 한다. 서구에서는 이러한 패턴이 1950년대 초 이후 서서히 바뀌기 시작했다고 한다. 즉 교육주의적 한계에서 벗어나 경이로운 사건의 메커니즘이 해체되고 어린 독자들은 미스터리와 망설임을 만나게 된 것이다. 니콜라예바는 이러한 현대 아동 판타지의 변화를 이해하는 데 있어 과학과 기술의 발달, 포스트모던 문학의 영향 등 서로 다른 문화적 컨텍스트 안에서 판타지가 창조된다는 점을 고려해야 한다고 말한다.[40]

2) 이차세계와 내적 리얼리티

우리 아동문학에서는 (논자에 따라 차이가 있긴 하지만) 대체로 현실세계와 환상세계 간의 확실한 경계 구분과 망설임의 두 가지를 '전형적인 판타지'의 요건으로 보고 있다. 서구의 아동 판타지가 아동문학의 특수성을 고려한 경계 구분으로부터 '현실 너머의 기이한 사건' 앞에서 느끼는 '망설임'의 구현으로 나아가는 것과는 사뭇 다른 양상이다. 환상에 대한 이론적 고찰이 미흡한 우리 실정에서 톨킨의 '이차적 세계'와 토도로프의 '망설임'이 동시에 수용된 결과로 보인다. 문제는 경계 구분이라는 합리성 위에서의 망설임이 낯선 현실의 이면을 들추어내 전복적 상상력으로 나아갈 수 있는가, 아니면 그와는 다른 아동문학의 특수성을

---

39 위의 책, 111쪽.
40 위의 책, 111~112쪽.

고려한 새로운 양식의 환상으로 규정될 수 있는가이다.

강소천의 환상동화「꿈을 찍는 사진관」은 단편동화이긴 하지만, 이차적 세계와 망설임이라는 '전형적 판타지'의 요건을 갖춘 작품이다. 봄날 산에 올라갔다가 때 이른 살구꽃을 보고 "눈을 의심하리만큼 놀"란 주인공은 그 살구꽃 나무를 매개로 산길을 "주저하"면서 '동쪽으로 5리, 남쪽으로 5리, 서쪽으로 5리'나 걸어 환상세계인 '꿈을 찍는 사진관'으로 찾아간다. 즉, 산길이 이차세계로 진입하는 통로인 셈이다. 이 사진관은 종이에 '만나고 싶은 이와 추억 한 토막'을 적어 놓고 잠을 자면 자신이 원하는 꿈을 꾸게 되고, 그 꿈을 사진으로 찍어주는 신비한 세계다.

주인공은 한국전쟁으로 인해 그리운 이와 고향을 잃은 실향민이다. 여기에서 환상세계는 비현실을 통해 현실에서의 상실 아픔을 자각하고 치유하게 해준다. "순이의 나이는 열두 살 그대로인데, 나는 지금의 나이 스무 살이니까요. 그 동안 나만 여덟 해 나이를 더 먹은 것입니다. […중략…] 모처럼 찍어준 꿈 사진도, 그런 걸 생각하니 우습기 짝이 없습니다."[41]라는 데서 드러나듯이 주인공은 고향에 두고 온 그리운 순이의 꿈 사진을 보고 현실 인식을 새로이 하게 된다. 전쟁 후 고착화되어 가는 분단 현실의 아픔을 적실하게 드러내고 있는 것이다. 그런데 주인공이 다시 현실로 돌아왔을 때, 꿈 사진은 "내가 좋아하는 동화집 갈피 속에 끼여 있던, 노란 민들레꽃 카드"였다고 합리적인 설명을 덧붙임으로써 환상세계에 대한 신뢰성의 문제를 고려하고 있다. 이는 처음 환상세계로 들어가는 계기인 "살구꽃"은 "살구꽃 활짝 핀 내 고향 뒷산"을, "노란 민들레꽃 카드"는 "순이의 노랑 저고리"를 은유하면서 환상세계의 내적 리얼리티를 부여해주는 것과 같은 기능을 한다. 환상세계에 대한 합리적 설명으로서, 이차적 세계의 경계 구분과 함께 어린 독자들의 신

---

41 강소천,「꿈을 찍는 사진관」, 강소천 아동문학전집 1권, 교학사, 2006, 290쪽.

뢰성을 얻는 구실을 한다. 이처럼 환상과 현실에 대한 경계 인식을 토대로 현실성이 환상성과 치밀하게 짜여졌을 때 내적 리얼리티가 살아 있는 환상서사가 되는 것이다. 반면에 현실과 비현실이 분리된 판타지에서 경계 구분을 처음부터 마지막까지 치밀하게 조직하지 못할 경우 내적 리얼리티를 갖추지 못하게 되는 것은 자명한 일이다. 이런 경우의 작품은 그야말로 '환상'이 아닌 '공상'의 수준으로 전락하고 만다.

김려령의 『기억을 가져온 아이』[42]는 서로 분리된 두 세계에 대한 경계 인식이 내적 리얼리티 구현에 얼마나 지대한 영향을 미치는지를 잘 보여준다. 이 작품은 경계 구분과 망설임이라는 '판타지의 전형적 양식'에 속하기는 하지만, 어린 독자들에 대한 신뢰성의 문제를 지나치게 의식한 나머지 경계 구분에 허점을 드러냄으로써 환상성과 현실성의 상호관계를 치밀하게 구성하지 못하고 있다. 가장 대표적인 예로 '열쇠고리'를 들 수 있을 것이다.

> "할아버지 만나고 왔어요. 이것 보세요. 할아버지가 만들어 준 거예요."
> 나는 아빠에게 하회탈 열쇠고리를 내밀었다. (165~166쪽)

위 인용은 이차세계로 가서 할아버지를 만나고 돌아온 주인공 차근이가 아빠한테 하는 말이다. 차근이는 그곳에서 할아버지로부터 하회탈 열쇠고리를 선물받았는데, 그 열쇠고리를 현실세계로 가져온 것이다. 이를 통해 비현실세계인 이차세계에 현실성을 부여하고자 하는 것이 작가의 의도인지는 모르겠지만, 이는 환상세계와 현실세계 간의 경계가 무화되어 내적 리얼리티의 결함을 가져오고 있다. 즉, 열쇠고리는 할아버지가 이차세계에서 실제로 살고 있다는 증거가 되기 때문이다.

---

42 김려령, 『기억을 가져온 아이』, 문학과지성사, 2007.

할아버지는 차근이 엄마, 즉 며느리와 갈등을 겪다가 약 4년 전에 실종되어 소식을 알 수 없었다. 할아버지의 실종 이후 엄마와 아빠는 이혼을 해서 아빠가 시골집으로 옮겨갔다. 차근이는 이때부터 학기 중에는 엄마와, 방학 중에는 아빠와 함께 살게 되었다. 마침내 초등학교 마지막 여름방학을 맞아 시골 할아버지 댁으로 간 차근이는 윗집 천수무당네 신딸 다래와 함께 아빠의 작업실이자, 할아버지의 물건을 보관해둔 창고에서 벽을 통해 환상세계로 들어가게 된다.

> 그 때였다. 책장 사이에 있는 흙벽에서 빛이 새어 나왔다.
> "뭐야 저거!"
> 작은 구멍에서 길게 나오던 보라색 빛이 나팔꽃처럼 넓게 퍼졌다.
> [⋯중략⋯]
> 머리를 땅에 대고 기도하던 다래가 벌떡 일어나 내 손을 꽉 잡았다.
> "놔! 너 왜 그래?"
> "나 방금, 네 할아버지가 이 벽으로 들어가는 모습을 봤어. 지금하고 똑같은 빛이 나고 있었다고. 우리도 들어가야 돼. 서둘러, 닫힐지 몰라." (63~64쪽)

갑자기 흙벽이 열리는 '기이한 현상' 앞에서 차근이의 놀람과 망설임은 이차세계로의 진입에 현실성을 부여해준다. 차근이는 "할아버지가 벽 너머에 있다"는 다래의 말을 믿지 못한다. 벽 너머는 "창고 뒷산일 뿐이"며, "경찰들과 마을 사람들이 이 동네 산부터 샅샅이 뒤졌"는데 "실종된 할아버지가 겨우 뒷산에 있"겠느냐는 현실 인식 때문이다. 반면에 다래는 환상세계에 대한 놀람이나 망설임을 전혀 보이지 않을 뿐 아니라 이차세계에 대한 확신을 갖고 있다. 이는 다래가 천수무당의 신딸이라는 설정에서 설득력을 지니고 있다. 그는 "죽은 사람과 산 사람, 그리고 잃어버린 시간과 기억"을 연결해주는 사람인 "꼬마 무당"으로서, 현실과 환상이라는 두 세계를 이어주는 '영험한' 존재로 환치되고 있기 때문이다. 따라서 다래는 비현실적인 기이한 사건 앞에서 머뭇거리는 차근이를 환상세계로 이끌어주는 조력자로서의 역할을 하게 된다. 즉, 차근이는 다래가 "억지로 흙벽에 대고 밀었기 때문에 할 수 없이" 이차세계로 들어간 것이며, 줄곧 환상세계의 비현실성 앞에서 망설임을 유지한다.

이 작품에서의 환상세계는 '기억의 호수'와 '떠나온 이들의 마을'로 이루어져 있다. 기억의 호수는 "잊어버린 기억들이 있는 곳"이며, 떠나온 이들의 마을은 "다른 사람의 기억에서 완전히 잊"혀진 사람들이 모여 사는 곳이다. 그런데 이 마을은 잊혀진 사람의 입장에 따라 다시 두 마을로 나뉘어져 있다. 즉, "누가 다가오지 못하게 괴팍하게 굴었다거나 스스로 꽁꽁 숨어서 사람들이 잊게 만"든 "자기 잘못이 커서 온 사람"들이 사는 마을과 "무관심한 사람들한테 잊혀"져서 "누군가를 기다리다 지쳐서 온 사람들"이 사는 마을이 그것이다. 이는 현실세계의 서로에 대한 무관심과 소통 부재, 버려지는 아이들과 노인의 소외 문제 등에 대한 비판적 인식에서 비롯된 세계라는 것을 알 수 있다.

다래와 차근이가 환상세계로 들어가게 된 것은 바로 잊혀진 할아버지에 대한 기억의 회복에서 비롯된 것이다. 즉, 오래전 할아버지가 만들어준 장난감 모형 초가집을 기억해낸 차근이가 "손바닥만한 초가집" 속에 들어 있는 호롱불에 불을 붙이자, 흙벽이 열리면서 환상세계로 들어가게 된다. 이는 '기억의 호수'에서 플라스틱 기억과의 만남 등과 함께 이 작품의 주요 구성 원리가 기억 모티프에 있음을 보여준다. 이 모티프는 천수무당과 다래의 신성(神性)과 결합되어 기억에 대한 환상적 재구성이 비교적 치밀하게 이루어져 내적 리얼리티를 구현해내고 있다. 그러나 후반부에 이르러 차근이가 할아버지를 만나면서부터는 아무런 '망설임'도 느끼지 않을 뿐더러 경계 인식의 혼란을 불러일으킨다. 이는 현실세계로 돌아가야 하는 차근이와 다래에게 "살아 있으문 운제 봐도 보기 매란이야."라고 말하는 할아버지의 작별 인사에서 보듯이 할아버지를 실재하는 존재로 설정한 데에서 기인한다. 실종된 할아버지가 흙벽 너머의 이차세계에서 행복하게 살고 있다는 것은 이차세계가 현실 어딘가에 실제로 존재한다는 의미로 읽힌다. 여기서 열쇠고리가 할아버지의 실존과 이차세계의 실재에 대한 확실한 증거로 작용하는 것에 유념할 필요가 있다. 만약 이 열쇠고리가 정말 이차세계에서 할아버지가 준 것인지, 혹은 착각은 아닌지 반신반의하는 모습이라도 보여주었다면, 열쇠고리는 망설임을 유지하는 기제로써 이차세계의 내적 리얼리티를 강화해주는 역할을 하였을 것이다. 따라서 열쇠고리는 어린 독자를 위한 환상세계의 신뢰성을 담보해내지 못하고, 오히려 경계 구분을 무화시킴으로써 현실과 비현실의 혼란을 초래하게 되는 것이다.

이러한 경계 혼란은 시간의 문제에서도 드러난다. 차근이와 다래가 이차세계에서 현실로 돌아왔을 때, "사라진 지 한 달"이나 지난 것으로 설정함으로써 이차세계의 시간을 일차세계의 시간과 일치시키고 있다. 그러나 이차적 판타지에서 "다른 세계는 '사실적' 시간 혹은 일차적 시간과 상관없는, 그 세계 고유의 시간을 지"[43]님으로써 환상세계의 현실성을 확보하게 된다. 즉, 차근이와 다래가 이차세계에 머무는 동안 현실세계의 시간이 그 자리에 머물러 있었다면, 이차세계는 "시간의 뒤틀림 현상"[44]을 통해 '놀라움과 망설임'을 유지하게 되어 내적 리얼리티를 갖추게 되었을 것이다. 또한 신성한 인물인 천수무당 할머니의 신통력은 이차세계에 대한 예시(豫示)를 통해 환상성을 강화하는 반면 경계를 무화시키는 이중적 역할을 하고 있다. 다래가 "신엄마는 영매라 죽은 사람이나 신령님밖에 볼 수 없는데, 할아버지가 살아 계셔서 신엄마는 볼 수

---

43 마리아 니콜라예바, 앞의 책, 186쪽.
44 위의 책, 187쪽.

없대요."라고 말하는 것에서 볼 수 있듯이, 천수무당 할머니는 줄곧 할아버지가 어딘가에 살아 있을 거라고 주장하고 있기 때문이다. 결국 그의 말대로 할아버지는 비현실적 세계에서 진짜 살아 있으며, 그 증거물로 열쇠고리가 제시됨으로써 두 세계간의 경계가 해체되어 환상에서 공상의 차원으로 전락하게 된다.

3) 이차세계를 통한 결핍의 해소와 자아의 성장

판타지에서 이차세계의 환상성은 현실과의 관계 속에서 특별한 의미를 지닌다. 즉, 이차세계는 인간 내면의 탐구이며 인간 삶의 본질 회복에 대한 갈구다. 현실에서 해결되지 않는 억압과 제약, 삶의 불합리에서 비롯되는 갈등을 표출함으로써 해방감과 위안을 주는 것이 환상의 주요 기능이다. 이 해방감과 위안은 바로 현실에 대한 성찰을 통해 더 나은 현실로 나아가게 하는 힘이 된다. 따라서 현대의 많은 환상 작가들은 "(어떤 형태든지) 초자연적인 것과의 만남이 주인공을 어떻게 변화시키느냐"의 문제에 관심을 집중하고 있다. 이들에게 환상은 "특별한 선명성과 예리함을 가지고 현실을 비추는 거울"[45]이며, 현실에서는 결핍되어 있으나 반드시 회복되어야 할 인간 본질에 다름 아니다. 따라서 이 비현실적 세계로의 여행이 지닌 의미는 이차세계의 구조가 얼마나 잘 조직되었는가에 좌우된다. 이차세계의 내적 리얼리티는 현실의 불합리에 균열을 내며 반성적인 재편성을 시도하기 때문이다. "그 균열은 현실 파괴에 목적이 있는 것이 아니라 현실에 대한 성찰과 재편에 진정한 목적을 둔다. 판타지를 통해 균형 있고 건강한 세계를 지향하며, 결국 현실로부터의 도피가 아닌 현실을 받아들일 수 있는 힘을 기르게 하는 것이다.

---

45 위의 책, 113쪽.

이 세상과 인간 내면에는 삶과 죽음, 선과 악, 빛과 어둠이 존재하며, 그것을 받아들이고 현실을 긍정적으로 변화시켜나갈 수 있는 근본을 숙성시킨다."[46] 그러나 『기억을 가져온 아이』에서처럼 환상세계의 내적 리얼리티가 불완전할 경우에는 비현실적 세계의 도입이 현실 문제의 본질로부터 벗어나 있게 된다. 나아가 환상이 현실 문제에 대한 반성적 성찰을 통해 진정한 자아의 성숙에 이르는 것이 아니라 오히려 현실을 왜곡하고 불합리한 현실 문제를 은폐시키는 역작용을 하게 된다. 주인공 차근이가 할아버지의 실종과 부모의 이혼이라는 현실 문제 앞에서 겪는 내적 갈등이 이차세계로의 여행을 통해 해소되긴 하지만 현실에 균열을 가하거나 내적인 성장을 보여주지는 못하고 있기 때문이다. 이차세계에서 할아버지를 만나고 돌아온 차근이에게 나타난 변화는 그동안 엄마와 아빠 사이를 오가는 불안정한 생활에서 비롯된, 자기도 모르게 "차만 타면 여행용 가방에 달린 손잡이를 잡아 뺐다가 넣기를 반복"하는 정서 불안 증세가 사라졌다는 것뿐이다. 이는 할아버지의 실종으로 인해 차근이가 느끼고 있던 불안감이 해소되었다는 것을 의미한다. 이차세계에서 "행복한 모습"으로 잘 살고 있는 할아버지를 만났기 때문이다. 결국 이 작품은 할아버지의 실종이라는 현실 문제를 그냥 덮어둔 채 심적인 평온을 찾는 것으로 귀결되는 허점을 지니고 있다. 이는 바로 현실과 비현실의 경계 인식을 치밀하게 구성해내지 못한 데에서 비롯된 문제다. 이차세계에서 할아버지를 만나고 왔다는 차근이 말을 아무렇지 않게 받아들이는 아빠가 "미리 말하고 갔으면, 아빠가 많이 죄송해하더라고 말해달라고 했을 텐데."라고 말할 정도로 비현실세계에 대한 놀라움과 망설임을 유지하지 못한 채 환상세계를 현실로 인정해버림으로써 결과적으로 현실의 근본 문제를 왜곡·은폐시키게 된 것이다.

---

46 차은정, 앞의 글, 94쪽.

만일 이차세계로의 여행이 단순히 현실의 결핍을 해소하거나 소망을 충족하는 데에서 머문다면, 환상 공간은 현실 도피의 공간으로 전락하고 말 것이다. 현실의 결핍과 갈등을 새로이 인식하고 한 차원 더 승화시킴으로써 현실의 아픔을 치유하고, 나아가 인간 본질의 회복에 대한 희망을 품을 수 있을 때라야 환상세계로의 여행에 의미를 둘 수 있기 때문이다.

공지희의 『영모가 사라졌다』[47]는 이러한 면에서 이차세계의 의미를 비교적 잘 살리고 있다. 이 동화에서 이차세계는 '즐거운 나'라는 뜻을 지닌 '라온제나'로 설정되어 있다. 아버지의 폭력과 억압에 시달리던 영모가 가출을 해 사라지고 나자, 유일한 친구인 병구가 영모를 찾으러 다니다가 '라온제나'라는 이차세계로 들어가게 된다. "아무에게나 보이지 않는 나라"이지만, "세상 한가운데"에 있는 "아주 가까운 나라이면서도 또 아주 먼 나라"인 라온제나는 "세상 어디에도 숨을 만한 곳이 한 군데도 없"는 "그런 아이들을 숨겨 주는 나라"이자 "오고 싶은 마음이 간절한 사람들만 들어올 수 있는 곳"이다. 즉, 영모처럼 "공부도 없고, 시험도 없고, 학원도 없고, 아버지도 없는 그런 곳으로" "꼭꼭 숨어 버"리고 싶은 아이들의 안식처인 것이다. 이들은 "매를 때려서라도 잘 키우는 게 부모의 도리"라고 믿는 어른들의 대리 욕망의 희생물이 되어 폭력에 시달리다 지칠 대로 지쳐버린 아이들이다.

라온제나에서 영모는 봄, 여름, 가을, 겨울의 평화로운 순환 속에서 점차 자유 의지를 치유해간다. 병구가 처음 라온제나를 찾았을 때 영모는 할아버지의 모습이었고, 그 다음은 젊은 아저씨로, 마지막엔 본래의 모습으로 돌아오게 된다. 이 과정이 현실의 시간과는 다른 개념의 시간 속에서 이루어진다는 점에서 환상세계의 특별한 시공간이 구축된다. 이는

---

47 공지희, 『영모가 사라졌다』, 비룡소, 2003.

환상 공간만이 지닌 시간의 뒤틀림 현상인데, 병구가 라온제나에 가 있는 동안 현실의 시간은 멈추어 있다는 설정에서 현실적인 타당성을 얻는다. 이러한 환상 공간에서 시간의 비약은 영모의 심리적인 변화를 효과적으로 드러내는 요소다. 병구는 라온제나에 세 번 찾아가는데, 그때마다 계절이 봄, 여름, 가을로 비약되어 있고, 영모 또한 다른 모습을 하고 있다. 여기에서 중요한 것은 영모의 모습이 노인에서 젊은이로, 그리고 본래 모습으로 돌아오는 과정을 보여준다는 것이다. 이는 라온제나가 마음먹기에 따라 "아이일 수도 있고, 젊은이가 될 수도 있고, 노인도 될 수 있"는 세계이기 때문인데 영모의 변신 과정이 심리 상태와 관련되어 있다는 것이다. 처음 현실에 대한 절망과 슬픔에 사로잡혀 있었을 때 영모는 "빨리 어른이 되고, 더 빨리 늙고 싶었"기 때문에 할아버지로 되었고, 그후 라온제나에서 마음의 상처를 치유하고 희망을 얻게 되어 "젊어지고 싶어"진 영모는 젊은 아저씨로 되었다. 그리고 병구에 대한 그리움에 "점점 아이가 되고 싶어"져 본래의 모습으로 돌아오게 된다. 이는 자신을 찾아다니는 아버지가 잘못을 뉘우치고 있다는 것을 알고 난 후의 일이다. 결국 영모는 병구와 함께 집으로 돌아오게 되는데, "아버지를 용서한 거니?"라는 병구의 물음에 "아버지를 이해할 수는 있을 거 같아"라는 대답에서 영모가 환상세계로의 도피를 통해 상처를 치유하고 좀더 성숙한 자아로 나아가고 있음을 알 수 있다. 이러한 내적 성장은 병구에게서도 이루어진다. 부모의 이혼으로 엄마와 단둘이 살고 있는 병구는 아버지의 결핍에 갈등하고 있었다. 그러나 라온제나를 통해 새로운 인식을 얻게 된 병구는 "이제 아버지를 미워하지 않기로 했어"라고 말하게 된다. 이는 자신에 대한 사랑과 주체적 자아에 대한 깨달음에서 비롯된 것인데, 로아 할머니의 말을 통해 잘 드러나고 있다.

로아 할머니는 영모의 눈빛을 바라보면서 다짐하듯 말했다.

"자신을 사랑해야 해. 나는 나 자신을 싫어했어. 난 내가 언제나 불쌍한 아이라고 생각했어. 하지만 그건 나에게 하나도 도움이 되지 않더구나. 내가 불쌍한건 누구에게 나를 의지하려는 마음이 있었기 때문이야. 내 자신을 스스로 돌볼때 나는 당당하게 내 자신을 사랑할 수 있었어. 영모야. 너도 이제 자신을 스스로 돌볼 때가 되지 않았니?"

영모가 끄덕거렸다. (195쪽)

로아 할머니는 영모가 라온제나에서 만나 함께 살게 된 사람이다. 영모가 할아버지였을 때 반대로 로아 할머니는 어린아이였다. "아주 오래전 시대에" 라온제나로 숨어 들어왔으면서도 어린아이로 있었던 것은 누군가에게 의지하려는 마음이 컸기 때문이다. 영모가 할아버지에서 어린 영모로 돌아오는 것이 내적인 성장이었다면, 반대로 어린아이에서 할머니로 된 로아의 변화는 누군가에게 의지하지 않고 당당하게 자신을 돌아볼 수 있게 되었음을 의미한다. 따라서 라온제나를 경험한 인물들은 모두들 삶의 새로운 의미를 얻고 다시 현실로 돌아온다(로아 할머니는 제다 할아버지를 기다리기 위해 라온제나에 남게 되지만). 폭력적이었던 영모 아버지가 라온제나에서 잘못을 뉘우치고 새사람이 되는 것 역시 마찬가지이며, 잘못된 어른의 사고를 버리지 못한 세 악당은 사막에 갇혀 죽음을 맞이하게 된다. 이처럼 판타지는 현실과는 대립된 새로운 세계에서 위안을 얻고, 현실의 결핍을 반추해내는 과정을 통해 한층 성숙된 자아를 보여줌으로써 현실 극복의 희망을 추구한다.

물론 『영모가 사라졌다』 역시 미진한 부분이 없는 것은 아니다. 로아를 잡으러 다니는 세 악당들은 어린 로아의 모습밖에 모르기 때문에 할머니인 로아를 알아보지 못할 텐데도 별다른 암시 없이 병구와 영모가 할머니를 피신시키려고 무작정 도망을 간다. 이는 사건을 풀어나가는 데 있어 현실적인 면을 놓치게 되어 작위적으로 느껴지는 대목이다. 또한 영모 아버지의 뉘우침이 환상세계의 경험을 통해 획득되는 과정을 보여주지 못함으로써 더욱 절실하게 느껴지지 않는다는 점이다. 그러나 이 작품은 현실세계와 이차세계 간의 확실한 경계 구분과 이차세계에서의 현실과는 다른 시간의 뒤틀림을 통해 일관성 있게 망설임을 유지해 나간다. 이는 환상성과 현실성 간의 긴장 관계를 견지하게 되어 전형적인 환상 공간을 구축해내는 것이다. 나아가 인물들이 현실의 억압을 환상 경험을 통해 극복해내고 자아의 내적 성장을 보여줌으로써 판타지 장르의 특성을 잘 살려내고 있다.

4. 글을 마치며: 동화의 원리와 소설의 원리

현대문학의 다양한 양식들 중 하나인 환상이 우리 아동문학에서 깊이 있게 논의된 적은 거의 없었다고 여겨진다. 물론 과거에도 단편적이나마 환상론이 개진되기도 했으나, 대부분 동화의 상상력에 기반한 환상성 탐구의 수준을 넘어 본격적인 환상론으로 진전되지는 못했다. 그나마 환상 논의가 현대 환상 이론의 범주에서 대두된 것은 이오덕에 이르러서였다. 그러나 앞에서 살펴본 바와 같이 그의 환상론 제기는 보수문단의 '(순수)동화'를 제압하기 위한 정치적 의도에서 파생된 것이라는 점에 문제가 있다. 즉, 판타지를 내세움으로써 동화의 환상성을 '공상'의 수준으로 떨어뜨리고, 나아가 리얼리즘 (생활)동화 중심의 판을 구축하고자 했다. 따라서 그는 판타지를 말하되 판타지의 창작을 추동해내지 않았으며, 보다 깊이 있는 논의를 개진하지도 않았다. 반면에 반(反)리얼리즘으로서의 판타지, 현실 도피로서의 환상이라는 시각이 팽배하게 되었을 뿐이다. 최근 일각에서 환상 논의를 시도하고 있지만, 아직도 왜곡과 편견을 떨쳐버리지 못한 채 혼란을 거듭하고 있는 실정이다.

환상은 '눈에 보이지 않는 세계, 불가해한 세계'에 대한 탐구를 통해 현실 인식을 강화해주는 양식이다. 따라서 환상서사에서 현실성의 문제는 주요한 요소가 된다. 판타지에서 환상성과 현실성 사이의 긴장 관계는 현실세계와 환상세계 사이에서 나타나는 망설임으로 나타난다. 본고는 우리 아동문학에서 '전형적인 판타지'로 거론되는 이차세계 판타지 유형의 작품 분석을 통해 환상성과 현실성의 관계를 구체적으로 살펴보았다. 이차세계는 비교적 안정적으로 환상세계를 이끌어낼 수 있는 구조이긴 하지만, 환상세계를 통한 현실성의 문제를 유기적으로 구성해냈을 때만이 내적 리얼리티를 제대로 구현해낼 수 있다. 『기억을 가져온 아이』와 『영모가 사라졌다』에서 보듯이 이차세계의 경계 구분과 망설임은 환상세계에 현실성을 부여해줌으로써 내적 리얼리티를 구현해낸다. 이들 환상세계는 '보이지 않는, 비현실의 세계'를 통해 현실의 억압과 결핍을 해소하고 나아가 새로운 세계 인식을 통해 자아의 내적 성장을 보여준다. 그러나 환상성과 현실성이 유기적으로 구성되지 못할 경우 내적 리얼리티에 손상을 입게 되고, 궁극적으로는 현실 문제를 은폐하거나 왜곡시키기도 한다.

그런데 환상서사는 하나의 장르로 개념화되기보다는 여러 양식이 다양하게 나타나는 양상을 보이고 있다. 판타지의 역사가 깊은 서구의 경우 현대 판타지에 이르러 더욱 성인 코드에 근접하고, 시공간의 구성에 있어 점차 기존의 틀에서 벗어나는 추세다. 따라서 다양한 환상의 여러 유형에 대해 보다 폭넓은 관점에서 논의할 필요가 있다. 일례로 이오덕이 '허황되고 괴상한 이야기'로 비판하거나 원종찬이 '공상동화, 혹은 소원 성취 판타지'로 분류하는 채인선이나 임정자의 작품들의 경우 좀 더 세밀한 논의가 필요하다. 이들은 찬반이 엇갈리는 평가를 받고 있는 것이 사실이지만, 이는 환상의 장르적 속성을 어떻게 규정하느냐의 문제에서 비롯된다.

이오덕에 이어 원종찬은 앞에서 살펴본 바와 같이 '판타지'를 소설의 관점에서 바라본다. 즉, 장르적 측면에서 동화의 원리로 서술하느냐 소설의 원리로 서술하느냐가 판타지의 내적 질서를 좌우한다고 보고, 판타지에서 "현실의 인물이 환상을 비현실로 인식한다는 것은, 다른 게 아니라 근대 리얼리즘 소설의 원리에 의거해서 사건이 전개되는 것"[48]으로 규정한다. 따라서 채인선이나 임정자 류의 작품들을 이오덕의 입장에서는 현실성이 부족한 '되다 만 소설(또는 생활동화)'로 볼 수밖에 없고, 원종찬은 보다 우호적으로 평가하긴 해도 소설로서는 부족한, 사실동화의 범주에서는 벗어난 공상동화일 수밖에 없는 것이다. 그러나 판타지를 소설로(리얼리즘 양식으로) 규정하기에는 좀더 해명되어야 할 것들이 있다. 가령 『기억을 가져온 아이』나 『영모가 사라졌다』에서 이차세계를 소설적 세계로 볼 수 있느냐는 것이다. 불합리적이고 모순된 현실세계에 대한 반추로서의 이상세계, 비현실적 시간 흐름과 비약, 인간 본질의 문제를 환기시키는 세계 인식. 이러한 세계는 바로 낭만주의적 동화의 세계이기 때문이다. 따라서 엄밀히 말하자면, 두 세계의 경계를 구분하는 판타지는 소설의 원리를 따르는 현실세계와 동화의 원리를 따르는 환상세계가 상호 결합된 양식으로 보는 것이 타당할 것이다. 더욱이 현실에 대한 은유이자, 비판, 대안으로서의 환상세계는 작품의 주제의식이 표출되는 곳이다. 소설의 원리가 작품을 지배한다기보다는 동화의 원리가 작품의 중심적인 세계관일 수밖에 없다.

반면에 현실 속에 비현실적 요소가 혼합된 일차적 세계의 원리는 이와 다르게 나타난다. 동화이든 소설이든 단일한 구성 원리가 적용될 수 있을 것이다. 즉, 채인선이나 임정자의 환상동화가 동화의 원리를 따르고 있다면, 반대로 소설의 원리를 따르는 일차적 세계도 구성해낼 수 있

---

48 원종찬, 「판타지 창작의 현재」, 앞의 책, 65쪽.

을 것이다. 최근에 나온 「수선된 아이」나 「금이 간 거울」은 기존의 환상 서사와는 명백히 다른 점을 지니고 있다. 임정자의 「낙지가 보낸 선물」, 「어두운 계단에서 도깨비가」가 현실세계의 법칙에 지배받는 사실성보다는 환상적 요소를 통해 작품의 내적 진실성을 추구하는 동화의 세계를 보여주고 있다면, 「수선된 아이」나 「금이 간 거울」은 보다 소설의 원리에 충실하고 있다.

이렇게 다양한 유형을 보이는 작품들이 공통적으로 지니는 특성은 바로 환상성과 현실성 간의 긴장 관계를 통해 내적 리얼리티를 구현해내고 있다는 것이다. 이들은 현실로부터 벗어난 환상이 아니라 다양한 형태의 환상을 통해 현실의 억압과 결핍을 들추어내고 문화적 충격을 가한다. 환상문학은 세계 인식의 새로운 패러다임을 추구하고 있다. 앞으로 그러한 변화의 요구를 진지하게 고민하는 논의가 보다 심도 깊게 전개되기를 기대하면서 미흡하나마 여기서 글을 마친다.

공간 변형 모티프를 활용한 동화 창작

1. 환상과 공상 사이에서

'아동 판타지'[1]에 대한 논의가 활발해지면서 상대적으로 기존 동화의 환상성, 환상적 요소를 지닌 동화는 환상 논의에서 변방으로 밀려나 있는 듯하다. 판타지 장르의 인기에 부응한 측면이겠지만 판타지 장르는 물론 동화를 포함한 인접 장르의 특질에 대한 전반적인 고찰이 필요해 보인다. 대체로 "특정 작가에 의해 쓰여지며, 초자연적이거나 비현실적인 요소들을 포함하는, 보통 소설 길이의 픽션을 일컫는 용어"라고 규정한 1984년판『옥스퍼드 아동문학 사전』의 판타지(Fantasy) 장르 정의에 기초해서, 여기에 츠베탕 토도로프의 '망설임'과 톨킨의 '이차세계 창조'를 아동 판타지의 장르적 특성으로 수용하는 편이다. 하지만 이것만이 다는 아니다. 여기에서 벗어난 환상서사 역시 얼마든지 존재할 수 있다. 판타지 장르 중심의 환상 규정은 아동서사에서 환상문학의 폭을 협소화시키고, 제약하는 요인이 된다. 가령 마해송의 「바위나리와 아기별」

---

1 이 글에서는 아동문학에서의 '판타지'를 대중적 장르문학인 성인용 판타지소설과 구분하기 위해 '아동 판타지'로 지칭하기로 한다.

이후 현재까지 왕성하게 창작되고 있는 창작동화(특히 중단편동화)의 환상성은 판타지 범주에 끼어들 수 있는 여지조차 없다. 동화의 환상성에 대한 규명 또한 환상론의 또 다른 측면에서 논의되어야 할 필요가 있는 것이다.

동화에서 환상성은 문학으로서의 본질적이고 고유한 속성이다. 애니미즘적이고 물활론적인 사고에 토대를 두고 있는 동화의 환상성은 그 자체만으로도 이미 환상세계를 구축해내는 특성을 지니고 있다. 현실과 비현실이 교차되기도 하고, 초자연적인 시공간에서 비현실적인 사건이 빈번하게 일어나지만, 그 자체로서는 어떠한 놀라움이나 망설임도 유발하지 않는 경우가 많다. 아이들 역시 동화의 비현실세계를 그대로 받아들일 뿐 의문을 제기하지 않는다. 이러한 동화의 특성이 아동 판타지의 장르적 개념에 부합되지 않는 요소들 중 하나이며, 동화의 환상성이 공상으로 격하되는 근거가 되었다.[2]

아동 판타지에 대해 장르적 개념에서 접근하고 있는 마리아 니콜라예바는 현실과 마법의 두 세계 구조를 아동 판타지의 특성으로 규정하고 있다. 그는 요정담을 "하나의 세계에서 판타지 장르라는 틀 내의 모든 일이 가능해 동물이 말을 할 수 있거나 마법으로 소원이 이루어지"는 등 "초자연적 요소를 당연히 받아들이고 주인공은 그런 일에 결코 놀라지 않"기 때문에 판타지와 유사한 속성을 지녔으되, 판타지와는 다른 인접 장르로 본다.[3] 동화의 환상성이 전래동화나 서양의 요정 이야기류의 경이담과 발생론적으로 유사한 연관성을 지니고 있는 것은 사실이다. 그

---

[2] 기존의 환상적인 동화를 공상동화로 처음 명명한 것은 이오덕이다. 이오덕은 「아동문학과 서민성」(『시정신과 유희정신』, 창비, 1977)에서 판타지와 공상동화를 동일하게 바라보았으나, 이후 「판타지와 리얼리티」(『어린이를 지키는 문학』, 소년한길, 1984)에서는 판타지와 공상동화를 분리해낸다.

[3] Maria Nikolajeva, *THE MAGIC CODE: The use of magical patterns in fantasy for children*, ALMQVIST & WIKSELL INTERNATIONAL, 1988, 13쪽 참조.

러나 모든 동화의 환상성을 공상세계로 동일하게 간주할 수는 없다. 우리 동화문학이 설화의 영향 아래 태동되었음에도 불구하고, 이미 전래동화와 분화되어 창작동화라는 독자적인 특성을 지닌 현대적 장르로 변모해왔기 때문이다.

사실 아동 판타지에서 두 세계 구조는 어린이라는 독자 대상의 특수성에서 비롯된 것이다. 마리아 니콜라예바는 이를 교육주의와의 타협으로 보고 있는데, 환상을 꿈으로 설명하거나 마술사나 마술 도구와 같은 가시적 도구를 도입해 교육주의적 신뢰성의 문제를 해결했다고 말한다. 또한 두 세계 구조, 즉 일차적 세계(현실세계)와 이차적 세계(환상세계)의 경계와 통로 등의 합리적 요소들도 교육적 고려에 해당한다.[4] 이러한 방식은 일상과 비현실 사이에서 긴장(놀라움)을 자아내긴 하지만, 어린이 독자들이 놀라운 사건을 합리적으로 받아들이게 하는 기능을 지닌다. 서구에서는 이러한 패턴이 1950년대 초부터 서서히 바뀌기 시작했다. 즉 교육주의적 한계에서 벗어나려는 시도가 활발히 일어났다. "마술적 세계나 이차적 시간과 현실 사이의 경계가 허물어지고 심리적 깊이를 갖추게 되는 경향이 일반적"[5]인 추세가 되었다. 현실과 환상이 두 세계 간의 경계를 통해 구축되기보다는 현실 속에 비집고 들어온 비현실적 요소를 통해 자연스럽게 환상세계를 그려내게 된 것이다. 이는 아동 판타지가 점차 성인 코드의 환상으로 나아가고 있음을 보여준다.

이러한 추세에 비추어볼 때 기존 동화의 환상성을 굳이 '공상'으로 규정하고, 장르적으로 아동 판타지와 분리해 격하하는 것은 그다지 합리적인 방법은 아닌 듯하다.[6] 아동 판타지를 장르적 개념에서 규정할 때,

---

4 마리아 니콜라예바, 김서정 옮김, 『용의 아이들』, 문학과지성사, 1998, 111쪽 참조.
5 마리아 니콜라예바, 위의 책, 188쪽.
6 이오덕이 순수동화의 환상성을 판타지 장르와 구분하면서 '공상동화'로 명명한 것은 생활동화를 옹호하기 위한 방편에 지나지 않는다. 조태봉, 「환상동화의 세계 인식과 내적 리얼리티」, 『어린이책이야기』 창간호, 아동문학이론과창작연구회, 2008년 봄호, 61쪽 참조. 원종찬은 90년대

독자 대상의 차이, 작품 분량의 문제, 경계 구분 등에서 기존 동화와 차이가 드러나지만, 이러한 차이를 동화의 환상성과 판타지 장르 간의 질적인 차이로 볼 수는 없다. 장편 판타지이건 순수 환상동화이건 간에 환상은 더욱 복잡해진 현대사회에서의 삶의 양태로서 아이들의 현실 문제를 반영할 수밖에 없기 때문이다. 따라서 현대동화에서 환상은 현실세계와 긴장 관계를 이루며 더욱 확대된 형태로 나타난다. 따라서 비현실적 요소를 통해 현실의 결핍과 억압을 드러내는 현대동화에서 현실성은 환상성 못지않게 중요한 창작 원리로 작용한다. 비교적 최근작인 김영혜의 「수선된 아이」나 방미진의 「금이 간 거울」과 「기다란 머리카락」, 임태희의 「내 꿈은 토끼」 등의 작품은 동화에서의 환상 구현 방법이 새롭게 변모하고 있음을 보여준다. 성인 코드의 환상처럼 괴기스러운 환영이 현실 속에 출몰하기도 하고, 모순된 사회 구조 속에서 억눌린 욕망이 변신이라는 환상기제를 통해 분출되기도 한다. 더욱이 이들은 현대동화에서 두드러지게 나타나는 경향인 동화와 아동소설의 장르 혼합을 통해 현실성과 환상성이 보다 긴밀하게 결합된 세계를 구현해내며, 기존의 의인동화의 환상성이나 시적 환상에서보다 산문 정신이 더욱 강화되는 특성을 보여주고 있다.

본고는 이러한 최근 동화에 나타나고 있는 환상의 새로운 구현 방법의 하나로써, 현실 공간이 환상 공간으로 변형되면서 일어나는 환상세계의 구축에 주목하고자 한다. 이러한 공간 변형을 '공간 변형 모티프'로 규정하고, 일차적 세계 속에 비현실적 공간이 내재되어 있는 환상동화에서의 공간적 의미를 짚어볼 것이다. 여기에서는 모리스 샌닥의 『괴물들이 사는 나라』(Where the Wild Things Are, 1963, 강무홍 옮김, 시공주니어, 2002)

채인선, 임정자, 김옥 등의 작품과 김리리, 임태희 등의 최근 작품을 '소원 성취 판타지'로 규정하면서도 '공상동화'의 범주에 포함시키고 있다. 원종찬, 「판타지 창작의 현재」, 『창비어린이』 19호, 창비, 2007년 겨울호, 66~69쪽 참조.

와 김기정의 「두껍 선생님」(『수선된 아이』, 푸른책들, 2007)을 논의의 대상으로 삼을 것이다.

2. 이차세계와 공간 변형

아동 판타지에서 시공간은 매우 중요한 의미를 지닌다. 물론 모든 문학 장르에서 시간과 공간의 구성이 독특한 장르적 특성을 드러내는 요소[7]이긴 하지만, 아동 판타지에서 시공간은 다른 장르에 비해 더욱 두드러진 특징을 지니고 있다. 이는 시간과 공간의 구성이 환상세계를 드러내는 결정적인 요소이기 때문이다.

톨킨이 이차세계의 창조를 판타지의 관건으로 본 반면, 아동 판타지는 대체로 현실세계와 환상세계 간의 유기적인 결합으로 이루어지는 경우가 많다. 이러한 양식은 현실의 시공간을 살고 있는 인물이 어떤 계기를 통해 다른 세계의 시공간, 즉 비현실적인 마법의 세계를 경험하는 '이차적 세계 판타지'에서 두드러지게 나타난다. 이때 환상세계는 현실과 대비를 이루면서 현실적 관계와 문제를 반추해내 자아의 정신적 고양이 이루어지는 계기로 작용한다. 이러한 시공간의 구성에서 일차세계와 이차세계의 경계 구분은 환상세계에 대한 현실적 설득력을 가져오는 요소다. 대부분의 아동 판타지에서 다른 세계로 들어가는 통로를 설정함으로써 현실과 환상세계 간의 설득력 있는 결합을 이루어내는 것이다. 또한 환상세계에서의 시간은 현실의 '사실적 시간'과는 다른 개념으로 작용한다. 이차적 시간의 흐름은 현실의 시간 흐름과 다를 뿐 아니라 사실

---

[7] 바흐친의 장르 카테고리에서 시공간 개념을 도출해내고 있는 마리아 니콜라예바는 "시공간의 특수한 양식은 어떤 특정 장르에 독특하게 나타난다"고 말하고 있다. 마리아 니콜라예바, 『용의 아이들』, 앞의 책, 184쪽.

적 시간(일차적 시간)을 처음 이차세계로 들어갈 때의 시간 그대로 멈추어 둠으로써 이차적 세계의 환상성을 강화시키고 현실성을 확보하게 해준 다. 이러한 '시간의 뒤틀림(time distortion)' 대신에 사실적 시간과 이차적 시간을 동일하게 설정할 경우 때로는 환상세계가 현실성을 잃고 공상으 로 전락하기도 한다.

김려령의 『기억을 가져온 아이』에서 주인공이 이차적 세계에 가 있는 동안 현실의 사실적 시간이 '한 달'이나 지난 것으로 설정함으로써 다른 세계를 실제로 존재하는 세계로 인정하게 된다. 즉, 이차세계를 실재하 는 현실적 시공간으로 인식하게 함으로써 두 세계 간의 경계를 무화시 키게 되어 이차세계를 공상의 차원으로 전락시켜 버린다. 시간의 뒤틀 림은 독자나 등장인물로 하여금 '그 세계가 정말 존재하는 건지 아닌지' 를 망설이게 함으로써 환상성을 강화하는 요소이기 때문이다.

이처럼 이차세계의 시공간은 마법의 통로와 시간의 뒤틀림이라는 패 턴화된 도구를 통해 구축되는 초월적이며, 우월적인 세계다. 실재적인 현실세계 너머의 어딘가에 있을 법한 비실재적 세계로 가시화된다. 그 러나 서구의 아동 판타지에서 '이차적 세계 판타지'는 하나의 고전적인 유형에 속한다. 판타지 역사에서 현재에 가까워질수록 "현실과 마술 세 계는 겹쳐 있고, 불분명하고, 유동적이다. 현실과 마술 세계 혹은 서로 다른 시간대를 연결하는 통로는 언급되지도 않고 보이지 않는 경우가 많아졌다."[8] 아동 판타지가 심리적 깊이를 심화해가면서 성인 코드의 환 상으로 나아가는 경향을 보이고 있는 것이다. 그러나 우리의 창작 현실 에서 아동 판타지 장르로 분류되는 작품 중에서는 아직 이러한 경향이 나타나지는 않고 있다. 아동 판타지로 주목받는 작품은 이차적 세계(두 세계 구조)를 다룬 장편 판타지가 주종을 이루고 있는 실정이다. 오히려

---

8 마리아 니콜라예바, 위의 책, 112쪽.

단편 환상동화에서 심리적 깊이를 갖춘 새로운 경향의 작품이 먼저 나타나고 있다. 김영혜의 「수선된 아이」나 방미진의 「금이 간 거울」 등에서 보이는 바와 같이 파편화된 환상적 기제들이 현실 공간 속에서 부지불식간에 환영처럼 출몰함으로써 모순된 사회 구조 속에 억눌린 욕망의 분출을 극대화시키고 있다. 여기서는 실재적인 것과 비실재적인 요소들이 뒤섞여 있기 때문에 환상세계로 들어가는 어떠한 통로도 필요하지 않다. 현실 공간이 곧 환상적 사건이 벌어지는 공간이며, 환상세계는 "현실 이면에 감춰진 틈새적 공간"[9]이기 때문이다. 이때 환상 공간은 초월적인 세계라기보다는 개인의 심리적 차원에서 기원하는 억압된 자아의 발현으로 나타난다.

공간 변형 모티프를 활용한 환상세계 또한 새로운 경향의 환상들처럼 심리적 특성을 강하게 드러낸다. 그러나 현실 공간 속에서 파편화된 환상적 기제들이 출몰하는 유형과는 달리 현실 공간이 어떤 계기를 통해 환상 공간으로 변형되면서 이차세계와 유사한 시공간이 출현하는 특성을 보인다. 모리스 샌닥의 『괴물들이 사는 나라』는 이러한 공간 변형 모티프가 어떤 방식으로 환상 공간을 현실로 이끌어내는지를 잘 보여주고 있다. 이 작품에서는 어느 날 밤 늑대놀이를 하면서 소란을 피우다가 방에 갇힌 아이, 맥스가 등장한다. "이 괴물딱지 같은 녀석!" 하고 소리치는 엄마에게 "그럼, 내가 엄마를 잡아먹어 버릴 거야!" 하고 대들었기 때문이다. 그러나 방에 갇힌 맥스의 억압된 심리적 욕구가 환상 공간을 만들어내고, 괴물들이 사는 나라에서 괴물들과 신나게 놀다가 현실로 돌아오게 된다.

이때 괴물들이 사는 나라는 바로 공간 변형을 통해 이루어진 환상세계다. 방에 갇힌 "바로 그 날 밤에 맥스의 방에선 나무와 풀이 자라기 시

---

9 심진경, 「환상문학 소론」, 서강여성문학연구회 저, 『한국문학과 환상성』, 예림기획, 2001, 23쪽.

작했"고, "나무와 풀은 자꾸자꾸 자라났고", "나뭇가지가 천장까지 뻗"치고, "이제 맥스의 방은 세상 전체가 되"는 공간 변형이 일어나게 된다. 이러한 환상적 공간 변형을 통해 '갇힌 방'이라는 억압기제를 풀어버린 맥스는 배를 타고 일 년쯤 항해한 끝에 괴물 나라에 도착한다. 맥스는 마법을 써서 괴물들을 제압하고 괴물 나라의 왕이 되어 '괴물 소동'을 벌이며 신나게 논다. 그런데 이 괴물 나라의 환상 경험은 맥스가 자신을 되돌아보고 엄마를 이해하게 되는 계기로써 의미를 지닌다. '괴물 소동'이 싫증난 맥스는 엄마가 자신에게 했듯이 "저녁도 안 먹이고 괴물들을 잠자리로 쫓아버"리는 행위를 통해 엄마를 환기해낸다. "자기를 사랑해주는 사람이" 그리워진 것이다. 결국 맥스는 울부짖는 괴물들을 뒤로한 채 현실로 되돌아온다. 이때 괴물들이 제발 가지 말라면서 맥스 자신이 엄마에게 했던 말을 "가면 잡아먹어 버릴 테야"라고 다시 되풀이함으로써 환상을 통한 맥스의 심리적 치유를 보여준다. 즉, 현실에서의 엄마와 맥스의 관계가 맥스와 괴물의 관계로 대비되면서 현실 문제가 심리적으로 해소되는 것이다.

또한 이 작품은 '시간의 뒤틀림' 현상을 통해 환상 공간에 대한 현실적 설득력을 확보하고자 하는 이차적 세계 판타지의 특성을 공유하고 있다. 즉, 맥스가 그날 밤 배를 타고 "꼬박 일 년쯤 항해한 끝에 괴물 나라에 도착"한 후 신나게 놀다가 다시 "일 년을 거슬러 오르고 석 달, 두 달, 한 달을 거슬러 오르고 하루를 거슬러 오르면서 항해를" 한 끝에 그날 밤 제 방으로 돌아온다. 그러자 "저녁밥이 맥스를 기다리고" 있었고 "저녁밥은 아직도 따뜻했어"라고 하면서 맥스의 환상 여행은 끝을 맺는다. 이렇게 사실적 시간과는 다른 시간의 흐름은 현실 공간의 회복과 맥스의 귀환을 안전하게 이끌어주는 역할을 한다. 이를 통해 어린 독자들 또한 심리적 안정감을 갖게 될 것이다.

이처럼 공간 변형 모티프는 이차적 세계 판타지와 유사한 시공간의 구조를 보이지만 다른 세계의 시공간으로 들어가는 통로와 같은 마법적인 도구를 설정하지는 않는다. 어떤 심리적 작용에 의해 현실 공간 자체가 환상 공간으로 변형됨으로써 자아는 놀라운 경험을 하게 된다. 이는 억압된 심리적 상태를 공간의 변형을 통해 보다 직접적으로 드러내는 방식이라고 볼 수 있다. 여기서 환상세계는 "현실 너머에나 있음직한 비현실적이고 초월적인 세계라기보다는 오히려 현실세계의 찢겨진 틈 혹은 현실 이면에 감추어진 세계"[10]가 공간 변형이라는 방식을 통해 현실 속에 모습을 드러내는 것이다.

3. 마법적 상상력과 공간 변형

공간 변형 모티프는 앞에서 살펴본 바와 같이, 현실 공간이 이차세계와 유사한 비실재적 환상세계로 변형됨으로써 현실의 억압적 요소를 해소해나가는 환상기제라고 할 수 있다. 현대 아동 판타지는 일차세계와 이차세계 간의 경계 구분이 불분명해지고 유동적으로 된다는 특성에 의해 두 세계가 동시에 존재하거나 더욱 많은 차원의 공간이 등장하는 등 시공간이 더욱 다양해질 가능성이 있다.[11] 공간 변형 모티프는 현실 공간과 비실재적 환상 공간 사이의 간격을 극소화시킨다는 점에서 환상의 현대적 추세로 볼 수 있다. 모리스 샌닥의 『괴물들이 사는 나라』에서 보듯이 다른 세계로 들어가는 통로와 같은 '거리감'은 불필요해 보인다. 현실 공간 자체가 환상 공간이 되는 구조다. 이때 공간 변형은 다분히 심리적인 영향에 의해 일어나며, 또한 마법적 성격이 강하게 드러난다.

김기정의 「두껍 선생님」은 이러한 공간 변형 모티프의 마법적 성격이

---

10 심진경, 위의 글, 28쪽.
11 마리아 니콜라예바, 『용의 아이들』, 앞의 책, 188쪽 참조.

잘 나타난 작품이다. 이 동화는 소심한 성격을 지닌 이검지가 담임 선생님이 바뀌게 되면서 느끼는 학교 생활에 대한 두려움을 (공간 변형의) 환상 공간을 통해 해소하는 이야기다. 여기서 공간 변형은 두꺼비의 신통력으로 이루어진다. 이 두꺼비는 "참말로 선상님이 한번 되고" 싶어 하는 '金두껍'이라는 이름의 두꺼비이며, 마법적인 존재로 설정되어 있다.

두꺼비는 고전소설 「두껍전」이나 민담 「은혜 갚은 두꺼비」 등에 자주 등장하는 소재다. 민담에 등장하는 동식물들이 변신술에 능하고 신비로운 재주를 지녔다는 점에서 「두껍 선생님」은 마법적이면서도 설화적인 면모를 지니고 있다. 두껍 선생님으로 변신한 金두껍의 우스꽝스런 모습과 사투리 섞인 말투의 해학적이고 풍자적인 분위기가 흥미 본위의 민담처럼 재미를 자아내고 있다. 또한 지문 없이 대화체로만 이어지는 검지와 金두껍의 해학적인 대화는 문헌설화로 정착되기 이전의 구비전승 상태의 구연 형식을 닮아 있다. 더욱이 金두껍이 선생님을 해보려 하는 이유가 검지의 소원을 들어주기 위해서라는 점은 민담에서 흔히 보이는 이야기의 동기 부여 방식이며, 이를 위해 金두껍이 '원조자'[12]로서의 행동 역할을 맡게 된다. 즉, 임신을 해서 휴직해야 하는 담임 선생님 대신 새 선생님이 온다는 말을 들은 검지는 '새 선생님이 날 안 좋아하면 어쩌지' 하는 걱정을 한다. 학교에서 돌아오는 길에 늪가로 온 검지는 "늪에다 대고" 걱정거리를 털어놓았다. 그런데 그 늪에 살고 있는 金두껍이 검지의 말을 소원으로 알아듣게 된다. 그래서 그는 검지를 혼내지도 않고, 어려운 문제는 시키지도 않고, 검지만 예뻐해주는 것이 검지의 소원을 들어주는 것이라고 생각하고는 선생님이 되기로 자처한 것이다.

金두껍은 다음 날 검지네 학교 선생님 모두를 두꺼비들에게 시달리게 해서 출근을 못 하게 만든다. 그리고는 서른 마리의 두꺼비가 선생님으

---

12 블라디미르 프로프, 유영대 역, 『민담형태론』, 새문사, 1987, 82~83쪽 참조.

로 변신해서 학교로 간다. 궁지에 몰린 교장 선생님을 설득해 진짜 선생님들이 올 때까지 아이들을 가르치기로 한다. 이제 두껍 선생님은 아이들에게 무엇을 가르칠까?

"이게 책이란 건감?"
선생님은 교과서를 한번 보고는 눈만 꿈쩍꿈쩍했어요.
"히야, 엄청 어렵구망? 이렁 걸 배우는감? 정말 대단하다잉?"
아이들은 서로 얼굴만 쳐다보며 또 웃었어요.
"히야, 이 어려운 걸 워찌 갤칠까잉?"

—「두껍 선생님」, 25~26쪽

두껍 선생님은 얼굴이 빨개지고 식은땀을 흘릴 정도로 당황한다. 애초에 "학교에서 글자도 배우고 셈도 배우는데, 너 알기나 하니?" 하고 묻는 검지에게 "머리 아프게 그렁 건 무엇 하러 배우는겨?"라고 되물었던 金두껍이다 보니 그럴 만도 하다. 그는 파리 잡는 법만 알면 죽을 때까지 배 안 곯고 잘 먹고 잘 산다고 믿는 두꺼비다. 따라서 교실에 들어온 두껍 선생님은 교육 현실에 대한 풍자로 읽힌다. 마음껏 놀고, 한창 꿈을 키워갈 어린 시절에 성적을 고민해야 하는 이 시대 아이들의 현실을 빗대어 우스꽝스런 포즈로 드러내는 것이다. 결국 두껍 선생님은 아이들이 재미있고 신나게 놀 수 있도록 해줄 수밖에 없다.

"이런 날 우리 늪은 신이 나능 거이당."
선생님 말이 떨어지기가 무섭게 아이들 눈이 더 커졌습니다. 그러자 아주 이상한 일이 벌어졌어요. 연필에서 싹이 돋아나기 시작했거든요. 책상에는 풀빛 이끼가 끼었고, 교실 바닥은 찰방찰방 물이 찼으며, 교실 벽에는 넝쿨이 뻗어갔답니다.

검지는 깜짝 놀라 둘레를 돌아보았어요. 그랬더니 아이들이 하나둘씩 점점 바뀌어 가는 게 보였어요. 팔뚝만한 메기가 되기도 했고, 펄쩍 뛰는 개구리, 물 위를 사뿐거리는 물방개, 하늘거리는 잠자리, 몇몇 아이들은 손에서 이파리가 돋더니 이내 커다란 나무가 되기도 했어요.

―「두껍 선생님」, 27~28쪽

바로 마법의 힘을 발휘해 교실을 커다란 늪으로 공간 변형 시키는 것이다. 그리고 아이들도 새나 나무, 잠자리 등으로 변신하게 된다. 그런데 다른 아이들과는 달리 검지에게는 아무런 변화도 일어나지 않았다. 이는 검지가 새 선생님에 대한 두려움을 떨쳐내지 못하고 있음을 상징한다. 이전의 담임 선생님도 만난 지 "백 일째 되는 날" 자신의 장점을 알아보는 걸 확인하고서야 친해지기 시작한 검지다. 두껍 선생님도 "선생님은 내가 싫은 거지요?"라며 눈물을 글썽이는 검지에게 "노래 잘하는 새가 니 몫인갑다!"라고 검지가 잘할 수 있는 적합한 역할을 부여해주었다. 그제야 검지는 "어깻죽지가 간질간질하더니 샛노랗고 예쁜 날개가 돋"아난 샛노란 꾀꼬리가 되어 교실 안을 날아다니기 시작했다. 늪이 된 교실에서 두껍 선생님과 아이들은 자연의 일부가 되어 한바탕 신나게 놀면서 원초적이고 본원적인 생명력을 체험하게 된다.

그런데 이 작품의 특이한 점은 짧은 단편 속에서 여러 차원의 공간이 함께 존재한다는 것이다. 즉, 일차적 세계는 두꺼비를 처음 만난 검지가 두꺼비를 학교까지 데리고 간 현실 공간이고, 이차적 세계는 '말하는 두꺼비'와 두껍 선생님으로 변신한 설화적 공간, 삼차적 세계는 공간 변형이 일어난 환상 공간으로 이루어져 있다. 이러한 복합적인 구성임에도 불구하고, 이 작품은 각 차원에 따른 공간의 특성을 잘 살리고 있다. 가령 설화적 공간에서의 비현실적 요소들은 아무런 놀라움 없이 당연한 것으로 받아들이도록 한 반면, 환상 공간에서는 놀라움이 수반되도록 구성한 것이다. 즉 공간 변형이 일어나려는 순간, 아이들은 "점점 야릇한 기분에 휩싸"이고, "눈이 더 커"지고, "검지는 깜짝 놀라 둘레를 돌아보"는 놀라움을 견지한다. 결말 부분에서 교장 선생님의 출현으로 환상 공간이 사라졌을 때 역시 아이들은 "어안이 벙벙해져서 멀뚱멀뚱 쳐다만" 볼 뿐이었고, 교장 선생님으로 하여금 교실에서 "풋풋하고 비릿한 내음"을 맡게 하고, 교탁 위에 "연꽃 이파리가 점점이 떨어져 있"는 흔적을 남김으로써 독자로 하여금 환상 공간에 대한 진위 여부를 망설이게 한다. 게다가 뒤늦게 학교로 달려온 진짜 선생님들은 학교에서 일어난 비현실적인 변화를 목격하고는 놀라서 "입을 다물지 못"하지만, 벼락이 치는 것과 동시에 학교는 현실세계로 돌아온다. 그리고 마지막에 金두껍이 자신의 집인 늪 앞에 세워놓은 푯말은 이야기의 허구적인 그럴듯함을 강조하는 민담의 결말 구성과 유사한 기능을 하고 있다.

이렇듯 「두껍 선생님」은 설화적 공간과 환상적 공간이 혼합된 복합 구성을 보인다. 이는 앞에서 언급하였듯이 한 작품 안에 많은 차원의 공간이 등장해서 시공간이 더욱 다양해질 수 있음을 보여주는 사례라고 할 수 있다.

4. 동화의 환상적 사유를 위하여

동화에서의 환상은 본질적인 속성 중 하나다. 이는 동화가 설화에 뿌리를 두고 발전해온 역사적 맥락에서 기원한다. 물론 경이담의 속성을 지닌 전래동화와는 이미 오래전에 분화됨으로써 독자적인 현대적 장르로 자리매김되었다. 그러나 최근 서구의 아동 판타지를 하나의 장르 개념으로 도입하면서 기존의 환상적인 동화와의 관계 설정 및 장르적 규정에 혼선을 빚게 되었다. 이는 서구에서 아동 판타지가 출현하게 된 역사적 과정과 우리 현실 사이의 차이에서 비롯된 것이라 여겨진다. 서구에서는 '요정담(fairy tale)과 메르헨'에서 '문학요정담(literary fairy tale)과 쿤스트메르헨'으로, 그리고 여기에서 아동 판타지 장르로 자연스럽게 발전되어 나왔다. 그러나 우리의 경우는 역사적 특수성에 의해 그러한 발전 과정을 거칠 수는 없었다. 동화가 설화에 뿌리를 두고 있다고는 하지만 외래적인 요소와 뒤섞인 채 형성되었고, 발전 과정 또한 순탄치만은 않았다. 설화를 개작한 전래동화와 창작된 환상동화가 공존하면서 동화 개념의 혼란을 야기했고, 여기에 아동소설의 아류라 할 수 있는 생활동화가 추가되면서 환상동화와 생활동화를 함께 아우르는 창작동화라는 불완전한 명칭이 생겨나게 된다.

우리 토양에서 아동 판타지가 태동되거나, 또는 서구 아동 판타지를 수용할 때 당연히 환상동화가 그 토대가 되었어야 할 것이다. 그러나 왜곡된 사회 역사적 배경 속에서 생활동화를 주요 동화 양식으로 우선시하면서 환상동화는 공상동화로 의미가 축소, 굴절되어야만 했다. 이러한 토대 위에 최근 서구에서 유입되기 시작한 아동 판타지는 기존의 환상동화와는 장르적으로 별개의 영역으로 인식되면서 환상적인 아동서사의 중심적인 장르가 되었다. 그러나 동화(환상동화)와 아동 판타지의 개념이 명확하고 합리적으로 정립된 상태가 아니라는 것이 문제다. 두 장르 간의 개념 규정이 불균형적이고 불분명한 탓에 아동서사에서의 환상 개념을 작품에 적용할 때 상당한 혼란이 야기되고 있다. 환상성을 지니고 있음에도 불구하고 아동 판타지의 협소한 장르적 개념에 적합하지 않는 동화(환상동화)를 단순히 공상으로 치부하고 마는 오류를 범하게 되는 것이다. 즉, 우리 창작동화에서 다수를 차지하고 있는 우의적이거나 시적인 환상동화를 환상의 범주에서 제외시키게 된다. 따라서 환상적인 아동서사에 대한 객관적이고 합리적인 개념 규정을 위해서는 동화의 환상성과 아동 판타지에 두루 적용시킬 수 있는 환상 개념의 새로운 정립이 필요하다. 아동서사에서의 환상을 몇몇 조건에 맞는 패턴화된 부류에 적용하는 좁은 의미의 판타지 장르로 한정할 것이 아니라 환상동화든 아동 판타지든 간에 문학의 본질적인 측면의 하나로써 환상의 의미가 규정되어야 한다. 이러한 의미에서 시와 알레고리도 환상문학의 범주에 포함시키는 아나 바레네체아와 트리스틴 브룩-로스의 견해는 시사하는 바가 크다.

더욱이 현대 아동 판타지에서 전통적인 두 세계의 경계 구분이 완화되면서 심리적 깊이를 더해가고 있다는 점은 패턴화된 공간 구성에서 보다 자유로워지고 있음을 의미한다. 반면에 우리 동화는 아동소설과의 장르혼합에 의해 산문 정신이 강화되고, 심리적 측면이 강한 환상의 구현을 통해 현실성을 더욱 명료하게 드러냄으로써, 보다 현대적인 환상 서사에 근접해가고 있다. 이는 아동 판타지와 환상동화가 환상이라는 기제를 통해 아이들의 삶과 현실을 반추해내는 문학 장르로 접목되고 있음을 보여준다. 단지 환상서사의 다양한 양식(mode)들 중 하나로서의 차이를 지닐 뿐이다. 이런 의미에서 공간 변형 모티프는 단편 환상동화에서 현대적인 환상이 어떻게 구현될 수 있는지, 그리고 두 세계, 또는 그 이상의 세계가 구현되는 방식을 구체적으로 보여주고 있다.

앞으로 아동 판타지는 물론 동화의 환상성은 현실의 토대 위에서 긴장 관계를 이루며 더욱 다양한 형태의 환상문학으로 발전해갈 것이다. 이에 동화와 아동 판타지에 관한 보다 적합한 이론적 갈무리가 다른 무엇보다도 시급하고, 또한 절실하게 요구된다.

보이지 않는 세계의 시공간들

1. 문제는 시공간이다

우리 아동서사에서 판타지가 논의되기 시작한 것은 그리 오래전 일이 아니다. 불과 몇 년 전만 해도 판타지라는 말은 성인용 장르문학의 전유물이었을 뿐 아동문학에서는 언급조차 제대로 이루어지지 않았다. 간혹 환상 기법을 도입했다고 하는 작품들조차 판타지 범주에 부합되기보다는 동화의 본래적 속성인 환상성의 수준에 머무는 정도였다. 현재로서도 판타지 창작이 흡족할 정도로 활성화되었다고 볼 수는 없다. 하지만 이제 우리도 판타지로 거론할 만한 몇몇 작품을 갖게 되었고, 판타지의 장르적 특성에 대한 논의 또한 많은 진전을 이루어온 게 사실이다. 이러한 마당에 판타지 작품을 이루고 있는 무대, 즉 배경에 대한 논의는 판타지의 본질적인 특성을 살펴보는 좋은 계기가 될 것이다.

일반적으로 판타지의 세계는 현실과는 '다른 세계', 즉 우리 눈에 '보이지 않는 세계, 초현실적 세계'에 기초한다. 물론 판타지의 내적 리얼리티가 현실 배경에 토대를 둔 환상성과 현실성의 긴장 관계 속에서 구축되는 것이지만, 비가시적인 세계를 구체화하는 데 주력한다는 점에서 판타지의 장르적 특성이 드러나게 된다. 따라서 신비로운 여행과 모험이 펼쳐지는 환상세계가 판타지의 주 무대가 되며, 이는 보이지 않는 세계를 가시화하는 '현실과는 다른 세계'로서의 시공간을 통해 구축된다. 이러한 면에서 볼 때 판타지가 지니고 있는 여러 자질들 중에서 시공간은 가장 본질적인 측면이라고 할 수 있다. 바흐친의 장르 카테고리에서 시공간 개념을 도출해낸 마리아 니콜라예바가 "시공간의 특수한 양식은 어떤 특정 장르에 독특하게 나타난다"[1]고 하였듯이 모든 문학 장르에서 시공간의 구성은 독특한 장르적 특성을 드러내는 요소다. 문학작품은 저마다 독특한 하나의 시공간을 형성하면서 실재적 대상을 구축해내는 유기적인 구조물이다. 시공간은 허구적인 이야기에 실재성을 부여하며, 인물의 행동과 플롯의 전개가 가능하도록 하는 장(場)으로서 특별한 의미를 지닌다. 물론 작품 속의 시공간은 현실 그대로의 실재는 아니며, 작가 개인의 경험을 통해 내면화된 체험과 이에 대한 주관적 해석에 의해 변형된 시공간이다. 따라서 작품의 시공간 구조는 작가의 세계관에 기초해 구축될 수밖에 없다.

시공간의 이러한 특성은 다른 장르에 비해 판타지에서 더욱 두드러지게 나타난다. 이는 판타지에서 시간과 공간의 결합이 아주 중요하고, 시공간의 구성에 따라 환상세계의 특성이 결정되기 때문이다. 보이지 않는 세계, 초현실적 세계를 하나의, 또는 하나 이상의 특별한 시공간으로 가시화함으로써 구축되는 환상 공간은 사실적인 아동소설의 시공간에 비해 훨씬 복합적인 성격을 띤다. 또한 환상 공간은 현실의 결핍과 모순에 대한 반성적 세계 인식에 기초한다는 점에서 작가의 세계관이 총 집약된 구조물이라고 할 수 있다. 즉, "판타지에서 이차세계는 그 세계에 관한 특정 작가의 세계관이 투영된 것이다. 또한 창조적인 상상력에서

---

1 마리아 니콜라예바, 김서정 옮김, 『용의 아이들』, 문학과지성사, 1998, 184쪽.

나온 산물이고 바로 신념의 문제다."[2]

마리아 니콜라예바는『The Magic Code』에서 일차세계와 이차세계의 관계에 따라 판타지의 시공간을 '닫힌 이차세계(closed world), 열린 이차세계(open world), 암시된 이차세계(implied world)'로 분류하고 있다. 여기서 '닫힌 이차세계'는 톨킨의『반지의 제왕』처럼 일차세계와 관계없는 별도의 이차세계로만 구성된 시공간으로 하이 판타지(High Fantasy)와 동일한 개념이다. '열린 이차세계'는 우리에게 익숙한 시공간으로서 한 작품 안에 일차세계와 이차세계가 동시에 나타나는 유형이다. 마지막으로 '암시된 이차세계'는 작품에 이차세계가 나타나지는 않지만 어떤 식으로든 일차세계에 개입되는 유형으로 로우 판타지(Low Fantasy)와 유사하다. 이러한 분류는 판타지의 시공간을 일·이차세계의 구성 방식에 따라 규정함으로써 판타지의 유형을 어느 정도 패턴화시킬 소지가 있긴 하다. 그러나 세계 간 경계 구성에 따라 드러나는 판타지의 성격을 명료히 하고, 판타지의 본질적인 속성으로 시공간을 다룬다는 점은 주목할 만하다. 물론 판타지의 영역은 이보다 훨씬 더 넓을 것이다. 판타지의 전통이 깊은 서구에서는 1950년대 이후 현대 판타지에 이르러 두 세계 간 경계가 모호해지는 경향이 두드러지게 나타나면서 더욱 다양하고 다차원적인 시공간을 보여주고 있기 때문이다.

아직은 판타지 작품이 빈약한 우리 아동문학 현실에서 판타지의 다양한 시공간을 두루 찾아볼 수는 없다. 서구에서 흔히 볼 수 있는 '닫힌 이차세계'나 '암시된 이차세계' 판타지는 우리에게 생소한 영역이다. 그동안 우리가 염두에 두었던 판타지는 두 세계 간 경계가 확실한 '열린 이차세계' 판타지일 것이다. 물론 전통적인 유형과는 달리 현실과 비현실 간의 경계가 모호한 유형의 작품도 나타나고 있다. 하지만 과연 이들 작

---

2 Maria Nikolajeva, THE MAGIC CODE: The use of magical patterns in fantasy for children, ALMQVIST & WIKSELL INTERNATIONAL, 1988, 35쪽.

품들이 판타지의 본질적인 속성을 적절하게 구현해내고 있는지에 대해서는 좀더 꼼꼼히 따져볼 일이다. 이는 판타지 장르가 아이들의 현실과 상상의 세계를 동시에 충족시켜 줄 수 있는 문학으로 더욱 깊어지고 폭넓게 성장해가기 위해서는 반드시 짚고 넘어가야 할 문제이기 때문이다. 따라서 이들 작품이 구현해내고 있는 시공간에 대한 분석을 통해 아동 판타지의 문학적 본질을 드러내고 창작의 성과를 가늠해볼 수 있을 것이다.

2. 낯선 시공간을 넘나드는 아이들

아동 판타지에서 가장 보편적인 유형인 '열린 이차세계' 판타지는 현실세계와 환상세계의 유기적인 결합을 통해 독특한 시공간을 구성해낸다. 일반적으로는 일차세계와 이차세계라는 두 세계로 이루어지지만, 서구의 판타지에서는 더 나아가 '삼차' '사차' 혹은 그 이상의 다차원적 세계를 보여주기도 한다. 이러한 이차세계, 혹은 다차원적 시공간은 판타지의 성격을 드러내는 중요한 요소다. 비현실적인 마법의 세계를 보여주는 이차세계는 현실세계와 대비를 이루면서 현실적 관계와 문제를 반추해내 재구성함으로써, 자아의 고양이 이루어지는 공간이기 때문이다.

1938년 톨킨이 〈요정 이야기〉라는 강연에서 처음 사용한 용어인 '이차세계'는 그 뒤 변용 과정을 거치면서 판타지의 특성을 일컫는 대명사가 되었다. 그의 이차세계는 '현실 밖의 세계'라는 점에서 '현실 안의 또다른 세계'를 뜻하는 열린 이차세계 판타지의 이차세계와는 다른 시공간적 의미를 지니고 있다. 즉, 두 세계를 지닌 판타지에서는 일차세계의 인물(혹은 독자)이 낯선 시공간인 이차세계를 넘나드는 새로운 여행과 모험을 경험하면서 성장해가는 반면, 이차세계만으로 이루어진 판타지는 현실의 은유로 빚어진 닫힌 세계를 일차세계에 있는 독자가 들여다보는 구조이다. 이때 일차세계는 텍스트의 바깥에 존재할 수밖에 없다.

'플로라'라는 행성을 배경으로 펼쳐지는 모험담인 오진원의 『플로라의 비밀』(문학과지성사, 2007)이 바로 후자의 닫힌 세계를 시공간으로 하고 있다. 세 아이가 플로라의 위기를 해결하기 위해 여행에 나서면서 겪게 되는 모험은 오직 이차세계라는 시공간의 틀 안에서만 의미가 있을 뿐 일차세계와는 아무런 연관이 없다. 사실 우리는 플로라가 어디에 있는 행성인지 알지 못한다. 우리의 힘으로는 도달할 수 없는 머나먼 행성들 중 하나일지도 모르며, 시간 또한 일차세계와 동일하지 않다. 그럼에도 불구하고 우리는 그 세계를 이해할 수 있고, 파악할 수 있다. 이는 나름의 법칙을 지니고 있는 행성의 시공간이 텍스트 밖의 일차세계에 대한 은유로서 존재하는 세계이고, 우리가 창밖을 바라보며 풍경을 감상하듯이 그 세계의 내적 리얼리티를 그대로 받아들이기 때문이다.

반면에 두 세계 구조를 지닌 판타지에서의 이차세계는 일차세계와 연관성을 지닌 시공간으로 서로 독립적이면서도 상호 교섭적인 성격을 지니고 있다. 이 유형은 루이스 캐럴의 『이상한 나라의 앨리스』 이후 가장 보편적인 양식으로 자리잡은 판타지로서, 현실과 환상이 유기적으로 결합된 시공간을 통해 안정적인 서사 구성을 보여준다. 이때의 이차세계는 현실의 토대 위에 구축된 상상의 세계라는 점에서 두 세계 간의 '확실한 경계 구분'과 '통로', 그리고 '망설임'과 '시간의 뒤틀림'이 주요 기제로 등장한다. 이는 초현실적인 보이지 않는 세계를 어린 독자들이 믿게 하는, 즉 이차세계에 대한 설득력을 주는 요소다. 따라서 일차세계와 이차세계의 경계 어딘가에는 반드시 서로 소통할 수 있는 '통로'가 있기 마련이다. 두 세계 간의 경계에 마련된 통로를 통해 현실세계의 인물이 비현실적인 이차세계로 들어간다는 설정은 이차세계에 대한 신빙성과 현실성을 부여해준다.

공지희의 『영모가 사라졌다』(비룡소, 2003)에서 이차세계는 '라온제나'로 설정되어 있다. '즐거운 나'라는 뜻을 지닌 라온제나는 "아무에게나 보이지 않는 나라"이지만, "세상 한가운데"에 있는 "아주 가까운 나라이면서도 또 아주 먼 나라"이다. 이곳은 "세상 어디에도 숨을 만한 곳이 한군데도 없"는 "아이들을 숨겨 주는 나라"이자 "오고 싶은 마음이 간절한 사람들만 들어올 수 있는 곳"이다. 영모처럼 "매를 때려서라도 잘 키우는 게 부모의 도리"라고 믿는 어른들의 폭력에 시달리고, 대리 욕망의 희생물이 되어 지쳐 버린 아이들이 "공부도 없고, 시험도 없고, 학원도 없고, 아버지도 없는" 곳으로 "꼭꼭 숨어 버"릴 수 있는 세계가 바로 라온제나인 것이다.

어느 날 갑자기 사라져 버린 영모를 찾아다니던 병구는 영모가 아끼던 도둑고양이 '담이'를 통해 라온제나를 알게 된다. 담이를 따라 영모네 아파트 뒷마당에 있는 쇠기둥 울타리 끝부분에서 "한 사람이 겨우 드나들 만한 틈"으로 들어가자 "무성한 잡초 밭"이 펼쳐진다. 그리고 잡초 밭에 이어진 야산을 오르자 "무슨 성벽" 같은 담이 나타나는데, 그 담을 올라가 보니 "눈앞에는 놀라운 광경이 펼쳐"지는 것이었다. 담 이쪽은 11월의 한밤중인데, 담 너머의 세계는 환한 대낮의 봄날인 것이다. 바로 이 담이 이차세계인 라온제나와 현실의 경계이며, 여기가 바로 이차세계로 들어가는 통로인 셈이다.

병구는 이 통로를 통해 세 차례에 걸쳐 라온제나로 들어간다. 현실과 환상세계를 거듭 넘나드는 반복형의 공간 구조를 보여주는데, 라온제나는 병구가 들어갈 때마다 계절이 봄, 여름, 가을·겨울로 비약되고, 영모 또한 다른 모습을 하고 있다. 처음에는 할아버지였다가, 다음은 젊은이로, 마지막엔 본래의 모습으로 돌아오는 것이다. 이는 영모가 라온제나에서 상처를 치유하고 좀더 성숙한 자아로 나아가고 있다는 것을 상징한다. 따라서 그곳은 현실의 억압과 불합리를 드러내 새로이 인식하고

한 차원 승화시켜 현실로부터의 해방감과 위안을 주는 공간이라고 할 수 있다. 이 공간은 현실과는 다른 시간 개념인 고유한 이차적 시간과 두 세계 간 경계에서 나타나는 '시간의 뒤틀림 현상'을 통해 구축되는 이차세계다. 즉, 병구가 라온제나에 가 있는 동안 현실의 '사실적 시간'을 멈추어 두는 시간의 뒤틀림이 독자나 등장인물로 하여금 '그곳이 정말 거기 존재하는 건지 아닌지' 망설이도록 해서 환상성을 강화해주고, 그러한 망설임이 현실성을 담보해주는 것이다.

　김려령의 『기억을 가져온 아이』(문학과지성사, 2007)는 '시간의 뒤틀림 현상'을 통한 환상성과 현실성의 관계에 대해 다시 한번 생각하게 한다. 여기서 이차세계는 '기억의 호수'와 '떠나온 이들의 마을'로 이루어져 있는데, 벽을 통로로 해서 들어가게 된다. 벽은 타인으로부터 잊힌 사람에게만 통로를 열어주고, '떠나온 이들의 마을'의 봉화산은 봉화에서 연기를 피워 "쓸쓸한 누군가를 맞"이할 준비를 하게 한다. 주인공 차근이와 다래는 '열린 흙벽'을 통해 이차세계로 들어가 실종된 할아버지를 만나고 돌아온다. 그런데 주인공이 이차세계를 여행하는 동안 일차세계의 시간이 '한 달'이나 지난 것으로 되어 있다. 이는 현실의 사실적 시간과 이차적 시간을 동일시함으로써 두 세계 간의 경계가 무의미해지는 역효과를 내게 된다. 즉, 이차세계를 실재하는 현실적 시공간으로 인식하게 함으로써 비현실적 환상세계를 현실로 인정하는 셈인 것이다. 결국 환상세계가 현실적 타당성을 잃게 되어 이차적 시공간 자체에 대한 신뢰성을 상실하게 된다. 이러한 문제점은 흙벽 너머의 이차세계에서 할아버지가 행복하게 잘 살고 있다고 일차세계의 등장인물들이 (특히 어른인 아빠와 천수무당까지도) 믿고 있다는 점이나, 차근이가 이차세계에서 할아버지로부터 받은 하회탈 열쇠고리를 일차세계로 가져옴으로써 할아버지의 실존을 증명하는 증거물로 인식하는 데서도 드러난다. 이러한 요소들은 이차세계의 내적 리얼리티를 훼손하게 되어 경계를 무화시킬 뿐만 아니라 두 시공간의 경계에 혼란을 불러와 일차세계로 단일화한다.

이용포의 『내 방귀 실컷 먹어라, 뿡야』(창비, 2008)는 두 세계 구조를 지닌 저학년 판타지라는 점에 의의가 있다. 그동안 판타지 장르는 고학년 대상의 장편서사에 주목해왔기 때문이다. 이 작품에서 엄마의 잔소리에 잔뜩 주눅이 든 주인공 수는 학원 버스를 기다리다가 망태 할아버지의 망태 속으로 빨려 들어가게 된다. 여기서 망태는 이차세계인 '망태 동산'으로 들어가는 통로다. 망태 동산은 "한 사흘 맘껏 놀고 싶어하는 아이"들이 신나게 놀 수 있는 공간이다. '배터지게먹어 식당' '맘껏놀아 학교' '늘어지게자 코알라 침실'로 이루어진 망태 동산은 에스컬레이터를 거꾸로 타고 "내 방귀 실컷 먹어라, 뿡야"라고 인사하는 데서 보듯이 자신의 욕구보다는 학원과 공부에 짓눌려 있고 예의 바른 행동에만 길들어져온 아이들의 현실과는 정반대의 세계인 것이다. 그런데 이곳에는 또 하나의 세계가 존재하는데, 바로 괴물들이 지배하는 '반항하면뼈도 못추려 학교' '우물 감옥'으로 이루어진 공간이다. 따라서 이 작품의 이차세계는 망태 동산과 괴물들의 나라로 이루어진 이중 구조로 볼 수 있다. 물론 작품 속에서는 이 두 공간의 설정에 대해 아무런 해명도 되어 있지 않다.

아무튼 "예의바르고 착한 아이"가 되라는 엄마의 잔소리를 떨쳐내지 못해 망태 동산에서 제대로 어울리지 못하던 주인공은 마침내 용 연을 타고 탈출을 시도하지만, 연이 추락하는 바람에 괴물들의 나라에 떨어져 괴물에게 시달리다 우물 감옥에 갇히고 만다. 이 세계에서는 아이들이 이름 대신 '생쥐1' '생쥐2' 등 획일화된 순번으로 분류되고, 학교는 억압적이며, 우물 감옥에서 빠져나오기 위해서도 서로 경쟁을 해야 한다. 즉, 망태 동산이 현실과는 정반대의 세계인 반면 이곳은 현실에 대한 은유로 이루어진 세계라는 것을 알 수 있다. 주인공 수는 우물 감옥에 갇혀 지내면서 서서히 자신을 돌아보고 현실 인식에 변화를 겪는다. 자신을 억압하는 괴물과 엄마를 동일시하기 시작한 것이다. 순종적이고 소심하기만 했던 수는 처음으로 "싫어! 엄마 잔소리는 이제 듣기 싫어!" 라고 외침으로써 가슴이 뻥 뚫리는 후련함을 느낀다. 여기서 이차세계는 엄마의 잔소리에서 벗어나 자신이 원하는 것이 무엇인지를 깨달아가는 성장의 공간인 셈이다.

3. 이차세계의 고유한 시간과 시간 여행

판타지에서의 공간적 특성은 시간에 의해 규정받을 수밖에 없다. 시간은 두 세계 간 경계에서 '시간의 뒤틀림 현상'을 통해 마법적 세계의 현실성과 설득력을 얻지만 이차세계 안에서는 일차세계와는 다른 '고유한' 시간 흐름을 통해 이차적 공간의 환상성을 더욱 강화하는 효과를 불러온다. 따라서 두 세계 간 경계와 통로 등의 패턴화된 공간 구성은 시간의 마법적 성격에 따라 이차세계만의 독특한 시공간으로 나타나는 것이다. 이러한 판타지의 시공간적 특성을 명확히 하기 위해 시간의 문제에 대해 좀더 살펴볼 필요가 있다.

『영모가 사라졌다』에서 라온제나는 계절 단위로 변화하는 시간의 비약을 보여주고 있는데, 이는 영모의 변화된 자의식을 효과적으로 드러내는 역할을 한다. 즉, 라온제나가 누구든지 마음먹기에 따라 '아이일 수도, 젊은이일 수도, 노인이 될 수도' 있는 세계라는 공간적 특성에서, 그리고 봄-여름-가을·겨울의 시간 비약에 따라 영모는 '노인에서 본래 모습의 아이로' 변해간다. 처음에는 현실에 대한 절망감에 '빨리 어른이 되고, 더 빨리 늙고 싶었기' 때문에 할아버지가 되었다가 점차 상처를 치유하면서 '젊어지고 싶어' 젊은 아저씨로, 그리고 '아이가 되고 싶어'

본래의 모습으로 돌아오는 것이다. 이러한 영모의 변신 과정은 심리 상태에 따라 좌우되는 것으로 시간의 비약에 의해 조성되는 환상적 공간성이 영모의 심리 변화를 상징적으로 드러내고 있다. 반면에 『기억을 가져온 아이』에서 이차세계인 '떠나온 이들의 마을'은 "해가 일 년에 한 번" 지는 시간의 흐름을 보여주는데, 이러한 설정은 주인공 차근이와 실종된 할아버지의 재회를 위해 마련된 장치라고 할 수 있다. '떠나온 이들의 마을'은 아랫마을과 윗마을로 나뉘는데, 이 두 마을은 서로 왕래할 수 없게 되어 있다. 한번 윗마을로 가면 다시는 아랫마을로 돌아올 수 없기 때문에 일년에 딱 한 번 서로 만날 수가 있다. 즉, "해가 질 때쯤에야 곡식이나 과일을 수확"하기 때문에 해가 지면 "일년이 지"난 것이 되고, 한 해의 수확을 서로 교환하기 위해 "해가 지는 날 큰 잔치"가 열리는데, 이날에야 두 마을 사람들이 모두 모인다. 이때 아랫마을에 있는 차근이가 윗마을에서 살고 있는 할아버지를 만나게 되는 것이다. 여기서 일차세계와는 다르게 흘러가는 이차세계의 고유한 시간은 공간의 환상성을 강화하는 요소이지만 현실의 시간에는 위배된다. 따라서 두 세계 간 경계에서 '시간의 뒤틀림'은 필수적일 수밖에 없다. 이는 공간적 현실성을 가시적으로 드러내는 요소이기 때문이다.

판타지에서 이차세계의 고유한 시간의 문제는 공간 구조와 함께 판타지의 유형을 규정하는 요소로 인식되어 왔다. 서구에서는 오랜 동안 시간과 공간의 비중에 따라 판타지를 '이차적 세계 판타지'와 '시간 여행 (이동) 판타지'로 구분해왔다. 그러나 시간과 공간이 서로 분리되어 독자적으로 구성되지 않기 때문에 두 유형의 판타지 간에는 유사한 공통분모가 차이점보다 더 많이 나타난다. 가령, '시간의 뒤틀림 현상'은 이차세계의 내적 리얼리티를 구축하기 위한 환상기제로 거론되지만, 사실은 시간 여행 판타지의 주요한 특성이다. "시간 여행의 가장 중요한 규칙은, 등장인물들이 다른 시공간에 있는 동안 일차적 시간은 그 자리에 머물러 있다는 것이다."³ 반면에 이차적 세계 판타지의 가장 중요한 패턴인 두 세계 간 통로는 시간 여행 판타지에서도 두드러지게 나타나는 매우 중요한 요소다. 이는 시간 여행 판타지가 이차적 세계 판타지보다 "물리적 의미에서의 시간, 그 철학적 내포, 형이상학적 성격 등을 포함한 시간"⁴ 개념의 확장에 더 많은 관심을 보이기는 하지만, 두 카테고리 간에는 많은 유사성이 존재한다는 것을 알게 해준다.

국내 아동 판타지 중에서 유일하게 시간 여행 판타지로 분류될 만한 작품인 이준호의 『할아버지의 뒤주』(사계절, 2007)는 '뒤주 안의 세상'인 이차세계를 드나들면서 시간 여행을 하는 시공간적 특성을 잘 보여주고 있다. 작품 속에서 주인공 민제와 할아버지가 뒤주 안에 들어가 바닥에 있는 엽전을 집어들면 뒤주의 한쪽 벽이 열리고, 이를 통해 과거의 시간대로 공간 이동을 하게 된다. 뒤주와 엽전은 한마디로 이차세계 판타지에서 중요한 역할을 하는 '통로'와 다를 바 없다. 그런데 여기서 과거로의 시간 여행은 뒤주 안 세상의 고유한 시간의 특성에 의해 제약을 받고 있다. 즉, 뒤주 안에서는 "시간이 일정한 속도로 흐르는" 현실세계와는 달리 "시간의 흐름이 뒤죽박죽"인 탓에 현실의 "각각의 시각마다 다른 시간대로 가는 통로가 열린"다. 따라서 현실에서는 "한번 지나간 시간은 다시 돌이킬 수 없지만" 뒤주 안에서는 처음 "뒤주에 들어간 시각을 알아내서 정확히 그 시각에 맞춘다면 같은 과거를 반복해서 경험"할 수 있다. 민제 할아버지가 날마다 '새벽 두시 오십 분'이면 뒤주 안으로 들어가는 것은 그 시각이 바로 자신이 살았던 과거의 특정 시간대에 맞춰진 연결고리이기 때문이다. 따라서 '뒤주 안 세상'의 고유한 시간적 특성은 현실의 시간대에 연결되어 있는 과거의 역사적 시공간으로의 시간 여행을 가능하게 해준다. 또한 뒤주 안으로 들어간 할아버지가 "뒤주 뚜껑이

---

3 마리아 니콜라예바, 김서정 옮김, 앞의 책, 187쪽.
4 위의 책, 186~187쪽.

닫히는 순간 곧바로 다시 뚜껑을 밀치고 나"오는 데서 알 수 있듯이 시간 여행 판타지의 규칙인 '시간의 뒤틀림 현상'을 통해 현실성의 원칙을 지키고 있다. 즉, 뒤주 안에 있을 때는 현실의 "시간이 정지"되는 것이다.

민제 할아버지가 날마다 '새벽 두시 오십 분'에 연결된 '뒤주 안 세상' 속으로 들어가는 이유는 한국전쟁 중에 인민군에게 끌려가 생사조차 모르게 된 큰할아버지(할아버지의 형님)를 찾아내 피신시키기 위해서다. 그런데 이는 이미 지나가 버린 역사에 대한 개입이자, 과거의 일을 뒤바꾸는 일이다. 큰할아버지가 인민군에게 끌려가지 않도록 "과거로 가서 미래에 일어날 일을 일어나지 못하게 한다"면, 이는 현재에 영향을 미쳐 혼란을 불러오게 될 것이다. 이처럼 과거에 대한 개입이 문제가 되는 것은 '뒤주 안 세상'의 시간이 현실의 시간과 동일선상에 놓여 있기 때문이다.

'시간 여행'은 공상과학 소설이나 역사물에서 자주 등장하는 모티프다. 공상과학 소설이 미래로의 시간 여행인 반면 역사적 사실을 다루는 판타지에서는 과거로의 시간 이동이라는 차이점을 지니고 있다. 역사물이 과거 시간을 다루기 때문에 여기서는 시간에 대한 개입과 간섭의 문제가 중요하게 제기된다. 과거 역사로의 시간 여행을 다루는 판타지 작품에서 "시간 여행자가 역사에 아무런 영향을 끼칠 수 없다는 원칙"은 네스빗(Edith Nesbit) 이래 판타지 작가들의 확고한 신념이었다. 그러나 현대 판타지에서는 "시간 여행의 모든 목적이 역사를 바꾸기 위한 것"으로 변화해왔고, 이는 시간 여행자가 "수동적인 관찰자 노릇만 하"지는 않는 대신 "과거에서의 자신의 행동에 책임을" 지게 되었다.[5] 『할아버지의 뒤주』에서 큰할아버지가 인민군에게 끌려간 뒤에 구해내는 쪽으로 방향을 바꾸는 것은 이러한 책임의식의 표현이라고 할 수 있다. 큰할아버지가 끌려간 후 어떻게 되었는지 아무도 모르기 때문에 그 시점에서

---

5 위의 책, 114쪽 참조.

는 과거에 개입하더라도 현재에 아무런 혼란이 야기되지 않는다는 것이다. 가령 민제가 과거 시간 속에서 만난 미군 비행사가 현실의 현재 시점에서 '전쟁 때 빵을 건네 도와준 소년'을 찾아 한국에 들어왔다는 기사가 신문에 실리고, 큰할아버지가 도망가도록 도와준 이후에 현실에서는 이산가족 상봉 문제로 적십자사에서 연락이 오게 되는 것 등은 과거 시간에 대한 개입으로 현재와의 영향 관계가 변화되었기 때문에 일어난 일이지만 현실에 혼란을 가져오진 않는다.

이처럼 시간 여행 판타지에서 과거 역사의 시공간은 현재의 현실적 시공간과 직접적인 영향을 주고받는 관계에 있다. 물론 과거 시공간이 아닌 현실의 이차적 시공간에서 일어나는 '모험 여행'과 같은 시간 여행 판타지에서는 시간의 영향 관계가 성립되지 않는다. 이는 "시간이 일직선이 아니며, 수많은 세계가 나란히 공존하듯 모든 상이한 시간과 시대가 동시에 존재한다고 가정"[6]하기 때문이다. 그러나 과거 역사 공간에서의 시간은 언젠가는 현재로 이어질 수밖에 없는 속성을 지니고 있기 때문에 현재와의 연관성은 불가피한 문제라고 할 수 있다.

4. 경계의 변형들: 새로운 시공간을 찾아서

판타지 장르의 유형에 따라 독특하게 구성되는 시공간은 판타지의 환상성과 현실성 간의 긴장 관계를 강화시키고, 장르 간의 경계를 분명하게 나누어준다. 반면에 세계 간 경계와 통로 등의 환상 도구를 통한 시공간의 구축이 판타지 장르를 몇몇 유형으로 패턴화하여 문학적 영역이 협소해지는 면도 있다. 그러나 서구의 현대 판타지에 이르러서는 패턴

---

6 마리아 니콜라예바, 이근희 옮김, 「마법의 시간」, 『어린이책이야기』 창간호, 아동문학이론과창작연구회, 2008년 봄호, 89쪽.

화된 유형으로부터 벗어난 다양하고 다원적인 시공간이 나타나는 추세를 보이고 있다.

　마리아 니콜라예바는 전통적인 판타지에서 반드시 나타나는 두 세계 간 경계와 통로, 마술적 도구, 마술사 등의 합리적인 요소들을, 어린 독자들에게 신뢰를 주기 위한 방편이자 교육주의와의 타협으로 보고 있다. 1950년대 이후 이러한 패턴에서 벗어나기 시작한 현대 판타지는 "마술적 세계나 이차적 시간과 현실 사이의 경계가 허물어지고 심리적 깊이를 갖추게 되는 경향이 일반적"[7]인 추세가 되었다. 현실과 환상세계가 중첩되어 있고, 경계는 불분명하고, 유동적이기까지 하다. 다른 세계의 시공간과 연결해주는 통로조차 언급되지도 않거나 보이지 않는 경우가 많아졌다. 즉, "현대 아동 판타지에서 전통적인 두 세계의 경계 구분이 완화되면서 심리적 깊이를 더해 가고 있다는 점은 패턴화된 공간 구성에서 보다 자유로워지고 있음을 의미"[8]하는 것이다.

　사실 판타지에 대한 이러한 논의는 우리 아동문학의 상황을 고려할 때 다소 생소하게 다가올지도 모르겠다. 요정담이라는 양식에서 오랜 역사적 과정을 거쳐 판타지 장르로 발전해온 서구에 비하면 우리의 판타지 역사는 불과 십 년 안팎의 짧은 기간일 뿐이고, 장르적 특성을 명확히 하기 위한 논의의 기틀을 다져가는 중이기 때문이다. 더군다나 오랫동안 축적된 서구의 판타지가 한꺼번에 들어오면서 전통적인 유형과 현대적 유형의 작품들을 동시에 수용해야 하는 처지인 우리로서는 판타지인 것과 판타지가 아닌 것에 대한 인식에 있어 혼란을 드러낼 수밖에 없었다. 『영모가 사라졌다』처럼 두 세계 구조를 지닌 전통적인 유형은 대부분 판타지로 인식하는 반면, 현대 판타지의 특성을 지니고 있는 작

---

7 마리아 니콜라예바, 김서정 옮김, 앞의 책, 188쪽.
8 조태봉, 「공간 변형 모티프를 활용한 동화 창작」, 『어린이책이야기』 4호, 아동문학이론과창작연구회, 2008년 겨울호, 39쪽.

품들에 대해서는 소극적인 태도를 취해온 것이 사실이다. 그러나 일차
세계에서 부지불식간에 출현하는 환상을 통해 현실과 비현실 간의 경계
를 허물고 있는 「수선된 아이」나 「금이 간 거울」, 현실의 공간 변형을 통
한 이차세계를 보여주는 「두껍 선생님」 등[9]은 단편 분량이긴 하지만 심
리적 판타지의 일종으로 현대 판타지의 특성을 잘 드러내고 있다는 점
에서 주목을 요한다. 나아가 조은이의 『소년왕』(문학동네, 2006), 황선미의
『나온의 숨어 있는 방』(창비, 2006), 이현의 『장수만세!』(우리교육, 2007) 등은
장편 분량의 판타지임에도 불구하고 두 세계 간 경계가 분명하지 않을
뿐더러 현실과는 '다른 세계'가 현실 공간과 중첩되어 나타나는 새로운
경향의 판타지라고 할 수 있다.

이들은 파편화된 환상기제들이 현실 공간 속에서 환영처럼 나타나면
서 구축해내는 '다른 세계'의 시공간을 통해 모순된 사회 구조 속에서
억눌린 심리의 분출을 극대화하고 있다. 여기서는 현실과 비현실적 요
소들이 뒤섞여 있기 때문에 '다른 세계'로 들어가는 통로도 필요하지 않
다. 현실 공간이 곧 환상 공간이며, 이때 환상 공간인 '다른 세계'는 다름
아닌 심리적 차원에서 기원하는 억압된 자아의 발현으로 나타난다. 가
령 몽유의 세계를 토대로 판타지 공간을 구축한 『소년왕』의 경우 주인
공 경표가 꿈인지, 몽유인지, 환상인지 불분명한 상태에서 '다른 세계'의
시공간인 '달섬'을 왕래하게 된다. 그런데 현실에서의 경표가 달섬에서
는 달온과 동일시되고, 달온이 거울왕과 동일인이라는 점에서 '다른 세
계'는 바로 경표가 현실에서 부딪히는 내면의 갈등에 대한 심리적 표현
이라고 할 수 있다. 즉, 부모의 불화가 이혼으로 이어지는 가정 내 갈등
상황에 대한 경표의 불안 심리가 몽유로 나타나고, 몽유를 통해 달섬에
이르면서 부모의 이혼을 순순히 받아들이게 되는 내면의 성장 과정을

---

9 김영혜의 「수선된 아이」와 김기정의 「두껍 선생님」은 『수선된 아이』(푸른책들, 2007)에, 방미
진의 「금이 간 거울」은 첫 동화집인 『금이 간 거울』(창비, 2006)에 수록되어 있다.

보여주는 것이다. 반면에 이승과 저승이라는 무속 신앙에 토대를 두고 있는 『장수만세!』는 처음부터 현실 속에 존재하는 혼령의 세계를 설정하고 있기 때문에 자연스럽게 두 세계가 공존하는 가운데 이야기를 풀어나간다. 저승사자의 실수로 오빠인 박장수 대신 염라국에 가게 된 혜수는 오빠가 그 시각에 자살을 하려 했다는 사실을 알게 된다. 이에 혜수는 오빠의 명줄을 일주일 연장해 놓고는 혼령의 상태로 이승으로 돌아와 오빠의 자살을 막으려 고군분투한다. 이 작품은 오빠의 자살을 막아내는 과정을 통해 입시 위주의 교육 현실이 불러온 사교육의 문제점과 입시 경쟁 속에서 삶의 의미를 잃고 시들어가는 어린 영혼들의 현실 문제를 설득력 있게 형상화해내고 있다.

이러한 아동 판타지의 새로운 유형은 환상을 통해 현실의 이면세계를 들추어내는 성인 코드의 환상에 더욱 가까이 다가서고 있다. 두 세계 간 경계를 통해 구축되는 시공간이 합리적이고 분명하게 인지되는 세계라면, 이들 유형은 불분명하고 암묵적이지만 현실세계와의 보다 직접적인 상호관계 속에서 드러나는 환상세계를 보여준다. 이때 환상세계는 현실 속의 '다른 세계'로 중첩되어 나타나며, 신비스럽고 놀라운 비현실적 세계 앞에서 느끼는 '망설임'이 현실성과 환상성 간의 긴장감을 고조시켜 내적인 리얼리티를 강화시켜 준다. 따라서 환상세계의 시공간이 현실세계와의 관계 속에서 어떻게 내적 리얼리티를 갖추느냐가 최대 관건인 것이다. 즉, 『소년왕』에서 거울왕이 갑자기 현실세계에 모습을 드러낸다거나, 「수선된 아이」에서 주인공이 자신의 분신인 '수선된 아이'의 몸속에서 과거의 추악하고 아픈 기억들을 끄집어내고 난 뒤, "아이들은 더러워진 내 손을 한 번씩 쳐다보고 지나갔다"라고 함으로써 현실과 비현실이 일관성 없이 뒤섞여버릴 때 독자들은 혼란을 겪는다. 어디까지가 현실이고, 어디부터가 환상인지 의심할 뿐 아니라 현실과 환상의 시공간은 균형을 잃고 심각한 타격을 입게 된다. 판타지가 동화가 아닌 소설에 기반을 둔 서사임에 더욱 문제가 되는 것이다.

우리의 판타지문학은 이제 첫발을 내디딘 것이나 다름없다. 서구의 판타지에 비해 양적으로나 질적으로 부족한 면이 많긴 하지만, 그럼에도 불구하고 나름대로 다양한 유형의 창작을 시도하고 있다는 것은 고무적인 일이다. 현재로선 아이들이 현실 속에서 느끼는 결핍과 억압의 문제에 일차적으로 집중하고 있지만, 기상천외한 모험의 상상력으로 현실의 문제를 이겨나가는 판타지 또한 절실한 실정이다. 앞으로 무궁무진한 상상력이 엮어내는 판타지는 어느 장르보다도 더 역동적이고 다원적인 양상으로 발전해갈 것이다. 이는 판타지에서의 시공간이 다양성과 다차원적인 특성을 지니고 있기 때문이다. 판타지 장르의 독특하고도 본질적 자질인 시공간에 주목하는 것은 바로 이러한 이유에서이다.

'판타지' 용어의 중의성과 장르적 혼란

아동서사 장르 논의와 판타지

우리 아동문학에서 판타지에 대한 장르적 인식은 아직도 체계적으로 정립되지 못한 상태에 있다. 판타지 문학에 대한 관심이 일어나기 시작한 지 불과 십 년 안팎인 탓에 이론도 작품도 빈약하기 그지없는 상황이라 어쩔 수 없는 일인지도 모른다. 더욱이 판타지가 서구에서 유입되어 생성되기 시작한 장르라는 점에서 국내 판타지 논의는 여러 면에서 부족할 수밖에 없다. 판타지에 대한 장르적 의미 규정도 불분명할 뿐만 아니라 '판타지'라는 용어마저 일관성 없이 무분별하게 사용되고 있어 혼란을 부추기고 있는 실정이다. '판타지동화' '판타지소설' '판타지그림책' 등의 장르 용어는 물론이고, 환상성을 지닌 인접 장르인 동화나 옛이야기를 판타지와 동일시하기도 한다.

이러한 사정은 최근 이루어지고 있는 아동서사 장르 논의에서 더욱 분명히 드러나고 있다. 아동서사 장르 전체를 동화라는 범칭으로 일원화할 것인가, 동화와 아동소설로 이원화할 것인가의 문제로 의견이 갈리고 있는 장르 논의에서 동화 장르는 논자에 따라 '판타지동화'로 명명되기도 하고 '판타지'로 교체되기도 한다. 아동서사의 중심 장르인 동화와 아동소설 간의 장르적 구분과 경계 설정에 따라 판타지의 장르적 특성이 와해되기도 하고 살아나기도 하는 형국이다. 이러한 실정이다 보니 '동화와 판타지'를 어떻게 이해해야 할지 더욱 난감할 수밖에 없다. 과연 "판타지는 하나의 독자적인 장르인가?" 아니면 "초현실성을 지닌 동화 장르의 또 다른 명칭일 뿐인가?" 나아가 "'판타지'라는 용어는 장르명으로 적합한가?" 등의 의문이 꼬리를 물고 일어난다.

이에 필자는 현단계 장르 논의를 중심으로 판타지와 관련해 생각해볼 만한 사항 몇 가지를 제기하고자 한다. 이러한 문제제기는 판타지를 하나의 독자적인 장르로 규정해야 한다는 생각을 염두에 둔 것이다.

'판타지' 용어의 중의성과 장르적 혼란

서구에서 판타지는 초현실적인 세계를 담고 있는 환상서사를 일컫는 장르명이다. 아동서사를 "창작방법에 따라 '판타지'와 '리얼리즘'으로 구분"[1]하는 서구에서 판타지는 "특정 작가에 의해 씌어지며, 초자연적이거나 비현실적인 요소를 포함하는 보통 소설 길이의 픽션을 일컫는 용어"[2]로 익히 알려져 있다. 그만큼 장르적 정의가 명확한 것이다. 그러나 한국 내에서의 사정은 그렇지 못하다. 판타지가 유입되기 이전에 이미 환상성을 주요 특질로 하는 동화 장르가 형성되어 있었기 때문이다. 이 두 장르는 각기 다른 장르적 자질을 지니고 있음에도 불구하고 그 변별성이 독자성을 드러내지 못한 채 환상성을 매개로 동일시됨에 따라 장

---

1 원종찬, 「동화와 판타지」, 『동화와 어린이』, 창비, 2004, 104쪽.
2 『옥스퍼드 아동문학 사전』, 1984년판. 차은정, 「영국 판타지 아동문학 연구」, 숙명여자대학교 대학원 박사학위논문, 2005, 71쪽에서 재인용.

르 인식에 있어 혼선을 빚고 있는 것이다. 판타지론을 동화의 창작 방법으로 수용한 김요섭의 뒤를 이어 많은 논자들이 판타지와 동화를 혼동하거나 서로 동일시하는 경우가 비일비재하다.

이러한 장르 인식의 혼란은 영어식 표기 그대로 차용해온 '판타지' 용어가 지닌 중의적 의미 때문에 더욱 증폭되고 있다. 판타지가 서구식의 장르적 정의를 의미하는 반면에 '환상'의 의미로 해석되기도 하는 탓이다. 김경연은 "같은 판타지라도 문맥에 따라 인간의 심리적 현실이나 양식 개념으로 쓰였으면 환상(성)이나 공상(성)으로, 장르 개념으로 쓰였으면 환상문학 또는 환상소설이라고"[3] 해야 한다고 지적한 바 있다. 물론 Fantay를 우리말로 옮길 때의 문제점에 해당하는 말이지만, 이는 우리가 사용하는 '판타지' 용어에도 그대로 적용된다. '판타지'라는 말을 장르 개념일 때와 '환상'이라는 의미일 때를 구분하지 않고 사용함에 따라 용어상의 혼선이 빚어지기 때문이다. 가령 그림책의 하위 갈래를 '이야기그림책, 운문그림책, 정보그림책'으로 분류하고 있는 김세희는 이야기그림책을 다시 '옛 이야기, 판타지 이야기, 사실적 이야기'로 나누고 있는데,[4] 이 중에서 '판타지 이야기'는 용어상의 모순에 해당된다. 판타지 요소를 지닌 그림책일지라도 일반적으로 말하는 판타지 장르와는 다르기 때문에 굳이 '판타지'라는 말을 붙일 필요가 없다. 여기서는 '환상(적인) 이야기'라고 해야 장르적 특성이 더욱 살아나고 판타지 장르 용어와의 혼란도 피할 수 있다.

이렇듯이 용어상의 혼란은 최근의 장르 논의에서도 여전히 많은 문제점을 드러내고 있다. 특히 김상욱은 아동서사 전체를 통칭하는 '동화'로 일원화하고, 동화를 '현실주의 동화'와 '판타지 동화'로 분류함으로써

3 김경연, 「혼돈과 모색, 한국 아동문학 판타지론」, 『우리들의 타화상』, 창비, 2008, 157쪽.
4 김세희, 「그림책의 장르와 용어의 재검토」, 『현단계 아동청소년문학의 장르와 용어의 쟁점』, 한국아동청소년문학학회 2010년 겨울 학술대회 자료집, 2010, 102쪽.

판타지와 동화를 동일시하거나 판타지로 동화를 대체하는 혼란의 소지를 남기고 있다. 더욱이 '판타지 동화'의 하위 갈래로 '전통적 판타지(옛이야기), 현대적 판타지'만을 설정하고 있기 때문에 여기서 동화가 설 자리는 없는 셈이다.[5] 이러한 동화와 판타지에 대한 장르적 혼란은 이재복의 장르 용어에서도 나타난다. 그는 아동서사 장르를 '판타지, 아동소설, 창작옛이야기'로 설정함으로써 사실상 동화 장르를 판타지로 대체하고 있다.[6]

과연 판타지는 동화의 또 다른 이름인가? 판타지의 장르적 특성은 없는 것인가? 이들의 장르 설정은 이러한 본질적인 의문을 불러일으키고 있다. 이는 이들 장르 구분이 다분히 관념적인 성격을 띠고 있기 때문이다. 창작옛이야기와 동화, 그리고 판타지가 각기 다른 장르적 자질과 특성을 보이고 있는 현실임에도 불구하고 이들의 개별 특성을 무시한 채 '~동화' 혹은 '판타지~'로 일괄하다 보면 장르적 혼란은 더욱 증폭될 수밖에 없을 것이다. 아동서사 장르의 개별적 특성과 보편적 자질을 함께 아우를 수 있는 장르적 인식이 현재의 장르적 혼란과 용어상의 혼선을 극복해낼 수 있지 않을까 한다.

판타지의 장르적 계보

그렇다면 판타지를 하나의 독자적인 장르로 보지 않고 동화와 장르적 통합을 꾀하는 이유는 무엇인가? 이는 앞에서 살펴본 바와 같이 판타지 용어가 지닌 중의적 의미 탓이 아닌가 한다. 판타지를 장르 개념으로 접

---

5 김상욱, 「아동문학의 장르와 용어」, 『아동문학의 장르와 용어의 재검토』, 한국아동청소년문학학회 2009년 겨울 학술대회 자료집, 2009, 19쪽 참조.

6 이재복, 「창작의 물꼬를 터주는 장르 용어를 찾아서」, 『어린이문학 용어 짚어보기』, 보림출판사 창사 30주년 기념 세미나 자료집, 2006. 참조.

근하는 동시에 초자연성에 토대를 둔 두 장르의 환상성을 매개로 동일시하게 되는 것이다. 결국 동화는 판타지 영역 안으로 흡수 통합되어 소멸되기 마련이다. 실제로 김상욱의 '판타지동화' 범주에서 동화는 아마도 '전통적 판타지'와 '현대적 판타지'의 중간 어디쯤에서 머물게 될 것이다. 그러나 초현실적 세계를 다루더라도 판타지와 동화, 그리고 옛이야기에서의 전개 양상이나 구성 방법은 전혀 다르게 나타난다는 점을 상기할 필요가 있다. 바로 그것이 장르적 경계를 결정짓는 요소임은 두말할 나위 없다.

모든 장르는 각기 다른 고유의 특성을 지니기 마련이다. 따라서 장르용어는 개별 장르의 특성을 살려 설정되어야 한다. 편의에 따라 두루뭉술하게 설정한 장르 용어는 얻는 것보다 잃는 것이 많게 될 것이다. 이는 장르적 특성을 무화시키게 될 것이기 때문이다. 가령 물활론적 세계에 기초해 있는 동화 장르는 그 태생이 설화에 뿌리를 두고 있지만, 이미 나름의 방식으로 변화 발전해 오면서 설화와는 다른 장르적 특성을 지니고 있다. 간혹 동화를 창작옛이야기와 혼동하는 경우도 있는데, 옛이야기가 "옛날 옛적에~"와 같은 가상의 시공간을 설정하는 구조로 이루어진다는 데에서 동화와는 명확히 구별되는 장르적 특성을 지닌다는 점을 인정해야 한다. 김환희가 창작옛이야기의 범주를 "옛 서사문학에서 모티프를 끌어오고 개인적인 상상력을 동원해서 창작한 옛이야기로서, 일상현실과는 다른 옛날이라는 시공간에서 사건을 펼쳐 보여주는 이야기"[7]로 한정한 것은 눈여겨볼 만하다. 반면에 초자연적이고 초현실적 세계를 보여주는 동화는 일상현실을 넘어선 일차원적 세계에서 모든 사건이 벌어진다는 점에서 판타지와는 다른 장르적 특성을 보인다. 판타지는 일차세계와 이차세계라는 두 세계 구조를 통해 현실성과 환상성

---

7 김환희, 「한국 창작옛이야기의 현황을 짚어보다」, 계간 『창비어린이』 창간 7주년 기념 세미나 자료집, 2010, 4쪽; 『창비어린이』 29호, 창비, 2010년 여름호, 26쪽.

이 유기적으로 결합된 시공간을 보여주기 때문이다. 이러한 장르적 특성과 차이에도 불구하고 두 장르를 '판타지동화'로 묶었을 때 판타지도 아니고 동화도 아닌 무엇이 나올지 심히 염려스러울 따름이다.

사실 장르명으로서의 '판타지'는 그다지 적합한 용어는 아닌 듯하다. 적어도 우리 아동문학 현실에서는 판타지의 중의적 의미가 동화의 환상성과 혼동되기 때문에 장르적 특성을 명확히 드러내는 장르명이라고 할 수 없다. 나아가 판타지는 아동서사의 두 갈래인 동화와 아동소설과는 다른 별개의 장르로 인식될 뿐이다. 이에 판타지를 "근대 양식인 소설의 성격을 드러내는"[8] 장르로 보는 원종찬의 견해는 의미하는 바가 크다. 판타지가 초현실적 세계에 토대를 두고 있긴 하지만 동화와 장르적으로 갈라지는 지점은 바로 판타지가 현실의 법칙을 따른다는 점이다. 판타지의 장르적 특성을 이루고 있는 요소인 두 세계 구조나 망설임, 시간의 뒤틀림 등은 모두 현실성과 환상성의 유기적인 결합에서 현실 법칙을 관철시키기 위해 고안된 장치인 것이다. 이러한 현실 원리는 판타지를 장르적으로 동화보다는 소설에 더 가깝게 한다. 따라서 판타지는 동화와 아동소설 사이에 있는 별도의 장르가 아니라 아동소설에 속해 있는 하위 장르로 보아야 한다. 나아가 장르명 또한 불특정의 '판타지'가 아니라 '환상소설'로 명확히 자리매김되어야만 장르적 특성이 분명해진다는 것을 밝혀 두고 싶다.

---

8 원종찬, 「아동과 문학」, 『한국 아동문학의 쟁점』, 창비, 2010, 22쪽.

판타지를 바라보는 장르론적 입장

1. 동화와 판타지 사이에서

판타지가 우리 아동문학에서 하나의 장르로 대두되기 시작한 것은 최근의 일이다. 2000년대 들어서면서 서구의 판타지 장르의 유입을 계기로 많은 관심을 불러일으킨 판타지는 아주 짧은 역사임에도 불구하고 하나의 독립된 장르로 자리매김해가고 있는 실정이다. 그렇다고 해서 판타지 이전의 아동서사에서 환상 장르가 전무했던 것은 아니다. 초현실적 상상의 세계에 토대를 두고 있는 동화의 세계가 바로 환상성을 본질적 특성으로 하고 있기 때문이다. 물론 동화와 판타지 장르는 환상을 주요 기제로 하고 있다는 점에서 서로 친연성을 지니고 있지만, 구조적 특질과 세계 인식 면에서는 많은 차이점을 지니고 있다.

그동안 판타지 논의에 있어 동화와의 장르적 차별성을 명확히 하지 않은 채 두 장르를 어중간하게 혼용해온 면도 적지 않다. 이러한 불명확한 장르 인식은 판타지를 지칭하는 용어로 사용되고 있는 '판타지', '환상동화', '판타지동화' '판타지소설' 등의 명칭에서 드러나고 있으며, 이러한 용어의 난맥이 장르 인식에 있어 혼란을 불러일으키는 요인이 되고 있다. 즉, 환상성을 본질로 하는 동화에 환상(또는 판타지)이라는 용어를 덧붙임으로써 이중형용이라는 부적절함을 지니고 있기도 한 '환상동화' '판타지동화'¹는 판타지 장르와 동화의 장르적 차이를 분명하게 드러내지 못하는 단점을 지니고 있으며, 나아가 불분명한 용어 사용이 판타지와 일반 동화를 동일시하는 혼란으로 나타나기도 한다.² 또한 '판타지'라는 용어는 성인을 위한 대중적 장르문학으로서의 판타지와 혼란을 불러일으킨다는 점 또한 숙고해볼 필요가 있다.³

현재로서는 '판타지'라는 용어가 다른 명칭에 비해 좀더 보편성을 띠고 있으며, 일반적으로 많이 쓰이고 있는 듯하다. 이러한 새로운 용어의 도입은 판타지 장르가 기존의 환상성을 본질로 하는 동화와 장르적으로 다른 특성을 지니고 있다는 인식에서 출발한다. 아동문학의 태동 이래로 동화는 환상성을 대표하는 장르로서 오랜 동안 자리매김해왔다. 아동서사를 동화와 소년소설로 구분한 이원수는 동화의 장르적 특성을 '공상성'에 두었으며, 리얼리즘 계열의 생활동화가 등장하면서 환상성에 기반을 둔 동화는 장르상의 고유 특성에 따라 '공상동화'나 '환상동화'로 분류되어 왔다. 이렇듯 판타지 장르의 유입 이전에 이미 동화가 아동서사의 환상 장르를 대변해온 것이다. 따라서 동화와 판타지의 장르적 혼란은 이러한 역사적 과정의 어쩔 수 없는 반영이라고 볼 수 있다.

---

1 물론 동화를 '어린이를 위한 이야기'라는 넓은 의미로 본다면 '환상(판타지)동화'가 '어린이를 위한 환상적인 이야기'를 지칭한다는 측면에서 이중형용이라고만 할 수는 없을 것이다. 그러나 이 글에서는 전통적인 의미에서의 동화 개념, 즉 환상성을 본질로 하는 장르 개념으로 사용한다. 판타지 역시 일반적인 환상 의미가 아니라 장르를 지칭하는 개념으로 사용한다.
2 '판타지동화'는 이재복의 『판타지 동화 세계』(사계절, 2001)와 김상욱의 「아동문학의 장르와 용어」(한국아동청소년문학학회 2009년 겨울 학술대회 자료집 『아동문학의 장르와 용어의 재검토』)에서, '환상동화'는 정혜원의 「환상동화의 이중성」(박임전 외, 『동화의 환상성과 구조』, 한국학술정보, 2009)에서 '판타지'와 동일한 장르 개념으로 사용되고 있다. 나아가 이성자는 마해송, 김요섭, 김은숙의 동화에 판타지 이론을 적용해 분석하면서 '판타지동화'라는 용어를 사용하고 있다. 이성자, 「한국 현대 판타지동화 연구」, 명지대학교 대학원 박사학위논문, 2003.
3 필자 역시 성인용 장르문학인 판타지와 아동용 판타지를 구분하기 위해 '환상동화'라는 용어를 사용한 바 있으나 용어상의 혼란과 부적절함을 인정할 수밖에 없다. 「환상동화의 세계 인식과 내적 리얼리티」, 『어린이책이야기』 창간호, 아동문학이론과창작연구회, 2008년 봄호.

장르는 '시대적 산물로서, 장르 내적·외적 요인에 의해 생성·발전·소멸되는 변화 과정'[4]을 겪는다. 새로운 장르의 형성은 선행 장르를 모방하거나 변형 과정을 통해 이루어질 수도 있지만, 외국문학의 영향으로 형성되고 전개되기도 한다. 특히 "외국 문학의 수용은 문학의 변화, 그러니까 장르의 변화에 영향을 미친다. 이 영향은 때로 결정적이며"[5] 기존 장르와의 충돌로 혼란을 초래하기도 한다. 현재 판타지 장르의 용어상 혼란은 판타지가 아동서사의 내적 요구에 의해 형성되지 못하고 외국 판타지의 유입에 힘입어 형성되는 생성 과정상의 진통이라고도 할 수 있다. 서구의 판타지가 선행 장르인 요정담(fairy tale)을 토대로 생성·발전해온 반면, 우리는 환상 장르인 동화(환상동화)가 판타지 장르 생성의 밑거름이 되어 주지 못했기 때문이다. 따라서 새로 시작하는 환상 장르는 기존의 동화 장르와 변별해 인식할 것을 요구할 수밖에 없었으며, 이에 '판타지'라는 장르적 명명이 불가피했을 것이다. 나아가 판타지의 장르적 특성에 대한 규명과 정립을 통해 두 장르 간의 변별성을 명확히 인식할 뿐 아니라 용어상의 문제를 재정비할 필요가 있다.

이 글은 판타지 장르의 내적 구조를 중심으로 장르적 특성을 규명해 보고자 한다. '장르 연구는 구조적 특성에서부터 시작되어야'[6] 하며, 환상기제의 구성 방법이 판타지의 장르적 특성을 좌우하기 때문이다. 이러한 특성은 동화와의 변별성을 통해 더욱 명확해진다는 점에서 인접 장르에 대한 논의 또한 부분적으로나마 필요할 수밖에 없다. "〈장르〉는 각각의 시대 내부에서 하나의 체계를 이루고 있"으며, "이들은 상호 관계 속에서만 정의될 수 있"[7]기 때문이다.

4 김준오, 「문학사와 장르 변화」, 『문학사와 장르』, 문학과지성사, 2000, 41쪽.
5 위의 글, 13쪽.
6 츠베탕토도로프, 「문학 장르」, 김현 편, 『장르의 이론』, 문학과지성사, 1987, 11쪽.
7 위의 글, 13쪽.

2. 장르로서의 판타지에 대한 논의들

아동문학에서 판타지를 하나의 장르로 바라보는 시각이 처음 등장한 것은 이오덕의 「판타지와 리얼리티」[8]에서다. 당시 아동문학 현장에서 판타지가 논의되기는 했지만, 거의 대부분이 동화의 환상성 범주에서 판타지를 다루고 있는 실정이었다. 특히 "판타지에 대한 본격적인 논의"[9]를 시작했다고 하는 김요섭의 경우만 보더라도 동화의 본질적 속성인 '환상성'의 일환으로 판타지를 다루고 있다. 즉, 서구 판타지의 장르적 특성은 수용하면서도 동화와의 장르적 차이에 대한 인식에까지는 이르지 못한 것이다.[10] 이는 이오덕이 '판타지'를 '환상'으로 번역해선 안 된다고 질타하는 이유가 된다. 즉, 판타지를 단순히 '환상'으로 번역해 동화의 환상성으로 오인함으로써 "판타지가 문학의 장르로서 어떻게 생겨났는가"[11]를 제대로 파악하지 못하게 되고, 나아가 동화와 판타지를 동일시하게 되는 것이다.

이오덕은 판타지의 발생 근원을 메르헨에 두고 있다. 전승설화인 메르헨에서 근대의 창작메르헨이 분화되어 나오고, 여기에서 다시 판타지가 분화되어 나온 것으로 보는 것이다.[12] 그런데 여기서 중요한 것은 판타

---

8 이 글은 『嶺大新聞』 1983년 10월 19일자에 게재된 후 『어린이를 지키는 문학』(백산서당, 1984) 에 수록되어 있다.

9 김현숙, 「판타지론에 대한 고찰」, 『아동문학사상』 11 복간호, 물구나무, 2004, 94쪽.

10 김요섭의 판타지론은 『현대 동화의 환상적 탐험』(한국문연, 1986)에 대부분의 글이 실려 있는 데, 그는 서구 판타지에서 나타나는 장르적 요건을 동화의 창작원리로 인식함으로써 동화와 판타지를 동일시하는 혼란을 보이고 있다.

11 이오덕, 「판타지와 리얼리티」, 『어린이를 지키는 문학』, 백산서당, 1984, 103쪽.

12 위의 글, 105쪽. 이에 대해 김경연은 창작메르헨(쿤스트메르헨)을 이오덕이 잘못 이해하고 있음을 지적한 바 있다. 즉, 메르헨이 "신용할 수 없이 허황된 얘기"라서 "재미있게 들을 수 있도록 맛을 들여놓은 것"이 창작메르헨이라는 이오덕의 정의에 대해 김경연은 본래 쿤스트메르헨은 아동을 염두에 둔 양식이 아니라 국민문학의 원형으로 인식되어 널리 창작된 본격문학으로서 동화와는 다르다고 주장한다. 또한 독일 아동문학의 판타지론은 메르헨과의 장르 구분에서부터 시작되었다고 설명하고 있다. 이오덕이 창작메르헨에서 판타지가 분화되어 나온 것으로 보면서도 정작 장르 구분을 할 때는 판타지를 메르헨과 비교하는 이유가 여기에 있는 것이다.

지의 생성 과정이 일직선상의 발전 과정이 아니라 두 단계에 걸친 분화 과정이라는 것이다.

　이오덕이 제시한 위 도표에서 드러나듯이 판타지 장르가 분화 과정을 통해 형성되었기 때문에 메르헨과 창작메르헨은 소멸되지 않고 판타지와 함께 공존하는 것이다. 실제 우리의 아동문학 현실에서도 메르헨에 해당하는 초현실적 세계를 다룬 옛이야기와, 여기에서 분화되어 나온 동화가 판타지 장르와 함께 독립적으로 존재하고 있다. 따라서 이 세 장르는 초현실적이고 환상적인 세계에 뿌리를 두고 있기 때문에 장르적 특성상 친연성을 지닐 수밖에 없다. 반면에 이들이 각기 다른 독립적 장르로 성립하기 위해서는 나름의 독특한 장르적 변별성을 지니고 있어야 한다. 이오덕은 이 글에서 메르헨과 판타지의 장르적 차이점에 대해 몇 가지 근거를 제시하고 있는데,[13] 여기서 주목할 부분은 메르헨과 판타지에서 나타나는 환상성과 현실성의 구성원리다. 즉, "메르헨은 초현실을 처음부터 당연한 것으로 얘기하지만, 판타지는 현실과 비현실을 확실하게 나누어, 현실에서 비현실로 넘어갈 때나 비현실에서 현실로 넘어올 때는 거기에 필연성이 느껴지도록 구성"한다는 것이다. 판타지는 "합리적 사고를 바탕으로" 해서 "있을 수 없는 공상적 얘기를, 있었을지도 모른다는 느낌이 들도록 그려 보이는 것"이기 때문이다. 따라서 판타지는

　김경연, 「혼돈과 모색, 한국 아동문학 판타지론」, 『우리들의 타화상』, 창비, 2008, 160~163쪽.
13 여기서 이오덕은 사또오 사또루의 구분을 따르고 있는데, 사또오 사또루 역시 독일의 크뤼거의 구분에 영향을 받은 것으로 짐작된다. 김경연, 위의 글 참조.

"19세기 후반의 리얼리즘의 영향을 받은 것"이며 "공상 그 자체가 리얼리즘의 바탕 위에서 전개되며, 리얼한 수법으로 묘사"된다는 점에서 메르헨이나 창작메르헨, 즉 동화와는 다른 장르적 특성을 지니는 것으로 보고 있다.[14]

그런데 이오덕은 이후 판타지론을 더 이상 진전시키지 않는다. 단지 임정자나 채인선의 초현실적 동화를 비판하는 잣대로 판타지론을 거론할 뿐이다.[15] 이 대목에 이르면 일찍이 판타지론을 강력하게 제시했던 이오덕이 동화와 판타지를 동일시하는 쪽으로 후퇴한 것은 아닌가 하는 의문이 들기도 한다. 이러한 혼란에 대해 원종찬은 이오덕의 판타지 탐구가 "'생활동화'(소년소설) 편에서 리얼리티가 결여된 '공상동화'(동화) 작품들을 비판하기 위한 준거로 행해진 것이었지, 실제 판타지에 해당하는 작품들이 나왔기 때문에"[16] 이루어진 것은 아니었다고 평가한다. 그런 이유에서 이오덕은 더 이상 판타지론을 전개시킬 수 없었던 것이라 볼 수 있다. 사실 판타지 장르론은 그에 상응하는 작품 창작이 이루어지면서 본격적으로 논의되기 시작했다.

원종찬은 「동화와 판타지」[17]에서 아동서사에 대한 이원수와 이오덕의 장르 개념을 비교 검토하면서 판타지의 장르적 범주 설정을 시도하고 있는데, 이로써 판타지 창작과 장르 논의가 본격적으로 시작되는 토대를 마련한 셈이다. 여기서 판타지는 동화, 즉 공상동화와 "서로 성격을 달리하면서 양립·공존해야 하는 것"[18]이라는 장르 인식을 명확히 하고 있다. 아동서사를 낮은 연령을 대상으로 하는 동화와 높은 연령을 대상

---

14 위의 글, 106~107쪽 참조.
15 이러한 예는 이오덕의 「허황하고 괴상한 이야기들」(『어린이책 이야기』, 소년한길, 2002)이나 「'일하는 아이들'은 버려야 할 관념인가」(『문학의 길 교육의 길』, 소년한길, 2002)에서 찾아볼 수 있다.
16 원종찬, 「'일하는 아이들'과 '유희정신'을 넘어서」, 『동화와 어린이』, 창비, 2004, 30쪽.
17 이 글은 『어린이문학』 2001년 7월호에 게재되었으며, 위의 책에 수록되어 있다.
18 원종찬, 「동화와 판타지」, 『동화와 어린이』, 창비, 2004, 100쪽.

으로 하는 소년소설로 구분한 이원수의 장르론에서는 판타지를 염두에
두고 있지 않았다. 반면에 이오덕은 판타지에 대한 장르적 인식을 보이
고 있긴 하지만, 범칭으로서의 동화에 공상동화와 생활동화를 하위 장
르로 설정해 놓은 상태에서 장편의 판타지 장르만을 따로 언급하고 있
어 공상동화와의 관계 설정이 모호한 지점에 놓이게 된다. 이들 장르 논
의를 토대로 원종찬은 아동서사의 전체 구도 속에서 판타지 장르의 경
계를 설정하는 진일보함을 보인다. 즉, 대상 연령(저학년과 고학년)과 표현
방법(초현실과 현실)의 관련성에 따라 아동서사를 공상동화와 사실동화,
판타지와 소년소설로 분류한다. 이때 공상과학소설까지 포함한 판타지
를 높은 연령 대상의 초현실성을 지닌 소설로 범주화하고 있다(도표 참
조).[19] 이러한 장르 구분은 "일정한 표현 형식에 내재한 내용과의 호응 관
계, 곧 특정 형식의 작품군과 다른 것을 구별하게 하는 기본 속성"[20]을
명료하게 드러내는 장점을 지니고 있다. 그렇다면 판타지가 다른 형식
의 장르와 구별되는 기본 속성은 무엇인가? 사실 원종찬은 이 글에서 판
타지 장르가 지니는 내적 자질에 대한 탐구는 개진하지 않고 있다. 단지
이오덕이 제시한 판타지의 특성을 토대로 '높은 연령을 대상으로 한 장
편 분량의 소설적 경향'의 작품이라는 장르적 경계를 설정하는 데 머물
고 있다. 이는 당시만 해도 판타지 창작이 활발히 이루어지는 시기가 아
니었다는 현실적 한계를 감안해 이해할 수밖에 없다. 따라서 판타지의
장르적 특성을 좌우하는 내적 자질에 대한 논의는 판타지 창작과 조응
하면서 이루어질 문제로 남겨진 셈이다.

---

19 위의 글, 101쪽.

방법 연령	낮은 연령(동화)	높은 연령(소설)
초현실	공상동화(전래동화와 의인동화 포함)	판타지(공상과학소설 포함)
현실	사실동화(생활동화)	소년소설(아동소설)

20 위의 글, 같은 쪽.

사실 1990년대 중반부터 대중문학에서 판타지가 대중적 인기를 얻는 한편, 해리포터 시리즈가 몰고 온 판타지 열풍의 영향으로 아동문학에서도 박상률의 『구멍 속 나라』(1999), 김진경의 『고양이 학교』(2001~2007) 등의 판타지 작품이 창작되고 있었다. 이러한 판타지에 대한 관심이 앞에서 살펴본 원종찬의 글을 비롯한 여러 논자들의 이론적 논의를 이끌어낸 것이기도 하다. 그후 판타지 창작이 본격적으로 성과를 내기 시작한 것은 공지희의 『영모가 사라졌다』가 나온 2003년을 전후한 시기라 여겨진다. 서구의 전통적인 판타지 기법을 충실히 따르고 있는 이 작품은 독자들의 많은 관심을 받으면서 이후 판타지 창작과 비평적 논의가 더욱 활성화되는 계기가 되었다. 특히 『영모가 사라졌다』를 중심으로 구체적인 작품 분석을 하고 있는 김상욱의 「판타지, 탐구를 기다리는 장르」[21]는 서구의 판타지 이론을 검토하면서 판타지의 유형화를 시도하고 있다는 점에서 눈여겨볼 만하다. 여기서 판타지 유형은 "현실세계와 판타지세계가 존재하는 방식"을 기준으로 네 가지로 분류된다. 즉, "①판타지세계 ②현실세계와 판타지세계의 분리 ③현실세계와 판타지세계의 공존 ④현실세계"의 유형에서 보듯이 판타지세계와 현실세계가 결합하는 구조와 구성원리가 판타지의 유형을 결정짓는 요소다. ①유형은 흔히 말하는 '2차세계 판타지'를 의미하며, ②유형은 두 세계로 나누어진 구조로서 여기서는 "분리형 판타지"로 부르고 있다. ③유형은 두 세계 간의 경계 없이 현실과 판타지가 공존하는 것으로서 "공존형 판타지"로 분류한다. 마지막으로 ④유형은 현실세계만으로 이루어진 판타지인데, 사실 구체적인 작품이 예시되지 않아 어떤 유형을 말하는 건지 명확하지가 않다. 단지 "현실주의적인 작품으로 현실의 법칙이 일관되게 작품 속에 구현되는 유형"이며, 이 "현실성은 현실 너머, 저편의 희망을 역설

---

21 2003년 『창비어린이』 가을호에 발표되었으며, 『어린이문학의 재발견』(창비, 2006)에 수록되어 있다.

적으로 표현한다는 점에서 판타지를 지향"[22]하는 것으로 규정하고 있다. 이러한 논의는 두 세계 간의 구조를 유형화함으로써 판타지의 구조적 특성에 주목하고 있다는 점에서 의의를 지니고 있다. 그러나 김상욱의 논의 역시 판타지의 구조적 특성을 이루는 내적 자질에 대한 규명에까지는 이르지 못하고 있어 아쉬움이 남는다. 현실성과 환상성이 유기적으로 결합된 판타지 장르의 구조적 특성은 그러한 구조를 이루는 내재적 요소에 의해 결정되기 때문이다. 따라서 이에 대한 이론적 분석이 뒷받침되었을 때, 판타지의 장르적 특성이 더욱 명확하게 드러날 것으로 본다.

3. 판타지의 구조적 특성과 인접 장르들

판타지를 하나의 장르로 본다는 것은 여타의 작품군과는 다른 장르적 변별 요소를 지니고 있다는 뜻이다. "장르란 제시 형식"이며, "제시 형식은 문학이 독자(청중 또는 관객)에게 어떻게 향유되는가의 문제"[23]라는 것을 상기할 때, 장르는 독자들에게 제시되는 문학 형식이라고 할 수 있다. 여기서 형식이란 특정 장르가 지니는 내·외적 요소를 의미하며, 이러한 요소가 장르를 구별하는 변별적 자질이 된다.

마리아 니콜라예바는 판타지의 장르적 특성을 이루는 요소, 즉 "판타지 장르에 고유한 순환적 서사 요소"[24]를 '판타지소(fantasemes)'[25]로 규정

---

22 김상욱, 「판타지, 탐구를 기다리는 장르」, 『어린이문학의 재발견』, 창비, 2006, 106쪽.
23 김준오, 「문학사와 장르 변화」, 『문학사와 장르』, 문학과지성사, 2000, 15쪽.
24 Maria Nikolajeva, *THE MAGIC CODE: The use of magical patterns in fantasy for children*, ALMQVIST & WIKSELL INTERNATIONAL, 1988, 23쪽.
25 판타지소는 신화를 분석할 때 자주 사용하는 신화소(神話素, mythemes)에서 유추해온 개념이다. 소비에트 기호학파는 신화소를 신화가 아닌 문학 텍스트에도 적용하였는데, 문학 텍스트에서 신화소는 "단어로 재현되며, 전체 신화 텍스트로 전개될 만한, 신화로 말미암아 생성된

한 바 있다. 판타지의 구조적 요소들은 "이야기에 놀랄 만한 것을 도입하기 위한 문학적 장치"이며, 이러한 이야기 단위의 특성을 규정하는 것이 판타지소인 것이다. 즉, 판타지소는 "오로지 판타지에서만 나타나는 현상"으로 비현실적이고 초현실적인 마법의 세계를 구현해내는 여러 요소들을 의미한다. 이들은 '이차세계'와 같이 전체 텍스트에 걸쳐 드러나기도 하고, '문' '숲' '엽전' 등 작은 이야기 요소로 제시되기도 한다. 판타지의 고유한 이야기 요소는 다른 종류의 이야기와 판타지를 구별하는 중요한 자질이며, 넓은 의미에서 환상서사류에 포함시킬 수 있는 동화나 옛이야기의 환상적 요소와도 다른 속성을 지니게 된다.

이 장에서는 일·이차세계라는 시공간적 특성을 중심으로 판타지의 장르적 특성을 살펴볼 것이다.[26] 이는 시공간의 문제가 판타지의 장르적 특성을 이루는 본질적 요소이기도 하거니와 서구와는 달리 아직은 우리의 판타지 작품이 풍부하지 못한 탓에 여러 개별 판타지소를 추출해 유형화해내기에는 무리가 있기 때문이다.

1) 판타지의 시공간과 구조적 특성

판타지소 중에서 '시간'과 '공간'은 판타지의 장르적 특성을 드러내는 본질적인 요소다. 기본적으로 '보이지 않는' '초현실적인 세계'를 가시적인 세계로 구축하는 판타지의 속성상 공간과 시간은 밀접한 결합 양상을 보인다. 이에 마리아 니콜라예바는 바흐친의 시공간(chronotope) 개념을 도입해 판타지의 장르적 특성을 도출해내고 있다. 바흐친의 시공간은 장르적 범주로서, 시공간의 특수한 양식은 어떤 특정 장르에 독특하

_____

최소의 순환 단위"로 정의되고 있다. 위의 책, 23쪽.
26 판타지의 시공간에 대해서는 필자가 이미 다른 지면에서 분석한 바 있기 때문에 여기에서의 논의는 상당 부분 그 글을 토대로 정리하였음을 밝혀둔다. 「보이지 않는 세계의 시공간들」, 『창비어린이』 27호, 창비, 2009년 겨울호 참조.

게 나타난다는 것이다.[27] 따라서 판타지의 시공간은 다른 종류의 문학 작품에서 보이는 시공간의 구성과는 다른 장르적 특성을 드러내게 된다.

판타지의 시공간은 현실 너머의 초현실적 세계인 톨킨의 '이차세계' 창조 이후 일차세계인 현실세계와의 유기적인 결합을 통해 보다 다양한 유형으로 변화해왔다. 또한 세계 간 경계에 따른 시공간의 구성은 판타지세계의 구조적 특성을 나타낸다. 이를 토대로 마리아 니콜라예바는 일차세계와 이차세계의 관계 구조에 따라 판타지의 시공간을 세 가지 유형으로 분류하고 있다.

①닫힌 이차세계(closed world)
②열린 이차세계(open world)
③암시된 이차세계(implied world)[28]

'닫힌 이차세계'는 일차세계를 설정하지 않고 별도의 이차세계로만 구성된 시공간으로 하이 판타지(High Fantasy)와 동일한 개념이다. '열린 이차세계'는 판타지에서 일반적인 시공간으로서 한 작품 안에 일차세계와 이차세계가 함께 설정되어 있는 유형을 말한다. 마지막으로 '암시된 이차세계'는 텍스트 안에 이차세계가 드러나지는 않지만 어떤 요소를 통해 일차세계에 개입되어 있는 유형이다. 가령 외계의 존재나 마법사 등이 일차세계에 나타나 이야기를 전개하는 경우가 이에 해당한다고 할 수 있다.

시공간의 구조적 특성에 따른 유형 분류는 세계 간 경계 구성에 따라 드러나는 판타지의 성격을 명료히 하고, 판타지의 본질적인 속성을 드러낼 수 있다. 가령 초현실적 세계로만 이루어진 '닫힌 이차세계' 판타

---

27 마리아 니콜라예바, 김서정 옮김, 『용의 아이들』, 문학과지성사, 1998, 184쪽.
28 Maria Nikolajeva, 앞의 책, 35쪽.

지는 '현실 밖의 세계'를 의미하기 때문에 '현실 안의 또 다른 세계'를 의미하는 '열린 이차세계' 판타지의 이차세계와는 전혀 다른 시공간적 의미를 지니고 있다. 즉, '열린 이차세계' 판타지는 일차세계의 인물이 낯선 시공간인 이차세계를 넘나들며 새로운 여행과 모험을 경험하는 서사로서 현실성과 환상성이 유기적으로 결합되어 있는 구조다. 반면에 이차세계만으로 이루어진 판타지는 현실의 은유로 빚어진 닫힌 세계 구조를 보여준다. 이때 일차세계는 텍스트의 바깥에 존재하며, 일차세계에 있는 독자가 텍스트 안의 이차세계를 들여다보는 구조라고 할 수 있다. 따라서 두 세계 구조를 지닌 '열린 이차세계' 판타지에서의 이차세계는 일차세계와 직접적으로 연관성을 지닌 시공간으로 서로 독립적이면서도 상호 교섭적인 성격을 지닌다. 이 유형은 루이스 캐럴의 『이상한 나라의 앨리스』 이후 가장 일반적인 양식으로 자리잡은 시공간 구조로서, 현실 공간과 환상 공간의 유기적인 결합을 통해 안정적인 서사 구성을 보여준다. 이때의 이차세계는 현실의 토대 위에 구축된 상상의 세계이기 때문에 두 세계 간의 '확실한 경계 구분'과 '통로', 그리고 '망설임'과 '시간의 뒤틀림'이 판타지의 고유한 시공간을 구성하는 주요 판타지소로 등장한다.

가령 두 세계 구조를 보여주는 판타지인 공지희의 『영모가 사라졌다』(비룡소, 2003)에서 이차세계는 '라온제나'로 설정되어 있다. 여기서는 아파트 뒤편 야산에 있는 높은 '담'이 라온제나와 현실세계의 경계이며, 그 담을 넘으면 라온제나로 들어갈 수 있다. 즉, '담'이 이차세계로 들어가는 '통로'인 셈이다. 이 통로를 통해 주인공 병구는 세 차례에 걸쳐 라온제나로 들어간다. 그런데 그때마다 라온제나는 봄, 여름 가을·겨울로 계절이 비약되어 있고, 영모 또한 처음엔 할아버지였다가 다시 젊은 아저씨로, 마지막엔 본래 모습으로 바뀌어 있다. 이처럼 비약적인 시간의 흐름은 현실세계와는 다른 이차세계만의 고유한 '이차적 시간'으로서 이차세계의 시공간적 특성을 보여주는 판타지소다. 이러한 시간적 특성은 두 세계 간 경계에서 '시간의 뒤틀림 현상'으로 나타나기도 하는데, 이는 병구가 라온제나에 가 있는 동안 현실의 '사실적 시간'을 멈추어 두는 것이다. 이들 두 세계 구조에서 나타나는 판타지소인 경계와 통로, 이차적 시간과 시간의 뒤틀림은 이차세계의 초현실적 시공간적 특성을 드러낼 뿐 아니라 현실세계와 대비를 이루면서 이차세계의 시공간에 대한 현실성을 강화해준다. 또한 이는 초현실적인 보이지 않는 세계를 어린 독자들이 믿게 하는, 즉 이차세계에 대한 설득력을 주는 요소이기도 하다.

2) 일차적 시공간과 중첩된 '다른 세계'

판타지에서 가장 보편적인 유형인 '열린 이차세계' 판타지의 이차적 시공간은 환상성과 현실성 간의 긴장 관계 속에 구축되는 독특한 장르적 특성을 나타낸다. 반면에 패턴화된 판타지소를 통한 시공간의 구축은 판타지 장르를 몇몇 유형으로 협소화시키는 단점도 지닌다. 그러나 서구의 현대 판타지는 패턴화된 유형에서 벗어난 시공간 구축을 통해 다양하고 다원적인 경향을 보여주고 있는 실정이다.

마리아 니콜라예바는 두 세계 간 경계와 통로, 마술적 도구, 마술사 등의 패턴화된 요소를 이차세계에 대한 설득력을 확보하기 위한 합리적인 요소로 규정하고 있다. 즉, 이러한 요소를 어린 독자들에게 신뢰를 주기 위한 방편이자 교육주의와의 타협으로 보는 것이다. 그러나 대략 1950년대 이후 이러한 패턴에서 벗어나기 시작한 서구의 현대 판타지에서 "마술적 세계나 이차적 시간과 현실 사이의 경계가 허물어지고 심리적 깊이를 갖추게 되는 경향이 일반적"[29]이라고 한다. 현실과 환상세계가 중첩되어 있거나, 경계는 더욱 불분명해지고, 나아가 유동적이기까지 하다. 이차세계의 시공간과 연결해주는 통로조차 언급되지도 않는 경우가 많아졌다. 즉, "현대 아동 판타지에서 전통적인 두 세계의 경계 구분이 완화되면서 심리적 깊이를 더해 가고 있다는 점은 패턴화된 공간 구성에서 보다 자유로워지고 있음을 의미"[30]한다고 볼 수 있다.

이러한 새로운 경향의 판타지는 '암시된 이차세계' 판타지 유형과 유사해 보이기도 한다. 하지만 '암시된 이차세계' 판타지가 일차세계만으로 구축된 시공간 속에 이차세계에서 온 것으로 설정된 초현실적인 인물이 등장하는 유형으로 한정한다는 점에서 차이가 있다. 사실 현대 판타지는 일정한 유형으로 제한할 수 없을 정도로 다양한 시공간과 장르적 특성을 보이고 있기 때문이다. 가령 조은이의 『소년왕』(문학동네, 2006), 이현의 『장수만세!』(우리교육, 2007) 등은 장편 분량의 판타지임에도 불구하고 두 세계 간 경계가 분명하지 않을 뿐만 아니라 현실과는 '다른 세계'가 현실 공간과 중첩되어 나타나고 있다.

이들 현대 판타지에서는 다양한 형태로 파편화된 판타지소들이 현실 공간의 틈을 비집고 환영처럼 나타나면서 구축해내는 '다른 세계'의 시공간을 통해 억눌린 심리의 분출을 극대화하는 경향이 있다. 이때 현실과 비현실적 요소들이 뒤섞여 있기 때문에 '다른 세계'로 들어가는 통로는 필요하지 않다. 현실 공간이 곧 환상 공간이며, 환상 공간인 '다른 세계'는 다름 아닌 심리적 차원에서 기원하는 억압된 자아의 발현에 다름 아니기 때문이다. 예를 들면, 몽유의 세계를 토대로 판타지 공간을 구축하고 있는 『소년왕』은 주인공 경표가 꿈인지, 몽유인지, 환상인지 분명치 않은 상태에서 '다른 세계'의 시공간인 '달섬'을 왕래하면서 벌어지는 이야기다. 여기서 주목할 점은 현실에서의 경표가 달섬에서는 달온

---

29 마리아 니콜라예바, 김서정 옮김, 앞의 책, 188쪽.
30 조태봉, 「공간 변형 모티프를 활용한 동화 창작」, 『어린이책이야기』 4호, 아동문학이론과창작
연구회, 2008년 겨울호, 39쪽.

이 되고, 또한 달온이 거울왕과 동일인이라는 것이다. 이러한 동일시는 달섬이라는 '다른 세계'가 바로 경표의 내면 갈등에 따른 심리적 발현이라는 점에서 의미가 있다. 부모의 이혼에서 비롯된 불안한 심리가 투영되어 만들어낸 세계인 것이다. 이 시공간에서 경표는 또 다른 존재와 자신을 동일시함으로써 부모의 이혼을 받아들이고 현실을 재인식하게 되는 심리적 치유와 성장을 경험한다. 반면에 이승과 저승이라는 무속 신앙에 토대를 두고 있는『장수만세!』는 현실 속에 혼령의 세계를 설정하고 있기 때문에 자연스럽게 두 세계가 중첩된다.

이러한 판타지의 새로운 경향은 환상기제를 통해 현실의 이면을 들추어내는 성인 코드의 환상서사에 더욱 가까워지고 있다. 두 세계 간 경계를 통해 구축되는 시공간이 합리적이고 분명하게 인지되는 세계인 반면, 이들 새로운 경향의 판타지는 불분명하고 암묵적이지만 현실세계와의 직접적인 상호관계 속에서 구축되는 환상세계를 보여준다. 이때 환상세계는 현실 속의 '다른 세계'로 중첩되거나 공존하고 있으며, 비현실적 세계 앞에서 느끼는 '망설임'이 현실성과 환상성 간의 긴장감을 고조시켜 내적 리얼리티를 강화시켜 주는 판타지소로 작용한다. 하지만 일차세계와의 구조적 연관성이 없는 '닫힌 이차세계' 판타지에서는 이차적 시공간의 특성상 '망설임'이 불필요하다. 따라서 여기서는 '망설임'이 판타지소로 작용하지 않는다. '망설임'은 현실세계인 일차세계와 이차세계 간의 경계에서, 또는 일차세계 내에 초현실적인 요소가 구조적으로 결합되었을 때 초현실적 세계나 현상에 대한 현실성을 강화시켜준다. 특히 후자의 경우는 초현실적 세계와 현실세계 간의 경계 구분이 암묵적으로 드러날 뿐이기 때문에 경계를 암시하는 판타지소의 역할이 중요하다. 또한 보이지 않는 경계의 일관된 설정이 내적 리얼리티를 구축해주는 판타지소이기도 하다. 따라서『소년왕』에서 거울왕이 갑자기 현실세계에 모습을 드러낸다거나, 김영혜의 「수선된 아이」(『수선된 아이』,

푸른책들, 2007)에서 주인공이 자신의 분신인 '수선된 아이'의 몸속에서 과거의 추악하고 아픈 기억들을 끄집어내고 난 뒤, "아이들은 더러워진 내 손을 한 번씩 쳐다보고 지나갔다"라고 함으로써 현실과 비현실이 일관성 없이 뒤섞이게 된다. 결국 현실과 환상의 경계에서 시공간은 균형을 잃고 내적 리얼리티마저 손상을 입게 되는 것이다.

3) 판타지와 인접 장르들 간의 장르적 변별성

현실 너머의 초현실적 마법의 세계를 통해 현실세계의 결핍과 모순을 반추해 드러내는 판타지 장르의 특성은 이차세계의 구조적 특성에 의해 좌우된다. 이때 이차세계는 현실 밖의 은유된 세계이거나 두 세계 간의 경계, 통로, 이차적 시간과 시간의 뒤틀림, 망설임 등의 판타지소를 매개로 현실세계와 결합된다. 즉, 판타지의 고유한 장르적 특성은 두 세계 구조인 것이다. 두 세계의 연결 방법은 개별 판타지소의 작용에 따라 다르게 나타나며, 이에 따라 다양한 형태의 판타지 유형이 나타날 수 있다. 이러한 판타지의 특성은 다른 서사 장르들과 구별되는 변별적 요소이자, 장르적 자질이라고 할 수 있다. 따라서 판타지가 지닌 독자적인 장르적 특성을 명확히 하기 위해서는 환상성을 지닌 인접 장르와의 차이점을 분명히 이해하는 것이 필요하다. 그동안 판타지를 둘러싼 장르적 혼란은 인접 장르와의 변별성에 대한 불명확한 인식에서 비롯된 것이다. 이는 또한 영어권에서 의미하는 '판타지'에 대한 일방적인 해석에서 비롯된 측면도 있다. 즉, 판타지를 장르 명칭으로 볼 것인지, '환상'이라는 환상 서사 양식의 속성으로 볼 것인지에 따라 판타지를 바라보는 입장이 확연히 갈리기 때문이다. 예컨대 "같은 판타지라도 문맥에 따라 인간의 심리적 현실이나 양식 개념으로 쓰였으면 환상(성)이나 공상(성)으로, 장르 개념으로 쓰였으면 환상문학 또는 환상소설"[31]로 읽어야 하는 것이다.

판타지가 환상성을 지닌 동화나 옛이야기와 장르적으로 다른 가장 명확한 특성은 바로 시공간 구조에 있다. 앞에서 살펴본 바와 같이 판타지를 하나의 독자적인 장르로 인식하게 하는 요소는 두 세계 구조다. 반면에 동화에서는 하나의 세계에서 모든 초현실적인 일이 일어난다. 이는 동화가 애니미즘적이고 물활론적인 세계관에 기초해 있기 때문이다. 동물이 말을 할 수 있거나 사람이 새나 나무로 변신하고, 마법이 공간을 변형시키기도 하는 일 등이 아무렇지 않게 일어난다. 그런데 중요한 것은 이러한 초현실적인 요소에 대해 등장인물이 전혀 놀라워하지 않고 순순히 받아들인다는 것이다. 그러나 판타지에서 마법적인 요소는 반드시 놀라움을 수반한다. 이는 판타지에서 현실과 비현실의 경계가 분명하게 나뉘어져 있기 때문이다. 즉, 토도로프의 '망설임'과 함께 '통로' '이차적 시간' '시간의 뒤틀림' 등의 판타지소는 (현대 판타지에 이르러 변인의 요소가 있긴 하지만) 두 세계 간 경계에서 리얼리티를 구축하는 필수적 요소다. 이들 판타지소는 현실세계와 초현실세계의 경계에서 환상성을 강화하는 요소이지만, 동시에 이차세계에 대한 신뢰성과 설득력을 불러와 현실성을 불어넣는 요소로도 작용한다. 이러한 서사적 특성이 판타지와 동화를 서로 다른 지점에 위치한 장르로 인식하게 하는 것이다.

판타지와 유사한 속성을 보이는 또 하나의 장르로 공상과학소설을 짚고 넘어갈 필요가 있다. 공상과학소설 역시 현실의 논리를 넘어서는 비현실적 요소를 지니고 있다는 점에서 인접 장르로 볼 수 있기 때문이다. 그런데 간혹 판타지 장르의 영역 안에 공상과학소설을 포함시키는 견해가 나타나기도 한다.[32] 그러나 이 두 장르는 공통점보다 더 중요한 차이점이 있다는 데 문제가 있다. 카메론(Cameron)이 지적하듯이 "판타지는

31 김경연, 앞의 글, 157쪽.
32 원종찬, 「동화와 판타지」, 앞의 책, 101쪽.

초자연적 사건이나 인물을 다루는 비현실적 작품이고, 공상과학소설은 과학 지식이나 추론을 상상으로 그린 이야기"[33]라는 것이다. 예컨대 판타지에서 초현실적 세계는 현실세계에 대한 은유이자 반추라는 점에서 현실성에 기반을 둔 환상세계이지만, 공상과학소설은 현실세계와 부합하지 않는 미래의 일을 공상적으로 그려낸다는 데에서 비현실적 요소를 지닌 장르다. "현재로서는 불가능하지만 과학과 기술이라는 틀 내에서 상상 가능한 사건이나 장치와 관련"[34]된 공상세계는 현실과는 무관한 세계이기 때문에 판타지와 장르적 구별이 필요한 것이다.

4. 판타지의 장르적 이중성과 장르론적 입장

판타지는 앞에서 살펴본 바와 같이 다른 서사 장르, 특히 동화와 옛이야기처럼 환상적 성격을 지닌 장르에서조차 볼 수 없는 독자적인 특성을 지닌 환상서사 장르다. 따라서 판타지를 하나의 장르로 바라보는 시각은 현실적인 타당성을 지닐 수밖에 없다. 그러나 현단계 아동문학 현장에서 이에 대한 논의가 적극적으로 이루어지고 있다고는 볼 수 없다. 이는 비단 판타지 장르만의 문제는 아니다. 아동서사에서 전통적인 장르라고 할 수 있는 동화와 아동소설의 문제만 해도 풀어야 할 매듭이 만만치 않은 형편이다. 상황이 이렇다 보니 판타지에 대한 신뢰할 만한 장르 개념이 정립되지 못한 것은 당연한 일인지도 모른다. 판타지와 동화에 대한 장르적 이해와 구분에 있어 발생하고 있는 혼선 또한 마찬가지이다. 더군다나 이는 판타지 장르만 따로 떼어내 논의한다고 해서 쉽게

33 Cameron, *Fantasy, SF and the Mushroom Planet Books, In: The First Steps*, West Lafayette, Ind., 1984, 55쪽; Maria Nikolajeva, 앞의 책, 13쪽에서 재인용.
34 위의 책, 13쪽.

이루어질 사안이 아니라 인접 장르인 동화와 아동소설의 장르 구분과 연관된 문제이기도 하다는 데서 더욱 복잡해진다. 최근 이루어지고 있는 아동서사의 장르 구분에 관한 논의는 이러한 사정을 잘 보여주고 있다. 이들 논의를 살펴보면 아직도 경계 구분의 문제가 현단계에서 가장 쟁점이 되고 있다는 것을 알 수 있다. 판타지 역시 예외일 수는 없다.

최근의 장르 논의는 아동서사를 동화와 소설로 이분할 것인지, 동화로 일원화할 것인지의 문제로 초점이 모아지고 있다. 이는 아동서사 전체의 장르적 재편성을 의미하는 것이기 때문에 판타지 장르의 경계 문제와도 밀접하게 관련된다. 따라서 이들 논의 중에서 판타지와 연관된 부분을 살펴볼 필요가 있다. 먼저, '아동문학의 이야기 장르를 총칭 명칭인 동화로 일원적으로 설정할 것'을 주장하는 김상욱은 동화를 창작 기법에 따라 '현실주의 동화와 판타지 동화'로 분류하고 있으며, 여기서 '판타지 동화'의 경우 '전통적 판타지(옛이야기)와 현대적 판타지'를 하위 장르로 두고 있다.[35] 이때 아동서사의 총칭으로 쓰인 '동화'가 '어린이를 위한 이야기'를 의미하는 것처럼 '판타지 동화' 역시 초현실적인 서사의 총칭이 된다. 즉, '어린이를 위한 환상적인 이야기'라는 큰 갈래를 설정한 셈인데, 이는 아동서사에서 환상 장르를 환상서사의 큰 틀 속에서 바라보는 장점을 지닐 수 있다. 동화와 판타지를 동일시해 혼란을 일으키거나, 환상적 속성을 지니고 있음에도 불구하고 별개의 양식으로 분리해 바라보는 모순을 극복할 수 있기 때문이다. 그러나 하위 장르로 설정한 '전통적인 판타지'와 '현대 판타지'는 서로 다른 장르적 특성에 따른 분류이긴 하지만, 그들의 장르적 특성이 동화와 소설의 양 축으로 나뉘어 있다는 점을 고려한다면 이러한 분류는 다시 원점으로 돌아갈 소지가 다분하다. 더욱이 소설적 경향이 강한 현대 판타지를 '판타지 동화'의 하위 장르에

---

35 김상욱, 「아동문학의 장르와 용어」, 『아동문학의 장르와 용어의 재검토』, 한국아동청소년문학학회 2009년 겨울 학술대회 자료집, 2009, 19쪽.

두게 되는 모순을 지니고 있기도 하다. 장르 용어는 장르의 속성을 따라갈 수밖에 없기 때문이다. 이에 비해 아동서사를 표현 기법과 연령층에 따라 동화와 소설로 분리하고 있는 원종찬은 "'동화'와 '소년소설(아동소설)'을 기본 장르로 하고 '판타지'는 그 어느 쪽과도 결합할 수 있는 하나의 양식이자 또 다른 층위의 장르"[36]로 본다. 이는 애초의 「동화와 판타지」에서 보였던 장르 분류와는 상당 부분 변화된 인식을 드러낸다. 그러나 위의 논의에서는 더 이상의 진전이 없기 때문에 '동화나 소설, 어느 쪽과도 결합할 수 있는 양식이자 다른 차원의 장르'라는 것이 무엇을 의미하는지 명쾌하게 드러나지 않고 있다. 이를 유추해 해석해보면, 판타지가 지닌 양식적 측면과 장르적 측면에서 나타나는 이중적 성격을 함께 고려해보자는 의도가 아닌가 한다.

양식은 특정 서사류가 지니고 있는 본질적 속성이자 "공통의 구조적 특질"[37]인 데 비해 장르는 특정 작품군이 드러내는 자질과 특성에 의해 규정된다. 따라서 판타지는 동화와 함께 환상성을 문학적 속성으로 하는 양식으로 함께 묶을 수 있다. 하지만 동일 장르로 볼 수는 없다. 판타지가 '19세기 리얼리즘의 영향을 받'아 형성된 장르라는 이오덕의 견해처럼 판타지는 소설적 경향이 강하기 때문이다. 그럼에도 불구하고 판타지 장르는 환상이라는 속성 때문에 동화의 환상성과 자주 혼동을 불러일으켜 왔다. 이러한 문제들은 판타지 장르의 이중적인 특성에서 비롯된 것이다.

판타지의 장르적 이중성은 텍스트의 구조적 특성에서 비롯되는데, 이는 서구 판타지의 발생 과정과도 연관이 있다. 환상은 동서양을 막론하고 비실재적인 세계에 토대를 두고 있는 서사 양식에 내재된 원리로서,

---

36 원종찬, 「해방 이후 아동문학 서사 장르 용어에 대한 고찰」, 『아동문학의 장르와 용어의 재검토(2)―해방 이후』, 한국아동청소년문학학회 2009년 여름 학술대회 자료집, 2009, 19쪽.
37 로지 잭슨, 서강여성문학연구회 옮김, 『환상성―전복의 문학』, 문학동네, 2001, 16쪽.

낭만주의에 이르러 세계 인식의 도구로 받아들여졌다. 이러한 영향 아래 19세기 중반 이후 판타지가 전성기를 맞이하게 된다. 이때는 이미 낭만주의가 쇠퇴하고 리얼리즘이 발생하는 시기였다. 따라서 판타지가 리얼리즘의 영향을 받아 발생되었다는 것이 일면 타당성이 있긴 하지만, 그보다는 낭만주의적 초현실성과 사실주의라는 이질적인 문학 양식의 결합으로 보는 것이 좀더 설득력을 지닌다. 환상은 오랜 역사에 걸쳐 지배적인 서사 양식과의 결합을 통해 새로운 방식으로 자신의 생명력을 부단히 갱신해왔기 때문이다. 판타지에서 초현실적인 세계와 현실세계의 두 세계 구조야말로 그러한 결합의 결과물에 다름 아니다. 그런데 문제는 이러한 결합이 단순한 구조적 나열이 아니라는 것이다. 판타지를 구성하는 두 세계는 각기 자신만의 세계 인식을 토대로 서로에게 상호작용을 하면서 독특한 장르적 성격을 구성해간다. 이는 환상성과 현실성의 유기적인 구성 원리로 작용하며, 이를 구축해내는 요소가 판타지소인 것이다. 판타지에서 보이는 통로와 망설임, 시간의 문제 등의 판타지소는 두 세계 구조의 환상성을 강화시켜 주는 요소이자, 판타지세계와 현실세계 간의 긴장 관계 속에서 서사의 현실성을 부여해주기 때문이다. 이러한 환상성과 현실성의 구성원리는 판타지를 이루는 두 축이다. 어느 한 축이 주요 구성 원리로 작용하느냐에 따라 판타지의 성격이 좌우될 뿐만 아니라 여러 유형으로 다르게 나타날 수 있다.

이러한 이중성은 앞에서 언급했듯이 판타지를 장르적으로 규정하려 할 때 인접 장르들과의 경계에서 장르적 성격을 애매하게 만드는 요인으로 작용해왔다. 이는 환상성과 현실성이라는 장르적 특성이 타 장르와의 '유사성과 차별성'을 동시에 지니고 있기 때문이다. 즉, 아동서사의 환상 장르인 동화와의 유사성이 판타지를 동일한 영역으로 포섭하게 만들지만, 판타지 나름의 고유한 내적 특성이 독자적인 장르로 차별성을 드러내는 것이다. 이는 판타지와 동화가 환상성을 본질적 속성이자 구조적 특질로 한다는 점에서 동일한 양식에 속하게 하는 반면에 서로 다른 독자적인 특성을 지닌 별개의 장르로 구분할 수 있게 해준다. 즉, 판타지의 환상성이 현실과 비현실의 확실한 구분을 토대로 구현된다는 특성은 동화의 일차원적 세계와 장르적 차이를 분명히 하는 것이다. 더욱이 판타지가 생성·발전되는 과정에서 리얼리즘이라는 지배적인 서사 방식에 의존할 수밖에 없었기 때문에 자연 판타지는 소설적 특성에 지배받게 된다. 현실적 세계와의 긴장 구도 속에서 현실의 문제를 반추해내는 판타지의 초현실성이 사실주의와 결합된 소설적 기획을 따르는 것이다.

이렇듯 혼종적 성격을 띠고 있는 판타지의 장르적 특성은 판타지를 '초현실적 세계를 다루는 아동소설'로 규정해준다. 한마디로 '환상소설'이라 할 수 있다. 이는 장르상으로는 소설에 속하지만, 초현실세계인 환상을 매개로 한 양식적 특성은 동화와 함께 환상서사로 다루어야 한다는 것을 의미한다. 이러한 장르 규정은 판타지가 지닌 고유한 특성을 명확히 드러나게 해준다. 나아가 공통된 자질을 보이는 특정 작품군과 그렇지 않은 것들, 경계에 속한 작품들 사이에 장르적 분류 기준을 세워둠으로써, 창작과 분석에 효율성을 가져오게 될 것이다. 이것이 바로 동화와 소설의 장르적 구분과 함께 판타지의 장르론적 입장을 명확히 해야 하는 이유인 것이다.

현실과 환상, 또 하나의 페르소나

1. 현실과 환상, 그 접점에 관한 생각

지난 반세기 동안 우리 문학에서 환상은 '현실 도피의 수단'이라는 오명으로 얼룩져 있었다. 문학적 실천으로서의 현실 재현, 나아가 시대에 대한 현실 인식이 절박했던 시절의 이야기다. 그 모순의 한복판에 문학이 짊어져야 할 소명이 있었음은 재론할 필요조차 없겠다. 작금이라고 해서 그 당위성이 소멸한 것은 아니다. 단지 현실이 예전 같지 않을 뿐이다. 눈에 보이는 골리앗과 싸워야 했던 다윗은 그나마 누구와 싸우는지는 알고 대적했을 것이니 자신의 논리 또한 흔들림이 없었을 것이다. 그러나 싸움의 상대가 눈에 보이지 않는 골리앗이라면 사정이 달라진다. 날로 고도화하는 자본과 첨단 과학, 반도체와 컴퓨터의 발달은 현실의 변화를 감지조차 할 수 없는 예측 불허의 상태로 만들어버렸다.

실로 우리는 어디로 튈지 모르는 불확실성의 시대, 실재와 가상이 공존하는 미지의 세계를 살고 있다고 해도 과언이 아니다. 그럴수록 삶의 불안과 불완전성은 더욱 고조될 수밖에 없다. 이 불안한 세계에서는 인식 체계마저 불완전하다. 급변하는 과학적 현실은 세계 인식의 총체성을 무력화하고 개별성만을 부각시킨다. 결국 파편화되고 다원화된 현실 영역의 일면만이 강조될 뿐이다. 이러한 시대에 문학은 과연 무엇을 재현해낼 수 있을까. 박진이 진단하듯이 "재현에 대한 믿음이 무너진 시대, 재현 대상과 그 가능성을 결정하는 '재현 체계의 이데올로기'를 의심하는 시대"[1]에 말이다. 서양에서는 이미 오래전에 제기된 문제이지만 2000년대 한국 소설에서 환상의 호명은 그러한 위기의식, 혹은 패러다임의 전환에서 비롯된 것인지도 모른다. 평자에 따라서는 환상을 '탈현실적' 일탈로 폄하하는 한편, 일각에서는 반리얼리즘 논의의 전위로 추켜세우는 등 상반된 입장이 대립하는 것도 사실이다.

하지만 '보이지 않는 세계의 가시화'라는 환상의 양식적 특성에 비추어봤을 때, 인공지능이 인간을 압도하는 현대사회의 비현실성·비가시성이야말로 환상의 가능성을 낙관적으로 바라보게 하는 요인이라는 점에 주목할 필요가 있다. 이때 비현실의 재현도 재현이라 할 수 있는지, 곧 이를 리얼리티로 볼 수 있는지가 문제다. 전통적 의미에서는 가당치도 않은 말이지만, 환상은 현실과의 접점을 통해 이루어진다는 점에서 근거가 전혀 없지는 않다. 즉 현실이 없으면 환상도 없는 것이다. 현실은 환상의 토대이고 환상은 현실의 연장이라 할 수 있다. 달리 말하자면 환상은 현실의 해석이며, 나아가 현실을 재구성하는 능력을 지니고 있다. 그렇다면 가시화된 환상 역시 현실성을 관철한다고 볼 수 있지 않을까. 이는 변화된 현실의 리얼리티 구현과 연관된 문제이자, 환상에 관한 반리얼리즘 논의를 불식하는 결정적 계기로 작용할 것이다. 적어도 환상과의 친연성을 강하게 지닌 아동문학에서만큼은 벌써 논의되었어야 할 사안이기도 하다.

아동문학의 주요 장르인 동화에서 환상성이 본질적 속성이라는 믿음

---

1 박진, 「환상과 현실의 다층적 관계」, 작가와비평 편집동인 엮음, 『키워드로 읽는 2000년대 문학』, 작가와비평, 2011, 121쪽.

은 오랫동안 지속되어 왔다. 일상적이거나 현실적인 소재를 다룬 작품이 다수였음에도 불구하고 이러한 인식이 굳건할 수 있었던 것은 아동기의 사유 방식인 물활론적 세계관에서 비롯한 것으로 짐작한다. 이후 일정한 패턴을 지닌 판타지 장르가 활황을 이루었고, 최근에는 패턴에서 벗어난 다양한 환상서사가 등장하고 있다. 이들을 판타지 장르로 분류할 필요가 있을까 싶을 정도로 환상은 이제 아동문학 서사의 보편적 양상으로 확산되는 추세다. 이 서사에 굳이 이름을 붙인다면 환상동화, 환상아동소설쯤이 아닐까 싶다. 그 정도로 환상서사가 현실과 비현실의 시공간을 넘나들기보다는 현실의 틈바구니를 비집고 출몰하는 비현실적 충동에 집중하고 있다는 뜻이다. 그만큼 아동문학에서 드러나는 환상은 다양한 양상을 보이고, 현실과 환상의 장르적 혼종성 또한 극심해서 분류가 난감한 것도 사실이다. 이재복과 김윤이 '현실주의·사실주의의 확장성'을 이야기하는 것도 그러한 이유에서일 테다.[2] 이러한 규정의 타당성은 좀 더 경과를 지켜봐야겠지만 일단은 의미 있는 시도로 여겨진다.

이 글 역시 현실과 환상의 접점 양상을 화두로 삼는다. 최근 아동문학 서사에서 환상을 다루는 방식을 살펴보면서 판타지 흥행 이후의 서사적 변화를 짚어보고, 확장성 논의에 대해 간략히 첨언하고자 한다. 많은 작품을 다루고 싶지만, 지면 관계상 김태호와 송미경의 작품을 대상으로 삼았다. 이들의 작품이 모두 그런 건 아니지만 대체로 전자는 동화적 경향이 우세하고, 후자는 기존 아동문학의 틀에서 상당 부분 벗어나 소설적 색채가 짙다. 두 양상에 대한 해명을 통해 환상이 각기 다른 장르적 특성과 교섭하는 양상을 살펴보고, 혼종성의 서로 다른 지점을 짚어내고자 한다. 더불어 앞으로의 전망도 헤아릴 수 있다면 더할 나위 없겠다.

---

2 이재복, 「현실 속 맨홀, 환상의 세계」, 『어린이책이야기』 39호, 아동문학이론과창작연구회, 2017년 가을호.
　김윤, 「사실주의와 SF, 장르의 혼종과 가능성에 대한 기대」, 위의 책; 「장르를 넘나드는 최근 아동청소년문학」, 『창비어린이』 60호, 창비, 2018년 봄호.

2. 테크놀로지와 환상, 그리고 동화의 자리

동화가 오랜 시간 전통을 축적해온 반면, 판타지가 장르로 호명된 것[3]은 극히 최근의 일이다. 이들은 서술 방법과 다루는 시공간의 특성상 개별 장르로 보는 것이 합당하지만, 환상을 매개로 한 양식상의 동질성이 장르의 혼동을 불러일으키기도 한다. 판타지라는 용어의 중의성이 동화의 환상성과 혼동되는 착시 현상 탓도 있지만, 어쩌면 동화의 장르적 애매성이 자초한 문제로 볼 수도 있다.

동화의 잡식성은 늘 당대의 지배적인 서사 방식과 부단히 결탁해온 것이 사실이다. 동화의 자장 안에 옛이야기 요소, 물활론성, 판타지 요소, 소설적 문법 등이 혼탁하게 뒤엉켜 있는 것은 그런 이유에서다. 바로 여기서 동화의 장르적 애매성이 초래된다. '전래'동화, '의인'동화, '환상'동화, '사실주의' 동화 등 동화라는 용어 앞에 수식어를 붙여야만 해당 서사의 장르적 특성을 감지할 수 있게 된 것도 그런 탓이다. 결국 동화의 '새로움'이란 이러한 이질적 요소를 적절히 배합한 혼종성 자체의 문제가 아닌가 하는 의문이 들기도 한다. 환상서사를 양적으로 방대히 축적해온 서양문학에서의 '환상' 역시 신화를 필두로 하여 로망스, 고딕소설, 판타지, SF 등 당대 서사와 결탁해온 전례가 다분하다. 동화와 환상의 결합 역시 그러한 결과이며, 두 양식이 지닌 잡식성의 특성상 장르적 파장은 강력할 수밖에 없다. 동화가 발현하는 환상성은 너무도 다양하고 빈번하게 일어나며, 서사적 새로움의 토대인 것도 사실이다. 이 새로움의 잣대에 현실과의 접점 양상이 빠질 수는 없다. 환상은 곧 현실성의 발현이기 때문이다.

흔히 김태호 동화를 새롭다는 말로 치장한다. 그 새로움의 근원은 무

---

3 판타지의 장르적 개념은 「판타지를 바라보는 장르론적 입장」(『아동청소년문학연구』 6호, 한국 아동청소년문학학회, 2010.)을 참고하기 바란다.

엇인가. 그의 데뷔작이자 호평을 이끌어낸『네모 돼지』(창비 2015),『제후의 선택』(문학동네 2016)만 봐도 다양한 혼종성이 존재한다. 옛이야기를 모티프로 한 언어유희(「남주부전」)거나 변신담의 현실적 변용(「제후의 선택」), SF적 상상력(「꽃지뢰」, 이상『제후의 선택』), 소설적 기법, 환상, 동물 이야기 등 다채로운 경향을 보인다. 이중에서도 특히 동물 이야기는 기존의 의인동화와는 색다른 감각을 보여준다.

『네모 돼지』는 전편이 동물 이야기로 구성되어 있는데, 의인화를 토대로 삼아 동화적 상상력부터 소설적 현실 인식까지 포괄하는 이채로운 경향을 보이고 있다. 특히 「기다려!」는 아주 사실적인 동화로, 마치 잘 빚어진 엽편소설을 보는 듯하다. 나아가 작가의 의도인지는 모르겠지만 "기다려!"라는 주인의 무책임하고도 비인간적인 말은 세월호의 아이들을 환기시키고 있어 묵직한 울림을 준다. 화자인 개의 "내 몸에서 한 뭉치의 털이 빠졌다."라는 진술에서 드러나듯이 이 작품은 방사능 유출 사고라는 극한 상황 속에 방치된 여린 생명을 통해 인간성의 진위를 묻는다. 이러한 문제의식은 그의 동물 이야기 곳곳에 깔려 있는 핵심 코드로 읽힌다. 도살장으로 끌려가는 소와 돼지에게 "소풍"이나 "천국"의 이미지를 부여한다거나 아파트 베란다 밖으로 내던져진 개를 "나는 개"라고 표현하는 아이러니한 언술을 통해 인간 중심주의의 폭력적 상황을 효과적으로 환기한다. 동물 의인화의 물활론적 환상이 이러한 아이러니와 결합하면서 색다른 방식으로 현실성을 구현하는 것이다. 즉 김태호는 동화적 상상력, 혹은 동화의 서술 방법을 통해 소설적 현실 인식을 보여준다 하겠다.

특히 「네모 돼지」는 지극히 동화적이면서도 현대 자본주의 사회에 대한 풍자와 은유적 현실 인식을 드러낸다는 점에서 주목할 만하다. 여기서 '네모 돼지'는 일종의 풍자적 알레고리로서 자본주의 상품 가치의 이면에 드리워진 비윤리성과 허위의식을 내포한다. "어릴 적부터 네모난

철 상자 에 가둬" "마치 찍어낸 벽돌처럼 네모반듯하게 키워" 낸 상품에 불과한 네모 돼지는 자본주의 생산 체제의 폭력성을 압축적으로 보여준다. 아무리 도축용이라지만 생명체에 대한 최소한의 윤리마저 배제한 채 상품 가치의 효용성만을 극대화하는 자본의 비정함을 상징한다고 봐도 무리가 없다. 나아가 효율적인 생산을 위해 제공되는 '거짓 희망'은 자본주의 체제의 본질이라 해도 과언이 아니다. 화려한 광고와 대중매체가 쏟아내는 물질적 풍요와 성공 신화는 현대인들의 욕망을 끝없이 자극하고 삶의 희망을 심어주지만, 이는 결국 네모 돼지의 활발한 육성을 촉진하기 위한 거짓 희망과 다름없다. 현대인의 삶은 체제 유지를 위해 자본에 세뇌된 욕망 덩어리와 다름없을지도 모른다.

네모 돼지들은 자신들이 "천국"에 이를 것이라는 희망으로 "네모난 철 상자"에 갇힌 삶을 견딘다. "한 달도 버티지 못"할 정도로 극한 상황에서 인간이 만든 거짓말(희망)을 믿고 "6개월이면 무게가 500킬로그램이나 나가는 네모난 돼지"가 되어 "상상할 수 없는 돈을 벌어 주"는 것이다. 현대 자본주의 사회의 허위의식과 별반 다를 바 없다. 그리고 이러한 허위의식을 네모 돼지들에게 심어주는 역할은 바로 '책 읽는 둥근 돼지'의 몫이다. 하지만 허위의식에 세뇌되어. 있는 것은 둥근 돼지 역시 마찬가지다. 네모 돼지이건 둥근 돼지이건 간에 자본의 체제 속에 억압된 존재들인 것이다. 나아가 이들의 거짓된 의식이 현대 기계 문명, 곧 테크놀로지에 기반한다는 것은 이 작품이 지닌 환상성과 현실 인식의 남다른 면모를 느끼게 한다.

책 읽는 둥근 돼지, 오스터는 네모 돼지들을 천국에 이르게 한다는 사명감으로 충만하다. '책 읽는 돼지'라는 특별한 존재감은 오로지 이 소명을 위한 것이고, 오스터는 이를 이루기 위해 최선을 다한다. 그렇다면 오스터는 어떻게 책을 읽을 수 있게 되었을까? 오스터는 자신을 키운 할머니가 자신을 품에 안고 매일 책을 읽어준 덕분으로 알고 있다. "똑같은 그림책을 수천 번도 더 보다 보니 조금씩 무슨 뜻인지 저절로 알게 되"었다는 것이다. 그러나 네모 돼지들과 함께 천국으로 가는 트럭에 올랐다가 살아 돌아온 오스터가 목격한 '책 읽는 돼지 연구소'의 광경은 가히 충격적이라 할 만하다.

어린 돼지들의 머리에는 전선이 잔뜩 연결된 헬멧이 씌워져 있었다. 전선은 커다란 모니터와 연결되어 있고, 모니터에서는 오스터에게 낯설지 않은 영상이 나오고 있었다.

"할머니?"

모니터에 할머니가 새끼 돼지를 안고 책을 읽어 주는 모습이 나왔다. 할머니는 따뜻한 눈으로 새끼 돼지의 머리를 쓰다듬어 주었다. (64쪽)

모든 것이 거짓이었음이 밝혀지는 순간이다. 테크놀로지를 이용한 기억 조작으로 새롭게 각인된 거짓 기억이 오스터를 지배해왔고, 이를 통해 네모 돼지 생산 농장의 이익을 창출해온 것이다. 이처럼 「네모 돼지」는 '책 읽는 돼지'라는 환상성을 테크놀로지라는 현대 과학 문명과 접목시켜 역으로 '현대성'의 의미를 반추한다. 결국 오스터가 네모 돼지들을 이끌고 진정한 천국을 찾아 행동에 나서는 장면은 체제의 허위의식, 누군가에 의해 조작된 거짓에 대한 항거로 보아도 무방하다.

김태호는 다른 몇몇 작품에서도 과학 기술 문명을 다룬다. 환상물은 아니지만 스마트폰에 갇혀 가상의 현실을 사는 아이들을 다룬 「창 안의 아이들」, 게임 중독으로 현실과 가상을 혼동하는 아빠 이야기인 「게임 중」(이상 『제후의 선택』) 그리고 신호등을 소재로 의인화한 장편동화 『신호등 특공대』(문학과지성사 2017)만 보아도 작가의 관심사가 어디로 향하는지 그 일면을 엿볼 수 있다. 이중에서 의인화와 테크놀로지의 접목이라 할 수 있는, 그래서 환상적이면서도 동화적인 『신호등 특공대』는 「네모 돼지」와 서술 방법을 견주어 살펴볼 필요가 있다. 한마디로 동화적 상상력이라는 장르적 틀 안에서 테크놀로지의 환상성과 현실성이 어떻게 부합하는가의 문제를 제기해볼 만한 작품이다.

『신호등 특공대』는 신호등 속 아이콘 '고고'(파란불)와 '꼼짝마'(빨간 불)가 잠시 정전된 틈을 타 신호등 밖으로 나왔다가 위험에 처한 아기 고양이를 구하기 위해 모험을 펼치는 이야기다. 재개발 지역의 무너진 벽돌 틈에 갇혀 있는 아기 고양이를 구하기 위해 어미인 '꼬리반반'이 신호등 특공대에게 도움을 요청한 것이다. 여기에 비상구 표시등의 아이콘인 '상구'도 가담해서 도움을 준다. 신호등 특공대는 우여곡절 끝에 지나가던 할머니의 힘을 빌려 119 구조대를 부르고, 구조된 아기 고양이는 차에 실려 동물 보호소로 향하게 된다. 그런데 이대로라면 어미와 아기 고양이는 생이별을 하고 만다. 어떻게 해야 할까? 여기서 신호등 체계라는 테크놀로지의 특성이 발휘된다. 꼼짝마가 근처 신호등의 전선과 자신을 연결해 교신함으로써 구조대 차를 찾아내, 차를 돌리게 하는 것이다. 과연 가능한 일일까? 작품에서는 "갑자기 신호등이 모두 좌회전 신호로 깜박"인다. 그래서 모든 차가 좌회전을 해서 본래 있던 자리로 되돌아와, 어미와 아기 고양이가 다시 상봉한다.

흔히 동화적 상상력은 현실의 논리를 넘어선다고 한다. 하물며 의인화의 경우엔 두말할 나위가 없다. 의인화 자체가 비현실적이기 때문이다. 그렇다고 해서 이 비현실의 논리가 무차별적인 것은 아니다. 의인화 역시 현실 법칙의 지배를 받을 수밖에 없다. 그래야 현실성, 곧 리얼리티를 확보할 수 있기 때문이다. 『신호대 특공대』에서 아이콘이 인간과 대화할 수 없다는 제약을 설정한다거나 「네모 돼지」에서 오스터의 말이 인간에게는 '꽥꽥'거리는 소리로 들리게 하는 것은 서사적 필요에 따른 것인 동시에 현실성을 담보하는 수법이기도 하다. 하물며 현실 법칙이 적용되는 신호등 체계는 말할 것도 없다. 교통 신호는 차선과 연동하여 운영되는 것이기 때문에 모든 신호가 한꺼번에 좌회전으로 바뀔 수도 없고, 직진 차선에서 신호를 기다리던 구조대 차가 신호 때문에 좌회전을 할 리도 만무하다. 동화의 틀에 얽매여 현실의 논리를 무시한 것은 아닐까. 환상이 넘어서야 했던 것은 현실 논리가 아니라 동화의 틀이었던 셈이다. 이러한 문제는 「네모 돼지」에서도 엿보인다. 돼지들이 철조망을 넘어갈 때 "벽돌처럼 차곡차곡 몸을 포개어 탑을 만들고 그 탑을 타고 올라 모두 울타리를 넘었다"는데 과연 이게 가능한 일인가? 아래쪽에서 탑이 되었던 돼지들은, 가장 마지막에 남은 돼지는 울타리를 어떻게 넘어갔을까? 언뜻 보면 그럴듯해 보이지만 실은 논리적 오류에 빠지고 만 형국이다.

환상성은 현실성을 담보로 구축된다. 현실성과 비현실성의 경계 그 어디쯤에 환상이 존재하는지도 모른다. 아무리 추상과 생략이 가능한 동화일지라도 이 경계의 논리는 무시될 수 없다. 더욱이 테크놀로지가 구현하는 환상의 논리는 현실 법칙 위에 세워지는 위반의 세계여야 한다.

3. 반이성주의적 알레고리와 경이적인 현실

환상은 탈장르적이다. 적어도 아동문학 서사에서 환상은 장르적 한계에 머물지 않고 다양한 서사적 양상을 보이며 전환을 거듭하고 있다. 동화의 환상성이 오랜 전통으로 굳어진 것은 말할 것도 없고, 한때는 일정한 패턴을 지칭하는 장르로서의 판타지 역시 아동 환상서사의 대명사로 인식되기도 했다. 하지만 갈수록 장르적 경계는 흐릿해지고 '비현실적 요소'를 지닌 서사의 속성으로 일반화되어 가는 듯하다. 이제 환상은 장르 개념보다는 양식적 측면에서 접근하는 것이 더욱 용이해 보이기까지 한다. 그만큼 장르적 틀이 유연하고 유동적이며 다양한 서사적 경향을 보이기 때문이다. 바로 그 유연성에서 환상서사의 새로움이 추동되는 것은 아닌지 주목할 만하다. 혹자는 기존 장르의 틀을 고수하면서 갱신의 길을 모색할 것이며, 또 어떤 경우엔 견고한 장르의 벽을 허물고 그 폐허 위에 새로운 감각의 언어를 부려놓을 것이다. 전자에 김태호의 동화가 머물고 있다면, 후자는 단연 송미경의 동화다.

사실 송미경의 환상서사는 장르적 규정이 애매하다. 동화라기보다는 소설적 색채가 짙고, 전통적 판타지 장르와도 확연히 다르다. 2000년대 일반소설에서 "환상이 풍자적 알레고리가 됨으로써 현실과의 긴밀한 관련성을 유지"[4]하였듯이 그의 환상은 현실을 풍자하는 알레고리를 통해 현실과의 접점을 환기시키는 환상소설의 한 경향에 닿아 있는 듯하다. 이러한 현상이 아주 낯선 것은 아니다. 방미진의 「금이 간 거울」(『금이 간 거울』, 창비 2006)이나 김영혜의 「수선된 아이」(『수선된 아이』, 푸른책들 2007)와 같이 현실과 비현실의 경계 허물기를 통해 현실을 재인식하는, 패턴을 벗어난 환상서사는 이미 등장한 바 있다. 공지희의 『영모가 사라졌다』 (비룡소 2003)나 김려령의 『기억을 가져온 아이』(문학과지성사 2007)처럼 판타지의 패턴이 유행하던 시절에 말이다. 서양에서는 1950년대를 전후하여 판타지의 장르적 패턴이 해소되기 시작하면서─물론 라틴 계통의 마술적 사실주의의 영향을 무시할 수 없지만─현실과 환상의 경계가 느슨해졌다는 것은 익히 알려진 사실이다. 판타지 장르를 뒤늦게 본격적으로 수용한 우리의 경우에는 환상서사의 다기(多岐)한 경향이 동시다발적으로 일어났던 것으로 짐작된다.

송미경의 환상서사 역시 이러한 경향의 연장선상에 놓여 있다. 우미옥의 「운동장의 등뼈」(『운동장의 등뼈』, 창비, 2017)나 김우주의 「누구」(『창비어린이』 2017년 겨울호), 이외에도 임어진, 오시은 등 다양한 작가들의 몇몇 작

---

4 박진, 앞의 글, 123쪽.

품들까지 감안한다면 이러한 경향이 하나의 작품군을 이룬다고 보아도 무방하다. 이들이 구현하는 환상성은 아이들이 처해 있는 현실의 일면과 접점을 이루면서 전혀 다른 방식의 현실 인식 혹은 재현을 추동한다는 점에서 유사점을 지닌다. 물론 개별 작품들은 저마다의 독특한 방식으로 환상성을 구현하며 하나의 유사점만으로 포괄할 수 없는 다양성을 내포한다. 그럼에도 이들 환상서사가 지닌 환상과 현실의 접점이라는 코드는 공통의 요소인 동시에 개별적 특성을 추동하는 근원이라는 점에 주목할 필요가 있다. 곧 이 접점의 양상이 관통하는 지점에 이들의 환상성이 무리지어 있고, 그 속에서 저마다의 목소리를 내는 다양성이 존재한다는 뜻이다. 송미경이 내놓은 일련의 환상서사는 분명 그러한 양상의 한 지점을 지나는 것으로 보인다.

최근의 동화를 이야기하는 자리에서 송미경의 『어떤 아이가』(시공주니어 2013)는 매번 거론될 정도로 주목받아 왔다. 기존의 동화와는 엄연히 구분될 만큼 생경한 이 작품집은 단박에 송미경이라는 작가를 주목하게 만들었고, 그만큼 논란도 종종 일었던 것으로 기억한다. 환상성을 기반 삼아 풍자와 상징으로 가득한 이 작품집은 때때로 난독성, 혹은 의미 해석의 불가능성, 해독의 시도조차 여지없이 미끄러지고 마는 애매모호성이 곳곳에 산재해 있다. 현실을 초월하는 비현실적 사고의 확장은 늘 다층적이고 가변적이기 마련이다. 그 층간에서 얼핏 엿보이는 현실적 의미는 모호할 따름이고, 따라서 현실은 파편으로 존재할 뿐이다. 5살 아이인 척하는 34살 먹은 동생이 등장하는 「어른동생」, 미혼모로 추측되는 엄마가 낳은 사산아의 현신인 듯한 「없는 나」, "근엄하고 조용한" 가부장적 부권의 몰락, 혹은 살해 충동이자 "갓 태어난 아버지"의 탄생기로 읽히기도 하는 「아버지 가방에서 나오신다」와 같은 작품에서 현실적 의미를 명쾌하게 찾아내기란 쉬운 일이 아니다. 여기서의 환상성은 하나의 상징에서 비롯되며 현실과의 접점 역시 피상적으로 이루어지기 때문이다. 상징 혹은 이미지는 현실을 포괄할 수 없고, 현실과 관계된 어느 일면과의 연결 고리에 불과한지도 모른다.

반면 이러한 상징이 풍자적 의미를 지닌다면 얘기는 달라진다. 풍자는 자신이 대적해야 할 대상으로 현실을 호출하기 때문이다. 가령 「어떤 아이가」에서 '어떤 아이'는 줄곧 실재하는 존재인지 아닌지 의문을 불러일으킨다. 그 아이의 것으로 보이는 칫솔이 욕실에 꽂혀 있고, 그 아이가 떠나면서 집 안 곳곳에 붙여놓은 노란 쪽지가 실재하며, 화자인 문재의 노란 점퍼 주머니에 구멍이 난 것을 알고 직접 꿰맨 흔적도 발견된다. 급기야 아이는 엄마 아빠의 결혼 20주년을 기념해 찍은 가족사진 속에서도 활짝 웃고 있다. 이 정도라면 아이는 문재네 가족과 한집에서 실제로 함께 살았던 것으로 보인다. 그런데 왜 문재네 가족 중 누구도 이 아이를 본 적이 없을까? 함께 살았던 것이 맞는 걸까? 이쯤 되면 이 아이의 존재성에 의문이 들 수밖에 없다. 작가는 아이가 이 집에서 "1년이나 살았는데"라고 하며 능청스럽게 이야기를 마무리 짓고 있지만 말이다. 어쩌면 아이의 존재성이 실재인지 환상인지는 큰 의미가 없을지도 모른다. 단지 현실과 비현실의 경계를 무너뜨린 자리에서 솟아나는 현실 각성에 의미가 있을 뿐이다. 문재네 가족은 서로에게 무관심한 현대판 가족 관계의 단면을 보여준다. 그래서 "그러고 보니 너도 참 많이 자랐다."라는 형의 말이나 사진을 보며 "엄마가 저렇게 변했네."라는 문재의 말에서 느껴지는 현실 자각은 바로 '어떤 아이'라는 상징이 지닌 풍자의 힘에서 비롯되는 것이다.

『돌 씹어 먹는 아이』(문학동네 2014)에서는 그동안의 동화나 판타지 장르에서는 보기 드문, 그래서 더욱 낯설고 충격적인 환상서사를 만나게 된다. 현실 논리만으로는 쉽게 받아들일 수 없는 알레고리로 가득하기 때문이다. 다소 황당하면서도 기묘한 분위기가 때로는 너무 그로테스크해서 섬뜩하기조차 하다. '동화가 이래도 되나?' 하고 의구심을 갖는 독자도 있을 것이다. 만약 그렇다면 이 단편집은 이미 절반의 성공은 거둔 셈이다. 알게 모르게 젖어 있던 동화의 오래된 관습에서 멀리 벗어나, 그 것이 관습이었음을 일깨웠으니 말이다. 익숙해지면 무뎌지기에 부단한 자기 갱신으로 새로운 전위가 되는 것, 문학이란 본래 그런 것이다. 그 새로움이 없었다면 문학은 이미 소멸하고 말았을지도 모른다. 아동문학 이라고 해서 그 본질이 다르지 않다. 더욱이 기묘하고도 괴기스러운 충 격이 실은 단순한 일탈이 아니라 우리 시대 아이들의 삶과 현실에 대한 반추이자 환기라면 더욱 눈여겨볼 수밖에 없다.

그 엽기적인 이야기 중에 「돌 씹어 먹는 아이」가 있다. 제목 그대로 돌 을 먹는 아이가 등장하는 이야기다. 황당하기 그지없는 설정이다. 사람 이 돌을 먹다니 가당키나 한 일인가. 하지만 아빠는 손톱과 발톱을 먹어 왔고, 엄마는 케첩 바른 못을, 누나는 지우개와 벌레와 쥐를 먹는다는 고 백에 이르면 이 가족의 식성을 그저 유별나다고만 치부할 수가 없다. 저 마다 숨겨왔던 치부를 드러내는 고해성사와 같은 비장함이 느껴지기 때 문이다. "사람들이 보지 않는 틈을 타서 몰래 돌을 씹어 먹었"다는 주인 공 연수의 진술에서 드러나듯이 이 범상치 않은 식성은 누군가에게 들 켜서는 안 되는 자기만의 비밀인 셈이다. 남과 다르다는 인식은 치부이 자 열등감으로 자리 잡고, '다름'으로 인해 타인에게 비난의 대상이 되 기도 한다. 평범함의 집단적 우월성은 종종 편견과 선입견을 무기로 여 론몰이를 해오지 않던가. 하지만 "먹음직스러운 돌들이 널려 있는 산골 동네"에서 연수가 만난 할아버지는 "그건 병이 아니니, 고칠 필요는 없 지."라고 말하는데, 이는 연수의 유별난 식성조차 개인적 취향에 불과함 을 되새겨준다. 많은 아이들이 이 동네를 찾아왔다는 사실이 반증하듯 이 누구라도 그럴 수 있다는 뜻이다. 그러니 남과 다르다고 비난할 것도, 기죽거나 속앓이할 필요도 없다는 것이 이러한 극단의 상상력이 환기하 는 의미일지도 모른다. 작가가 돌 먹는 아이, 연수를 서두에서부터 "아주 평범한 아이"로 강조한 이유일 것이다.

그로테스크는 그 자체만으로도 환상적이다. 기묘하거나 괴기스럽다는 것은 일상성에서 벗어난 비현실성을 동반한다. 현실은 교란되고 흐트러지면서 사실과 허구의 경계조차 희미해지고 만다. 그 흐릿해진 현실의 틈을 비집고 나와 활보하는 이물(異物)들은 경이로울 수밖에 없다. 이러한 현실에서는 반이성주의적 알레고리가 가득하다. 이성적 사고를 넘어서는 괴기스럽고 경이적인 상황 자체의 비현실성이 곧 현실로 대체된다.

「혀를 사 왔지」에 등장하는 '무엇이든 시장'의 괴기스러움 역시 현실의 한 단면을 보여주기 위한 설정이라 할 수 있다. 동물 상인들이 마치 장기 매매를 하듯 각종 눈썹, 귀, 뼈, 혀를 좌판에 내다 파는 황당한 시장은 욕망을 사고파는 현대사회를 환기한다. 신체의 일부분을 바꿔 끼우기만 하면 원하는 대로 이루어진다는 설정 역시 현실과 닮아 있다. 시장에서 '혀'를 사온 시원이 역시 일종의 욕망을 구입한 것이나 마찬가지다. 그러나 시원이의 혀는 욕망의 한풀이라는 점에서 문제적이다. "난 혀가 없거든."이라는 진술에서 드러나듯 시원이는 "듣기만 해야 하는 애"였다. 아이들이 괴롭혀도, 엄마 아빠가 잔소리를 해도 그저 잠자코 있던 아이였다. 그런 시원이가 "손바닥 위에서 기분 좋게 꿈틀거"리며 "마치 무엇인가 말하고 싶은 듯"한 "혀를 덥석 삼켜 버"리자 그동안 억눌려 있던 말들이 폭풍처럼 쏟아져나온다. 그동안 못된 녀석들에게 "시달린 친구들과 나를 위해서" 시원이의 혀는 "매우 날카롭고 예리해서 마음을 후벼 파는 말"을 마구 퍼부어 "잘못을 빌"게 만든다. "문제집 풀라"고 "밥 먹는 시간도 재촉해 대"던 엄마의 말문도 틀어막아 버린다. 반이성주의적 비현실성으로 대변되는 혀의 풍자성으로 억눌린 자아의 현실을 뒤바꿔놓은 것이다.

「나를 데리러 온 고양이 부부」에서는 어느 날 갑자기 찾아온 고양이 부부가 맡겨둔 아이를 돌려달라고 주장하는 황당한 설정이 현실을 반추하는 계기로 작용한다. 낯선 존재의 방문으로 현실은 균열이 일어나 금세 일그러지고 만다. 늘 바쁘다는 푸념을 입에 달고 살며, 딸 지은이에게 "조금도 쉴 틈을 주지 않"고 잔소리를 해대는 엄마의 모습은 품위 있고 여유 있는 고양이 부부와 대비된다. 인간의 삶에 경종을 울리는 '낯선 존재'를 등장시켜 요즘 아이들의 불행한 삶을 되돌아보게 하는 것이다. 결국 지은이가 자신을 아비가일이라고 부르는 고양이 부부를 따라 나섬으로써 현실은 더욱 비극성을 띠게 된다.

이러한 낯선 존재는 『바느질 소녀』(사계절 2015)에서 다시 한번 확인할 수 있다. 이 작품에는 어두운 공원 구석 자리에 앉아 상처 입거나 죽은 동물을 바느질로 재생시키는 거지 소녀가 등장한다. 죽은 동물의 태반이 인간의 잔혹성 때문에 피해 입은 동물이라는 점에 문제의 심각성이 있다. 길고양이들의 꼬리를 자르고 딸에게 폭력도 서슴지 않는 수목이 아빠의 행패나 구청장 아들인 정태와 한태의 패악이 가감 없이 드러난다. 그야말로 그로테스크한 현실의 단면이다. 이러한 현실에서 인위적인 재생은 오히려 현실의 균열이 더욱 심화되는 결과를 초래하기도 한다. 인간의 상식으로는 도저히 이해할 수 없는 일이 자꾸 벌어지자 이에 불안과 위협을 느낀 어른들이 거지 소녀에게 위해를 가한 것이다. 선의조차도 받아들이지 못하는 어른들의 악의는 회복 불가능한 인간성의 타락을 암시한다. 그러나 거지 소녀 곁에는 늘 아이들이 함께해왔다. 소녀를 따라 나선 수목이를 보며 "촛불" 같은 희망이 아직은 살아 있음에 안도해야 하는 것인지도 모른다.

이처럼 송미경의 환상은 돌을 먹고, 혀를 사서 끼우고, 바느질로 생명을 재생시키는 등 근대 이성주의의 합리성과 논리성에 반하는 괴기성에 토대를 두고 있다. 이 괴기성은 하나의 알레고리이자 풍자가 됨으로써 경이적인 현실을 보여준다. 그 속에서 현실의 이면은 명징하게 부상하며, 현실과 환상이라는 이질적인 속성이 교차하는 접점에서 서사는 또 다른 길을 모색하고 있는 것으로 보인다. 이런 징후와 더불어 새로운 기대 또한 움틀 것이다.

4. 또 하나의 페르소나

시대 흐름에 따라 장르는 변하기 마련이고 패턴은 저항과 해소, 재구축을 반복하는 게 일반적인 추세다. 그렇다고 해서 기존의 장르가 곧바로 폐기되거나 무화되어 소멸되는 것은 아니다. 장르 변이는 혼종성의 문제이자 어떤 우세한 변종이 하나의 장르, 혹은 추세로 자리 잡아가는 경향성을 의미한다. 세상이 아무리 바뀐다 해도 사실주의적 현실 재현은 어떤 식으로든 계속될 것이다. 판타지 장르 역시 패턴이 어떻게 변하든 환상서사의 한 축으로 남아 있을 것이다. 문제는 현실과 환상의 접점을 통해 새로운 방식의 재현을 보이는 작품들을 어떻게 규정할 것인가이다. 앞에서 살핀 김태호와 송미경의 작품은 판타지 장르의 고유한 특성과 은유적 사유로부터 한참 벗어나 있다. 그렇다고 사실주의로 볼 수도 없다. 그들이 아무리 환상기제를 통해 현실의 이면을 들추어내 재현한다 하더라도 말이다.

최근 논의된 '사실주의의 확장성' 역시 이러한 고민에서 비롯되었을 것이다. 그러한 문제 제기에는 십분 공감하는 바이나, 이러한 시도에는 선결되어야 할 문제도 내포되어 있다. 가령 실재론에 바탕을 둔 사실주의, 혹은 현실 반영으로서의 사실주의가 비실재적인 비현실을 포용하는 것이 논리적으로 가능하냐는 것이다. 더욱이 사실주의는 서술 방법뿐만 아니라 세계관의 문제라는 점도 걸림돌로 작용한다. 이성주의적 합리성에 기반한 사실주의의 대척점에 환상적 세계관이 놓여 있기 때문이다. 이렇게 서로 상충되는 자질을 확장성으로 포장하다가는 자칫 사실주의의 한계를 시인하는 꼴이 될 수도 있다. 한때 마술적 사실주의가 사실주의를 '보완'한다는 주장이 있었지만 "새로운 형식의 텍스트를 도입하여 언어의 결함을 상쇄시키지만, 이러한 텍스트의 출현 자체가 재현의 한계를 반증할 뿐이다."[5]라는 비판에 직면했음을 상기할 필요가 있다. '확장'과 '보완'은 사실주의 입장에서 이질적인 경향을 포섭하려 든다는 점에서 유사하다.

또 다른 측면에서는 확장성을 제기하면서 왜 사실주의를 중심에 두느냐는 문제가 있다. 만약 판타지나 SF 같은 비사실주의 문학이 강세를 띠지 않았다면 이러한 확장성은 논의되지도 않았을 것이다. 곧 확장성의 중심에 대한 논의가 전제되어야 한다. 작금의 추세는 엄밀히 말해 '환상의 확장성' 혹은 'SF의 확장성' 측면에서 논의되어야 더욱 합당하리라 볼 수 밖에 없기에, 반발이 일어날 소지 또한 충분하다. 또 한 가지 고려해야 할 것은 사실주의 서사의 자장 안에 환상서사를 포함할 경우 기존 사실주의 서사의 자리는 어디인가 하는 점이다. 현실 재현과 비현실을 통한 현실 재현이라는 상이한 서사 방식의 불편한 동거가 언제까지 용인될 수 있을까. 따라서 "일반적인 의미의 현실주의 서사 작품은 과거에 고착되어 낙후된 것인 양 뒷전으로 밀려나는 인상"[6]을 받는다는 원종찬의 의구심에 공감할 수밖에 없다.

이제 솔직히 인정할 필요가 있다. 최근 김태호와 송미경이 시도하는 일련의 환상서사는 기존의 사실주의나 판타지의 속성에서 한참 멀리 벗어나 있으며, 환상적 현실 재현의 새로운 국면을 이끌어내고 있음을 말이다. 이들 작품은 나름의 독특한 방식으로 현실과 환상이 접점을 이루

---

5 스코트 심킨스, 「라틴아메리카 현대 문학에 있어서의 마술적 사실주의의 기원/사실주의의 보완」, Lois Parkinson Zamora 외 지음, 우석균 외 옮김, 『마술적 사실주의』, 한국문화사, 2001, 123쪽.
6 원종찬, 「장르의 무화 또는 고착화에 대한 우려」, 『어린이책이야기』 통권 40호, 아동문학이론과 창작연구회, 2017년 겨울호, 179쪽.

게 하며, 현실 이면의 어떤 지점을 재현하는 서사 방식에 대한 인식의
전환을 요구하고 있다. 이들은 이미 동질의 무리를 이루고 있고 서로 연
대하며 자신들의 서사 방식을 독립적으로 개척해나갈 것이다. 이를 기
존 서사의 울안에 가두는 것이 아니라 현실과 환상이 결합된 또 하나의
페르소나로 인정해야 할 때가 도래했음을 시인할 수밖에 없다. 그것이
마술적 사실주의가 되었든 환상적 리얼리즘이 되었든, 혹은 또 다른 이
름을 얻든 간에 환상서사는 꾸준히 성장해나가 아동문학 서사의 새로운
이정표가 될 것이다. 그 전위의 길목에 김태호와 송미경의 문학이 서 있
다. 현실과 환상의 접점이 이루어 내는 경이로운 현실 앞에서 "마술적
관점으로 '보완'한 사실주의가 아니라, 그 자체로 이미 마술적 혹은 환
상적 현실을 담은 사실주의가 되었다."[7]라는 프레드릭 제임슨(Fredric
Jameson)의 말을 새삼 되새기는 것은 그러한 이유에서다.

---

7 프레드릭 제임슨, "On Magical Realism in Film"; 스코트 심킨스, 앞의 글, 129쪽에서 재인용.

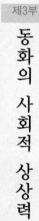

열려진 세계의 존재들

1. 열려진 세계와 몸

어느 날 눈을 뜨자마자 온몸이 털북숭이로 되어 있고 긴 꼬리의 낯선 존재로 바뀌어 있다면 누구라도 기절초풍할 노릇일 것이다. 카프카의 그레고르 잠자를 떠올려도 좋다. 하루아침에 코가 사라져 버린 고골리의 꼬발료프는 여기에 비길 바도 못 된다. 달아나 버린 코가 사람처럼 행세하고 다닌다 한들 자신은 코 하나 없을 뿐 그래도 인간이라는 존재에 머물러 있으니까.

몸이 바뀌면 자신의 존재성을 상실할 수밖에 없다. 몸은 곧 '나'이기 때문이다. 비록 플라톤은 '몸이 영혼의 무덤'이라고 몸을 경시했지만, 몸이 없다면 영혼은 존재할 수 없다. 하물며 고대 중국의 영혼 불멸론 조차 몸이 소진되고 나면 영혼은 다른 몸을 찾아 깃듦으로써 영원히 불멸한다고 믿었다지 않는가. 더욱이 영혼만으로는 자신의 존재성을 드러낼 수 없다. 몸이 있기에 '나'는 타자와의 '관계맺음'이 가능하다. 이 관계성이 바로 나의 존재를 증명한다. 만약 몸이 바뀐다면 타자와의 관계성이 끊어지는 것이며, 이로 인해 나라는 존재는 타자들로부터 새로운 관계에 놓이게 되는 것이다. 벌레라면 벌레의 관계성이, 고양이라면 고양이로서의 타자 관계가 새로이 성립되어야 하지 않겠는가. 그레고르 잠자의 변신은 그러한 관계성을 통해 인간 존재의 의미를 되짚어보게 한다. 이것이 바로 초현실적이고 허무맹랑하기 그지없는 변신 이야기가 오래도록 향유되는 이유인지도 모른다. 합리주의와 이성중심주의의 견고한 바벨탑이 이미 수백억 광년이나 떨어진 우주의 끝을 향하고 있는 첨단 과학시대임에도 불구하고, 변신의 사유는 여전히 되풀이되고 있다.

이러한 변신, 즉 탈바꿈의 사유는 태초 인류의 역사와 함께 시작되었다. 동물에 대한 고대인들의 양가적 감정이 이를 반증한다. 그들에게 동물은 사냥의 대상인 동시에 경배의 대상이었다. 사냥을 나가기 전에 동물의 탈과 가죽을 뒤집어쓰고 춤을 추는 의례를 통해 사나운 동물의 강한 힘이 전이되기를 빌었다고 한다. 이는 사나운 동물을 두려워하면서도 닮고 싶어 하는 욕구의 표현임과 동시에 '강한 동물로 변신하는 이야기들이 생겨나는 배경'이 되었으리라 본다. 즉, 거친 자연환경 속에서 나약하기만 한 존재인 인간으로서 자신의 한계를 극복하고자 하는 소망이 변신이라는 사유로 표현된 것이라 할 수 있다. 이러한 사유의 흔적은 신화를 비롯한 설화의 형태로 지금까지도 전승되고 있다. 단군신화의 웅녀 이야기 역시 이러한 변신의 한 유형인 것은 잘 알려진 사실이다. 이렇듯이 고대로부터 전해져온 변신의 사유는 인간 내면에 깊이 잠재된 원초적 본성에 다름 아니다. 변신의 상상력이 고대인들의 정신세계에서 비롯된 독특한 사유 방식일 뿐만 아니라, 유년기 아동들의 물활론적 세계관과도 동일한 맥락을 지니고 있기 때문이다.

그러나 플라톤에서 아리스토텔레스로 이어지는 그리스 철학은 이성의 힘을 신적 능력으로 간주하고, 이성은 오로지 인간만이 지닌 능력으로 봄으로써 인간은 동·식물보다 우위에 놓이게 된다. 이로써 미천한 존재로의 변신은 설득력을 잃게 되었다. 그리스신화에서 보이는 변신의 사례가 신의 권위에 도전한 인간에게 내리는 징벌로 전락한 것은 바로 그러한 연유에서다. 인간중심주의적 사고에서 자연은 그저 객체에 지나지 않는 것이다. 이러한 인식은 중세시대에 이르러 더욱 강화되었다. 초월적 유일신과 인간만이 존재하는 기독교의 세계관에서 자연은 단지 정복의 대상에 불과할 뿐이다.[1] 더불어 인간의 몸은 죄의 근원으로 철저히 부정되었다. 이러한 기독교의 자연관은 근대의 자연과학으로, 몸의 억압은 근대의 이성 중심주의로 이어져 자연과 몸을 철저히 소외시켜 왔다. 이러한 상황에서는 변신의 상상력이 미약할 수밖에 없다.

흔히 고대인들의 사고방식을 애니미즘으로 표현하듯이 고대인들에게 자연과 인간의 경계는 존재하지 않았다. 인간과 동물, 식물은 물론 무생물조차도 동일한 층차(層次)에 놓인 존재들이었다. 이는 곧 "자아와 타자는 각기 서로 따로 존재하는 것이 아니라 서로 연결되어 있으며 자아와 타자, 즉 세계가 서로 전환 가능한 상호관계 속에서 서로 교차하게 되는 것이다. 여기에서 자아와 타자가 함께 섞이면서 존재하는 세계라는 것은 바로 주체와 객체가 하나가 될 수 있다고 여겼던 '원시사유'의 세계"[2]를 의미한다. 에른스트 캇시러(E. Cassirer)는 이러한 세계에서 '생명의 갖가지 영역들 간에는 종적인 차이가 없으며, 갑자기 이루어지는 탈바꿈에 의해 만물은 그 어떤 것으로도 변하는데, 이러한 탈바꿈의 법칙이 신화세계의 독특한 특징이라고 말한다.'[3] 이렇게 인간과 자연이 종(種)과 류(類)의 구분 없이 넘나들 수 있다는 세계 인식을 엘리아데(M. Eliade)는 "열려진 세계"[4]로 표현한 바 있다. 즉, 변신은 열려진 세계의 상상력이

---

1 하나님이 그들에게(하나님이 창조한 남자와 여자―인용자) 말씀하시기를 '생육하고 번성하여 땅에 충만하여라. 땅을 정복하여라. 바다의 고기와 공중의 새와 땅 위에서 살아 움직이는 모든 생물을 다스려라.'(창세기)
2 김선자, 『변신이야기』, 살림, 2003, 6쪽.
3 에른스트 캇시러, 『인간이란 무엇인가』, 창, 2008, 148쪽.
4 엘리아데, 『이미지와 상징』, 까치, 1998, 194~195쪽.

만들어낸 초월적 세계 인식인 것이다. 이 세계에서 자연의 모든 존재는 우열이 없으며, 주체와 객체가 따로 존재하지 않는다. 모두가 '나'인 동시에 '너'인 것이다. 이러한 인식은 근대의 자연관과 이성중심주의로부터 대척점에 놓여 있다. 모든 자연물에는 인간과 동등한 영혼이 깃들어 있고, '열려진 세계'의 상상력은 모든 존재의 자유와 해방을 의미하기 때문이다.

인류의 오랜 역사 속에서 변신의 상상력은 시들지 않고 오히려 현대까지도 전승·변형·재생되고 있다. 고대 중국 신화에 무수히 등장하는 인간과 동물의 몸을 지닌 반인반수(半人半獸)의 신들에서부터 전쟁에 끌려간 남편을 기다리다 돌이 되어버린 망부석 전설 등 수많은 변신 이야기가 '열려진 세계'의 담화를 이루고 있다. 물론 변신 이야기는 시대에 따라 각기 다른 모습으로 변형되어 나타나는 것도 사실이다. 인간과 자연이 함께 평온하길 바라는 염원에서 비롯된 반인반수의 신들과 신의 노여움으로 동물이 되어버린 인간의 이야기가 신화세계의 변신을 의미한다면, 오래도록 구전되어 온 온갖 전설과 고소설 〈옹고집전〉 등은 권선징악과 보은, 인과응보 등의 중세기적 관념을 담고 있다. 변신의 상상력이 시대정신과 결합하면서 부단히 변모해 왔음을 알 수 있다. 이는 현대의 변신 이야기 역시 예외가 될 수 없다. 특히 변신 이야기는 아동서사에서 주로 나타나고 있는데, 아동기의 물활론적 사고방식은 변신의 상상력과 부합하는 면이 많다. 그럼에도 합리주의와 이성 중심의 사고가 지배적인 현대의 서사적 관습에서 변신의 모티프 역시 시대적 변용과 각색을 수용할 수밖에 없으리라 보인다. 이 글은 최근의 두 작품을 살피면서 변신의 상상력이 지닌 현대적 의미를 짚어보고자 한다.

2. 존재 너머의 존재들

변신 이야기는 옛이야기에서 쉽게 찾아볼 수 있을 정도로 널리 알려져 있다. 이에 대한 연구도 활발히 진척되어 변신의 유형에 따라 변신담을 세분화해서 분류할 정도가 되었다. 그런데 이들 분류 중에서 '상승변신, 하강변신' '하위주체로의 변신' 등의 용어가 눈에 띈다. 여기서 '하강'변신과 '하위'주체는 동일한 의미로 인간이 동물 등으로 변하는 것을 지칭하는 것인데, 이러한 용어가 적절한지에 대해서 먼저 짚어 볼 필요가 있다.

우선 변신의 상상력은 '열려진 세계' 인식을 전제로 했을 때만이 가능하다는 것을 염두에 둔다면, 인간과 자연물을 동일한 차원으로 바라볼 때 개체 간의 변신이 이루어지는 것으로 봐야 한다. 이때 동물은 인간에 비해 미천한 존재가 아니다. 해서 변신에 있어서 '하강'이라는 것은 없다. 즉, '열려진 세계'에서 모든 우주만물은 동등한 존재이기 때문에 '종과 류'의 구분 없이 개체가 '평행' 이동한 것일 뿐이다. 단지 인간 중심의 눈으로 봤을 때만이 인간보다 낮은 개체로의 '하강'이 되는 것이다. 따라서 이러한 인간중심주의적 용어로 규정하기보다는 '주체'와 '객체'의 개념으로 보는 것이 나을 듯하다. 이 역시도 인간 중심의 개념이긴 하지만 오랜 시간이 흐르는 동안 이미 객체화된 자연이기에 인간과 구분하는 정도로는 허용되지 않을까 싶다. 또 변신담의 분류가 변신의 도구와 계기까지 감안해 여러 가지 유형으로 복잡하게 분류되고 있지만, 크게 보면 변신담은 '주체의 객체화'와 '객체의 주체화' 두 가지로 구별할 수 있다. 가령, 게으름뱅이 인간이 소가 되는 〈소가 된 게으름뱅이〉와 손톱을 먹은 쥐가 인간이 되는 〈쥐의 둔갑〉처럼 인간이 자연물이 되거나(주체→객체) 자연물이 인간이 되거나(객체→주체) 한다. 물론 이 과정에 둔갑이나 도술(주술), 혹은 어떤 사물이 작용하기도 한다. 구조적으로는 변신이 이루어졌다가 제자리로 돌아오는 순환 구조, 혹은 돌아오지 않는 직선 구조를 보이는데 대체로는 순환적 구조이다.

이러한 변신담의 특징은 현대 아동서사의 변신 이야기에서도 고스란히 반복되어 나타나고 있다. 우리 아동서사에서 변신을 다룬 작품이 그다지 많지 않아서이기도 하지만 대부분 옛이야기의 변신 모티프를 차용한 창작이 다수이기 때문이다. 김우경의 『수일이와 수일이』(우리교육, 2003)는 〈쥐의 둔갑〉의 모티프를, 임정자의 「이상한 알약」(『이상한 알약』, 창비, 2002)은 〈소가 된 사람〉의 구조를, 권정생의 『밥데기 죽데기』(바오로딸, 2005)는 여러 신화에서 변신 모티프를, 임정자의 『흰산 도로랑』(우리교육, 2008)은 〈아버지 원수를 갚은 포수의 아들〉의 전개방식을 따르고 있다.[5] 이외에도 최정금의 『변신 쥐가 돌아왔다』(별숲, 2012) 역시 고소설 〈옹고집전〉의 모티프를 계승하고 있는데, 〈쥐의 둔갑〉이 〈옹고집전〉의 원형이라는 점에서 이 모티프는 대를 이어 계승되고 있는 셈이다. 여기서 변신체는 '나'와 똑같은 '또 하나의 나'로서 주체(인간)화된 객체(동물)가 본래 주체(인간)와 대결 구도를 이룬다. 그런데 이들 작품은 현대에 창작된 동화·아동소설임에도 불구하고 그다지 현대적 감각이 돋보이지는 않는다. 아마도 옛이야기적 색채가 작품의 전반에 짙게 배어 있는 탓인지도 모른다. 이경혜의 중편 청소년소설 「그 녀석 덕분에」(『그 녀석 덕분에』, 바람의아이들, 2011) 역시 바퀴벌레의 변신을 통해 요즘 아이들의 문제를 제기하고 있지만 이 변신체도 '또 하나의 나'라는 점에서 〈쥐의 둔갑〉과 유사점이 있다. 사실 현대 서사에서 변신의 상상력은 초현실적이다. 판타지 장르에서와 마찬가지로 환상적 요소인 변신의 기제는 현실적 감각으로 설득력 있게 그려낼 필요가 있다. 옛이야기의 변신 요소를 차용할 경우 독자들이 쉽게 수긍하는 이점은 있지만 서사의 독창성이 반감되는 것은

---

5 유은영은 「한국 창작동화의 변신 유형 연구」(건국대 석사학위 논문, 2011.)에서 이들 작품이 지닌 옛이야기의 요소를 자세히 분석하고 있다.

아닌지 반문하게 된다. 외국 작품이긴 하지만 최근에 번역된 영국 작가 매트 헤이그의 『고양이가 되다』에 주목하는 것은 그러한 까닭에서다.

『고양이가 되다』(미래엔, 2015)는 어느 날 아침 갑자기 고양이가 된 소년의 이야기를 다룬 청소년소설이다(물론 초등학교 고학년도 거뜬히 읽어낼 만하다). 이제 막 중학생이 된 주인공 바니 윌로우는 고양이가 되어 죽을 위기에 처하지만 여자 친구인 리사와 역시 고양이가 된 아빠의 도움을 받아 다시 인간으로 돌아온다. "세상은 한때 고양이였던 인간들과 인간이었던 고양이들로 가득하다"(360쪽)고 너스레를 떠는 작가는 시종일관 경쾌한 화법으로, 도둑고양이들과 혈투를 벌이기도 하고 윔마이어 교장의 음모에 휘말려 죽을 고비에 처하기도 하는 바니의 이야기를 흥미진진하게 이끌어 간다. 이 작품에서 세상의 모든 고양이는 세 가지로 분류된다. 거리의 무법자인 '도둑고양이'와 온순한 '난롯가 고양이', 그리고 인간이었다가 고양이 몸에 갇혀 버린 '희망 없는 고양이'다. 물론 세 번째가 바니의 경우다. 그렇다면 바니는 어떻게 고양이가 되었을까?

바니가 물었다.

"우리 서로 바꿔 볼까?"

농담이었지만 조금은 진심도 섞여 있었다. 특히 바니 인생을 통틀어 가장 중요했던 바로 '그 말'을 할 때만큼은 온전히 진심이었다.

"네가 되고 싶어."

고양이가 초록색 눈동자로 바니의 눈을 그윽이 들여다봤다. 그러자 갑자기 이상한 느낌이 들었다. 어지러웠다. (52~53쪽)

바니에게 이런 일이 있고 나서 "잠자리에 들 때는 인간이었지만 아침에 눈을 떴을 때는 의심할 여지없이…… 고양이가 되어"(75쪽) 버린 것이다. 한마디로 바니의 선택이었던 셈이다. 왜 그랬을까? 왜 바니는 고양이와 눈을 맞추고 '네가 되고 싶다'고 말했을까? 무엇보다도 바니의 삶이 견디기 힘들었기 때문이다. 1년 전 엄마 아빠는 이혼을 했고, 별거 중이던 아빠가 몇 개월 전에 감쪽같이 사라져 버렸다. 그런데다 학교에서는 개빈 일당에게 괴롭힘을 당해야 했고 심지어 피해 학생을 보호해야할 웝마이어 교장은 한술 더 떠서 바니를 궁지에 몰아넣으며 학대한다. 이 정도면 바니가 고양이가 되어 현실을 회피하고 싶을 만도 하다. 더군다나 그런 생각을 품도록 하기 위해 웝마이어가 일부러 바니를 학대했다는 것이 밝혀지면서 바니의 변신은 충분히 현실적 타당성을 확보한다. 웝마이어는 인간으로 변신한 고양이였고, 아직은 고양이에 머물러 있는 자신의 아들을 인간으로 만들기 위해 '약해빠진' 바니를 골라 고통을 주면서 고양이가 되고 싶어 하도록 조장한 것이다.

이처럼 이 작품은 변신의 기제를 치밀하게 구성해 내고 있다. 또한 여기서의 변신이 주체와 객체가 서로 몸이 바뀌는 상호 변신이라는 점도 독특한 서사 구조를 구축하는 데 일조하고 있다. 바니는 웝마이어의 아들인 고양이 모리스로, 모리스는 바니로 변신하고, 웝마이어도 마찬가지다. 그는 본래 진짜 웝마이어 교장이 키우던 고양이 캐러멜이었는데 서로 몸을 바꾼 것이다. 이러한 상호 변신은 주체와 객체의 문제를 더욱 복합적으로 대립하게 하면서 존재 이면의 진실을 통해 삶을 새로운 각도에서 바라보게 한다.

가짜 웝마이어는 지독할 정도로 악마적인 인물이다. 고양이로 된 진짜 웝마이어를 굶겨 죽인 후 두개골을 잘라내 연필꽂이로 사용하질 않나, 정어리 통조림과 개박하를 미끼로 난폭한 도둑고양이들을 마음대로 부리며 고양이가 된 바니를 죽이도록 사주한다. 그가 이러한 악행을 되풀이하는 데는 이유가 있다. 그가 캐러멜이었던 시절에 이웃집 아이들에 의해 꼬리가 잘렸기 때문이다. 그에게 그 아이들은 "동물학대자들"과 다를 바 없었다. 그에게 인간에 대한 적개심을 심어주기에 충분했고, 그의 악마적인 근성은 여기에서 비롯된 것이다. 그가 인간이 된 것도 태국의 올드 씨암으로 이사를 간 그 아이네 가족을 찾아가 복수를 하기 위해서다. 이러한 사실을 바니는 고양이가 되고 나서야 알게 된다. 눈에 보이는 존재 너머의 존재를 인식하게 되었다고나 할까. 더욱이 캐러멜이 어린 고양이였을 때 바니의 개가 달려들어 괴롭힌 적이 있었는데, 그때 바니가 말리지는 않고 자신을 비웃었다는 생각에서 바니 역시 가짜 웝마이어의 복수의 대상이 될 수밖에 없었다.

이처럼 웝마이어의 악한 근성에는 이유가 있었다. 이 세상의 모든 악은 악이 만들어낸 것이 아니고 무엇이겠는가. 아무리 작고 하찮을지라도 모든 생명은 존엄성을 지닌 존재들이다. 그 존엄성이 훼손되었을 때 세상은 균열이 생기고 인간과 자연은 균형을 잃을 수밖에 없다. 가짜 웝마이어는 그러한 경고의 화신인 것이다. 이렇듯 변신의 사유는 '열려진 세계' 인식을 통해 인간중심주의로 '닫혀진 세계'의 틈을 비집고 들어와 새로운 인식을 던져 준다. 존재 너머의 존재들의 현현(顯現)이 바로 그것이다.

3. 소비사회의 물화된 인격들

고대의 신화는 물론이고 전설이나 민담에서 사물이 되어 버린 인간의 이야기는 쉽게 접할 수 있는 흔한 소재다. 그중에서도 돌이나 바위로 변하는 이야기가 가장 많을 것이다. 여러 지역에서 전해지고 있는 '망부석 전설'이 바로 그런 류에 속한다. 대표적인 예로 신라 눌지왕 때 볼모로 끌려간 왕자를 구하러 일본으로 간 박제상과 그의 아내 이야기인 〈치술령 망부석 전설〉이 있다. 그를 기다리던 아내가 치술령에서 죽어 망부석이 되었다는 것이다. 이외에도 고기를 잡으러 가거나 전쟁터에 나간 남편을 기다리다 바위가 되었다는 이야기도 숱하게 많다. 이러한 화석(化石) 모티프는 흔한 '장자못 전설'에도 고스란히 담겨 있다. 이 전설은 대개 '마을이 곧 물에 잠기니 살려거든 어서 산으로 가라'는 예언자의 말을 듣고 집을 나섰으나 마을이 어찌 되었는지 궁금해서 '절대 뒤를 돌아보지 말라'는 금기를 어기는 바람에 그 자리에서 돌이 되어 버린 아낙네의 이야기다. 이들 전설은 인간이 사물로 바뀌는 변신 이야기의 대표적 유형이라 하겠다.

최양선의 『지도에 없는 마을』(창비, 2012)도 화석 모티프처럼 사물이 되어 버린 인간을 다루고 있다. 여기서의 사물이 돌이나 바위가 아니라 자신이 좋아하는 물건이라는 점이 다를 뿐이다. 또한 설화적 공간인 '자작나무 섬'과 자본주의 소비사회로 상징되는 '도시'의 대비를 통해 물화된 현대인의 삶을 다룬다는 면에서 사물로 변신하는 전설들과는 색다른 문제의식을 지니고 있다. 장자못 전설이나 망부석 전설에서 돌이나 바위로 바뀐 몸은 당시의 시대의식을 반영하고 있다. 오랜 기간 회자되면서 전승자들의 의식을 담아낼 수밖에 없는 옛이야기의 특성상 이들은 선행에 대한 보답, 금기를 어긴 것에 대한 징벌, 남편에 대한 부인의 절개 등 전근대적 관념을 표상하는 것이다. 특히 망부석 전설에서의 변신은 여성의 정절윤리(貞節倫理)라는 봉건적 관념을 대변하는 것으로 해석되어 왔다. 더욱이 돌이나 바위는 물질의 특성상 오랜 시간을 견딜 수 있다는 측면에서 그러한 관념의 '기념비'적 상징으로 작용했을 터이다. 실지로 전국 곳곳에 그러한 전설을 품고 있는 바위가 존재한다. 이는 사물로의 변신담화가 남성 중심의 봉건체제에서 지배 이데올로기화되어 전파되었음을 의미한다. 물론 전혀 다른 해석의 여지도 있다. 남편이 먼 바다로 고기잡이를 가거나 전쟁에 동원되어 오랜 기간 돌아오지 못할 때 홀로 남은 부인의 고초가 어떠했겠는가. 차라리 돌이나 바위덩이로 살아가는 편이 훨씬 나을지도 모른다. 어쩌면 그러한 현실 인식이 사물 변신담을 발생시킨 것은 아닐까? 여기에 여인네의 그리움과 기다림이라는 슬픈 정조(情調)가 더욱 널리 공감을 불러일으켰을 만하다. 더구나 역사는 당시 민중들이 겪어야 했던 수탈과 인신의 억압을 자세히 기록하고 있다. 해서 사물로의 변신 전설은 그러한 현실에 대한 반증으로 읽히기도 하는 것이다. 그러나 이는 하나의 가정에 불과할 뿐 지배 담론은 여전히 여성의 수절과 열녀상의 표상으로 망부석 전설을 전하고 있다. 따라서 현실 문제에 대한 비판적 성찰이라는 측면을 지니고 있는『지도에 없는 마을』에서의 변신은 기존의 사물 변신 모티프에 대한 전혀 새로운 해석으로 볼 수도 있겠다.

『지도에 없는 마을』에서 사건의 발단은 '도시'에서 다수의 실종사건이 발생하는 것이다. 주인공 보담이의 엄마 역시 오래 전에 실종되었다. 물론 보담이는 자신이 어렸을 때 엄마 아빠가 이혼한 걸로 알고 있었다. 아빠가 보담이에게는 엄마의 실종 사실을 숨긴 것이다. 그런데 '미스터리 방송사'에서 방영한 '사물과 교감하는 사람들'을 보고 미심쩍게 생각한 보담이가 엄마의 흔적을 추적하다가 실종 사실을 알게 된다. 그러나 엄마는 실종된 게 아니라 자신이 좋아하는 물건으로 물화된 것이다. 다른 실종자들 역시 마찬가지다. '사물과 교감하는 사람들'이 실종된 사람의 물건을 만지면 그 사람과 함께 있는 듯하고, 그래서 말까지 걸게 되는 것은 실종된 사람이 그 물건으로 변했기 때문이다. 보담이의 친구인 소라 역시 그런 기운을 느낀다.

보담이가 화장실에 간 사이, 소라는 자꾸 이상한 기운이 느껴지는 화장품 냉장고 곁으로 다가갔다. 무언가 특별한 게 있는지 여기저기 살펴보다 문을 열고 손을 넣었다. 찌릿한 기운이 손끝에 닿더니 몸으로 흘러들었다. 점점 슬픈 느낌이 들었다. (66쪽)

보담이네 집에 놀러온 소라가 보담이 엄마가 아끼던 물건인 화장품 냉장고에서 보담이 엄마의 '물화된 인격'⁶을 경험하는 장면이다. 이 물건은 보담이 아빠가 소중히 보관하고 있는 것이며, 아무것도 모르는 보담이가 곧잘 화장품 냉장고 속에 머리를 집어넣으면 "기분이 좋아지고 마음이 편안해"지곤 했다. 그렇다면 보담이 엄마는 왜 화장품 냉장고가 되었을까. 이 매듭을 풀기 위해서는 먼저 '바벨 쇼핑센터'를 눈여겨봐야 한다.

바벨 쇼핑센터는 '자작나무 섬과 다리 하나를 사이에 둔 도시'에 세워진 초대형 쇼핑센터다. "바벨 쇼핑센터는 모두 20층이고 지하는 모두 주차장이었다. 1층부터 15층까지는 물건을 팔았다. 가전제품, 아기용품, 주방용품, 청소용품, 오락기, 가구, 애완용품 등 종류도 다양했다. 그 위층에는 식당과 병원, 약국 등이 있었다."(85쪽) 현대 자본주의 소비사회의 상징인 드럭스토어(le drugstore)⁷를 연상하게 된다. 이는 자본주의 사회의 풍요, 물질의 풍부함을 상징한다. 그러나 이 풍부함은 누구나에게 민주적이지 않다. 소비사회의 풍부함은 재화의 소비라는 차원을 넘어 행복, 품위, 위세 등 사회적 위계질서의 기호를 만들어내기 때문이다. 만약 수억 원대의 최첨단 인공지능 냉장고가 있다고 치자. 그것도 한정판으로. 이 냉장고는 음식을 보관하는 도구(물론 첨단 과학을 응용한 다른 기능도 분명 있을 것이다)인 동시에 이것을 소유하는 사람의 위세를 나타내는 기호로 작용하게 되는 것이다. 해서 소비사회는 기호를 소비하는 것이고, 사람들은 새로운 기호를 얻기 위해 사물에 집착하게 된다. 이처럼 사물에

---

6 물건으로 변한 사람의 변신체에서 느껴지는 사람의 체취를 '물화된 인격'으로 표현하기로 한다.
7 드럭스토어는 상업센터와 문화센터의 결합체이다. 한 곳에서 상품 구매와 영화 관람·외식·댄스 강습 등의 문화생활이 동시에 이루어지는 공간이다. 여기서는 소비재 쇼핑과 함께 책, 음반, 전시회, 공연 등의 지적이고 문화적인 소비도 함께 이루어지는데, 장 보드리야르는 이를 "물품에 첨가된 회백질(matiere grise, 두뇌, 지능)"이라고 말한다. 장 보드리야르 지음, 이상률 옮김, 『소비의 사회』, 문예출판사, 1999, 19~21쪽.

사회적 가치를 부여하는 물신숭배적 논리는 나아가 소비의 이데올로기로 작용할 수밖에 없다. 즉, 사물은 인격화하고 사람은 사물에 맹신하게 되는데, 이는 사람이 사물화되는 것과 다를 바 없다. 보담이의 엄마를 비롯한 실종자들이 평소 '물건에, 특히 새로운 물건에 집착했다'는 것은 소비사회의 이데올로기를 반영하고 있다.

> 젊어지기 위해 수단과 방법을 가리지 않았다. 비싸고 좋은 화장품과 화장품 냉장고도 구입했다. 젊어질 수 있다면 무엇이든 할 수 있다며 새로운 디자인과 기능이 좋아진 게 나올 때마다 새 화장품 냉장고로 바꾸었다. (45쪽)

연극배우였던 보담이 엄마가 사물로 변하기 전의 얘기다. 나이 탓에 배우로서 성공하지 못한다는 생각 때문에 사물에 맹신하고 있다. 이는 자신의 삶의 가치를 인정받기 위한 기호를 소비하는 것과 다를 바 없고, 결국 사물에 대한 맹신 때문에 보담이 엄마는 화장품 냉장고가 되었다. 이처럼 물화된 인격으로 표현된 사물 변신 모티프는 현실의 이면을 드러내는 상징으로 적절히 활용되고 있다.

4. 변신, 몸의 전복성

변신의 상상력은 그 자체만으로도 전복성을 지닌다. 인간이 고양이나 사물이 되고, 고양이가 인간으로 변하는 것이야말로 현실 법칙의 위반이 아니겠는가. '열려진 세계'에서나 있을 법한 일이다. 해서 이 초현실성은 현실에 대한 도전이고 전복인 셈이다. '마크 트웨인도 사실은 고양이였다'고 말하는 『고양이가 되다』의 작가는 작품 곳곳에서 틈만 나면 '고양이가 인간보다 훨씬 똑똑하고 많은 능력을 지닌 존재'라고 강조한다. 이러한 언술은 인간 존재에 대한 비아냥거림이기도 하지만, 동시에 '열려진 세계' 인식으로 인간중심주의의 허상을 지적하는 것이기도 하다. 바니가 허술한 인간 아이로 그려진 것은 그런 탓이다. "행복했다면 고양이가 되지도 않았겠지."(341쪽)라는 가짜 웝마이어의 말처럼 바니는 불행한 아이였다. 주근깨투성이에, 키도 작고, 끔찍한 학교에 다니고 엄마 아빠는 이혼을 했고, 게다가 아빠의 실종은 바니를 악몽에 시달리게 했으니 불행하다고 여길 만도 하다. 바니는 적어도 고양이가 되기 전에는 그렇게 생각했다. "자신이 참 보잘것없다고" 말이다. 하지만 '희망 없는 고양이'였다가 다시 본래의 몸을 되찾고자 하는 강한 열망은 바니를 더 이상 불행한 아이로 남겨두지 않는다. 이는 전도된 관계의 회복을 통한 재생과정이라 할 수 있다.

변신은 전도된 관계에 다름 아니다. 앞에서 언급했듯이 몸은 타자와의 관계맺기의 주체이기에 몸이 바뀌면 관계도 바뀌는 건 당연하다. 고양이가 된 바니는 도둑고양이 무리의 공격을 받아야 했고, 친구인 리사도 하나뿐인 엄마도 바니를 알아보지 못한다. 반면에 바니는 고양이가 됨으로써 아빠의 진실을 알게 된다. 삶이 버거웠던 아빠 역시 실종된 것이 아니라 고양이 몸으로 바뀐 것이었다. 이처럼 바니는 고양이가 되고 나서야 세상과 자신에 대해 새로이 인식하게 된다. 나아가 모리스로부터 자신의 몸을 되찾기 위해 온갖 고난을 겪어내면서 자신의 존재 의미를 깨닫게 되는 것이다. 즉, 바니의 전도된 관계는 "내가 나로 살 수 있다는 건 행운이야. 지금껏 나는 나로 살 수 있는 행운을 누려 왔어. 다만 그걸 깨닫지 못했을 뿐."(346쪽)이라는 깨달음의 계기로 작용한다. 그래서 바니는 "삶에는 한 가지 면만 있는 게 아니라 다양한 면이 존재한다. 어떤 면은 나쁠 수 있지만 어떤 면은 좋을 수도 있다. 사랑은 그 모두를 아우르는 가장 강력한 힘을 가지고 있다."(336~337쪽)고 자신의 삶을 받아들이게 된다.

이러한 깨달음은 바니가 바뀐 몸에서 원래의 몸으로 돌아가는데 필수적인 조건이다. 즉, "자기 몸으로 들어간 고양이를 찾아가서 다시 인간이 되고 싶다고 빌"(304쪽)어야 하는데, "진심으로 바니 윌로우가 되길 원해야 한다"(323쪽)는 것이다. 이는 '원래 삶의 모든 것을 온전히 받아들일 수 있어야' 한다는 의미이며, '모리스가 바니의 몸으로 살고 싶은 마음보다 더 절실해야' 하는 것이다. 결국 바니의 간절함은 "모리스의 마음을 닫고 있던 빗장이 스르르 풀리"게 하고 본래의 몸으로 돌아오게 한다. 이처럼 변신은 과거의 바니를 전복시키고 이전과는 다른 새로운 바니로 탈바꿈시켜 놓았다. 여기서 가짜 웹마이어 역시 인간중심주의에 대한 전복으로 읽히지만, 인간에 대한 복수심이 또 다른 악을 불러온다는 측면에서 전복성을 상실하게 된다. 그의 악마적인 변신은 세상을 더욱 혼돈에 빠지게 할 뿐이며, 존재들 간의 사랑이 세상의 모든 불행을 이겨낼 수 있다고 믿게 된 바니에게 패할 수밖에 없는 것이다. 사랑의 힘이 악을 소멸시킬 수 있다는 작가의 의지가 느껴지는 대목이다.

『지도에 없는 마을』에서의 사물 변신도 재탄생의 계기로 작용한다. 이 작품에서 신화적인 공간인 자작나무 섬의 거대한 고물상의 로고가 '베르카나', 곧 "다시 살아난다는 뜻"(130쪽)이라는 데서 암시하고 있듯이 여기서의 재탄생, 혹은 재생은 주술성과 함께 신화적 의미를 지니고 있다. 무엇보다 고물상의 주인인 해모가 바다마녀의 인간 변신체이며, 그래서 마법의 힘을 지닌 인물이라는 점에서 재생은 자본주의 소비사회에 대한 전복적 의미로 읽힌다. 더욱이 도시에서 버려진 물건을 수거해 와서 새로이 수리해 내놓는 고물상의 존재는 소비사회의 생산과 소비 메커니즘에 정면으로 대치되고 있다. "사물의 '사용'은 그 완만한 소모를 초래할 뿐이며, 급격한 소모 속에서 창조되는 가치가 훨씬 더 크다. 그러므로 파괴는 생산에 대한 근본적인 대극(對極)이며, 소비는 그 양자의 중간항에 불과하다. 소비는 자신을 넘어서 파괴로 변모하려는 강한 경향

을 갖고 있다. 바로 이 점에서 소비는 의미 있는 것이 된다."[8] 그러므로
재생은 의미 없는 것이다. 곧 물질의 풍부함이라는 소비사회의 화려한
찬사는 파괴와 생산의 공허한 메커니즘을 가리고 있는 허상일 뿐이기에
파괴된 사물의 재생은 생산의 가치를 하락시키며 소비사회체제를 위협
하는 일이 된다.

그렇다면 해모는 왜 이런 일을 하는 것인가. 그것은 바로 "바다와 섬
을 망쳐버린 인간들에게. 마음을 잃어버린 채 평생 물건이나 껴안고 살
아가는 어리석은 인간들에게."(116쪽) 복수하기 위해서다. 여기서 해모가
인간이 되고 싶어서 "인어공주에게 주었던 변신의 묘약"(106쪽)을 마신
바다마녀라는 사실은 해모의 분노를 이성중심주의의 자연 정복과 파괴
에 대한 징벌로 읽히게 한다. 즉, 자본주의 소비사회에 대한 신화세계의
단죄인 것이다. "물건에 대한 집착…… 끊임없이 사고 버리면서 그들의
마음과 감정은 사물처럼 딱딱하게 굳어지고 있어. 겉모습만 인간일 뿐
이지. 마음과 감정이 사라진 이들은 사물일 뿐이야."(115~116쪽)라는 해
모의 말에는 물화된 인격에 대한 증오가 담겨 있다. 그래서 해모는 수거
된 물건 중에서 '인격(인간의 영혼)'이 느껴지는 물건을 분해해서 새로 조
립해 원하는 사람들에게 팔아버린다. "그 물건을 분해해 버리면 다시 인
간으로 돌아올 수 없"(116쪽)기 때문이다.

이렇듯 이 작품은 신화세계와 자본주의 현실을 변신이라는 기제를 통
해 은유적으로 대비시키면서 전복적인 상상력을 보여주고 있다. 물화된
인격과 신화세계에서 나온 인간 변신체의 현대적 변용은 우리의 삶과
현실을 재구성하는 역설이기 때문이다. 그래서 물건에서 풀려난 사람들
에 대해 "저들은 지금 막 엄마의 몸에서 나온 것과 다름없다. …… 처음
으로 돌아가 마음을 자라게 해 주어야 한단다."(140쪽)라는 해모의 말은

---

8 장 보드리야르, 위의 책, 55쪽.

의미심장하기만 하다. 해모의 뒤를 이어 마법의 힘을 갖게 된 소라에 의해 다시 인간이 된 사람들, 곧 보담이 엄마가 몸은 돌아왔지만 아직 마음은 돌아오지 않은 상태를 두고 한 말이다. 이는 보담이 엄마가 재탄생의 과정을 통해 새로 태어나고 있음을 의미한다. 바니가 자신의 존재 의미를 되찾고 새로운 자아로 거듭나는 것과 동일한 맥락을 지닌다. 이것이 변신의 상상력이 추구하는 바다. 그래서 변신은 전복의 상상력이다.

지금도 수많은 사람들이 사물화되고 있으며, 이성의 장벽은 견고하기만 하다. 그럴수록 '열려진 세계'의 존재들은 이 장벽을 해체하고자 끊임없이 출몰할 것이다. 인간 중심의 현실에 균열을 내고 사물화된 현실의 존재들을 '열려진 세계'로 이끌어 갈 것이다.

'열려진 세계'의 존재들은 그렇게 우리 삶에 대한 문제를 제기하고 있다.

차별과 혼돈의 벽을 넘어서

동화에 나타난 다문화 현실과 정체성의 문제를 중심으로

1. 다문화주의와 아동문학

우리 사회가 다인종·다문화사회로 접어들고 있다는 것은 이제 누구도 거역할 수 없는 현실이 되었다. 2008년 5월 1일 행정안전부에 따르면 당시 외국인 주민이 89만 1,341명으로 전체 인구의 1.8%를 차지하는 것으로 밝혀졌다. 하지만 이 수치에 단기(90일 미만) 체류자와 불법 체류자 수는 포함되지 않아 실제 국내 거주 외국인 수는 이보다 훨씬 많을 것으로 추산된다. 법무부는 2007년 출입국관리통계에서 2007년 국내 체류 외국인 수가 106만 6,273명으로 총인구의 2.2%에 이르는 것으로 밝히고 있다.[1] 국내 이주민 수는 해마다 급속도로 증가하는 추세에 있다. 행정안전부 발표를 기준했을 때, 국내 거주 외국인 주민 수가 72만 3천여 명이었던 2007년에 비해 2008년에는 23.3% 증가한 것으로 볼 수 있다.

일반적으로 이주민이 총인구의 5% 이상에 이르면 다문화사회로 분류

---

[1] 법무부, 2007 출입국관리통계연보.《한겨레신문》, 2008. 5. 25일자에서 재인용.
이 수치에는 단기 체류자와 불법 체류자가 모두 포함되어 있다. 법무부는 2007년 6월 당시 불법 체류자 수를 약 22만 명으로 추정한 바 있다.

된다. 현재의 이주민[2] 증가 상황을 고려해 볼 때, 한국 사회가 본격적인 다문화국가로 재편될 날도 머지않아 보인다. 단일민족의 순수 혈통중심주의를 고집해 온 한국 사회가 다양한 인종의 새로운 사회구성원을 어떻게 받아들여 문화적 충돌 없이 공생의 길로 나아갈 것인지가 주요한 관심사로 대두되고 있다. 최근 사회 각 분야에서 다문화사회, 다문화주의, 다문화가정, 다문화동화 등 이주민을 둘러싼 신생어가 유행하고 있는 것도 그러한 관심의 발로로 여겨진다. 신자유주의 경제체제에서 이주 현상은 보편화되었고, 그러한 이주와 이주민들로 인해서 형성되는 새로운 사회 현상을 지칭하기 위해 '다문화'라는 새로운 코드가 형성되고 있는 것이다.

　다문화주의는 "이주 현상의 보편성과 불가피성을 인정하되, 이주를 통해 드러나는 근대 체제의 '탈전통'적인 전화의 문제를 더 적극적으로 고려하기 위한 시도"[3]를 의미한다. 서구에서 다문화주의는 1960년대 말 시민권운동을 기폭제로 1970년대 미국, 캐나다, 스웨덴 등의 전형적인 다인종 국가들에서 활발한 논쟁이 개시됨으로써 공론화되었다. 그러나 다문화주의는 근대국가 체제 '이후'의 탈전통적인 사회 공동체의 구성을 전망하는 철학, 이론, 사회운동론, 정치적 지향 등을 아우르는 개념이라는 점에서 지극히 논쟁적이며, 따라서 쉽게 합의점을 도출해내지 못하는 양상을 띠고 있다.[4] 더군다나 다문화주의는 국가별·지역별 특수성에 따라 다양한 형태로 도출되기도 한다. 소수민족의 분리와 자치, 토착민들의 권리 수호, 이주민들의 동화(同化)와 사회적 통합, 인권 보호와 차별의 철폐, 불법 체류자들의 합법화 문제 등으로 분화·심화되어 갈등

---

2 이 글에서 이주민은 다른 나라에서 태어난 사람이 정주나 이민 등의 목적으로 입국한 경우를 말한다. 주로 이주노동자와 국제결혼 이주여성, 그리고 자녀(이주아동)를 지칭하는 말로 사용한다.
3 오경석, 「어떤 다문화주의인가?」, 『한국에서의 다문화주의: 현실과 쟁점』, 한울아카데미, 2007, 24~25쪽.
4 위의 글, 25~27쪽 참조.

양상을 빚기도 한다. 이러한 다문화적 갈등과 분규는 전세계에 걸쳐 일어나는 이민으로 인한 변동, 소수민족과 국민 내 소수집단, 이주민 집단 등 소수집단의 권리 자각에 토대를 두고 있다. 이는 결국 '대부분의 국가가 결코 내적으로 동질적이지 않다'는 것을 의미한다. 각 국가들(특히 유럽연합과 북미의 국가들, 중국 등)이 "그 다양성의 차이는 있으나, 모두가 다문화적이고 다민족적인 총체로서, 때로 그 안에는 극히 다양한 민족적 · 문화적 정체성을 가진 개인 혹은 집단이 공존하고 있"[5]는 것이다. 따라서 다문화주의는 바라보는 입장에 따라 전혀 상반된 결과를 도출해내게 된다. 사회적 안정과 통합을 시도하는 측에서 볼 때 이주민은 동화의 대상일 뿐이다. 정부 주도의 한국어, 한국문화 교육 등의 다문화사업이 바로 이주민을 자국 문화권으로 흡수하려는 시도에 해당한다. 이는 한국식 가족의 유지 및 재구성에 목적을 두고 있으며, 문화적 다양성은 "평등한 공존이 아닌 위계의 또 다른 모습"[6]으로 작용할 수도 있다. 특히 이러한 사회 통합에 적절히 동화되지 못했을 경우 사회적으로 배제의 대상이 된다. 그들은 사회 · 경제적 배제와 불평등 속에서 문화적 '게토'[7]화함으로써 사회적 불안 요소가 될 수밖에 없다. 반면에 이주민을 한 사회의 주체적인 구성원으로 간주하였을 때는 그들이 겪고 있는 사회적 차별과 불평등, 인권 보호 등의 문제가 핵심적인 해결 사안으로 떠오른다. 이때 다문화주의는 배타적이고 불평등한 위계로서의 문화적 차이가 아닌 다원적인 문화적 공존을 추구한다. 이러한 문화적 정체성의 확장과 더불어 사회적 · 정치적 · 경제적 불평등 해소가 뒷받침되었을 때 사회 구

---

5 마르코 마르티니엘로 지음, 윤진 옮김, 『현대사회와 다문화주의』, 한울, 2002, 17쪽.
6 백영경, 「다문화주의의 현실적 조건들」, 『내일을 여는 작가』, 작가회의 출판부, 2007. 가을호, 43쪽.
7 게토(ghetto)는 소수 인종이나 소수 민족, 또는 소수 종교집단이 거주하는 도시 안의 한 구역을 가리키는 말로써 중세기에 유럽에서 설치한 유대인 강제거주지역, 나치 독일이 만든 유대인 강제수용소, 미국에서 흑인 등이 사는 빈민가를 지칭한다.

성원 모두는 종교나 성적 선호도, 피부색, 문화적 소속에 관계없이 시민으로서의 권리, 사회적·정치적·경제적인 권리를 동등하게 누릴 수 있게 될 것이다.

한국은 1991년부터 시행된 산업연수제를 통해 외국인 노동력을 국내 노동시장에 대거 유입하기 시작했다. 이는 1988년 이후 소위 3D업종의 인력난을 틈타 '코리안 드림'을 안고 국내에 자발적으로 들어오기 시작한 미등록 노동자를 대체해 불법체류자와 인력 부족 문제를 동시에 해결하기 위한 자구책의 하나였다. 또한 1990년대 농촌 미혼 남성과 아시아 여성 간의 국제결혼이 성행하면서 '결혼 이주여성'이 급증하게 된다. 이들 '이주노동자'와 '결혼 이민자'[8]의 출현은 한국 사회가 단일민족주의나 순혈주의 이데올로기에서 벗어나 다문화사회라는 새롭고도 낯선 화두를 불러일으킨 계기가 되었다. 이러한 사회적 변화는 아동문학 창작에서도 많은 관심의 대상이 될 수밖에 없었다. 이미 그들의 2세인 '코시안'[9]들이 아동문학의 향유자로 성장해 가고 있을 뿐만 아니라 다문화 가정의 아이들 문제가 문학적 수용 과정을 통해 다각도로 논의되어야 할 필요성이 있기 때문이다.

아동문학에서 다문화 현실을 동화로 구현해내기 시작한 것은 '외국인 노동자 인권동화'로 엮어진 『지붕 위의 꾸마라 아저씨』(문공사, 2003)에서부터이다. 이 동화집은 조대현 등 10인의 작가들이 참여해 처음으로 외국인 노동자의 인권 현실을 아동문학 창작에 들여왔다는 데 의의가 있

---

8 '결혼 이민자'라는 용어는 2005년부터 정부의 공식 문건에 등장하기 시작했다. 이전에는 결혼 이민자와 여성이주노동자를 통칭해 '여성외국인근로자'라는 용어를 사용했다. 이러한 용어의 변화는 정부가 결혼 이민자를 특별한 정책 집단으로 인식하기 시작했다는 것을 의미한다. 김희정, 「한국의 관주도형 다문화주의」, 『한국에서의 다문화주의:현실과 쟁점』, 앞의 책, 72~73쪽 참조.

9 한국인과 아시아인의 국제결혼에 의해 태어난 자녀를 지칭하는 말로 '튀기' '잡종' '혼혈아'라는 말이 담고 있는 부정적 이미지를 없애기 위해 만들어졌다. 그러나 이 말 자체에도 순수 한국인과 구별하는 의미가 들어 있지 않다고는 할 수 없다. 하지만 현재로선 이 말을 대체할 용어가 없으므로 이 글에서는 '코시안'과 '국제결혼 2세'로 표현한다.

다. 그후 김일광의 『외로운 지미』(현암사, 2004), 국가인권위원회 기획으로 나온 『블루시아의 가위바위보』(창비, 2004), 원유순의 『우리 엄마는 여자 블랑카』(중앙출판사, 2005), 김송순의 『모캄과 메오』(문학동네, 2006), 황복실 외 『까만 달걀』(샘터, 2006), 박채란의 『까매서 안 더워?』(파란자전거, 2007) 등 주목할 만한 다문화동화가 속속 등장하여 이주민과 그 2세들의 삶과 현실 문제에 대한 관심을 촉구하고 있다. 이들 중에서 흑인 미군 병사를 할아버지로 둔 혼혈 3세가 외모로 인해 겪는 차별 문제를 다룬 강민경의 「까만 달걀」(『까만 달걀』에 수록)과 라이따이한의 아빠 찾기를 통해 베트남에서의 역차별 문제를 다룬 김은재의 「너희 나라로 가라」(『까만 달걀』에 수록)를 제외하고는 대부분 이주노동자와 결혼 이주여성의 현실을 소재로 하고 있다. 그들이 겪는 사회적 차별은 정치적·경제적 불평등에서 초래된 문제이며, 이에 한국인들의 민족 우월의식이 가미됨으로써 폭력성을 띠게 되는 불평등한 사회적 현상이다. 문제는 이러한 어른들의 차별의식이 아이들에게도 그대로 전이된다는 것이다. 따라서 현재의 다문화동화는 다문화가정의 아이들이 학교나 사회에서 겪는 차별과 정체성의 혼돈으로 집중될 수밖에 없다.

2. 동화에 나타난 이주민의 현실

1) 이주노동자들의 불편한 진실

이주노동자의 한국 유입은 1988년 서울 올림픽 이후 아시안들 사이에 형성된 '코리안 드림'의 영향으로 시작되었다. 당시 한국은 제조업과 건설업 등 3D업종의 인력이 부족하던 시기였고, 이를 자발적으로 이주해 온 외국인 노동력으로 충당할 수 있었다. 따라서 이들은 미등록 이주노동자들이었기 때문에 법적 보호를 받을 수 없는 인권의 사각지대에서 심각한 지경에 처해 있었고, 정부도 별다른 이주노동정책을 제시하지 못했다. 그후 미등록 이주노동자 수가 계속 증가하자, 정부는 일본의 정책을 모델로 해서 1991년 11월 '해외투자기업 산업기술연수생제도'를 도입해 외국인 '산업연수생'으로 불법체류자 문제를 해결하고자 하였고, 2004년 8월부터 '고용허가제'로 전환해 현재에 이르고 있다. 산업연수생은 근로기준법상 노동자가 아니라 기술을 배우는 학생으로 분류되기 때문에 노동법에 적용되지 않았다. 따라서 저임금과 장시간 노동에 노출되어 있었고, 작업장 내에서의 폭력과 임금 체불 등 온갖 차별과 학대, 인권 침해 등이 심각한 수준이었다. 또한 산업연수생은 미등록 노동자보다도 낮은 임금을 받았기 때문에 많은 연수생들이 더 나은 조건을 찾아 지정된 사업체를 이탈해 불법체류자로 전락해 갔다. 이에 2002년 미등록 노동자가 전체 이주노동자의 80%에 이를 정도였다.[10] 그러나 이러한 상황은 고용허가제 실시 이후에도 여전히 되풀이되고 있다. 이들은 언제 불법체류자 단속반에 적발되어 출국 조치를 당할지 모르는 불안감에 숨을 죽이며 살고 있다. 이러한 열악한 사회적 조건은 그들을 더욱 옥죄이는 결과를 초래한다. 그들의 불리한 처지를 악용하는 사업주 앞에서 정당한 권리조차 주장하지 못하고 불이익을 감수해야 하는 입장이기 때문이다.

김일광의 『외로운 지미』에서 지미의 아빠 히론 페루키는 "태어날 때부터 장애가 심"한 여섯 살짜리 딸 수니의 수술비 때문에 "밀린 임금과 퇴직금을 받아서 목돈을 마련할 생각"으로 회사를 옮기게 된다. 그러나 불법체류자라는 약점을 빌미로 잡은 회사측은 "허락 없이 공장을 옮"겨 피해를 보았다며, 임금 지급은커녕 오히려 불법체류자로 신고하겠다고

---

10 이선옥, 「한국에서의 이주노동운동과 다문화주의」, 『한국에서의 다문화주의:현실과 쟁점』, 앞의 책, 84~85쪽 참조.

협박을 한다. 급기야는 돈을 받으러 간 지미의 아버지를 폭행하기까지 한다.

조퇴를 하고 돈을 받으러 갔더니 사장이 자리에 없다며 돈을 주지 않았다. 돌아가지 않고 아버지가 계속 버티자 나중에는 그만 두들겨 팼다고 했다.

나무 막대기로 온몸을 가리지 않고 팼다. 아버지는 순한 짐승처럼 구석으로 내몰리며 맞았다. 그들은 팔이 찢어지고 피투성이가 된 채 쓰러진 아버지를 공장 밖으로 밀어내 버렸다. 만약 맞은 일을 외국인 노동자 상담소나 수녀님에게 알릴 때는 출입국 관리소에 바로 신고하겠다며 아버지의 입을 막았다.

—김일광, 『외로운 지미』, 124쪽

지미 아버지의 경우를 통해 볼 수 있듯이 이주노동자들 중 상당수를 차지하는 불법체류자들은 자기 의사에 따라 직장을 선택할 자유마저 누릴 수 없는 처지에 있다. 이는 합법적인 이주노동자들도 마찬가지이다. 고용주에게 이주노동자의 고용을 허가해 주는 '고용허가제'가 이주노동자의 자유로운 구직활동을 금지하고 있기 때문이다. 즉, 이주노동자는 노동부에서 지정해준 사업장에서만 일할 수 있다. 만약 지정된 사업장에서 정부의 허가 없이 이탈하게 되면 강제 출국을 당하기 때문에 사업장의 노동조건이 열악해도 참는 수밖에 없다. 그도 아니면 여러 불이익을 감수해서라도 사업장을 옮길 수밖에 없는 처지에 있다. 결국은 현재의 이주노동자 정책은 불법체류자를 양산하는 악순환을 되풀이하고 있는 것이다.[11] 반면에 각 사업장에서는 이러한 정책의 허점을 악용해 이주노동자들을 더욱 불합리하게 착취하는 구조적 모순을 드러내고 있다. 즉,

---

[11] 2003년 11월 정부는 고용허가제 도입을 위해 불법체류 노동자에 대한 일시적인 합법화를 추진해 불법체류 노동자의 수를 전체 이주노동자의 35.3% 수준으로 낮추었다. 그러나 고용허가제 실시 이후 다시 50% 수준으로 급상승함으로써 이주노동자 정책의 구조적 문제점을 드러내고 말았다. 이선옥, 위의 글, 86쪽 참조.

이주노동자들의 노동조건을 개선할 의지는커녕 불법체류자라는 (혹은 사업장을 무단으로 옮길 경우 불법체류자가 되는) 것을 악용해 임금 체불은 물론 폭력 행사라는 인권 침해를 서슴없이 자행하고 있는 것이다.

　이러한 이주노동자들의 열악한 노동 현실은 김송순의『모캄과 메오』에서 더욱 분명하고도 집약적으로 그려져 있다. 도둑고양이의 시각을 통해 이주노동자의 생활을 보여주고 있는 이 작품은 도둑고양이 메오와 이주노동자 모캄 사이의 교감이 중심 서사를 이루고 있다. 이주노동자의 노동 현실을 다룬 대다수의 작품이 3D업종의 공장지대를 배경으로 하고 있는 반면 이 작품은 오리를 사육하는 기업형 농장의 이주노동자들이 등장한다는 점에서 색다른 면이 있다. 그러나 그들 또한 여타의 이주노동자들이 겪는 열악한 노동 현실에서 자유로울 수는 없다. 오히려 더욱 강도 높은 노동 착취와 폭력, 불합리한 현실 문제에 시달리고 있다. 밤마다 도둑고양이들이 오리를 훔쳐가는 통에 농장 주인은 "새벽부터 저녁 늦게까지 일하는" 이주노동자들에게 "밤마다 돌아가며 오리 축사를 지키"게 한다. 이렇게 하루도 쉴 틈 없이 일을 해야 하는 모캄은 무리한 노동에 지쳐 쓰러지기까지 한다. 그런데 더욱 문제인 것은 이주노동자들이 이러한 노동 현실에서 쉽게 벗어날 수 없다는 것이다. 모캄의 동료 노동자인 사콘이 다른 곳으로 일자리를 옮기려 하자, 이를 알아챈 농장 주인이 "내 허락 없인 아무 데도 못가!"라면서 사콘을 방에 가두고 자물통을 잠궈 버리기까지 한다. 그러자 문을 열어달라고 아우성치는 사콘에게 농장 주인은 "여기에서 계속 일하겠다고 약속하기 전에는 절대 못 열어!"라고 큰 소리를 친다. 이 작품에서 이주노동자들의 생활은 현대판 노예와 다를 바가 없다.

　모캄은 여기에서 가장 비극적인 인물이다. 그에게는 고국에 두고 온 아픈 딸이 있다. 딸을 수술시킬 돈을 벌기 위해 그는 힘든 타국 생활을 견디고 있다. 대신에 자신은 늘 "비척비척 힘없이 걸어"다닐 정도로 노동에 지쳐 서서히 병이 들어가고 있다. 이런 그에게 도둑고양이와의 만남은 특별한 의미로 다가온다. 그 고양이는 오리 축사에 숨어 들어가 오리를 훔치려다가 축사를 지키는 검둥이 개에게 물려 부상을 당한 채 모캄에게 발견되었다. 모캄은 도둑고양이를 정성껏 치료해 주면서 도둑고양이에게 딸에 대한 그리움을 투사한다. "메오! 마이벨라이(괜찮아)?"라고 묻는 말에서 보듯이 모캄은 도둑고양이를 '메오'라고 부른다. '메오'는 아픈 딸의 이름이라는 점에서 모캄이 도둑고양이와 딸을 동일시한다는 것을 알 수 있다. 그런 메오를 농장 주인은 오리 도둑으로 몰아부쳐 없애려 한다. 모캄이 그의 말을 듣지 않자, 급기야는 폭력을 휘두르는 사태까지 벌어지고 말았다.

> 농장 주인은 다짜고짜 몽둥이를 휘두르며 들어옵니다.
> "그 도둑고양이 이리 내놔! 내가 없애 버리마!"
> "안-돼! 메오 안-돼!"
> "이래도 말 안 들을 테냐?"
> 농장 주인의 몽둥이가 높이 올라가는가 싶더니 모캄이 신음 소리를 내며 앞으로 고꾸라집니다. 그런데도 모캄은 나를 놓지 않습니다.
> "나 돈 줘. 집-에 갈 거-야. 우-리 아-가 수-술-해-야 돼."
> 모캄의 큰 눈에서 흐르는 눈물이 내 몸 위로 뚝뚝 떨어집니다.
>
> ─김송순, 『모캄과 메오』, 56쪽

이러한 농장 주인의 광폭함은 바로 이주노동자들의 다수가 불법체류자라는 문제에서 기인한다. 모캄이 쓰러지자 동료들이 몰려나와 "밀린 월급 줘. 돈 안 주면 일 안 해"라고 항변하자, 그들에게도 "몽둥이를 휘두르며" 강압적으로 "가서 일이나 해! 안 그러면 불법체류자라고 경찰에 신고할 테니!"라고 협박한다. 결국 모캄은 "더 좋-은 곳-에 가-서

살-아"라며 메오를 멀리 떠나 보낸다. 그리고는 자신도 "돈도 못 받고" 아무도 모르게 농장을 떠나 버린다. 그는 과연 좋은 곳에 가서 "좋은 주인"을 만나 잘 살고 있을까?

이주노동자가 언제라도 불법체류자로 전락할 수 있는 이주노동 현실의 구조적 모순은 이주노동자뿐만 아니라 그들의 2세들에게까지도 불안한 삶의 그늘을 드리우고 있다. 불법체류자인 엄마 아빠가 단속에 걸려 붙들려 가고 혼자 남겨지게 된 베트남 아이의 불안한 심리가 드러나 있는「혼자 먹는 밥」(박상률, 『블루시아의 가위바위보』에 수록), 단속반의 미행으로 소재지가 드러나 불법체류자인 엄마가 체포되자 자신의 실수를 괴로워하는 몽골 아이의 죄책감을 다룬「새로 사귄 친구」(박채란, 『까매서 안 더워?』에 수록) 등에서 보듯이 불법체류자 문제는 이주노동자와 그의 가족들을 옥죄는 족쇄와도 같다. 불법체류자라는 이유만으로 (또한 그들을 불법체류자로 내몰고 있는 현실에서) 자행되고 있는 비윤리적이고 비인권적 실태는 내국인의 입장에서 바라볼 때 불편할 수밖에 없다. 그러나 그들을 다루고 있는 다문화동화는 그것이 바로 우리의 모습이며, 우리의 이야기라는 것을 거듭 상기시키고 있다. 불편하지만 인정해야 할 진실인 것이다.

2) 국제결혼 메커니즘과 결혼 이주여성에 대한 위계 의식

한국 남성과 아시아 여성 간의 국제결혼은 1990년대부터 급증하기 시작해서 현재도 활발하게 이루어지고 있다. 최근 몇 년간의 통계자료를 볼 때 연 3~4만 건의 성혼이 이루어진 것으로 나타난다.[12] 이러한 현상

---

12 2008년 현재 국제결혼 이주여성이 14만 4,385명으로 전체 외국인주민의 16.2%를 차지하고 있다. 이 중에서 대다수가 아시아 및 조선족 여성이고, 1만 5,684명(11.0%)만이 기타 지역에서 이주해 왔다. 행정안전부 통계자료, 《한겨레신문》, 2008. 10. 30.

은 한국뿐 아니라 일본이나 대만에서도 마찬가지로 성행하고 있으며, 미혼과 이혼율 급증 등의 '가족의 위기'와 저출산의 문제를 해결하기 위해 국가적 차원에서 장려되고 있다. 즉 결혼 적령기를 지났음에도 불구하고 가족을 구성하지 못했거나 이혼 등의 이유로 가족 해체의 위기에 처한 남성들의 증가로 인해 국제결혼의 수요가 급증하고 있는 것이다. 국제결혼이 잠재적 결혼인구의 불균형을 해소하기 위한 손쉬운 방안이기 때문이다. 즉, "국제결혼은 한국사회의 결혼시장에서 불리한 위치를 점하고 있는 남성들이 경험하는 남성성의 위기와 돌봄 노동의 부재를 해결하고, 저출산과 고령화라는 국가의 위기를 해결하기 위해 가장 쉽게 동원할 수 있는 대상으로 아시아 여성들이 설정되면서 증가하고 있다."[13] 그런데 이러한 국제결혼의 급증에는 결혼중개업자들의 이윤 창출이 한몫을 하고 있다는 데에 문제성이 있다. 이는 무엇이든 '매매 가능한 상품'으로 만들어내는 신자유주의 경제체제에서 '여성의 자원화' '성의 상품화'를 부추기는 자본의 논리에 맥이 닿아 있기 때문이다. 즉, 유입국의 결혼중개업자들과 필리핀, 베트남, 태국 등 송출국의 국제결혼 브로커들이 결합한 조직적인 관리 시스템에 의해 준인신매매적 결혼중개가 이루어지는 탓에[14] 국제결혼 당사자들 사이에 많은 부작용이 일어나고 나아가 사회문제로 표출되기도 한다.

좀 더 나은 삶을 위해 어린 나이에 남편 얼굴도 안 보고 먼 나라까지 시집왔는데, 남편이 장애인이거나 곧 죽을 것 같은 환자인 경우도 있다고. 말만 부인이지 오지 마을이나 농촌, 섬 같은 곳에서 죽도록 일만 하는 경우도 있단다. […중략…] 아버지는 장애를 숨기지 않고 서류에 썼는데, 가운데에서 브로커가 그

---

13 김현미, 「국제결혼과 '다문화가족'의 출현」, 『내일을 여는 작가』, 작가회의 출판부, 2007. 가을 호, 11쪽.
14 위의 글, 12~14쪽 참조.

부분을 싹 지우고 결혼을 진행시켰단다.

—김려령, 『완득이』, 창비, 2008, 46쪽

위 인용은 청소년소설 『완득이』에서 베트남 출신 어머니가 난쟁이인 아버지와 국제결혼을 하게 된 경위를 설명하는 부분이다. 이들의 만남은 애초부터 이성애에서 시작되지도 않았고, 기대치와는 전혀 다른 조건의 결혼이었기에 결국 파행을 겪을 수밖에 없었다. 완득이 어머니는 아버지와 헤어짐으로써, 완득이에게 어머니의 존재 자체도 모른 채 자라야 하는 불행을 안겨 주었다. 이는 현재의 국제결혼이 철저하게 이윤 추구만을 절대시하는 자본의 논리에 의해 이루어지고 있다는 데서 파생된 문제이다. 이런 탓에 실제 국제결혼의 성혼율만큼이나 결혼 이주여성의 이혼율도 해마다 큰 폭으로 증가하는 추세에 있다. 결혼 이주여성들은 경제적 계층 상승과 보다 윤택한 삶을 보장받기 위해 한국 남성과 결혼한다. 그러나 무조건 결혼을 성사시켜 이윤을 창출하려고 하는 브로커의 국제결혼 중개는 결혼 당사자들의 입장과 처지를 고려하지 않는다. 따라서 이주여성으로서는 자신의 기대치에 훨씬 못 미치는 생활을 해야 하는 경우가 허다할 수밖에 없기 때문에 "부인 입장에서는 국제 사기결혼"[15]을 한 셈이 된다. 하물며 가부장적인 권위주의에 길들어 있는 한국 남성으로부터 이주여성이 받아들여야 하는 문화적 차이는 국제결혼 가정에서 갈등의 요소로 작용할 수도 있다. 특히 다문화가정에서 빈번하게 일어나는 남편의 폭력이 결정적인 문제가 되기도 한다.

『우리 엄마는 여자 블랑카』에서 하나는 집으로 엄마를 찾아온 동남아시아 아줌마들을 보고 놀라게 된다. 아줌마인지 아가씨인지 모르는 한 사람은 "얼굴 여기저기가 멍이 들었고, 퉁퉁 부어 괴물처럼" 보였으며,

---

15 위의 책, 46쪽.

"또 한 아줌마는 입술이 터져 퉁퉁 부어 있"어 "둘 다 얼굴이 아주 보기 흉했"기 때문이다. 나중에서야 남편에게 맞아서 그렇다는 것을 엄마로부터 듣게 된다. 하나 엄마 리엔은 하나에게 "엄마는 그래도 행복하게 사는 사람이야. 좋은 네 아빠를 만나서……."라고 말하지만, 사실 리엔역시 남편으로부터 폭력을 당한 입장이다. 물론 아이들이 엄마를 '여자 블랑카'라고 놀리는 게 싫어서 하나가 엄마를 쫓아낼 요량으로 아빠에게 거짓말로 모함했기 때문이긴 하지만, 한 번 폭력을 행사한 아빠는 거듭 폭력을 되풀이하게 된다.

   "뭐야? 이게 보자 보자 하니까 이제 말대꾸까지 해?"
   순간 아빠는 엄마의 긴 머리채를 휘어잡더니 마구 휘둘렀습니다. 그리고 엄마의 머리를 바닥에 마구 짓이겼습니다.

                                            —원유순, 『우리 엄마는 여자 블랑카』, 87쪽

   위 인용은 리엔이 이주노동자들을 돕기 위해 집회에 나간 사실을 알게 된 하나 아빠가 화를 내며 폭력을 휘두르는 장면이다. 하나 아빠는 상당히 가부장적인 한국 남성을 대변하고 있다. 그로서는 리엔이 시청 앞에 나가 정부를 상대로 구호를 외치는 것을 자신의 권위에 대한 도전으로 받아들이고 있는 듯하다. "야, 내가 너한테 얼마나 잘해 줬는데, 그따위 짓을 하냐? 내가 너에게 밥을 안 줬냐? 옷을 안 사 줬냐?"라는 하나 아빠의 말에서 드러나듯이 그는 리엔과 자신의 관계를 동등한 배우자로 바라보는 것이 아니라 한국과 보다 후진국 간의 위계 관계를 부부 관계에까지 투영시키고 있는 것이다. 즉 현재의 "국제결혼은 '경제적 차이가 있는 국가 간 결합'이므로 '부부 관계가 마치 준계급관계'로 변하는 경향이 강하"[16]게 나타난다. 그러나 실제로 이주여성과 결혼한 한국 남성의 대다수는 그다지 높지 않은 사회계층에 속한다고 볼 수 있다. 한국 내에서 결혼을 이루지 못해 국제결혼 중개업자의 도움을 받는 입장이다 보니, 학력, 경제력, 외모 면에 있어 수준이 높은 편이라고 말할 수 없다. 이들은 이러한 낮은 사회적 지위로 인해 어느 정도는 열등의식을 지니고 있고, 그 열등감이 배우자인 이주여성에게 투사되어 권력화함으로써 가족 내에서 위계 관계를 구축하게 된다. 따라서 리엔이 (베트남에서 대학까지 졸업한 여성으로서) 동족인 이주노동자들의 요청을 받아 집회를 돕는 것에 대해 하나 아빠가 "너 그렇게 잘 났어? 너하고 결혼해서 내가 얼마나 놀림감이 되었는지 알아? 그것도 모자라 이제 내 얼굴에 똥칠을 해?"라고 큰소리치며 울분을 터뜨리는 것은 바로 가족 내 위계 관계를 동원해 사적인 통치 체계를 세우려는 열등의식의 발현이다. 또한 그러한 위계 관계에 위기를 느낄 때는 방어기제의 하나로써 폭력이 행사되는 것이다. 따라서 이주여성이 가족 내 위계 관계 속에서 지녀야 할 표상은 리엔처럼 요리도 잘하고 부지런해서 가정을 잘 꾸려 나갈 뿐 아니라 순종적이기까지 한 여성상이다. 리엔이 저녁마다 퇴근해 돌아온 남편의 발을 씻어 주는 행위는 바로 가족 내 위계 질서를 상징적으로 보여주고 있다. 이는 결혼 이주여성에게 '결혼'이 "한국 남성을 위한 가족 내 무급 노동자, 성적 서비스 제공자, 가사노동자의 다중적인 역할을 수행토록 하는 권력장치로 작동"[17]하고 있다는 것을 의미한다.

결혼 이주여성은 가족 내의 위계 관계에서뿐만 아니라 사회적 위계 관계에서도 불리한 위치에 있다. 한국말을 잘 못 한다는 점, 외모가 다르다는 점 등이 위계 관계 설정에 어느 정도 영향을 미치겠지만, 보다 근본적으로는 국가 간의 위계에서 비롯된 차별 의식이 주된 요인으로 작용하고 있다.

---

16 김현미, 앞의 글, 16쪽.
17 위의 글, 16~17쪽.

"아기 엄마, 콩까이 맞아요?"

엄마 낯빛이 확 붉어졌다. 콩까이가 무슨 말인지 모르지만 엄마의 기분을 상하게 한 게 분명하다.

"예, 베트남에서 왔어요."

엄마가 말했다.

"그런데 무슨 수로 이 집 아들이랑 결혼했을까. 나처럼 월남전에 참전했을 리는 없고 말야."

[…중략…]

"아빠 회사에 산업 연수생으로 왔어요. 아빠가 첫눈에 반했대요."

"그럼 그렇지, 돈 벌러 왔었구먼."

— 안미란, 「마, 마미, 엄마」, 『블루시아의 가위바위보』, 127쪽

위 인용문은 내국인들이 결혼 이주여성에 대해 갖고 있는 차별 의식을 잘 보여주고 있다. 수연이네 집에 세 들어 사는 술꾼 아저씨는 주인집 며느리인 수연이 엄마를 콩까이(베트남 처녀라는 뜻의 비속어)라고 부른다. 이 말 속에는 은근히 상대를 낮춰 부르는 속내가 담겨 있다. 그러나 보다 중요한 것은 산업 연수생으로 왔다는 대답에 대해 자신의 추측이 맞았다는 듯이 "그럼 그렇지, 돈 벌러 왔었구먼"이라고 하는 말에는 바로 결혼 이주여성에 대한 사회적 위계 의식이 담겨 있다. 이는 이주노동자와 마찬가지로 한국보다 못 사는 나라에서 온 사람이라는 의미로서 출신국에 대한 경제적 위계 인식에서 비롯된 것이다. 즉, 국가 간의 '차이'를 위계로 인식하고 자신과 동일시함으로써 타자에 대한 차별적 인식을 재구성하는 것이다. 더군다나 국제결혼이 중개업자의 이윤 창출을 위해 무분별하게 자행되고, 송출국의 외화 벌이를 위해 여성을 수출하는 파행적 신자유주의 경제 메커니즘은 결혼 이주여성의 사회적 위계 관계를 더욱 차별적으로 인식하게 한다.

이러한 차별적 인식은 『우리 엄마는 여자 블랑카』에서처럼 '다른 사람에게는 존댓말을 쓰면서 엄마에게는 반말을 하는 슈퍼 아줌마'에게서 드러나기도 하고, "동네 아줌마들이 공두를 자꾸 손가락질하며 웃"을 때마다 느껴질 수도 있다. 그러나 이러한 무시 앞에서 "엄마는 늘 죄지은 사람처럼 '네네' 대답만" 해야 하는 사회적 위계 질서는 결혼 이주여성을 압박하는 또 하나의 벽일 수밖에 없다.

3. 다문화시대 아이들의 정체성

1) 아이들에게 전이된 민족적 우월의식: 차이와 차별

한국은 OECD 국가들 중에서 노동 이민자를 받아들이지 않는 몇 안 되는 나라 중 하나이다. 이는 바로 순혈주의 전통에서 비롯된 패쇄적이고 배타적인 민족주의가 한국 사회에 뿌리 깊게 박혀 있기 때문이라는 지적이 있어 왔다.[18] 앞에서 살펴본 바와 같이 한국 사회의 새로운 구성원으로 등장한 이주노동자와 결혼 이주여성에 대한 무시와 차별적 행태야말로 강건한 민족주의적 전통에서 연유된 것이다. 한국과 개발도상국 간의 위계 질서에서 하위에 속하는 국가의 출신들에 대해 유독 민족적 우월의식이 강하게 작용하고 있기 때문이다. 이러한 민족적 우월의식에 의해 더욱 강화된 위계 의식은 하위 위계에 속하는 언어, 외모적 특성, 문화적 차이를 타자화함으로써 배척하거나 차별하게 된다. 물론 이러한 민족 간의 '차이'를 다원주의적인 다양성으로 인정하고 쉽게 받아들일 수는 없을 것이다. "문화적 다양성의 문제가 사회적·역사적 맥락을 초

---

18 김희정, 앞의 글, 58쪽.

월해서 존재하는 것도 아니며 사회적으로나 개인적으로나 그런 식으로 받아들일 수 있는"[19] 것도 아니기 때문이다. 그러나 작은 '차이'도 커다란 '차별'로 만들어 소수자들을 '문화적 게토화'시켜 버리는 민족적 우월의식에 대한 재고는 다양한 인종과 문화가 상호 존중하고 공존할 수 있는 진정한 다문화사회로 가는 출발점이 될 것이다.

> "튀기! 맞지? 튀기?"
> 두현이가 뱉어낸 말들이 내 뒤통수를 툭툭 내리쳤습니다.
> "맞네, 잡종!"
> 옆에 있던 영석이가 맞장구를 쳤습니다.
> "윽, 냄새. 야, 냄새 옮겠다. 가자."
> — 김란주, 「내 이름은 유경민이야」, 『까만 달걀』, 81쪽

경민이는 한국인 아빠와 태국인 엄마 사이에서 태어났다. "까무잡잡한 얼굴에 유난히 두툼한 쌍꺼풀"이 진 경민이의 외모는 아이들로부터 "튀기"와 "잡종"이라는 멸시와 조롱의 대상이 되고 있다. 이러한 외모 문제는 다문화 현실을 다룬 동화에서 일반적으로 다루어지고 있는 주요 갈등 요인이다. 자신과는 '다르다'는 차이를 다양성으로 이해하지 못하는 아이들은 '다르다'는 것을 수용하지 못하고 따돌림을 통해 배척하고 있다. 어른들 세계에서의 차별 의식이 아이들 사이에서도 똑같이 되풀이되는 것이다. 오히려 더 직접적이고 가학적인 성향을 드러내고 있다. 이는 어른들 세계에서 반복되고 있는 이주민에 대한 (민족 우월주의와 결합된) 사회적 위계의식이 아이들에게도 그대로 전이되어 나타나는 현상이다. 따라서 다문화동화에 나타나는 아이들의 갈등을 외모의 차이에

---

19 백영경, 앞의 글, 45쪽.

서 비롯되는 문제로만 한정하는 것은 문제의식을 지나치게 단순화시킨 논리이다. 아이들이 다문화가정 아이들에 대해 갖고 있는 인식 역시 민족 우월주의와 사회적 위계의식으로부터 자유로울 수가 없기 때문이다.

①"가난뱅이 나라에서 온 게 사람 무시하네."
갑자기 경준이가 두 주먹을 불끈 쥐었어요. 나는 눈을 질끈 감았어요. 경준이한테 말려들기 싫었거든요. 그 사이에 경준이가 내 머리통에 주먹을 한 방 먹였어요.
"얼굴도 시커멓게 생겨 가지고, 퉤, 재수 없으니까 너희 나라로 빨리 꺼져 버려."

—박상률, 「혼자 먹는 밥」, 『블루시아의 가위바위보』, 94쪽

②'베트남 처녀와 결혼하세요.'라고 큼지막하게 결혼상담소 광고가 나붙어 있었다. 그걸 보고 우리 반 친구가 물었다.
"베트남 여자들이 그렇게 예쁘니? 우리나라 남자들이 돈을 많이 주고 데려온다며?"

—안미란, 「마, 마미, 엄마」, 『블루시아의 가위바위보』, 133쪽

위 인용문에서 보듯이 아이들이 피부색, 인종의 차이에 대해 갖고 있는 편견은 국가 간 위계 질서에 의해 형성된 것이다. 인용 ①의 경우, 피부색이 "시커멓게 생"긴 것이 "가난뱅이 나라"와 동일시되고 있으며, 그런(베트남 출신인) 경준이는 "너희 나라로 빨리 꺼져 버려"야 할 타자인 것이다. ②에서는 중개업자에 의해 무분별하게 행해지고 있는 국제결혼 때문에 결혼 이주여성을 "돈을 많이 주고 데려"온 준인신매매적 여성 구매의 대상으로 인식하고 있다. 이렇듯이 경제 발전이 한국보다 못한 국가에서 온 이주민이나 그 2세들에 대한 배타적 감정이 외모, 즉 피부

색, 생김새, 문화적 차이 등에 대한 차별로 표출되는 것을 볼 수 있다.

동화작품에서 이러한 차별의식은 크게 외모와 문화적·종교적 차이에 대한 무시와 조롱으로 나타나고 있다. 우선 외모에 의한 차별을 다룬 작품은 ①주로 코시안을 중심으로 한 혼혈인에 대한 것(황복실의 「사르해! 사르해!」, 김란주의 「내 이름은 유경민이야」, 강민경의 「까만 달걀」, 박채란의 「까매서 안 더워?」), ②재혼 가정에서 새엄마로 들어온 결혼 이주여성 때문에 아이가 주위 사람들로부터 겪는 놀림과 새엄마에 대한 이해를 다룬 것(원유순의 『우리 엄마는 여자 블랑카』), ③부모와 함께 한국에 들어온 이주아동에 대한 차별이 나타나 있는 것(박채란의 「티나, 기다려 줘!」, 「새로 사귄 친구」와 박상률의 「혼자 먹는 밥」) 등으로 분류해 볼 수 있다. 이들 중에서 「티나, 기다려 줘!」의 티나 말고는 모두 한국어가 유창해서 언어 소통에는 아무런 문제가 없지만 단지 외모가 다르다는 이유로 무시와 따돌림을 당한다. 「사르해! 사르해!」에서 아랑이는 아빠를 많이 닮아서 외모만 보면 코시안인지 구분이 안 간다. 단지 아이들이 필리핀 출신인 엄마를 보게 되면 '헤이, 니그로!' '헤이, 아프리카 튀기!' 하면서 놀"려 댄다. 그래서 아랑은 밖에 나가면 반 아이들이 볼까 봐 엄마와 떨어져 걷는다. 게다가 엄마는 한국말이 서툴러 아직도 아랑이와의 의사소통이 잘 되지 않는 어려움까지 겪고 있다. 다문화가정 아이들은 이러한 외모에서 오는 차별 외에도 문화적·종교적 차이가 차별을 일으키기도 한다.

①"민영아, 내일, 미술 준비물 뭐예요?"
티나의 잘못된 존대법에 아이들이 왁자하게 웃음을 터뜨렸다.

　　　　　　　　　　　　　　—박채란, 「티나, 기다려 줘!」, 『까매서 안 더워?』, 37쪽

②"저기, 저는 무슬림이라 돼지고기 못 먹어요. 그래서 그래요."
"무슬림? 그게 뭔데?"

아줌마 물음에 답하려는데 디이나 뒤에 섰던 같은 반 영환이가 불쑥 나섰다,
"아줌마, 무슬림도 몰라요? 무슬림이 이슬람이잖아요. 9.11 테러한 빈 라덴. 그리고 사담 후세인. 테러리스트들 있잖아요. 그 사람들처럼 얘도 돼지고기 안 먹어요. 아줌마, 얘 꼭 빈 라덴처럼 생겼죠? 눈도 크고 까맣고."
식판을 들고 차례를 기다리던 아이들이 키득거리기 시작했다.

─김중미, 「반 두비」, 『블루시아의 가위바위보』, 24쪽

인용 ①은 「티나, 기다려 줘!」에서 티나가 존댓말과 반말의 사용법을 혼동해 아이들로부터 놀림을 받는 장면이다. 필리핀에서 나고 자란 티나는 한 달 전 전학을 와서 아직 반 분위기에도 익숙하지 않고, 더군다나 한국말이 서툴러서 늘 "입을 꾹 다물고 있었다." 그런 티나는 "친구들이 자기를 한국 사람처럼 생각"해 주기 바라는 마음에서 월드컵 때 유행했던 빨간색 티셔츠만 입고 다닌다. 하지만 아이들에게 "꼴 보기 싫으니까 다시는 그 옷 입지 말라고 했잖아!"라고 꼬투리 잡히기 일쑤였다. 더군다나 "너, 내 말 못 알아들어? 바보야? 말 못 해? 벙어리냐고! 뭐 이런 게 다 전학을 왔어?"라는 위협적인 말을 듣기도 한다. 이주아동들이 한국 사회에 동화되기 위해서는 우선적으로 한국어 습득을 강요받는다. 언어의 차이가 소통의 장애가 되기 때문이긴 하지만 이주국 언어를 잘 하지 못하는 것이 열등한 것은 아니며, 더욱이 차별의 이유가 될 수는 없다. 더군다나 이 작품은 화자인 민영이 미국으로 유학을 갔을 때 당한 이주자 경험이 한국에 온 티나에게서 똑같이 재현되는 것을 통해 사이드(Edward W. Said)의 '오리엔탈리즘'적 비판의식을 보여주고 있다. 인용 ②는 다문화 현실에서 자주 일어날 수 있는 문화적·종교적 차별의 한 단면을 보여주고 있다. 방글라데시에서 온 디이나는 무슬림 전통에 따라 돼지고기를 먹지 않는다. 그런데 점심시간에 카레가 나오자, 디이나는 곤란해지고 만다. "한국에서는 카레에 흔히 돼지고기를 넣기 때문"에

디이나에게는 "가장 곤란한 음식"이었다. 그런데 이주아동에게는 개인적 취향이나 어떤 종교적 신념에 의해 음식을 선택하는 데에 있어서도 놀림의 빌미가 될 수 있다. 위에서 보듯이 그 종교와는 직접적인 관련이 없음에도 불구하고 반사회적 이미지를 끌어들여 디이나와 결합시킴으로써 출신 민족이나 국가에 대한 위계의식을 드러내고 있다. 이러한 한국 사회의 민족 우월주의에서 비롯된 배타적인 차별의식은 뿌리 깊은 순혈주의에 토대를 두고 있으며, 피부색, 인종, 국가에 대한 편견으로 인한 배타성은 한국 사회 구성원들의 정체성을 형성하고 있는 지배적인 요소이다.

다문화동화는 타자화된 아이들(코시안 또는 이주아동)의 존재를 드러냄으로써 다양한 인종과 문화가 상호 존중하고 공존하는 다문화적 인식을 구현해내고자 한다. 이는 아이들이 어른들로부터 전이된 민족적 우월의식을 극복하고 새로운 정체성의 형성으로 나아가게 할 것이다. 정체성은 언제든지 변화 가능하며, 시대와 상황의 변화에 따라 다른 정체성이 나타나기 때문이다. 정체성은 "결코 완성되지 않고 항상 진행 중이며 외부에서가 아닌 재현되는 순간에 구성되는 산물로 생각해야만 한다."[20] 차이를 차별로 환원하지 않고 다원주의적 다양성으로 받아들이기까지는 한국 사회가 많은 진통을 겪어야 할지도 모른다. 하지만 그것은 다문화라는 새로운 시대 상황에서 새로운 정체성이 형성되어 가는 과정에 불과할 뿐이다. 차별도 억압도 없는 진정한 다문화사회로 가는 전환점이 되어 줄 것이기 때문이다.

---

20 Hall Stuart, "Cultural Identity and Diaspora" in Patrick Williams and Laura Chrisman(eds.), *Colonial Discourse and Post-colonial Theory:A Reader*, London: Harvester Wheatsheaf, p.392. 박흥순, 「다문화와 새로운 정체성」, 『한국에서의 다문화주의:현실과 쟁점』, 앞의 책, 118쪽 재인용.

2) 다문화가정 아이들의 이중적 자아의식: 혼돈과 혼종

이주민들은 출신국과는 다른 문화적·경제적·사회적 환경의 변화 때문에 정체성의 혼돈과 새로운 환경에 적응해내야 하는 어려움을 겪는다. 이주민들이 겪는 혼돈과 어려움은 변화된 환경이나 여건에 맞는 새로운 대안적 정체성을 형성하도록 이끈다. 즉, 이주해 오기 이전의 국가와 고향에서 형성되었던 정체성은 새로운 현실에서 혼돈과 위기감만을 증폭시킬 수밖에 없기 때문에 변화된 환경에 걸맞은 새로운 정체성의 형성이 요구되는 것이다. 이때 이주민이 겪는 혼돈과 위기감은 낯선 환경에서 자신을 "이중적 존재"로 인식하게 되기 때문이다. 여기서 "'이중적 존재'란 둘 혹은 그 이상의 다른 사회와 문화에서 살아가면서 자신을 전적인 타자로 규정하는 사람들이 경험하는 정체성의 전형적인 유형이다."[21] 즉, 이주민들은 고국과 고향을 떠나 낯선 곳에서 살아야 하는 "이중적 존재"로 인식하면서 자신의 정체성을 형성해 가는 것이다. 이때 이주민들은 한국 사회에 적응하기 위해 새로운 언어와 문화를 배워 동화(同化)되고자 하기도 하고, 반면에 돌아가야 할 곳은 고국이므로 이전의 정체성을 유지하고자 애쓰기도 한다.

> 한국 사람은 무조건 태권도를 해야 하는 줄 알았던 엄마 때문에 지난해부터 나는 태권도를 배웠습니다. 나는 도장에서도 왕따가 될 게 뻔하여 싫다고 했지만 엄마가 억지로 끌고 왔습니다.
>
> ―김란주, 「내 이름은 유경민이야」, 『까만 달걀』, 80쪽

위에서 태국 출신인 경민이 엄마는 결혼 이주여성인 탓에 한국 사회

---

21 위의 글, 123쪽.

로 동화되는 것을 가장 시급하게 여길 수 있다. 따라서 한국 사람이 되기 위해서는 누구나 태권도를 할 줄 알아야 한다고 생각한 엄마는 학교에서 '튀기, 잡종'으로 괴롭힘을 당하는 경민이를 도장에 나가게 한다. 이는 무엇보다도 한국 사회에 동화되는 것을 최우선으로 여기기 때문이다. 그러나 이주 노동자의 경우는 동화보다는 한국 체류기간 동안 돈을 많이 벌어서 "한국에 오느라 진 빚도 다 갚"고 자신의 고국으로 돌아갈 생각이 우선적일 수밖에 없다. 「반 두비」에서 디이나 아빠는 1년 후 체류기간이 끝나면 방글라데시로 돌아가려고 한다. 하지만 "한국이 좋아"진 디이나는 아빠에게 "방글라데시로 가기 싫"다고 말한다. 이에 아빠는 디이나에게 "방글라데시 그립지 않아? 우리 집 앞에 있던 망고나무 기억나? 디이나가 그 망고나무 참 좋아했잖아."라면서 고국에 대한 기억을 떠올려 주려고 애쓴다. 초등학교 시절을 한국에서 보낸 디이나가 이미 한국 사회에 동화되었다면, 아빠는 아직도 이주하기 이전의 정체성을 유지하고 있기 때문에 두 사람은 갈등하고 있다. 사실 이주민이 한국 사회구성원과 동일한 정체성을 갖도록 강요받거나 강제할 수 없는 만큼 이주민이 본래의 고유한 정체성을 그대로 유지한 채 한국 사회에 적응하거나 정착할 수는 없다. 따라서 "이주민의 정체성은 하나의 객관적이고 보편적인 정체성이 아니라 하나 이상의 '이중 또는 다중 정체성'"[22]을 지니게 되는 것이 일반적이다.

반면에 한국에서 태어났지만 한국인으로서 인정받기보다는 '코시안'이라는 제3의 부류로 명명된 아이들은 주위의 편견과 차별 때문에 정체성의 혼돈이 더 극심하게 일어난다. 이들은 이주아동의 경우와는 또 다른 차이점을 지니고 있다.

---

22 위의 글, 123쪽.

사실 나는 아빠를 많이 닮아서 사람들이 코시안인지 잘 모릅니다. 이름도 '이 아랑'이기 때문에 한국 이름인지 필리핀 이름인지 알쏭달쏭합니다.

—황복실, 「사르해! 사르해!」, 『까만 달걀』, 19쪽

엄마보다는 아빠를 더 많이 닮은 아랑이는 외모상으로는 단문화가정 아이들과 별 차이가 없다. 하지만 엄마 때문에 아랑이는 아이들에게 놀림거리가 된다. 필리핀 출신인 엄마는 한국말도 잘 못하고 피부색 때문에 외모상으로 차이가 두드러지다 보니 엄마를 본 아이들은 '니그로, 아프리카 튀기' 하면서 아랑이를 괴롭힌다. 이는 『우리 엄마는 여자 블랑카』에서 하나가 아이들로부터 "하나 엄마는 여자 블랑카"라고 놀림을 받는 것과 유사한 경향을 보인다. 아빠가 베트남 출신 새엄마와 재혼을 해서 다문화가정에 속하게 된 하나는 "여자 블랑카"라는 무시와 조롱 때문에 새엄마와 갈등을 일으키게 되었다. 반면에 아랑이는 엄마에게 "말귀도 못 알아듣는 멍충이! 당장 나가! 없어지란 말이야"라면서 구박하는 아빠처럼 엄마에 대한 무시와 경멸을 드러내고 있다. "난 필리핀이 정말 싫어! 자존심 상해 죽겠어!"라고 말하는 아랑이는 평범한 한국 사회구성원으로의 동화에 엄마가 걸림돌이 되고 있음을 인식하고 있다. 이는 아랑이에게 정체성의 혼돈을 불러일으키면서 한국 사회로의 동화를 위해 엄마의 출신국이 주는 불명예스러움을 거부하려는 몸짓으로 표출된다.

한국에서 태어나 한국 이름을 갖고 한국에서 살지만…… 나는 한국 사람이 아니라 '혼혈아'라고 불릴 뿐입니다.

—김란주, 「내 이름은 유경민이야」, 『까만 달걀』, 83쪽

위 인용문에서 보듯이 다문화동화에서 코시안, 즉 국제결혼 2세들은

한국 사회에서 한국인이면서도 한국인이라는 인식을 하지 못하는 극심한 정체성의 혼란을 겪고 있다. 이주아동들이 낯선 환경에 적응해 가며 겪는 디아스포라적인 정체성의 혼돈과는 어느 정도 차이가 있긴 하지만, 코시안들도 '이중 또는 다중 정체성'의 특성을 지니고 있다. 이들은 태어난 출신국과 모계(혹은 부계) 국가의 정체성을 공유하면서 피부색, 생김새, 언어 등 문화적 혼합인 '혼혈인'이라는 정체성 사이에서 갈등하는 '다중 정체성'의 좀더 복잡한 양상을 띠고 있다. 물론 코시안이든 이주아동이든 모두가 한국 사회의 위계질서 속에서 언제나 타자로 존재하며 차별과 무시의 대상인 것은 사실이다. 그러나 코시안들에 비해 돌아갈 곳을 꿈꿀 수 있는 이주민은 그들보다 나은 형편인지도 모른다. 단지 이들이 한국 사회구성원으로 받아들여지기 위해서는 '이중 또는 다중 정체성'을 극복하고 '다문화적 정체성'을 형성해내야 한다는 점에서는 동일한 지점에 서 있는 타자들이다. 다문화적 정체성의 형성은 한국 사회 역시 순혈주의의 배타성을 극복하고 새로운 정체성을 지닌 개방적이고 다원주의적 다양성을 지닌 다문화사회로 스스로 변화해 가게 할 것이다.

여기에서 다문화적 정체성은 모든 문화는 언제까지나 단일하거나 안정적이지 않다는 인식에 기초해 있다. 이는 한 사회의 정체성이 시대와 사회적 변화에 따라 유동적으로 변화해 간다는 의미와 일맥상통한다. 다문화적 현실에서 서로 다른 문화와 피부색, 외모를 가진 사람들은 서로 영향을 미치며 상호 연관이나 상호 침투 작용을 통해 새로운 문화와 정체성을 형성해 가게 된다. 따라서 한국 사회 이주민들의 정체성은 이중성(혹은 다중성)의 혼돈에서 사회 구성원 간의 상호 작용을 통해 상호 의존적으로 전개해 가기 때문에 '혼종성(hybridity)'이라는 특성을 지니게 된다. 포스트콜로니얼 비평가 중 한 사람인 바바(Homi K. Bhabha)가 내놓은 용어인 '혼종성'은 "문화적·언어적·정치적 상호 의존과 상호 영향에 대한 주장을 통해서 우월적 사회와 열등한 사회, 지배적 국가와 피지

배 국가, 식민지와 피식민지 사람들에 대한 상호 연관성"에 주목하고 있다. 즉, "서로 다른 두 문화와 사회에 살고 있는 사람들의 접촉은 새로운 형태의 정체성을 형성하게 만들고 상호 의존하며 상호 영향을"[23] 끼치게 된다는 것이다. 따라서 한국 사회는 순혈주의적 우월주의에 입각해 이주민을 동화의 대상으로만 여기고, 한국 사회의 문화·관습·사고방식 등을 강요하거나 주입하려고 해서는 안 된다. 한국 사회구성원 간의 상호 침투 작용을 통해 이주민과 그 2세들이 정체성의 혼돈에서 '혼종적 정체성'의 형성으로 나아가도록 해야 한다. 다문화동화는 이러한 이주 아동과 코시안을 비롯한 혼혈아들의 혼종성을 토대로 문화와 정체성의 새로운 결합과 변화를 추구함으로써 다문화적 정체성을 새로이 구현해 내게 될 것이다.

4. 열린사회의 다문화적 정체성을 위하여

한국 사회는 이제 다문화사회로의 진입을 눈앞에 두고 있다. 이주노동자와 결혼 이주여성의 급증은 한국 사회구성원의 다양성을 불러오고, 나아가 시대적 상황 변화에 따른 새로운 정체성의 형성이 요구되고 있다. 기존의 단일민족 신화에 기반한 순혈주의적 민족주의는 새로운 사회구성원으로 등장한 이주민에 대해 폐쇄적이고 배타적일 수밖에 없기 때문이다. 민족 우월주의의 배타성은 이주민을 국가 간 경제적·정치적 위계질서 하에서 인식함으로써 한국 사회가 수용해야 할 다양성을 올바로 이해하지 못한 채 차별과 인권 유린이라는 구조적 모순을 드러내고 있다. 정부의 다문화 정책 또한 배타적인 동화와 배제의 원칙을 답보할

---

[23] 위의 글, 125쪽.

뿐 새로운 시대의 흐름을 제대로 인식하지 못하고 있다. 가족 구성의 위기와 저출산에 따른 인구 감소 문제에 대한 대안으로 국제결혼의 장려를 통해 외국인 여성의 유입을 꾀하는 한편 결혼 이주여성과 자녀인 코시안의 한국 사회로의 동화를 위해 각종 교육과 혜택을 제공하고 있다. 하지만 이는 한국인과 혈족 관계에 있는 외국인에 대해서만 동화 정책의 대상으로 하는 뿌리 깊은 혈통주의의 잔재라는 데에 문제가 있다. 즉, 외국 태생의 이주노동자와 이주아동에 대해서는 차별과 무관심이라는 배제 정책으로 일관하고 있기 때문이다. 더욱이 동화 정책은 이주민에게 일방적으로 한국 문화와 언어, 관습 등을 주입하고 강요한다는 측면에서 이주여성과 코시안들에게 정체성의 혼돈을 불러올 소지가 있다. 한국 사회구성원들이 민족 우월주의적 정체성을 버리지 않는 한 이주여성과 코시안들은 무시와 차별의 벽에서 자유로울 수 없기 때문이다. 또한 이주노동자와 이주아동에 대해서는 더 말할 나위도 없다. 따라서 이주민에게만 일방적인 동화를 강요할 게 아니라 이주민을 포함한 사회 전체의 시대 변화에 따른 새로운 정체성 형성이 이루어져야 한다. 이러한 새로운 정체성은 앞 장에서 설명한 바와 같이 이주민과 기존 사회 구성원 간의 상호 의존과 상호 침투 작용을 통해 "이전의 틀과 구조를 넘어설 뿐 아니라 하나의 사회에 국한되는 범주와 개념을 넘어서는 새로운 유형"[24]의 혼종적 정체성을 의미한다.

김중미의 동화 「반 두비」에서 이주아동인 디이나는 "한국에 처음 왔을 때는 사람들 얼굴, 말, 음식, 습관들이 다 낯설었다. 방글라데시랑 다른 것은 모두 이상하게 느껴졌다." 또한 디이나는 "자기 혼자만 다른 것 때문에 늘 외로웠다"라고 실토한다. 디이나가 한국에서 출신국인 방글라데시와 다른 것은 다 이상하게 느끼고, 또한 한국 사회에서 자기만 다

---

[24] 위의 글, 124쪽.

른 것을 의식하는 것은 바로 이중적 자아의식에 다름 아니다. 이러한 '차이'는 차별로 이어지고, 디이나는 "단지 말이 다르고, 습관이 다른 것까지 무시하고 미개인이라고" 하는 것에 대해 화가 나기도 했다. 그러나 선생님의 권유로 반 아이들에게 방글라데시를 소개할 기회를 얻게 된 디이나는 자료를 조사해 꼼꼼하게 발표 준비를 했다. 결국 그동안 자신을 무시하고 놀렸던 아이들로부터 박수를 받은 디이나는 "이제까지 입에서만 맴돌던 말을 하고 나니 늘 움츠려 있던 가슴이 저절로 펴지는 것 같"은 느낌을 받는다. "자기 생각과 방글라데시에 대해 좀더 당당하게 말"했더라면 친구들도 자신의 말에 귀를 기울였을 거라는 자신감도 얻게 되었다. 더군다나 단짝 친구인 민영이 방글라 말을 배우겠다고 하는 바람에 디이나는 민영에게 더욱 친밀감을 느끼게 된다. 이는 바로 서로 다른 문화와 정체성을 가진 사람들이 서로 접촉하고 상호 소통함으로써 새로운 정체성을 형성해 가는 것을 보여준다. 즉, '이중 또는 다중 정체성'을 지닌 디이나가 상호 작용을 통해 '혼종적 정체성'을 획득하게 되어 내적인 갈등을 해소하게 된 것이다. "방글라 말 배우려면 방글라 음식도 잘 먹어야 돼. 나도 한국말 배울 때 매운 총각김치랑 된장찌개랑 다 먹었어"라는 디이나의 말처럼 다문화사회의 정체성은 내국인이든 이주민이든 동등한 위치에서 상호 교류하면서 혼종적인 자아를 형성해 가는 것이다.

다문화동화에서 서로 다른 문화와 인종의 상호 교섭과 이를 통한 혼종적 정체성의 획득은 한국 사회가 차별과 혼돈의 벽을 넘어서 개방적인 열린사회로 변화해 가야 한다는 것을 보여주고 있다. 원유순의 『우리 엄마는 여자 블랑카』에서 새엄마와 갈등하던 하나는 새엄마가 베트남에서 찍은 사진을 보면서 새엄마의 나라와 고향, 두고 온 가족에 대해 관심을 갖게 되고 더욱 친밀감을 느끼게 된다. 안미란의 「마, 마미, 엄마」에서 수연이네 집 마당은 각기 다른 문화와 민족이 서로 어우러져 빚어내는 작은 다문화사회를 연상하게 한다. 일일 명예교사로 학교에 와야 하는 엄마에게 수연이가 옷을 "뭐 입을 건데?"라고 묻자 엄마는 "아오자이"라고 말하며 환하게 웃는다. 베트남 출신인 수연이의 엄마에게 형성된 한국 문화와 베트남 문화에 대한 혼종적 정체성을 엿보게 하는 대목이다. 또한 이 집에는 수연이 엄마 외에 이주민이 또 있다. 무슬림 세이 아빠와 그의 아들인 세이가 세 들어 살고 있다. 수연이와 세이는 한국인과 아시아인 사이에서 태어난 코시안들이다. 이들은 한국인인 할머니와 수연이 아빠, 그리고 세 들어 사는 박씨 아저씨와 함께 어울려 살아간다. 이들은 사소한 오해로 갈등하기도 하지만 이내 오해를 풀고 함께 저녁 식사를 하게 된다. 할머니는 세이 아빠에게 "자네들은 돼지고기 안 먹는다고 했지? 그래, 그래. 사람이 마음에 부처를 모셨으면 지킬 건 지켜야지"라고 말한다. 알라신을 부처님으로 잘못 알고 있지만 모두들 알고 있다. "그 마음은 다 통한다는 걸." 그래서 그들은 함께 모여 "저녁식사를 그렇게 시끌벅적"하게 한다.

우리 집 마당에는 저마다 다른 나라에서 온 사람들이 다른 이름을 가지고 모여 한솥밥을 먹는다. 웃고 떠들면서.

—안미란, 「마, 마미, 엄마」, 143쪽

유배자의 응전과 배움의 의미

『봉놋방 손님의 선물』(김옥애, 청개구리, 2016)은 다산의 강진 유배시절을 소재로 한 역사동화다. 그러고 보니 아동서사에서 다양한 역사적 소재가 다루어져 왔음에도 불구하고 다산을 전면에 내세운 작품은 흔치 않은 편이다. 인생의 태반을 유배지에서 학문에만 몰두한 단조로운 일대기 때문일 수도 있고, 정치 무대에서 내몰려 외지로 물러난 비주류의 삶이 그다지 주목할 만한 소재가 아닐 수도 있다. 물론 역사적으로나 정치적인 측면에서 귀감이 되는 인물이지만 문학적 서사를 추동해 내는 역동적 모티프는 크게 느껴지지 않는 것이다. 특히 동적인 스토리를 중시하는 아동서사에서만큼은 더욱 그런 듯하다. 그런 마당에 나온 이 장편동화는 그래서 반갑기도 하고 다산의 삶을 통해 무엇을 말하려 하는지 자못 궁금하기도 하다.

다산 정약용은 정조 시대인 1783년 진사시에 합격해 성균관에서 수학했고, 1789년 식년문과(式年文科) 갑과(甲科)에 급제하여 정계에 진출했으며, 조선 사회의 개혁을 주도한 실학파의 일원으로 활동했다. 향후 10년간 정조의 총애를 받으며 암행어사는 물론 여러 관직을 두루 역임했고, 특히나 1789년에 한강에 배다리(舟橋)를 준공하고, 1793년에는 수원성을 설계하는 등의 업적을 남기기도 했다. 그러나 1801년에 발생한 신유박해로 유배되면서 중앙정계에서 밀려나 야인의 삶을 살게 된다. 처음에는 경상도 포항 부근의 장기로 유배되었으나, 곧이어 발생한 '황사영백서사건(黃嗣永帛書事件)'으로 다시 소환되어 문초를 받고 전라도 강진으로 유배된 후 18년간 유배생활을 할 수밖에 없었다.

신유박해는 정조 사후의 일이다. 정조는 중국으로부터 들어온 천주교에 대해 관대하게 대했다. 청나라 신부 주문모가 1794년 조선에 들어와 활동하는 등 정조의 묵인에 힘입어 급속히 교세를 확장해 나갔다. 그러나 정조가 죽고 1801년 1월 나이 어린 순조가 왕위에 오르자 섭정을 하게 된 정순대비가 서교(西敎)를 사교(邪敎)로 규정하고 근절하라는 금압령을 내림으로써 박해가 시작되었다. 이때 주문모를 비롯한 천주교도와 진보적 사상가 100여 명이 처형되고 400여 명이 유배되었다고 한다. 정조 당시에도 천주교는 성리학의 가치를 신봉하는 지배세력에게 위협으로 받아들여지고 있었고, 집권세력에 의해 번번이 비판의 대상이 되곤 했다. 다산 역시 형제들과 함께 천주교에 입교하기도 했으나 다른 형제들과 달리 별다른 활동은 하지 않은 것으로 보인다. 그러나 이러한 연관 때문에 모함의 빌미가 되어 고초를 겪어야 했고, 해미로 유배되었다가 10일 만에 풀려나기도 하고, 관직을 여러 번 내놓기도 했다. 정조에게 올린 상소 「변방사동부승지소」를 통해 제사 등의 문제 때문에 스스로 천주교와 절연했음을 입증해 보임으로써 반대세력의 모함을 피하기도 했다고 한다.

이처럼 신유박해는 급속히 확장하고 있는 천주교 세력에 위협을 느낀 집권 보수세력 노론(老論)의 종교탄압일 뿐 아니라, 이를 이용해 반대세력인 남인(南人)을 비롯한 실학 사상가와 개혁세력을 탄압한 사건이었다. 어찌 보면 정조 사후에 벌어진 주류/비주류의 대립과 정쟁으로도 여겨진다. 옛날이나 지금이나 정치 상황은 유사한 꼴로 되풀이되는 듯하다.

당시 집권 보수세력은 개혁세력을 사교 근절이라는 미명으로 제압하고는 세도정치를 부흥시킴으로써 망국의 길로 접어들고 있었다. 현대 정치사에서 수도 없이 되풀이되었던 색깔론은 물론 최근에 드러난 블랙리스트 등의 구태가 어제오늘의 일이 아니었음을 알겠다.

아무튼 다산의 유배는 조선사회에 불어온 천주교와 서학이라는 새로운 바람은 물론 이를 수용하고자 했던, 혹은 이와 무관한 개혁세력의 패배와 좌절을 상징한다. 다산 자신으로서도 정치적 좌절일 뿐 아니라 인신의 구속을 감내해야 하는 처지에 놓이게 되었음을 의미한다. 한때 중앙 정계에서 서양의 과학기술(서학)을 도입하는 등 개혁을 추구하고, 모함 때문에 물러나긴 했지만 병조참의에까지 올랐던 신진 유력 인사에서 마침내 유배자라는 무력한 비주류의 삶을 살게 된 것이다.

그러나 그는 강진에서의 18년 유배기간을 허투루 보내지 않는다. 자신이 추구하던 사상과 학문 연구에 매진함으로써, 유배와 좌절의 시간을 학문 완성의 기회로 활용한 것이다. 500여 권의 저술을 집필하고 후학을 양성함으로써 응전의 기회로 삼았다. 다산에 이르러 비로소 실학사상이 집대성된 것은 그러한 좌절을 딛고 일어서는 응전의 힘이 보여준 결과라 하겠다. 결국 다산은 지금도 조선 후기를 대표하는 최고의 지성으로 남아 있다. 당시는 비주류였으나 지금은 역사를 거슬러 주류의 시간을 살고 있는 셈이다. 그래서 시간은 정직한 건지도 모른다.

이렇듯 다산의 유배는 당시의 정치적 대립관계의 결과물이다. 어쩌면 이러한 대립구도가 그의 삶을 정확히 들여다볼 수 있는 프레임일지도 모른다. 유배 자체가 그렇기 때문이다. 집권세력 대 개혁세력, 그리고 좌절과 응전의 시간이야말로 다산의 강진 유배시절의 근간을 이루는 구도가 될 것이다. 『봉놋방 손님의 선물』이 강진으로 들어가는 동문 밖 주막에서 다산이 머물던 4년간을 배경으로 하고 있는 것도 그러한 프레임에서 비롯된 작가의 의도로 읽힌다. 특히 다산이 집필한 어린이용 한자책

『아학편』(전2권)에 초점을 맞추고 있기 때문이다.

다산의 수많은 저작 가운데 아이들을 위해 엮은 책도 있다는 점이 새롭게도 느껴진다. 대부분의 저작을 집필하고 후학을 양성한 곳인 다산 초당에서 기거하기 전, 유배 초기 시절에 다산은 동문 주막의 봉놋방에서 지냈다. 그때 그곳에다 '사의재'라는 글방을 열고 아이들에게 글을 가르쳤는데, 그는 당시 한자교본인 『천자문』을 사용하지 않고 『아학편』이라는 책을 직접 엮어서 글을 가르쳤다. 얼핏 보기에 『아학편』은 그저 어린이용 한자 책에 불과해 보이지만 이 책에 담긴 의미는 그리 만만치 않다. 몸은 유배에 묶여 있음에도 불구하고 꺾일 줄 모르는 개혁 정신, 올곧은 응전 의지의 소산이기 때문이다. 이 동화에서는 『아학편』을 엮은 이유를 다음과 같이 표현하고 있다.

> "천자문에는 중국의 자연과 역사만 담겨 있다고 했습니다. 그래서 조선 아이들은 뜻이 통하지 않는다고 했습니다."
>
> [⋯중략⋯]
>
> "천자문은 중국 것이고, 이 '아학편'은 조선의 천자문입니다. 우리 조선 아이들이 배우기 쉽도록 뜻이 통하는 글자들을 모아 만든 2천자문이란 말입니다."
> (134쪽)

주인공 봉주가 부유한 집안 자제들이 다니는 서당인 금서당 훈장에게 『아학편』을 강변하는 대목이다. 실지로 『천자문』이 아무 연관이 없는 글자를 4자씩 나열한 데 비해서 『아학편』은 서로 연관이 있는 글자나 비슷한 말, 반대말을 4자씩 묶어 배치하였다. 가령 『천자문』이 '천(天) 지(地) 현(玄) 황(黃)'으로 시작할 때, 그 뜻은 '하늘, 땅, 검고, 누렇다'처럼 무의미한 글자의 조합으로 단순히 글자만 암기하는 식이 된다. 그러나 『아학편』은 '천지부모'(아비는 하늘처럼 존경스럽고, 어미는 땅처럼 고마운 분이다)로 시작해, '춘하추동', '동서남북', '이목구비' 등 서로 연관이 되고 생활에 밀접한 의미를 지닌 글자를 배치함으로써 뜻글자인 한자의 특성을 살려 한층 용이하게 습득하도록 하였다. 더욱이 조선의 문화, 생활방식에 기반을 두고 있기에 이해하기 쉽고 의미를 생각하며 글자를 배우도록 한 것이 특징적이다. 흔히 요즘말로 스토리텔링이자 창의교육인 것이다.

이처럼『아학편』은 아이들의 눈높이에 맞춘 한자 책이자, 조선의 생활 환경에 맞도록 한자를 재구성한 것이다. 그렇다고 해서 '조선의 아이들을 위한 책'이라는 민족주의적 의미만을 지니고 있는 것은 아니다. 무조건적인 사대주의를 지양하고자 하는 의도를 담고 있기에 당시 지배체제에 대한 비판의 의미도 담고 있다. 한자, 곧『천자문』은 지배세력의 전유물이었다. 주자를 신봉하는 지배이념은 관료와 사대부들의 것이었고, 한자는 주자 이념의 기표로서 막강한 힘을 지니고 있었다. 그 주자사상을 습득하기 위한 첫 시작이『천자문』일 테니, 당시 한석봉이 쓴『천자문』을 나무에 새겨 찍어낸 목각본이 최고의 베스트셀러일 정도로 인기를 끌었다. 따라서『아학편』은 아이들의 교육에 있어 지배적 권력을 지니고 있던『천자문』에 대한 도전으로 읽히는 것이다.

이러한『천자문』/『아학편』의 대립 구도는 이 작품에서 당시 조선사회를 바라보는 프레임으로 작용한다. 주인공 봉주가 금서당 접장(훈장 밑에서 사무를 보는 관리자)에게서 빌린『천자문』을 잃어버려 애를 태우다가 어쩌다 간신히 얻은『아학편』을 대신 들고 가자, 정갑선 훈장은 "중국의 주홍사(『천자문』의 저자: 필자 주) 님이 아시면 크게 화를 내실 일이로구나" (131쪽)라며 노발대발한다. 물론 그가 듣도 보도 못한『아학편』을 하찮게 여기는 게 당연한 일이지만, 그의 태도는 무턱대고 중국의 주자만을 신봉하는 당시 양반사회의 일면을 함축하고 있다. 이에 반해『아학편』, 곧 다산은 전혀 다른 지점에 서 있는 것이다. 이는 '금서당/사의재'의 서로 다른 성격에서도 드러난다. '금+서당'이라는 이름에서도 드러나듯이 금서당은 양반이나 부유한 집 자제들만 받아들여 영리를 추구하는 사교육 기관이다. 봉주의 친구인 영비가 금서당에 들어가는 날 봉주도 배우고 싶은 열망으로 무심결에 따라갔다가 정갑선 훈장에게 혼쭐이 났듯이 가난하거나 신분이 미천한 아이들은 감히 엄두도 낼 수 없는 곳이다. 더구나 금서당은 영비처럼 장차 과거에 급제해 관료로써 성공하고자 하는 이들의 욕망을 충족시켜 주는 곳이다. 반면에 사의재는 이름에서부터 "우리가 마땅히 해야 될 네 가지 도리"(100쪽)를 의미하듯이 인간의 근본과 도리를 닦는 곳이다. 여기에는 빈부귀천이 따로 없다. 누구나 배우고자 한다면 학동이 될 수 있다. 다산의 실학사상이 느껴지는 대목이다.

봉주는 홀어머니 밑에서 자라고 있는, 몹시 가난한 집 아이다. 어머니의 양반집 허드렛일로 근근이 연명해 가고 있다. 그런 처지임에도 불구하고 봉주는 글을 배우고 싶어 한다. 어머니와 주막집 주모 할머니는 장사를 배워 살길을 도모하라고 하지만 봉주는 금서당에 다니는 영비가 부럽기만 하다. 언감생심 읽지도 못하는 『천자문』을 빌려 왔다가 잃어버려 봉변을 치르기도 한다. 이처럼 봉주는 왜 이렇게 '배움'에 목메는 것일까. 봉주에 초점을 맞추고 있는 이 작품은 자연스레 봉주의 배움에 대한 갈망이 중심서사를 이루게 된다.

그러나 배움이라니? 아이들이 밤늦도록 학원가를 맴돌며 공부에 혹사를 당하고 있는 요즘 시대에 말이다. 그런 탓에 놀아라, 놀아야 한다고 강조하는 동화가 유행인 마당에 이 작품은 마치 역설로도 느껴진다. 인간이라면 모름지기 배워야 하는 것은 당연한 이치다. 단지 무엇을, 어떻게 배워야 하느냐가 문제일 것이다. 따라서 봉주의 갈망은 인간으로서 당연한 일이고, 배움이라는 의미를 통해 현재를 되짚어보게 하는 것이다. 역사는 오늘의 현실을 바라보는 눈이기 때문이다. 여기서 배움과 지식의 의미에 대해 떠올리게 된다.

무릇 인간이라는 존재는 학습의 결과물이다. 그래서 '지식'이란 것이 존재하고, 인간은 지식이든 삶의 지혜든 간에 배워야만 한다. 자연의 모든 생명체도 나름의 방식으로 환경에 적응하고 생존하기 위한 '지식'을 지니고 있다. 아기 새가 첫 날개를 퍼덕이며 날아오를 때 그에게는 수많은 학습이 필요했을 것이다. 개미 한 마리가 먹잇감을 발견하고 친구들에게 정보를 알리는 방법 또한 마찬가지다. 물론 이런 생존 방식을 본능이라 말한다. 허나 본능도 학습의 결과가 아닐까. 생명체의 DNA에는 태초 이래 생존을 위한 모든 경험과 학습의 결과물이 농축되어 있고, 대를 이어 유전되면서 본능으로 구체화되었을 터이다. 환경이 바뀌면 새로운 학습 경험에 따라 본능도 변하게 된다. 그러나 그들은 필요 이상의 지식을 추구하지 않는다. 오로지 인간만이 이 본능의 한계를 넘어서려 할 뿐이다.

인간을 '생각하는 동물'이라 하였듯이 '생각'은 인간을 '만물의 영장'이라는 반열에 올려놓았다. 한낱 미물이라 한들 저마다의 생각이 없겠느냐마는 인간은 자신의 근원과 삶의 본질과 보다 폭넓은 세계를 이해하기 위해 '생각한다'는 점에서 차이가 있으리라. 그런데 이러한 '생각'은 DNA에 저장되지 않기에 본능을 넘어서 있고, 단지 '지식'이라는 무형의 DNA만이 존재할 뿐이다. 따라서 이를 습득하기 위해, 더 나은 '생각'을 생산하기 위해 인간에게는 '배움'이라는 고도의 학습 과정이 수반될 수밖에 없다. 그러나 이 과정이 마냥 긍정적인 것만은 아니다.

오랜 시간 동안 진화를 거듭해 온 지식은 오늘날 거대하고도 고도화된 문명을 구축했고, 인간은 그 문명의 패러다임에 종속될 수밖에 없다. 문명은 곧 세계이고, 인간은 문명의 근간인 지식을 습득함으로써 세계로 나아갈 수 있다. 이때 '배움'은 인간의 생존전략이자, 주류세계로 진입하기 위한 방편이 된다. 지식을 소유함으로써 먹이사슬의 최상위에 오를 수 있는 것이다. 지식은 자본을 낳고, 자본은 지식을 먹고 자란다. 인간의 문명은 늘 그래왔다. 과거에는 배움을 통한 입신양명이 최고의 가치였다면, 무한경쟁시대를 살고 있는 우리에게는 더 나은 학벌과 스 펙이라는 생존방식으로 더욱 치열해지고 세속화되었을 뿐이다. 아이들 이 머리에 피도 마르기 전에 대학입시에 필요한 스펙 만들기에 분주하 고, 밤늦도록 학원가를 전전하며 공부에 매달릴 수밖에 없는 현실은 당 연한 귀결처럼 보인다.

> 봉주는 살이 빠져 더욱 홀쭉해진 영비를 맞았다. [⋯중략⋯] 이제 영비에게 서는 높은 벼슬을 꿈꾸는 학동의 책 냄새가 나는 것 같았다. (81쪽)

영비의 모습은 요즘 아이들과 다를 바가 없다. 그것도 "집에서 책만 읽으라"고 영비 "아버지가 밖에 못 나가게 한"(85쪽)다는 데서 드러나듯 이 미래의 행복을 위해 현재를 희생시키고 있는 부모의 대리욕망이 표 출되고 있다. 이를 진정한 배움이라 할 수는 없을 것이다. 반면에 봉주의 배움은 영비의 과도한 공부에 대비되면서 배움의 의미를 상기시키고 있 다. "글을 모르면 장님이나 똑같"(152쪽)다고 생각하는 봉주에게 배움은 세상에 대한 '개명'과도 같은 것이다. 지식이 없으면 세상을 이해할 수 없고, 본능의 한계를 넘어설 수 없다. 곧 인간이 될 수 없다. "글 먼저 배 우고 난 다음에 형 따라다니면서 장사도 배울게요"(152쪽)라는 봉주의 말처럼 진정한 배움은 자본 증식의 도구 이전에 인간다움을 결정짓는 절대 조건은 아닌지 되뇌게 되는 것이다.

어찌 보면 다산의 실학사상은 지금 시대를 예견한 학문인지도 모른다. '이용후생 실사구시'로 일컬어지는 실학의 대명제가 요즘 만연하는 실 용주의, 효용주의와도 유사한 맥락으로 읽히기 때문이다. 그러나 실학의 실용성은 인간의 근본을 전제로 한다. 인간다움을 망각한 실용과 효용 은 세상을 타락시킬 뿐이다. 우리는 지금 그런 시간을 견디고 있다. 다시 금 다산을 통해 배움의 의미를 되새기는 이유다.

아동문학과 제노사이드

제주4·3을 형상화한 아동소설을 중심으로

1. 역사, 오래된 현재

20세기는 전쟁과 학살의 시대였다고 해도 과언이 아니다. 두 번에 걸친 세계대전뿐만 아니라 크고 작은 내전으로 수많은 살상자를 낳았고, 1차 대전이 한창일 무렵 터키의 아르메니아인 학살(100만 명 이상)을 시작으로 2차 대전 때는 나치에 의한 600만 명의 유태인과 500만 명의 폴란드인, 로마인, 동성애자, 정치적 반대자들에 대한 학살이 계획적으로 이루어졌다. 이외에도 냉전체제의 이념 대립이 초래한 스탈린 정권의 정치적 학살, 일본 군국주의의 난징대학살, 스페인내전 당시 프랑코의 학살, 보스니아의 인종 청소, 캄보디아의 킬링필드, 르완다 후투족의 투시족 대량학살 등 일일이 나열할 수조차 없을 정도로 수많은 학살이 자행되었다. 민족간, 국가간 대립의 산물인 전쟁 상황에서야 말할 것도 없고, 비전시체제일지라도 인종, 종교, 이념, 정치적 갈등은 국가의 폭력 메커니즘을 자극하게 되고, 이는 곧바로 대규모의 학살로 이어지곤 했다.

이러한 학살의 역사는 현재도 되풀이되고 있다. 중동지역의 다기한 분쟁은 여성, 노약자, 어린이 등 민간인 학살과 테러를 반복하고 있고, 급기야 최근의 IS사태는 국제사회의 공분을 사기에 충분했다. 어쩌면 21세기는 지난 어느 세기보다도 더 끔찍한 폭력의 시대로 치달아가고 있는지도 모른다. 연일 텔레비전과 인터넷으로 생중계되는 학살과 테러를 온몸으로 체감하며 살아가야 하는 오늘의 현실에서 폭력은 이제 익숙한 일상이 되어 버렸다. 그것이 종교적 근본주의나 정치적 목적으로 자행되는 처형과 테러, 혹은 내전의 형식일지라도 학살이고 폭력임은 분명하다. 이것이 대량학살, 즉 제노사이드로 확대되지 않으리라는 보장도 없다. 해서 현재에도 되풀이되고 있는 끔찍하리만치 잔인하고 파괴적인 폭력의 악순환은 과거 학살의 역사를 다시금 연상시킨다. 이 시대 역시 과거와 다를 바 없고, 오래된 현재일 뿐이라는 사실을 새삼 상기하게 하는 것이다. 그러나 불편하고 부정적인 치욕의 역사일지라도 회피하는 것만이 능사는 아니다. "역사는 과거와 현재와의 대화"라는 E. H. 카의 말을 굳이 빌리지 않더라도 과거 역사에 대한 성찰은 현재를 올바로 이해하게 하고 미래에 대한 나침반 구실을 해줄 것이다.

최근 아동문학에서 제주4·3을 다룬 아동소설이 등장하는 것도 이러한 인식에서 비롯된 것이리라 여겨진다. 제주4·3은 6·25전쟁, 5·18광주항쟁과 함께 한국 현대사의 3대 비극이라 할 수 있다. 그동안 6·25전쟁은 아동문학의 주요 소재로 (반공주의적 시각에서이거나 전쟁의 참상을 다루었거나 간에) 다루어져 왔다. 5·18광주항쟁 역시 박상률, 김남중, 김해원 등에 의해 깊이 있게 다루어졌는데, 이들 작품은 부정한 정치권력이 자행한 폭력과 학살의 참상을 고발하고 민중들의 민주화에 대한 열망과 더불어 인간 존재의 숭고한 가치를 아동·청소년의 눈높이에서 재조명해 왔다. 그러나 제주4·3은 아동문학에서 오랫동안 다루어진 바가 없었다. 일반문학에서도 1970년대에 이르러서야 작품화되기 시작한 걸 보면 제주4·3에 대한 정치적 압박이 어떠했는지를 가늠케 한다. 현기영은 소설 「순이삼촌」(『창작과비평』, 1978)을 통해 제주4·3의 참상을 처음 알렸고, 1986년에 발표된 이산하의 장시 「한라산」(『녹두서평』)은 제주 4·3을 일반 대중에게 널리 알리는 기폭제가 되었다. 그러나 이들은 당시 혹독한 정치적 탄압을 치러야만 했다. 아동문학에서는 이보다 한참 후인 2000년대 들어서야 작품화되기 시작했다. 2003년 출간된 박재형의 장편 『다랑쉬오름의 슬픈 노래』(베틀북)가 처음으로 제주4·3을 다루었고, 이후 송재찬의 『노래하며 우는 새』(우리교육, 2005), 이규희의 『한라산의 눈물』(내인생의책, 2015), 제11회 마해송문학상 수상작인 장성자의 『모르는 아이』(문학과지성사, 2015)가 있을 정도다. 아동문학이 일반문학에 비해 더디게 사회적 이슈를 수용한다는 게 일반적인 속설이긴 하지만, 아동문학에서 제주4·3이 등장하기까지 반세기가 넘게 걸린 셈이다. 또한 간헐적으로 이루어지고 있을 뿐이고, 이에 대한 평가 역시 부진한 편이다. 이는 제주4·3에 대한 아동문학의 시선이 과거의 지배이데올로기에서 여전히 자유롭지 못한 탓이라 여겨진다. 해서 이 글은 이 작품들이 다루고 있는 제주4·3의 맥락을 짚어보고, 문학적 성과와 타당성을 헤아려 보고자 한다.

우선 필자는 제주4·3을 제노사이드, 즉 국가 폭력에 의해 자행된 대량학살로 규정한다. 한국전쟁 당시 빨치산 소탕을 이유로 거창·함양·산청·남원·영암·함평·문경 등지에서 벌어진 양민학살과 동일한 궤에 속하지만, 제주4·3은 보다 정치적이고 의도적인 학살이라는 점에서 더욱 제노사이드에 가깝다. 더욱이 1999년 12월 16일 국회에서 〈제주4·3 특별법〉이 통과된 후 정부의 공식 입장인 〈4·3진상조사보고서〉가 2003년 10월 15일 확정되고, 10월 31일 노무현 대통령이 "국가권력의 잘못"을 사과하는 일련의 과정이 있기 전까지만 해도 제주4·3에 대한 이데올로기적 공세와 역사적 왜곡은 지속적으로 이어져 왔다. 그만큼 제주4·3은 분단체제하에서 반공세력들의 기득권을 보장해 주는 희생양이었던 셈이다. 이들은 당시 학살의 주체였던 이승만 정부와 미군정의 입장을 확대 재생산하면서 제주4·3에 대한 정치적 왜곡과 본질의 훼손을 통해 학살의 정당성과 적대적인 이데올로기를 강화해 왔다. 즉, 제주4·3과 좌익세력과의 관계를 부각시켜 '공산주의자 폭동'으로 보는 시각이 지난 50여 년간 지속되어온 주류 담론인 것이다. 비주류인 좌파 진영 역시 제주4·3을 '사회주의적 운동의 일환으로만 간주'함으로써 일반 민중들의 희생을 배제시키고, 사건의 본질이 희석되는 문제점을 지니고 있었다. 이후 1980년대 민중운동이 활발해지면서 제주4·3을 '민중항쟁'으로 보는 시각이 대두되었다. "4·3항쟁의 주체를 제주민중으로 설정"하고 있는 "민중항쟁론은 4·3과 좌익세력과의 연계라는 문제보다는 민중들의 항쟁과 고통에 초점"을 맞춘 입장이다.[1] 그러나 이 논리는 대다수의 피해자들이 항쟁의 주체였다고 볼 수 없다는 점에서 일면적인 주장으로 그칠 가능성이 높다. 해서 "1990년대 이후에는 수난사적인 측면에 비중을 두면서 국가권력에 의한 대량학살이라는 인권에 초점을 두는 담론이 주를 이루었다." 이것이 바로 "4·3특별법의 사유 체계의 기본을 이루고 있다."[2] 이러한 맥락에서 좀더 진일보한 논의가 바로 제주4·3에 대한 제노사이드 관점이다.

제노사이드는 학자에 따라 의미와 범위 규정에 있어 다소의 편차를 보이기도 한다. 이를 제주4·3에 적용할 때도 마찬가지만, 대체로 제주4·3을 "소위 '공산당 폭동'이니 '민중항쟁'이니 하는 이데올로기의 갈등 내지 충돌과 같은 이념논쟁으로 보는 것과는 달리 당시 정치적·군사적 권력체였던 미군정과 이승만 정권, 그리고 군경토벌대가 '초토화 작전'이라는 이름으로 수행한 제주도민에 대한 가장 잔혹한 폭력행위로 규정되는 민간인 학살의 형태로 이해"[3]하는 것이다. 제주4·3은 이념 대

---

1 양정심, 『제주4·3항쟁─저항과 아픔의 역사』, 선인, 2008, 233~234쪽 참조.
2 양정심, 위의 책, 234쪽.
3 김상기, 『제노사이드 속 폭력의 법칙』, 선인, 2008, 217쪽.

결로 포장되어 있지만, 실상은 국가 권력의 정치적 목적을 위해 자행된 민간인 학살이기 때문이다.

앞에서 거명한 아동문학 작품들은 당시 군경토벌대와 서북청년단(이하 서청)에 의해 자행된 무자비한 학살을 그려내고 있다는 점에서 제노사이드적이라 할 수 있겠다. 또한 지배이데올로기의 잔영이 투사된 의식의 그늘도 느껴진다. 그럼에도 불구하고 이들 작품은 역사적 진실 앞으로 우리를 이끌어 간다.

2. 제주4·3과 제노사이드의 정치학

제주4·3은 1948년 4월 3일 남로당 제주도당의 무장봉기에서 시작되어 마지막 남은 무장대 5명의 저항이 소멸된 것으로 보이는 1954년 9월 21일 한라산 금족령이 해제됨으로써 실질적인 토벌이 마무리되었다. 그 후 2년여의 기간에 걸쳐 3명은 사살하고 2명은 체포했는데, 최후의 무장대 오인권을 생포한 1957년 4월 2일에 이르러서야 완전히 막을 내리게 된다. 이 사건으로 제주도민 30만 명 중에서 10분의 1인 3만 명이 희생되었는데, 이들 대다수는 1948년 11월 중순에서 1949년 3월까지 진행된 '중산간 초토화 작전'에 의한 것이었다. 무장대 역시 군경·서청·비협력자 등을 포함한 우익에 대한 살해를 자행했지만, '정부군에 의한 희생이 70% 이상'[4]이었다는 공식 결과가 있는 만큼 당시 국가 폭력의 정도가 얼마나 심각했는지를 알 수 있다.

"자, 이제 군경 가족들은 한 사람도 빠짐없이 다 나온 건가? 그럼 좋다! 이제

---

4 김상기, 위의 책, 305쪽.

여기 남은 사람들은 모두 빨갱이들과 은밀하게 내통한 악질들이다. 그러니 당장 작전을 수행하라!"

단상에 있던 높은 군인이 다른 군인들에게 명령을 내렸다. 그러자 군인들은 운동장에 모여 있던 마을 사람들을 삼사십 명씩 굴비 엮듯이 줄줄이 묶어서는 학교 바깥으로 끌고 나갔다.

(중략)

그때 온 마을이 떠나갈 듯 탕탕탕, 탕탕 총소리가 들려왔다. 총소리는 바닷가에서도, 소나무 밭에서도, 너븐숭이와 당팟에서도 귀가 찢어질 듯 들려왔다. 여기저기서 외마디 비명이 들렸다. (『한라산의 눈물』, 190쪽, 194쪽)

위 인용은 마을 사람들을 학교에 모아놓고 학살극을 벌이는 장면이다. 당시 토벌대는 공적을 세우기 위해 '머릿수 채우기' '전과 올리기'에 열을 냈는데, 초토화 작전의 무자비한 잔인함이 이런 식으로 자행되었다. 이를 '대살(代殺)'이라 일컫는데, '자수사건' '함정토벌'과 함께 토벌대의 대표적인 학살 방법이었다. 대살은 중산간 마을에서 소개해 온 사람이든 해변 마을 주민이든 간에 학교 운동장에 모아놓고 가족 중에서 청년이나 가장이 사라진 집안의 사람들을 '도피자 가족'이라 하여 총살한 것을 말한다. 무장대의 공격으로 피해를 입었을 때에도 이런 식으로 민간인이 대신 보복을 당해야 했다. 자수사건은 주민들을 모아놓고 조금이라도 잘못이 있으면 살려줄 테니 자수하라고 권한 다음 자수하면 곧바로 데리고 가서 총살했다. 함정토벌은 토벌대가 무장대로 꾸미고 민가에 들어가 협조를 요청해서 이에 응하면, 이를 빌미로 총살하는 것이다.[5] 다음은 함정토벌을 묘사한 대목이다.

---

5 김상기, 앞의 책, 261쪽 참조.

"(전략) 무장대에게 먹을 걸 주지 말라는 우리 경고를 무시하고 곡식을 내준 건 사실 아닌가? (중략) 자, 저기 있는 사람을 똑바로 보라고! 저 사람이 어젯밤 무장대로 꾸미고 당신 집에 들어갔던 사람이야! 이렇게 증인이 있는데도 발뺌을 하려는 건가? 이 빨갱이들 같으니라고!"

경찰은 손에 쥔 총으로 정이 어머니의 얼굴을 치켜들고는 음흉하게 웃었다. (『한라산의 눈물』, 115쪽)

이처럼 자행된 '초토화 작전'은 비무장 민간인의 엄청난 피해를 불러왔다. 15세 이하 어린이의 전체 희생자 중에서 이 기간 동안 희생된 수가 76.5%에 달하고, 61세 이상 희생자 중 76.6%가 이 기간에 총살되었다.[6] 이는 무엇을 의미하는 것일까? 무장대를 진압하기 위한 군사 행동인 초토화 작전이 실상은 비무장 민간인을 겨냥하고 있었다는 명백한 증거임에 다를 바 없다. 당시 주한미군사령부의 일일정보 보고서는 "11월 13일 경비대 작전결과, 구좌면 행원리에서 무장대 115명 사살" 등 연일 전과를 기록하고 있으나 진압 주체인 토벌대의 희생은 전무하다. 언론 역시 "폭도 88명을 사살했는데 국군 측에는 아무런 손해가 없었다"(《조선일보》, 1948.11.26.)는 등의 보도로 일관하고 있었다. 이와 같은 객관적인 자료를 토대로 제노사이드 학자인 김상기는 당시 상황이 "토벌대와 무장대 간의 상호 교전이 있었던 것이 아니라 중산간 마을에 있는 주민들을 무차별로 총살했음을 의미할 뿐이며, 이를 진압 당국은 작전상의 결과물로 왜곡·은폐한 것으로 볼 수밖에 없다."[7]고 주장한다. 이러한 의도적인 조작은 제주4·3을 새로운 각도에서 바라보게 한다. 즉, 무장 폭도를 진압하거나 이데올로기 대립에서 빚어진 참사로 봐서는 안 된다는

---

6 제주4·3사건진상규명 및 희생자명예회복위원회, 『제주4·3사건진상조사보고서』, 선인, 2003, 293쪽.
7 김상기, 앞의 책, 260쪽.

것이다. 정치적 목적하에 의도적으로 저질러진 민간인 학살이며, 이는 제주4·3을 제노사이드로 규정해야 하는 명백한 이유가 된다.

　제노사이드(genocide)는 폴란드 출신의 유태인 법학자 라파엘 렘킨 (Raphael Lemkin, 1900~1959)이 '비무장 민간인 대량학살'을 일컬어 고안해낸 용어다. '민족' 또는 '부족'을 뜻하는 그리스어의 파생어 제노(geno)와 '살인'을 의미하는 로마어 'caedere'에서 파생한 '사이드(cide)'를 결합한 복합어다. 제노사이드는 "한 국민이나 한 민족 집단에 대한 파괴"를 의미한 것으로 렘킨은 이 개념을 『점령된 유럽에서의 추축국 지배』(1944)에서 체계화했다. 이 사회적 담론이 국제 사회에 받아들여져 〈제노사이드 협약〉, 즉 "제노사이드 범죄의 방지 및 처벌에 관한 협약"이 체결되었다. 1948년 12월 9일 파리에서 열린 유엔총회에서 1946년의 '제노사이드 결의안'을 바탕으로 19개 조항에 이르는 제노사이드 협약이 92개 회원국의 찬성으로 통과된 것이다. 이 협약의 제2조에서 제노사이드를 "국민적, 인종적, 민족적 또는 종교적 집단을 전부 또는 일부 파괴할 의도로서 행하여진 행위"로 규정하고 있다.[8] 이로써 제노사이드 범죄를 국제 법정에서 처벌할 수 있게 함으로써 기본적인 방지책이 마련된 셈이다.

　그렇다면 이렇게 집단 학살을 범죄시하는 국제적인 공조체제가 형성되는 시점과 거의 동시에 지구 반대편의 한반도에서는 어떻게 제주4·3과 같은 집단 학살극이 벌어질 수 있었을까? 이러한 국제 정세를 미군정이나 이승만 정권이 인지하지 못했을 리가 없다. 이는 바로 제노사이드 협약이 지니고 있는 제한적 입장과 무관해 보이지 않는다.

　협약 제2조는 제노사이드로 인정할 수 있는 '파괴 대상 및 보호집단의 범주, 파괴의 범위, 의도성 여부'를 규정한 것인데, "국민적, 인종적, 민족적 또는 종교적 집단"이라는 '보호집단의 범주' 규정 자체가 지극히

---

8 김상기, 앞의 책, 117~123쪽 참조.

제한적이라는 데 문제가 있다. 여기서 '국민적'은 국적이나 출신 국가를 공유하는 구성원들로 이루어진 집단을 의미하고, '인종적'은 신체적 특성이 같은 집단, '민족적'은 공통의 문화적 전통과 언어, 문화유산을 갖고 있는 집단, '종교적'은 공통의 종교적 신조와 신념, 교의, 실천, 예배 의식을 공유하는 집단을 뜻한다.[9] 반면에 렘킨은 애초에 그의 저서에서 보호 집단의 범주를 여덟 가지 분야, 즉 '정치 집단, 사회적 집단, 경제적 집단, 문화적 집단, 생물학적 집단, 물리적 집단, 종교적 집단, 도덕적 집단'으로 상정하고 있었다. 제노사이드는 집단 간의 권력 충돌에서 비롯되고, 상대적으로 힘이 약한 집단을 파괴하는 과정이기 때문이다. 그러나 협약 표결 당시 당사국들의 이해관계 때문에 네 가지 범주로 축소되었는데, 각국의 역사적 과오와 입장에 따라 쟁점이 될 만한 범주를 제외할 수밖에 없었다. 가령 제주4·3과 직접적인 연관이 있는 범주인 '정치적 집단'의 경우, 스탈린 치하의 정치적 학살이나 중국의 문화혁명 당시의 대량학살이 국제 문제로 대두할 것을 우려한 소련과 중국의 반대로 협약에서 제외하게 된다. 이는 결과적으로 정치적 문제로 발생하는 "동족 학살은 제노사이드 협약이 정한 처벌 대상에서 벗어나"[10]게 된 문제점을 지니게 되었다. 이로써 제주4·3은 협약이 방기한 '한 국가 내 국민의 정치적·이데올로기적 학살'이라는 명분에서 국제 사회의 제재 없이 자행될 수 있었다.

그러나 협약 이후 제노사이드를 둘러싼 논의는 광범위하게 이루어졌다. 특히 정치적 집단을 제외한 것에 대해서 학자들 간에 격렬한 논쟁이 벌어졌는데, 모든 제노사이드는 정치적 차이와 갈등에서 비롯되는 것임을 재규정하고, 이를 위해 새로운 용어를 생산해 내기까지 하였다. 바바라 하프(Barbara Harff)와 테드 거(Ted R. Gurr)는 정치적 집단학살을 일컬어

---

9 최호근, 『제노사이드: 학살과 은폐의 역사』, 책세상, 2005, 36쪽 참조.
10 김상기, 앞의 책, 173쪽.

'폴리티사이드(politicide)'로 명명하면서, 제노사이드와 폴리티사이드를 '어떤 집단 내에 속한 상당수의 구성원을 죽음으로 몰아가는 국가 내지 그 대리자들에 의해 자행된 정책 집행 내지 조장 행위'로 규정한다. 단지 '폴리티사이드에서 희생자 집단은 일차적으로 지배집단 혹은 정권에 대한 반대나 위계서열적 지위에 따라 규정된다'는 것이 '희생자집단의 공통성에 의해 규정'되는 제노사이드와 다를 뿐이다. 이 논의를 더욱 확장시키고 있는 루돌프 렘멜(Rudolph J. Rummel)은 새로이 '데모사이드(democide, 인민학살)'라는 용어를 제시하며, 정부의 역할을 강조한다. 그는 집단 사망의 의도적인 원인으로 국제전 및 내전을 포함한 전쟁과 데모사이드로 구분한다. 그리고 데모사이드 안에 제노사이드, 폴리티사이드, 대량학살(mass murder or massacre), 테러를 포함시킴으로써 하나의 총칭 개념으로 사용한다. 그는 데모사이드를 '무장하지 않은 사람들이나 인민에 대한 정부의 의도적 살해'로 규정하며, 또한 제노사이드의 살인이나 폴리티사이드, 대량학살, 테러에 국한되지 않고 '살인이 정부기구에 의해 의도적으로 이루어진 활동, 정책, 과정인 경우에는, 이 모두를 포함하는 개념'으로 사용한다.[11] 이처럼 데모사이드는 학살의 주체가 국가권력의 집행기구인 정부라는 것을 단적으로 보여준다. 제주4·3은 비록 '제노사이드 협약'에서는 배제되지만, 렘킨의 규정에 따르면 제노사이드로, 좀더 명확히 구분했을 때 폴리티사이드로 규정되며, 데모사이드는 미군정과 이승만 정부에 의해 자행된 학살의 주체를 명확히 인식하게 한다.

제주4·3은 해방 후 새로운 국가 형성이라는 과제를 놓고 벌어진 국내외 정세와 권력의 역학관계를 극명하게 보여주는 한국현대사의 축소판이라 할 수 있다. 일제로부터의 탈식민화 과정과 동시에 냉전체제라는 세계질서로의 편입 과정 속에서 국가 형성의 과정이 폭력적으로 왜곡될

---

11 김상기, 앞의 책, 132~138쪽 참조.

수밖에 없었던 역사적 상황의 중심에 제주4·3이 놓여 있는 것이다. 당시 해방정국의 제주도는 미군정과 인민위원회라는 두 개의 권력이 대립해 있었고, 좌우 합작인 건국준비위원회의 발전적 해소로 결성된 인민위원회는 '통일된 조국건설'이라는 기치 아래 5·10단선을 유일하게 저지했을 정도로 제주도민의 강력한 지지를 받고 있었다. 이러한 제주도는 남한 단독의 분단국가를 세운 이승만 정부로서는 권력 구축의 방해물이었고, 이들 반대세력을 제거하기 위해 '초토화 작전'을 자행한 것이다. 또한 제주도민 전체를 '공산주의 폭도'로 규정함으로써 고도의 이데올로기적 정당화를 주도하고, 이를 통해 반공체제의 이미지를 완성함으로써 국내외적으로 권력의 기반을 공고히 하게 된다.[12] 따라서 제주4·3은 정치적 학살이자, 비무장 민간인 학살이라는 복합적 제노사이드 유형에 속하게 된다. 이것이 제주4·3을 항쟁의 역사만으로, 혹은 대량학살 피해자의 입장만으로 봐서는 안 되는 이유다.

3. 기억의 호출과 제노사이드의 재구성

2000년대 들어 아동문학의 지평으로 들어온 제주4·3은 왜곡된 역사에 대한 고발적 측면보다는 그러한 역사적 진실을 어떻게 이해하고 받아들일 것인가에 대한 성찰에 초점이 맞춰져야 한다. 이미 진상 규명 활

---

12 실지로 이승만은 1949년 1월 21일 국무회의에서 미국의 원조를 얻기 위해 제주와 여순사건의 여파를 뿌리 뽑겠다고 천명한다. 그후 진압작전의 성공을 과시하기 위해 1949년 4월 9일 제주를 방문한 것을 시작으로 일주일 간 남도지방을 순회하며 20여 차례에 걸친 연설로 반공의지를 공고히 하고, 그후 특사자격으로 워싱턴에 파견된 조병옥은 1949년 5월 18일 미의회 연설에서 제주의 공산폭도를 진압한 사실을 예로 들면서 소련, 중국, 북한의 공산주의 세력의 교두보로서의 남한의 안정을 강조하며 군사적·경제적 원조를 요청하였다. 이 연설에서 토벌대에 의한 방화와 민간인 학살을 공산폭도의 소행으로 둔갑시켜 보고하고 있다. 제주도민의 학살을 원조 외교로 활용했음을 알 수 있다. 양정심, 앞의 책, 156~161쪽 참조.

동으로 힘겹게 밝혀진 제주4·3의 실체가 여러 채널을 통해 폭로되었기 때문이다. 과거의 독재 정권과 같은 파시즘이 아니고서야 엄연한 진실을 부정할 수는 없을 것이다. 문제는 이러한 참혹한 역사가 다시는 되풀이되지 않아야 한다는 것이고, 아동문학이 전유(傳諭)하는 제주4·3의 기억은 "현재와 미래 세대에게 제노사이드, 잔학 행위, 대량 학살과 같은 계속되는 공포를 피할 수 있는 조치들을 제안하는 것"[13]이 될 것이다. 지난 50년간 국가 이데올로기를 통해 강요되어 온 '폭력 행위에 대한 정당화'는 사회적 기억으로 남아 있다. 이렇게 사회화 과정을 거친 기억은 "다음 세대로 전해지고, 폭력의 순환은 전승된 기억이 지속적으로 보강되면서 영속"[14]되는 것이기에 아동문학이 담아내는 개인적 기억의 서사화는 대항적 담론으로써 그 의미가 크다고 하겠다.

현재 제주4·3을 형상화하고 있는 아동문학 작품들은 대체로 당시 상황을 재현하는 데 치중하는 편이다. 박재형의 『다랑쉬오름의 슬픈 노래』, 이규희의 『한라산의 눈물』, 장성자의 『모르는 아이』가 여기에 해당하는 작품들이다. 이들 작품은 개인적 기억의 복원을 통해 사회적 기억의 재구성을 시도한 것으로 볼 수 있다. 이중에서 이규희 말고는 모두 제주도 출신 작가이므로(『노래하며 우는 새』의 작가 송재찬 역시 제주도 출신이다) 자라면서 제주4·3에 대해 직접 전해 들었을 터라 기억의 농도가 더욱 짙었으리라 본다. 하지만 개인적 기억일지라도 끊임없이 공식적인 사회적 기억과 충돌하면서 서사화되었을 터인지라 이념적 편향 또한 드러날 수밖에 없었을 것으로 짐작한다. 이들 작품이 모두 무고한 양민의 학살에 초점을 맞추고 있는 것도 그러한 사정에서 비롯된 것이 아닌가 싶다.

우선 이규희의 『한라산의 눈물』은 제주4·3의 발단이라 일컬어지는

---

13 허버트 허시, 강성현 옮김, 『제노사이드와 기억의 정치─삶을 위한 죽음의 연구』, 책세상, 2009, 23쪽.
14 허버트 허시, 위의 책, 22쪽.

1947년 3·1절 기념식에서부터 '초토화 작전'(1948년 10월~1949년 3월)으로 중산간 마을이 초토화되고 난 후 살아남은 주민들이 해안 마을로 소개(疏開)되기까지의 과정을 다루고 있다. 3인칭 시점으로 객관적인 거리를 유지하면서 서술자는 주인공 미루의 동선을 따라 제주4·3의 전체 윤곽을 그려 나간다. 그러나 미루가 보고 들은 단편적인 사실을 통해 사건을 서술하다 보니, 제주4·3의 발생 원인이나 사건의 경과가 잘 드러나지 않는 면도 있다. 즉, 3·1절 사건부터 4·3 무장봉기가 일어나기까지의 일들을 축약된 채로 지엽적인 대사로 전달하고 있어 전후 맥락이 잘 잡히지 않는다는 것이다.

당시 3·1절 기념식 날 참가자들을 감시하던 외지 경찰의 말발굽에 어린아이가 치여 죽는 사고가 나자, 사람들이 이에 항의를 하게 된다. 그러나 경찰은 사태를 수습하기보다 항의하는 사람들을 향해 발포를 해서 6명이 죽고 8명이 부상당했다. 그런데 이들 사상자는 정작 시위대가 아니고 구경하던 사람들이었다. 이 사건으로 미군정과 외지 경찰에 대한 민심이 극도로 악화된다. 제주도당 역시 책임자 처벌과 치료비 지급 등 6개 항에 걸친 요구사항을 내놓게 되고, 3월 10일 제주도청을 시작으로 총파업에 돌입한다. 그러자 미군정과 경찰은 서북청년단까지 동원해서 좌파세력에 대한 탄압의 강도를 높이고 여러 건의 고문치사사건까지 발생하게 된다. 다음에 인용하는 연구논문을 보면 당시의 상황이 얼마나 악화되었는지를 짐작할 수 있다.

3·1사건 이후부터 수많은 응원경찰대, 서북청년회가 각 지서와 마을로 배치되어 폭행을 자행했다. 우익테러로 제주도민은 빨갱이사냥의 표적이 되었고 특히 젊은이들은 공산주의자 검색이라는 명목으로 테러의 주요 대상이 되었다. 이후부터 인민위원회 세력이 강했던 중산간 지역들도 마을 입구에서 보초를 보다가 "검은 개 온다. 누렁 개 온다"는 신호를 하게 되었고, 마을 젊은이들이 날

이 밝으면 산으로 갔다가 어두워지면 마을로 내려오는 일과가 반복되었다.[15]

1947년 9~10월경인 이 시기에 이르면 제주도당 역시 탄압을 피해 중산간 지역으로 본부를 옮겨야 했다. 이러한 폭정으로 수세 국면에 몰린 데다가 국내 정세 역시 미군정과 이승만에 의한 단독선거·단독정부 수립으로 가닥이 잡혀가자, 제주도당은 '단선 반대, 통일조국 건설'이라는 기치를 내걸고 극단의 선택인 무장봉기에 돌입한다. 이것이 제주4·3의 시작이고, 3·1절 사건이 일어난 지 1년여 후의 일이다.

이를 단순히 "시위대가 그예 일을 저질렀다는구먼. […중략…] 열두 개 마을의 지서를 습격해 경찰들을 죽였다는 게요. 시위대를 잡으러 육지에서 온 서북청년단이 머무는 기숙사와 사무실까지 습격해 난리를 쳤다는군."(59~60쪽) 하는 식으로 무장봉기를 설명하는 것은 당시 제주도민, 특히 중산간 마을 주민의 정서와는 다소 동떨어져 보인다. 또한 1948년 5·10선거에 대해서도 "마을 사람들은 무장대의 기세에 눌려 투표하지 않고 산으로 올라가기로 했다."(78쪽)라고 서술하고 있지만, 이 역시 사실 관계를 따져 볼 필요가 있다. 당시 제주도만이 선거를 치르지 못한 유일한 곳이다. 이것이 군경과 서청의 탄압이 극심한 상황에서 단지 '무장대의 기세'만으로 가능했을지 의문이다. 폭정에 시달리는 제주도민의 민심이 '단선'보다는 제주도당의 '통일조국'을 지지하지 않고서는 있을 수 없는 일이기 때문이다. 이는 곧 정치적 반대 의사를 표명한 것이고, 이것이 초토화 작전의 빌미가 된다. 이런 연유로 제주4·3을 정치적 반대세력에 대한 정치적 학살로 보는 것이다.

그렇다면 작가의 위와 같은 시선은 어디에서 비롯된 것인가? 이는 지난 50년간 공식적인 담론이 만들어낸 사회적 기억의 편린이기도 하겠지

---

15 양정심, 앞의 책, 77쪽.

만, "난 이쪽도 저쪽도 다 싫네. 좀 조용히 지나가면 좋으련만."(58쪽) "겨우 나라를 찾았는데 다투지 말고 힘을 합해 일하면 얼마나 좋을까."(64쪽)라는 마을 주민들의 말에서 드러나듯이 중립적인 태도를 취함으로써 희생자들의 무고함을 부각시키려는 서사 전략으로도 보인다. 해서 죄 없는 민간인들의 죽음이 더욱 안타까움을 자아내게 하는 것이다.

"아이고, 죽일 놈들! 마을에 불을 지르다니!"
사람들은 앞뒤 생각할 겨를도 없이 오름 아래로 달려갔다.
마을 가까이 내려가자 눈앞에 믿을 수 없는 풍경이 보였다. 불길에 활활 휩싸인 집, 이미 서까래며 대들보가 다 주저앉은 집, 지붕이 내려앉은 집까지 차마 눈 뜨고 볼 수 없을 지경이었다. (157쪽)

이렇듯 미루네 마을도 토벌대에 의해 불태워지고 말았다. 1948년 10월 17일 '해안선으로부터 5km 이외의 내륙지역에 대한 통행금지'가 내려지고, 11월 중순에는 중산간 마을 주민들에게 해안 마을로 이주하라는 소개령이 발동되었다. 11월 17일 계엄령이 선포됨에 따라 마을을 불태우고 남녀노소 구분 없이 총살하는 등 본격적인 초토화 작전이 시작되었다.[16] 미루네는 소개령 소식을 듣고도 공산주의자인 고모부 때문에 경찰이나 군인에게 시달릴 것이 염려되어 '설마 죄 없는 사람들을 죽이겠느냐'고 마음을 놓고 있다가 "이웃 마을에 들이닥친 군인들이 집집마다 뒤지고 다니며 중산간에 남아 있는 사람들을 아이 어른 할 것 없이 눈에 띄기만 하면 무조건 총을 쏘고 집에 불을 질러 생지옥"(132쪽)이라는 말을 듣고는 뒤늦게 부랴부랴 산으로 피신을 한다. 이렇듯 경찰을 피해 산에 오르거나 마을에서 적발되어 총살당한 사람들은 무장대가 아니

---

16 양정심, 앞의 책, 163쪽.

라 민간인들이었다. 『모르는 아이』에서도 "마을 소개한다고 선중국민학교로 가랜 허는데, 믿을 수가 이서야주. 가둬 났다가 죽이면 어떵허겐…… 우린 큰눈이오름에 숨었다가 올 거여."(24쪽)라고 경찰에 대한 불신을 드러내고 있다. 미루네는 마을 사람들과 함께 산 속에 숨어 지내다가 아버지가 토벌대에게 총살을 당하자, 마을 사람들과 함께 백기를 들고 투항해 간신히 해안 마을로 내려온다. 이곳에 있는 고모네 집에서 사촌들과 함께 숨을 죽이며 지내지만, 결국은 마을 사람들과 함께 학교 운동장으로 불려나가 온가족이 총살을 당하고 만다. 이를 '북촌리 학살사건'이라 하는데, 이때 미루는 같은 마을에 살던 친구 병수(경찰 가족)의 도움으로 여자 친구 정이와 함께 목숨을 건진다. 동생 꽃님이 역시 총에 맞은 어머니의 품속에 숨어 있다가 살아남는다.

다음해 봄이 되자, 미루는 정이, 꽃님이와 함께 잿더미뿐인 집을 찾아간다. 그런데 그곳에서 뜻밖에도 죽은 줄 알았던 사촌누나 순희를 다시 만나게 되고, 어머니 아버지가 땅속에 몰래 감추어둔 곡식과 씨앗, 비상금을 찾아낸다. 그들은 뜨거운 눈물을 흘리면서 "다시 시작하는 거야!"라고 외치며 새로운 삶을 꿈꾼다. 그러나 여기서 이들이 새로 시작하는 삶이 어떤 삶일지가 궁금해진다. 죄가 없어도 죽임을 당해야 하는 순응적인 삶을 다시 시작한다는 것은 아닌지 의문이 드는 것이다. 만약 이 작품의 인물들이 현실 순응적이거나 중립적인 태도에서 벗어나 불의에 저항하는, 적어도 그러한 현실의 문제를 직시하려는 의식만이라도 보여주었다면 어땠을까? 다시 새롭게 시작하려는 아이들에게서 과거의 역사를 되풀이하지 않으리라는 당당함과 믿음이 느껴지지 않았을까? 어쩌면 이 작품의 결말에서 이야기하는 '희망'이란 바로 그 속에서 피어나는 것인지도 모른다.

장성자의 『모르는 아이』는 중산간 마을이 초토화되고 나서 해안 마을 둘레에 '성담'을 쌓아 무장대를 도민들로부터 고립시키기 시작한, 무장대의 세력이 약화되어 가는 시기를 배경으로 한다. 해안 마을로 숨어든 연화(무장대 행동대장의 동생)와 마을 사람들의 생존을 위한 엇갈린 갈등을 통해 새로운 시각에서 제주4·3의 비극성을 그리고 있다는 점에서 다른 작품들과 차이가 있다. 연화는 토벌대의 총에 어머니가 살해되고 집마저 불에 타버리자 어린 동생 민구를 데리고 중산간 마을을 탈출한다. 하지만 군인에게 붙들려 '선중면에 있는 국민학교'로 소개되었다가, 여기서 아버지의 옛친구인 경환이 삼촌을 만나게 되고, 그의 도움으로 풀려나 해안 마을에 있는 그의 집에서 부엌일을 하며 함께 지낸다. 삼촌이 마을 사람들에게 소섬에서 온 친척이라 속이고 숨겨 준 것이다. 하지만 연화의 일상은 늘 불안하기만 하다. 연화를 잡아 오빠, 강현구를 유인할 미끼로 삼으려는 김 주사의 추적 때문이다. 또한 이 사실을 마을 사람들이 알게 되어 마을에서 쫓겨날까 봐 연화는 두려운 것이다. 그러면서도 연화는 소박한 꿈을 키워나간다. 바로 "바다 쪽 사람이 되고 싶"은 것이다. 바다 사람이 되면 "빨갱이라고 의심받고 죽을 일도 없다. 바다 쪽 사람이니까."(70쪽) "그래서 죽지 말고 오래오래 여기서 살자."(75쪽)고 다짐한다. 연화는 동갑내기 해녀인 순열이에게 물질을 배우며 스스로를 바다 사람으로 탈바꿈시켜 간다. 이는 사지(死地)에서 살아나온 자의 삶에 대한 강한 열망이지만, 때로는 비굴한 위악을 드러내기도 한다. 가령 연화는 산에서 뒤늦게 내려온 성천리 사람들이 성담을 넘어오려 하자, 사람들이 막아서며 실랑이를 벌이는 광경을 보면서 자신의 처지를 기꺼워한다. 어쩌면 인간이기에 당연한 건지도 모른다.

> 마을 사람들은 다시 성담을 쌓았다. 한 줄 한 줄 담이 올라가는 걸 보며, 나는 지금 담 안에 있어서 정말 다행이라는 생각이 들었다. (127쪽)

죽음의 땅인 중산간 마을과 살아남은 자들의 땅인 해안 마을을 성담이 가르고 있듯이 사람들 사이에도 경계와 배척의 장벽을 쌓아올린 것이 제주4·3이다. 어쩌면 이것이 제주4·3의 사회적 기억 너머에 가려져 있던 개인적 기억의 또 다른 본질인지도 모른다. 생과 사의 기로에서 살아남기 위해 처절한 투쟁을 해야 했던 사람들의 아픈 기억을 되살려 냄으로써 제주4·3의 본질을 상기시키는 것이다. 해서 이 작품은 이야기를 삶의 극단으로 치몰아간다. 연화는 그토록 해녀가 되어 "산 쪽 사람"이라는 과거를 지우고 싶었지만, 결국 중산간 마을에서 도망쳐 온 게 탄로 나고 만다. 이를 알게 된 해녀들은 "우린 물질 아니면 굶어 죽는다. 군인들이 너 숨겨 줬다고 난리치면 우린 새끼들하고 어떵 사느니……"(153쪽)라면서 물질을 못하게 한다. 이에 마을에서 쫓겨날 처지에 놓인 연화는 마을 아이들이 어른들 몰래 성천리 사람들을 마을로 불러들여 빈집에 숨겨준 사실을 어른들에게 밀고하며 "제발, 여기서 살게 해" 달라고 말한다. 반면에 순열이는 좌파로 몰린 오빠를 구하기 위해 연화를 경찰에 밀고한다. 서로 살아남기 위해 누군가를 사지로 내몰아야 하는 인간성의 극단을 보여주는 것이다. 그러나 이들은 끝내 인간에 대한 믿음을 저버리지는 않는다. 몰래 성담을 넘어 도망친 연화를 잡은 군인들이 마을 사람들을 백사장에 모아놓고는 "이 계집을 마을에 숨겨 준 사람을 말하면 그 사람은 살려 준다."(185쪽)고 협박하지만, 모두들 '모르는 아이'라고 부인할 뿐이다. 연화 역시 모르는 사람들이라고 주장하지만, 자칫 모두가 죽임을 당할 처지에 놓인 것이다. 게다가 김 주사가 달려오는 것을 본 연화는 자신의 정체가 밝혀질 것을 알고는 스스로 '무장대의 동생'임을 고백하고, '산으로 가서 오빠를 만날 수 있는 장소'를 알려줄 테니 마을 사람들은 풀어줄 것을 요구한다. 이로써 죽음의 극한 속에서도 마지막 인간성을 지켜냄으로써 그 누구도 갈라놓을 수 없는 강한 연대의식을 느끼게 하는 것이다. 마치 성담으로는 갈라놓을 수 없는 중산간 마을과 해안 마을, 한라산과 바다처럼.

이처럼 이 작품은 죽음과 삶의 경계에서 살아남기 위해 몸부림치는 사람들의 어쩔 수 없는 생존본능을 통해 제주4·3의 비극을 다른 각도에서 보여주고 있다. 『한라산의 눈물』이 죽음의 비극이라면, 『모르는 아이』는 삶의 비극이라 해야 할 것이다.

4. 기억의 탈정치화와 지배이데올로기

개인적 기억의 서사화가 언제나 완전무결하게 역사적 진실과 일치하는 것은 아니다. 기억은 선별적 기억, 혹은 망각이라는 여과 과정을 필수적으로 지니기 마련이다. 하물며 제주4·3은 지난 반세기가 넘도록 금기와 침묵 속에서 공식적 기억으로 박제화된 집단 기억, 곧 사회적 기억에 의해 억압되어 왔다. 개인적 기억은 현재적 의미화 과정 속에서 선별되거나 망각되기도 하고, 혹은 조작과 왜곡으로 나타나기도 한다. 이는 개인적 기억이 사회적 기억과의 충돌 속에서 다시 재구성해낸 기억이기 때문이다. "과거의 체험을 망각하고 말하기를 꺼려하거나, 사회적으로 내려지는 평가에 부합하여 과거 기억을 재구성"[17]하는 것이다. 특히나 제주4·3에 대한 집단 기억은 다른 어느 사건보다도 강력한 지배이데올로기의 구속을 받았고, 그 누구도 이로부터 자유로울 수 없었기에 더욱 그렇다. 따라서 제주4·3에 대한 개인적 기억의 서사화는 은연중에 집단 기억의 영향을 받을 수밖에 없는 처지에 있다.

산사람들이 내려온 날, 집이 불타고 사람이 죽어 나간 것은 우리 집만이 아니었다. 산에서 내려오는 길 양쪽에 있는 집은 대부분 불탔고, 집집마다 죽은 사

---

17 김석, 「몸의 기억과 환상」, 몸문화연구소 편, 『기억과 몸』, 건국대학교출판부, 2008, 93쪽.

람이 많아 온 마을이 초상집 분위기였다. (『다랑쉬오름의 슬픈 노래』, 113쪽)

"불이야! 산사람들이 불을 붙였다!"

마당으로 나가 보니 온 동네가 불바다였다. 길가에 있는 집들뿐만 아니라 지서가 있는 시장 동네까지 불길에 휩싸여 있었다. 학교도 불이 붙어 활활 타올랐다. 불꽃과 연기가 치솟아 밤 하늘을 환히 밝혔다.

"큰일났네. 나쁜 놈들, 아이들이 공부하는 학교일랑 태우지 말지."

어머니가 학교 쪽을 보면서 안타까워하셨다.

(중략)

숙직을 하던 6학년 선생님도 산사람들이 휘두른 죽창에 찔려 돌아가셨다. (『다랑쉬오름의 슬픈 노래』, 145쪽)

박재형의 『다랑쉬오름의 슬픈 노래』에서 산사람, 곧 무장대가 해안 마을의 민가를 습격해 자행한 방화와 살해를 위와 같이 묘사하고 있다. 토벌대가 중산간 마을을 초토화시킨 폭력과 다를 바가 없을 정도다. 토벌대와의 격전 과정 중에 벌어진 것도 아니고, 민가에 대해 무차별적으로 공격하는 악행이라는 점에서 무장대는 토벌대와 동일선상에 있는 폭력의 주체로 규정되고 있다. 해서 "산사람들이 내려와 사람을 죽이고 불을 지르는데, 만수네 아버지랑 서청 사람들은 무얼 하는 거야? 아무 잘못도 없는 사람들만 잡아다 괴롭히지 말고 마을을 지켜 줘야 할 거 아냐?" (113쪽) 하는 원망을 품기도 하는 것이다. 그야말로 무장대는 '폭도'인 것이다.

물론 무장대에 의한 민간인의 피해가 애초부터 아예 없었던 것은 아니다.[18] 그러나 위와 같은 폭력 주체로서의 무장대의 모습은 이 작품에

---

18 1948년 5·10선거를 전후해 토벌대와 무장대 간에 상호 보복 폭력으로 무장대에 의해 민간인이 학살되기도 했다. 그중 하나가 '도두연쇄납치사건'인데, 무장대가 우익 인사 및 그의 가족

서 제주4·3 전체를 규정짓는 것이기에 문제가 있다. 5·10단선을 저지할 정도로 제주도민의 지지를 받았던 무장봉기의 초기를 상기한다면 사뭇 동떨어진 모습인 것이다. 따라서 인용 대목은 주민들로부터 무장대를 격리시키기 위해 해안 마을 주위에 '성담'을 쌓고, '민보단'을 조직해 주민들이 성담의 경계 임무를 담당하면서 종종 벌어졌던 초토화 이후의 일로 보는 것이 합리적일 듯하다. (작품 역시 "아버지가 성담을 지키러 다니기 시작했다."라고 민간인들이 성담에서 보초 서는 것을 언급하고 있다.) 즉, 식량을 구하려고 해안 마을까지 내려온 무장대와 민간인 간의 충돌인 것이다. 이 시점에 이르면 무장대는 중산간 마을의 초토화로 식량 보급이 어려워졌고, 무장대의 조직은 거의 궤멸 상태에 이르렀으며, 그들의 활동은 단지 식량 확보를 위한 생존 차원의 산발적인 공격에 지나지 않았다는 게 학계에서 밝힌 사실이다.[19] 특히 민보단(혹은 자경대)이 마을 별로 조직된 것은 1949년 가을부터이고, 이때부터 무장대와 주민의 연계가 끊긴 것으로 보고 있다. 더욱이 자경대에 이어 경찰 산하에 '특공대'가 조직되면서 주민과 무장대는 적대관계로 바뀌게 된다. "특공대는 비록 총알받이로 나섰던 것이지만, 산악지역에 대한 토벌전에 주민들이 끼어 있다는 사실은 유격대(무장대—인용자 주)로 하여금 무차별 보복 습격을 감행하게 하는 결과를 빚었던 것이다."[20]

결국 위 인용 부분은 초토화 작전이 끝나고 중산간 주민이 해안 마을로 소개된 후 무장대의 고립·약화 시점으로 보는 것이 옳다. 그런데 이 작품은 1948년 12월 18일에 벌어진 '다랑쉬 굴 참살'을 소재로 하고 있

등 12명을 납치 살해하자, 이에 대한 보복으로 토벌대가 좌익의 가족을 색출한다는 명목으로 주민들을 무차별 학살했고, 무장대 역시 보복으로 3차에 걸쳐 도두 마을을 공격해 주민을 학살한다. 이로 인해 토벌대에 의해 170여 명, 무장대에 의해 30여 명이 더 희생되었다. 김상기, 앞의 책, 251~252쪽 참조.

19 양점심, 앞의 책, 171쪽 참조.

20 제민일보4·3취재반, 『4·3은 말한다 5』, 전예원, 1998, 289~291쪽. 양점심, 앞의 책, 189쪽에서 재인용.

다. 이 사건은 토벌대의 초토화 작전에서 다랑쉬 굴에 숨어 있던 구좌읍 주민들이 발각되어 학살된 것으로 작품에서는 결말 부분에 등장한다. 따라서 작품은 두 사건의 실제 발생 시점과는 달리 역순으로 진행하고 있는 것이다. 그렇다면 무장대의 민간인에 대한 보복 살해 및 약탈을 다랑쉬 굴 사건 이전에 배치한 연유가 무엇인가. '성담'이나 '북촌리 학살 사건'[21] 역시 다랑쉬 굴 사건 이후의 일임에도 앞에 배치하고 있는 것도 눈에 띈다. 즉, 이 작품은 여러 사건을 시간의 인과관계 없이 선별적으로 재구성하고 있는 셈이다. 이는 곧 기억의 망각과 선별화가 이루어진 의도적인 왜곡이라 할 수 있겠다. 그렇다면 이러한 왜곡은 어디에서 기인하는 것인가? 앞에서 미리 언급했지만 개인적 기억이 공식적인 집단 기억에 의해 변질되고 있는 것이다. "집단의 기억은 사회적 기반 및 공동체 성원들의 이해관계에 영향을 받기 쉬운데, 이를 이데올로기에 오염된 기억"[22]이라 부른다. 제주4·3은 "이데올로기에 의해 실제로 겪은 집단의 기억이 오염되면서 박제화된 공식적 기억 혹은 왜곡된 기억으로 변질되는 과정을 잘 보여준다."[23] 결국 지배이데올로기의 억압이 기억의 선별과 왜곡을 불러일으킨 결과로 볼 수 있다.

제주4·3은 오랫동안 소련과 김일성의 사주, 그리고 박헌영의 지시를 받아 제주도당이 일으킨 '공산주의 폭동'으로 단죄되어 왔다. 물론 1948년 8월 김달삼 등 6명의 봉기 책임자가 해주에서 열린 인민대표자회의에 참석하기 위해 제주도를 떠났을 뿐만 아니라, 이들이 북한 정권 수립에 참여한 것이 대량 학살의 빌미로 작용한 것도 사실이다. 그러나 무장

---

21 성담은 소개민에 대한 효율적 감시와 통제, 그리고 무장대와 분리시키기 위해 해안 마을마다 축성을 쌓아 집단부락·전략촌을 건설한 것으로 1948년 12월 이후부터 시작되었다. 북촌리 사건은 '공비들과 내통했다'는 이유로 북촌 마을을 방화하고 주민들을 국민학교에 집결시킨 뒤 인근 밭으로 끌고 가 총살한 것으로 1949년 1월 17~18일에 걸쳐 400여 명이 학살된 사건을 말한다. 양정심, 앞의 책, 170~172쪽 참조.
22 김석, 앞의 글, 90쪽.
23 김석, 앞의 글, 95쪽.

봉기는 제주도당의 독단적인 선택이었다는 것이 학계의 지배적인 견해다. 소련 내지는 북쪽과의 연계설은 남한 권력 수립을 공고히 하려는 이데올로기적 정당화에 불과하다. 이를 위해 제주도는 '빨갱이 섬'이 되어야 했고, 제주도민을 '빨갱이'로 타자화, 비인간화시킴으로써 마음대로 죽여도 되는 대량학살의 이데올로기가 성립되는 것이다. "제노사이드에 있어서 이데올로기는 학살을 수행하기 위한 정신적 요소이자 초기적 메커니즘"[24]이며, 명분이기 때문이다. 또한 학살자들은 학살 이후에도 이데올로기를 끊임없이 확대·재생산하면서 학살을 정당화하는 것이 제노사이드의 또 다른 메커니즘이다. 그것이 바로 '빨갱이 논리'이고, 제주4·3 이후 현재까지도 정치적 반대세력, 혹은 비판세력을 억압하거나 제거하는 정치적 기제로 되풀이되고 있다. 이렇게 오염된 제주4·3의 공식적 집단 기억은 개인적 기억을 변질 왜곡시킴으로써 사실상 학살의 정당화가 이루어지는 것이다.

『다랑쉬오름의 슬픈 노래』가 보여주는 제주4·3의 기억은 그러한 이데올로기 작용의 영향으로 보인다. 그렇다고 해서 이 작품이 학살을 정당화하고 있는 것은 아니다. 단지 지배이데올로기의 억압을 회피하고자 하는 심리적 메커니즘이 제주4·3에 내재되어 있는 정치적 본질을 망각하도록 하는 것이다. 이는 서청·친일파 경찰인 민수 아버지·군인의 폭력에 산사람의 폭력을 대등하게 대립시킴으로써 학살의 주체가 모호해지는 결과를 낳는다. 결국 대량학살은 좌우의 폭력적인 이념 대결의 문제로 귀결되고, 두 세력의 갈등이 '무고한 양민'의 피해를 가져온 것으로 그려진다. 해서 이들 양민을 '낮에는 군경의 폭력에, 밤에는 산사람의 폭력'에 시달리다가 "이쪽도 싫고 저쪽도 싫어 동굴에 숨었던 사람들"(126쪽)로 규정하게 되고, 이는 곧 정치적 중립을 가장하는 것이다. 이에

---

24 김상기, 앞의 책, 303쪽.

따라 의도적인 사건의 왜곡 배치가 불가피했으리라 보인다. 이러한 기억의 왜곡은 『한라산의 눈물』에서도 드러나는데, 중립적 태도는 정치적 왜곡이 되기도 한다. 가령 1947년 3·1절 기념식에서 "인민 공화국 만세!"(36쪽)라는 구호를 외쳤다고 하거나, 1948년 5·10단선 반대를 주장하는 고모부가 "지금 북조선 인민군들이 38선을 넘어 남한으로 내려오고 있습니다."(73쪽)라고 주장하고, 또 초토화 작전이 한창인 중에 갑자기 나타난 고모부가 "우린 이제 북쪽으로 간다."(168쪽)고 말함으로써 제주4·3의 북한연루설을 은연중에 내비치는 것이다. 특히 고모부의 '북한행'은 김달삼 등 봉기 지도부의 '해주행'을 연상시키는데, 이들은 이미 초토화 작전 이전인 8월에 떠났기에 시간상 역사적 사실에 부합하지도 않는다. 이처럼 제주4·3을 중립적으로 바라보는 시각은 이데올로기적 왜곡에 토대를 두고 있으며, 사건의 본질을 흐리게 되는 문제점을 지니고 있다.

그렇다면 이러한 중립적 시각은 어디에서 비롯되는 것인가? 이는 아마도 최근 제주4·3을 바라보는 탈정치화 경향의 탓이 아닌가 한다. 기억화 작업은 현재화의 과정이기 때문이다. 시대의 가치관에 따라 기억도 다르게 선별된다는 것이다. 2003년 국가 차원에서의 진상 규명과 공식적인 사과가 이루어지면서 제주4·3을 좌우의 이념 갈등 사이에서 벌어진 '무고한 양민의 피해'로 보는 탈정치적 시각이 대두되었다. 이들 작품이 그러한 사회적 변화를 반영하고 있을 법하다. 그러나 이 역시도 가해자의 시각이 반영된 지배이데올로기적 편향이라는 게 문제다. 지배권력의 정치적 목적으로 자행된 대량학살을 소수의 정치적 대항세력에게 책임을 전가함으로써 제주4·3의 본질을 왜곡하는 것이다. 또한 그동안 우리의 기억을 왜곡시켜온 '빨갱이 논리', 곧 지배이데올로기의 폭력성을 외면함으로써 결과적으로는 정당화에 기여하게 된다. 따라서 '무고한 양민의 학살'이라는 시각은 정치적 반대의 입장을 지닌 사람, 소위 빨갱이나 좌파는 학살해도 된다는 논리적 역설이 될 수도 있다. 해서 제주4·3의 정치적 본질을 분명히 해둘 필요가 있다. "정치적 학살이란 지배적 정치권력 주체가 일종의 정치적 이념, 즉 이데올로기를 통한 국가 및 민족에 대한 지배 및 장악을 위하여 적대적 이념을 가진 집단에 대한 배제 및 제거의 목적으로 이루어진 일방적 살해라고 볼 때, 제주4·3의 폭력은 철저히 정치적 동기에서 비롯된 것임이 명확하다."[25] 즉, 무고한 양민이든, 좌파든, 좌파를 지지하든 간에 비무장 민간인을 학살하는 것은 죄악이다. 이에 제주4·3은 한국 현대사가 낳은 정치적 집단학살의 살아 있는 증거로 우리 앞에 서 있는 것이다.

5. 학살, 그 이후

제주4·3은 아직도 끝나지 않았다. 국가 차원의 진상 규명이 이루어지고, 제주에 기념공원이 조성되는 등 과거의 상처와 아픔, 반목과 냉대를 씻어내려는 노력이 이어지고 있지만, 제주4·3을 바라보는 왜곡된 시각은 아직도 암암리에 되풀이되고 있다. 이는 어쩌면 살아남은 자들의 자기 합리화이자, 자신에 대한 스스로의 변호인지도 모른다. 당시 제주도의 젊은이들 사이에서 군 입대 선풍이 일었고, 누구보다도 앞장서서 애국자이자, 철저한 반공주의자로 돌변하였다는 것은 익히 알려진 사실이다. 목숨을 보전하기 위해, 혹은 '빨갱이'가 아니라는 사회적 공인을 얻기 위한 어쩔 수 없는 선택이었겠지만, 이는 지금까지도 제주뿐만 아니라 한국 사회의 뿌리 깊은 레드 콤플렉스로 자리 잡게 되었다. 2000년대 들어 제주4·3은 해금이 되었고, 빨갱이로 몰려 죽은 사람들은 복권이

---

25 김상기, 앞의 책, 297쪽.

되었지만, 이데올로기가 남긴 상처는 여전히 아물지 못하고 있다.

송재찬의 『노래하며 우는 새』는 학살 이후의 현재적 관점으로 그러한 제주4·3의 의미를 이야기한다는 점에서 앞의 작품들과 다른 지점에 놓이게 된다. 이 작품은 출생의 비밀을 안고 살아가는 중용이의 이야기와 기무르 하르방과 마사오 삼촌이 들려주는 제주4·3의 비밀이 서로 교차하며 학살 이후의 제주 사회의 단면을 보여주고 있다. 우선 기무르 하르방이 "4·3사건이 없었으면 너 같은 아이도 이 세상에 태어나지 않았을 거여."(212쪽)라고 말하는 것처럼 잘못된 역사는 대물림되어 다음 세대의 삶조차도 고통으로 몰아넣게 된다. 중용이의 아버지는 '이북'에서 온 사람으로 제주4·3 당시 외지 경찰(서청 출신으로 추측됨)이었고, 어머니는 '좌익으로 몰린 (중용이의) 외삼촌'을 구하기 위해 결혼을 한 것이었다. 나중에 이혼을 하고 각자 육지로 나가 재혼함으로써 중용이는 외할머니에게 맡겨져 부모의 얼굴도 모른 채 사는 아픔을 겪고 있다. 또 이 작품 곳곳에는 학살 이후에도 제주4·3에 대한 이데올로기적 억압이 어떠했는지가 잘 드러나 있다. 성내(제주 시내)에서 고등학교를 다니는 마사오 삼촌이 집에 다니러 왔을 때 친구들에게 조심스레 4·3사건을 이야기하자, 다들 "그건 빨갱이 때문에, 공산당 빨갱이 때문에, 그 좌익인가 공산당인가 허는 폭도들 때문에 죄 없는 사름들 다 죽은 거 아니가?"(147쪽)라고 할 정도로 왜곡된 인식을 드러낸다. 이뿐 아니라 군경이 자행한 북촌리 사건을 '폭도'들이 저지른 것으로 알고 있기도 하다(149쪽). 이러한 집단 기억의 조작이 어떻게 가능할 수 있었는지는 기무르 하르방을 통해 단적으로 드러난다.

기무르 하르방은 중용이에게 '4·3사건을 적어둔' '백노지로 만든 공책 여러 권'을 보여준다. 제주4·3 당시의 "억울한 사정"을 "나이 많은 사름들이 돌아가시기 전에 적어두려고 여기 저기 돌아다니멍 적"(212쪽)은 것이다. 그는 "내가 없어지거든…… 혹시라도 내가 없어지믄…… 우리 집 감낭(감나무) 밑에 그걸 묻어 둘 거여. 중용이가 잘 보관해 두라."
(216쪽)고 말한다. 그런데 가을이 깊어 갈 무렵, 기무르 하르방이 어디로
숨었다는 둥 간첩이라는 둥의 소문이 들리고, 급기야는 자기 집에 불을
지르고 자살을 했다는 소식이 쉬쉬하며 전해져왔다. 중용이는 다음해
봄이 되어서야 잿더미가 된 기무르 하르방의 초가를 찾아갔는데, 감나
무는 쓰러져 있고 "감나무 뿌리 옆엔 묻혔다가 파헤쳐진 게 틀림없는 항
아리가 있었다." 그리고 "항아리 속에는 아무것도 없었다."(222쪽) '땅에
묻은 이야기'를 누군가 꺼내간 것이다. 결국 기무르 하르방의 죽음은 자
살이 아니라 진실을 은폐하기 위한 살해였음을 암시한다. 이처럼 학살
은 끝나지 않고 계속되고 있었다.

　이 작품에서 눈여겨볼 부분이 또 하나 있다. 즉, 서북청년단 출신의 외
지 경찰인 중용이의 아버지 송 순경에 대해 적대적이지 않다는 것이다.
좌익이었던 것으로 알려진 (마을에서 미치광이로 취급받을 정도로 외면
당하는) 기무르 하르방조차도 그의 인간적인 면모를 떠올릴 정도다. 제
주4·3에 대한 기록에서 서청은 친일파와 함께 잔악무도할 정도로 학살
에 가담했고, 강제 결혼은 물론 여성 강간, 제주도민의 재산 탈취 등 온
갖 악행을 저지른 것으로 유명하다. 더욱이 서청과 외지 경찰은 제주4·
3이 일어나기 전부터 민심을 잃고 있었다. 3·1절 기념식 때 발포한 것
도 이들이었고, 이들이 학살의 대리자로써 무분별하고 잔인하게 학살을
자행한 것은 외지 사람이기에 제주 사람들을 쉽게 타자화할 수 있었기
때문이다. 광주5·18 당시 경상도 출신 군인을 광주에 투입한 것도 이러
한 맥락에서다. 이것이 바로 대량학살을 가능하게 하는 메커니즘 중 하
나이다.

　그렇다면 이러한 송 순경에 대한 우호적인 시각은 어디에서 비롯된
것인가? 물론 서청이나 군경이라 해서 모두를 단일한 눈으로 바라보는
것도 문제가 있지만, 보편적 인식에서 벗어난 인물상은 무언가 그럴 만

한 이유가 있을 것이다. 여기서는 '좌익으로 몰려 죽은 사람도, 우익도 모두가 피해자'라는 기무르 하르방의 인식에서 비롯된 것으로 보인다. 이는 "좌익 손에 죽은 사름도 많아. 그러나 죄 없는 많은 사름들을 경찰과 군인이 죽였어. 그리고 그 뒤에 미국이 있었지."(149쪽)라는 마사오 삼촌의 말에서도 드러난다. 그러나 학살의 주체는 미군정과 이승만 정부이며, "미국도 우리 정부도 그 책임을 지지 않으려고 죄 없는 사름을 모두 빨갱이라 몰아붙인 거"(150쪽)라고 함으로써 지배이데올로기의 본질을 꿰뚫고 있다. 이는 제주4·3이 국가 폭력의 결과라는 인식을 드러내고 있는 것이다. 그럼에도 불구하고 이 작품 역시 '좌익'에 대한 인식은 지배이데올로기의 틀에서 벗어나지 못하고 있다. 우익에 대해서는 관대하지만 좌익은 지배체제를 위협한 '불온한 적'으로 원죄시하는 것에 다름 아니다. 그러나 당시의 좌익은 해방 정국에서 '분단을 거부하고 통일국가 건설'이라는 대의를 제기한 유일한 대항세력이었다. 문제는 이를 탄압과 이념 대립으로 몰아간 것이다. 따라서 제주4·3은 대량학살을 통해 권력 창출의 기회로 삼은 지배 권력의 기획과 시나리오에 의해 벌어진 참사였음을 자인할 수밖에 없다. 해서 제주4·3은 우리에게 다시금 국가 폭력의 문제를 제기하는 것이다. 반면에 제주4·3을 단순히 좌우 대립에서 빚어진 참사로만 본다면 국가 폭력의 실체를 망각하게 된다.

이 자리에서 논의한 작품들은 제주4·3을 아동문학의 수면 위로 끌어올린 시발점이라는 점에서 그 무게는 결코 가볍지 않다. 과거의 역사를 다시 불러내 현재화하는 것은 그러한 참혹한 일이 다시 되풀이되지 않도록 하는 경계의 의미일 것이다. 지난 반세기가 넘도록 제주4·3이 침묵과 망각을 강요받는 동안 이 땅에서는 보도연맹사건, 양민학살, 광주5·18을 거치며 집단학살이 되풀이되어 왔다. 역사에 대한 무반성이 불러온 참극이라 할 것이다. 해서 제주4·3은 우리에게 묻는다. 무엇을 반성하고, 어떻게 극복해 갈 것인가? 이것이 바로 제주4·3을 정치적·

이데올로기적 제노사이드로 제기하는 이유다. 제주4·3에 내포된 국가폭력의 정치학을 명확히 인식하고, 왜곡된 지배이데올로기의 족쇄를 걷어내는 것이야말로 또 다른 제주4·3의 재발을 방지하는 유일하고도 단호한 길이 될 것이다.

핵과 평화, 그 인간적 비참함에 관한 서곡

1. 핵의 딜레마

처음 이 글을 구상할 때만 해도 한반도의 전쟁 위기감이 최고조에 달한 상태였다. 북한의 6차 핵실험 이후 계속된 대륙간 탄도미사일 발사 실험은 남북 간은 물론 북미 간의 극한 대립을 불러왔다. 북한의 핵노선에 대한 미국 트럼프 정부의 강경대응은 그 어느 때보다도 강화된 대북 제재에 전 세계의 공조를 유도해냈고, 북한 역시 괌 타격이라는 무력시위로 맞섰다. 이에 미국의 선제타격론이 급부상하면서 한반도는 전쟁의 위기 속으로 빨려들고 말았다. 외신들은 연일 미국의 코피작전 등 대북 강경론자들의 전쟁 발언을 전했고, 한국 내에서도 보수세력의 핵무장론과 정부의 전쟁불가론이 대치하고 있었다. 그런 시기에 핵의 위험을 되짚어보고자 하는 이 기획은 나름 의미를 지닌 것이었다. 한반도에서의 전쟁은 두말할 나위 없이 지상 최대의 핵전쟁이 될 것임은 불을 보듯 뻔한 사실이다. 북한의 핵개발은 차치하고라도 이미 다량의 핵을 보유하고 있는 미국, 중국, 러시아 등 주변국 간의 세계대전으로 확산될 위험이 농후하다.

다행히 평창 동계올림픽을 계기로 남북 간의 화해 분위기가 조성되어 대화가 시작된 것은 고무적인 일이 아닐 수 없다. 남북정상회담이 내놓은 '판문점 선언'은 한반도의 평화와 비핵화를 위한 첫발이라는 점에서 의미가 있고, 곧 있을 북미 간 정상회담 역시 북한의 핵 폐기로 이어질 공산이 크다. 이후 전쟁 없는 한반도를 위한 종전협정과 평화협정도 순조롭게 이루어지길 기대한다. 물론 일각에서 제기하는 바처럼 협정보다 실천이 중요하고, 핵으로써는 결코 평화를 얻을 수 없다는 인식과 함께 비핵화에 대한 의지가 강건해야만 그러한 실천이 이루어지는 것은 당연한 사실이다. 그런 의미에서 핵의 본질을 되새기는 것은 아직도, 앞으로도 오랫동안 유효한 일이 될 것이다.

이미 우리는 핵무기 시대에 살고 있다. 1945년 일본 히로시마에 '리틀 보이'가 괴력을 드러낸 이래 우리는, 지구상의 모든 인류는 핵의 위력에서 벗어날 수 없는 처지가 되고 말았다. 그 끔찍했던 월요일 오전 8시 15분, 불과 몇 초 만에 한 도시를 날려버린 참상을 목도하고도 인류는 그 괴력을 신봉하고 소유하고자 열망하기 때문이다. 현재 전 세계가 보유한 핵무기는 1만 5천여 개로 추정된다. 핵개발을 억제하기 위해 1968년 '핵 확산 금지 조약(NPT, Non-Proliferation Treaty)'이 체결되어 가동되고 있지만, 기존에 개발된 핵무기를 전면 폐기하지 않는 한 핵 보유의 유혹을 억제하기는 불가능하리라 보인다. 조약 체결 이전에 이미 핵을 보유한 5개국(미국, 러시아, 중국, 영국, 프랑스) 외에 인도와 파키스탄은 각각 1974년과 1998년 핵실험으로 보유국이 되었고, 이스라엘은 핵실험 없이 보유국으로 인정받고 있다. 사실상 핵무기는 점차 확산되고 있는 추세인 것이다. 비록 리비아, 이란, 이라크, 브라질 등의 나라가 핵개발을 시도했다가 좌절되기도 했지만 미얀마, 사우디아라비아, 시리아 등은 여전히 개발 의도를 의심받고 있어 우려가 된다. 2006년 핵실험을 시작한 북한 역시 그러한 국가들 중 하나였고, 일단은 잠정적이나마 핵 좌절 국가에

추가 · 기록되리라 본다.

여기서 우리는 핵이 지닌 딜레마에 주목해야 한다. 냉전 시대는 물론 현재까지도 대부분의 나라들은 핵의 위력을 안정적인 평화 보전의 수단으로 인식하고 있다. 핵만 보유하면 경쟁국에 대해, 혹은 강대국들의 틈바구니에서 안전을 보장받으리라는 강 대 강의 논리에 다름 아니다. 북한이 미국에 맞서는 유일한 대안으로 채택한 것이 핵노선이었듯이 말이다. 이러한 논리는 우리 안에서도 심심찮게 제기되어왔다. 북한의 핵실험과 미사일 발사에 맞서 우리도 핵을 보유하거나 미국의 핵우산을 강화해 무력 균형을 이루어야 평화를 지킬 수 있다는 것이다. 그러나 괴력을 괴력으로 맞선다고 해서 과연 평화가 영구히 지속될 수 있을지는 여전히 의문으로 남는다. 오히려 군사적 긴장은 더욱 고조되고, 혹시 모를 우발적 사고라도 일어난다면 일순간에 인류의 미래는 버섯구름의 잿더미 속으로 내동댕이쳐지고 말 것이다.

이것이 핵이 지닌 딜레마다. 핵에 의한 무력 균형이 겉으로는 평화를 보장해주는 듯하지만 실은 인류의 안전을 위협하고 평화를 파괴하는 가장 강력한 악의 수단이라는 것이다. 이러한 사실을 히로시마와 나가사키가 명증하게 보여주었고, 전 세계의 모든 핵을 폐기하는 반핵주의야말로 평화를 지키는 유일한 탈출구임은 거듭 강조해도 부족함이 없다. 결국 이 글에서는 핵과 평화가 함께 공존할 수 없다는 사실을 기본 테제로 삼을 수밖에 없다. 여기에는 핵발전소(원전) 문제 역시 포함된다. 거듭되는 원전 사고는 우리에게 일상화된 재앙으로 존재한다. 그럼에도 값싸게 대량의 전기를 얻을 수 있다는 효용성에 밀려 원전을 지속 · 확장한다는 것은 아이러니에 가깝다. 더군다나 울산에 짓고 있는 신고리5 · 6호기 공사를 새 정부 들어 중단했다가 여론에 밀려 공사를 재개한 걸 보면 우리가 핵에 대해 얼마나 무심한지 단적으로 보여준다. 다른 곳도 아니고 신고리이기에 더욱 그렇다. 경주에 이어 포항 지진이 보여주듯이 활성화된 지진대 위에 원전을 짓는 것과 다름없기 때문이다. 이는 예고된 재앙을 자초하는 것이나 다를 바 없다.

이렇듯이 우리에게는 핵에 대한 경각심이 새삼 필요해 보인다. 핵무기이든 원전이든 간에 이들이 지니고 있는 위험성은 아이들의 미래와도 바로 직결된 문제이기 때문이다. 10년 후든 20년 후든 언젠가 다가올지 모를 위기에 대해 아동문학은 결코 무심해선 안 된다. 그럼에도 어른들의 무관심을 반영하듯 우리 아동문학에서 핵에 대한 논의는 전혀 찾아볼 수 없다. 북한이 핵실험을 하고 미사일을 날리는 한편 남한 내부에서는 원전을 짓느니 마느니 하는 현실 속에서도 침묵으로 일관해온 것은 아닌지 반문하게 된다. 이 글에서 주로 외국 작품을 논의의 대상으로 삼고 있는 것은 그런 이유에서다. 오래된 작품이 대부분이고, 흔히 알고 있을 법한 이야기를 다시 반복할 수도 있다. 하지만 핵에 대한 인식을 새로이 다지는 계기는 되지 않을까. 어쩌면 그것만으로도 족한 일인지 모른다.

그런 의미에서 우리는 먼저 히로시마를 이야기할 필요가 있다.

2. 선택받은 비극, 히로시마의 교훈

원자폭탄의 살상력은 '열, 폭풍, 방사선'으로 구성된다. 히로시마의 경우 원자폭탄이 터진 폭발점 온도는 100만℃ 이상이었고, 폭심지 지표면 온도는 3,000~4,000℃에 달했다. 대기 상태가 급변하면서 원폭 구름이 10km 상공까지 치솟았고, 강력한 폭풍은 4km 이상 파괴력을 미쳤다. 열과 폭풍으로 폭심지로부터 2km 이내는 전파·전소되었고, 가장 폭넓게 피해를 준 것은 방사능이다. 원폭 20~30분 뒤 폭발과 화재로 생긴 먼지와 그을음이 뒤섞인 비가 1~2시간 동안 쏟아졌는데, 소위 '검은 비'라 불리는 방사능 덩어리가 대지와 생명체를 오염시켰다.[1] 당시 일본 육군성의 조사에 따르면 단지 4~5초 만에 열선과 폭풍에 노출되었으며, 500m 이내는 즉사, 1.5km까지도 사람들이 전라(全裸)가 될 정도로 폭풍이 강력했으며, 3km에서조차 노출된 피부에 화상을 입을 정도였다.[2] 이러한 상황은 나가사키 역시 비슷하다.

당시 히로시마 인구는 34~35만 명, 나가사키는 25~27만 명으로 추정되는데, 방사선영향연구소(RERF)에 따르면 원폭 후 2~4개월 사이에 숨진 급성사망자가 히로시마에서 9만~16만 6,000명, 나가사키에서 6만~8만 명으로 추산된다. 또한 1950년 인구조사 결과 두 도시에서 피폭되었으나 살아남은 사람은 28만 명으로 파악되었다.[3] 물론 피폭 생존자 수치에는 부상자도 포함된 것이고, 결국 두 도시 전체 인구의 60% 가량이 사망하거나 부상당한 것으로 보인다.

원폭의 처참함은 『원폭 체험기』에 고스란히 담겨 있는데, "다리 아래 강물에 무수히 많은 사람들이 꿈틀거리고 있었다. 남자인지 여자인지조차 알 수 없었다. 하나같이 잿빛으로 얼굴이 벗겨지고 머리카락은 한 올씩 뒤집어져서 양손을 허공에 허우적대면서, 알아들을 수 없는 신음소리를 내며 너도나도 강으로 뛰어 들어갔다."[4]라는 이 대목만으로도 충분히 짐작하고도 남는다. 이 아비규환에서 살아남은 대다수 사람들 역시 열선에 의해 실명을 하거나 화상으로 팔다리가 뒤틀린 몸으로, 혹은 반신불수가 되거나 얼굴에 퍼진 켈로이드로 인해 숨어 지내며 원폭병과 사투를 벌여야 했다. 원폭병으로 의심되는 각종 암과 질병, 특히 갑자기 급증한 백혈병 등은 피폭자뿐만 아니라 2대, 3대에 걸쳐 각종 장애와 함

1 김기진·전갑생, 『원자폭탄, 1945년 히로시마… 2013년 합천』, 선인, 2012, 54쪽 참조.
2 위의 책, 65쪽 참조.
3 위의 책, 89쪽 참조. 이 수치는 추정치라 부정확할 수밖에 없으며, 이후 원폭증으로 인해 사망자 수는 계속 늘어나게 된다.
4 오에 겐자부로, 이애숙 옮김, 『히로시마 노트』, 삼천리, 2012, 189~190쪽에서 재인용.

께 계속 유발되고 있다.[5] 히로시마는 아직도 진행 중인 것이다.

이러한 히로시마의 원폭 상황은 중국계 미국 작가인 로렌스 옙의 『히로시마: 우리에게 남은 이야기』(하정희 옮김, 아롬주니어, 2014)에 집약적으로 그려져 있다. 아마도 국내에 번역 소개된 아동용 이야기책으로는 유일하지 않을까 싶다. 이 책은 리코와 사치 두 자매를 등장시켜 원폭 당시의 상황을 보여준다. 그렇다고 해서 두 소녀의 눈으로 원폭을 바라보는, 곧 소설적 구성의 이야기는 아니다. 그보다는 서술자의 관점에서 당시 상황을 전달하려는 의도가 강한 르포르타주 성격의 이야기라 하겠다. 그렇다 보니 두 소녀는 서사의 중심이 아닌 하나의 객체로서 존재한다. 마치 히로시마의 수많은 아이들을 대표하는 상징적 존재인 것처럼 말이다. 반면에 원폭 과정에서부터 그 이후의 일들을 조망하기에는 서술자의 객관적인 내레이션만큼 효과적인 기법은 없을 듯도 하다.

이야기는 1945년 8월 6일 티니안 섬을 이륙해 히로시마로 향하는 미국 폭격기 에놀라 게이에서부터 시작한다. 그리고 그날 리코와 사치는 그곳에 있었다. 아마도 폭심지 근처로 추정되는 곳에 '동원'되어 있었다. 사치는 소방도로 만드는 공사장에서 "집을 허무는 어른들을 옆에서 돕"(22쪽)고 있었고, 리코는 "옛날 성에 설치된 군대 본부에서 전화통화 내용을 기록한다."(20쪽) 곧 정찰병이 에놀라 게이를 발견하고 본부에 알려 오자, "리코가 이 전화를 받"아 "보고 내용을 기록"(23쪽)하고 "라디오 방송국에 전화를 걸어서"(24쪽) 이 소식을 전달하고 있었던 것이다. 당시 전쟁 막바지에 수세에 몰리고 있었던 일본은 아이들까지 동원해 부족한 병력을 메꾸고 있었다. 한마디로 "병사들이 미국인들과 전쟁을 하러 간 사이에 어린 아이들이 그들의 일을 대신하"(20~21쪽)고 있었던 것이다. 원자폭탄이 터지자 리코는 즉사했고, 열과 폭풍에 휘말린 사치는 다행

---

5 오에 겐자부로는 히로시마 취재기인 『히로시마 노트』에서 원폭 20년이 된 상황에서도 여전히 과거의 고통이 계속되고 있음을 기록하고 있다.

히 목숨은 건졌으나 "얼굴에 심한 화상을 입었다. 그래서 웃을 수조차 없다. [⋯중략⋯] 팔 한 쪽은 완전히 휘어져 버"(40쪽)려 스스로 집에 갇혀 지내게 된다. 히로시마 원폭의 반인륜성을 엿볼 수 있는 대목이다. 히로시마와 나가사키에 군수공장이 밀집해 있었던 것은 사실이지만 민간인이 다수인 지역에 몹쓸 짓을 한 것이나 진배없기 때문이다.

여기서 우리는 후반부에 삽입된 '히로시마의 아가씨들'이라는 일화에 주목할 필요가 있다. 이 일화에는 피폭으로 얻은 화상 때문에 고통받는 수많은 일본인들의 아픔이 담겨 있다. 특히나 젊은 여성들은 일그러진 얼굴 탓에 바깥출입조차 제대로 할 수 없을 정도로 일상생활이 망가져 버렸다. 이들을 위해 미국은 1955년 미국 언론사의 주선으로 25명의 여성을 미군 수송기로 이송해 성형수술을 해준 바 있다. 이 사실을 당시 미국 언론은 '히로시마의 아가씨들'이라는 제목으로 대서특필하면서 미국의 선의를 선전하기도 했다. 이 책에서는 사치가 그들 중 한 인물로 설정되어 있다. 미국의 도움으로 사치는 "다시 한 번 세상을 향해 웃을 수 있게 됐다."(49~50쪽)라고 말한다. 아마도 작가는 이를 통해 가해자인 미국의 반성을 표현하고 싶었는지도 모른다. 폭탄을 투하한 부조종사의 "우리가 무슨 짓을 한 거지?"(36쪽)라는 자기 반성적 언술을 삽입한다거나 텔레비전을 통해 '히로시마의 아가씨'를 본 "에놀라 게이에 탑승했던 대원"이 "그들에게 일어났던 일을 알고 눈물을 흘"(47쪽)렸다는 서술 또한 같은 맥락으로 읽힌다. 그러나 이미 뒤늦은 후회일 뿐이다. 이러한 선의가 근본적인 해결책이 될 수는 없기 때문이다. 작가 역시 히로시마 평화공원의 기념비에 새겨진 "실수는 반복되지 않으리니 편히 잠드소서."라는 말을 인용하며 "원자폭탄은 너무나 끔찍한 무기이다."(61쪽)라고 말한다. 히로시마에 대한 철저한 자기반성과 함께 핵의 전면적인 폐기만이 세계평화로 나아가는 길이라는 의미를 담고 있다. 이것이 바로 히로시마가 우리에게 주는 교훈일 것이다.

이러한 반성에는 전범국가인 일본 또한 예외일 수 없다. 그럼에도 일본 내에서는 피해자로서의 히로시마만을 부각시키려는 견해가 팽배한 것도 사실이다. 그러나 히로시마의 이면에는 오랜 기간 일본이 자행해 온 식민지 수탈과 진주만 공습에서 초래된 전쟁에 대한 책임도 드리워져 있다. 그들은 히로시마를 '선택받은 비극'으로 말하지만 엄밀히 말하면 '자신들이 자초한 비극'일 수도 있다는 것이다. 그들의 논리를 간파하고 있는 작품이 손연자의 단편동화 「마사코의 질문」(『마사코의 질문』, 푸른책들, 1999)이다.

이 작품은 할머니와 함께 히로시마 평화공원에 가는 마사코의 이야기다. 할머니의 엄마도 피폭되어 목숨을 잃었다. 자연스레 원폭 이야기가 나올 수밖에 없다. 할머니는 당시의 상황을 자세히 들려준다. 미국이 아이오 다리 위에서 터뜨린 원자폭탄 '꼬마'(리틀 보이), 버섯구름과 어마어마한 파괴력, 종이학을 접으며 삶의 희망을 꿈꾸다가 사망한 피폭 소녀 이야기 등. 그런데 마사코는 할머니 이야기를 들으면 들을수록 이해되지 않는 것이 있다. 미국이 왜 그 무서운 원자폭탄을 일본에 떨어뜨렸을까 하는 것이다. 그래서 마사코는 묻는다.

"아무 잘못도 없는데 그냥 히로시마에다 그랬단 말야? 나가사키에다가도 그 랬다며? 일본은 얌전히 있었는데 미국이 자기네 맘대로 꼬마를 실험해 보려고 그랬어?"
"그 땐 전쟁 중이었단다. 마사쨩."
"왜 전쟁을 해? 누가 먼저 싸움을 걸었어?"
"그거야 뭐……."
"할머니, 내가 유키쨩한테 한 방 먹인 건 개가 먼저 내 물건에 손을 대서야. 만약에 안 그랬으면 나도 유키쨩 머리통 같은 건 안 때렸어."
"……."

"그러니까 우리 일본도 가만히 있었으면 꼬마 같은 건 안 떨어뜨렸을 거야. 그렇지 할머니? 그치, 응?"

"마사짱, 하여튼 우린 당했단다. 우린 피해자란 말이야."(202쪽)

마사코의 질문은 원자폭탄의 위력을 실험하려는 미국에 의해 히로시마가 선택되어 비극을 겪은 거라는 할머니의 피해자 의식에 정면으로 대치된다. 이야기 속에 등장하는 어부와 정어리, 마사코를 괴롭히는 유키짱 이야기는 일본의 잘못을 되새기는 알레고리로 작용한다. 곧 원폭을 한 미국과 전쟁을 일으킨 일본 모두 서로에게 폭력적인 가해자였다는 것을 상기시키는 것이다.

애초에 미국의 핵무기 계발 계획인 〈맨해튼 프로젝트〉는 일본이 목표가 아니었다. 나치 독일이 원자폭탄을 준비 중이라는 첩보를 입수한 루스벨트 정부와 아인슈타인을 비롯해 독일에서 망명한 과학자들에 의해 시작되었다. 그러나 독일은 정작 핵개발을 포기한 채 1945년 5월 항복을 했고, 일본만이 저항을 계속했던 것이다. 이에 신임 대통령 트루먼의 지시에 의해 1945년 8월 6일 오전 8시 15분 히로시마에 '리틀 보이(Little Boy)'가 투하됐고, 일본이 항전을 고집하자 2차로 나가사키에 9일 오전 11시 1분 '팻맨(Fat Man)'이 투하됨으로써 8월 15일 전쟁을 종식시키게 된다. 어찌되었든 히로시마가 '선택받은 비극'을 맞은 건 사실이다. 그러나 히로시마 원폭을 전쟁과 떼어놓고 생각해서는 안 된다. 여러 우발적인 경우의 수와 함께 반전과 동일 궤도 속에서 반핵이 논의되어야 하는 것도 분명한 사실이다.

여기서 한 가지 더 짚고 넘어가야 할 것이 있다. 바로 조선인 피폭 문제다. 앞서 언급했듯이 히로시마와 나가사키는 일본의 대표적인 공업지대였다. 탄광도 시외에 산재해 있었다. 전쟁시기였던 만큼 군수품 조달의 근거지인 것이다. 그렇다 보니 조선에서의 빈곤을 피해 이주한 조선인 노무자와 징용이나 위안부로 끌려온 조선인들이 밀집한 지역일 수밖에 없었다. 당연히 조선인의 피해 역시 상당할 것으로 추정된다. 히로시마에서의 조선인 피폭자는 4만~5만 명으로 가정되고, 그중 피폭 직후 사망자는 5,000~8,000명으로 추산된다.[6] 나가사키의 경우 1만 2,000~1만 4,000명의 조선인이 있었고, 그중 1,500~2,000명이 사망했을 것으로 추산된다.[7] 이들 사망자들은 대다수가 일본인이 아니라는 이유로 피폭지에 방치되곤 했는데, 한수산의 소설 「까마귀」에 적나라하게 그려져 있기도 하다. 이곳에서 살아남은 조선인들 중 다수는 해방 후 귀국한 것으로 알려져 있는데, 1974년 조사에 따르면 경남 합천에서만 피폭자가 3,867명[8]에 이르는 것으로 밝혀졌다. 해방 직후에는 귀국자들 중 뒤늦게 원폭병이 발발해 국내에서는 치료를 받을 수 없어 다시 일본으로 밀항을 하기도 했다고 한다.

이러한 사실은 잘 알려져 있지 않다. 원폭은 일본만의 문제가 아닌 것이다. 식민지 시대의 결과이긴 하지만 우리 역시 원폭 후유증에서 자유로울 수 없다. 히로시마와 나가사키가 먼 곳의 이야기가 아닌, 생각보다 가까이에서 존재하고 있었던 셈이다. 이들 문제에 좀더 관심을 기울여야 한다고 본다.

3. 죽음과 파멸의 상상력

과학의 발달이 언제나 올바르기만 한 것은 아니다. 아무리 과학적 진보일지라도 윤리적 정당성의 문제를 회피할 수는 없다. 다이너마이트를

---

6 김기진·전갑생, 앞의 책, 103쪽.
7 위의 책, 109쪽.
8 1974년 원폭피해자원호협회 합천지부가 실시한 합천군 피폭자 실태조사에서 밝힌 숫자. 위의 책, 117쪽.

발명한 알프레드 노벨이 '죽음의 상인'이라는 비난에 직면할 수밖에 없었던 것도 인간 보편의 윤리성을 충족시키지 못한 탓이다. 곧 다이너마이트가 획기적인 아이디어였지만, 동시에 대량 인명을 살상하는 가공할 무기로 전환되면서 공포의 대상이 된 것이다. 당시 사람들에게 노벨은 수많은 죽음의 대가로 엄청난 돈을 벌어들이는 비인간적인 장사치로 인식되었던 듯하다.

알베르트 아인슈타인 역시 마찬가지다. 그의 상대성이론은 과학의 패러다임을 바꾸는 지대한 업적을 세웠지만, 〈맨해튼 프로젝트〉를 수립·참여한 것이 지울 수 없는 오점이 되었다. 그 역시 히로시마와 나가사키에서 벌어진 원폭의 실상을 보고서야 자신의 잘못을 후회했다고 한다. 핵이야말로 인간이 만든 최악의 발명품이라는 것이 혹독한 대가를 치르고서야 입증된 셈이다. 그럼에도 세계열강들은 앞다투어 핵 경쟁을 벌이면서 지난 세기를 냉전의 소용돌이 속으로 몰아넣었고, 현재도 인류는 핵과 전쟁의 공포로부터 자유롭지 못하다.

히로시마는 여전히 현재진행형이고, 히로시마의 경험은 죽음과 파멸의 상상력으로 유전하며 우리를 일깨우고 있다. 독일의 구드룬 파우제방은 일찌감치 핵문제를 다뤄온 작가로서 히로시마의 경험을 인류 미래에 대한 새로운 각성으로 보편화시키고 있다. 그의 대표작인 『핵 폭발 뒤 최후의 아이들』(함미라 옮김, 보물창고, 2005)은 독일에서 1983년에 출간되었고, 지금은 이 분야의 고전이라 할 만한 소설이다. 언제라도 다시 읽어볼 가치가 충분하다.

이 소설은 핵전쟁의 소용돌이에 휘말린 한 가족의 처절한 죽음과의 사투를 통해 핵의 파괴력을 경고하고 있다. 열세 살 소년인 주인공 롤란트는 가족들과 함께 쉐벤보른에 있는 외할아버지 댁으로 여름휴가를 떠난다. 그러나 쉐벤보른에 도착하기 직전 강한 열기와 폭풍에 차를 멈추어야 했다. 그리고 쉐벤보른 쪽 하늘에서 솟아오르는 버섯구름을 목격

한다. 쉐벤보른과 인접해 있는 폴다 지역에 핵폭탄이 떨어진 것이다. 그 여파로 쉐벤보른 역시 화재와 폭풍으로 건물이 파괴되고 거리 곳곳에는 시체와 부상자로 넘쳐난다. 그리고 검은 비가 내린다. 외할아버지와 외할머니는 하필이면 그날 그 순간 폴다에 갔다가 흔적도 없이 '사라져 버렸다'. 한마디로 히로시마의 경험을 생생히 재현하고 있다. 나아가 롤란트는 시내 병원에서 부상자 치료를 돕고(그저 물을 먹여 주는 일뿐이지만), 엄마와 누나는 부모 잃은 고아들을 보살펴주지만 상황은 좀처럼 나아지지 않는다. "곧 외부와 연결되어 생필품이 공급되고, 집 잃은 사람들을 위한 숙소가 세워지고, 부상자들을 보살필 수 있게"(51쪽) 될 거라는 모두의 바람은 결코 이루어지지 않는다. 화재와 굶주림과 방사능 오염을 겪으며 이기적으로 변해가는 사람들에게 전염병인 티푸스까지 덮치며 상황은 갈수록 악화된다. 결국 동생 케르스틴이 티푸스에 걸려 죽고 누나 유디트마저 원폭병에 걸려 머리카락이 다 빠진 채로 짧은 생을 마감한다. 죽음은 흔한 일상이 되었고, 파멸은 어찌할 수 없는 숙명이 되었다.

> 사람들은 천천히 그리고 외롭게 죽어 갔다. 이 쪽에 있는 사람이 출혈성 백혈병으로 죽으면, 저 쪽에 있는 사람은 끊임없는 장출혈과 객혈로 죽었다. 그러나 원인은 항상 똑같았다. 방사능 성분의 빛줄기가 바로 그것이었다. (136쪽)

이들에게 이제 국가나 정부 같은 것은 존재하지 않는다. 오로지 얼어 죽지 않기 위해 잠자리를 지켜야 했고, 굶어죽지 않으려 도둑질도 서슴지 말아야 했다. 그리고 "죽은 사람을 묻는 것, 계속해서 죽은 사람을 묻는 것이 사람들이 해야 하는 일"(187쪽)일 뿐이다. 이 오염된 세계에서는 그 어떤 새로운 생명도 뿌리를 내릴 수 없다. 작물의 싹은 물론 풀 이파리조차 누렇게 변해간다. 이러한 불임의 상상력은 롤란트 엄마에게서 극대화된다. "핵 폭탄이 떨어지기 이틀 전" 임신을 한 엄마는 뒤늦게 그 사실을 알게 되지만 방사능은 태내까지도 오염시키고 말았다. 결국 아기는 '눈이 있어야 할 자리에 피부밖에 없으며 두 팔이 모두 몽당팔'(199~200쪽)인 상태로 태어났고, 엄마는 과다출혈로 죽음에 이른다. 날이 밝기 전 아기를 스티로폼 상자에 담아 밖으로 나가는 아빠의 뒷모습은 슬픔을 넘어 절망적이기까지 하다. 그가 할 수 있는 말은 "아기를 아프게 하지 마세요." 말고 달리 더 있었을까. 이제 상자에선 "우는 소리도, 부스럭거리는 소리도, 그 어떤 소리도 들리지 않았다."(202쪽)라는, 이보다 더한 인간적 비참함에 관한 언술이 또 있을까. 이제 더 이상의 그 어떤 말로도 이들의 절망을 위로할 수 없다는 것이 안타까울 뿐이다.

이처럼 이들의 이야기는 핵이 결코 평화의 대안일 수 없다는 것을 적나라하게 보여준다. 그들은 분명 핵에 의한 무력균형이 평화를 지켜준다고 생각했을 것이다. 그러나 어디서부터인지 모를 균열이 시작되면서 핵은 평화를 위협하는 가장 강력한 파괴자가 된다. 이들의 비극이 "일이 터지기 몇 주 전부터 동서 간의 긴장이 고조"(14쪽)된 데서 시작되었다는 것은 의미심장한 대목이다. 아마도 몹시 열이 받거나 정신 나간 지도자들이 핵 버튼을 눌렀을 것이고, 발사대에서 날아오른 핵미사일의 파괴 욕망은 동서독의 주요 도시를 쑥대밭으로 만들기에 충분했다. 이 소설의 배경이 통일 이전의 독일을 상정하고 있다는 점에서 분단체제하에 있는 우리에게는 더욱 시사하는 바가 크다고 하겠다. 북한의 핵개발과 남한의 핵무장론이 가져올 불행한 결과를 미리 보여준다고 해도 전혀 과언이 아닐 것이다.

영국 작가 로버트 스윈델스의 『땅속에 묻힌 형제』(원지인 옮김, 책과콩나무, 2009)에서 핵전쟁의 발단은 보다 광범위하게 제기된다. 분단 혹은 한 국가 내에서의 문제가 아닌 "동양과 서양", 즉 세계 냉전체제의 불안정성에 기반하고 있다. "서쪽에서 동쪽으로, 동쪽에서 서쪽으로" 교차하며 날아간 핵미사일은 "각각의 도시에 알맞게 프로그램"되어 "도시 전체가 깡그리 없어지거나 도시의 중심부가 즉시 증발해 버"(9~10쪽)린 것이다. 주인공 대니가 살고 있는 스키플리도 핵폭탄의 참화에서 벗어날 수는 없었다. 고작 10km 떨어진 브랜포드에 핵미사일이 떨어지면서 그 여파로 화재와 폭풍, 방사능에 휩쓸려버린 것이다. 이 소설 역시 히로시마의 경험을 토대로 삶과 죽음, 파멸의 문제를 재현하고 있음은 물론이다. 그러나 여기서 더 나아가 핵미사일 폭격 이후 사회의 혼란상, 즉 핵이 도시와 인명 그리고 삶을 파괴하는 것만이 아니라 인간성마저도 왜곡·변질시킨다는 경고를 담고 있어 주목할 만하다.

먼저 원폭 이후의 참상은 스키플리에 나타난 새로운 인간 유형으로 집약된다. 혼잣말을 하거나 죽은 가족의 이름을 부르며 폐허 속을 헤매는 '스페이서(Spacer)', 원폭병으로 죽어가는 '터미널(Terminal)', 은신처에 숨어 지내는 '베저(Badger)'. 사람들은 이들을 '새로운 인류'로 부르는데, 이 평범한 어휘에 담긴 비속적 의미는 "사람들이 점점 인간이 아니라 짐승"(79쪽)이 되어가는 사회적 혼돈을 상징하고 있다. 베저를 찾아내 살해하고 음식이나 생활용품을 약탈하는 짓마저 서슴지 않는 사람들도 있다. 상황이 더욱 악화되면서 가장 잔악한 무리인 '고트(Goth)'와 '퍼플(Purple)'도 등장한다. 고트는 외부에서 온 사람들인데 먹을 걸 찾아 무리지어 다니며 약탈과 살해를 일삼는다. 퍼플은 가장 최악의 경우인데, 사람을 잡아먹는 식인 무리이다. 대니의 어린 동생 벤도 퍼플에게 납치되었다가 극적으로 구조되기도 했다.

이러한 극한상황 속에서도 사람들은 구조의 희망을 놓지 않는다. 그들에겐 국가도 있었고, 자신들이 낸 세금으로 살아온 정치가도 수두룩하고, 그 돈으로 만든 소방대도 군대도 있었으니까. 그러나 『핵 폭발 뒤 최후의 아이들』에서 보았듯이 이런 희망이란 얼마나 부질없는 것인가. 반면에 스키플리에는 "안면보호구를 착용한 채 위아래가 붙은 검은 옷을 입고 총"(30쪽)으로 무장한 군인들이 모습을 드러낸다. 그들을 보고 사람

들은 누구나 "핵폭탄이 떨어진 뒤로 가장 행복"(67쪽)해하며 새로운 희
망을 품었을 것이다. 그들은 곧 구조작업에 나선 듯 보였다. 시내에서 벗
어난 곳에 위치한 커쇼 농장에 주둔한 그들은 '지역위원회 본부'를 만들
고 응급병원을 세웠다며 수많은 부상자들을 군용트럭에 실어간다. 그러
나 이 모든 것이 허위였음이 오래지 않아 밝혀진다. 부상자들을 총으로
학살해 묻어버린 것이다. 아마도 전염병 발생을 우려한 조치였겠지만,
이들의 폭압성은 날로 강도를 높여간다. 스페이스를 색출해 제거하고
식품을 강탈해갈 뿐 아니라, 사람들을 끌고 가 강제노동을 시킨다. 대니
의 아빠도 식료품을 지키려 군인들에 대항하다 죽고 만다. 이처럼 이 소
설은 무정부 상태에서 벌어지는 비인간적 폭력과 함께 사악하고도 이기
적인 독재 권력의 출현 가능성을 설득력 있게 그려내고 있다. 그야말로
이 혼돈은 "형제를 땅에 파묻는 이가 세상에 가득하구나."(110쪽)라는 이
집트 현인 이푸웨르의 질타를 상기시킨다.

이제 남은 희망은 그들에 맞서 싸우는 것뿐이다. 대니는 브란웰 노인
을 만나게 되면서 마사다(MASADA), 곧 '독재 권력에 대항하는 스키플리
무장운동'에 가담하게 된다. 우연히 만나 좋아하게 된 소녀 킴도 여기서
재회한다. 결국 이들은 봉기를 통해 군인들을 물리치고 커쇼 농장을 접
수한다. 그리고 여기서 새로운 공동체를 구축하기에 이른다. 그러나 가
장 강력한 적군은 다름 아닌 방사능이었다. 여전히 많은 사람들이 방사
능 중독으로 죽어가고, 이들이 일군 농장에서는 그 어떤 작물도 열매를
맺지 못했고, 킴의 언니는 입이 없는 죽은 아기를 낳는다. 희망은 사라지
고 다시 절망이 찾아온 것이다.

이처럼 이 소설은 핵전쟁 이후의 비참한 현실 속에서 희망과 절망을
교차시키며 인간적 타락과 삶의 숭고함 사이에서 방황하는 인간 군상의
실상을 적나라하게 그리고 있다. 절망을 견디다 못해 하나둘 공동체를
떠나가듯 대니도 킴과 함께 벤을 데리고 새로운 희망을 찾아 떠나게 된

다. 과연 형제들이 파묻힌 땅을 지나 이들이 이를 곳은 어디일까. 그런 희망이 존재하기나 한 걸까. "많은 이들이 우리의 삶을 지키기 위해 핵무기가 필요하다고 말했지만 지금 우리의 삶은 어디로 갔단 말인가?" (196쪽)라고 이 소설이 던지는 묵직한 주제는 오늘 우리의 현실을 거듭 되새기게 한다.

4. 일상화된 재앙의 그늘

핵의 위력은 비단 핵무기에만 국한되지 않는다. 원자력발전소 역시 핵분열로 에너지를 발생시킬 뿐만 아니라 방사선과 방사성 폐기물질이 배출될 수밖에 없다는 점에서 잠재적인 위험성이 줄곧 제기되어왔다. 물론 화력발전소에서 배출되는 온실 가스나 스모그 등과 같은 문제가 전혀 없어서 소위 친환경에너지라 불리고 있고, 전기 생산 단가도 화력이나 수력, 풍력, 태양광 등에 비해 저렴하다는 이점이 있는 것도 사실이다. 그러나 만약의 경우 방사능이 유출되었을 때는 그보다 훨씬 값비싼 대가를 치러야 한다는 것이 문제다. 곧 대량 인명 피해의 직접적인 위협이 된다는 사실은 결코 가벼이 볼 문제가 아니다. 전 세계에 500기 가까운 원전이 있고 우리나라만 해도 현재 가동 중인 원전이 23기에 이른다. 피폭 위험이 일상화되었다고 해도 과언이 아니다. 사고만 나지 않는다면 상관없겠지만 전 세계 원전에서 일어나는 크고 작은 사고들은 원전의 안전성에 대한 심각한 우려를 불러일으키기에 충분하다.

1948년 미국에서 처음 원전을 시작한 이래 세계 곳곳에서 여러 사고가 있었지만, 그중에서도 1978년 발생한 미국 스리마일섬 원전 사고, 1983년 소련 산하 우크라이나의 체르노빌 원전 사고, 그리고 최근 2011년에 발생한 일본 후쿠시마 원전 사고를 세계 3대 원전 사고로 꼽는다.

이중 가장 악명 높은 것이 체르노빌이다. 사고는 수차례에 걸친 폭발로 이어졌는데, 사고 당시 화재 진압 등에 동원된 직원과 소방대원 대부분이 피폭되어 29명이 사망했고, 원자로 주변 30km 이내에 사는 주민 9만 2,000명은 모두 강제 이주되었다. 그후 6년간 발전소 해체작업에 동원된 노동자 5,722명이 사망했고, 이 지역에서 소개된 민간인 2,510명이 사망, 인근 지역까지 포함해 43만 명이 암, 기형아 출산 등 각종 후유증을 앓고 있는 것으로 추정된다. 이들 방사능은 기상 변화에 따라 유럽 전역으로 확산되었고, 우리나라도 일부 지역에서 낙진이 검출되었다고 한다.[9] 체르노빌 사고는 전 세계에 큰 충격을 주었고, 히로시마 이후 최악의 피폭 피해로 기록되었다.

　1987년 출간된 구드룬 파우제방의 『구름』(김헌태 옮김, 청년사, 2012)은 체르노빌 사고에 충격을 받아 쓴 작품으로 알려져 있는데, 원전 사고에서 빚어지는 사회적 혼란과 피해, 그리고 원전에 대한 각성을 촉구하고 있다. 사람들은 대부분 원전의 위험성 따위에는 관심이 없다. 체르노빌의 충격도 금세 잊어버리고 원전의 효용성만 강조한다. 체르노빌은 오래전 먼 나라의 일일 뿐 자신들의 원전은 잘 돌아가고 있다고 믿는다. 열네 살 소녀 야나가 살고 있는 슐리츠 사람들도 그랬다. 그러나 막상 70~80km 떨어진 곳에 위치한 그린 원자력발전소에서 사고가 나자 우왕좌왕 대피하기에 바쁘다. 그 와중에 비가 내린다. 방사능 구름이 바람에 이리저리 떠밀려 다니며 비를 몰고온 것이다. 야나는 동생 울리와 함께 피난길에 올랐다가 교통사고로 동생을 잃고 혼자 빗속을 헤매 다녀야 했다. 결국 방사능은 야나의 몸을 오염시키고 머리카락 한 올 남겨 두지 않는다. 임시 수용 병동에 수용된 야나는 가족들을 기다리지만, 그들 또한 무사할 수 없었다. 아빠의 출장에 동행한 엄마와 막내동생 카이

---

9 「체르노빌 원자력 발전사고(Chernobyl disaster, 原子力發電事故)」, 『두산백과』 참조.

가 외할머니 댁이 있는 슈바인에서 머물고 있었는데, 슈바인은 그런 원자력발전소 바로 옆에 있는 작은 도시였다. 결국 방사능은 야나에게서 모든 것을 빼앗아간 것이다.

이제 야나는 새로운 현실에 직면하게 된다. 병동을 방문한 내무부 장관의 "모든 게 곧 제대로 돌아갈 거요."(111쪽)라는 말을 들은 야나가 '돌로 된 조각상'을 내던지며 "대체 어떻게 우리가 정상으로 되돌아갈 수 있단 말예요?"(112쪽)라고 외친 말은 야나를 비롯해 모든 희생자들을 대변하는 절규였다. 곧 언제 죽을지 모르는 '대머리 히바쿠샤(히로시마에서 살아남은 사람들을 가리키는 말)'의 처지를 상기시킨다. 아무도 야나 곁에 가까이 다가오지 않을 뿐더러 '동정과 호기심으로 가득한 곁눈질'을 보내며 모멸감을 준다. 게다가 사람들의 인식은 아무것도 바뀐 게 없다. 핵에너지를 칭송했던 사람들은 자신들의 잘못된 생각을 반성하거나 문제 해결 방법을 찾기는커녕 피폭자들의 반핵운동을 비난하고 피폭자들은 아기를 낳아서는 안 된다는 무모한 주장을 펼치기도 한다. 오염지역에서 무사히 빠져나온 사람들도 마찬가지다. 과거 자신들이 주장했던 원전 옹호에 대해선 함구하고 오로지 재산 피해에 대한 불만을 터뜨리며 외국으로 이민 갈 궁리만 한다. 아무도 책임지지 않는 것이다. 원전 건설을 주장했던 정치가들이나 과학자들 역시 책임 떠넘기기에 분주하다. 모두들 외면하고, 잊고 싶은 것이다. 그래서 "어린 여자 애가 머리카락 하나 없이 불쑥 나타나면 사람들이 얼마나 놀라겠니?"(209쪽)라며 가발 쓰기를 강요하는 헬가 고모의 강요에도 불구하고 야나는 가발뿐 아니라 모자조차도 쓰지 않는다. 사람들에게 이 비극을 상기시키기 위해서다. 야나는 "내가 가발을 쓰지 않는 것도 바로 그 때문이에요."라고 말한다.

사실 사람들은 자신이 당하지 않으면 그 어떤 비극에도 무심하다. 아무런 피해를 입지 않은 사람들이 야나를 비롯한 피폭자들을 대하는 방식에서 고스란히 드러난다. 애타게 물을 찾는 야나에게 피폭자라는 이유로 물 한 모금 주지 않고 문전박대하는 것 등이 그렇다. 야나의 친구 엘마의 말마따나 그저 "이 나라의 골칫덩어리들"(175쪽)쯤으로 여기는지도 모른다. 단지 자신이 당하지 않았으므로. 이들의 모습에서 세월호 유족이 떠오르는 것은 왜일까. 이들에 대한 방관, 혹은 이제 그만하라는 식의 힐난은 자신들이 당하지 않았기 때문에 당당할 수 있는 것이다. 그러나 그 당당함의 이면에는 자신은 무사하다는 비겁한 이기주의가 담겨 있는 것은 아닌지. 어쩌면 무지의 탓일지도 모른다. 야나의 할아버지 할머니가 그런 부류의 사람들이다. 이 소설의 마지막 장면에서야 그들을 등장시킨 작가의 의도가 강한 인상을 남기는 것은 그런 이유에서다.

야나의 할아버지 할머니는 사고가 나기 일주일 전부터 마조르카에서 머물고 있었다. 슐리츠 집에서 아들네와 함께 살고 있지만 그들이 무사할 수 있었던 것은 그 탓이다. 그래서 아들 내외와 두 손자가 목숨을 잃은 사실은 전혀 모른다. 함부르크에 사는 헬가 고모가 그 사실을 숨긴 것이다. 모두 무사하니 안정이 될 때까지 더 머물다 돌아오라고만 했다. 그래서 슐리츠의 출입이 허용되었다는 기사를 보고서야 돌아온 것이다. 그런데 문제는 야나를 다시 만난 그들의 현실 인식이 전혀 바뀌지 않았다는 사실이다. 무려 만 팔천 명이나 사망한 엄청난 비극 앞에서도 할아버지는 태연하게 "당연히 핵발전소 내부와 그 주변에 있던 사람들은 죽었겠지."(300쪽)라며 슐리츠에는 아무 일도 없었을 텐데 일을 부풀려 난리를 떨었다는 식으로 언론과 핵 반대자, 환경운동가 등을 비난한다. 평소 할아버지와 할머니는 "핵에너지가 자동차나 텔레비전처럼 현대 생활의 일부라고 여기는"(15쪽) 핵발전소 옹호론자였다. 그래서 핵을 반대하는 엄마 아빠와 심한 갈등을 겪곤 했다. 그 갈등이 이제 야나의 몫이 되었다. 자신의 주장을 굽히지 않고 마구 떠들어대는 할아버지에게 야나는 무슨 말을 해야 할까. 어떻게 할아버지의 주장을 반박해야 하는 건가.

야나는 천천히 모자를 벗었다. 그리고 이야기를 시작했다. (301쪽)

소설의 마지막 문장이다. 자신의 피폭 사실을 감추려고 집 안에 들어서자마자 꺼내 쓴 흰 모자였다. 이제 할아버지의 눈앞에서 모자를 벗는 것 말고 무슨 말이 더 필요할까. 손녀의 민머리를 보고 그들이 어떤 표정을 지었을지, 무슨 생각을 했을지 눈앞에 선하다. 이것이야말로 할아버지의 헛된 주장을 틀어막을 강력한 침묵의 퍼포먼스가 아니고 무엇이겠는가. 핵의 위험이 자신과는 무관하다고 생각하는 옹호론자들에게 '결코 당신과 무관하지 않다고, 당신 자신과 가족 역시 이렇게 될 수 있다'는 항변이자, 그 진실을 단숨에 일깨우는 극적 전환이라 하기에 충분하다.

그렇다면 야나의 이 비극은 얼마나 시간이 흘러야 끝이 날까. 언제쯤 파괴된 오염지역의 모든 것이 회복되고 사람들도 정상적으로 자신의 삶을 살아갈 수 있을지 의문이다. 파우제방은 아주 오랜 고통의 시간을 감내할 수밖에 없으리라는 것을 또 다른 소설 『핵폭발 그후로도 오랫동안』(김희상 옮김, 펭사리, 2013)에서 이야기하고 있다. 아마도 이 작품은 야나의 후속편이라 해도 될 만큼 사고 이후 소개된 피폭자와 이주민들의 삶을 다루고 있다. 여기서는 2020년 사고가 났고, 그후 41년이 지나도록 죽음과 질병, 빈곤에 허덕이는 피해자들의 비참하고도 절망적인 실상을 보여 준다. 이 소설은 독일의 중학생인 비다 보른발트를 내세워 칠레에서 수학여행 온 또래 학생들에게 사고 이후의 상황을 들려주는 인터뷰 방식을 취하고 있다. 이러한 서술 방식이 주는 객관성에 힘입어 41년 동안 폐쇄된 방사능 오염지역과 이주민들이 사는 낙후된 빈민가의 실태는 물론 이들에 대한 사회적 편견과 고립을 생생하게 그리고 있다. 아마도 이들이 겪어야 할 고난은 쉽사리 해결되지 않을 듯하다. 그야말로 핵이 일상화된 세계에서 재앙의 그늘에 허덕이는 인류의 초상이라 하겠다.

이쯤에서 국내작인 『아토믹스』(서진, 비룡소, 2016)를 잠시 거론하지 않을 수 없다. 이 책은 대중영화 〈아이언맨〉 시리즈를 모방한 영웅 캐릭터 '아토믹스'를 내세워 바다 괴수를 물리치는 영웅담이라 할 수 있다. 문제는 이야기의 발단이 '지진에 의한 원자력 발전소 폭발'에 있다는 것이다. 곧 아토믹스는 방사능에 피폭된 아이가 초능력을 지니게 된 것이고, 괴수 또한 방사능 오염으로 유전자 변이가 일어난 것으로 설정되어 있다. 다소 황당하기는 하지만 이 또한 방사능 위험에 대한 상상력으로 받아들이기는 어렵지 않다. 그러나 그뿐이다. 핵문제는 하나의 설정일 뿐이고 지구방위본부로 설정된 악의 세력에 의해 희생되는 피폭 아이의 내면 갈등과 그들의 음모, 아이를 구하려는 가족애 등이 이야기의 중심에 놓여 있기 때문이다.

여기서 핵의 심각성에 대한 진전된 논의를 기대하는 건 어쩌면 어불성설일지도 모른다. 단지 인간은 물론 바다 생물의 DNA까지 변형시켜 돌연변이를 만들 정도로 위력적인 핵의 위험성을 그냥 인정하고 수용하는 것은 아닌지 작가의 창작의도를 의심할 뿐이다. 게다가 앞뒤 맥락도 맞지 않는 시그마 워터라는 공상적 해결책을 들이대며 이를 쟁취하기 위해 투쟁한다는 것이야말로 얼마나 뻔한 스토리이며 문제의 핵심을 외면하는 무책임한 처사인가. 이는 원전 폭발과 방사능 오염의 문제를 악당들의 문제로 대치시키는 것이며, 여기서 문제의 본질 또한 왜곡될 수밖에 없다. 따라서 이 작품을 두고 가족주의와 국가주의 운운하는 것 역시 핵심에서 비껴나도 한참 비껴난 논의일 뿐 아니라 핵의 본질을 흐리는 것밖에 되지 않는다.

그럼에도 이 책이 원전 문제를 다룬 작품으로 받아들여지고 있는 현실은 그저 의아할 따름이다. 조금이라도 차분히 들여다본다면 원전 폭발이 대중서사의 재미와 흥밋거리를 조장하는 도구에 불과하다는 것을 쉽게 눈치챌 수 있다. 결국 이러한 도구화는 핵 문제의 심각성을 왜곡하고 그 위험성을 무화시키는 꼴이 될 것이다. 특히 아이들이 핵을 어떻게 받아들이게 될지 심히 우려스럽다. 한마디로 흔히 말하는 대중문학의 한계라 하지 않을 수 없다. 아무리 상업주의라 해도 핵에 대한 좀더 진지하고 의미 있는 성찰이 필요한 건 아닌지 묻고 싶은 것이다. 현실은 공상이 아니기 때문이다. 그것도 아이들을 대상으로 했을 때는 더욱 그렇다.

5. 핵, 그 비참함이 던지는 질문

히로시마 이후 세계는 더욱 불안정해진 것이 틀림없다. 더욱 강력한 핵무기로 서로를 겨누면서 일시적인 평화체제를 유지하고 있는지도 모른다. 올해 초 러시아 대선을 앞둔 시점에서 푸틴은 신년사를 통해 미국의 레이더망에 잡히지 않는 핵미사일을 개발했다며 언제라도 미국을 공격할 수 있다고 공언한 바 있다. '강한 러시아'를 꿈꾸는 러시아 국민들은 그의 4선 연임을 받아들였다. 미국의 트럼프 역시 '다가올 군비경쟁에 대처'해야 한다며 맞불을 놓고 있다. 전 세계가 또다시 신냉전의 기류로 빨려드는 것은 아닌지 우려의 목소리가 높다. 제2의 히로시마 사태가 벌어지지 말라는 보장은 어디에도 없다. 아니 훨씬 더 강력한 히로시마가 될 것이다. 그러나 다른 한편에서는 핵 균형을 주장하기도 한다. 핵의 위력이 서로에 대한 공격을 불가능하게 한다는 것이다.

그러나 오에 겐자부로는 『히로시마 노트』 곳곳에서 '평화를 지키기 위해 핵의 위력을 보유해야 한다'는 말의 허위를 지적한다. 이런 말을 하는 사람들은 핵이 지닌 위력만을 보기 때문이라는 것이다. 그러나 그 위력의 결과를 떠올린다면 도저히 그런 말을 내놓을 수는 없을 것이다. 그래서 히로시마의 교훈을 되새길 필요가 있다. 그 위력의 결과가 바로 히로시마인 것이다. 오에 겐자부로가 "히로시마는 핵무기의 위력을 보여 주는 증거가 아니라 핵무기가 불러일으킨 인간적 비참함의 극단적인 증거이다."(111쪽)라고 말하는 것은 바로 그런 의미에서다. 곧 우리는 핵의 위력이 아니라 인간적 비참함에 대해 이야기해야 한다. 핵을 소재로 한 이야기들이 처참하게 파괴된 현실을 그리는 것은 그런 이유에서다. 비참함이 위력을 이기는 역설을 꾀하는 것이다. 그리고 그 역설의 주인공은 바로 아이들이 될 것이다.

히로시마에서 보듯이 가장 큰 피해자는 아이들이다. 가장 힘이 약한 존재이기에 많은 피해를 입을 수밖에 없었고, 이미 죽은 채로 혹은 기형으로 태어날 수많은 아이들, 그리고 살아남았다 해도 그들이 살아갈 파괴된 세계 역시 그들이 감당해야 할 부채로 넘겨진다. 아이들이 겪어야 할 이 모든 비참함을 어떻게 책임질 것인가. 아이들은 어른들에게 물을 것이다. "선생님은 평화를 위해 무엇을 했죠?"(『핵 폭발 뒤 최후의 아이들』, 217쪽)라고. 혹은 사회가 안정되고 나서 교사 일을 새롭게 시작한 롤란트 아빠에게 "얼굴이 온통 상처투성이인 남자 아이가" "분필을 던지며" 소리 지른 것처럼 아이들은 어른들에게 "당신은 살인자야!"(216쪽)라고 외칠지도 모른다. 핵을 옹호했든 반대했든 간에 핵의 위력, 아니 인간적 비참함 앞에서는 어른 모두가 범죄자다. 핵을 막지 못했고, 평화를 지키지 못한, 그래서 수많은 아이들을 고통 속에 몰아넣은 죄 말이다. 그래서 모든 핵은 폐기되어 마땅하다.

때로는 아이들이 어른들보다 나은 경우가 있다. 『핵폭발 그후로도 오랫동안』의 주인공 비다 보른발트와 칠레 학생 카를로스가 그렇다. 수학여행을 마치고 돌아가는 카를로스가 비다에게 연대의 손길을 내민 것이다. 젊은 세대가 목소리를 내야 한다며 또래 아이들과 함께 할 수 있는 일을 찾아보기로 한다.

우리의 목표는 하나야! 세계는 바뀌어야만 해! 어른들이 우리에게 남겨 준 세상 말이야. 경계가 없는 세상, 폭력이 사라지고 스스로 위험을 불러들이지 않는 세상으로! 희생자들은 더는 홀로 당한 게 아니라고 느껴야 해! 무엇보다도 다시 희망을 가져야 해! (128쪽)

아이들에게 절망은 없다. 비참한 현실을 딛고 일어서는 비다의 결의는 파우제방이 전 세계의 청소년과 어른들에게 보내는 메시지일 것이다. 세계의 평화를 위해 세상이 바뀌어야 하고, 그러기 위해선 우리 자신부터 바뀌어야 한다는 것을 비다의 목소리를 빌려 들려주고 있다.

단언컨대 진정으로 평화를 바란다면 세상의 모든 핵은 폐기되어야 한다. 당장 북한이 핵을 폐기한다고 해서 평화가 보장되는 것은 아니다. 미국과 러시아와 중국 등 강대국이 핵을 보유하고 있는 한 평화는 일시적인 안정일 뿐이다. 반전반핵운동이 전면적인 핵 폐기를 주장하는 것은 그런 이유에서다. 만약 이 세계에 핵과 평화가 공존할 수 있다는 믿음이 가득 찬다면 그것이야말로 가장 위험한 일이 될 것이다. 히로시마와 사치와 롤란트와 대니와 야나와 비다가 말하듯이, 그것은 인류 역사상 가장 혹독하고도 최악의 인간적 비참함을 노래하는 서곡에 불과할 것이기 때문이다.

우리에겐 이제 하나의 선택만이 남았다. '핵과 평화'와 '핵 없는 평화'. 당신은 어떤 선택을 할 것인가. 아이들에게 어떤 이야기를 들려줄 것인가. 바로 이것이 당신에게 던지는 이 글의 마지막 질문이다.

아동문학에 담긴 현실적 가치들

1. 아동문학과 동심, 그리고 현실주의

흔히 아동문학을 '동심의 문학'이라 한다. 일견은 맞는 말이지만, 달리 보면 아동문학의 의의를 모두 포괄하기에는 부족한 측면도 있다. '동심의 발현으로서의 아동문학'이라는 규정이 때로는 아이들의 삶이 지닌 현실적 측면을 배제하기 일쑤였기에 하는 말이다. 그렇다고 해서 아이들의 순진무구한 심성을 부정하는 것은 아니다. 단지 그러한 존재들 역시 사회의 일원으로서 현실적 난관을 겪을 수밖에 없다는 것도 헤아려야 한다는 뜻이다. 그러나 동심은 순진무구한 '천사'의 이미지로 굳어진 채 주류담론으로 군림해왔다. 물론 '교훈주의' '동심천사주의' '짝짜꿍 동요' 등의 비판이 없었던 것은 아니지만, 아이들이 처한 현실에서 유리된 '동심의 문학'은 지난 반세기 동안 아동문학을 대변해온 하나의 경향이었던 셈이다.

동심이 아동문학의 본질적 속성임에는 틀림없다. 단지 아이들에게 그저 '아름답고 깨끗하고 예쁜 것'만 보여줘야 한다는 태도가 문제인 것이다. 이는 어른들의 이데올로기이자 편견에 다름 아니기 때문이다. 어쩌면 아동문학이 아이들의 자유의지를 고양하기보다는 오염된 현실로부터 격리시켜 보호하려는 '온실'을 자처했는지도 모를 일이다. 문제는 이럴 때 문학으로서의 소임보다는 아이들의 훈육에 치우치게 된다는 것이다. 많은 작품들에서 아이들은 종종 삶의 주체이기보다는 계몽해야 할 유치한 존재로 대상화되어야 했고, 그래서 아동문학은 아이들에게 이상적인 아동상을 주입하는 데 역점을 두기도 했다. 결국 아동문학은 교육적 도구나 흥미위주의 일상 이야기로 전락함으로써 문학적 질곡을 겪을 수밖에 없었다.

방정환이 동심주의의 표상으로 호출되어 온 것도 그러한 연유에서다. 물론 그가 여러 지면에서 '어린이'를 이상화하고 동심주의적 발언을 보인 것은 사실이다. 하지만 그의 동심이 사회현실을 배제한 개념이 아니라는 점을 절대 간과해서는 안 된다. 그가 번안동화집 『사랑의 선물』(개벽사, 1922) 서문에서 밝힌 "학대받고, 짓밟히고, 차고, 어두운 속에서 우리처럼, 또, 자라는, 불쌍한 어린 영들을 위하여, 그윽이, 동정하고 아끼는, 사랑의 첫 선물로"라는 대목만 보아도 그가 제기하는 동심의 사회적 맥락을 짐작해 볼 수 있다. 나아가 1923년 『어린이』지 창간과 '어린이'라는 낯선 이름의 발명 역시 인간 해방과 사회변혁의 일환이었음을 무시할 수 없다. 그래서 그는 청중이 구름 떼같이 모여드는 동화구연회를 조직했고, 『어린이』지를 매개로 소년운동을 전국적으로 확대해나갔다. 정치적·이념적으로 좌우를 가리지 않고 연대했을 뿐만 아니라 다양한 성향의 사람들이 그를 지지하고 협력했다. 최근 들어 방정환의 이러한 면모가 새로이 발굴되고 있는 점은 다행이라 하겠다.[1]

한국 아동문학은 방정환으로부터 유래한다. 그 기원으로서의 방정환이 순수 동심주의와 사회변혁적 현실주의라는 양가적 맥락에서 서로 다

---

[1] 한국방정환재단에서 기획한 이기훈·염희경·정용서의 『방정환과 '어린이'의 시대』(청동거울, 2017.)가 그러한 성과에 해당한다.

르게 해석되어온 것도 사실이다. 전자에 기반한 주류담론이 오랫동안 지속되면서 방정환의 '어린이'는 본래의 사회적 의미가 상당 부분 퇴색할 수밖에 없었다. 그럼에도 방정환-이원수-권정생으로 이어지는 현실주의 아동문학의 계보는 아이들 삶의 시대적 의미를 현실과의 긴장과 대응을 통해 추구해온 문학적 흐름을 보여주고 있다. 아동문학의 특성상, 혹은 작금의 시대상황에 비추어볼 때, 이를 사회변혁적이라 부르기에는 다소 부적절한 측면도 제기될 수 있다. 그러나 사회 현실에 대한 문학적 대응이 세상을 변화시킬 것이라는 당위에서 아동문학 역시 벗어날 수 없다는 것만큼은 분명한 사실이다. 아동문학이 추구하는 현실적 가치는 아이들이 처한 현실에 대한 문학적 수용에 다름 아니고, 이는 다시 현실에 영향을 미치게 될 터이다. 당장은 아이들이 사회 현실의 주체일 수 없지만, 머지않아 그들이 세상을 좌우하게 될 테고, 아동문학은 그러한 미래를 꿈꾸는 문학이라 하겠다. 방정환의 '어린이' 역시 그런 의미에서 그에게는 미래였고 사회변혁, 혹은 세상 개벽의 동력이었음에 틀림없을 것이다.

2. '학대받는 아이' 의 사회적 상상력

한국 아동문학의 대표작으로 일컬어지는 권정생의 『몽실 언니』(창비, 1984)는 아이들의 존재론적 특성을 여실히 보여주는 장편동화(아동소설)이다. 이 작품이 지금까지도 많은 공감을 불러일으키는 것은 주인공 몽실이의 처절한 삶이 지닌 비극성 탓인지도 모르겠다. 판매 부수가 문학적 성취와 곧바로 직결되는 것은 아니지만 2012년 100만 부를 돌파했다고 하니 그 인기를 실감할 수 있다. 방정환의 『사랑의 선물』이 "조선서 제일 만히 팔리는 책"[2]이라는 찬사를 들었다 하는데, 이 작품 역시 그에 못지않다. 분명 아이들을 향하고 있는 동화임에도 불구하고 어른들조차 깊은 공감을 불러일으키는 이야기라는 데 이견이 없을 듯하다. 아동문학은 1차 독자인 아이들을 지향하지만, 2차 독자인 어른의 검열을 넘어서지 않고는 이처럼 폭넓은 지지를 받을 수 없을 터이기 때문이다.

일반적으로 동화를 읽을 때 아이들의 독서 방법은 어른들과 많이 다르다고 한다. 아이들은 인물이나 사건의 이면에 담긴 의미를 찾기보다는 자신의 관심사에 따라 이해할 수 있는 범위 내에서 반응한다. 동화가 인물의 내면에 주력하기보다는 동적인 사건의 흐름에 중점을 두는 것은 이러한 아이들의 성향 탓이기도 하다. 반면에 서사의 곳곳에 잠복해 있는 문학적 장치나 사유는 어른을 향하는 경우가 많다. 물론 아이들이라고 해서 전적으로 문학적 해독이 불가하다는 것은 아니다. 단지 독서력에 따라, 혹은 개인적 성향에 따라 다르겠지만, 대체로 아이들의 흥미를 유발하는 요소와 문학성이라 평가될 만한 어떤 요소가 독자 대상에 따라 다르게 작용한다는 의미다. 곧, 아동문학은 여러 코드가 얽히고설켜 형성된 다중 코드의 문학이라 하겠다. 만약 이런 코드들 중 어떤 요소가 아이와 어른 모두에게 공감을 불러일으킨다면 금상첨화일 것이다. 미국의 국민문학으로 각광받는 마크 트웨인의 『톰소여의 모험』이나 스웨덴 작가 아스트리드 린드그렌의 『삐삐 롱스타킹』처럼 말이다.

『몽실 언니』 역시 이러한 다중코드를 지닌 작품이고, 그중 가장 먼저 눈에 띄는 것이 몽실의 험난한 삶이 내포하고 있는 '학대받는 아이'의 초상일 것이다. 몽실은 해방이 되고 일본에서 귀국한 동포, 즉 '일본 거지'로 불리며 멸시받는 가난한 집 딸이다. 구걸로 연명하던 끝에 아버지가 돈 벌러 떠나자, 그 사이 가난에 못 이긴 어머니 밀양댁이 김씨 아저씨에게 재가하면서 몽실의 삶은 극심한 시련에 처하게 된다. 김씨의 구

---

2 김병익, 『한국문단사 1908~1970』, 문학과지성사, 2001.

박과 학대로 다리가 부러져 절름발이 신세마저 되는 것이다. 1940~50년대 흔히 마주칠 수 있는 전형적 인물이 몽실이라 할 수 있겠다. 이 작품이 나온 1980년대 역시 아이들에 대한 폭력은 여전했다. 몽실이 어린 독자들의 처지를 환기시키고 공감을 일으키기에 충분했을 것이다. 가부장적이면서도 반인권적 현실에 처해 있는 아이들의 삶에 대한 각성을 촉구하고 개선하는 것, 여기에 『몽실 언니』의 사회적 의미가 있다. 이는 현재뿐 아니라 앞으로도 여전히 현재진행형일 것이다. 아이들의 인권이 중시되는 작금에도 아이들은 가정과 사회 곳곳에서 폭력에 노출되어 있으며, 또한 여전히 사회적 약자로서의 희생을 감수할 수밖에 없기 때문이다.

이러한 자기동일시는 비단 아이들에게만 의미 있는 것은 아니다. 어른 독자들 역시 자신이 겪은 고단한 어린 시절, 혹은 현재의 삶을 반추함으로써 몽실의 아픔을 자기화하는 과정이 수반된다. 비록 몽실의 수난과 똑같은 체험을 하지 않았더라도 누구나 살면서 겪었을 삶의 비애, 고난과 상처를 끄집어내 다독임으로써 위안을 주고 자신의 현실을 직시하게 하는 정서적 동요를 경험하는 것이다. 다리를 쩔뚝이며 어린 동생 난남이를 업고 고난의 삶을 이겨나가는 몽실의 기구한 인생 역정—어머니 밀양댁은 김씨와의 사이에서 영득이 영순이 두 남매를 남기고 심장병으로 죽고, 친아버지와 결혼한 새어머니 북촌댁 역시 난남이를 낳다가 죽고, 전쟁터에서 병을 얻어 돌아온 친아버지마저 약 한 번 못 쓰고 죽고 나자 어린 난남이는 고스란히 몽실의 몫이 된다—은 고단했던 지난 시절의 전형적인 인물상을 보여주기 때문이다. 더욱이 온갖 고난과 시련에도 불구하고 좌절하지 않고 제 몫의 삶을 추슬러가는 몽실은 독자들에게 새로운 각성을 주기에 부족함이 없다. 몽실은 슬프지만 독자들은 그 슬픔을 통해 삶에 대한 열망을 얻는다고나 할까. 더군다나 몽실의 시련이 식민지와 6·25전쟁이라는 시대적 모순이 낳은 폭력이라는 점에서 더욱 사회적 의미와 파장을 지니게 된다.

이쯤에서 이 작품이 지닌 정치적 의미를 짚어볼 필요가 있다. 작가 권정생은 이 작품으로 인해 오랜 동안 고초를 겪었을 정도로[3] 당시 체제의 왜곡된 요구에 대한 강력한 불응의 의미를 지니고 있기 때문이다. 『몽실 언니』가 발표될 당시만 해도 칼날 같은 국가보안법을 필두로 반공주의가 극성을 부리던 시대였다. 분단시대의 어쩔 수 없는 산물이라고 하기에는 너무도 강고한 대립과 획일적 적대감만을 강화시켜온 지배이데올로기의 폐해는 선과 악이라는 이분법만을 절대화시켰다. 곧 북한은 악이고 남한은 선이라는 이데올로기 말이다. 그래서 『몽실 언니』에 등장하는 인민군은 남한 체제가 주입해온 이념에 정면 배치되는 것이다. 몽실을 도와주는 선의의 청년 인민군이나 최금순이라는 여자 인민군을 도대체 어떻게 설명할 것인가. "6·25전쟁을 둘러싼 '작품의 진실'과 '현실의 허위' 사이에서 발생하는 일종의 정치적 긴장감"[4]을 유발할 수밖에 없다. 이 긴장은 작가 스스로 의도한 것이고, '인민군과 국군 중에 누가 나쁜 거냐'는 몽실의 의문에 대해 "나쁜 국군이 있고 착한 국군이 있지. 그리고 역시 인민군도 나쁜 사람이 있고 착한 사람도 있"다고 하는 최금순의 말을 통해 일방적이고 획일적인 이데올로기를 전복시키는 서사 전략에 다름 아니다.

물론 이러한 정치적 의미가 아이들에게 곧바로 수용될지에 대해서는 의문이 제기되기도 한다. 위기철[5]이 지적하듯이 사회역사적 지식이 빈약한 아이들이 제대로 이해하기에 버거울 수도 있다. 그러나 아이들이 성장해가면서, 혹은 어른이 되어 다시 읽었을 때 그 의미는 새로운 공감으로 다가올 것이다. 이는 곧 어른을 향해 있는 코드임에 분명하고, 이러

---

3 이에 대해서는 이충일의 「비극적인 과거를 소환하는 아주 솔직한 방식」(『어린이책이야기』 42호, 아동문학이론과창작연구회, 2018년 여름호, 52~53쪽)을 참고 바란다.

4 원종찬, 「속죄양 권정생」, 『권정생의 삶과 문학』, 창비, 2008, 109쪽.

5 위기철, 「어른 문학에서도 보기 드문 걸작」, 위의 책, 87쪽.

한 코드조차도 아이의 시선을 통해 발언한다는 측면에서 아동문학의 특성을 이룬다 하겠다. 『몽실 언니』가 지닌 다중 코드는 아동문학의 문학적·사회적 상상력을 구성하는 다층성의 차원을 보여주고 있으며, 사회적 의미는 여기에서부터 시작된다고 할 수 있다.

이처럼 『몽실 언니』는 시대의 희생양이자 학대받는 아이 몽실을 통해 오랜 동안 군림해왔던 체제의 폭력성에 정면으로 맞서고 있다. 분단문제는 민족 간의 갈등과 대립이 아니라 선의를 지닌 민족적 의식을 통해 극복해야 한다는 것이고, 이는 작금에 이르러서야 일고 있는 남북 간 해빙 분위기를 통해 입증되고 있다. 이에 『몽실 언니』가 지닌 사회적 상상력의 의미를 다시금 되새기게 된다.

3. 폭력을 넘어, 인종을 넘어

아동문학에서 아이들이 처한 현실 문제는 줄곧 제기되어온 문학적 은유일 뿐 아니라 아이들을 둘러싼 인간관계의 다기한 국면을 내포하고 있다. 아이들의 주요 생활 반경이 가정, 동네, 학교라는 점에서 문학적 공간의 협소함을 느낄지 모르겠으나 이 공간 역시 사회 현실의 모순에서 비껴나 있는 것은 아니다. 어른들의 처지가 아이에게 반영되듯이 사회적 문제도 이들 공간에서 집약적으로 드러난다. 그래서 아이들의 세계 역시 부조리하기는 마찬가지다. 종종 작품화되고 있는 왕따 문제만 보더라도 피해 아이의 개인적 성향에서 비롯된 문제라기보다 대개는 어른들의 사회적·경제적 지위의 차이에서 비롯되곤 한다. 곧 계층 간의 차이를 내면화하고 있다는 것이다. 현덕의 「나비 잡는 아버지」만 보아도 그러한 사실을 쉽게 느낄 수 있다. 1930년대 당시 지주와 소작인이라는 생산관계로 대변되는 봉건 잔재는 대표적인 사회적 모순이고, 이 모순

관계에서 빚어지는 불평등은 어른들만의 문제일 수 없다. 아이들에게로 세습됨으로써 계급관계 역시 고스란히 전이되는 것이다. 이러한 소작인 아들의 비애를 통해 계급적 인식과 자아각성을 보여주는 이 작품은 지금도 현실주의 아동문학의 수작으로 꼽히고 있다.

이러한 문제의식은 현재에도 여전히 유효하다. 박기범의 동화집 『문제아』(창비, 1999)는 출간 당시 많은 주목을 받았다. 여기에 실린 「손가락 무덤」「아빠와 큰아빠」「독후감 숙제」「문제아」 등은 아이의 시선으로 노동 현실의 문제, 노동계급의 아이들이 학교의 교사나 같은 학급의 아이들로부터 받는 사회적 편견과 차별을 가감 없이 보여주고 있다. 이병승의 『여우의 화원』(북멘토, 2012)은 노동현장에서의 파업과 해고를 둘러싼 노사간의 팽팽한 대립을 아이들의 '용역놀이'로 빗대면서 노동 현실의 문제를 제기한다. 특히 사주의 아들인 민수의 시선으로 이들을 바라보게 함으로써 어른들로부터 전이된 갈등을 아이들 스스로 풀어가는 화해의 몸짓이 인상 깊다.

이보다 폭넓게 사회적 현실 문제에 천착하고 있는 작가로 김남중을 들 수 있다. 그의 동화집 『동화 없는 동화책』(창비, 2011)은 제목처럼 낭만적인 동화로는 아이들의 현실을 이야기할 수 없다는 듯이 가난한 이웃들의 눈물겨운 이야기와 그로 인해 벌어지는 사회적 갈등을 사실적으로 보여주고 있다. 용산참사를 형상화한 「그림 같은 집」은 안타깝고도 먹먹한 감동을 불러일으키는 작품인데, 이후에 장편동화 『싸움의 달인』(낮은산, 2015)으로 이어지면서 학교 폭력과 재개발 폭력을 교차시켜 우리 사회에 만연한 폭력의 문제를 제기하고 있으며, 이에 맞서 싸우는 주체적인 모습을 실감나게 그리고 있다.

이처럼 사회현실의 폭력적 상황을 그린 작품들은 보다 현실주의적 사회 인식에 다가서 있음을 느낄 수 있다. 여기서 국가폭력의 문제가 쟁점화되는 것은 주목할 만하다. 국가폭력의 대표적 사례로 지목되는 제주

4·3이나 5·18광주항쟁은 한국전쟁과 마찬가지로 한국 현대사의 주요 쟁점이 아닐 수 없다. 첨예한 정치적 관점이 대립하는 만큼 역사적 실체에 대한 논란은 불가피하다. 더욱이 주류담론인 반공주의적 해석이 지배적이었던 만큼 역사적 진실을 해명하는 일은 부단한 기억투쟁의 양상으로 전개될 수밖에 없다.

김정희의 『노근리, 그해 여름』(사계절, 2005)은 오랫동안 은폐되어왔던 미군의 '노근리 양민학살사건'을 폭로함으로써 아동문학이 전유하고 있던 지배담론에 대한 기억투쟁의 시발점이 되었다. 반면에 5·18광주항쟁에 대해서는 진실 규명이 웬만큼 이루어진 탓에 큰 이견은 없는 듯하다. 대표적인 작품으로 김남중의 『기찻길 옆동네』(창비, 2004), 『연이동 원령전』(상상의힘, 2012)과 김해원의 『오월의 달리기』(푸른숲, 2013) 등이 있다. 유독 좌우의 정치적 대립이 아직까지도 극심한 것은 제주4·3이다. 남로당이 관여된 터인지라 지배담론에 의한 왜곡은 불가피할 수밖에 없었고, 국가폭력의 실체 역시 여전히 논란이 되고 있다. 그동안 이 사건을 다룬 아동문학 작품이 몇몇 제출되었지만, 대개가 왜곡된 지배담론을 수용하거나 역사적 진실과 반공이념 사이에서 절충적으로 다루어지곤 했다. 장성자의 『모르는 아이』(문학과지성사, 2015)에 이르러서야 비교적 균형 잡힌 시각으로 제주4·3의 실체에 다가서고 있다. 어찌되었든 제주4·3은 국가폭력의 정점에 서 있는 것만은 확실하다.[6]

아동문학에서의 사회적 상상력은 이처럼 다양한 폭력의 문제와 직결된다. 폭력의 실체를 규명하고 재인식함으로써 아이들의 현재와 미래를 개선하려는 문학적 사유에 다름 아니다. 또한 시대 변화에 따라 아이들, 나아가 우리 사회를 둘러싸고 있는 문제들 역시 아동문학에서 새로이 제기되고 있다. 그중 하나가 세계 단일체제 시대의 아이들이 직면하고

---

6 제주4·3에 대해서는 본인의 글 「아동문학과 제노사이드」(『어린이책이야기』 32호, 아동문학이론과창작연구회, 2015년 겨울호)를 참고 바란다.

있는 문제일 것이다. 우리 사회는 이미 다문화 국가에 근접하고 있고, 다문화 가정의 아이들은 '우리 안의 타자'로서 새로운 폭력의 대상으로 전락하고 있다. 이 아이들 역시 우리의 사회·문화적 울타리 안으로 수용해 주체화하는 노력이 필요하다. 폭력에 시달리는 외국인 노동자와 그 자녀의 인권문제를 본격적으로 제기한 김일광의 『외로운 지미』(현암사, 2004) 이래 국제결혼을 통한 이주여성의 문제를 다룬 원유순의 『우리 엄마는 여자 블랑카』(중앙출판사, 2005), 오미경의 『선녀에게 날개옷을 돌려줘』(한겨레아이들, 2009) 등 다양한 작품들에서 다문화 시대에 대한 새로운 인식을 보여주고 있다.

최근 논란이 되고 있는 난민 문제 역시 같은 맥락에서 숙고될 필요가 있다. 이 역시 다문화와 마찬가지로 단일화된 세계체제에서 비롯된 문제이고, 우리 역시 이 체제에서 벗어날 수 없다. 수많은 한국인이 외국에 나가 살고 있듯이—그것이 합법적이든 불법적이든 간에—그들 역시 우리 땅에 들어와 체류할 권리도 있는 것이다. 정치적이든 종교적이든 어떤 이유에서든 간에 말이다. 이미 우리는 세계시민으로서 전 세계를 오가며 살고 있기 때문이다. 그럼에도 단일민족이라는 순혈주의적 허상이나 자국민 보호라는 국수주의에 갇혀 무분별한 혐오를 일삼는 것은 인간의 윤리성에 위배되는 것 아닌가.

이러한 의문에 대해 최근에 나온 표명희의 청소년소설 『어느 날 난민』(창비, 2018)은 좋은 본보기가 될 것이다. 이 작품은 난민보호센터에 맡겨진 미혼모의 아이를 통해 전 세계에서 온 다양한 사람들의 이야기를 들려준다. 그들이 난민이 되기까지의 기막힌 삶의 굴곡은 그들의 삶 역시 보호받아 마땅하고, 인간 존재로서의 가치는 절대로 훼손되어서는 안 된다는 공감을 진하게 불러일으킨다.

한 가지 아쉬운 점은 이들의 사연이 너무 개인적이다 보니 난민의 사회적·정치적 의미를 환기시키는 파급력이 적다는 것이다. 이는 자유연

애 때문에 '명예살인'의 희생양이 될 뻔한 인도 여성 찬드라나 부족의 결혼 풍습을 어겨 쫓겨난 흑인 여성 응가 등 가부장적 질서에 희생된 여성의 삶에 초점을 맞춰 난민 문제를 이야기하기 때문인 듯하다. 여성주의의 관점에서는 응당 의미 있는 서사 전략이지만, 반면에 '난민'이라는 말에 내포된 정치적 혼돈과 폭력성을 환기시키는 데는 역부족일 수밖에 없다. 수천수만의 사람들이 정치적 혼란과 파괴, 폭력을 피해 '보트피플'이 되어 목숨을 걸고 바다를 떠돌다가 '난민'이라는 한 가닥 희망줄을 부여잡고 새 삶을 꿈꾸는 절박함 말이다. 더군다나 그 최대의 피해자는 아이들 아니던가. 곧 세계체제의 불완전성, 전쟁과 학살이라는 본질적 폭력성을 겨냥하기에는 힘에 부치지 않은가 싶은 것이다.

4. 아동문학의 힘

이제 다시 처음으로 돌아가 생각해보자. 과연 아동문학은 '동심의 문학'인가. 아이들을 위한, 아이들의 문학이라는 점에서는 타당한 말이다. 그렇다고 해서 아이들이 읽어야 할 가치에 한계를 정해두고 검열한다면 잘못된 일이다. 현실적 가치들은 아동문학이 추구해야 할 중요한 요소들이자, 좀더 문학다운 진지한 성찰을 제공한다. 어른들이 생각하는 것을 아이들이라고 해서 못할 리는 없다. 단지 아이들다운 방법으로 생각하고 이해할 뿐이다. 이렇게 본다면 동심의 문학이란 말은 아동문학이 지향하는 독자 대상을 명시하는 기표에 불과한지도 모른다. 그래서 아이들에게 들려줄 이야기의 적합성을 따지는 것은 쓸데없는 일이다. 오히려 아동문학 속에 담긴 현실적인 가치들은 아이들의 삶을 변화시킬 것이고 세상을 바꾸는 힘이 될 것이다. 그리고 그것조차도 아이들이 스스로 선택할 것이다.

이 자리에서는 일반적인 현실주의적 작품만을 대상으로 살펴보았지만, 아동문학의 서사 방식은 의인동화, 판타지, SF, 추리, 공포 등 다양할 뿐 아니라 대중적 요소들까지 두루 포괄하고 있다. 이들 역시 저마다의 방식으로 현실과 교섭하는 것은 물론이다. 현실적 가치를 수용할 뿐 아니라 현실에 영향을 미치기도 한다. 오히려 이러한 대중적 요소들이 아이들과의 높은 친화력을 바탕으로 더욱 강력한 영향력을 지닐 수도 있다.

어찌 보면 아동문학이야말로 가장 사회변혁적인 문학인지도 모른다. 물론 아이들이 당장 사회변혁의 주체로 나서는 것은 아니다. 어떤 심도 깊은 주제에 대한 수용이나 실질적인 행동에 관해서는 어른들이 먼저 반응할 수도 있다. 실지로 사회적 약자로 여성, 노인, 아이를 거론하지만, 이들 중에서 가장 열악한 처지에 있는 존재가 아이들이다. 아이들은 여성이나 노인으로부터도 학대를 당할 수 있는, 실지로 그런 일들이 벌어지고 있을 정도로 최하위의 약자에 속한다. 어떤 경우 아이들에게 현실은 언제든, 혹은 누구에게라도 일어날 수 있는 폭력의 가능태인지도 모른다. 그리고 이를 해결할 수 있는 힘은 어른들의 몫인 것도 분명하다. 하지만 아이들은 미래의 어른들 아닌가. 여기에 아동문학의 힘이 있을 터이다.

아이들은 인간 존재로서의 주체성을 지닌다. 이 주체성을 더욱 고양시키는 데에 아동문학의 의의가 있다. 현실적 가치들을 통해 아이들이 처해 있는 현실에 대한 인식을 강화할 뿐 아니라 인간 주체로서의 성숙을 돕는다. 오늘날 실추된 인간성을 회복하고 합리적 시민의식을 지닌 주체로 성장하는 것. 이보다 더 강력한 사회변혁이 어디 있겠는가. 아동문학이 지닌 현실적 가치들은 바로 여기에 있다 하겠다.

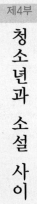

제4부

청소년과 소설 사이

지금 여기 청소년의 발견과 그들의 이야기

현실의 무게와 존재의 가벼움

성장을 이야기하는 다양한 방식들

과연 나는 정말 나인가

야만의 시간을 건너는 법

'지금 여기' 청소년의 발견과
그들의 이야기

1. 경계에 서 있는 문학

　불과 십여 년 전만 해도 서점의 '청소년 권장도서' 코너에는 성인문학 작품 중에서 청소년이 읽을 만하다고 여겨지는 것들을 추려낸, 소위 세계 명작이나 한국 명작으로 일컬어지는 작품들이 주류를 이루고 있었다. 그 당시만 해도 청소년을 일차적인 독자 대상으로 하는 국내 작품은 손에 꼽을 정도로 극소한 형편이었다. 물론 1950~60년대 인기를 끌었던 '학생소설' '학원소설'이 있긴 했으나 외국의 청소년소설이 들어와 출간되면서 비로소 '독자적인 청소년문학'의 필요성이 제기되기 시작했다. 요즘은 '청소년문학' '청소년소설'이라는 말이 전혀 낯설지 않게 느껴질 정도로 익숙하지만, 당시로서는 청소년이라는 특정 연령층을 독자 대상으로 설정하고 있는 문학 양식이 이처럼 급속도로 성장해 자리매김할 줄은 아무도 예측하지 못했을 것이다. 아직은 외국 작품이 다수를 차지하고 있긴 해도 최근 몇 년 사이에 국내 창작물에 대한 관심이 높아지면서 양적 질적인 발전을 거듭하고 있다.

　근래 들어 청소년소설 창작을 표방하는 전문 작가군이 형성되어가고 있고, 그동안 아동문학이나 성인문학을 해온 작가들이 청소년소설 쪽으로 유입되는 사례도 늘어났다. 이러한 작가군의 형성에 힘입어 다양하고도 개성적인 작품들이 속속 모습을 드러내면서 청소년문학 나름의 문학적 지형을 형성해가고 있으며, 나아가 창작의 열기는 청소년문학의 이론적 모색과 전문적인 비평 시스템을 구축하려는 노력으로 이어지고 있다. 2001년『문학과 교육』에서 처음 시도한 청소년문학의 이론적 논의가 초보적 수준에 머물렀다면, 그 이후『창비어린이』『어린이와 문학』 등의 아동문학 잡지는 보다 심도 있게 청소년문학 논의를 여러 차례에 걸쳐 본격적으로 개진해왔다. 이러한 청소년문학에 대한 높은 관심은 계간『청소년문학』(2006년 여름 창간)과 같은 보다 전문적이고 포괄적인(청소년의 창작물과 성인작가의 작품을 두루 포함하는) 청소년문예지 창간으로 이어졌다. 현재 청소년문예지는 간별 구분 없이 헤아려볼 때 10여 종으로 늘어났을 정도다. 그만큼 청소년문학에 대한 관심이 높아지고 문학적 토대가 한층 더 성숙되어가고 있다는 것을 알 수 있다. 이를 기반으로 해서 청소년문학은 좀더 체계적이고 본격적인 담론 형성은 물론 전문 비평의 영역을 확장해갈 것으로 보인다.

청소년문학에 대한 개념 규정은 대체로 다섯 가지 범주에서 논의되고 있다. 넓은 의미에서 볼 때 청소년문학은 ①청소년이 읽기에 바람직한 텍스트, ②청소년을 위해 어른이 쓴 텍스트, ③청소년 자신이 창작한 텍스트, ④성인문학에서 발췌해 청소년들이 물려받은 텍스트, ⑤청소년들이 실제로 읽고 있는 모든 종류의 텍스트[1]로 규정된다. 이는 청소년문학의 "텍스트 생산 및 향유의 주체를 누구로 설정하는가, 그리고 청소년에게 바람직한 가치를 전수해 주어야 한다는 전제를 내포"[2]한 포괄적인 개

---

[1] 이러한 다섯 가지 범주는 스웨덴의 청소년문학 이론가인 예테 클링베리(Gote Klingberg)가 정의한 개념으로써, 국내에서는 선주원(『청소년문학교육론』, 역락, 2008), 김은정(「청소년문학의 이론과 실제」, 서울시립대학교 교육대학원 석사학위논문, 2006) 등이 수용해 적용하고 있다. 클링베리에 대해서는 한기상,『독일 청소년 문학의 이해』, 서울대학교출판부, 2009, 8쪽 참조.

념이다. 그러나 최근 청소년문학에 대한 논의의 중심은 '②청소년을 위한 문학 텍스트'라는 좁은 의미의 청소년문학에 있다고 할 수 있다.

주로 중·고등학생으로 지칭되는 청소년기는 이미 2차 성징이 이루어져 신체 발달은 성인에 가깝지만, 아직은 정신적으로나 육체적으로 성인의 보호 아래에 있다는 점에서 아동과 성인의 중간지점에 위치해 있는 시기이다. 따라서 이들은 문학적 측면에서 볼 때 아동문학과 성인문학의 경계 지점에 머물러 있는 단계로서의 특성을 지닌다. 즉, 아동기는 벗어났지만 성인이 되지는 못한 발달 단계의 특성상 성인문학으로 곧바로 진입할 수 없는 애매함을 지니는 것이다. 물론 의식적으로 성인화 경향이 강하게 나타나는 고등학생의 경우에는 학교에서의 문학 교육과 입시제도의 영향으로 쉽게 성인문학으로 편입되지만, 중학생은 아동문학과 성인문학 사이에서 문학적 공백 상태를 겪기 때문에 청소년문학이 더욱 절실히 요구된다. 몇 년 전 청소년들, 특히 중학생들 사이에서 값싼 '인터넷소설'이 선풍적인 인기를 끌었던 것만 봐도 그들이 읽을 만한 문학 텍스트의 빈곤이 심각할 뿐 아니라 얼마나 많은 문제점을 지니고 있는지 알 수 있다. 따라서 그들의 발달 단계 및 특징에 적합한 문학 작품을 제공하는 것이 세계 인식은 물론 정체성 확립과 삶에 대한 주체적 인식을 심어줄 것이라는 자각에서 청소년문학에 대한 논의가 시작되었다. 즉, 청소년을 위해 어떤 문학 작품을 생산해 안겨줄 것인가가 주요한 사안으로 대두된 것이다.

최근에는 청소년이 직접 창작한 작품을 공모하거나 청소년문학 잡지에 게재함으로써 청소년들의 문학 창작을 독려하고 있다. 이들 청소년 창작은 청소년문학의 외연을 넓히고 미래의 작가를 양성한다는 긍정적 취지를 지니고 있긴 하지만 개별 작품들의 문학적 편차가 크고 문학성

---

2 선주원, 『청소년문학교육론』, 역락, 2008, 23쪽.

도 충분히 구현되지 않은 경우가 많다는 점에서 청소년문학 논의의 구심점이 되기에는 역부족으로 여겨진다. 더욱이 청소년 창작은 여러 경로(공모전과 백일장 등)를 통해 창작을 독려하고 무크지나 수상 작품집을 발간해 청소년 독자층을 확보하려 하지만, 초보적이고 비전문적이라는 측면 때문에 창작은 활발한 데 비해 폭넓게 향유되거나 수용되지 못하는 한계점을 지닌다. 따라서 청소년문학의 중심은 '청소년들에게 주기 위해 성인 작가들이 창작한 작품'에 놓일 수밖에 없다. 이러한 맥락에서 볼 때 청소년문학은 청소년들의 의식과 경험에 근거한 직접 창작과 전문 작가(성인 작가)들의 작품 사이에 존재하는 또 하나의 경계에 서 있다고 할 수 있다. 이러한 경계는 성인 작가들이 청소년들의 입장과 시각에서 그들이 처한 현실을 직시함으로써 '지금 여기'의 청소년이라는 당대성을 제대로 구현해낼 때 비로소 지워질 수 있을 것이다.

이러한 경계들 위에 서 있는 청소년문학은 과연 어느 지점에서 머물고 있으며, 앞으로 나아갈 방향은 어디인가? 청소년문학의 공백을 메우기 위해 힘들여 첫발을 내딛은 청소년소설이 제 갈 길을 제대로 가고 있는지 헤아려볼 일이다.

2. 청소년의 발견과 '지금 여기'의 청소년소설

최근 '아동문학'이라는 용어를 대신해 '아동청소년문학'이라는 신조어가 만들어지고 있다. 최남선이 1908년에 창간한 『소년』지를 비롯해 아동문학 태동기인 1910~20년대의 아동잡지에서 상정하고 있는 '소년'은 청년과 아동을 모두 수용한 상징적 개념이었다. 이에 토대를 두고 대상 연령층을 설정해 온 아동문학은 16~7세까지의 10대로 지칭되는 청소년까지를 포괄하는 문학이다. 즉, 역사적으로 볼 때 청소년기 전반이 아동기와 동일하게 인식되었음을 알 수 있다. 아동문학 속에 '소년소설'이라는 장르가 따로 존재하는 것도 비교적 높은 연령층인 청소년을 감안해온 역사적 이유에서다. 따라서 '아동청소년문학'이라는 용어의 등장은 그동안 아동기와 동일시해온 청소년기를 문학의 독자적인 대상으로 새로이 인식하기 시작했다는 것을 의미한다. 이는 청소년을 단순히 새로운 독자층으로 인식한다는 의미뿐만 아니라 청소년기를 "물리적인 연령 구분만이 아닌 아동기와 성인기의 중간적 존재로서 고유한 특성을 지닌 독립된 시기"[3]로 바라본다는 것을 뜻한다. 이에 그들만의 독자적인 세계를 문학의 새로운 영역으로 수용함으로써 청소년을 문학 생산과 수용의 주체로 발견하게 된 것이다.

아동에서 성인으로 성장해가는 과정 속에 있는 청소년은 정체성의 혼란과 미래에 대한 불안, 기성세대와 사회 권력에 대한 반항 심리 등의 성장통에 시달리면서 차츰 자아의식을 형성해간다. 이 과정은 기존 사회 체제로 편입되어가면서 반드시 겪어야만 되는 통과의례이자 성숙 과정이라는 점에서 청소년기에만 나타나는 주요 특징이다. 이는 청소년이 아이와 어른의 두 세계와는 다른 중간지대에 서 있는 독립된 주체라는 것을 의미한다. 그들은 아동기의 속박으로부터는 벗어났지만 아직 어른의 세계로는 편입되지 못한 채 불완전한 자유인으로서의 갈등과 방황을 거듭하는 존재들이다. 이러한 내면의 갈등과 방황이 곧 어른으로 성장해가는 과정이자, 청소년기의 특성과 본질을 규정짓는 요소다. 어른으로의 성숙 과정을 통해 획득해가는 세계에 대한 인식, 즉 가정과 학교, 사회로 대변되는 세계와 억압된 자아의 대립 속에서 겪는 갈등과 방황, 성적 호기심 등은 청소년기에 나타나는 독특한 세계를 구성하게 된다. 이러한 성숙은 자신과 타자에 대한 인식을 심화시켜가면서 점차 자신의

---

3 김경연, 「청소년문학은 시작되었다」, 『청소년문학』, 2006년 여름, 13쪽.

정체성을 모색해가는 과정에 다름 아니다. 따라서 이에 대한 탐구는 청소년소설의 주요 소재가 될 수밖에 없다.

청소년소설이 국내에서 처음 모습을 드러낸 것은 1990년대 후반에 이르러서다. 조흔파의 『얄개전』(『학원』, 1954.5.~1955.4. 연재), 최요안의 『해바라기의 미소』(『학원』, 1962.1.~1964.2. 연재) 등 1950년대부터 청소년을 대상으로 창작되기 시작해 1960년대에는 최고의 전성기를 누렸던 '학원소설' 또는 '명랑소설' 이래로 오랜만에 청소년 이야기가 문학의 대상이자 주체라는 인식이 서서히 일어나기 시작한 것이다. 물론 청소년소설이 학교를 주 무대로 해서 벌어지는 일상적인 이야기를 통해 웃음을 자아내는 코믹 장르인 학원소설과는 격을 달리하지만 특정 연령에 있는 청소년을 독자로 설정하고 있다는 점에서는 서로 친연성을 갖고 있다.

1990년대 청소년소설의 첫 시작을 알린 작품은 아마도 박상률의 『봄바람』(사계절, 1997)이 아닐까 싶다. 이 작품이 청소년 독자들로부터 호응을 얻기 시작하면서 박상률은 왕성한 창작력으로 후속 작품을 계속 내놓음으로써 청소년소설의 기틀을 닦았다. 이후 사계절출판사에서 새로운 전문작가를 발굴하기 위해 2003년 '사계절문학상'을 제정하는 등 청소년소설에 대한 관심이 높아지면서 새로운 전환점을 맞이하게 된다. 그러나 초창기의 청소년소설은 이론적 토대나 청소년문학의 필요성에 대한 인식이 빈약한 상황에서 내딛은 첫발이었기에 아직은 본격적인 청소년 주체의 소설로 나아갈 수는 없었다. 아직은 성인의 눈으로 들여다보는 성장소설의 틀에서 벗어나지 못하고 있었기 때문이다. 당대의 청소년들이 현실 속에서 부딪히며 갈등하고 방황하는 현재적 삶보다는 작가의 청소년기 성장 체험에 토대를 둔 작품이 대세를 이루고 있었다. 물론 성인이 된 서술자아가 회고담 형식으로 과거를 이야기하는 성인문학의 성장소설보다는 좀더 청소년의 시각에서 세계를 인식하고 삶의 문제들에 관심을 보이고는 있다. 그러나 이미 지나온 과거 시점의 성장담이라는 측면에서 당대 청소년들의 삶이나 생각과는 다소 동떨어진 면을 지닐 수밖에 없는 한계점도 지닌다.

몇 년 전부터 청소년소설 논의에서 자주 거론되어온 당대성 구현 문제는 바로 이러한 맥락에서 이해할 수 있다. 바로 청소년소설이 '지금 여기'의 청소년들이 직면해 있는 현실과 삶의 문제에 주목해야 한다는 것이다. 현재를 살아가는 청소년들에게 주요한 사안인 성 문제, 학교와 가정 내의 갈등구조, 청소년이 기성 사회와 제도권으로부터 유린당하는 인권문제 등 현대사회의 본질을 포착해내는 소재의 발굴은 물론 요즘 아이들의 말투와 풍속, 사고방식 등을 적극 반영함으로써 '지금 여기' 청소년들의 삶에 좀더 가까이 다가가야 한다는 것이다.

이러한 청소년소설에 대한 새로운 시각은 이경혜의 『어느 날 내가 죽었습니다』(바람의아이들, 2004), 이경화의 『나의 그녀』(바람의아이들, 2004) 등 요즘 아이들 이야기를 표면에 내세운 소설이 등장하면서 집중적으로 논의되기 시작했다. 특히 『어느 날 내가 죽었습니다』는 당대 청소년들의 삶과 현실의 구현이 청소년소설에서 어떻게 이루어져야 하고, 어떤 의미를 지니는지에 대해 생각해볼 시의성 있는 계기를 마련해주었다. 오토바이 사고로 죽은 열여섯 살 중학생의 이야기를 다루고 있는 이 소설은 요즘 아이들이 학교라는 제도권 교육과 가정, 이성 관계 등에서 느끼는 압박과 일탈을 그려낸다. 요즘 아이들의 생각과 감각을 그들의 시각에서 그려내고 있는 이 소설은 몇몇 부분에서 보이는 구성상의 허술함에도 불구하고 '지금 여기'를 살아가는 아이들의 모습을 현실감 있게 그려내 많은 부분에서 공감을 자아냈다. 이런 탓에 출간 당시 청소년 독자들로부터 폭발적인 반응을 불러일으키기도 했다.

청소년소설에서의 당대성 구현에 대한 논의가 활발히 이루어지면서 이제 당대성은 작품의 성패를 좌우하는 핵심 키워드처럼 필수적인 요소가 되었다. 최근 청소년소설들은 하나같이 청소년들의 삶과 현실 문제를 당대적 시각에서 그려내고 있다. '지금 여기'의 청소년들이 실제 고민하는 현실의 문제를 파헤쳐 보여줌으로써 주체적인 인식의 지평을 열어가는 것은 바람직한 일이 아닐 수 없다. 최근 작품들은 한층 다양해진 소재를 통해 당대 청소년의 모습을 다각도의 측면에서 조명한다. 그동안 금기시되어 왔던 성 문제, 성폭행, 원조교제, 동성애, 폭력, 자살, 가출 등 현실에서 청소년을 둘러싸고 있는 어두운 면에 대해서도 아무런 제약 없이 소재로 채택하고 있다.

최근 작품들 중에서 독자는 물론 평자들로부터 많은 주목을 받거나 논란이 되고 있는 작품을 소재별로 꼽아보면, 성추행 문제를 다루고 있는 임태희의 『나는 누구의 아바타일까』(사계절, 2007)와 이금이의 『유진과 유진』(푸른책들, 2004), 십대 임신과 낙태를 다룬 임태희의 『쥐를 잡자』(푸른책들, 2007)와 이옥수의 『키싱 마이 라이프』(비룡소, 2008), 청소년의 탈선과 원조교제를 다룬 신여랑의 「화란이」(『어린이와문학』, 2007년 10월호), 자살을 다룬 임태희의 『쥐를 잡자』와 배유안의 『스프링벅』(창비, 2008), 제도권 교육의 문제점과 갈등을 그린 김해원의 『열입곱 살의 털』(사계절, 2008), 비보이(b-boy)를 통해 요즘 아이들의 꿈과 방황을 그린 신여랑의 『몽구스 크루』(사계절, 2006), 대중문화의 코드로 성장의 문제를 다룬 김려령의 『완득이』(창비, 2008) 등이 있다. 이외에도 다수의 작품이 있지만 너무도 다양한 소재와 주제를 다루고 있어 일일이 거론하기조차 힘들 정도다.

대체로 이들 작품은 청소년을 위한 문학의 대상 연령에 따른 통념상 허용 가능한 소재와 주제의 제약을 넘어서고 있다. 아동문학의 확장된 개념에서 청소년을 바라보던 시각에서는 도저히 소화해낼 수 없는 소재가 청소년소설의 당대성 추구와 함께 금기의 벽을 허물고 있는 것이다. 나아가 기법의 다양화, 문체의 가벼움과 직설적 표현이 일반화되는 변화까지 보인다. 그러나 이러한 변화가 그 자체로만 완결되지 않는다는 것이 문제다. 새로운 소재의 추구를 통해 '지금 여기' 청소년을 그려낸다 하더라도 문학적 완성미를 획득하지 못한다면 소재주의로 전락할 수밖에 없기 때문이다. 또한 작가들이 보이고 있는 '성장'에 대한 집착 내지 강박증은 작품의 완결성을 훼손하는 요인이 되고 있다. '지금 여기' 청소년소설이 보이고 있는 비약적인 성장은 주목할 만하지만 앞으로 넘어서야 할 지점 또한 눈앞에 직면해 있는 실정이다.

3. 금기의 벽을 넘나드는 청소년소설

최근 청소년소설이 보이고 있는 소재의 다양성은 가장 주목할 만한 성과라고 할 수 있다. 성폭행, 임신, 낙태, 자살 등 그동안 금기시해왔던 소재들이지만 이를 다양한 형태로 구현해냄으로써 청소년문학을 질적 양적으로 풍성하게 하고 있다는 것은 고무적인 일이다. 나아가 금기라는 벽에 갇혀 음지에 가려져 있던 것들을 밖으로 이끌어내 공론화함으로써 그동안 짓눌려 있던 청소년들의 억압된 의식을 홀가분하게 풀어주어야 한다는 의미도 지니고 있다. 우리 현실에서는 무엇보다도 청소년기의 성담론이 제대로 형성될 수 없었다. 청소년의 성을 문제아의 '일탈'로 치부하는 편향된 시각 속에 지배되어온 성의식은 청소년을 억압하는 또 다른 이데올로기라고 할 수 있다. 이는 학생이라는 신분적 제약이 '순결' '동정'을 절대시하는 어른들의 성관념에 지배당해온 결과이다. 청소년의 성을 풀어내 놓고 함께 이야기한다는 것은 기존의 성적 억압을 걷어내고, 어른의 시각이 아닌 청소년의 정체성에 맞는 성담론을 재구성하고자 한다는 것이다. 따라서 청소년소설에서 청소년의 성은 가장 민감한 영역일 수밖에 없다. 더욱이 문학적 성과와 함께 이루어져야 하기 때문에 단순한 소재적 차원에서가 아닌 보다 궁극적으로 청소년의 성 정체성을 위한 문학적 발화가 필요하다.

청소년기 아이들은 신체적 성장·변화와 함께 이성에 관심을 보이기 시작한다. 성적 관심과 충동이 늘고 성적 행위가 일어나기 시작하는 시기라서 성에 대한 호기심은 청소년의 가장 예민한 고민이자 갈등의 하나다. 따라서 청소년소설에서 청소년기의 성과 사랑을 다룬 작품이 유난히 많고 논란이 되는 것은 자연스러운 현상일 수밖에 없다. 성 문제를 집중적으로 다루는 것이 금기를 깼다는 의미를 지니기도 하지만 나아가 문학이 현재 그들의 가장 큰 고민에 귀 기울이고 한층 더 가까이 다가가고 있다는 사실을 보여주는 것이기도 하다. 문제는 성의 문제를 어디까지 밀고나가 보여줄 것인지, 어떻게 형상화하는 것이 청소년소설로서의 전형성을 획득하게 되는 것인지에 대한 고민이 필요하다는 것이다. 성 문제를 다룬 작품을 두고 일각에서 불거져 나오는 선정성과 소재주의라는 비판은 바로 이러한 맥락에서 비롯된 것으로 여겨진다.

청소년 성 문제의 문학적 수용에 대한 논란에서 가장 빈번하게, 그리고 가장 비호의적으로 거론되는 작품이 신여랑의 「화란이」다. 이 작품은 지면에 처음 발표되자마자 독자들의 거센 반발에 부딪혀야 했다.[4] '날것' 그대로가 어떻게 문학인가를 반문하면서 반 아이들에게 읽히지 않겠노라고 말하는 교사가 있는가 하면, '우린 그 정도까지는 아니에요'라고 항변하는 아이들도 있었다.

이 작품에서 원조교제로 돈을 버는 17세 가출 소녀인 화란이의 실상은 가히 충격적이기까지 하다. 남자 친구인 준오와 동거를 하고 있을 뿐만 아니라 그의 친구 둘과 더불어 한 방에서 혼숙을 하고 있다. 임신과 낙태 경험이 있는 화란이는 준오를 만나기 전에 동거했던 남자 친구의 친구들에게 강간도 당했고, 아르바이트하는 술집에서 주인과 손님에게 성추행당한 경험도 있다. 그야말로 '막장 인생'이 아닐 수 없다. 여성으

---

4 고정원, 「10월호에 실린 신여랑의 청소년소설 「화란이」를 읽고」, 『어린이와문학』, 2007년 11월호 참조.

로서 당할 수 있는 온갖 험한 꼴은 다 당한 셈인 17세 소녀 화란이는 분명 '문제적'인 인물임에 틀림없다. "아버지에게 칼을 휘두르고, 선생에게 침을 뱉던 아이"인 화란이는 세상에 대한 불신과 악에 받친 악다구니만 남아 있는 인물이다. 어쩌면 화란이는 우리 주위에서 종종 마주치는 아이일지도 모르고, 텔레비전 다큐 프로의 심층 취재 대상으로 될 법한 탈선 청소년들의 실상인지도 모른다. 문제는 이런 이야기를 '보는' 게 아니라 '읽는'다는 데에 있다. 읽는다는 행위는 보는 것과는 달리 대상과의 거리를 좁히고 공감의 폭을 넓혀간다는 데 의의를 지닌다. 과연 이 소설은 어떠한가? 불행하게도 이 작품은 읽으면 읽을수록 공감은커녕 거부감만 더 커져갈 뿐이다. 이는 이 작품이 화란이라는 인물을 철저하게 대상화하고 있기 때문이다. 독자로 하여금 주인공의 비극을 받아들이고 작품 속에 드러난 삶의 비의를 통해 현실을 반추해보도록 하는 것이 소설의 역할이라고 할 때 이 작품은 그러한 작용에는 관심이 없어 보인다. 이는 작가가 설정해놓은 거리두기에서 비롯된 문제라고 할 수 있다.

> 너는 이미 화란이를 보았을 것이다. [⋯중략⋯] 너를 향해, 카악 가래침을 뱉고는 "이년아, 뭘 봐!" 했을 테니까. 너는 깜짝 놀라 비켜섰을 테고. 화란은 재미있다는 듯 깔깔대며 웃었을 것이다. 어쨌든 너는 지금, 화란을 기억해 낸 것이 전혀 반갑지 않을 것이다. 화란이는 그런 아이다. 전혀 반갑지 않은.[5]

작품의 서두 부분에 해당하는 위 인용을 보면 화자는 '화란이'와 독자인 '너' 사이에 "전혀 반갑지 않은" 거리를 설정해놓고 있다. 화란이와는 다른 평범한 존재인 '너'를 무대 앞에 불러내 아웃사이더인 비행소녀 화란이를 바라보게 하는 것이다. 아마도 작가는 냉혹한 현실 속에 버려

---

5 신여랑, 「화란이」, 『자전거 말고 바이크』, 낮은산, 2008, 39쪽. 이 글에서는 「화란이」가 『어린이와문학』(2007년 10월호)에 발표된 이후 단행본으로 묶여 나온 작품집을 텍스트로 삼았다.

진 화란이의 망가진 삶을 소설 속에 끌어안아 용해시키기에는 자신이 없었는지도 모른다. 아니면 부정하고 싶지만 엄연히 존재하는 현실을 있는 그대로 보여줌으로써 독자 스스로 이해와 판단하기를 바랐는지도 모른다. 그러나 이 작품에서 화란이는 한 치의 이해나 동정 따위, 또는 인간적인 존재감을 느낄 수 있기는커녕 그저 경멸의 대상으로만 다가올 뿐이다. 작품 속에 배치된 에피소드들이 추악한 화란이의 이미지를 더욱 실감나게 하기 때문이다. 가령 약국에서 화란이를 본 여자(주인 남자의 아내)가 딸에게 급히 문자를 보낸 뒤 학원에서 공부하는 딸을 확인하고는 "안도의 한숨을 쉬며 빙긋이 웃"는다든가, 화란이의 동창이 "무심결에 엄마에게 화란이 이야기를 했다가 혼쭐이" 나거나, 준오를 만나기 전에 동거했던 남자 친구의 친구들에게 강간당했을 때 화내는 화란이에게 남자 친구가 "걸레 주제에 자존심은 있어 가지고"라고 면박을 주는 등의 장면들은 모두 독자와 화란이 사이에 무거운 장벽으로 다가서는 것이다. 결국 작가는 화란이를 "어린 너의 친구, 너의 누나, 너의 동생이어서는 안 되는, 너희들 바깥을 서성이는 존재"로 규정지으며 작품을 마무리한다. 마치 대중매체의 르뽀 프로 한 편을 본 듯한 느낌이다. 여기서 화란이의 아픔은 타자의 아픔일 뿐이다. 브라운관 속에서나 보이는 영상은 그저 볼거리일 뿐 화란이의 내면을 비쳐줄 수 없기 때문에 독자들은 있는 그대로의 모습을 구경하면서 더러움에 눈살을 찌푸릴 뿐이다. 타자의 아픔을 새로이 인식하고 서로 공유함으로써 아픔을 치유해갈 실오라기만큼의 책임감과 의지라도 심어주는 반성적 사유에 문학의 의의가 있다고 한다면, 「화란이」는 얼마만큼의 문학적 성취감을 안겨 주고 있을까? 그저 문학이라는 행태의 하나일 뿐인 것은 아닌지 반문해볼 필요가 있다. 그 문학이라는 존재를 위해 화란이는 하나의 소재로 머문 것은 아닐까 하는 회의가 든다. 어쩌면 「화란이」는 우리 사이에 더 높은 벽이 되고 말았는지도 모른다. 금기의 벽은 허물었지만 소재주의의 벽은 뛰어넘지 못했기 때문이다.

4. 성장 강박증과 진정한 성장 사이에서

작년 청소년문학판은 심상찮은 불길에 휩싸여 후끈 달아올라 아직도
식을 줄을 모르고 있다. 그것은 바로 『완득이』가 내지른 불길이다. 벌써
수십 만 부가 팔렸을 정도로 『완득이』가 거둔 상업적 성공은 청소년소
설에 대한 지대한 관심을 불러 모았다. 한국 소설의 대부격인 황석영조
차도 청소년 독자를 겨냥해 『개밥바라기별』을 썼다고 할 정도이니(물론
이 소설이 청소년소설이냐, 성인 시각의 성장소설이냐는 명확히 따져볼 필요가 있지만) 청
소년문학판의 불길은 기름에 물을 부은 형국으로 커져가고 있다.

김려령의 『완득이』는 기존의 청소년소설과는 유형을 달리하는 색다른
면을 많이 지니고 있다.[6] 상업적 성공이 말해주듯이 이 소설은 기존 소
설에서는 볼 수 없었던 방식으로 재미와 공감을 불러일으킨다. 우선 개
성적인 인물들의 캐릭터 설정에서 남다른 재미를 느낄 수 있다. 언제 사
고를 칠지 모를 정도로 싸움꾼이면서도 순진한 캐릭터인 주인공 도완득
을 비롯해 '조폭 스승'이라는 별칭이 붙을 정도로 괴짜인 똥주 선생, 카
바레 춤꾼인 난쟁이 아버지와 지체장애인 민구 삼촌, 완득이를 좋아하
는 모범생 윤하 등 주인공을 압도하거나 맞먹을 정도의 비중을 지닌 캐
릭터들이 펼치는 개성적인 역할 구성이 다채롭고 신선한 재미를 준다.
게다가 전통적인 교사상을 완전히 전복시켜버리는 똥주 선생의 거의 욕
설에 가까운 입담과 이에 맞서는 완득이의 희화된 독백은 독자들에게

---

6 『완득이』에 대한 작품 분석은 이미 본인이 다른 지면을 통해 발표한 바 있기 때문에 여기서는
구체적으로 논하지 않겠다. 조태봉, 「현실의 무게와 존재의 가벼움」, 『어린이책이야기』 3호, 아
동문학이론과창작연구회, 2008년 가을호 참조.

웃음을 주기에 부족함이 없다. 이러한 개성적인 인물 위주의 구성은 이 소설을 '캐릭터 소설'로 보아도 무방할 정도로 캐릭터의 비중이 높다. 이처럼 희화된 인물의 독특한 캐릭터 외에도 톡톡 튈 정도로 가벼운 문체, 만화나 영화처럼 쉽게 넘어가는 빠른 전개는 이 소설이 여러 종류의 대중적 문화 코드에 접목되어 있다는 것을 알 수 있다.

그런데 문제는 이 소설이 이러한 대중적 코드에다 성장소설이라는 외피를 쓰고 있다는 데 있다. 김성진의 말처럼 차라리 '본격적인 학원물, 즉 장르문학으로 끝까지 밀고 나갔다면'[7] 더 큰 대중적인 호응을 얻었을지도 모른다. 형식은 대중적 코드인데 내용은 완득이의 성장에 초점을 맞추려 하다 보니 나름의 역할로 분주하던 캐릭터들이 사실은 완득이의 성장을 위해 호출된 꼭두각시로 전락해버리면서 이야기 자체의 현실성을 의심하게 되는 것이다. 이는 작가가 청소년들에게 성장을 보여주어야 한다는(또는 성장을 통한 화해로 마무리해야 한다는) 강박증을 보인 결과로 여겨진다.

이러한 현상은 청소년소설에서 흔히 나타나는 결말이다. 이는 작가들이 내면에 품고 있는 성장에 대한 강박증 때문이다. 청소년을 미성숙한 존재로 인식하기 때문에 옳은 길로 이끌어야 한다는 강박관념이 앞선 결과이다. 이때 주인공은 성장의 주체로서 진지하게 자아를 탐구해갈 수 없기 때문에 진정한 성장의 의미보다는 계몽적 가르침으로 전락하고 마는 경우가 허다하다. 완득이가 "평범하지만 단단하고 꽉 찬 하루하루를 꿰어 훗날 근사한 인생 목걸이로 완성할 것"이라는 다짐과 함께 자신의 성장통을 마무리할 때 역시 그러하다. 이는 똥주 선생의 역할이 늘 완득이를 압도해온 처지에서 완득이가 주체적으로 이루어낸 성장이라고 볼 수 없기 때문이다. 어른들이 생각하는 성장의 목적은 기성제도로

---

[7] 김성진, 「청소년문학의 새로운 물결은 시작되었는가」, 『창비어린이』 23호, 창비, 2008년 겨울호, 215쪽.

의 무사한 편입에 있다. 완득이 역시 똥주 선생의 조력에 힘입어 무사히 제도로 귀환했지만 자신의 주체적 탐색에 의한 성장이 아니기 때문에 『완득이』는 성장소설로서의 진정성마저 훼손될 수밖에 없는 것이다. 이런 경우는 『열일곱 살의 털』에서 주인공 일호가 터뜨린 사건을 할아버지가 주도권을 쥐고 해결하는 데에서도 볼 수 있다. 성장서사임에도 불구하고 주체적 성장의 권리를 어른에게 빼앗기고 말아 진정한 성장의 의미조차 무색해진 것이다.

그런데 문제는 이러한 성장에 대한 강박증이 결과적으로 소재주의로 귀결될 수도 있다는 데 있다. '지금 여기' 청소년소설의 의의는 현재의 삶 속에서 갈등하고 방황하면서 나름의 방식으로 해결을 모색해가는 주체적인 인간상을 보여주는 것이다. 그것이 성담론이든, 일상 속에서 청소년들이 겪는 이야기든지, 성장서사이든지 간에 성장을 보여주어야 한다는 강박관념은 오히려 청소년 주인공이 겪어내야 할 현실의 갈등 관계를 완전히 장악하지 못하고 초점을 흐린다. 결국 작위적인 구성으로 흐르거나 주체적 인간으로서의 정체성을 보여주지 못하게 된다. 이는 "청소년소설을 규정짓는 것은 성장소설의 형식이 아니라 청소년 화자를 대상화하지 않고 주체화하려는 의지"이며, "십대인 주인공이 주체로서 꿋꿋이 서서 자신의 경험을 독자에게 전달하고 있는지"[8]가 청소년소설이 갖추어야 할 중요한 요건 중 하나이기 때문이다.

여중생의 임신 문제를 다루고 있는 이옥수의 『키싱 마이 라이프』(비룡소, 2008)는 한순간의 실수로 임신을 한 여중생 하연이와 남자 친구인 체강이가 임신 사실을 받아들이고 아기를 낳기까지의 과정을 보여주고 있다. 물론 임신이라는 충격적인 사실을 알게 된 하연이와 체강이가 갈등하면서 출산과 낙태 사이에서 번민하기는 하지만 해피엔딩이라는 결말

---

8 오세란, 「청소년문학과 청소년문학이 아닌 것」, 『창비어린이』 24호, 창비, 2009년 봄호, 166쪽.

을 향해 가다 보니 이야기가 작위적으로 흐르게 된다. 배가 불러오는 하연이를 친구들이 모텔에 감춰두고 아르바이트로 생활비를 대는 등의 설정은 하연이로 하여금 뜻하지 않은 임신으로 인해 미혼모가 되더라도 아기를 지키겠다는 결심을 하도록 이끌어가는 작가의 의도가 지나치게 드러나 이야기의 진정성을 잃게 되기 때문이다. 이는 작가가 성장이라는 강박증에 이끌려 십대 임신과 미혼모 문제를 소재주의적으로 접근한 것은 아닌가 하는 의심을 사기에 충분하다. 만약에 성장이라는 문제에 집착하지 않고 하연이라고 하는 한 청소년의 삶에 대해 진지하게 몰입을 했다면 하연이의 주체성이 더욱 살아났을 것이다. 그랬더라면 친구들에 이끌려 모텔로 어설픈 도피도 하지 않았을 거고 부모와 학교라는 현실 관계 속에서 갈등하지만 주체적으로 살아가는 청소년상의 전형을 획득했을지도 모를 일이다.

이처럼 현재의 청소년소설은 당대성의 추구를 통해 현실 속의 청소년에 주목하면서 소재의 폭을 다양하게 넓혀가고 있다. 그러나 소재를 찾기 위한 소재의 추구는 문학의 진정성을 잃고 소재주의로 전락하기 마련이다. 진정한 문학이라고 한다면 소재가 아니라 인간에 주목해야 한다. 한 인간으로서의 청소년이 오늘 이 시대를 살아가면서 무엇을 느끼고 고민하고 갈등하고 방황하는지, 또 그의 삶의 본질은 무엇인지에 대해 끊임없이 되물으며 함께 걸어가야 한다. 또한 '지금 여기' 청소년의 삶에 주목한다는 것이 과거도 미래도 없이 현재만 중요하다는 말은 아닐 것이다. '지금 여기'의 청소년이야말로 역사적·사회적·미래적 존재라는 인식이 우리 청소년소설에는 필요하다. 당대적 의미에서 청소년들이 현실 속에서 부대끼고 고통받고 방황하는 현재의 삶이 중요하지만, 그들 역시 이 땅에서 과거에도 살아왔고 미래에도 살아갈 청소년인 것이다. 그렇다면 청소년소설 속에는 과거 역사 속의, 미래 속의 청소년들이 함께 살아 오늘을 살아가는 청소년들과 조우하고 대화하면서 인생의 폭을 넓혀가게 하는 건 어떨까? 그것이 바로 '지금 여기'의 청소년소설이 얄팍한 소재주의의 한계에서 벗어나 더욱 풍요롭고 다양한 문학으로 가는 길이라고 믿어진다. 끝으로 현재의 청소년소설이 금기의 벽을 뛰어넘어 '지금 여기'의 청소년을 발견했지만, 그와 동시에 성장에 대한 강박증이 다시 그들을 억압하는 것은 아닌지 반문해보면서 부족한 글을 마친다.

현실의 무게와 존재의 가벼움

1. '특별한 성장소설'이 온다?

최근 1~2년 사이에 청소년소설은 눈에 띄게 많은 성장을 이루어냈다. 1990년대 중반 청소년소설의 필요성이 제기된 이래 국내 창작이라고는 한 손에 꼽을 정도로 몇몇 작품이 있을 뿐 외국에서 들여온 번역 작품이 주종을 이루던 것이 불과 몇 해 전까지의 일이었다. 지금은 그때와 비교할 수조차 없을 정도로 다양한 작품들이 속속 출현하면서 새로운 전기를 맞이하고 있다. 그만큼 청소년소설 작가층이 많이 두터워졌고, 청소년소설에 대한 관심과 이론적 논의 또한 활발해지고 있다. 아동문학과 성인문학의 중간 지점에서 청소년기 아이들의 삶과 입장을 대변해줄 장르로 자리매김해가고 있는 것이다.

새롭게 부각되고 있는 청소년소설의 두드러진 특징은 새로운 소재와 주제의식, 다양한 창작기법의 시도를 보이는 작품이 풍성해졌다는 점이다. 이는 기존의 작품들이 현재의 청소년에 주목하기보다는 작가의 청소년기 성장 체험에 주로 의지하다 보니 당대 청소년들의 삶이나 생각과는 다소 동떨어진 면을 지닐 수밖에 없었다는 자각에서 비롯된 것으로 보인다. '지금, 여기'의 청소년들이 직면해 있는 삶의 문제와 현실을 주목해야 한다는 당대성 논의는 작품에서 현재의 "청소년의 말투나 행동, 습관과 풍속을 그려내려는 묘사에서부터 청소년에게 당면한 성(性), 학교, 인권 등 현대 사회에서 초점이 되는 지점을 포착하려는 소재의 확대, 그리고 이 같은 소재를 서사에 적극적으로 반영하여 새로운 주제로 돌파해 나가려는"[1] 양상으로 나타나고 있다.

이러한 새로운 시도는 이미 『어느 날 내가 죽었습니다』(이경혜, 바람의아이들, 2004), 『유진과 유진』(이금이, 푸른책들, 2004), 『나의 그녀』(이경화, 바람의아이들, 2004) 등에서 나타나기 시작했다. 특히 오토바이 사고로 죽은 열여섯 살 소년의 이야기를 통해 요즘 아이들이 학교와 가정, 이성 관계 등에서 느끼는 압박과 일탈을 그려낸 『어느 날 내가 죽었습니다』의 경우 독자들로부터 폭발적인 반응을 불러일으키기도 했다. 과거의 청소년들과는 너무도 다른 생각과 감각을 지닌 요즘 아이들의 모습을 그려낸 이 소설이 아이들에게는 마치 자기 이야기를 보는 것처럼 실감나게 다가온 것이다.

이를 계기로 청소년소설은 더욱 청소년들의 당대 삶과 문제에 몰두하는 경향으로 집중되었다. 소재도 다양해지고, 다각도의 측면에서 청소년을 조명하기 시작했다. 그동안 금기시되어 왔던 성의 문제, 그리고 성폭행, 성매매, 폭력, 자살, 가출 등 현실의 청소년을 둘러싼 어두운 면에 대해서도 아무런 거리낌 없이 소설 속으로 끌어들이게 되었다. 요즘 청소년들 사이에서 유행하는 비보이(b-boy)의 이야기를 다룬 신여랑의 『몽구스 크루』(사계절, 2006)에서 십대 임신과 낙태, 성추행 등의 문제에 집중하고 있는 임태희의 『쥐를 잡자』(푸른책들, 2007), 『나는 누구의 아바타일까』(사계절, 2007)에 이르기까지 이 시대 청소년들이 처한 자리에서 그들의

---

1 오세란, 「비행을 꿈꾸다」, 『창비어린이』 19호, 창비, 2007년 겨울호, 100쪽.

입장을 대변하는 소설로 자리매김해가고 있다. 더욱이 최근 단편소설 창작이 활기를 띠면서 청소년소설의 폭은 더욱 넓어졌다. 장편에 비해 분량이 짧고, 출판사의 단편집 출간 기획이 붐을 이루고, 문예지에서의 발표 지면이 확보되는 등 여건이 좋아짐에 따라 더욱 다양한 주제의 작품이 창작되어 청소년소설을 풍성하게 해주고 있다.

물론 이러한 소재의 확대와 금기의 벽을 허무는 시도가 그 자체만으로 완결된 의미를 지니지는 않는다. 무엇보다도 문학적 완성도가 작품의 성공 여부를 판가름하기 때문이다. 일례로 청소년소설에서의 성담론은 성폭력, 성추행 등 성 문제로 인해 고통당하는 이야기에 집중되고 있다. 어둡고 고통스런 성 이야기를 밖으로 끄집어냄으로써 내면의 상처를 치유해가는 과정은 중요한 의미를 지니고 있긴 하지만, 문학적 완성도가 뒷받침되지 못할 경우 오히려 성에 대한 왜곡(성에 대한 건강한 의식이 아니라 두려움, 불신)으로 나타날 수도 있다. 작년에 발표된 신여랑의 단편소설 「화란이」(『어린이와문학』, 2007년 10월호)에 대한 독자들의 반응은 이러한 우려를 반증해준다. 원조교제로 성매매를 하는 17세 가출 소녀의 어둡고 거친 일상을 가감없이 보여주는 이 소설에 대해 어느 독자는 '날 것' 그대로가 어떻게 문학일 수 있는지를 반문하기도 했다.[2] 이는 최근의 소설들이 지향해온 당대성의 맥락에서 짚고 넘어가야 할 여지를 안고 있다. '지금, 여기'의 청소년들을 그려내는 것이 현실의 '있는 그대로 보여주기'는 아닐 것이기 때문이다. 리얼리티를 살리기 위한 비속어 사용과 흥미 유발을 위한 남발은 차이가 있듯이 청소년들의 현실태 또한 청소년문학의 특성상 문학적 여과 과정이 필요할 것이다.

이러한 시점에서 최근 관심이 집중되고 있는 『완득이』(김려령, 창비, 2008)는 분명 기존의 성장소설과는 완연한 차이를 보이고 있다. '특별한

---

2 고정원, 「10월호에 실린 신여랑의 청소년소설 「화란이」를 읽고」, 『어린이와문학』, 2007년 11월호 참조.

성장소설'이라는 꼬리표가 붙을 정도로 새로운 면을 지닌 이 소설은 인물들의 독특한 캐릭터와 가벼운 터치로 빠르게 전개되는 서사 속에 외국인 노동자 문제와 실패한 다문화 가정의 실상 등 굵직한 테마를 녹여넣고 있다. 그동안 새로운 소재와 주제를 통해 '지금, 여기' 청소년들의 삶을 추구해온 청소년소설의 한 정점에 이 소설이 서 있는 듯하다.

청소년 또한 사회적 존재이기 때문에 현재 청소년들이 겪는 고통과 모순 관계의 근원은 사회문제에서 파생된 것들이다. 따라서 전체 사회관계 속에서 청소년들을 바라볼 수밖에 없으며, 그들의 삶을 규정짓는 사회적 거대담론을 어떻게 문학 속에 용해시켜낼 것인가 하는 문제가 청소년소설의 성패를 좌우하게 된다. 바로 그 지점에서『완득이』는 기존의 소설과는 다른 방식으로 청소년의 삶을 이야기하고 있다. 어둡고 고통스런 삶의 이면을 무겁고 진지하게 드러내기보다는 가볍고 빠른 터치로 드러내는 다소 희화된 현실이 상당한 호소력을 불러일으킨다. 과연『완득이』는 우리 청소년소설에게 무엇을 주게 될지, 앞으로의 소설에 어떤 파장을 미치게 될지 자못 궁금해진다. 우리에게 다가온『완득이』가 정말 '특별한 성장소설'이 될 수 있을지 꼼꼼히 따져볼 일이다.

2. 소설『완득이』의 재미와 가벼움

『완득이』에 대한 첫인상은 무척 재미있다는 것이다. '똥주'라고 불리는 고등학교 교사 이동주 선생의 걸쭉한 입담, 그리고 이에 맞서는 문제적 제자 도완득의 거침없는 독백투의 비아냥거림이 서사의 빠른 전개와 함께 읽는 내내 한눈을 팔지 못하게 한다. 게다가 제1회 창비청소년문학상 수상작이라는 공신력까지 얻고 있는 마당에 독자들이 어떤 반응을 보일지 궁금해지기까지 했다.

이 소설의 주인공 도완득은 자신의 상처를 가슴 깊이 묻어둔 채 세상으로부터 마음을 걸어 잠그고 살아가는 인물이다. 고등학교 1학년인 완득이의 세상에 대한 적대감은 자신을 둘러싼 현실, 특히 남다른 가족사에서부터 오랫동안 축적되어온 것이다.

어머니라는 존재는 애초부터 느껴본 적도 없고, '난쟁이'라는 놀림을 받으며 카바레에서 춤을 추는 아버지가 유일한 가족일 뿐이지만, 그 아버지마저 완득이에겐 아킬레스건으로 작용한다. 아버지는 "숨기고 싶은 게 아니라, 굳이 꺼내 보이고 싶지 않은" 존재인 것이다. 어릴 때부터 숙소와 카바레를 오가며, '난쟁이'라고 놀림 받는 아버지를 보아온 완득이에게 사회적 편견은 깊이 각인될 수밖에 없었다. 카바레는 "아버지가 맞는 모습을 봤고, 그러면서도 웃는 모습을 본 곳"이다. 아버지가 맞으면서도 "웃는데 그 웃는 모습이 싫었고, 웃으면서도 울까 봐 괜한 걱정을" 해야 했던 어린 시절. 카바레의 조폭 아저씨들에게 싸우는 법을 배워 몸에 익힌 완득이. 그는 잘하는 거라고는 싸움질밖에 없는 아이다. 하지만 남들이 싸움꾼이라고 부르는 것과는 달리 완득이는 싸움꾼이 아니다. "단지 아버지를 난쟁이라고 놀린 놈들만 두들겨" 팰 뿐이며, 누가 자신을 "아는 게 싫어서 눈에 띄는 싸움질은 되도록 피"할 정도로 세상의 그늘 아래 숨어 살고 있었다.

아버지 역시 마찬가지다. "내가, 네 아버지라는 걸 다른 사람들은 모르길 바랐다. 그래서 너한테서 자꾸 숨었지"라고 말하는 아버지는 자신의 장애가 자식에게 대물림되는 게 싫었다. 완득이가 중학생이 되자, 서울 변두리에 방을 얻어 자취를 시키면서 멀리 떨어져 숨어 지내야 했다. 그런 아버지에게 세상과의 유일한 소통은 자신이 춤을 가르친 정신지체 장애인 민구 삼촌뿐이다. 그만이 아버지를 '난쟁이'가 아닌 '어른'으로 여기는 유일한 사람이었기 때문이다.

괴짜 선생 이동주는 이 소설에서 완득이를 세상 밖으로 이끌어내는 조력자의 역할을 하고 있다. 그는 욕설도 마다 않는 걸쭉한 입담으로 완득이의 주위를 맴돌며, 완득이가 마음의 벽을 허물고 밖으로 나와 세상과 마주할 수 있게 유도하는 인물이다. 그는 교실이건 어디서건 완득이의 사생활을 드러내놓고 '까발리며' 완득이네 가정사에 불쑥불쑥 끼어들기도 한다. 완득이가 젖을 떼자마자 집을 나간 어머니 소식을 전해주며, 만남을 주선해준다.

완득이 어머니는 베트남인이다. 완득이 아버지가 난쟁이라는 사실을 모른 채 국제결혼을 해서 한국 국적을 얻게 되었다. 그러나 결국 카바레에서 "이상한 춤이나 추며 남한테 무시당하며 사는" 남편을 이해할 수 없어 집을 떠나고 말았다. 아버지 역시 카바레 숙소 사람들에게 부인이 "팔려온 하녀 취급당하는" 게 싫었기 때문에 떠날 때 붙잡지 않았다. 그렇게 존재조차 몰랐던 어머니와의 만남은 완득이가 자신의 굴레를 벗고 세상으로 나오는 계기를 마련해준다. 이는 완득이가 킥복싱을 시작하고 윤하를 좋아하게 되면서 자신의 앞날에 대한 희망을 열어가는 것과 맞물려 있다.

이러한 조력자로서의 이동주 선생은 이 소설에서 독특한 캐릭터로 그려지고 있다. 아무리 서울 변두리 학교라지만, 어디에 이런 교사가 있겠느냐 싶을 정도다. 학생들 앞에서 '새끼'자를 서슴없이 내뱉고, "동네 양아치 저리 가라"할 정도로 "건들건들 걷는 모습"만 봐도 상당히 희화된 교사상이라 볼 수 있다. 게다가 완득이의 상처를 알면서도 전혀 고려하지 않는 말버릇은 완득이의 반감을 사기에 충분하다. 자신 안에 숨겨두고 있는 상처를 멋대로 끄집어내 세상에 공표해버리는 '똥주'가 곱게 보일 리 없다. 다니지도 않는 교회에 나가 하나님께 "제발 똥주 좀 죽여주세요. 벼락 맞아 죽게 하든가, 자동차에 치여 죽게 하든가."라고 기도를 올릴 정도다. 여기에서 보듯이 완득이 또한 이동주 선생 못지않게 희화된 인물이다. 1인칭 시점인 이 소설에서 '똥주'의 괴짜 행위는 완득이의 눈을 통해 전달되는 것이며, 완득이 자신도 시종일관 냉소적인 비아냥 거림으로 '똥주'에게 맞서고 있기 때문이다.

그렇다면 작가는 이렇게 희화적인 인물들을 통해서 무엇을 드러내고 자 하는 것일까? 이는 이동주 선생이 완득이에게 다음과 같이 말한 대목 에서 잘 드러나고 있다.

> "한 번, 한 번이 쪽팔린 거야. 싸가지 없는 놈들이야 남의 약점 가지고 계속 놀려먹는다만, 그런 놈들은 상대 안 하면 돼. 니가 속에 숨겨놓으려니까, 너 대 신 누가 그걸 들추면 상처가 되는 거야. 상처 되기 싫으면 그냥 그렇다고 니 입 으로 먼저 말해 버려."
>
> — 『완득이』, 136~137쪽

이동주 선생을 통해 작가는 완득이의 상처를 밖으로 끄집어냄으로써 완득이가 세상과 직접적으로 마주보게 하려고 한다. 이러한 의도를 설 득력 있게 그려내기 위해 '똥주'라는 인물로의 희화가 불가피해 보인다. 외부와 차단된 채 자기 속으로 침잠해버린 한 아이의 내면의 상처를 들 추어내 치유한다는 것은 그리 쉬운 일이 아니기 때문이다. 잘못 건드렸 다가는 상처만 더 덧나게 하기 십상일 테니까. 따라서 그러한 역할을 충 분히 감당해낼 만한 인물로 거침없는 욕설과 입담으로 좌중을 압도하는 '교사 같지 않은 교사'의 캐릭터는 상당히 설득력을 얻는다.

> "야자 튀지 말랬잖아, 새끼야. 이 꼴 같지도 않은 선생 밥줄 끊어지면 니가 책 임질래? 니 아버지하고 지하철에서 마사지용 채칼이나 팔까?"
>
> 어딘가에서 쿡! 웃음소리가 났다.
>
> "어떤 새끼가 웃었어? 지하철에서 채칼 파는 게 어때서! 살아보겠다고 하는 장산데 왜 웃어? 몸땡이 멀쩡하면서 집에서 처노는 놈들보다 백배는 나은 사람

들이야, 새끼들아!"

야간 자율학습을 빼먹고 도망하는 완득이를 붙잡은 '똥주'는 아이들 앞에서 서슴없이 '아버지'를 들먹거린다. 그런 담임을 완득이는 "남의 자존심을 긁어야 직성이 풀리"고 "안 해도 될 말을 굳이 끼워 넣어서 웃음거리로 만들고 마는 인간"으로 치부하고 반항한다(반항이래 봐야 하나님께 똥주 죽여 달라고 기도할 뿐이지만). 담임이 까발린 덕에 "니네 아버지 요즘엔 춤 안 추고 지하철에서 채칼 파냐?"고 묻는 같은 반 급우 혁주에게 완득이는 잽을 날리는 폭력으로 맞서지만 점차 세상에 드러난 치부(숨기고 싶은 비밀)에 익숙해지고 서서히 자신의 정체성을 찾아가게 될 것이다. 이는 물론 완득이 역시 희화되고 가벼운 존재로 그려짐으로써 가능해진다. 만약 완득이를 진지하고 신중하게 고민하는 캐릭터로 그렸다면 십중팔구 '똥주'의 의도와는 달리 더욱 상처가 악화되는 비극을 자초하게 되었을 것이다. 사실 이 작품에서 완득이는 처음부터 끝까지 자신의 내면을 진지하게 드러낸 적이 없다. 다소 냉소적이고 비아냥거리는 독백투의 서술법으로 가볍게 내면의 생각을 드러내고 있을 뿐이다. 그것도 '똥주'만큼이나 비속어를 남발하는 아주 희화된 방식으로.

똥주…… 오랜만에 사회 선생답다. 그런데 좆나게 졸리다.

오랜만에 제대로 된 수업을 하는 '똥주'에 대해 완득이는 "사회 선생답다"와 "좆나게 졸리다"를 병치시킨다. 이러한 독백투의 서술은 이 작품 곳곳에 산재해 있는데, 이는 이 작품의 독특한 문체를 구현해내는 중요한 요소이다. 어휘의 선택과 문장 구조, 비유와 감각적인 말투 등에 의해 좌우되는 문체는 인물의 성격을 드러내고, 서사의 서술 방식을 결정 짓는다. 이 소설의 문체는 등장인물을 희화시켜 개성적인 캐릭터를 구 성하는 데 일조하고 있다. 즉, 인물들의 존재감을 가벼운 캐릭터로 전환 시키고, 그들의 톡톡 튀는 가벼운 말투가 소설의 재미를 더해주는 것이 다. 더군다나 희화된 인물이 고등학교 교사라는 점은 독자들에게 더욱 강한 인상을 주게 된다. 근엄하고 존경스런 스승의 이미지를 전혀 교사 답지 않은 캐릭터인 괴짜 선생 '똥주'로 전복시킴으로써 독자들의 흥미 를 유발시키고 있다.

3. 그래도 떨쳐버릴 수 없는 현실의 무게

소설 『완득이』를 지배하고 있는 소설적 특성은 '가벼움'이다. 앞에서 살펴본 바와 같이 등장인물의 캐릭터, 문체에서 비롯되고 있는 소설 속 존재들의 가벼움은 작가의 의도를 구현하는 데 효과적인 장치로 기능하 고 있다. 그러나 소설 속에서 인물들의 가벼움이 어떤 현실적 존재감으 로 구현되고 있는지는 따로 해명되어야 한다. 아버지는 난쟁이로 사회 적 모멸을 받고 있으며, 지지리도 가난할 뿐만 아니라 어머니는 가출한 베트남 여성이고, 이에 대한 반발로 상처 속에 자신을 가두어둔 채 때때 로 폭력을 행사하는 완득이의 문제적 자아가 현실의 모순 구조에 기반 하고 있기 때문이다.

이에 밀란 쿤데라가 『참을 수 없는 존재의 가벼움』에서 '소설은 작가 의 고백이 아니라 덫이 되어 버린 세계 속에서의 인간의 삶이 무엇인가 를 탐구하는 것이다'라고 한 말을 깊이 음미해볼 필요가 있다. 그가 말 한 '덫'이란 '세계-내(內)-존재'로서의 인간의 삶은 현대(구체적으로는 제1 차 세계대전 이후 세계화 시대)에 이르러 더욱 현실의 무게에 짓눌리게 되었음을 의미한다. 반면에 인간의 내면 세계의 "무한함의 무게, 자아의 무게, 자아의 내면적 삶의 무게는 점점 더 가벼워"졌다. 이는 인간의 "내면적 동기가 더 이상 아무런 무게도 지니지 못하게 될 만큼 외부적 결정이 압도적인 것으로 되어 버린 세계에서 아직 인간에게 남아 있는 가능성이란 어떤 것이냐"는 카프카의 물음과도 일맥상통한다. 여기서 이들이 말하는 '가벼움'이란 현실의 중압감에 짓눌린 존재들의 자아 정체감의 불확실성을 의미한다. 즉, 소설은 이들에 이르러서 인간의 내면적 삶을 통한 자아의 추구보다는 존재의 가벼움이라는 현대적 실존 상황에서 '세계-내-존재'로서의 실존의 본질적 문제를 추구하게 되었다.[3]

그렇다면 『완득이』가 지닌 가벼움은 '지금, 여기'의 청소년이라는 존재의 실존적 상황을 적절하게 포착해내고 있는 것인가? 이 소설에서의 가벼움은 현실의 중압감에 짓눌려 자기 안에 갇혀버린 완득이를 통해 우리 사회 현실에서 억눌린 자아의 실존적 상황을 보여주고 있다. 그를 중심으로 펼쳐져 있는 외국인 노동자의 인권 문제, 난쟁이로 대변되는 장애인에 대한 차별 문제, 다문화 가정, 학교, 폭력 등이 현실적 무게로 작용하고 있으며, 그 무게에 짓눌려 소외되고 상처 깊은 존재가 바로 완득이기 때문이다. 그러나 그는 현실의 무게에서 벗어나 있는 존재이면서 동시에 누구보다도 아프게 짓눌린 존재다. 그는 세상에 대한 무관심과 내면의 '가벼움'을 통해 현실을 외면하고 있지만, 현실의 편견에 대해서는 폭력으로 맞서는 인물이기 때문이다. 어쩌면 이러한 이중성이 실존의 본질이자, 그가 살아갈 수 있는 방편인지도 모른다.

완득이는 매사에 대해 무관심하고 좀처럼 자신의 내면을 드러내지 않는다. 이는 밀란 쿤데라의 소설 쓰기가 인물의 내면을 드러내는 내적 독백과 같은 심리적 방식보다는 실존적 상황과 약호에 전적으로 치중하는

---

3 밀란 쿤데라, 권오룡 역, 『소설과 우리들의 시대—나의 소설미학』, 책세상, 1990, 37~59쪽 참조.

방식을 통해 자아를 포착하고자 하는 데서 나타나는 것과 유사한 결과다.[4] 다른 점이 있다면 『완득이』의 경우는 전적으로 1인칭 시점의 가벼운 문체를 통해 자아의 실존적 상황을 드러낸다는 것이다. 가령 카바레를 그만두고 지하철에서 장사를 시작한 아버지와 민구 삼촌이 단속반에 걸려 얻어맞고 돌아왔을 때를 상기해 보자(22~24쪽). '꿀꿀한' 기분에 평소 추지 않던 디스코를 추고 있는 삼촌을 바라보면서 완득이가 고작 생각하는 것은 "그나저나 찢어진 왼쪽 눈 되게 아프겠다"라는 다소 냉소적이거나 무심해 보이는 독백투의 서술뿐이다. 이 소설의 인물들은 대체로 어떤 상황에서도 고민하거나 갈등하는 내면을 진지하게 드러내지 않는다.

> 정황상 나는 가출을 해야 했다. 출생의 비밀을 알았습니다. 잠시 혼자 있고 싶어 떠납니다, 라고 쓴 쪽지 하나 남겨놓고 떠나야 했다. 그런데 아버지와 어머니라는 사람들이 먼저 떠나버렸다. 잘못하면 가출하고 돌아와 내가 쓴 쪽지를 내가 읽게 될 확률이 높았다. 어떻게 된 집이 가출마저 원천 봉쇄해놓았는지. 돌아다니다 돌아다니다 혼자 있고 싶어서 온 곳이 결국 집이었다.
>
> ─『완득이』, 43쪽

위 인용은 "간만에 진득하게 앉아 야자 좀 해보려" 했던 완득이가 이동주 선생으로부터 어머니의 존재를 전해 듣고는 그만 "기분 잡"쳐서 그 길로 학교를 빠져나와 돌아다니다 집으로 그냥 돌아왔다고 서술하는 대목이다. 존재조차 몰랐던 어머니가 자신을 찾고 있다는 충격적인 사실을 알게 되었으면서도 마치 드라마를 보듯 방관자적 태도를 보이고 있다.

---

4 밀란 쿤데라, 위의 책 참조.

이는 물론 완득이의 성격상 겉으로만 무덤덤한 척하는 것일 수도 있다. 사실 시간이 지남에 따라 완득이의 속마음은 조금씩 변화를 보인다. "오늘 어머니 오셨다"는 똥주의 말을 들은 완득이는 교회에 수급품을 갖다주라는 심부름을 갔다가 외국인 노동자 핫산의 부인을 보고는 자기 어머니인 줄 착각해 "가슴이 쿵쾅거"리는 경험을 한다. 그날 집으로 찾아온 어머니를 보고 "가슴이 또다시 쿵쾅거"리고 난생 처음으로 "어머니 냄새"를 느끼기도 한다. 이후 완득이는 담담한 표정으로 어머니를 대하지만 서서히 어머니라는 존재를 받아들이게 된다. 그동안 똥주의 설득이 있긴 했지만(이마저도 작가는 두 인물에게 진지함을 허용하지 않는다), 어머니를 인정하기까지의 과정에서 완득이는 별다른 내면적 갈등이나 고뇌를 드러내지는 않는다. 어쩌면 "몸이 머리보다 먼저 반응하"는 완득이기에 이러한 설정이 별 무리 없이 받아들여지는 것인지도 모른다.

"선생님."
"왜 불러."
"고맙습니다."
"얼른 가, 새끼야."
나는 잡고 있던 문고리를 놓고 똥주네 옥상을 내려왔다.

— 『완득이』, 83~84쪽

이처럼 완득이의 감정 표현은 속내를 드러내는 법이 없다. 어머니가 처음 찾아온 날 완득이는 똥주네 집으로 달려가 걸어 잠근 새시 문을 걷어차며 '어머니에게 왜 집을 가르쳐 주었느냐'고 따진다. 그러고는 자신의 진심을 "고맙습니다" 한마디로 드러낸다. 이렇게 머리보다는 몸의 움직임을 따르는 완득이의 성격은 이 소설의 가벼움에서 상당 부분 설득력을 얻고 있다. 이러한 설정은 내면의 진지함보다는 가벼움을 통해 현실의 무게에 짓눌린 실존적 상황을 넘어서고자 하는 작가의 의도를 담고 있다. 그러나 현실의 중압감에 짓눌려 현실로부터 문을 닫아건 완득이가 존재의 가벼움이라는 실존적 상황을 통해 실존의 본질적 문제로 나아가고 있는지에 대해서는 의문으로 남는다. 이 소설에서 조력자의 역할을 하고 있는 이동주 선생의 위상이 주체인 완득이를 압도하고 있기 때문이다.

이동주 선생이 완득이를 세상 밖으로 이끌어내고자 하는 것은 현실로부터 비껴서 있는 존재인 완득이가 세상 밖으로 나와 현실의 무게에 직접 맞서게 함으로써 '세계-내-존재'로서의 실존적 자아를 찾게 한다는 데에 의의가 있다. 따라서 이 두 인물은 서로 떼어내려 해도 뗄 수 없는 관계로 설정된다. 마치 "조물주가 정해놓은 그곳에서 반드시 만나야 하는 것처럼" 두 사람은 "시계 시침과 분침처럼 멀어졌다가도 악착같이 만"날 수밖에 없다. 그는 완득이가 이사 온 옥탑방의 맞은편 건물 옥탑방에 살면서 자꾸만 완득이를 밖으로 불러낸다. 이는 "세상 뒤에 숨어 있"는 완득이를 "밖으로 나오"게 하려는 의도로 풀이된다. 그는 완득이가 킥복싱을 할 수 있도록 도와줌으로써 스스로 실존적 자아를 찾아가게 한다. 킥복싱에 반대하는 아버지에게 어머니가 "싫어도 싫다는 말 못 하고, 아파도 아프다는 말 못 한대요. 아니, 안 한대요. 그냥 다 속에 담고 산다는 거예요. 누가 먼저 말을 걸지 않으면 하루 종일 한마디도 안 한대요."(171쪽)라고 하는 말은 기실 완득이에 대한 이동주 선생의 인식을 바탕으로 하고 있다.

이동주 선생이 외국인 노동자들의 인권 보호 운동가로 설정된 것도 조력자의 역할에서 비롯된 것이다. 그가 전 재산을 털어 산 교회 건물은 사실 교회가 아니라 외국인 노동자들을 위한 쉼터였다. 따라서 완득이가 베트남인인 어머니를 다시 만날 수 있도록 이동주 선생이 다리를 놓는 중요한 역할을 하게 된다. 완득이에게 어머니는 벽을 허물고 세상으로 나오는 데 가장 결정적인 요소이기 때문이다. 나아가 이동주 선생은 카바레를 그만두고 나서 지방의 장터를 떠돌며 장사를 하고 있는 완득이 아버지와 삼촌에게 교회 건물을 개조해 댄스교습소를 차리게 해준다. 투자라는 명분이긴 하지만, 이는 조력자로서 완득이가 처한 현실적 문제를 해결해주려는 의도로 이해할 수도 있다. 그러나 조력자의 역할을 넘어서서 현실 문제를 직접 해결하려는 영웅적 면모를 강하게 드러낸다는 점에서 아쉬움을 남기고 있다. 더군다나 부잣집 아들로서 외국인 노동자를 착취하는 기업가인 아버지의 부도덕성에 대한 반발심이 정의감으로 전화되어 소외되고 차별받는 이들의 해결사 역할을 한다는 점에서 더욱 그렇다. 이에 상대적으로 이 소설의 주체인 완득이는 왜소해지고 수동적으로 될 수밖에 없다.

결국 이동주 선생의 영웅적 면모는 자신이 현실 문제를 직접 해소해버림으로써 현실의 무게를 와해시키게 되어 이 소설이 지닌 가벼움마저 긴장감을 잃게 만든다. 이는 곧 "실존의 가능성(인간과 그의 세계의 가능성)을 포착"하지 못함은 물론 나아가 이를 통해 "우리로 하여금 우리가 누구인가를 보게 하고 우리가 무엇을 할 수 있는가를 알게 해"[5]주지 않는다는 것을 의미한다. 따라서 이 소설이 가벼움이라는 기제를 통해 '지금, 여기' 청소년의 삶과 정체성을 적절하게 구현해내고 있다기보다는 오히려 현실의 무게를 외면해버린 것은 아닌가 반문하게 된다.

4. 완득이를 위하여

앞에서 살펴보았듯이, 『완득이』가 기존의 청소년소설과는 달리 새롭

---

5 밀란 쿤데라, 위의 책, 57쪽.

다는 사실은 부인할 수 없다. 문제는 그 새로움이 어디에서 비롯되고 있는가이다. 희화된 인물들의 독특한 캐릭터와 톡톡 튈 정도로 가벼운 문체, 만화나 영화처럼 쉽게 넘어가는 서사의 빠른 흐름 등이 이 소설을 읽는 재미로 자리잡고 있다. 괴짜 선생 '똥주'의 활약은 권위적인 교사상을 해체하는 통쾌함뿐만 아니라 외국인 노동자의 인권 문제를 해결하기 위해 노력하고, 장애인이자 도시빈민인 완득이 아버지를 도와주는 등 정의로움까지 느끼게 해준다. 더욱이 그가 부잣집 아들임에도 불구하고 외국인 노동자를 착취하는 아버지의 부도덕성에 반발해 정의감을 발휘하는 캐릭터는 독자들로부터 많은 지지를 얻게 될 것이다. 한마디로 이 소설은 기존의 청소년소설에서는 볼 수 없었던 방식으로 재미와 공감을 불러일으킨다는 면에서 새롭다. 또한 이 소설이 지니고 있는 여러 요소들이 현대 사회의 대중적 문화 코드에 한층 가까이 다가서 있다는 점 역시 색다르게 느껴진다.

요즘의 청소년들은 그 어느 때보다도 다채로운 대중문화에 친숙해져 있다. 현대사회가 디지털 정보사회, 또는 IT 영상시대라는 말로 대변되듯이 청소년들은 인터넷과 게임, TV, 영화 등의 대중영상매체에 익숙할 수밖에 없다. 이들 문화의 특성은 화려함, 빠르게 넘어가는 속도감, 가벼움, 통속적인 내용, 이미지 등으로 집약되며, 이는 우리 대중문화의 새로운 코드로 자리잡은 지 이미 오래되었다. 몇 년 전 아이들 사이에서 인기몰이를 했던 인터넷소설만 보더라도 이러한 대중적 문화 요소를 고루 갖추고 있음을 확인해볼 수 있다.

『완득이』는 가벼운 문체와 유머러스한 대사, 서사의 빠른 전개, 만화나 영화의 한 장면을 보는 듯한 구성 등에서 대중문화의 코드를 닮아 있다. 이러한 요소는 이 소설을 '가벼움'이라는 특성으로 규정짓는다. 사건의 정황에 대한 묘사보다는 인물의 행위와 독백투의 서술에 의지하고 있는 이 소설의 가벼움은 분명 새로움을 지닌 청소년소설임에 틀림없다. 그러나 이 가벼움은 단순한 재미에서 그치는 것이 아니라 현실의 무게에 짓눌린 존재의 실존적 본질을 추구한다는 의미에서 정당성을 부여받게 될 것이다.

완득이는 가난과, 난쟁이라는 장애에 대한 편견, 외국인 노동자 문제 등 굵직한 현실의 무게에 짓눌린 존재다. 세상으로부터 등을 돌린 채 자기 안에 숨어 지내던 열일곱 살 소년이 어머니를 되찾고 킥복싱을 시작하면서 세상 밖으로 고개를 내밀기 시작한다는 점에서 성장서사의 의미를 지니게 된다. 이는 곧 밀란 쿤데라 식의 '덫'에 걸린 세계의 중압감 속에서 실존의 가능성을 탐색하는 것이며, 자신의 정체성을 찾아 끝없는 도정에 오르는 일일 것이다.

이 소설의 후반부에서 완득이가 아버지를 인정하게 되고, 아버지 역시 완득이의 킥복싱을 이해하게 되는 지점은 바로 자아가 정체성을 찾으면서 한 단계 성장을 이루어가는 과정의 하나로 중요한 의미를 지닐 수 있다. 하지만 이 소설에서는 이러한 실존의 의미가 제대로 부각되지 않고 있다. 오히려 '똥주'의 영웅적 역할이 부각되는데, 이는 작가가 '행복한 결말'이라는 청소년소설에 대한 기존의 고정관념을 너무 의식한 탓이 아닌가 싶다. 소설이 '화해' 분위기로 마무리되면서 성장의 주체인 완득이는 수동적으로 전락하고 만다. 결국 완득이는 "대단한 거 하나 없는 내 인생, 그렇게 대충 살면 되는 줄 알았다. 하지만 이제 거창하고 대단하지 않아도 좋다. 작은 하루가 모여 큰 하루가 된다. 평범하지만 단단하고 꽉 찬 하루하루를 꿰어 훗날 근사한 인생 목걸이로 완성할 것이다." (233~234쪽)라는 소시민적이고 비현실적인 다짐을 하면서 자신의 실존적 자아 찾기를 마무리한다.

여기서 우리는 '성장'이라는 의미를 다시 한번 생각해볼 필요가 있다. 성장의 의미는 청소년기를 둘러싼 현실의 제 문제, 즉 가난과 아픔, 다가올 앞날에 대한 불안, 자아 정체성의 불확실성 등 청소년기의 삶을 압박하는 현실의 여러 문제에 대해 깊이 고민하고 갈등하면서 새로운 의미를 추구해가는 데에 있다. '화해'나 '행복한 결말'로 마무리해야 한다는 것은 작가의 강박증일 뿐이다. 오히려 열린 구조로 마무리를 짓더라도 청소년 독자들은 소설 속 인물들이 진지하게 고민하고, 삶의 의미를 찾아 치열한 정신적 사투를 벌이는 과정을 지켜보면서 더욱 공감할 뿐만 아니라 그를 통해 얻은 '성장'의 의미를 자신의 것으로 체득해내게 될 것이다.

완득이가 세상 밖으로 나온다는 것은 어떤 의미인가? 그것은 가슴속에 맺힌 깊은 상처를 수돗물에 손 씻듯이 깨끗이 씻어내고, 언제 그랬냐는 듯이 살아간다는 의미는 아닐 것이다. 아마도 자신의 내면에 쌓인 상처를 스스로 다스릴 수 있다는 것, 바로 그것이 성장의 의미가 아닐까 싶다. 세상 밖으로 나온 완득이가 다른 새로운 상처에 더 아파할지도 모르기 때문이다. 스스로 자신의 상처를 다스릴 수 있을 때 아픔을 이겨내는 힘도 생기는 법이다. 그 힘은 바로 자신을 둘러싸고 있는 현실의 무게를 제대로 깨닫고 직시하는 데서부터 시작될 것이다. 나는 누구인지, 무엇을 어떻게 해야 하는지를 스스로 느낄 수 있을 때 완득이는 더욱 건강하고 튼실한 삶을 살아가게 되리라 믿는다.

이러한 이유로 『완득이』는 반가운 소설이자, 아쉬움이 많이 남는 작품이 되었다. 소설 밖의 완득이들에게는 '똥주'가 없기에 더욱 그렇다.

아무쪼록 우리 청소년소설이 가야 할 길은 아직 멀고, 더욱 새로운 변화와 성장이 요구되고 있다. 당대 청소년들의 삶을 직시하고, 그들이 처한 현실을 진지하게 통찰해냄으로써 진정한 성장의 길로 이끌어주는 청소년소설이 더욱 풍성해지기를 기대해본다. 이 세상의 수많은 완득이들의 '특별한 성장'을 위하여.

성장을 이야기하는 다양한 방식들
청소년소설의 우화와 판타지를 중심으로

1. 청소년소설과 성장서사

최근 청소년소설이 보여주고 있는 행보는 가히 '눈부시다'고 해도 과언이 아닐 정도다. 문학의 위기와 죽음을 선고한 자리에서 다시 살아난 불씨라고나 할까. 역동적인 청소년기의 활력만큼이나 빠르게 성장해가고 있는 청소년소설은 이 시대 문학의 새로운 국면을 이끌어내기에 충분한 자질을 지니고 있다. 이미 폭넓은 독자층을 확보한 베스트셀러가 속출하면서 세간의 이목을 집중시키고 있으며, 전문 작가군의 형성은 물론 십대에서 성인에 이르기까지 폭넓은 독자층을 확보해가고 있다.

이러한 청소년소설의 비약적인 발전은 현 정부의 교육정책에 빗대어 볼 때 이례적인 사건일 수밖에 없다. 논술 교육의 포기와 영어 위주의 교육정책이 교단의 자율성을 억압하고 아이들을 학업 경쟁과 사교육 시장으로 내모는 현 상황에서 청소년소설의 열기는 더욱 높아지고 있기 때문이다. 물론 어떤 이는 붕어빵에 붕어 없듯이 청소년소설의 주 독자층이 청소년보다는 성인들이라고 말하기도 한다. 이는 더욱 강화된 입시 경쟁과 영어 교육 열풍 속에 시달리는 청소년들이 책을 읽으며 자아를 되돌아볼 조금의 시간적 여유마저 송두리째 빼앗기고 말았다는 자조에서 비롯된 말일 것이다. 하지만 그러한 현실일수록 문학의 힘은 더욱 크게 발휘된다. 청소년들의 억눌린 자아에 작은 숨통이라도 틔워주고 활력을 주는 게 바로 문학이기 때문이다. 또한 독자층이 청소년에 국한되지 않고 성인에까지 널리 포진해 있다는 것은 반가워해야 할 일이지 굳이 사양할 필요까지는 없을 터다.

청소년소설의 독자층이 성인에까지 폭넓게 자리하고 있는 것은 우리 사회의 미성숙과도 연관이 있다. 원종찬은 청소년소설의 수요를 넓히는 요인으로 "성년식을 제대로 치르지 못하고 오로지 입시에 매달린 청소년기를 거쳐 성인 아닌 성인이 되는 우리 사회의 미성숙성"[1]을 꼽고 있다. 또한 이를 청소년소설이 성장서사를 지향하는 이유 중 하나로 보고 있다. 사실 성인문학에서도 성장소설은 미완의 근대성에 머물고 있다. 근대 시민계급의 내면 탐구를 통해 성장 과정을 표현하는 독일 교양소설에서 "시민사회의 형성기와 불가분의 관계"에 있는 교양이 "시민사회에서의 자아와 세계의 조화, 긍정적 발전을 기본항으로"[2] 하고 있음에 비해 우리로써는 사회 역사적으로 제대로 된 근대화를 이루지 못했기 때문에 서구적 기준에서의 근대 체험이 부재할 수밖에 없다. 따라서 "한국 사회가 정체성 있는 근대화를 체험하지 못함으로 인해 한국의 성장소설이 그 실체를 완성하지 못"[3]했으며, 이는 성장소설이야말로 "문학의 근대성이라는 문제의 발원지인 근대적 자아의 문제가 진지하게 취급되는 장르의 하나"[4]라는 점에서 이루지 못한 근대성의 지점에 놓여 있는 것이다. 역사적 특수성 속에서 산업화를 이룩한 1970년대 이후 본격적으로 창작되기 시작한 성장소설은 동구권이 붕괴된 1990년대 이후 더

---

1 원종찬, 「우리 청소년문학의 발전 양상」, 『창비어린이』 27호, 창비, 2009년 겨울호, 214쪽.
2 김윤식, 「교양소설의 본질」, 『한국현대소설비판』, 일지사, 1981, 278쪽.
3 최현주, 『한국 현대 성장소설의 세계』, 박이정, 2002, 18쪽.
4 이보영·진상범·문석우, 『성장소설이란 무엇인가』, 청예원, 1999, 313쪽.

욱 많은 작품이 쏟아져 나왔다. 박완서의『엄마의 말뚝』, 은희경의『새의 선물』, 현기영의『지상의 숟가락 하나』등 한국 소설을 대표할 만한 굵직굵직한 작품들이 성장소설에 다수 포진해 있다. 이들은 "개인의 확대된 외부(민족, 이념)나 밀폐된 내부(감성, 내면)가 아닌 개인과 사회의 균형과 긴장 속에서 자기 동일성을 정립함으로써 새로운 전망을 찾으려는 작가들의 탐색의 결과물"[5]이다. 따라서 청소년소설이 성장서사를 지향하는 것도, 나아가 독자들의 호응을 폭넓게 받고 있는 이유도 이러한 사회적 맥락에서 이해할 수 있다.

더욱이 청소년소설은 성장기에 있는 청소년을 일차적 대상으로 하고 있다는 점에서, 즉 그들의 성장 과정과 갈등 양상을 다루고 있다는 점에서 당연히 성장서사라는 특성을 띠게 된다. 그러나 모든 청소년소설이 곧 성장소설인 것은 아니다. 반대로 모든 성장소설이 청소년소설인 것 또한 아니다. 성장소설은 일반적으로 청소년기 아이의 내면적 성장을 다룬 소설을 일컫는데, '교양소설(Bildungsroman)', '형성소설(Novel of Formation)', '입사소설(Initiation novel)', '발전소설(Entwicklungsroman)' 등으로 불리는 소설 유형에 속한다. 이들은 각기 발생한 나라의 사회문화적 특성에 따라 다소 차이점을 지니고 있지만, 대체로 어느 특정한 시대 배경 속에서 주인공이 유년시절부터 청년시절에 이르는 동안 자아를 발견하고 자신의 내면을 형성하면서 성장해 나가는 과정을 보여주는 소설 유형이다.[6] 그러나 성장소설이 어린 주인공을 내세워 성장을 이야기하지만, 일차적으로 청소년을 대상으로 쓰인 것이 아니라는 점에서 청소년소설과 차별성을 지니고 있다. 성장소설은 이미 어른으로 성장한 서술자아가 자신의 과거 성장기를 되돌아보는 회고담류가 보편적인 유형인데, 이런 류의 소설에서는 성인이 주체이며, 청소년보다는 성인 독자를

---

5 최현주, 앞의 책, 17쪽.
6 오한진,『독일 교양소설 연구』, 문학과지성사, 1989, 11~28쪽 참조.

주요 대상으로 하기 때문이다. 이러한 성장소설과 청소년소설의 차이는 작품 속에서 관점의 차이로 드러난다.

성장소설은 이미 지나가버린 과거(어린 시절, 또는 청소년기)의 경험을 성인의 시각에서 재구성한 청소년 주인공을 통해 반추해낸다. 성인이 된 서술자아의 경험담은 과거의 특정 시점을 배경으로 이야기되기 때문에 현재의 시점과는 일정한 거리를 유지하며 전개된다. 이때의 거리감은 지난날의 일을 이상화하고 낭만적으로 채색하는 요인으로 작용한다. 성인이 된 자아가 이미 겪은 사건과 고통을 이겨낸 회상감에 젖어 과거 경험의 편린들을 재구성해 보여주기 때문이다. 따라서 현재의 독자들에게 경험자아의 청소년기 갈등과 방황이 직접적으로 체험되기보다는 성장한 서술자아의 회고담으로 전달될 뿐이다. 가령 김원일의 『마당 깊은 집』을 보면 이미 성장한 서술자인 '나'는 한국전쟁 후 대구에서 피난살이를 하면서 겪은 가난과 전후의 피폐한 현실을 회상해가면서 과거의 어린 시절을 반추해내고 있다. 성인을 대상으로 한 소설에서 어린아이를 내세워 성장 과정을 반추하면서 삶의 의미를 파고드는 이런 류의 성장소설은 성인문학에서 일반화된 양식에 속한다. 즉, 현재를 살아가는 어른의 관점에서 어린 시절의 성장 과정을 드러내는 것이다.

반면에 청소년소설은 등장인물인 청소년 자신의 관점에서 세계를 탐구하고 내면의 성장을 이루어가는 현재진행형의 삶에 주목한다. 여기서의 경험자아는 어른이 된 서술자아의 기억 속에서 '대상화'된 청소년이 아닌 현재의 삶 속에서 갈등하고 방황하면서 나름의 방식으로 해결을 모색해가는 주체적인 인간상을 보여준다. 이는 "청소년소설을 규정짓는 것은 성장소설의 형식이 아니라 청소년 화자를 대상화하지 않고 주체화하려는 의지이"며 "십대인 주인공이 주체로서 꿋꿋이 서서 자신의 경험을 독자에게 전달하고 있는지"[7]가 청소년소설이 갖추어야 할 중요한 요건 중 하나이기 때문이다. 따라서 청소년소설이 지닌 '성장'이라는 함의는 주체와 독자 대상의 특성상 성장소설에 비해 포괄적이며, 장르의 본래적인 속성이라고 할 수 있다. 성장기 주인공이 삶의 도정에서 보여주는 자아와 세계에 대한 탐색 과정이야말로 그대로 성장서사일 수밖에 없으며, 성장을 표면에 드러내지 않는 서사조차도 청소년들의 내면적 성장과 성숙을 도모하게 된다.

이 글은 성장소설류의 성장서사와는 다른 각도에서 청소년들의 내면적 성장을 이끌어내는 작품으로 우화와 판타지를 활용한 청소년소설을 살펴보고자 한다. 그동안 당대성 논의에 힘입어 '지금 여기'의 청소년의 삶과 문제에 집중해온 청소년소설에서 우화와 판타지는 생소한 영역이다. 하지만 다양한 문학 양식의 추구는 청소년소설의 폭을 넓히고 청소년들에게 다채로운 사유의 세계를 경험하게 한다는 점에서 논의해볼 가치가 충분하다.

2. 우화적 상상력과 내면의 성장

우화(寓話, fable)는 알레고리의 대표적인 유형으로서, 동물이나 식물을 의인화해서 인간 세상의 본질을 드러내는 서사 갈래라고 할 수 있다. 동서양을 막론하고 오랜 역사를 지니고 있는 우화는 기원전 6세기에 이솝이 지은 동물우화가 시초로 알려져 있다. 이후 서양에서는 로마의 시인 호라티우스, 그리스의 플루타르코스와 루키아노스 등에 의해 이솝풍의 우화가 번창하였다. 아리스토텔레스의 『시학』에서는 시적 표현을 옹호하기 위한 방편이 되기도 했으며, 중세 시대에는 성서의 해석을 위한 수사적 방법으로 인식되면서 많은 우화가 나올 정도로 더욱 번성했다. 그

---

7 오세란, 「청소년문학과 청소년문학이 아닌 것」, 『창비어린이』 24호, 창비, 2009년 봄호, 166쪽.

후 낭만주의 시대에 이르러 문학적 형상화 방법의 하나로 인정받으면서 우화소설 장르로 자리잡게 되었다. 동양에서는 우화가 우의성을 지닌 우언(寓言)[8]에 뿌리를 두고 발전해왔는데, 최초의 우언은 『좌전』(BC 598)이라고 하나, 이보다 널리 알려진 것은 『장자(莊子)』의 〈우언〉 편이다. 우리나라의 경우는 신라의 설총이 남긴 「화왕계(花王戒)」를 시작으로 해서 많은 우화가 창작되다가 조선 후기에 이르러 본격적인 우화소설로 발전하게 된다. 우리가 익히 들어온 「토끼전」「두껍전」「장끼전」을 비롯해 「노섬상좌기」「서동지전」 등 다수의 작품이 창작되었고, 이러한 우화의 전통은 근대 계몽기로 이어져 안국선의 「금수회의록」, 김필수의 「경세종」, 흠흠자의 「금수재판」 등의 우화소설이 창작되었다.

본래 우화는 이솝우화처럼 단형의 서사가 주축을 이루어 창작되었다. 우화는 주로 동물을 의인화해서 인간 세상의 일을 동물들 사이에서 벌어지는 일로 가탁(假託)하여 인간 세계의 본질을 신랄하게 풍자해내는 특성을 지닌다. 여기서 동물 의인화와 풍자라는 우화의 특성은 그릇된 인간성과 행동에 대한 비판과 조소를 통해 교훈을 전달하려는 목적성을 띠고 있다. 이러한 동물우화가 현실적 시대 상황에 적절히 부합하면서 소설적으로 변형된 것이 동물우화소설이다. 따라서 우화소설은 "동물로 의인화된 다양한 현실적 인물을 등장시켜 인간성에 내재한 약점을 교정하고 시대 정신을 신랄하게 풍자한 독특한 소설 문학이"며, "동물에 추상화되어 있는 인간의 속성을 들어 우의한 풍자·해학·아이러니·위트가 깃들어 있는 소설"[9]이다. 여기서 동물의 의인화는 대상 동물을 하나의 특성으로 단순화하거나 집약해 보여주며, 동시에 인간의 행동과 연

---

8 『장자』 〈우언〉 편에서 '우언은 다른 것을 빌려서 논하는 것'이라고 언급되어 있다. 즉, "우언은 우회하여 다른 어떤 것에 가탁하여 말하는 방식이다. 의미를 충분히 전달하기 위해 보편적인 것을 통해 특수한 사실을 알리는 것이 우언인 것이다." 홍순애, 『한국 근대문학과 알레고리』, 제 이앤씨, 2009, 23~24쪽.
9 김재환, 『우화소설의 세계』, 박이정, 1999, 12쪽.

관되어 있다. 즉, "관념화된 인간의 성격이 하나의 동물로 대입됨으로써 관념은 구체적인 형상을 얻게 되는 것이다. 추상적인 개념이나 인식들이 동물을 통해, 동물의 속성과 연관됨으로써 구체화되는 효과를 얻는 것이 의인화"[10]이며, 이러한 의인화의 특성이 우화소설의 장르적 특성을 규정하게 된다.

동물을 의인화해서 인간 본질에 대한 탐색을 추구한다는 점에서 우화는 의인화를 주요 기법으로 사용하는 동화 장르와 유사해 보이기도 한다. 그러나 우화와 동화는 장르적 속성상 근본적인 차이점을 지니고 있다. 우화에서 동물 의인화는 인간적 본질을 풍자하기 위한 서사의 간접화 방식이다. 현실의 문제를 직접적으로 드러내지 않고 의인화된 동물세계를 통한 우회적으로 표현하는 방식은 안전하고도 유감없이 현실세계를 풍자하기 위한 서사 전략인 것이다. 반면에 동화에서의 의인화는 아이들의 물활론적인 사고방식에 토대를 두고 있다. 동식물이나, 심지어는 무생물까지도 의인화해서 인간과 똑같은 가치의 생명과 의식을 불어넣는 동화는 우주만물의 화해와 통합을 추구한다. 의인화된 현실이긴 하지만, 인간세계에 대해 대립적이고 비판적인 태도를 보이는 우화의 풍자와는 다른 세계관을 지니고 있다고 하겠다.

이러한 우화적인 풍자의 세계를 터키 출신 작가인 아지즈 네신의 작품에서 읽을 수 있다. 가령 「거세된 황소가 우두머리로 뽑힌 사연」[11]을 보면, 인간 세계의 선거제도를 동물에 빗대어 인간들의 이기주의와 시기심, 인신공격 등을 적나라하고 함축적으로 풍자해내고 있다. 즉, 인간들이 대통령이나 수상을 뽑는 것처럼 숲속의 동물 세계도 사자가 왕이었던 왕국시대가 막을 내리고 자신들의 우두머리를 직접 선출하기로 하면서 벌어지는 동물간의 어리석은 행동을 통해 인간 세계를 풍자하는

---

10 홍순애, 앞의 책, 108쪽.
11 아지즈 네신, 이난아 옮김, 『당나귀는 당나귀답게』, 푸른숲, 2005.

것이다. 작품에서 동물들이 선거를 하기 위해서는 두 명 이상의 후보자가 필요한데, 우선은 줄곧 왕을 지낸 사자가 자연스럽게 후보가 되고, 이어 호랑이가 후보로 나선다. 곧 선거운동이 시작되었는데 "두 후보는 틈만 나면 서로를 헐뜯고 비방"하는 둥 격렬하고 살벌하기 짝이 없었다. 그런데 두 후보에 대한 지지율이 엇비슷하게 나오자, 사자와 호랑이는 서로 선거에서 질까봐 두려워지기 시작했다. 마침내 사자는 자신이 뽑히지 않을 바에야 호랑이만 아니라면 다른 누가 선출되어도 상관없다고 생각한다. 이는 호랑이도 마찬가지였다. 둘은 선거유세에서 엉뚱하게도 물소를 칭찬하기 시작한다. 이는 물소가 뽑혀도 자신들보다 못하므로 경쟁의 상대가 되지 않기 때문이었다. 결국 물소가 후보에 오르자, 이번엔 물소의 경쟁자인 하마가 후보로 나선다. 그러곤 서로 헐뜯고 비방하다가 앞의 후보들과 같은 이유로 곰을 칭찬하기 시작한다. 이런 식으로 후보 자격이 비경쟁자인 '더 못한 동물'로 내려가다가 결국 '거세된 황소'에게 후보 자격이 주어지고 우두머리가 된다. 왜냐하면 "암컷도 아니고 수컷도 아"닌 황소는 "거세를 해서 성적 특성이 없었으므로, 그 어떤 동물도 황소를 자신과 평등하게 보거나 적으로 생각하지 않았"으므로 "그 누구도 황소를 질투하지 않았"기 때문이었다. 그러나 동물들은 황소를 우두머리로 뽑은 것이 "자신들에게는 수치라는 사실을 아주 나중에 깨달았지"지만 다음 선거까지 어쩔 수 없었다는 것이다. 이는 맹목적인 경쟁 심리와 질투심 때문에 일을 그르치고 마는 인간 사회의 모습과 하등 다를 바가 없다.

이처럼 우화는 현실의 직접적인 묘사는 아니지만 비현실적인 상상의 세계를 통해 현실을 풍자하면서 현실과 인간의 본질을 끄집어낸다. 이러한 풍자의 세계가 청소년들의 성장을 직접적으로 그려낼 수는 없겠지만, 삶의 본질을 꿰뚫는 문제의식만큼은 아주 적절하게 구현해낼 수 있다. 자아와 세계의 치열한 대립 속에서 성큼성큼 성숙해가는 청소년들

에게 우화적 상상력과 풍자 정신은 내면의 성장을 촉발시켜주는 계기가
될 것임에 분명하다.

반면에 우화소설에서 성장서사는 의인화된 동물의 성장 과정을 통해
간접적으로 그려지기도 한다. 중국 출신 작가인 창신강의 작품『열혈 수
탉 분투기』[12]가 바로 그러한 우화소설이다. 이 작품은 수평아리가 어엿
한 우두머리 수탉으로 성장해가면서 토종닭으로서의 자존감을 형성하
는 일대기를 보여주고 있다. 황선미의 동화『마당을 나온 암탉』을 떠올
리게도 하는 이 소설은 주인 내외의 이기적이고 잔인한 인간적 속성을
풍자하면서 인간 앞에 나약하기만 한 존재인 닭의 존재 의미를 생존의
문제와 결부시켜 진정한 삶이란 무엇인가에 대해 환기시킨다.

주인공은 평범한 농가에서 식용으로 사육하기 위해 부화시킨 수평아
리이다. 그러나 여느 닭들과는 다르게 사람의 말을 알아듣는다는 점에
서 특별한 존재다. 이러한 면모는 인간이 주는 먹이에 길들여지다가 고
기닭으로 팔려가거나 주인의 밥상에 오름으로써 생을 마감해야 하는 닭
의 운명을 순순히 받아들이지 않는 계기로 작용한다. 아무 생각 없이 사
는 닭들과는 달리 인간의 속셈을 꿰뚫어보면서 '생각'을 할 줄 아는 수
평아리인 주인공이 스스로 수탉으로서의 정체성을 모색해가는 것이다.
즉, 그는 자신만의 생존에 급급하기보다는 토종닭 식구 모두의 안위를
지켜내 함께 공존하고자 하며, 그러기 위해 '좋은 수탉'으로 거듭나고자
노력한다. 그가 추구하는 '좋은 수탉'의 의미는 아빠 수탉의 다음 말에
잘 드러나 있다.

"좋은 수탉이 되는 것은 어렵지만 양질의 고기닭이 되는 것은 아주 쉽단다.
하루 종일 먹고 자기만 하면 되거든. 뭔가 배울 필요 없이, 체중이 이 킬로그램

---

12 창신강, 전수정 옮김,『열혈 수탉 분투기』, 푸른숲, 2008.

만 되면 주인 밥상에 오르는 요리가 되기에 충분하지. 네가 세상에 나온 사명을 다한 거란 말이다." (70쪽)

아빠 수탉은 토종닭 무리를 이끄는 우두머리 수탉이다. 자신의 가족을 지키기 위해 이웃집 얼룩무늬 수탉과 피비린내 나는 혈투를 벌이기도 하며, 족제비에게 물려 갔다가 앙상하게 뼈만 남은 몸으로 살아 돌아온 위대한 수탉이다. 그는 족제비의 공격으로 성대를 다쳐 더 이상 소리를 내지 못함에도 불구하고 평소 새벽이면 홰를 치던 울타리 위에 올라 자리를 지키며 마지막까지 고고한 자신의 존엄을 지켰다. 해가 떠오르는 동쪽을 바라보며 "목에 난 상처의 작은 구멍으로 바람 소리를 흘"리던 아빠 수탉은 결국 살아 돌아온 며칠 만에 '울타리 위'에서 생을 마감한다. 이러한 아빠 수탉의 고고하고도 존엄한 면모는 주인공에게 롤 모델 (role model)로 작용할 만하다. 즉, "아빠가 볏단 위에서 위풍당당하게 홰를 치던 모습"은 주인공의 "머릿속에 깊이 새겨져 오래도록 지워지지 않"을 정도로 각인되었고, "신이 아닐까 싶을 정도로 굉장히 멋지고 든든"한 아빠의 모습을 바라보면서 주인공은 "아빠의 그런 기품을 닮고 싶"어한다.

주인공은 자신의 이름을 스스로 '토종닭'으로 지을 정도로 자존감이 아주 강한 수탉으로 성장해가는데, 여러 면에서 아빠 수탉과 같은 우두머리 수탉의 자질을 갖추고 있다. 가축으로서의 경제성이 떨어지는 수탉은 한 마리만 남겨 암탉들을 돌보게 하려는 주인의 뜻에 따라 주인공은 같은 수탉인 '하얀 깃털'과 우두머리 경쟁을 벌인다. 그야말로 이긴 자만이 선택되어 살아남는 생존경쟁에서 "닭으로서의 약점뿐 아니라 인간들의 나쁜 점까지 모두 갖고 있"는 하얀 깃털은 우두머리가 되기 위해 비겁하고 기회주의적인 면모를 드러낸다. 여기서 하얀 깃털의 행동은 인간에 대한 풍자와 다를 바 없다. 반면에 주인공은 이웃집의 얼룩무늬 수탉과 당당하게 혈투를 벌여 물리치는 등 가족을 이끌어갈 만한 우두머리 수탉으로 인정을 받게 된다.

결국 주인공이 갈망했던 '좋은 수탉'으로의 성장은 우두머리 수탉이 됨으로써 다 이루어진 셈이다. 그러나 그의 성장은 식용 가축이라는 존재론적 한계를 지닐 수밖에 없다. 아무리 깨어 있는 의식을 지니고 있다 해도 가축의 울타리 속에 갇힌 영혼은 자유로울 수 없기 때문이다. 따라서 주인공은 가족을 이끌고 고향을 떠나 '자연'으로 돌아간다. 새로운 모험을 시작하는 것이다. 그 과정에서 주인공은 숨을 거두는 비극적 결말을 맺지만 그의 가족들은 멀고먼 여행을 계속해감으로써 새로운 삶의 희망을 포기하지 않고 있다.

3. 판타지를 통한 삶의 성찰과 치유

청소년소설 창작에서 판타지는 우화소설과 마찬가지로 아직은 미개척의 영역에 머물고 있다. 최근 판타지 기법을 활용한 소설인 구병모의 『위저드 베이커리』와 최민경의 『나는 할머니와 산다』가 좋은 반응을 얻고 있긴 하지만, 판타지 창작이 그다지 활성화된 것은 아니기 때문이다. 외국의 청소년소설에서는 판타지가 다양한 형태로 창작되고 있어서 국내에도 많은 작품이 번역 소개되고 있다. 그런 만큼 앞으로 판타지는 청소년소설에서 주요한 창작 방법으로 대두되리라 짐작할 수 있다.

이미 청소년들에게 판타지는 아주 친숙한 세계다. 무협서사나 대중 판타지 소설과 같은 장르문학, 온라인 게임, 인터넷의 가상세계, SF영화 등 비현실적이고 초현실적인 상상력을 모토로 한 매체의 주요 소비층이 바로 청소년들이기 때문이다. 물론 오락성과 소비주의적인 성향의 대중문화와 청소년소설의 판타지는 차원이 다르긴 하지만, 그들이 지닌 친연성 또한 무시할 수는 없다. 따라서 청소년들이 쉽게 받아들일 수 있는 세계인 판타지는 보다 호소력이 강한 장르일 수 있다. 판타지는 초현실적인 요소를 바탕으로 현실을 비틀어 재구성해 보임으로써 입시 공부와 현실의 불확실성 속에서 방황하는 청소년들의 억눌린 내면을 풀어주고, 나아가 삶에 대해 깊은 통찰을 주는 계기로 작용한다.

『위저드 베이커리』[13]는 성장서사로 볼 수는 없지만, 판타지 코드로 폭력적인 현실의 이면을 비틀어 보여줌으로써 삶에 대한 성찰을 통해 내면의 성장을 촉구한다는 점에서 주목할 만한 판타지소설이다. 이 작품에서 환상 공간은 현실 경계 너머의 이차세계도 아니고, 시간의 뒤틀림 같은 환상기제도 등장하지 않는다. 단지 "아파트 단지에서 몇백 미터도 떨어지지 않은 빵집"인 '24시간 제과점'이 바로 마법의 공간으로 설정되어 있다. 즉 현실 공간의 이면에 존재하는 틈새적 공간이 곧 환상 공간이라는 점에서 실재적인 것과 비실재적인 요소들이 뒤엉켜 미스터리와 호러 색채를 가미한 환상세계를 구축하는 것이다. 이러한 일상적인 공간 이면에 존재하는 환상세계는 비일상적 사건 앞에서 모습을 드러내기 마련이다. 즉, 가족들의 폭력에 쫓기다가 몸을 피해 빵집으로 뛰어든 한 소년 앞에 마법의 세계는 문을 열어준다.

주인공 소년은 여섯 살 때 친모에 의해 유기된 경험이 있고, 급기야는 친모의 자살을 목격해야 하는 아픔을 겪었다. 주인공이 열 살이 되었을 때 자식에 대해 무관심하기 짝이 없는 인물인 아버지는 자식 걱정 운운하며 초등학교 교사인 배 선생과 재혼해 새 가정을 꾸린다. 두 살 난 딸을 데리고 있는 배 선생 역시 이혼 경험이 있는 여자다. 그런데 문제는 배 선생과 소년의 관계가 순탄치 않았다는 것이다. 6년이란 시간이 지나고1이 되기까지 아버지의 무관심과 새엄마의 구박 속에서 소년은 점차

---

13 구병모, 『위저드 베이커리』, 창비, 2009.

말을 잃고 침울한 내면 속으로 침잠해 들어간다. 가족이라는 테두리 속에 섞이지 못하고 겉돌던 소년은 마침내 의붓동생의 성추행범으로 몰리는 상황에까지 이르게 되고, 배 선생과 아버지, 그리고 경찰의 추격을 피해 '위저드 베이커리'의 대형 오븐 속에 몸을 맡기게 된 것이다.

마법사가 운영하는 '위저드 베이커리'에서 소년은 인터넷 사이트를 통해 판매하는 마법의 과자를 알게 된다. 이 과자는 소원을 빌면 원하는 대로 이루어지는 욕망의 대리물이라고 할 수 있다. 가령 '악마의 시몬드 쿠키'는 "마음에 들지 않는 상대에게 먹이"면 "2시간 동안 뇌신경세포를 교란시켜 그가 무슨 일을 해도 실수를 하게 만들어"준다. 한 여학생이 기말고사 첫날 경쟁자인 친구에게 이 과자를 먹였는데, 그 친구는 시험 내내 복통에 시달리다가 결국 답안지를 한 칸씩 밀려 쓰는 실수를 했다. 더욱 심각한 것은 답안지를 제출하던 순간 그만 설사가 쏟아져버린 거였다. 이 일로 시험 망친 것은 둘째 치고 전교에 소문이 퍼져버리자 친구는 절망감에 자살을 하고 말았다.

친구에게 '악마의 시몬드 쿠키'를 준 여학생은 친구의 죽음 때문에 악몽에 시달리지만, 사실 이는 죄책감보다는 자신의 행위가 발각되지나 않을까 하는 두려움 때문에 괴로워하는 것이다. 결국 그는 책임을 회피하기 위해 마법사를 찾아와 책임 소지를 따지지만, 마법사는 어떤 선택이든 그에 따른 대가가 따르는 법이며, 책임은 본인이 져야 한다는 것을 역설한다. 즉, 모든 욕망은 "긍정이나 부정, 자기가 바라던 어느 쪽의 변화든 간에 이것은 물질계와 눈에 보이지 않는 비물질계의 질서에 변화를 일으키는 일"이며, "모든 마법의 사용시 그 힘이 자신에게 부메랑이 되어 돌아올 수 있"기 때문에 선택에 따른 대가와 책임은 어쩔 수 없는 것이다. 그렇다면 마법사는 왜 이러한 부작용을 알면서도 마법의 과자를 만들어 제공하는 걸까? 이는 마법사의 임무 때문이다. 모든 선택에는 대가와 책임이 따르기 때문에 그릇된 욕망의 대가를 치르게 해서라도 뒤틀린 질서를 바로잡아 우주의 질서가 균형을 이루게 조정하고자 하는 것이다.

소년은 인터넷 사이트를 관리하면서 배 선생에게 마법의 과자를 써볼까 하는 생각이 들기도 했지만 이내 마음을 접고 만다. "남의 목을 조르려는 자는 자기 관자놀이가 먼저 터질 각오를 해야 한다"는 인식에서다. 결국 '위저드 베이커리'의 마법은 현실의 욕망에 대한 경고와 다를 바 없다. 자신의 영역을 차지하기 위해 남편의 전처소생을 학대하는 것이나, 어린 의붓딸을 성추행하는 아버지의 행위는 모두 그릇된 욕망에서 비롯된 것이며, 이러한 자신들의 선택은 그에 따른 대가를 치를 수밖에 없다는 것이다. 이 소설이 시간을 과거로 되돌리는 과자인 '타임 리와인더 쿠키'를 써서 두 가지 선택에 따른 결말을 보인 것은 바로 그러한 욕망의 인과성을 통해 삶의 의미를 되짚어보려는 의도일 것이다.

『나는 할머니와 산다』[14]는 죽은 할머니의 영혼이 열여섯 살 손녀의 몸에 들어와 비현실적인 일이 벌어지는 빙의현상을 다룬 소설이다. 자칫 호러물이 될 수도 있는 소재이지만, 주인공 은재의 개성적인 캐릭터와 현실 문제에 밀착된 서사의 경쾌한 흐름이 비현실적 요소와 결합되어 신선한 재미를 더해주고 있다. 이 작품은 전통적인 판타지는 아니지만, 죽은 영혼이 현실의 틈새를 비집고 나타나는 비현실성이 삶의 이면을 비틀어 보여줌으로써 삶을 새로이 성찰하게 하는 판타지의 속성을 지닌다. 또한 은재가 할머니와의 동거 이후에 내면의 성숙을 보인다는 점에서 성장서사에 가깝다고 할 수 있다.

그렇다면 할머니 귀신은 왜 은재의 몸에 들어왔을까? 어느 날부터 갑자기 은재는 생전의 할머니처럼 말을 하고, 할머니의 식성을 보이고, 앞으로 일어날 일에 대해 예지력을 보이곤 한다. 빙의가 일어난 것이다. 더

---

14 최민경, 『나는 할머니와 산다』, 현문미디어, 2008.

군다나 할머니는 은재의 방에 모습을 드러내기도 하면서, 누군가를 찾아달라고 부탁을 한다. 할머니가 은재에게 온 것은 바로 이것 때문이다. 그 사람을 만나지 못해 이승을 떠나지 못하고 있었던 것이다. 과연 그 사람이 누구길래 할머니는 죽어서도 잊지 못하고 있는 걸까? 이는 할머니가 생전에 풀지 못한 삶의 매듭이자, 아픔이라는 것을 알 수 있다. 또한 할머니의 아픔은 은재와도 무관하지 않다는 점에서 은재 스스로 자신의 내면을 성찰할 계기로 작용한다. 즉, 할머니는 혼전에 딸을 낳아 해외에 입양시킨 아픔을 지니고 있었고, 입양아인 은재는 자신을 보육원에 버린 친모에 대한 아픈 기억을 지니고 있었던 것이다. 할머니가 은재의 몸에 들어온 이유는 아마도 이러한 아픔의 공유 때문인지도 모른다. 어쩌면 누구보다도 은재의 아픔을 이해할 수 있는 할머니가 자신의 아픔을 통해 손녀의 상처를 씻어주려 한 것일 수도 있다.

결국 은재는 빙의 덕분에 친모를 만나 내면의 아픔을 씻어내고, 할머니 귀신이 말한 "포도나무……자애원"을 찾아가 입양 간 고모의 주소를 알아내 한국으로 초청해서 할머니와의 재회를 주선해준다. 이러한 빙의를 계기로 은재는 할머니의 아픔을 통해 친모의 삶을 이해하고, 나아가 가족의 의미를 새로이 인식함으로써 내면의 성숙을 이루게 되는 것이다.

4. 성장서사 문법의 다양성을 위하여

얼마 전에 필자가 청소년소설을 다루는 글에서 김려령의 『완득이』나 이옥수의 『키싱 마이 라이프』 등 몇몇 작품에서 보이는 과도한 성장의식의 표출을 성장 강박증이라고 지적한 바 있다.[15] 이는 청소년의 현재적 삶과 문제에 주목하고자 하는 당대성의 구현이 청소년소설의 주요 과제로 떠오르면서 나타난 창작 흐름과도 무관하지 않다. 즉, 그동안 금기시되어 오던 성, 임신과 낙태, 자살 등의 예민한 부분까지 작품 속으로 끌어들여 청소년들이 부딪히는 현실적 문제를 다각도로 조명하는 대신 성장을 통한 화해로 마무리 지음으로써 청소년들에게 성장을 보여주어야 한다는 계몽 의식이 작용하는 것이다. 그런데 성장에 대한 강박관념에 압도되다 보면 소설이 작위적인 구성으로 흐르거나 소재주의로 전락해버리기도 한다. 결국 성장은 보여주기 위한 기획이 아닌, 현재 삶 속에서 갈등하고 방황하면서 나름의 방식으로 삶을 이끌어가는 주체적인 인간상의 문학적 진정성 속에서 설득력을 얻게 되는 것이다.

따라서 청소년소설에서 성장을 이야기하는 방식은 다양할 수밖에 없다. 굳이 성장소설의 형식을 빌려오지 않더라도 성장기 청소년을 독자 대상으로 하는 장르의 특성상 그 자체만으로도 성장서사의 속성을 지니게 된다. 예컨대 성장이 아닌 문학적 완성도에 무게중심을 더 실어야 하는 것이다. 또한 현재적 삶의 문제에 천착하는 것이 중요하다는 것은 말할 필요도 없지만, 이에 대한 직접적인 표출만이 전부인 것도 아니다. 청소년들의 공감대를 얻어낼 수 있는 서사 문법을 다각도의 방식으로 구현해냄으로써 청소년소설의 외연을 넓히고 문학적 코드를 다양화시킬 필요가 있다. 우화나 판타지 기법을 도입한 소설뿐만 아니라 SF, 역사, 추리 등 청소년소설에서 다룰 수 있는 영역은 다양하게 열려 있기 때문이다.

더욱이 제도 교육과 입시에 억눌린 청소년들이 획일화된 삶을 강요받고 있긴 하지만, 그들의 의식마저 현실 논리에 닫혀 있는 것은 아니다. 그들이야말로 첨단 디지털시대의 다원화되고 다층적인 문화를 소비하는 중심 세대이며, 자신의 기호(嗜好)를 중시하고, 자신만의 개성적인 코드를 찾기 위해 목말라하는 존재들이다. 이들을 '성장'이라는 이름으로

---

15 조태봉, 「'지금 여기' 청소년의 발견과 그들의 이야기」, 『시작』, 2009년 여름호.

가두어두는 것은 또 다른 속박일지도 모른다. 그들에게 필요한 것은 성장이라는 계몽적 가르침이 아니라 그들의 기호와 코드에 부합하는 그들의 이야기다. 그것이 곧 그들의 성장이기 때문이다. 따라서 청소년소설의 이야기 방식은 새로운 코드와 다양한 방식으로 늘 거듭나야 한다. 우화와 판타지라는 이야기 방식은 그러한 의미에서 새로운 가능성을 열어주리라 기대하게 된다.

과연 나는 정말 나인가?

　　이경혜의 『그 녀석 덕분에』(바람의아이들, 2011)는 네 편의 작품을 모아 엮은 소설집이다. 입시제도에 억눌린 일상 속에서도 아이들은 '사랑과 우정' 사이에서 갈등하고, 이성에 대한 새로운 감정을 통해 일탈을 꿈꾸기도 한다. 그러면서 아이들은 나름의 방식대로 성장해간다. 이 책에 실린 「베스트 프렌드」「Reading is sexy!」는 그러한 아이들의 일상을 담담하게 그려놓고 있다. 「학도호국단장 전지현」은 과거 박정희 독재시대의 학내 군사교육을 풍자한 작품이라 요즘 아이들과 거리감은 있지만, 영화배우 전지현을 연상시키는 인물인 같은 반 친구의 보이스한 매력에 화자가 아이러니하게도 동성애적 감정을 느끼게 되는 과정을 그린 회고담 성격의 소설이다. 그러나 이들 작품은 그다지 새로워 보이지는 않는다. 소설이 무슨 충격요법이라도 담고 있어야 하는 것은 아니지만, 적어도 소설이라면 이 세계와 우리 삶의 본질을 꿰뚫어 보여주는 새로움이 있어야 하지 않을까? 이미 우리가 느끼고 있고 여느 작품에서나 볼 수 있는 고만고만한 이야기로는 삶에 대한 새로운 통찰을 불러일으키기에 역부족일 수밖에 없다. 그럼에도 불구하고 이 작품집을 화두로 이야기를 꺼내는 이유는 무엇인가? 바로 「그 녀석 덕분에」 때문이다.

이 소설집의 말미에 실려 있는 「그 녀석 덕분에」는 중편 분량의 소설이다. 전작들처럼 이 작품도 입시 경쟁에 지쳐 있는 아이들의 일상을 소재로 하고 있다. 그러나 아이들 현실의 일상성을 뛰어넘는 문제의식을 새로운 방식으로 풀어가고 있다는 점에서 주목할 만한 작품이다. "꼭두새벽부터 아침 자습하러 학교로 달려"갔다가 "야간 자율학습을 간신히 견뎌 낸 뒤 다시금 입시학원의 수학 단과반을 듣고, 잠깐의 수면을 취하기 위해" 집에 돌아오는 "판에 박힌 일과"를 되풀이하던 주인공 장양호에게 일생일대의 폭풍 같은 날이 닥쳐온다. "공부에 지쳐 돌아온" 장양호의 초인종 소리에 그를 맞아준 것은 다름 아닌 '또 하나의 나'였던 것이다. 엄마 아빠도 몰라볼 정도로 빼어 박은 또 하나의 나, 장양호. 하물며 그 장양호가 바퀴벌레의 변신체라니! 이 소설의 새로움이 바로 여기에 있다. '또 하나의 나'의 존재를 통해 나의 일상을 전복해버리고 삶의 의미를 되짚어보는 것이다.

대체로 변신 모티프는 신화적 세계에서 보이는 '원시사유'의 하나로 지칭되어왔다. 자연과 인간을 동등한 차원에서 인식할 뿐 아니라 자아와 타자, 즉 인간과 자연이 서로 연결되어 상호 교체하는 세계관 속에서 변신의 신화가 발생되고 사유되어온 것이다. 반면에 자연을 인간의 하위 개념으로 바라보는 기독교 세계관이나 자연을 지배의 대상으로 보는 인간 우위의 이성중심주의 사고에서는 변신 이야기가 자리 잡을 곳이 없어지고 만다. 이성이 없는 동물이나 식물, 또는 광물로의 변신이 저급한 것으로 치부되기 때문이다. 데카르트에 의해 시작된 근대 이성중심주의에서 인간의 몸이나 자연계는 주체를 상실한 물질에 불과할 뿐이다.[1] 결국 이성 중심의 사고가 지배해온 시대는 인간 몸의 억압과 자연정복의 역사인 셈이다. 따라서 인간과 자연이 몸을 탈바꿈하는 변신 이

---

1 김선자, 『변신이야기―필멸의 인간은 불멸을 꿈꾼다』, 살림, 2003, 3~14쪽 참조.

야기는 이성중심주의에 대한 반발이자, 반이성주의의 표현이라고 볼 수 있다. 이 소설에서 바퀴벌레 변신체인 '또 하나의 나, 장양호'는 이런 의미에서 의미심장할 수밖에 없는 것이다.

진짜 장양호는 고3 수험생이라면 누구나 그렇듯이 대학 입시를 위해 자신이 진정으로 하고 싶은 것을 나중으로 미뤄둘 수밖에 없었다. 중학교 때까지만 해도 '안개 속으로 사라지다'란 밴드의 드러머였던 그는 고등학교에 진학하면서 대학 입시를 위해 정신적으로 "스스로 손목을 끊어내는 고통"을 감수하며 "원대한" 꿈을 접어야 했다. "일단 대학에 간 다음에 그동안 억누른 모든 것을 다시 시작"할 생각이었다. 하지만 "기껏해야 취직 잘 되는 대학 가서" "평화롭고 행복한 가정"을 꾸려야 "세상에서 무시당하"지 않으며 사는 것이 사회적 도덕률이자 부모의 요구라는 점에서 장양호 역시 "바퀴벌레같이 살게 되"지 말라는 법이 없다. 그동안 "지겹고 지겨운데 도망도 못 치고 마지못해 살았던" 장양호는 바퀴벌레 변신체인 장양호를 만나면서 자신의 정체성을 되짚어보게 된다. 이는 자신이 그동안 믿고 살았던 이성중심주의적 가치관에 대한 깊은 회의와 반성을 의미한다.

근대 교육제도는 자본주의 경제체제의 운영과 유지를 위한 합리주의와 이성주의의 결정체다. 니체는 이성의 낙관주의에 대한 비판의 연장선상에서 '근대 교양이 인간의 성숙한 삶을 실천적으로 형성시켜주는 것이 아니라 삶에 대한 이론적 지식으로 퇴락했다'고 비판한 바 있다. 이러한 지식은 학교 교육을 통해 확장되어왔는데, 우리가 자신의 삶이 아닌 '다른 삶의 형태에 봉사하는, 즉 국가적 삶의 형태에 종속되는' 양상을 띠고 있다. 이를테면, '산업사회의 효율성 중심의 가치관 속에서 객관성, 보편성, 합리성의 담론의 효과물들은 인간의 내면성을 평면적으로 정형화·외화시키고, 사회에 유용하게 적응시켜 효과적으로 이용할 수 있는 사용가치로서 인간을 자본화함으로써 인간은 기능인적 대중으로 전락하게' 되었다는 것이다.[2] 이러한 학교 교육은, 특히 기형적인 대학 입시제도의 규범에 종속된 한국의 학교 교육과 사회적 규범은 인간을 학벌이라는 사용가치로서 서열화하고 재배치함으로써 많은 부작용을 낳고 있다. 최근 사회문제로 부각된 교내 폭력과 왕따, 그리고 이에 견디다 못해 일어난 학생들의 자살 사태는 물론이고, 장양호처럼 자신이 진정으로 원하는 것을 억누른 채 살도록 강요하는 것이야말로 이성중심주의적 교육제도의 폐단인 것이다.

이제 장양호는 스스로에게 묻는다. 과연 나는 정말 나인가? 장양호는 지금까지 "당연하게 '나'를 '나'라고 생각하며 살아왔다." 그러나 이제 그는 바퀴벌레 변신체인 '또 하나의 나'로 인해 자신의 존재에 대해 회의를 품게 되었다. 그동안 이성적 가치관과 목적의식으로 자신을 속이며 살아왔음을 느끼는 것이다.

바퀴벌레 변신체는 "바퀴로 살아남기가 어지간히 힘들어"서 장양호로 몸을 바꾸었지만, 인간 장양호로 살아가는 것 또한 만만한 일은 아니다. "생명의 위협만 없다면 바퀴로 사는 쪽이 백배 낫다"고 말하는 변신체는 "이건 죽지 못해 사는 거지. 너도 대체 이런 생활을 무슨 재미로 해온 거냐"며 장양호를 비웃는다. "현재를 희생해서 형편없는 시간을 보내는 대가"가 볼품없는 미래일 뿐이라는 것을 알기 때문이다. 따라서 본래 "진실해서 자기 자신을 속이지 못하"는 종족인 바퀴벌레 변신체는 이성의 요구에 자신을 가두지 않는다. 자신이 원하는 대로, 자기 멋대로 살려고 한다. 그것은 바로 "네 몸을 가지고 있으니까 네가 좋아하는 거라도해야 살 수" 있다는 것이다.

장양호가 이성의 힘으로 억눌러 온 '드럼'이건만 바퀴벌레 변신체는 몸(장양호의 몸)이 원하는 대로 "수학 단과반 끊을 돈으로 드럼 학원 등록"

---

2 김정현, 『니체의 몸 철학』, 문학과현실사, 2000, 39~51쪽 참조.

을 하는 등 장양호 몸의 "원대한 꿈"을 억압하지 않는다. 그런 변신체를 보면서 장양호는 "'나'보다 더 '나'답"다는 인식에 이른다. 자신이, 아니 자신의 몸이 진정으로 무엇을 원했는지를 깨달은 것이다. 변신체에게서 "'드림'이라는 말을 듣는 것만으로도 후끈거리던 심장"은 달빛요정역전만루홈런이라는 인디뮤지션 추모공연장에서 함성과 열기 속에 휩싸여 비로소 "그냥 살아 있다는 실감이 온몸으로 짜릿하게 퍼져 나"가는 것을 느낀다. 그는 "그동안 거의 죽어 있었던 것이다." 이렇게 다시 살아난 장양호는 자신의 몸 속 깊이 꾹꾹 눌러 두었던 것을 끄집어내 정직하게 마주보게 된다. 이제 더 이상은 거짓 이성에 따라 "적당한 삶, 남들 눈에 그럴듯한, 부모가 원하고, 애인이 원하고, 친구들이 원하는 삶에 자신을 맞추"지는 않을 것이다.

'인간의 사고를 규정짓는 것은 이성이 아니라 (몸의) 충동과 본능'[3]이라는 니체의 말처럼 '나'는 이성적 논리에 의해 규정되지 않는다. '나'는 바로 '몸'이며, 몸에 의해 나의 의식이 만들어지기 때문이다. 그래서 음악을 통해 온몸으로 살아 있음을 느낀 장양호는 "지금까지의 내 항거는 거짓이었다"라고 말할 수 있는 것이다. 더욱이 이 소설은 변신체마저도 "몸이 바뀌면 이미 내가 너로 바뀐 건지. 몸이 바뀌어도 나는 아직 나일 수 있는 건지" 회의하게 함으로써 이성과 몸의 주체적 갈등을 환기시키고 있다. 결국은 "마음? 영혼? 그거 다 뇌가 결정하는 거야"라는 몸담론을 통해 이성주의의 규율과 억압으로부터 벗어나게 한다. 이렇게 다시 살아난 몸은 여자친구 희진과 변신체, 친구 민구와 함께 밴드를 조직해 열흘간의 짧지만 열정적인 공연을 벌임으로써 '내가 누구인지는 여전히 잘 알 수 없지만' 조금은 자신에게 정직해진 '나'를 발견하게 된다. 그리고 이제 어디에도 속하지 않는 몸을 선택한 장양호와 희진이는 학교와

---

3 리하르트 다비트 프레히트, 백종유 옮김, 『나는 누구인가?』, 21세기북스, 34쪽.

집에서의 '나'는 변신체들에게 맡겨둔 채 "이 우주 속에 여벌로 남아" 진정한 '나'를 찾아 떠난다.

이렇듯이 「그 녀석 덕분에」는 변신 모티프에 토대를 둔 몸담론을 통해 이성중심주의 규범에 갇힌 청소년들의 삶을 해부해 보여줌으로써 진정한 '나'는 누구인가라는 존재론적 질문을 던지고 있다. 더욱이 너무도 고단하지만, 또한 그다지 새로울 것이 없는 아이들의 일상을 새로운 발상과 문제의식으로 접근해감으로써 한 인간으로서의 존재 의미에 적지 않은 파문을 불러일으키고 있다는 점은 이 작품이 지닌 미덕이라고 할 수 있다.

하지만 이 작품 역시 청소년서사가 지닌 한정된 시각에 갇혀 있는 것은 아쉬움으로 남는다. 청소년소설이라는 장르적 규정이 서사의 폭을 청소년에 한정하는 의미는 아닐 것이다. 청소년 역시 이 사회의 구성원이기에 어른들의 세계와 동떨어진 별개의 존재들이 아니라 어른들과의 관계 속에서 부대끼며 살아가는 존재라는 점을 청소년 서사가 간과하고 있는 것은 아닌지 모르겠다. 이 작품에서만 해도 이 시대를 살아가는 현대인이라면 누구나가 자신의 존재 의미에 대한 회의를 느낄 텐데 장양호에만 서사를 한정함으로써 현대사회의 본질을 꿰뚫어보는 데까지는 미치지 못하고 있는 것이다. (이는 이 소설이 중편이라서 포커스를 장양호에 맞추어야 하는 서사적 한계인지도 모르겠다. 따라서 이 작품은 장편이라야 서사의 의미가 더욱 다채롭게 전개되었을 듯하다.) 늘 만취해 들어오는 아버지야말로 누구보다도 자신의 존재에 대한 회의가 깊을 것이다. 그 누구보다도 먼저, 아니 자발적으로 직장과 가정을 변신체에게 맡기고 여벌의 삶을 살고 싶은 존재가 아버지일지도 모른다. 이러한 존재감 상실은 어머니도 마찬가지일 터다. 즉 청소년 서사일지라도 장양호를 중심으로 좀더 폭넓게 인간 존재의 의미를 탐구·소통했더라면 삶의 본질에 한층 더 다가섰을 것이며, 더욱 큰 울림을 지닌 서사가 되지 않았을까 싶다. 바로 그것이 서사의 힘이기 때문이다.

야만의 시간을 건너는 법

세월호 참사로 온 나라에 곡성이 가득한 속에서 김소연의 『야만의 거리』(창비, 2014)를 읽었다. 이 소설은 일제강점기를 배경으로 한다. 우여곡절 끝에 일본으로 유학을 간 고학생 강동천의 눈으로 관동대지진 당시 일제의 야만성을 밀도 있게 그려내고 있다. 그런데 이 소설이 오늘 우리의 현실을 떠올리게 하는 것은 왜일까? 그것은 우리가 살고 있는 이 시간 역시 야만의 시대임을 어린 학생들의 죽음이 일깨워주었기 때문일 것이다. 아이들의 목숨보다도 자본의 논리를 더 우선시하는 정부, 경찰, 군, 언론이 지배하는 이 시대가 야만적인 일제강점기와 다른 점은 무엇일까?

불과 얼마 전까지만 해도 우리 사회는 역사교과서 논쟁으로 뜨겁게 달아올랐다. 어제 오늘의 일이 아니지만, 같은 역사를 앞에 놓고도 서로 다르게 바라볼 수 있다는 사실이 새삼 놀라웠다. 눈에 보이는 자명한 사실조차 왜곡과 부정으로 일관하면서도 이 시대를 이야기할 수 있는 당당함은 어디에서 오는 걸까? 아직까지도 혹세무민(惑世誣民)으로 국가를 위한다는 미명(美名) 아래 역사적 진실을 가두어둘 수 있다고 믿는 모양이다. 이는 침몰하는 배에 갇힌 어린 학생들에게 "가만히 있으라"고 한 것과 무엇이 다르겠는가? 역사 왜곡은 역사적 치욕과 불행을 다시 묶인할 수밖에 없기 때문이다. 그래서 교학사 역사교과서는 세월호 참사와 많이 닮아 있다.

역사교과서 논쟁에서 주요 논란거리 중 하나가 '조선의 근대화와 일제강점기'다. 교학사 역사교과서는 일제강점기를 성장, 증가, 발전, 변화, 개선 등의 긍정적 어휘로 표현하며, '식민지 근대화론'을 소개하고 있어 눈길을 끈다. 이 교과서가 '식민지 근대화론'의 사관으로 일제강점기를 바라보고 있음을 암시하는 대목이다.

'식민지 근대화론'은 조선의 근대화가 일제강점기부터 본격화되었다는 시각으로, 일제가 주장한 '조선사회 정체론'과 동일한 맥락에서 조선 사회를 부정적으로 바라본다. 그런데 문제는 일제강점기에 서구의 근대 문물과 경제가 본격적으로 도입되었다고 하더라도 이를 절대시할 경우, 조선은 자생력이 없기 때문에 식민지가 되지 않았으면 근대화되지 않았을 것이라는 억측을 내놓게 되는 것이다. 실지로 '식민지 근대화론'은 그렇게 일제강점기를 미화하고 있다. 이는 일제의 침탈을 정당화하는 논리와 다를 바가 없다.

> "……자, 너희도 늦지 않았다. 조선과 만주는 앞으로 일본제국의 보호 아래 근대화의 과정을 밟을 것이다. 잘만 하면 일본보다 훨씬 빠르고 안정된 근대화를 성취할 수 있다. 왜냐하면 너희에겐 일본이라는 선행 경험이 있기 때문이다. 일본이 겪었던 시행착오를 거울삼아 더 훌륭한 근대화를 이룩할 수 있다는 말이다."(『야만의 거리』 72쪽)

위 인용은 조선으로 자원해 온 일본인 교사 다케다 선생이 조선 아이들에게 한 말이다. 가히 '식민지 근대화론'의 원형에 가까운 논리다. 그런데 일본이 말하는 '조선 근대화'의 본질은 바로 일본제국의 수탈과 착취를 위한 허울 좋은 명분일 뿐이라는 점이다. 이를 작가는 다케다 선생의 고백을 통해 꼬집고 있다. 요시노 교장이 '실력도 우수한 사람이 왜 반도의 촌부락으로 자원해 와서 고생을 하느냐'고 묻자, 다케다 선생은 "일본제국이 한 걸음 더 도약하기 위해선 반도인의 교육이 무엇보다 중요하"고 "조선의 아이들을 천황 폐하의 충실한 신민으로 만드는 일이 우리 일본이 열강의 대열, 그 맨 앞에 설 수 있는 원동력이 될 것"(76쪽)이라고 말한다. 곧 조선은 일본의 세계 제패를 위한 교두보이자, 물적 자원의 공급처로써 의미가 있을 뿐이며, 이를 합리화하기 위해 '조선의 근대화'라는 명분이 필요했던 것이다. 그런 줄도 모르고 다케다 선생에게 감화를 받은 주인공 동천은 어머니의 돈을 훔쳐내 일본 유학길에 오른다. 그로부터 칠 년 후 동경에서 다시 만난 다케다는 교사가 아닌 황군의 장교가 되어 있었다. 이로써 그가 말한 근대화의 본질을 확인한 동천은 '불령선인의 낙인을 벗고 천황의 충실한 신민'이 되라는 다케다의 요구를 거부한다.

사실 동천이 일본행을 택한 것은 바로 근대화의 열망 때문이었다. 동천은 1908년 신의주 인근의 구성 대곡리 범골이란 산골에서 종첩의 자식이자, 환갑을 앞둔 강 대감의 늦둥이 서자로 태어났다. 그의 앞날이란 기껏해야 본가에서 내려준 땅이나 부쳐 먹으며 "종첩의 자식이라는 딱지를 평생 이마에 붙이고"(101쪽) 살 수밖에 없는 처지였다. 그나마도 강 대감이 죽고 나자, 형뻘인 강 진사의 계략으로 범골을 떠나야 할 판이 되었다. 그러나 이미 동천의 가슴속에는 새로운 세상에 대한 동경이 싹트고 있었다. 다케다 선생이 지구의를 보여주며 들려준 세상 이야기, 또 그가 빌려준 책『세계 풍물 사전』속의 "동경, 오사카, 교토의 신시가지 사진"은 동천을 "세상의 중심"으로 나아가고자 하는 열망으로 이끈다. 결국 그의 일본행은 종첩의 자식에서 신문명의 중심으로 나아가려는 욕망, 즉 근대화의 열망에 다름 아닌 것이다.

동천에게 일본의 근대화는 선망의 대상이었다. 그래서 무작정 공부를 계속하겠다는 일념으로 온갖 잡일을 마다않고 닥치는 대로 일을 해 돈을 벌면서 고학의 꿈을 놓지 않았다. 그러나 열아홉 살 되던 해 동경 게이오 대 사회학부에 입학한 동천은 '사회주의 연구 모임'에서 활동하는 등 조선인으로서의 정체성을 찾아가기 시작한다. 곧 근대화의 선망에서 벗어난 것이다. 이는 근대화된 문명의 본질을 인식함으로써만이 이루어질 수 있는 일이다.

동천이 일본에서 생활한 7년 동안 보고 들은 것은 조선인에게 꼬리표처럼 따라붙는 '반도인'이라는 멸시였다. 많은 돈을 벌 수 있다는 꼬임에 빠져 일본으로 건너온 수많은 조선인 노무자들을 일본은 값싼 임금에 마소처럼 부려먹다 죽을병에 걸리면 쓰레기 처분하듯 내다 버린다. 조선인을 "무지하고 문명화가 덜 된"(227쪽) 야만인 취급하는 것이다. 이는 "자네 야만적인 반도를 버리고 근대화의 선봉인 내지를 열망했잖아"(386쪽)라는 다케다 중위의 말처럼 근대화되지 못한 조선을 미개하고 야만적인 나라로 인식하는 제국주의적 발상에서 비롯된 것이다. 그러나 문명화되지 않았다고 해서 야만적이라고 볼 수 있는가?

'야만'은 19세기 식민지 팽창시기에 형성된 개념이다. 몽테스키외(Montesquieu)의 사회발전단계를 인용해 원시사회와 근대사회 간의 차이를 지칭한 용어로서 제국주의의 정치적 합리화를 위해 만들어졌다. 그러나 문명화 과정을 사회 발전으로 보는 사회진화론의 관점에서 일본은 근대화된 문명을 이루었지만 실상은 조선보다도 더 야만적인 나라였던 것이다. 곧 문명과 야만은 별개의 문제다. 이를 동천은 다케다 중위에게 "한 번도 조선을 야만적이라고 생각해 본 적 없"다고 하면서 "지난 칠년의 세월 동안 문명의 탈 아래에서 야만의 악취를 풍기는 곳이 어디인지 확실하게 알게 되었"(386쪽)다고 말한다. 동천이 일본의 근대화된 문명 너머에 도사리고 있는 야만성을 인식하게 된 것이다. 바로 관동대지진을 목도했기 때문이다.

일본 정부는 대지진으로 동요하는 민심을 따돌리기 위해 조선인 학살을 조장하였다. 일본인들은 "조선인이 방화범, 약탈범"이라는 경찰의 말과 "군인들도 조선인들이 폭동을 일으키고 우물에 독을 타는 걸 봤다"(227쪽)는 말에 넘어가 조선인을 무차별적으로 학살하였다. 이것이야말로 문명을 가장한 야만인 것이다. 반면에 학살당할 위기에 처한 동천을 구해준 구마모토가 야쿠자의 일원이라는 사실은 남다른 의미를 지니고 있다.

구마모토는 동천이 일하는 헌책방 '삼평사(三平社)'의 사장이다. 그는 생면부지이자 반도인인 동천을 선선히 직원으로 채용하고 학교에도 다닐 수 있도록 도와준다. 심지어 '삼일운동 십 주년 기념식'을 준비하다 검거된 동천을 위로하고 출옥할 때까지 기다려준다. 구마모토의 이런 태도 이면에는 조선인에 대한 참회의 의미가 깔려 있다. 발전소 공사장에서 조선인 노무자들을 감시, 추적, 처벌하는 임무를 수행할 때, 그는 동천 또래의 '김'이라는 조선 청년이 도주하자 그를 붙잡아 잔인하게 죽이고 말았다. 그 일에 대한 죄책감에 그는 스스로 공사장을 나와 '헌책방 골목'으로 옮겨 앉게 되었다. "물론 자네 하나 거두었다고 결사대 시절 지은 죄를 탕감 받는다고 생각하진 않네. 다만 김의 죽음 이후 난 무기력한 인명을 위협하는 일에서 그만 손을 뗄 수 있었어."(270쪽) 구마모토의 인간적인 참회는 근대화를 앞세우는 일본 문명의 야만성을 더욱 선명하게 드러낸다. 잔혹하고 야만적인 깡패 조직으로 손가락질 받는 야쿠자보다도 더 야만적이라는 반어법으로 읽히는 것이다.

그렇다면 이 야만의 시간은 동천에게 어떤 의미를 지니는 걸까? 동천은 구마모토 사장에게 "일본에 살았기 때문에 더더욱 조선인이 되"었다고 말한다. 즉, 더욱 조선인으로 사는 것이 "야만이 지배하는 거리에서 야만에 물들지 않"고 자신을 지키는 길인 것이다. 동천은 '일본에서 보낸 야만의 세월'을 접고 만주로 떠날 계획을 세운다. 이는 조선인 고학생 모임인 '불령사'에 드나들면서 만난 아나키스트 박열 등 주의자들의 영향이기도 하다. 이들은 동천이 일본 근대화의 선망에서 깨어나도록 이끈 한편 조선인으로서의 정체성을 찾게 해준 인물들이다. 이제 동천은 만주 벌판 어딘가에 있을 독립단에서 "종첩의 자식이라는 출생과 동경 고학생이라는 신분을 벗어 버리고 새로운 이름을 얻게 될 것"(397쪽)이다.

이렇듯 이 소설은 일제강점기 수난의 역사를 넘어 '문명과 야만'이라는 깊은 성찰을 보여주고 있다. 역사야말로 살아 있는 현재의 거울이라는 점을 상기할 때, 이 소설의 묵직한 주제는 오늘 우리의 삶을 다시 되돌아보게 한다. 가히 작금의 사태는 개발과 성장만을 향해 치달려온 우리 사회에 대한 경종이 아닐 수 없다. 이제 우리는 화려한 문명의 이면에 도사리고 있는 야만의 시간을 어떻게 건널 것인가? 세월호 참사가 우리에게 묻고 있는 것이다.

원문 출처

제1부 동화의 운명

유년동화의 정체:『어린이책이야기』, 2014년 겨울호

동화의 운명:『월간문학』, 2016년 5월호

아동문학의 타자성과 주체의 딜레마, 그리고 대중성의 문제:『어린이책이야기』, 2017년
　여름호

선한 웃음, 악한 웃음:『어린이책이야기』, 2016년 겨울호

조연도 아름답다:『어린이와 문학』, 2013년 3월호

제2부 동화와 판타지

환상서사의 세계 인식과 내적 리얼리티:『어린이책이야기』, 2008년 봄호

공간 변형 모티프를 활용한 동화 창작:『어린이책이야기』, 2008년 겨울호

보이지 않는 세계의 시공간들:『창비어린이』, 2009년 겨울호

'판타지' 용어의 중의성과 장르적 혼란:『창비어린이』, 2010년 가을호

판타지를 바라보는 장르론적 입장:『아동청소년문학연구』6호, 2010년 6월

현실과 환상, 또 하나의 페르소나:『창비어린이』, 2018년 가을호

제3부 동화의 사회적 상상력

열려진 세계의 존재들:『어린이와 문학』, 2016년 7월호

차별과 혼돈의 벽을 넘어서:『어린이책이야기』, 2009년 봄호

유배자의 응전과 배움의 의미:『어린이책이야기』, 2017년 가을호

아동문학과 제노사이드:『어린이책이야기』, 2015년 겨울호

핵과 평화, 그 인간적 비참함에 관한 서곡:『어린이책이야기』, 2018년 여름호

아동문학에 담긴 현실적 가치들:『월간문학』, 2018년 11월호

제4부 청소년과 소설 사이

'지금 여기' 청소년의 발견과 그들의 이야기:『시작』, 2009년 여름호

현실의 무게와 존재의 가벼움:『어린이책이야기』, 2008년 가을호
성장을 이야기하는 다양한 방식들:『학교도서관저널』, 2010년 3월호
과연 나는 정말 나인가?:『어린이와 문학』, 2012년 3월호
야만의 시간을 건너는 법:『어린이와문학』, 2014년 6월호

찾아보기